Genji Monogatari

源氏物語 上

角田光代 訳

池澤夏樹＝個人編集

日本文学全集 04

河出書房新社

目次

源氏物語　上

角田光代　訳

桐《きり》壺《つぼ》

光をまとって生まれた皇子

輝くばかりにうつくしいその皇子の、光君という名は、
高麗の人相見がつけたということです。

＊登場人物系図
△は故人

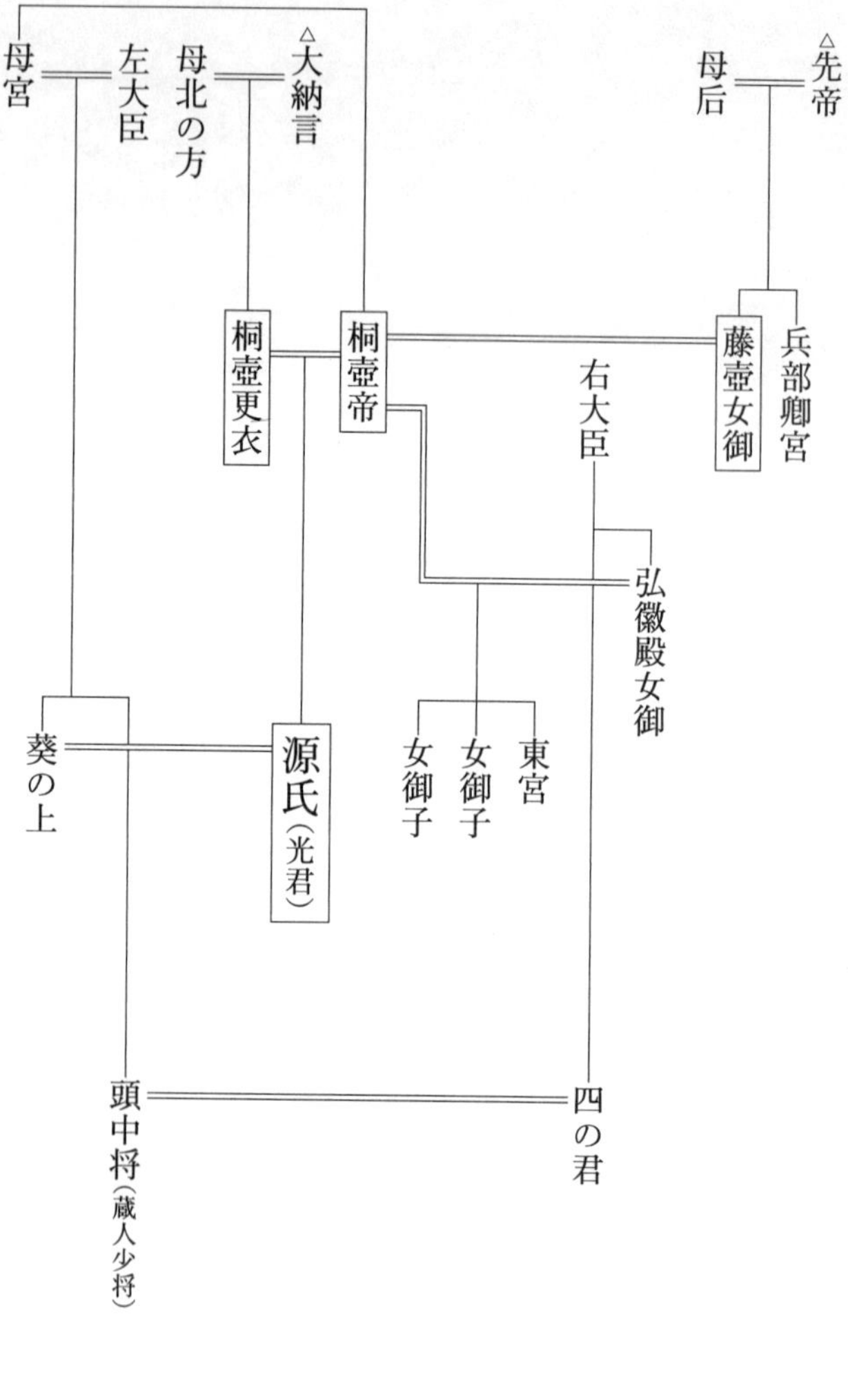
△先帝
母后
兵部卿宮
藤壺女御
右大臣
弘徽殿女御
桐壺帝
桐壺更衣
△大納言
母北の方
左大臣
母宮
東宮
女御子
女御子
源氏（光君）
葵の上
頭中将（蔵人少将）
四の君

いつの帝《みかど》の御時《おんとき》だったでしょうか――。

その昔、帝に深く愛されている女がいた。宮廷では身分の高い者からそうでもない者まで、幾人もの女たちがそれぞれに部屋を与えられ、帝に仕えていた。

帝の深い寵愛《ちようあい》を受けたこの女は、高い家柄の出身ではなく、自身の位も、女御《にようご》より劣る更衣《こうい》であった。女に与えられた部屋は桐壺《きりつぼ》という。

帝に仕える女御たちは、当然自分こそが帝の寵愛を受けるのにふさわしいと思っている。なのに桐壺更衣《きりつぼのこうい》が帝の愛を独り占めしている。女御たちは彼女を目ざわりな者と妬み、蔑んだ。桐壺と同程度、あるいはもっと低い家柄の更衣たちも、なぜあの女が、となおさら気がおさまらない。朝も夕も帝に呼ばれ、その寝室に行き来する桐壺は、ほかの女たちの恨みと憎しみを一身に受けることとなった。

そんな日々が続いたからか、桐壺は病気がちとなり、実家に下がって臥《ふ》せることも多くなった。すると帝はそんな桐壺をあわれに思い、周囲の非難などまったく意に介さず、ますます執心する。上達部《かんだちめ》や殿上人《てんじようびと》といった朝廷の高官たちは、度の過ぎた帝の執着に眉をひそめ、楊貴妃《ようきひ》の例まで出して、唐土《もろこし》でもこんなことから世の中が乱れ、たいへんな事態になったと言い合っている。そんなことも聞こえてきて、いたたまれないことが多いけれど、帝の深い愛情をひたすら頼りにして、桐壺は宮仕えを続けている。

桐壺の父親は大納言だったが、とうに亡くなっている。母親は名家出身の教養ある女性である。自分の娘が、両親健在の、世間でもはなやかな評判の女性たちに引けをとらないよう心を配っていた。けれども何かあらたまった行事がある時などは、やはり後ろ盾もなく、心細い様子だった。

前世からのよほど深い縁で結ばれていたのだろう、帝と桐壺のあいだにかわいらしい皇子《みこ》が誕生した。桐壺は出産のために実家に戻り、帝は出産の日を、まだかまだかと気をもんで待っていた。生まれたとの知らせが入り、その後ようやく宮中に連れてこられた皇子を見ると、この世のものとは思えないほどのうつくしさである。

帝の最初の子どもは、右大臣家の娘である弘徽殿女御《こきでんのにょうご》の産んだ男の子である。弘徽殿女御にはしっかりとした後ろ盾があり、この男の子は疑うことなく世継ぎの君としてたいせつに扱われていた。けれども弟となるこの皇子のうつくしさには、とうていかなわない。帝は、兄宮はそれなりにだいじに思うだけだが、この弟宮こそ自身の宝物のように思うのである。

母親となった桐壺は、もともと、ごくふつうの女官のようにずっと帝のそばにいて、あれこれと世話をしなければならないような身分ではなかった。しかるべき身分の品格があり、世間からも尊敬を受けていた。けれども帝が桐壺を放そうとせず、管絃《かんげん》の遊びや重要な催しにはかならず呼び寄せ、寝室に泊めて朝になっても帰そうとしないこともあり、自然と桐壺は世間から軽く見られることもあった。けれどもこの若宮が生まれてからは、帝は別格の配慮を持って、母なる「御息所《みやすどころ》」としてそれに似つかわしい待遇をするようになった。そうなると、もしやこの若宮が東宮《とうぐう》（皇太子）

とされてしまうのではないかと、最初の子を産んだ弘徽殿女御は不安を覚える。この弘徽殿女御はだれよりも早く入内《じゅだい》し、帝にもそれなりに扱われ、皇子だけでなく女皇子《おんなみこ》も産んでいた。帝も、この女御だけはけむたくもあるが、無視のできない存在でもあった。

帝の深い愛情に頼ってはいても、ほかの女たちからとかくあらさがしをされ、悪《あ》しざまに言われる。病弱で、後ろ盾もない桐壺は、帝に愛されれば愛されるだけ、周囲の目を気にし、気苦労が増えていく。

桐壺という部屋は、帝の住まう清涼殿《せいりょうでん》からいちばん遠い東北の隅にあった。帝はひっきりなしに桐壺へと向かうのだが、その都度、大勢の女御、更衣の部屋の前を通りすぎることになる。素通りされる女たちがやきもきするのも致し方ない。また、帝に呼ばれて桐壺が清涼殿に向かうことが続くと、打橋《うちはし》や渡殿《わたどの》といった通り道に汚物が撒き散らされることもあった。桐壺に仕える女房たちが送り迎えをする際に、着物の裾がたえがたく汚れるほどである。またある時は、桐壺が通る廊下の、前後の戸の錠をあちらとこちらで示し合わせて閉めてしまい、桐壺を戻るも進むもできないようにして困らせることもあった。

とにかく何ごとにおいてもつらいことが日に日に増え、桐壺はますます苦しみ、悩むのだった。そんなふうに悩み抜く桐壺を不憫《ふびん》に思った帝は、清涼殿に近い部屋、後涼殿《こうろうでん》に仕えている更衣をほかに移し、そこを控えの間として桐壺に与えた。当然ながら、移された更衣は晴らしようもない恨みを桐壺に持つことになる。

さて、桐壺《きりつぼ》の産んだ若宮が三歳になり、袴着《はかまぎ》の儀を行うことになった。先に儀式を行った第一皇子に引けをとらないよう、という帝《みかど》のはからいで、内蔵寮《くらづかさ》や納殿《おさめどの》からありったけの宝物を出して盛大に行われた。これにもまた、あちこちから非難の声が上がった。けれども、成長するにつれてはっきりしていく顔立ちも性質も、抜きん出てすばらしいこの若宮を、だれも憎めないのである。もののわかる人ならば、このような方がよくこの世にお生まれになったものだと、ただ呆然《ぼうぜん》と目をみはるばかりである。

その年の夏、桐壺御息所《きりつぼのみやすどころ》はふたたび病にかかってしまった。療養のために実家に下がりたいとお願いするも、帝はいっこうに許可しない。この数年、ずっと病気がちだったので、帝にとってはそれがふつうのこととなっていたのである。「このまま、もうしばらく様子を見なさい」とくり返し言い聞かせているうちに、病気は日に日に重くなり、わずか五、六日のうちに急激に衰弱してしまった。女の母君が泣いて帝に嘆願し、やっとのことで実家に下がれることとなった。このような時でも、また嫌がらせをされるかもしれない、その巻き添えにするわけにはいかないと彼女は考え、若宮は宮中に置いていくことになった。

いつまでも引き止めておくことはできないとわかってはいるものの、身分がら、見送っていくこともできないことを帝は嘆き悲しんだ。みずみずしくうつくしかった愛する人が、今はすっかりやつれてしまっている。深い悲しみを胸に抱いて、それを言葉にすることもできず、意識も朦朧《もうろう》としている女を見て、帝は、もはや分別もなく、思いつく限りのことを泣く泣く約束する。女はもう答えることができない。目には力もなく、いっそうつらそうに、今にも息絶えそうな様子で横たわる女を前に、帝はどうしたらいいものか途方に暮れるしかない。いったんは、女を輦車《てぐるま》（車のついた輿《こし》）に乗せる宣旨《せんじ》を出したのに、また部屋に戻って、どうしても女のそばを離れることができないでいる。

「運命が決めた死出《しで》の道をも、ともに旅立とうと約束したではないか。いくらなんでもこの私を残してはいかないね」

と言う帝の言葉を聞き、あまりにも悲しく思ったのか、女も息も絶え絶えにささやいた。

「限りとて別るる道の悲しきにいかまほしきは命なりけり
（定められたお別れの道を悲しく思います、私の行きたいのはこの道ではなく、生きていく道ですのに）

こんなふうになるとわかっていましたら……」

と、その先はもう言えずにいる。いっそこのまま、ここですべてを見届けたいと帝は思うが、宮中に死は禁忌《きんき》である。

「今日からはじめる祈禱《きとう》の数々を、すでにしかるべき僧にお願いしてあります。今晩からはじめますので」

と周囲にせき立てられ、帝は胸が張り裂けそうな気持ちで女の退出を許可した。

深い悲しみに沈み、帝は眠ることもできず、夏の短い夜に目をこらす。女の実家に遣わせた使者がまだ戻らないうちから、帝は不安な気持ちをしきりにつぶやいていた。

その頃、女はすでに息絶えていた。お付きの人々が泣き騒ぐ女の実家から、気落ちして戻ってきた使者は、

「夜中を過ぎる頃、とうとう息をお引き取りになりました」と伝えた。それを聞いて帝はひどく取り乱し、もう何も考えることができず、部屋に閉じこもってしまう。

せめて女の遺《のこ》した若宮は手元に置いておきたいと帝は願った。けれど母親を亡くし、喪に服す者が宮中に留《とど》まるなど、前例のないことである。若宮も女の実家に下がらなければならない。

その若宮は、何が起きたのかまるでわからず、大人たちが泣き惑うだけでなく、帝まで涙を流し続けているのを不思議そうに眺めるばかりである。通常の場合でも母親と死に別れることはとてつもなく悲しいものだけれど、こんなふうにまだ何もわからない様子なのが、よけいに人々の悲しみを搔《か》き立てる。

しきたりの通りに葬儀が行われ、亡骸《なきがら》を荼毘《だび》に付すことになった。母君は、娘の亡骸を焼くその煙といっしょに空に消えてしまいたいと泣き、野辺《のべ》の送りの女房の車を追いかけて無理やり乗りこみ、愛宕《おたぎ》という、厳かに葬儀の行われている場所に向かうが、いったいどんな気持ちであったことでしょう。

「亡くなったあの子の姿を見ても、まだ生きているように思えてならないのです。いっそ灰になるのをこの目で見れば、この世にはもういないのだときっぱりあきらめもつくことでしょう」

と健気《けなげ》にも言うが、車から落ちそうなほど全身で嘆き悲しみ、周囲の人々もどうしたらいいものやら、声をかけることもできない。

そこに帝からの使いがやってきて、桐壺に三位《さんみ》の位を与えると、勅使が宣命《せんみょう》を読み上げる。そんな誇らしいことも、しかし悲しみを増すだけだった。生きているあいだに女御《にょうご》の位にしてあげることもしなかった、そのことが帝の心残りだった。せめてもう一段だけでも上の位に、と考えての追贈だろう。このようなはからいにも、すでに亡くなった人をまだ憎む女たちも多い。けれども、ものごとをわきまえている人は、桐壺更衣の姿や、うつくしい顔立ち、気立てのよさやこまやかな心遺い、憎もうにも憎めなかったその人柄に、今さらながら気づくのであった。見苦しいほどの帝の溺愛ぶりに、つい嫉妬してしまったけれど、やさしくて思いやり深かった桐壺を、帝のそば仕えの女房たちもみな恋しく思う。「なくてぞ」（「あるときはありのすさびに憎かりきなくてぞ人は恋しかりける」その人が生きている時はそこにいることが当たり前になってしまい、憎く思うことさえあったが、いなくなってしまった今は心から恋しい）とは、こういうことかと思うのだった。

はかなく日は過ぎて、七日ごとの法事にも帝《みかど》はきまってお見舞いの使者を遣わせる。時がたてばたつほど悲しみは深まり、帝は、ほかの女御《にょうご》や更衣《こうい》たちとも夜を過ごすこともなくなった。ただ涙に暮れ、夜を明かし日を暮らしている。悲しみに打ちひしがれたその様子を見ている女房たちも、思わずもらい泣きをしてしまうほどである。

そんな帝を見て、弘徽殿女御《こきでんのにょうご》は「亡くなった後まで、こちらを不愉快にするご執心ぶりですこと」と、相変わらず容赦なく言う。

帝は、長男である一《いち》の宮《みや》の姿を見るにつけても若宮を恋しく思い出し、親しい女房や乳母《めのと》をたびたび桐壺《きりつぼ》の実家に遣わせて、若宮の様子を尋ねるのだった。

秋のはじめ、野分《のわき》（台風）のような風が吹き、急に肌寒くなったある夕暮れ時のことである。帝はいつにもまして思い出に浸り、靫負命婦《ゆげいのみょうぶ》という女房を桐壺の実家に遣わせた。夕月のうつくしい時刻に命婦を送り出し、自身はもの思いにふけっている。以前はこのような月のうつくしい夕べに、よく管絃の遊びを催したものだった。琴をみごとな腕前で掻き鳴らし、その場でぱっと機転の利いたことを口にした、人並み以上にうつくしい女の姿が、まぼろしとなってぴったりと寄り添っているように感じられる。しかしそのまぼろしも、かつての闇の中で見た現実の姿にはとうていかなわないのである。

使いに出された命婦は、女の家に到着した。車を門内に入れるやいなや、すでに邸中《やしき》が悲しみの気配に満ちているのを命婦は感じ取る。やもめ暮らしとなった母君は、ひとり娘をたいせつに育てるために、邸もきちんと手入れをして見苦しくないように暮らしてきた。けれども娘の死を嘆き悲しみ、泣き伏して日を過ごすうちに、八重葎《やえむぐら》も好き放題に生い茂り、野分のせいで庭はますます荒れて見える。月の光だけが八重葎にも遮られずに射《さ》しこんでいる。

南正面に命婦を招き入れても、母君は涙があふれてすぐには言葉も出てこない。

「こんなふうに生きながらえているのもつらいことですのに、畏れ多くもこのように勅使さまが、こんな荒れ放題の我が家を訪ねてくださるなんて、本当にもう、合わせる顔もない思いです」

と言って、母君はこらえきれずに泣き出してしまう。

「典侍《ないしのすけ》が『お尋ねしてみますと、こちらのご様子はまことにおいたわしくて、たましいも消え失《う》せるかと思いましたが……』と帝に申し上げていましたが、ものごとをわきまえない私のような者でも、やはりたえがたいほど悲しいものでございますね」と命婦は言い、涙を抑えて帝の言葉を伝えた。『しばらくのあいだ、夢ではないのかとただ呆然とするばかりだったが、だんだん心が落ち着いてくると、夢ではないのだから覚めるはずもなく、悲しみがより深まるのはどうしたらいいものか、話し合える人もいない。あなたがお忍びで参内《さんだい》してくれないだろうか。若宮のこともひどく気に掛かっている。そちらのようにみなが泣き暮らす中に若宮がいるのもいたわしい。どうか一刻も早く参内してほしい』と、何度も涙にむせながら、きっちりと最後までおっしゃることもできないご様子なのです。それでも、まわりの人に気弱だと思われないよう、気丈にしていらっしゃるのが本当にお気の毒で、帝の仰《おお》せ言《ごと》を最後まで承ることもできず、退出した次第なのです」と、命婦は帝の手紙を渡す。

「涙で目もよく見えませんが、このような畏れ多いお言葉を光として拝見いたします」と母君は手紙を受け取る。

「時がたてば、少しは悲しみも紛れるのかもしれません。その日を心待ちにして日を過ごしていますが、日がたつにつれてこらえがたさばかりが募ります。幼い宮がどうしているのかといつも案じております。ともに育てることができないのが気掛かりでなりません。今は私を亡き人の形見と思って、どうか宮中においでください」

などと、心をこめて書かれている。

宮城野《みやぎの》の露吹きむすぶ風の音《おと》に小萩《こはぎ》がもとを思ひこそやれ

（宮中に吹く風の音を聞くにつけても、あのちいさな萩——若宮がどうしているか、ただ思いやられる）

と書かれているが、母君はとても最後まで読むことができない。

「長生きがこんなにつらいものであると、身に染みて感じております。

『いかでなほありと知らせじ高砂《たかさご》の松の思はむこともはづかし（古今六帖／こんなにも長く生きていることを知られたくないものだ、高砂の松がこんな私をどう思うかと考えると恥ずかしくなる）』

と古い歌にあります通り、私も気が引ける思いですので、人目の多い宮中に参るなど、とんでもないことです。畏れ多くもありがたいお言葉をたびたび頂戴しながら、私自身はとても参内の決心がつきません。若宮は、どこまでわかっていらっしゃるのか、宮中に早く行きたいご様子です。若宮が、おとうさまのいらっしゃる宮中をお慕いになるのはごもっともとは思いながら、若宮とお別れするのが悲しくてたまらない私の気持ちを、どうか内々でお伝え申してくださいませ。娘に先立たれた不吉な身ですから、ここで若宮がお暮らしになっているのも、やはり縁起のいいことではありません。畏れ多いことです」と、母君は言う。

若宮は、すでに眠っていた。

「若宮のご様子をほんのひと目でも拝見し、帝にご報告したいと思っておりましたが、帝もお待ちになっていることですし、夜も更けて参りましたので、今日はこれで失礼いたします」

と言って命婦は去ろうとする。

「子を亡くした親の心の闇はたえがたく、ほんの少しでも晴らせるくらいにお話ししたく思います。このような公のお使いだけではなく、またどうか内々でお気軽にいらしてください。この数年、晴れがましい折々にお立ち寄りいただきましたのに、こんなふうに悲しいお言づけを届けていただくのは、返す返すもこの寿命の長さがつらく思われます。亡き娘には、生まれた時から望みをかけておりました。娘の父親であった大納言も、息を引き取る直前まで『この子を入内《じゅだい》させるという私たちの願いを、どうかかなえておくれ。父親の私が亡くなっても、弱々しく志を捨てるのではないぞ』とくり返し言いさとしていました。しっかりした後ろ盾となってくださる方もいないままに、宮仕えなどしないほうがいいと心配してはいましたが、亡夫の遺言に背いてはならないという一心で、あの子を宮仕えに出させていただきました。それが思いもよらず深い愛情を掛けていただきまして、それだけでも身に余ることですので、ほかの方々から人並みにも扱ってもらえない恥も忍んでは宮仕えを続けていたようです。それでもその方々からの妬みを一身に受けて、心を苦しめることもだんだん増えて参りましたところに、ついにはあんな有様でこの世からいなくなってしまいました。ですから畏れ多いはずの帝のお心も、かえって恨めしく思えてしまうのです。これも、子を失ったどうしようもない親心の闇でございます」

と、その後はもう言葉もなく母君はむせび泣く。

「帝も同じことをお考えで……。『自分の心ながら、周囲が驚くほど深く愛してしまったのは、思えば、長く続くはずのない仲だったということなのだね。今となってはなんとせつない縁だろう。少しでも人の心を傷つけまいとしてきたのに、この人をこんなに愛してしまったがために、受けずともいい人の恨みをたくさん受けることになってしまった。そのあげく、こうしてひとり遺されて、気持ちの整理もつかず、ますますみっともない愚か者になりはてた。こんな私たちは、いったいどんな前世の宿縁だったのかが知りたい』と、幾度もおっしゃっては、涙に暮れていらっしゃいます」と命婦は語り、話は尽きることがない。泣く泣く、「夜も更けました。今夜のうちに戻って、ご返事申し上げなければなりませんので」と急いで帰ろうとする。

月は沈みかけて、空は一面さえざえと澄み切っている。風は涼しく、草むらから立ち上る虫の音が、涙を誘うかのように響く。命婦はなかなか立ち去りがたく、車に乗りこめないでいる。

鈴虫の声の限りを尽くしても長き夜あかずふる涙かな

（鈴虫のように声の限りに泣き尽くしても、長い夜も足りないほど、泣いても泣いても涙がこぼれます）

命婦は車に乗りこむこともできない。

「いとどしく虫の音《ね》しげき浅茅生《あさぢふ》に露おき添ふる雲の上人《うへびと》
（虫がしきりに鳴き、私も悲しみに泣く、この草深いわび住まいに、なおもまた、あらたな
涙を添えてくださる雲の上のお人よ）
あなたさまのせいだと申し上げてしまいそうです」
と、母君は取り次ぎの女房に伝える。
風情ある贈り物をしなければならないような場合でもないので、ただ形見として、こんなこともあろうかと残しておいた娘の装束一式と、髪上《くしあ》げの道具のようなものを添えて命婦に託す。
年若い女房たちは、もちろん未《いま》だ悲しみに沈んでいたが、これまでのはなやかな宮中の暮らしに慣れてしまっていて、この里の住まいがどうしてもさみしく感じられて仕方がない。また、帝の様子も心配で、命婦の言葉通り、早く若宮を宮中にお連れすべきだと勧めている。けれども、母君は、娘に先立たれた逆縁の、不吉な自分が付き添って参内するのも世間体が悪いだろうし、かといって、若宮と離れて暮らすのも気掛かりだし……と、はっきりと心を決められないままでいる。
命婦が宮中に帰ると、帝は眠ることもできなかったらしく、うつくしい盛りの庭を眺めるふうをよそおって、思いやり深い女房四、五人と、何か静かに語らっている。そんないたわしい帝の姿を見るにつけ、命婦も胸ふさがれるような思いになる。宇多《うだ》の帝、後の亭子院《ていじいん》が直々に描かせ、伊勢《いせ》、貫之《つらゆき》といった歌人に詠ませた和歌や漢詩ものった長恨歌《ちょうごんか》の巻物を、このところ帝はずっと眺めては、愛する人に死に別れた悲しみを詠んだ歌や詩について語っている。
戻った命婦に、帝はじつにこまごまと母君の様子を尋ねる。命婦は、目にしたこと、会話に上ったことなどを静かに語り、母君からの返事を渡す。帝が文を広げると、このように書かれている。

「まことに畏れ多いお言葉をどのようにいただいたらよろしいのか、わかりません。このようなありがたいお言葉をいただきましても、私の心の闇は晴れず、ただ乱れるばかりでございます。

荒き風ふせぎしかげの枯れしより小萩《こはぎ》がうへぞ静心《しづこころ》なき

（荒々しい風を防いでいた木が枯れてしまい、その木が守っていた小萩、若宮が心配で、気が休まりません）」

と、取り乱したような歌も添えられているが、心を静めることもできないのだろうと帝は大目に見る。こんなふうに取り乱した姿を自分は見せまいと、帝は気を引き締めるけれど、どうしても平静ではいられない。考えまいとしても、女をはじめて見た時のことがあれこれと自然に浮かんできてしまう。生きている時は、かたときも離れることができなかったのに、今こうしてひとりでいても月日が過ぎていくことが、信じられない思いである。

「故大納言の遺言を守り、娘には宮仕えをさせようという志をしっかりと持ち続けてくれたお礼に、その甲斐《かい》あったとよろこばせたかったものを、今となってはもうどうしようもない」と、母君のことが不憫に思えて仕方がない。「桐壺は亡くなったけれども、若宮が成長したら、それなりの身分におさまることもあるだろう。どうか長生きして、孫の立身出世を見届けてほしいものだ」と帝は言う。

命婦は、母君に託された贈り物を渡す。亡くなった楊貴妃《ようきひ》のたましいを尋ね出した幻術師が、その証拠のかんざしを持ち帰る長恨歌の話を思い出し、これもまた亡き人をさがしあててきた証拠の品だったらどんなにいいだろう、と思うけれども、致し方ないことである。

尋《たづ》ねゆく幻《まぼろし》もがなつてにても魂《たま》のありかをそこと知るべく

（亡き桐壺の魂をさがしにいく幻術師はいないものだろうか。そうすれば、人づてにでもそのたましいのありかを知ることができるのに）

どれほどすぐれた絵描きが描こうとも、筆力には限りがあるのだから、楊貴妃の絵には生き生きとしたうつくしさは乏しい。太液池《たいえきち》のほとりに咲く蓮《はす》の花みたいにうつくしい顔立ち、未央宮《びおうきゅう》の庭の柳のようにしなやかな体つきで描かれた楊貴妃を眺め、その唐風《からふう》の装いも、さぞやすばらしかっただろうと帝は思う。そう思うにつけ、思いやり深くかわいらしかった女のことを思い出してしまい、それはどんな花の色にもどんな鳥の声にもたとえることができない。朝夕をともにして、比翼《ひよく》の鳥になろう、連理の枝になろう、生きている限り二人はいっしょだと約束したのに、その願いも断ち切るいのちのはかなさが、どうしようもなく恨めしく思える。

風の音を聞いても虫の音を聞いても、帝はひたすら悲しみを覚えるのだが、弘徽殿女御は帝の寝室に参上することもいっこうになく、月のうつくしいその晩に、夜更けまで管絃の演奏を楽しんでいる。帝はおもしろく思わず、その音を不快な気持ちで聞いた。悲しみに暮れる帝の様子をずっと見ている殿上人《てんじょうびと》や女房たちは、漏れ聞こえてくる演奏の音を、じつにはらはらして聞いた。弘徽殿女御は我の強い、きつい性格の女で、桐壺の死によせる帝の悲しみなどまるで気遣うことなく、平気でそのようなこともできるのだろう。月も沈んだ。

雲のうへも涙にくるる秋の月いかですむらむ浅茅生《あさぢふ》の宿

（雲の上の宮中ですら、涙でくもって秋の月はよく見えない。ましてあの草深い宿では、澄んで見えるはずもない。どんなふうに住み暮らしているのか）

若宮と祖母君の暮らす浅茅生《あさじう》の里を思っては、帝は灯火《とうか》を幾度も掻き立てて、油の尽きるまでまんじりともせず起きている。警備に当たる右近衛府《うこんえふ》の宿直《とのい》が、交代の折に自分の名を告げる声が響いてくる。もう丑《うし》の刻（午前一時頃）となってしまったのだろう。人目を気にして帝は寝室に向かうが、まどろむこともできない。翌朝起きる段になっても、女君がいた頃は夜が明けるのにも気づかずに共寝をしていたのに、夢でさえ逢《あ》えなくなろうとは……と悲しみに暮れ、今では朝の政務を怠ることもあるようだ。食事にも手をつけず、朝餉《あさがれい》に、ほんのかたちばかり箸をつけるくらいである。清涼殿《せいりょうでん》での正式な昼食は、まるで関係ないもののように見向きもしないので、給仕する者たちもみな、その言いようのない悲しみに触れて深いため息をついてしまう。帝の近くに仕える者は、男も女もみな、「本当に困ったことです」とため息交じりに言い合うばかりである。

「前世からよほど深い縁がおありになったのだろう。あれだけ多くの人に非難されても憎まれてもまるで気にせず、彼女のこととなると冷静なご判断もおできにならなくなって……。亡くなられた今は今で、こんなふうに政務を投げうたれてしまうのは、この先が思いやられます」と、またしても楊貴妃を愛したがために国を危機に陥れた異国の王を持ち出して、人々はささやくのだった。

月日が流れ、いよいよ若宮が参内《さんだい》することになった。成長したその姿は、今までにも増して気高く、いよいよこの世のものとは思えないうつくしさである。そのあまりのうつくしさに、帝《みかど》は禍々《まがまが》しさすら感じ、何か不吉なことが起きなければよいが、と不安を覚えるほどだった。

若宮が四歳となった明くる年、東宮を決定することとなった。第一皇子を飛びこえて、この若宮を太子に立てたいと帝は考えたが、若宮には後ろ盾もなく、世間も承知しそうにない。そんな中で無理強いをすれば、かえって若宮を苦境に立たせてしまうことになりかねない。そう考えなおした帝は、若宮の立太子を願ったことなどおくびにも出さないようにした。

「あれほど若宮をかわいがっていらしたのに、やはり決まりを重視なさるのだ」と世間の人たちは噂《うわさ》し合い、また弘徽殿女御《こきでんのにょうご》もひと安心したのだった。

若宮の祖母君は、悲しみに打ちひしがれたまま、立ちなおることもできず、いっそ娘のところに行ってしまいたいと願っていたからか、とうとう息を引き取ってしまった。帝はその知らせを聞いて、またいっそう深い悲しみを覚えるのだった。六歳になった若宮は、もうものごとの道理をわかっていて、この時は祖母の死をきちんと理解し、祖母を恋い慕って泣いている。祖母君も、だいじに育ててきた若宮をこの世に残していく未練を、亡くなる際まで幾度も幾度もくり返し嘆いていたという。

若宮はすっかり宮中で暮らすようになった。七歳になったので、読書始《ふみはじめ》の儀を執り行い、学習をはじめてみると、世に類いないほど聡明で賢いことがわかってきて、またしても帝は不吉な思いにとらわれる。

「今となっては、だれも若宮を憎んだりはしないだろう。こんなに早く母君を亡くしたかわいそうな身の上なのだから、どうかかわいがっておくれ」

と帝は、弘徽殿を訪れる際も若宮をいっしょに連れていき、そのまま御簾《みす》の中にも入れてしまう。たとえどんなに猛々《たけだけ》しい武士や仇敵《あだがたき》であったとしても、ひと目見たらほほえまずにはいられない、そのくらい若宮はかわいらしく、かの弘徽殿女御でも邪険にすることができない。

弘徽殿女御には二人の皇女《こうじょ》がいたが、若宮のうつくしさとは比べものにならなかった。そのほかの女御《にょうご》や更衣《こうい》たちも、まだ幼子の若宮を前に、顔を隠すこともなく相手をするが、こんなにも幼いうちから気品に満ちて、こちらがかえって気後れするほどなので、本当におもしろい、遊び相手のしがいのあるお子だとだれもが思う。ひと通りの学問ばかりでなく、琴や笛の演奏なども、宮中の人を驚かせるほど達者、それればかりか、ひとつひとつ数え上げたらキリがないほど何もかもが人並み以上にすばらしく、少々気味の悪いほどだった。

高麗人《こまうど》が来日した折に、よく当たる人相見がいると帝《みかど》は聞きつけた。宮中に外国人を招き入れてはならぬという宇多《うだ》の帝の戒めがあるので、帝はひそかに、彼らの滞在している鴻臚館《こうろかん》に若宮を遣わせた。いつもは後見人として若宮に仕える右代弁《うだいべん》が、自分の子のように見せかけて連れていったのである。若宮を見ると人相見は驚いて、何度も何度も首をかしげてその顔を見つめては不思議がる。

「国の親となり、帝王という最高の位にお就きになるはずの相をお持ちですが、しかしそのような方として見ると、世が乱れ人々が苦しむことがあるかもしれません。では朝廷の柱石となり、天下の政治を補佐する方、と見ようとしますと、そのような相ではございません」

右代弁もじつに教養のある文人で、この高麗人と交わした会話は興味深いものだった。漢詩もお互いに作り合った。今夜明日にも帰国しようという時に、こんなに類いまれな人に会えたよろこび、反面、そのせいでいっそう増すだろう別離の悲しみを人相見がみごとな詩にすると、若宮もじつに胸に染みる詩を作ってみせる。人相見はその詩を心から賞賛し、数々の立派な贈り物を献上した。朝廷からも、多くの品々を彼らに贈った。帝自身は何も言わなかったのに、このことは自然と世の中に漏れ聞こえてしまい、弘徽殿女御《こきでんのにょうご》の父である右大臣までが、若宮を人相見に見せるとはどういうわけなのかと疑問を抱いている。

じつは帝は、すでに日本の人相見にも若宮を占わせていたのである。なので高麗人の人相見が占った結果も、すでにわかっていたことではあった。だからこそ、この若宮を親王と定めなかったのである。帝は高麗の人相見の言葉もおおいに参考にし、位階のない無品親王《むほんのしんのう》などにして、後ろ盾もないまま頼りない生活を若宮に送らせるようなことはするまい、と心を決めた。自分の治世もいつまで続くかわからないのだから、皇族を離れさせて臣下とし、朝廷の補佐役に任ずるのが若宮の将来にはいちばん安心ではないかと考えた。何を学ばせてもすぐに習得し、ずば抜けて賢い若宮を、臣下などにするのはじつにもったいないけれど、もし親王とするのなら、世間が疑問を持つのは避けられまい。また、占星術の達人に若宮を占ってもらっても同じ答えとなった。そこで帝は若宮を臣下に降《くだ》し、源氏という姓を与えることに決めた。


月日が流れても帝《みかど》は桐壺《きりつぼ》の御息所《みやすどころ》を忘れることができないでいる。気を紛らわせるように、相応の姫君たちを入内《じゅだい》させるものの、亡き人と比べることなどとてもできず、生きていることがひたすらつらく感じられるばかりだった。

そんな時、先帝の第四皇女がすばらしい美貌の持ち主だという噂を耳にした。帝に仕えている女官、典侍《ないしのすけ》は、先代の帝にも仕えていた人で、母后《ははきさき》の邸《やしき》にも、よく出入りをしており、この第四皇女も幼い頃から知っていた。母后がどれほど心を尽くしてこの四の宮を守り育てたかも知っており、今も成長した四の宮を見かけることもあるという。その典侍がこんなことを言った。

「これまで三代の帝にお仕えしてきましたが、お亡くなりになった御息所のお顔立ちに似ていらっしゃる方にはお目にかかったこともございませんでした。けれどこの后の宮の姫君だけは、御息所に生き写しかと思うほどに成長なさいました。驚くほどのうつくしさでございます」

それを聞いた帝は本当だろうかと思い、心をこめて母后に入内の件を申し入れた。ところがこれを聞いて母后は言葉を失った。

「なんておそろしいことでしょう。東宮の母女御《ははにょうご》さまがひどく意地悪で、桐壺更衣《きりつぼのこうい》が露骨な嫌がらせを受けたことはみな知っています。そんな忌まわしいところに娘を……」

と用心し、娘を入内させる決心もつかずにいた。そして決心しかねたまま、この母后もこの世を去ってしまった。後に残された姫君が心細く暮らしているところへ、「私の娘である皇女たちと同じように扱いましょう」という、帝からの誠実な申し出がある。

姫君に仕えている女房たち、後見の人々、兄である兵部卿宮《ひょうぶきょうのみや》も、こうして心細く暮らしているよりは、宮中に入って過ごしたほうが気持ちも紛れるに違いないと考えて、姫君はようやく入内の運びとなった。

姫君に与えられた部屋は藤壺《ふじつぼ》という。この藤壺、顔立ちも姿も、不思議なくらい亡き桐壺にうりふたつである。先帝の第四皇女である藤壺は、桐壺と違って格段に身分が高い。そのせいか立ち居振る舞いもすばらしく立派で、さすがにだれもこの藤壺を悪《あ》しざまに言うことはできない。そのため帝もだれに気兼ねすることもなく彼女を愛することができた。亡き桐壺は周囲のだれもが承知しなかったのに、帝に深く愛されすぎたのである。

帝は、桐壺を忘れることはできなかったものの、自然と藤壺に情が移り、以前よりずっと心が満たされていく。それもまた悲しい人の性《さが》である。

源氏の君は父帝のそばを離れないので、帝がときおり通う後宮の妃《きさき》たち、とくに足しげく通われる妃は、恥ずかしがって源氏の君から隠れているわけにはいかない。どの妃も、当然ながらだれにも劣らず自分がもっともうつくしいと思っているが、若い盛りは過ぎている。そんな中で藤壺はまだまだ年若く、かわいらしくて、君から懸命に顔を隠そうとしているけれど、ちらちらとその姿が見えてしまう。君は、母親である桐壺のことは面影も覚えていないけれど、「本当によく似ていらっしゃいます」と典侍が言うのを聞いていると、幼心にも本当になつかしいような気持ちになり、いつもそばにいて、もっとずっと親しく近づいてその姿を見たいと思うのだった。

帝にとってもこの二人はかけがえのない存在だった。

「若宮によそよそしくはしないでおくれ。不思議なことだが、あなたを若宮の母君と見立てたい気がするのだ。無礼だとは思わずに、どうかかわいがってあげてほしい。顔立ちや目元など、この子は亡き母に本当によく似ている。その母とそっくりのあなたを、母のように慕うのはそんなにおかしなことではあるまい」と、帝は藤壺に頼むのだった。

やがて君は幼心にも、ちょっとした春の花や秋の紅葉《もみじ》にかこつけて、藤壺を慕う気持ちを素直にあらわすようになる。弘徽殿女御《こきでんのにょうご》はもともと藤壺をよく思ってはいないので、君が藤壺への好意をあらわにすると、桐壺への憎しみもぶり返して、ますます不愉快に思うようになった。

弘徽殿女御がこの世にまたとないほどと思い、また世間でも美男だと名高い東宮の容姿に比べても、源氏の君の輝くようなうつくしさはたとえようもなく、いかにも愛らしい。やがて人々は「光君《ひかるきみ》」と呼ぶようになる。この光君とともに帝に深く愛される藤壺を、「輝く日の宮」と呼ぶようになる。

まだあどけなさを残す幼い光君を、成人の姿にしてしまうのは残念だと帝《みかど》は思うが、十二歳ともなれば元服《げんぷく》の儀《ぎ》を執り行わなければいけない。帝は率先してこの儀式の準備をはじめた。前年、南殿《なでん》で行われた東宮の元服の儀は立派だったと評判であるが、それに劣ることのないようにした。宮中のあちこちで供する饗膳《きょうぜん》も、内蔵寮《くらづかさ》、穀倉院《こくそういん》から公式規定通り調達したが、行き届かないところもあろうかと特別の指示を下し、最善を尽くして準備したのである。帝の住まいである清涼殿《せいりょうでん》の東の廂《びょう》に、東向きに帝の椅子、その前に元服し冠《こうぶり》をかむる君の席、冠を授ける大臣の席を置く。儀式のはじまる申《さる》の刻（午後四時頃）に源氏の君は参入した。角髪《みずら》を結ったその顔立ちの輝くばかりのうつくしさは、成人男子の姿にしてしまうのがじつに惜しいほどである。大蔵卿が理髪役を務める。みごとな髪を切る時、あまりにも痛ましく見えて、亡き桐壺《きりつぼ》がこれを見てくれていたらと思い出しては涙を流しそうになるのを、帝は気を強く持ってぐっとこらえる。

加冠《こうぶり》の儀《ぎ》が終わり、源氏の君は休息所に退出し、装束を成人のものに着替える。その後東庭に降りて拝礼の舞を舞うその姿を見て、人々はみな涙を落とす。まして帝はもうこらえきれず、このところは紛れることもあった桐壺への思いがよみがえり、悲しく思う。こんなに幼いのに髪上《くしあ》げをしたら見劣りがするのではないかと帝は心配していたが、光君のうつくしさは驚くほど増したようである。

加冠の儀を行った左大臣には、皇女である妻とのあいだにひとり娘がおり、たいせつに育てている。この姫君を東宮の后《きさき》として迎えたいと所望されてもいるが、左大臣は決心できかねている。というのもこの光君にこそ嫁がせたいと思っているからである。そこで、元服のこの時とばかり帝に

意向を訊《き》いてみると、

「元服して一人前となったのに、世話をする人もいないようだから、妻としたらいいのではないか」

との答えなので、左大臣もすっかり心を決めた。

光君は休息所に退出し、人々が祝いの宴で酒を飲んでいる中、親王たちの末席に座った。隣に座った左大臣が、姫君のことをそれとなくほのめかすのだが、そういうことの恥ずかしい年頃である光君は、これといった返事もせずにいる。

御前に来るようにとの帝の言葉を内侍《ないし》が左大臣に伝えにくる。参上すると、帝付きの命婦《みょうぶ》を取り次ぎとして、褒美の品々が渡される。慣例の通り、白い大袿《おおうちき》に御衣《おんぞ》一揃いである。盃《さかずき》を受ける折に、あらためて帝から結婚の念を押される。

いときなきはつもとゆひに長き世を契《ちぎ》る心は結びこめつや
(幼い君がはじめて結んだ元結《もとゆい》に、あなたの娘との末永い縁を約束する気持ちを結びこめたか)

結びつる心も深きもとゆひに濃《こ》きむらさきの色しあせずは
(深い心をこめて結んだ元結ですから、その濃い紫の色があせないように、光君の御心も変わることがもしなければ、どんなにかうれしいでしょう)

左大臣はそう応え、長橋《ながはし》から東庭に降りて拝舞をする。帝は馬寮《めりょう》の馬、蔵人所《くろうどころ》の鷹《たか》を、さらなる褒美として与える。清涼殿正面の階段の下に親王や上達部《かんだちめ》が立ち並び、彼らもまた、それぞれの位に応じて褒美を受け取る。その日の、光君から帝に献上する品々、肴《さかな》の入った折櫃物《おりびつもの》、果物を詰めた籠物《こもの》などは、右大弁《うだいべん》が調えた。下々の役人用に弁当、反物の入った唐櫃《からびつ》など、置ききれないほどの品々が東庭に並び、東宮の元服の時よりもかえってはなやかで盛大な儀式となった。

その夜、光君は宮中から左大臣の邸《やしき》へと退出した。左大臣は婿入りの儀式を、前例もないほど立派に調えて丁重に光君をもてなす。光君はまだあどけなく、子どもっぽさが残っているが、左大臣たちはその様子を、畏れ多いほどうつくしい方だと思うのだった。光君より少し年上の姫君は、夫となる光君が自分より若いことに引け目を感じ、不釣り合いなのではないかと恥ずかしく思っている。

この左大臣は、帝《みかど》からの信用も篤《あつ》く、その妻は、帝と同じ母親から生まれた妹君である。どこから見ても申し分のない家柄であるが、さらにこの光君までもが婿として加わったものだから、弘徽《こき》殿女御《でんのにようご》の父、東宮の祖父であり、東宮即位の暁には天下の政治を支配するはずの右大臣の勢力は、ものの数にも入らないほど圧倒されてしまった。

左大臣は、何人かの夫人とのあいだに多くの子を持っている。姫君と同じ母親腹の兄は、蔵人《くろうどの》少将《しようしよう》という位に就いていて、非常に若く見目麗しい人だった。右大臣は、左大臣家とはあまり仲がよくないが、無視もできずだいじに育てた四《よん》の君《きみ》の婿として彼を迎えた。左大臣のところでは光君は丁重に扱われていたけれど、同様に、右大臣家ではこの少将がだいじにもてなされ、それぞれ申し分ない婿舅《むこしゆうと》の間柄である。

しかしながら光君は、帝がいつもそばにいるように命じて放そうとしないので、気楽に自邸の二条院に帰ることもできない。光君は胸の内では、たったひとりのすばらしい人、とひたすらに藤壺《ふじつぼ》を慕っている。このような人を妻にしたいけれど、少しでも似たところのある人などいるはずがないとも思う。左大臣家の姫君は、たいせつに育てられたいかにもうつくしい人だが、どこか性に合わないようなところがある。光君はただ藤壺のことを、幼心ひと筋に思い詰めて、胸が痛むほどだった。

元服して成人と見なされた後は、帝は以前のように御簾《みす》の内に光君を入れるようなことはしない。だから光君は、管絃の催しがある時などに、御簾の奥の藤壺の琴の音に合わせて笛を吹いては心を添わせ、また、かすかに漏れ聞こえる藤壺の声を耳にしては自身をなぐさめている。そうなると、いよいよ宮中から離れがたくなり、ずっとここにいたいと思うようになる。五、六日宮中で暮らし、二日、三日ととぎれとぎれに左大臣家に下がるだけである。左大臣は、光君はまだ幼いのだから咎《とが》め立てするようなことでもないと思うようにして、光君が宮中から下がってくれば文句も言わずに丁重にもてなした。光君と姫君、それぞれに仕える女房たちも、人並み以上にすぐれた者を選び抜き、また光君の気に入るような催しをして、精いっぱいのもてなしを心掛けている。

宮中では、もともと桐壺《きりつぼ》が暮らしていた部屋を光君に与え、かつて桐壺に仕えていた女房たちを散り散りにさせずに、そのまま光君に仕えさせるように帝は取りはからった。さらに、桐壺の実家である二条院には修理職《すりしき》や内匠寮《たくみづかさ》を遣わせて、ほかに類を見ないほど立派に改築させた。もともと庭の立木《たちき》や築山《つきやま》のたたずまいなど、風情あるところではあったが、さらに池を広く作りなおすことにし、盛大に造営している。光君はそれを見ても、こうした場所で、理想の女性を妻に迎えていっしょに暮らしたいと、かなわぬ思いを嘆いている。

——ところで光君という名は、高麗人《こまうど》の人相見が源氏を賞賛してそう名づけた、と言い伝えられているとのこと……。

帚木《ははきぎ》

雨の夜、男たちは女を語る

理想的な女君とはいかなる人なのでしょう。
恋愛譚はお聞き苦しいところもありますけれども……。

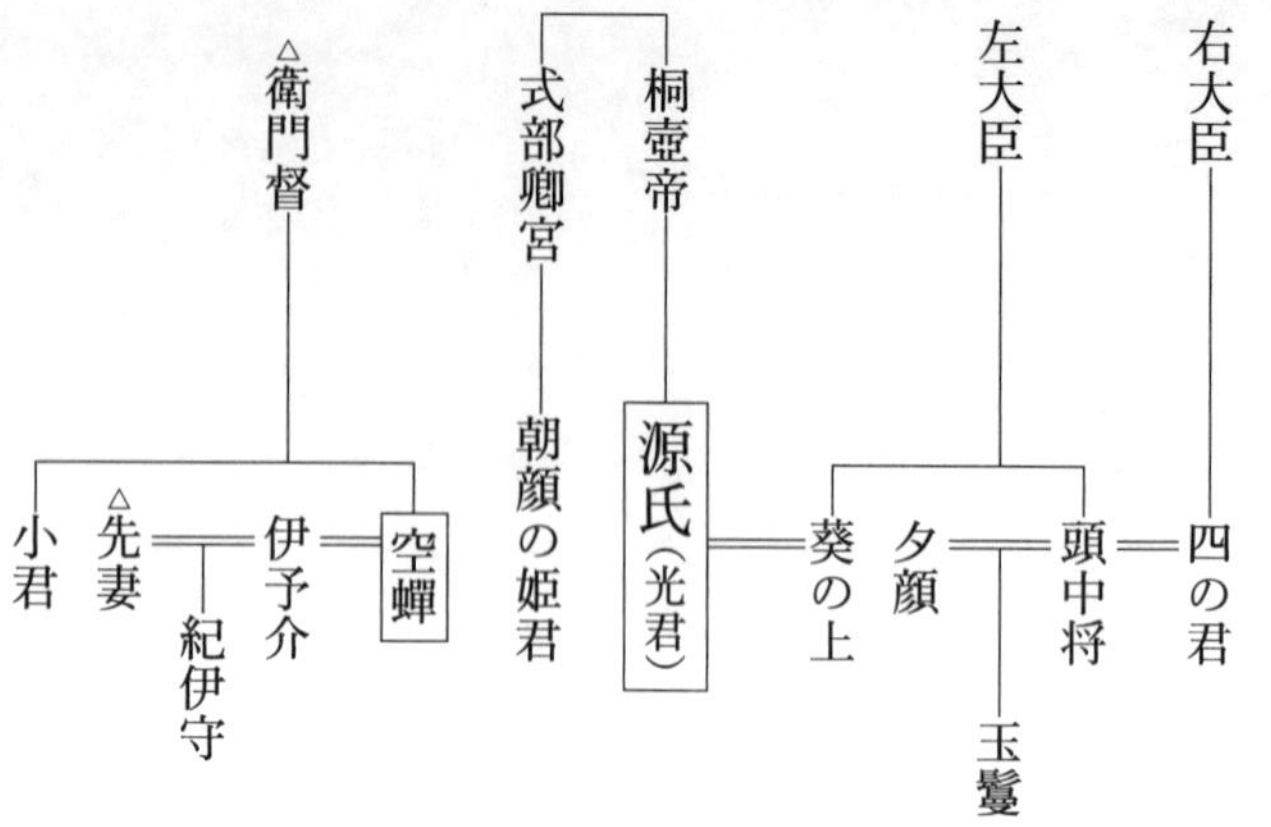

右大臣
四の君
左大臣
頭中将
夕顔
玉鬘
葵の上
桐壺帝
源氏（光君）
式部卿宮
朝顔の姫君
△衛門督
空蝉
伊予介
△先妻
紀伊守
小君

＊登場人物系図
△は故人

光源氏、というその名前だけは華々しいけれど、その名にも似ず、輝かしい行いばかりではなかったそうです。それに加えて、これからお話しするような色恋沙汰まで後々の世まで伝わり、軽薄な男と浮き名を流すのではないかと気にして、本人が秘密にしていた話も、こうして語り伝えた人の、なんと性質《たち》の悪いこと……。しかし実際のところ、源氏の君は非常に世間を憚《はばか》って、真面目に振る舞っていたのだから、色っぽい恋愛話などはなくて、物語『交野《かたの》の少将』に登場する恋の達人からすれば、一笑に付されるのがオチでしょうけれど……。

光君《ひかるきみ》がまだ近衛《このえ》の中将だった頃には、朝廷こそが居心地《いごこち》のいい場所だと思いこんで、妻である葵《あおい》の上《うえ》の待つ左大臣家にはたまにしか訪れなかった。ほかに好きな人でもできたのかと、左大臣は光君を疑うこともあったほどだ。実際のところ、光君はそんな陳腐な、いきあたりばったりの恋愛などは好まない性分であるが、たまに、人が変わったように、気苦労の多い面倒な相手を悶々《もんもん》と思い詰めるような困った癖があって、立派とはいいがたい行いをすることもあった。

梅雨時期の雨が長引き、久しく晴れ間もない折、宮中では物忌《ものい》みが続き、帝《みかど》も侍臣《じしん》もみな宮中で謹慎することとなり、ともにいた光君もいつにもまして長く滞在することとなった。光君を待ち遠しくも、また恨めしくも思う左大臣は、光君のため、衣裳《いしょう》や身のまわりのあれこれを趣向を凝らして新調していて、その子息たちが光君の相手をするために宮中を訪ねる。なかでも、帝の妹君を母上に持ち、右大臣家の四《よん》の君《きみ》の婿である頭中将《とうのちゅうじょう》は、子息たちの中でもとくに光君と仲がよく、遊びや催しごとをする際にもずいぶんと気やすく、ほかの者たちより親密に振る舞っている。この頭中将もまた、右大臣家では婿としてたいせつに扱われているのに、光君同様、妻の元には面倒がって寄りつこうとしない、浮気っぽい色男である。

実家である左大臣家でも、頭中将は自分の部屋をまぶしいほどうつくしく飾り、光君が出入りする時にはいつもお供を買ってでて、夜となく昼となく、学問も遊ぶのもいっしょで、何をしても光君にさほど引けをとることがない。どこでも親しくつきあっているうちに、自然と遠慮もなくなって、お互い胸の内などを包み隠さず打ち明けあうような親密な関係になった。

朝から雨の降り続く、所在ない一日も終わろうとしている。しめやかなその宵、殿上人《てんじょうびと》の詰め所である殿上の間にもひとけは少なく、光君の部屋はいつもよりのんびりとした雰囲気である。光君は灯火を近くに寄せて書物を読んでいる。遊びにきている頭中将は、そばに置かれた本箱の厨子棚《ずしだな》から、色とりどりの紙に書かれた恋文を引っ張り出しては、しきりに読みたがる。

仕方なく、「差し支えのないものなら少しは見せようか。とても見せられないものもあるからね」と光君はしぶしぶ言うが、

「その、とても見せられないものをこそ、見たいものだよ」と頭中将は言う。「差し支えのないようなな、ありきたりな手紙なら、私のようなつまらない者でも相手とやりとりして、見たことがありますよ。そうではなくて、男を恨めしく思っている時の手紙とか、男を心待ちにしている夕暮れに

書いたような手紙なら、本当に見る価値があると思うけれどね」と、恨みがましく言う。

たいせつな、ぜったいに人には見せられないような手紙は、このような本棚の人目につくようなところには置かず、別にして保管してあるのだろうから、ここにある手紙は二流の、たいしたことのない女からのものだろう。それでも頭中将は光君が見せる手紙の一部分を読んでいく。

「しかしよくまあ、こんなにいろいろな手紙があるものだなあ」と感心し、これはだれからだろう、これはだれからに違いない、と頭中将は当てずっぽうに手紙の送り主の名を口にする。実際に言い当てているものもあり、また、まったく見当違いな勘ぐりもあり、それが光君にはおもしろかったが、言葉少なになんとかごまかして、手紙を厨子にしまいこんだ。

「あなたこそたくさんお持ちでしょう。ちょっと見せてよ。そうしたらこの厨子も気持ちよく開いて見せるから」

「見る価値のあるものはほとんどないよ」と中将は言う。「この頃ようやく、完璧な女などめったにいないのだとわかってきたよ。表面だけ風情よく飾ったり、きれいな字をさらっと書いたり、その時々にふさわしい返歌をわきまえていたりと、分相応にそれなりにできる女は多い。けれどそのそれぞれの技能にすばらしく秀でた人を選び出そうとすると、その選から外れる女が多いと思うよ。自分の得意なことだけをぺらぺらと自慢して、他人をこき下ろしてみせるなんて、みっともない場合も多い。

深窓の令嬢で、両親がつきっきりで何くれと不自由なく面倒をみて、輝かしい将来が約束されているうちは、なんだかすばらしい人がいるらしいと聞きかじって心惹《こころひ》かれる男もいるだろうね。顔もかわいい、おっとりと優雅で、若いし、ほかにすることもないからちょっとした芸事も熱心に稽古する。その結果、ひとつくらいの芸を人並みにこなすこともあるかもしれない。その女を直接知っている人は、欠点なんかは当然言わないだろうし、まあまあ人並みのところは大げさによく言うわけだ。本人を見るまでは、そんなにすばらしい人がいるものかとケチをつけることもできない。でも実際に逢《あ》ってみれば、がっかりしないことはまずないよ」

頭中将は自信満々に言ってため息をつく。光君は、中将の言葉ぜんぶに賛同するわけではないけれど、心当たりでもあったのだろうか、にやりと笑って言う。

「今の話みたいな、ほんの少しの取り柄もない人なんているかな」

「そんなひどい女ならば、仲人にまんまとだまされて寄っていくような男もいないだろうな。何ひとつ取り柄のないつまらない女と、非の打ちどころのまったくない完璧な女は、同じくらいめったにいないだろうね。身分の高い家に生まれれば、たいせつに世話をされて欠点もうまいこと隠されるだろうし、はたからはすばらしく見えて当然だ。中流の女だと、それぞれの性格や考えや、好みなんかもはっきりしていて、個性的でおもしろい。下流の身分となるととりたてて興味も持てないな」

と、頭中将はさもすべてを知り尽くしているような面持ちで話すので、興味を覚えた光君は訊《き》く。

「あなたの言う身分というのはどう考えたらいいんだい。どのように上中下と三つに分類するの？もともとは高い身分の家に生まれたものの、現在は落ちぶれて低い身分に甘んじて、人並みの暮らしもできなくなった人と、中くらいの身分の出身で、上達部《かんだちめ》なんかに出世して、得意げに邸《やしき》をごてごて飾り立てて威張っているのと、その区別はどうつけたらいいのだろうね？」

そこへ、左馬頭《ひだりのうまのかみ》と藤式部丞《とうしきぶのじょう》が物忌みに謹慎するためにやってきた。二人とももの知りで、男女のことにも長《た》けていて、しかも話がうまい。頭中将は待ってましたとばかりに迎え入れ、さっそく光君の疑問について議論をたたかわせはじめる。

まったく歯に衣着《きぬ》せぬもの言いで、耳をふさぎたくなる話も多いのだけれど……。

「低い身分から成り上がったとしても、もともとふさわしい家柄でない者は、結局世間が彼らに向ける目が違います。もともと尊い家柄でも、世渡りが下手で時代の波にのみこまれ、落ちぶれ、人望も失うとなれば、気位ばかり高くてどうにもならず、威厳もなくなるでしょう。これら二つの例は中流と見なしていいんじゃないですか。

地方に赴いて政務にかかわる受領《ずりょう》なんていう階層は、中流と決まっているけれど、その中にいくつもの階級があって、最近では、交際相手はその中流からよさそうな人を選ぶことが多いですよ。生半可な上達部なんかより、参議の資格のある四位《しい》ほどで、世間からそれなりに尊敬され、もともとの家柄が悪くない者があくせくせずにゆったり暮らしているのは、いいものではないですか。邸の中には足りないものなどないでしょうから、娘にも費用をかけて、まぶしいほどの扱いをして、立派に育て上げることができる。そうして成長した娘が宮仕えに出て、帝の寵愛《ちょうあい》を受けて天子さまを産むという、すばらしい僥倖《ぎょうこう》を引き当てる例も多いですよ」と馬頭が話すと、光君は、

「結局は財力がものを言うってことになりますね」とからかうように言う。

「あなたらしくもない、心外な言い方だなあ」と中将はくやしがる。馬頭は続ける。

「家柄もすばらしい、人望も篤《あつ》い、そんな尊敬すべき家の姫君なのに、振る舞いに品がなかったり、行儀作法ができていなかったりする時ほど、がっかりさせられることはありません。けれどねえ、家柄や人望にふさわしく立派に育っているとしても、それは当然のことですから、珍しいと驚くよ

うなことでもないでしょう。上の上の身分の人については、こんな私ごときには雲の上の存在ですから、何も申せませんがね。

ところで、人が住んでいるとも思えない、葎《むぐら》や蓬《よもぎ》の生い茂る荒れた家に、意外なことに見目麗しい姫がひっそりと暮らしている、なんてことがあったら、それこそ珍しいという表現がふさわしいですよ。どうしてこんなさびれたところに、こんなお方がと、想像もつかないだけに気持ちが惹きつけられる。その父親は年をとってだらしなく太り、男兄弟は憎たらしげな顔をしていて、どう考えてもたいしたことのないだろうという家の奥の間に、気高い娘がいたりする。たしなみがあるように見えたら、実際はそれがたいしたことのない才芸だとしても興味を持ってしまいますよ。まったく欠点のない女を選ぶというなら話にもなりませんが、これはこれで、なかなか捨てがたいとは思いませんか」

そう言って馬頭は式部丞を見るが、自分の姉妹たちがかなりの評判なのを知っている式部丞は、わざと自分にそんな話をしていると思い、返事もしない。

さあ、どうだろうな。上流にだってすばらしい女はめったにいないんじゃないかな、と光君は思っているようである。やわらかそうな白い下着に、袴《はかま》をつけず直衣《のうし》だけをしどけなく羽織り、紐《ひも》も結ばず、家具に寄りかかっている光君を、灯火が照らし出す。くつろいでいるその姿は息をのむほどうつくしく、まるで女性のようですらある。この人のために上の上の女を選んだとしても、それでも不釣り合いのように思える。

さまざまな女について語り合っているうちに、左馬頭が話し出した。

「通りいっぺんの恋人として交際するのならば難がなくても、妻として頼りになる女を選ぼうとすると、女の数は多くても、なかなか決められないものですよ。男だってそうです。朝廷にお仕えして、しっかりと世を支えてくれそうな人々の中から、真に大成しそうな人物を選ぼうとすると、それも難しいでしょう。しかしいくらすぐれた人といったって、ひとりや二人で広い世の中を治められるはずはないんですから、上の者は下の者に助けられ、下の者は上の者に従って、そんなふうに助け合いながらなんとかなっていくものでしょう。とはいえ、まあ、家庭はもっとも狭いには狭いけれど、その家庭で主婦となる人はひとりしかいない。ひとりしかいないとなると、不充分では許されないたいせつな仕事があれこれ多いです。ああすればこうなる、こちらが通ればあちらが立たずといった具合に、いいところがあれば、悪いところもある。人並みで、これなら合格点だという女はなかなか少ない。遊び半分の浮気で、どんな女がいるのかなるべくたくさん知ろうというのではないですがね、何がなんでもこの人ひとりと決めて一生連れ添いたいものだから、どうせならこちらで教えたり手を掛けたりする面倒もなく、申し分ない人と結婚できないかとハナから選《え》り好みをする。となると、なかなか決まらないのも当然ですな。

すべてがすべて望み通りではないけれど、それでも一度夫婦になったのには宿縁があったのだろうと言い聞かせて、妻を捨てられずいっしょにいる男は真面目な性格なのだろうし、捨てられずにいる女も何かしらいいところはあるのだろうとはたからは思われます。しかしですね、実際の夫婦をいろいろと見てきましたが、これはすばらしい、まことに立派だと思うような夫婦はまずおりません。若殿方のような御大家のご子息にふさわしい人を選ぶとしましたら、どのようなお方がふさわしいのでしょうねえ。

たとえばですよ。容姿もみごとで、まだ苦労知らずの若々しい女がいたとします。塵《ちり》もつかないほど身ぎれいにして、手紙にはおおらかな言葉を選び、男が心許《こころもと》なく感じるほどの薄墨で書いてきて、もう一度はっきり手紙を見たいと男はやきもきしますわな。もう少し親しくなって、かすかに女の声を聞けるくらい近づけることになったというのに、息遣いに消えるようなかすかな声しか出さない。それだと欠点の見せようがない。

やさしくて女らしいと思うと、そういう女は情緒にこだわりすぎて、機嫌をとっていると変に色めいてくる。これがまず第一の難点ですよ。

妻の仕事としていちばんだいじなのはなんですか、夫の世話でしょう。これも風情に凝りすぎていて、ちょっとしたことをするのに変に洒落《しやれ》たことをするとなると困りものですな。かといって家事一点張りで、額髪を耳に挟んで色気もへったくれもない世話女房で、ひたすら所帯じみていくのも、どうでしょうねえ。

男というものは、朝に家を出て夕に帰ってくる中で、いろいろ公私にわたって世の中のことを見聞きするでしょう。いいこともあれば悪いこともある。それでもあまり親しくない人に、そんな話はしませんよ。毎日顔を合わす妻がそうした話のわかる女なら、話をするのもたのしくて、笑ったり泣いたり、むやみに義憤にかられたりもするでしょうな。自分の胸にしまってはおけないことを打ち明けもします。でももし話の通じない、わからずやの妻だったら、話したところでなんになるかとそっぽを向いていたくもなりますよ。思い出し笑いをして『ああ』なんて独り言まで口をついて出ているのに、『なんですの』なんて間の抜けた顔で訊かれたりしたら、忌々《いまいま》しくさえなってきますでしょうなあ。

そうなると、子どものように一途《いちず》であどけなくて、素直な女ならば、何かとこちらで教え教えして妻にするのがいいかもしれませんね。頼りなくはあっても、教育しがいもあるでしょうし。しかし、どうでしょう。女の家で過ごしている時には、女のかわいらしいところに免じていっしょにいられましょうが、離れている時に、何かの用事を言いつけたり、何かの折にしでかすことが、趣味的なことでも実用的なことでも、自分ではなんの判断もできず、行き届いた配慮もないとするとまったく情けないことになる。頼りないという欠点はやはり困りものですね。いつもは無愛想で親しみを感じられない人が、何かの時に、てきぱききっぱりとものごとを片づけてくれると、さすがだと思うこともありますしね」

などと、これほど言葉を尽くしても結論には至ることがなく、馬頭はため息をついて、なおも話し続ける。

「こんなふうに考えると、家柄の良し悪《あ》しも関係ないでしょうし、顔かたちなんかもなおのこと論外ですな。出来が悪くて、性格的にひねくれたところがなければ、家庭的で落ち着きのある女を生涯の伴侶と考えるほかありませんね。それに加えて、たしなみや気遣いのこまやかさがあれば、それはもうありがたいことだと思って少々の不満には目をつぶるべきなんでしょう。信頼できて、留守の時にもあれこれまかせられる人ならば、女らしい風情なんかは自然と身につくでしょうしね。

世の中には、おしとやかにはにかんで、夫に不満なんかも我慢して言わずに、うわべは何気ないふうにしとやかに振る舞いながら、そのくせいよいよ我慢できなくなると、言いようもなく悲しい置き手紙や歌を詠み残して、とても忘れられないような形見をわざわざ添えて、深い山里やへんぴな海辺に身を隠すような女がいるのですよ。まだ子どもだった頃、仕えていた女房がそんな物語を読み聞かせてくれて、すっかり胸打たれて、そこまで悩み抜いたのかとその妻に同情して泣いたものです。

けれど今考えると、なんとまあ軽はずみでわざとらしいことでしょうかね。まだ深い愛情を持ってくれている夫を見捨てて、よしんばつらいことがあったのだとしても、男の気持ちを考えもしないで、逃げ隠れて夫を心配させ、愛情を試そうなどとしているうちに日が過ぎて、一生悲しく暮らすなんてことになったらつまらないじゃありませんか。よくぞご決心なさいました、なんてまわりの人におだてられて、その気になって尼になってしまう場合もあります。思い立ったその時ばかりは、すっきり晴れ晴れと、俗世になんの未練もないという気持ちでしょう。ところがそこを訪れた知り合いが、『なんて悲しいことでしょう、こんなご決心をなさるほど悩んでいらっしゃったのですね』と嘆き、ことの顚末《てんまつ》を夫に知らせます。まだ妻のことを一途にも愛している夫が、それを聞いて涙するのを見た使用人や古女房たちがやってきて、『ご主人さまはまだあなたを愛していらしたのに、ご出家なんて……』などと言うわけです。そうすると妻は自分の額に触れて、短く切ってしまった髪があまりにも心細くてつい泣きそうになる。こらえてはいても、一度涙がこぼれると、何かあるたびに我慢できず、後悔もいろいろと押し寄せてくるでしょうから、仏もかえって未練がましいとご覧になりましょう。中途半端な悟りでは、出家前、俗世の濁りに染まっているよりもっと罪深い悪道にさまようことになりかねません。

もし夫婦としての前世からの因縁が深くて、出家するより前に夫が妻を見つけて家に戻したとします。そのまま連れ添って、その後はどんなことがあっても乗り越えていくならば、その夫婦は宿縁も深く愛情もますます深まるでしょうね。でもね、妻も夫も、今後お互いに何をしでかすか、不安で気が許せなくなるのが本当のところじゃないですかねえ。

そうではなくて、もし夫がほかの女にちょっと心変わりしたとしても、それを恨んでムキになって喧嘩《けんか》するというのも、馬鹿馬鹿しいかと思いますね。夫の気持ちがほかの女に移ったとしても、出会った当初の愛情を思い出して、妻をいとしく思うのであれば、それだけで夫婦というものは長続きするものです。それなのにつまらないいざこざが元で、縁が切れてしまうわけですからね。

つまりですよ、すべてなんでも穏やかに、恨むようなことがあっても、私は知っていますのよという程度に匂わせて、大ごとにせずちくりと釘を刺すくらいなら、夫の愛情も深まるというものでしょう。夫の浮気もたいがいの場合、妻の出方でおさまることが多いんです。あんまり放ったらかしで好き放題させておくのも、夫からすれば気楽で、いい妻だと思いもするけれど、自然と軽い女だと思うようになりますな。『泛《う》きたること繋《つな》がざる舟の若《ごと》し（岸につないでいない舟はどこに漂っていくかわからない）』なんて言いますが、そうなってもおもしろくありません。そうは思いませんか」

馬頭の話に中将はうなずく。

「実際、うつくしい、すばらしいと思って気に入っている女が、どうも不節操なのではないかと疑がわしい場合はたいへんでしょうね。夫のほうには過ちがないとして、大目に見るならば、女の心掛けの悪さをなんとか正してやって夫婦生活を続けていくこともできるかもしれませんが、そうとも言えませんよね。男女のどちらに問題があるにしても、夫婦仲のこじれるようなことがあった時には、気長に我慢するよりほかにいい方法はないんでしょうね」

と頭中将は言いながら、まるで自分の妹（葵《あおい》の上《うえ》）は馬頭の言う理想の妻にふさわしいと思い、光君が何か言うのを待つが、居眠りを決めこんで何も言わず、頭中将はもの足りなくておもしろくない。

馬頭はまるで弁論博士よろしく論じ続けている。頭中将は彼の理屈を最後まで聞いてみようと熱心に相づちを打つ。

「すべてのことを引き比べてお考えなさいませ。大工の職人が遊び道具やいろいろな道具をその場かぎりの思いつきで作るとしましょう。きちんと作り方が定まっていないそんな時でも、見た目が洒落ていたり、凝った趣向で目あたらしかったりすれば、なるほどこんなふうにも作れるのかとおもしろいものです。けれども本当に格式ある、私たちの家庭でもとくにだいじにしている調度の飾りなど、定まった様式のあるものを立派に作ることにかけては、やはり真の名人のうまさがだれの目にもはっきりわかります。

それから、宮中の絵所にも絵のうまい人は多いですが、彼らが墨書きの役に選ばれて、彩色画の輪郭などを描きましたら、並べて順に見てもその優劣はすぐにはわかりますまい。たとえばだれも見たことのない蓬莱《ほうらい》の山、荒海のおそろしい魚の姿、唐国《からくに》の猛獣、目に見えぬ鬼の顔などなど、だれも真実を知らないものの絵は、人の目を驚かすようなものを思うまま描けばいいのです。真実からかけ離れていたってかまわないのです。けれどもね、だれもが知っている山や水の流れ、見慣れた人の住まいや暮らしぶり、そうしたものはだれもがなるほどと納得するように描かないといけません。だれもが親しみを持てるような穏やかな風景、遠くにはやさしい姿の山々を、木深く、人里離れたように描き、近くには人里の庭先の風景を、細心に技法を駆使して描かねばなりません。そうなるとやはり名人は筆遣いの生き生きとしたみごとな絵を描き、いい加減な絵師は及びもつかないことでしょう。

書も同じことが言えます。あちこち点を長く引いて筆を走らせるような、気取った書き方をすれば、深い素養がなくても、ぱっと見には気が利いていて才気走っているように見えるけれど、やはり本当の書法でかっちりていねいに書いてあるものと比べると、表面的なはなやかさなどなくても実直な書のほうがしみじみといいと思うものです。

ちょっとした才芸でもこの通りです。まして女の心の、気取ってみせたり取り繕った風情なんかは、信用できないと私もわかって参りました。

それがわかっていない頃の私の失敗談を、色恋沙汰の話ですけれど、ちょっとお話ししましょうか」

馬頭は膝を乗り出すと、光君も目を覚まして話に加わる。頬杖《ほおづえ》をついて向かい合っている頭中将は熱心な顔つきになる。まるで法師が人生の道理を聞かせる説教所のように見えるけれども、話しているのは恋愛話である。こういう時、人は、男女の秘めごともあらいざらい隠すことなく話してしまうものなのだ。

「その昔、まだ私が下役だった時の話です。心惹かれた女がいましてね、先ほど話しましたように、顔かたちなどはとくべつうつくしいわけではありませんでしたので、この女を生涯の妻とは決めてはおりませんでした。頼りになる女だなとは思いながら、何かもの足りなくて、隠れてあちこちの女を訪ね歩いていたんです。それをこの女がやきもちをやきまして、それがまたこちらの気に入らない。もっとおっとりして鷹揚《おうよう》にかまえてくれればいいものをと思ったんですが、あんまり激しく嫉妬されるのも面倒だし、はたまた、こんな下役のつまらない男に愛想もつかさず、なんだってこんなに思ってくれるのかといじらしく思うこともありまして、だんだん浮気心もおさまるようになりました。

この女は、苦手なことでも、男のためならなんとかしようとない知恵を絞って、だめな女だと思われまいと努力するような性格で、私の生活もこまごまと世話をしてくれていたものでした。はじめは気の強い女だと思っていましたが、ほんの少しでも私の機嫌を損ねないように努めてくれて、こちらの言うこともだんだん聞くようになって、やさしさも身についてきたんです。うつくしいとは言いがたい顔も、私に嫌われることがないようにちゃんと化粧をして、他人に見られたら夫の恥なんてことにならないよう、遠慮して人前には顔を出しませんでね。いつもたしなみを忘れずにいましたから、連れ添ううちに気立ても悪くないと思うようになったんですよ。ただこの嫉妬深いところだけが、どうにもなおらないのです。

当時思いましたのは、こうして私の言いなりになってびくびくしている人なんだから、何か懲りるくらいの目に遭わせて脅かせば、嫉妬もましになるだろう、やかましい性格もなおるだろうということでした。心底嫌って縁を切りたいような素振りを見せれば、これほど私に従順なのだからきっと懲り懲りするだろうと考えついたんです。それでわざと、ことさら冷たい態度で接していたら、例によって腹を立てて恨み言を言ってくるわけです。そこで、『こんなに我を張るなら、たとえ宿縁のある夫婦だとしてももう二度と逢うまい。これきりで別れるつもりなら、そんなめちゃくちゃな邪推でもすればいい。もしこの先も長く連れ添うつもりなら、少しくらいおもしろくないことがあっても我慢して、いい加減あきらめて、その嫉妬深さをなんとかしてくれ。そうすれば今まで以上にだいじに思うよ。私だってこの先人並みに出世して一人前になったら、ほかの女が肩を並べることもないような扱いをするから』と、我ながらうまいことを思いついたものだと得意になってそう言いましたら、女は冷たく笑って、『これまで、あなたがどこから見てもみすぼらしくて、うだつの上がらないのを我慢して、でもいずれは人並みに出世もするんだろうと、待つことにかけては苦になりませんから、それがいつになろうと焦ったりはしませんでした。不満もありませんでした。けれどあなたの薄情な心にたえて、私だけを愛してくれる日がいつか来るのだろうかと、この先ずっと、あてもないのに待ち続けて月日を送るのはつらくてたまらないでしょう。今が、お互い別れるのにいい機会ですね』などと小癪《こしゃく》なことを言うのです。こちらもかっとなって、ひどい言葉をあれこれ浴びせかけましたら、女も黙っていられなかったのでしょうな、私の指を一本つかんで嚙《か》みついたんですよ。そこで私は大げさに文句をつけて、『こんな傷までつけられて、ますます勤めにも出られなくなった。おまえが馬鹿にする私の官位も、ますます絶望的で、これじゃあ人並みの出世もできないだろうよ。出家するのがふさわしい身の上なのだろう』と脅しつけ、『今日という日がお別れらしいね』とこの指を曲げたまま引き上げてきたんです。

『手を折りてあひ見しことを数《かぞ》ふればこれひとつやは君が憂《う》きふし

(連れ添ってきたあいだのことを指を折って数えてみれば、おまえの嫌なところはこの喧嘩だけなものか)

おまえが私を恨んだりできるものか』と言ってやると、女はさすがに泣き出して、

『憂《う》きふしを心ひとつに数《かぞ》へきてこや君が手をわかるべきをり

(つらいあなたの仕打ちも心ひとつにおさめて我慢してきましたが、これがあなたと別れるしおどきなのでしょうか)』

と言うのです。そんなやりとりがあっても、じつのところ本気で別れようとは思っていませんよ。

それでも何日も手紙も送らず浮かれ歩いていたんです。ある時、臨時の祭のため、調楽《じょうがく》をして同僚のだれ彼とともに宮中を退出して、そこで別れました。夜更けで、霙《みぞれ》が降っていて、ふと考えてみますと、帰るところといったらあの女のところしか思い浮かばないわけです。内裏《だいり》に泊まるのもおもしろくないし、別の気取り屋の女のところなんて薄ら寒いだけだろうし、そう思いましてね。ちょっと決まり悪くもあったんですが、あんなことがあったけれどこんな雪の夜に訪ねていったら今までの恨みも溶けるんじゃないかと、様子を見がてら、雪を払っては向かったんです。すると女の家では、灯台を壁のほうに向けて薄暗くして、大きな伏《ふ》せ籠《ご》に綿入れの着物を掛けてあたためて、引き上げておくべき几帳《きちょう》の垂布《たれぬの》も上げてあり、今夜あたりどうやら私が来るのではないかと心待ちにしている様子なんです。それ見たことかと得意な気持ちにもなったのですが、肝心の女はいません。女房ばかりが残っていて、訊くと、『夜になって親御さまの家にお出かけになりました』と答えるのです。洒落た歌を詠み置くでもなく、恨みがましい手紙を送ってくるわけでもなく、家に閉じこもりきりでなんとも言ってこないので、拍子抜けして、あんなふうに容赦なく口やかましかったのは、自分のことをいっそ嫌いになってくれと彼女は思っていたのではないか、そうとも思えないけれど、この日は腹立ち紛れにそんなふうに考えました。けれども、支度してくれている着物を見ると、ふだんより心のこもった色合いで、仕立てもまったく申し分ないできばえです。やはり手を切った後も、私のことを考えていろいろと世話をしてくれていたのですよ。

そんなわけで、すっかり嫌われたわけでもなさそうだから、その後、よりを戻そうと幾度か言ってみたのですが、拒むわけでもないし、こちらを困らせようと雲隠れするでもない、こちらに恥をかかせない程度の返事はくれるのです。ただ『今のままではとても我慢できません。心を入れ替えて、腰を落ち着けてくださる気になったら、お目に掛かりましょう』などと言ってくる。そうはいっても私のことを思い切ることはできなかろうから、もうしばらく懲らしめてやろうという気持ちで、女の言葉にきちんと応えず、ひどく意地を張ってみせているうちに、あんまりにも思い悩みすぎたのか、亡くなってしまったんです。冗談じゃすまされないと思いましたねえ。生活をすべてゆだねられる本妻としては、あの女で充分だったと今でも思い出されてなりません。ちょっとした趣味のことであっても、あらたまった用件でも、相談すればしただけの甲斐《かい》があり、染め物の腕は、紅葉《もみじ》を染める龍田姫《たつたひめ》と言っても言いすぎではなく、仕立ての腕も、織姫《たなばたひめ》に負けないほどのすばらしさ。そんなところにも長けた、たいした女でございました」

と、馬頭はかわいそうなことをしたとしみじみと思い出している。

「その織姫の仕立物どうこうよりも、彦星《ひこぼし》と織姫の長い縁にあやかりたいものでしたね。確かにその女の染め物の腕はみごとだったのでしょうね。花や紅葉でも、その季節や気候に合わずにぱっとしないのは、なんの見映えもせず、引き立たないものだしね。そんなわけだから妻選びもまったく難しいと、議論がまとまらないのですね」と頭中将が言う。

「別の話をしましょうか」と馬頭は続ける。「同じ頃に通っていた女の話です。人柄も悪くないし、よく気が利いてたしなみ深く、歌もよく詠み、字も達筆、掻《か》き鳴らす琴の爪音もみごと、何をやらせても人並み以上にすばらしいと感心しておりました。器量もまたいいものだから、さっきの口やかましい女のところなどは気を遣う必要のない通いどころとしている一方、内緒でこちらともたびたび逢っていて、気に入っておったんです。その指を噛んだ女が亡くなって、気の毒なことをしたとは思うものの、相手はもういないのだから仕方がないと、この女のところに足繁《あししげ》く通うようになりました。となると、この女の、少々派手で、思わせぶりで気取ったところなど、気に入らないところが目についてきて、妻として頼りになるようには思えなくなる。次第に通うのも間遠になってしまったのですが、そのうちにこの女にこっそり仲よくなった男がいたらしいのです。

十月の、月のうつくしい夜のことです。宮中を退出する時に、ある殿上人《てんじょうびと》といっしょになって、私の車に相乗りすることになりました。まさか女の家に向かうわけにはいきませんので大納言の家に行こうとしましたところ、この人が『今夜、人待ち顔でいるだろう人のことがなんだか気になりますなあ』などと言うのです。さて、先ほどの女の家は大納言の家に向かう道すがらにあるのです。やむなく通りがかると、すさんだ築地《ついじ》塀《べい》の崩れから月を映した池が見えます。月さえも宿る住処《すみか》をさすがに素通りしかねて、私は車を降りたのですが、この殿上人も降りてきます。そして前々から約束でもしていたかのようにうきうきと門を入り、廊下の濡《ぬ》れ縁《えん》めいたところに腰掛けて、しばらく月を眺めています。霜にあたって色変わりした菊の花や、競うように風に舞う紅葉が、なんともうつくしい。その殿上人は懐から笛を取り出して吹き鳴らし、合間合間に『飛鳥井《あすかい》に　宿りはすべし　やおけ　蔭《かげ》もよし　みもひも寒し　御秣《みまくさ》もよし（飛鳥井にお泊まりなさいな　木陰もたっぷり、水も冷たく、まぐさも上等）』などと催馬楽《さいばら》をぽつりぽつりとうたい出すと、女が、調子を整えてあった和琴《わごん》をそれに合わせて演奏しはじめ、なかなかいい風情なんですな。この歌の調べを女がやさしく搔き鳴らすのが御簾《みす》の内から聞こえてくるんですが、楽器がまたはなやかな感じの和琴ですので、さえざえと澄んだ月にはぴったりなんです。男はひどく感心して、簾《すだれ》まで近づき『庭に積もった紅葉を見ると、どなたも訪れていないようですね』などと皮肉を言います。菊を折って簾に差し入れて、

『琴《こと》の音《ね》も月もえならぬ宿ながらつれなき人をひきやとめける
（琴の音色も月もすばらしいお宅ですが、冷たい人を引き止めることができますか）
……つたない歌でしたね』などとからかうように言い、『もう一曲、よろこんで聴きたいと思う人がいる時には弾き惜しみをするものではありませんよ』などと色っぽく伝えている。すると女もやけに気取り澄ました声で、
木枯《こがらし》に吹きあはすめる笛の音《ね》をひきとどむべき言《こと》の葉ぞなき
（木枯らしの音に合わせて演奏のおできになる、あなたのみごとな笛の音に、引き止めるだけの琴の腕も言葉もございません）
などと艶っぽい返事をして、私がむかむかと見ていることも知らないで、今度は箏《そう》の琴《こと》を盤渉《ばんしき》調《じょう》の調子にして、やけに垢抜《あかぬ》けた感じで弾きはじめる。その爪音は才気がないとは言いませんが、この情景には目を覆いたくなりました。
ほんの時々親しくする宮仕えの女房たちが、思いきり気取って色っぽいのは、つきあっているあいだはおもしろくもありましょう。しかし時々だとしても、通い妻のひとりとして生涯の生活を託す人として考えると、軽はずみすぎるじゃないかと愛想も尽きようってもんです。結局、その夜のことにかこつけて、それきり通うのをやめてしまいました。
この二人の女のことを比べてみますと、私が若かった当時でも、この木枯らしの女のような目立ちすぎる振る舞いには感心しなかったでしょうし、まず頼りにはできないと思いますな。これから先はますますそういうふうに思うようになるでしょうね。お心のままに、手折《たお》ればこぼれ落ちそうな萩《はぎ》の露、拾えば消えてしまいそうな笹《ささ》の葉の霰《あられ》、なんて具合にはかなげな色っぽさばかりを風情

があると思いがちですが、そのうち、あと七年ほどたって私くらいの年齢になりましたら、よくおわかりになるはずです。私ごときつまらぬ者の忠告ですが、色っぽくてなよなよした女にはご用心なさいませ。そういう女が間違いを犯すと、男が間抜けだったからだ、なんて評判になりかねませんからね」と戒める。

頭中将は例によってうなずいている。光君も片頰に笑みを浮かべて、そういうものかと思っているようだ。

「いずれにしても人聞きのよくない、みっともない打ち明け話ではあるな」と言ってみんなを笑わせる。

「それでは今度は私が阿呆《あほう》な男の話でもしましょうか」と頭中将が口を開いた。「お忍びで通うようになった女がいましてね。長続きするようには思えなかったんですが、だんだんいとしく思えてきまして、親しくなれば情も移って、ずっと先までうまくやっていけそうにも思います。そう頻繁に通うわけではないけれど、向こうもまた、私を頼りにするようになった。かなり深い仲になってもたまにしか行きませんでしたから、頼る相手としては、女はさぞや私を恨んでいるんじゃないかとも思ったんですが、そう気に掛けているふうでもありません。ずいぶん長く訪ねなかった時でも、たまにしか来ない男と思っている様子もなく、朝夕毎日出入りする夫を迎えるような態度で接してくれて、こちらもほだされて、ずっと先まで頼りにするようにと約束もしたんです。

女には親もなく、じつに心細そうで、この人だけしか頼る人はいないと私のことを思ってくれているのも、ずいぶんと健気《けなげ》で可憐《かれん》でした。ところが女があんまりにもおっとりしているものだから、安心して、ずいぶん足が遠のいてしまったんです。その頃私の本妻が、知り合いの者を遣わして、情け知らずのたいへんな嫌がらせをこの女に伝えたそうです。それを私は後になって知ったのですがね。

そんなにひどいことがあるとはまったく知らず、いつも心に留めてはいましたが手紙なども長く送らなかったんです。そうしたら女はずいぶんと悲観して、私とのあいだに幼い子どももあったものだから、心細くてたまらず、思い悩んだあげく撫子《なでしこ》の花を折って手紙とともに送ってきました」

と話しながら頭中将は涙ぐむ。

「その手紙にはなんと書いてあったの」光君は訊いた。

「いや、たいした歌ではないんだ。

山がつの垣《かき》ほ荒るともをりをりにあはれはかけよ撫子《なでしこ》の露

(卑しい山里人の私の家の垣根は荒れていますが、時々はお情けの露をかけてください、この垣根に咲く撫子のような幼子には)

この手紙を読んでようやく訪ねてみたんですが、女はいつもと変わらず、わだかまりなく接してくれます。けれどひどく思い詰めた顔つきで、荒れた庭先の露を眺めながら、虫の音と競うように泣くのが、なんだか古めかしい昔話のように思えてね……。

咲きまじる色は何《いつ》れとわかねどもなほ常夏《とこなつ》にしくものぞなき

(いろいろ咲いている花はどれがうつくしいと区別もつかないけれど、やはり常夏——妻であるあなたに及ぶものはありません)

と、幼い子どものことはさておいて、夫婦仲を第一に考えて母親の機嫌をとったんです。女は、

うち払ふ袖《そで》も露けき常夏《とこなつ》にあらし吹きそふ秋も来にけり

（ひとり寝の続く床の塵を払う袖までも涙で濡れている私に、嵐まで吹きつけ、とうとう秋までやってきて、飽きて捨てられるのかもしれません）

と、さりげなく言い、本気で恨めしく思っている素振りも見せません。そっと涙を流してはいるのに私に気兼ねして、遠慮深く隠してるんです。私の薄情さを心底恨めしく思っていることを私に気取られたら、そのほうがつらいことだと思っているようなんです。そんな様子だからこちらも安心して、その後もまた足が遠のいてしまう。そうしましたら、突然この女は姿を消してしまったんです。行方もわかりません。

もしまだ生きていたら、あわれな落ちぶれ方をしていることでしょう。私が愛していた時に、うるさいくらいにつきまとってくれたら、こんな行方知れずのようなことにはさせませんでしたよ。あんなに長く放っておくことはせず、通い妻のひとりとしていつまでも面倒をみたでしょう。かの撫子、幼い子どもは本当にかわいらしかったので、どうにかしてさがし出したいと思っているのですが、未《いま》だに消息を聞きません。この女こそ、さっきあなたが言った頼りない女のいい例でしょう。平気を装っている女が、内心でこちらの薄情にたえかねている、そんなことをまったく知らずにいとしく思い続けていたんですから、私の無駄な片思いといえますよね。今ようやく私があの女を忘れる頃になって、きっとあの女は私のことを思い切ることができず、自業自得ながら思い悩んで胸を焦がす夕べもあるかもしれません。これこそまさに、長続きしそうにない、頼りにならない種類の女です。

そうかといって、さっきの口やかましい指嚙み女も、思い出深いし忘れがたいでしょうが、いっしょに暮らすとなるとうるさくて、悪くするとまっぴらごめんと思うこともあるでしょうね。琴が達者だったという木枯らしの女に才気があったとしても、浮気の罪は重いですよ。私の話した女にしても、姿を隠したわけを疑えばどんなふうにも疑えます。ほら、結局、どういう女がいいかなんてわからないんですよ。男女の仲はそれぞれに厄介なもので、何がいいとは言えません。それぞれのいいところだけを備え持つ、非難すべきところのひとつもない女がどこにいますか。吉祥天女《きちじょうてんにょ》のような完璧な女を妻に望んだら、抹香臭《まっこうくさ》くて堅苦しすぎるところに辟易《へきえき》するに違いありませんよ」

頭中将がそう話を締めくくると、みんなが笑う。

「式部丞《しきぶのじょう》こそ、変わった話があるだろう。話してみなさいよ」と頭中将が催促すると、

「私のような下《しも》の下《しも》の者に、みなさまのお耳に入れるようなどんなおもしろい話がありましょうか」と式部丞は遠慮するが、さあ早く、と頭中将に真顔で急《せ》かされて、しばし思案した後に話し出した。

「まだ私が大学寮の学生《がくしょう》でございました時、こういう女を賢いというのだなという例がありました。先ほど馬頭が申し上げましたように、仕事のことも相談できれば、私生活での世渡りにも思慮深く行き届いておりました。学問のほうは、そのへんの博士も顔負けするほどで、何から何まで口出しさせる隙のない女でございました。

学問をするためにとある博士の元に通っていた時です。博士には娘たちがたくさんいると聞きまして、ちょっとしたことでその中のひとりと親しい仲になったのです。それを父親が聞きつけまして、盃《さかずき》を持ってきて「わがふたつの途《みち》歌ふを聴け」と吟ずるのです。これは、貧しい家の娘は富家の娘のようにおごり高ぶったところがなく、夫や姑《しゅうと》にもよく尽くす、とうたった白楽天《はくらくてん》の詩で、つまるところ暗に自分の娘を娶《めと》れというのですな。ところが私は婿になる気なんてさらさらありませ

ん。それでも親に気兼ねしつつ、そのまま娘のところにずるずると通い続けていたのです。娘はじつに情深く世話をしてくれましてねえ。目覚めた床での睦言《むつごと》にも、身につくような学問のこと、役所勤めに役立つ専門的なことを教えてくれるのですよ。手紙にしてもじつにみごとな文字を書き、女の使う仮名文字などはいっさい使わず、きっちりとすばらしい漢文を書き上げます。そんなわけで関係を切るにも切れず、その女を師匠にして、私もなんとか下手な漢文を作ることも覚えたのですから、今もその恩は忘れておりません。でもですよ、心を許した妻として頼りにできるかと考えると、学問のない私のような男は、そのうち彼女の前でみっともないことをしでかすでしょうから、とても太刀《たち》打ちできないと思ってしまうのです。ましてみなさんのような立派な若殿には、そんなふうなてきぱきしたしっかり者の妻なんて、なんの必要がありましょうや。

つまらない女だ、しょうがない女だと思っていても、なんだか気持ちがしっくり合って、宿縁があるのかもしれないと思って離れられない、なんてこともあるのですから、男なんてどうしようもないものですよ」

「それはずいぶんおもしろい女ですねえ」と、頭中将が先を促すように言う。式部丞はおだてられているのを知りつつも、鼻のあたりをぴくぴくさせて続けた。

「その女のところからは足が遠のいていたのですが、あるとき何かのついでに立ち寄ったのです。ふだんくつろいでいる居間ではなくて、まったく不愉快なことに障子を隔てての対面となりました。無沙汰をすねているのかと阿呆らしくなって、もうこれが関係を終えるいい機会かもしれないと思ったんですが、この才女ときたら、軽々しくすねたりなんかするはずもなく、男女の仲の道理もわきまえていて、恨み言など言いません。せかせかした声でこう言うんですよ。『わたくし、このところ風病《ふびよう》が重くなりまして、蒜《ひる》（にんにく）を服しましたのですが、その薬が強烈に匂いますので、対面いたしかねるのです。拝顔いたさなくとも、雑事等ございましたら承ります』とまあ、いかにも殊勝に理路整然と言うのです。そう言われて、こちらはなんと言えましょう。『承知いたした』と言って立ち去ろうとしますと、女はさみしく思ったのでしょうか、『この匂いが消えます頃にお立ち寄りください』と声高に言うのです。無視していくのもかわいそうで、とはいえ、ぐずぐずしている場合でもなく、しかもその匂いがぷんぷんしてくるのもたまらず、定まらない目つきで

『ささがにのふるまひしるき夕《ゆふ》ぐれにひるま過ぐせといふがあやなさ

（昔からの言い伝えにあるように、蜘蛛《くも》の動きで今夕は私が来ることが明らかなのに、昼間は——蒜《ひる》の匂いが消えるのを待て、とおっしゃるのは筋が通りませんね）

いったいどんな口実なのでしょう』

と言い終わらないうちに逃げ出そうとしたのです。すると追いかけるように女が、

『逢《あ》ふことの夜《よ》をし隔てぬ仲ならばひる間もなにかまばゆからまし

（毎晩のように逢っている仲でしたら、昼間——蒜の匂いのする間でも、なんの恥ずかしいことがありましょう）』

じつにすばやい返歌でございました」

と式部丞は落ち着きはらって話を終える。聞いていた三人はあきれかえって、作り話だろうと笑う。

「どこにそんな女がいるものですか。いっそおとなしく鬼を相手にしているほうがましでしょう。気色の悪い話だ」と光君は顔をしかめ、「もう少しましな話をしてくださいよ」と責めるが、

「これ以上のおもしろい話がありましょうか」と式部丞は澄ましている。

馬頭が口を開く。

「男でも女でも、いい加減な人間ほど、少し知っていることをぜんぶ見せようとしますが、困りものですな。三史五経といった本格的な学問を徹底的にきわめるなんて、ずいぶんかわいげがないものでしょうが、女だからといって世間の公事私事にまったく疎くて、何も知らないでいいなんてことはないでしょう。わざわざ学んだり習ったりせずとも、多少とも才知ある女ならば、聞いて覚え、見て覚え、ということも自然と増えるはずです。でもですよ、そのあげくがやたら漢字を書いて、女同士でやりとりする手紙にまで半分以上もびっしり漢文を書いてみせるなんて、ああ嫌だ嫌だ、この人が女らしかったらなあと、そりゃ残念に思いますよ。書いた本人はそう思ってはいないのでしょうが、そんな手紙は読むのだってぎくしゃくとして、やっぱり不自然なんですよ。身分の高い女房の中にも、そういう女は多そうですがね。

それから、和歌を得意とする人が、次第に歌に夢中になって、興ある古歌を初句からとりこんで、こちらがそんな気分になれない時に詠みかけてくる、なんてのも迷惑この上ない。返歌しなければこちらは気が利かないと思われるし、返歌ができない場合は困った立場になりますからね。しかるべき節会《せちえ》、たとえば五月五日の節会に急いで参内《さんだい》しなければならない朝に、こちらはもうあわてて何も考える余裕もないのに、菖蒲《あやめ》の根に掛けて趣向を凝らした歌を詠みかけてきたり、九月九日の宴《うたげ》に、難しい漢詩作りにこちらが苦労して思案している時に、菊の露にかこつけて嘆きの歌を寄越《よこ》すような、時と場に不釣り合いなことをされるとたまったものじゃありません。後になって考えれば、なるほど洒落ているし意味深くもあると思えるはずの歌でも、その時には不釣り合いだから相手が興味を示さないと気づかずに、平気で詠み送ってくるのは、かえって気が利かないと思いますよ。

何ごとにおいてもそうです。そうするのにふさわしい時かそうでないか、見境がつかないなら気取ったり風流ぶったりしないほうが無難ってものですよ。自分がすっかり知り尽くしているようなことでも知らないふりをして、言いたいことがあっても、そのうちのひとつ二つは言わないでおいたほうがいいんです」

と馬頭が話すのを聞きながら、光君はたったひとりの女君を心の内に思い浮かべる。馬頭の話に照らし合わせて、足らないところも過ぎたところもない、この世に二人といない完璧なお方だと思い、胸がいっぱいになる。

だからどうだ、という結論の出ないまま、だんだん埒《らち》もない話をし合って、その夜を明かした。

やっとのことで天気もよくなった。宮中にずっと閉じこもってばかりいるのも左大臣に申し訳ないので、源氏は退出して左大臣家に向かった。

左大臣家も、葵《あおい》の上《うえ》その人も、見目麗しく気品があり、何ごともきちんとしている。こういう人を頼りにできる実直な妻というのだろうと、馬頭《うまのかみ》たちの話を思い出して光君は思う。けれどもあまりにも隙がなく、心を開くことなく、気詰まりなほど取り澄ましているのが、光君にはどうにももの足りない。中納言の君や中務《なかつかさ》といった、葵の上に仕えるうつくしい女房たちにあれこれ冗談を言う光君は、暑さのために着物も着崩している。その姿を見て女房たちは、なんとうつくしいのだろうと見とれている。左大臣もやってきて、光君がくつろいだ恰好《かっこう》をしているので、几帳《きちょう》を挟んで座り、あれこれと話し掛ける。光君は「この暑いのに」と嫌な顔をし、女房たちは顔を見合わせて笑う。「しっ」とそれを制して脇息《きょうそく》にもたれるその動きは、じつに貴人然として鷹揚《おうよう》である。

暗くなる頃、女房のひとりが言った。

「今宵は、内裏《だいり》のほうから見ますと、こちらが方塞《かたふた》がりになっております」

「そうでした、こちらはお避けになるべき方角でした」と別の女房も言う。

「私の住む二条院も同じ方角だから、方塞がりになる。どこへ方違《かたたが》えに行ったらいいだろう。あんまり気分もよくないのに……」と光君は寝てしまおうとする。

「そんな、もってのほかでございます」とだれかが止めると、ほかの者が口を開いた。

「紀伊守《きのかみ》で、左大臣さまにお仕えする者が中川に住んでおります。このところ邸内に水を引き入れて、ずいぶん涼しい木陰に建つ家だそうですよ」

「それはいいね。気分がすぐれないから、門の中に牛をつけたまま、車ごと邸内に引き入れられるような、気楽なところがいいな」と光君は言う。

方違えのためにお忍びで泊まるところなら、ほかにいくらでもある。けれど久しぶりに妻の元にやってきたのに、方違えを口実にほかの女のところに行ったと左大臣たちが思ったとしたらおもしろくないだろうと光君は思い、紀伊守の家に行くことにしたのである。紀伊守にそのことを申しつけると、受けはしたが、光君の前を下がってから、

「父の伊予介《いよのすけ》の家で忌《い》みごとがございまして、そこの女たちがみな我が家に移ってきております。ますます手狭になって、失礼にあたることがあったらたいへんです」と陰で不安そうに漏らしているらしい。それを聞いた光君は、

「人が多いのはいいことじゃないか。女っ気のない旅の宿なんて、なんだか心細い。狭いというなら女たちの几帳のすぐ後ろで寝かせてくれればいいよ」と言う。

「そうですね、ちょうどいいお泊まり場所かもしれません」と周囲の者は言い合って、さっそく使いを走らせた。わざわざ大げさにならないところを選んで、急にこっそりと出かけることになり、左大臣に挨拶することもなく、お供にも一部の親しい者たちだけを連れて光君は出かけた。

紀伊守の家の者たちは「急なお越しで」と迷惑そうだが、光君の一行は気に留めることもない。寝殿の東側をすっかり開けて、急ごしらえの部屋が用意してある。庭に、池に注ぐよう遣水《やりみず》が通してあるが、それも風情がある。田舎家ふうに柴《しば》を編んだ垣根をめぐらせ、庭先の植えこみにも気を配っている。涼しい風が吹き、どこからともなく虫の音が聞こえ、蛍が乱れ飛んでいる。お供の者たちは、渡殿《わたどの》の下から流れ出る湧き水を見下ろして酒を飲みはじめる。主人の紀伊守が肴《さかな》の準備にせわしなく立ち働いているあいだ、光君はゆったりと周囲を眺めまわし、昨夜の馬頭の話を思い出す。彼が言っていた、中流の家というのはこういう家のことを言うのだろうと考える。

この紀伊守の父、伊予介の後妻はずいぶんと気位の高い人だと聞いたことがあったので、光君は興味を覚え聞き耳を立てていた。寝殿の西側の部屋で人の気配がする。衣擦《きぬず》れの音がさらさらと聞こえ、若い女たちの愛らしい声がする。来客に気兼ねしているらしく、取り繕ったように忍び笑いをしている。その西側の部屋の格子《こうし》は上げてあったけれど、「慎みがない」と紀伊守がやかましく言って下ろしてしまった。そちらの部屋の灯火が襖障子《ふすましょうじ》の上部の隙間から漏れている。光君はその襖のほうに近づいてみるが、垣間見できるような隙間はない。耳を澄ましてみると、女たちは襖近くに集まっているらしく、ひそひそ声が聞こえてくるが、どうも自分のことを話しているようだ。

「ひどく真面目でいらっしゃるそうよ、まだお若いのにご立派な奥さまがいらっしゃるなんてつまらないわね」

「だけどあちこちに、うまくお忍びでお通いになるそうよ」

などと女房たちが言い合っている。ずっと心のどこかで藤壺《ふじつぼ》のことを気に掛けている光君は、こういう話を聞いてもまずどきりとして、もしこんなふうにあの秘密が噂《うわさ》されるのを聞いてしまったらどんな気がするだろうとおそろしくなる。ひそひそ話はさしてたいした話でもなさそうなので、聞くのをやめた。式部卿宮《しきぶきょうのみや》の姫君に、光君が朝顔を贈った時の歌のことなどを、文句を間違えつつも話しているのが聞こえてくる。優雅な有閑人を気取って、歌など詠んで得意になっている。中流といってもやはり逢えばがっかりするのだろうな、などと光君は思う。

紀伊守が軒先に吊した灯籠の数を増やし、灯台の火も明るくして、菓子や果物を並べる。光君は

「寝室のほうの用意は、ちゃんとできている？　そちらも用意してくれなくては興ざめだよ」と冗談めかして言う。

「何がお気に召しますやら、わかりませんので」と紀伊守はかしこまって控えている。

光君が簀子《すのこ》（縁側）に近い御座所《おましどころ》に仮寝のように横になると、やがてお供の人々も静かになった。

紀伊守の子どもたちがずいぶんとかわいらしい。殿上《てんじょう》の間《ま》で見かけたことのある童《わらわ》もいれば、伊予介の子どもたちもいる。大勢の中に、人並み外れて品のある、十二、三歳とおぼしき子どもがいる。

「どの子がだれの子だろう」光君が問うと、紀伊守はその子を見、答える。

「あの小君《こぎみ》は亡くなりました衛門督《えもんのかみ》の末っ子です。父にとてもかわいがられておりましたが、幼い

うちに父にも先立たれ、姉の縁でここに暮らしているのです。学問も見こみがないわけでもなく、ものになりそうですし、殿上童にと望んでもいるのですが、父もなく、後ろ盾もありませんので、なかなかかんたんには出仕できないようでございます」

「それはかわいそうだな。とすると、あの子のおねえさんが、伊予介の妻、つまりきみの継母《ままはは》ということになるのかい」光君は訊いた。

「さようでございます」紀伊守は答える。

「ずいぶんと若い継母を持つことになったものだな。帝も、その姉君のことはお聞きになったらしく、『衛門督が娘を宮仕えに出したいと言っていたが、それはどうなったのだろう』とおっしゃっていたけれど、男女の縁はわからないものだな」と光君がひどく大人びた口調で言うのを受けて、

「図らずも私の父親に縁づくことになったのですから、本当に男女の仲は今も昔もどうなるかわかったものではございません。ことに女の運命は浮き草のように不安定なのが気の毒に思えます」と守は言う。

「伊予介は妻をだいじにしているのだろうね。主上《おかみ》のように思っているだろうね」

「もちろんでございます。家庭での主上と思っているようですが、私たち子どもにしてみれば、好色がましいことだと苦々しい気分ではいるのです」

「確かに、きみたちのほうが年齢としてははるかに釣り合いがとれているけれど、だからといって、妻を渡したりするだろうか。伊予介は相応に趣味多き伊達者《だてもの》だからなあ」そんなことを言っていた君は、ふと「その人はどこにいるの」と訊いた。

「女はみんな下屋《しもや》に下がらせましたが、まだ残っている者もいるかもしれません」と紀伊守は答え

る。酒の酔いが進み、お供の人々はみな簀子に横になって寝静まっている。

光君は落ち着いて眠ることができず、ひとりわびしく眠るのかと思うといっそう目が冴《さ》えてしまう。隔てた襖の北に寄ったあちら側で人の気配がするのに気づき、もしや、さっきの話に出た伊予介の若い妻が隠れているのではないか、どうしているのだろうと気になって、そっと起き上がり耳を澄ます。すると先ほどの子どもの、

「もしもし、どこにいらっしゃいますか」と訊くかわいいかすれ声が聞こえた。続けて、

「ここに寝ていますよ。お客さまはお休みになったのかしら。どんなに寝室の近くかと心配していたけれど、案外離れているわね」と答える声もする。その、すでに寝ていたかのような間延びした声が、子どもの声によく似ているので、姉だろうと光君は思う。

「この東側の廂《ひさし》の間《ま》でお休みになりました。噂に高いお姿を拝見しましたが、本当にすばらしかったですよ」と、弟がひそひそと言う。

「昼間だったら私ものぞいて拝見しましたのに」と眠そうに言って、夜具に顔を埋《うず》めた様子である。なんだ、もっと熱心に聞いてくれてもいいじゃないかと光君は不満に思う。

「ぼくはここで寝ます。ああ疲れた」と弟は言って、火を明るくしている様子だ。その姉は、この襖のすぐはす向かいに寝ているらしい。

「中将の君はどこにいるの。そばにだれもいないようで、なんだかこわいわ」と声がする。長押《なげし》の下《しも》に寝ているらしい女房たちが「お湯を使いに下屋に下がって、すぐ参りますとのことです」と答えているのが聞こえる。

みな寝静まったようなので、光君は襖の掛けがねを試しに引き上げてみた。すると向こう側は掛

けがねを下ろしていなかった。襖の入り口に几帳を立てて、内部はほの暗いが、目をこらすと、唐《から》櫃《びつ》のようなものがごたごたと置かれているのが見える。その合間を縫うようにして部屋の奥に進むと、伊予介の妻がただひとり、小柄な体を横たえてこぢんまりと眠っている。光君は、なんとなく気が咎《とが》めながらも、女が上に掛けている着物を押しのける。女は、てっきり今し方呼んだ中将の君だとばかり思っている。

「中将とお呼びでしたので、近衛《このえ》の中将であるこの私のことだとばかり……。ずっとあなたのことを思っていたものですから、その甲斐あったのだとうれしく思います」

と光君が言うのを、何がなんだかわからず、女は悪夢にうなされるような思いで「あっ」と脅え声を上げたが、顔にかぶさった着物に消されてしまう。

「行きずりのいい加減な気持ちだとお思いになっても無理はないですが、ずっとあなたが好きでした。わかってもらえませんか。こういう時を待ちに待って、今ようやく願いがかなったのです。気まぐれなんかじゃありません」

鬼も神さまもさからえないようなうつくしさの光君に、穏やかに言い聞かせられ、「だれか変な人がいます」と女はぶしつけに騒ぐこともできない。けれども夫のいる身として、あってはならないことだと思うと情けなくてたまらなくなり、

「人違いでございましょう」と言うのが精いっぱいである。

消え入らんばかりに取り乱している女の様子が、痛々しくも可憐で、なんと魅力的な人なのだろうと光君は感じ入る。

「間違えるはずありません。本気でここまでやってきたのに、とぼけるとは心外です。好色めいた

ことはけっしてしませんん。私の思いを聞いてくれるだけでいいのです」

そう言うと光君は小柄な女を抱き上げて襖の外に出ようとした。そこへ、さっき呼ばれた女房の中将の君がやってきた。「ねえ」と光君に声をかけられ、中将の君は不審に思って手さぐりで近づいてみると、着物に焚《た》きしめられた香があたり一面に漂い、顔にも煙りかかるかのようである。さては源氏の君、と感づいた中将の君は驚愕《きょうがく》し、どうしたらいいのかとうろたえるが、言うべきことも思いつかない。相手がふつうの男なら手荒に引き離しもしようが、そうしたところで騒ぎ立てしたらこんな事態を多くの人に知らしめることになる。おろおろと光君の後をついていくが、光君はたじろぐ様子もなく堂々と自分の寝室の奥に入ってしまった。襖を閉めて、

「夜が明ける頃、迎えにきなさい」と言う。

女は、中将の君がいったいどう思うかと考えると、死にたいほどつらくなり、だらだらとしたたるように汗を流す。具合の悪そうな女を気の毒に思いながらも、光君は、例によってどこから取り出してくるのか、女心も動かさずにはいられないような言葉を、いかにも情のこもった調子であれこれ語りかける。けれども女はあまりのことに、

「悪い夢を見ているようです。私はしがない身分の者ですから、こんなふうにお蔑みになる軽いお気持ちなのでしょう。身分の低い者は身分の低い者にすぎないと世間でも言います、あなたのようなお方とはご縁などないのです」

と言い、こんな無体なことをする光君の思いやりのなさを悲しんでいる。それももっともなことだと気が咎め、手出しもできず、光君は真面目に訴えた。

「あなたの言う身分がどうだのこうだのなんて、私はまだ何も知らない、こんなことははじめてな

んですから。それをそのへんの浮気者といっしょにするなんて、ひどいじゃありませんか。今まで何かの時に私のことを耳にしたこともあるでしょう。何がなんでも無理を押し通すような好色な振る舞いをしたことなんてありません。それなのに、前世からの宿縁でしょうか、あなたに怒られても当然の、この狂おしいこの気持ちが、自分でも不思議なほどです」

そんなことを真剣に訴えるけれども、その姿は比べるものが思いつかないほどうつくしいので、女は身を許すことがどうにも惨めに思えてくる。なんて嫌な女だと思われたとしても、情のないわからず屋で押し通してしまおうと心に決め、つれない態度を貫いた。もともと女はおとなしい性質ではあるのだが、無理をして心を強く保っているので、しなやかなよ竹のように、弱そうでいてかんたんには手折《たお》れそうもない。しかし……。

――心底傷ついて、こんな無理やりなお仕打ちはあんまりだと泣いている女の姿を見て、光君は胸の詰まるような思いだった。かわいそうだとは思うが、でも、ここで女をあきらめていたら、心残りだったろうとも思う。女が気を取りなおすこともなく泣き続けているので、光君はつい恨みがましく口にする。

「そんなに嫌わなくたっていいじゃないですか。思いがけずこんなことになったのは、二人のあいだに前世の宿縁があったとは考えられませんか。男女のことなんてなんにも知らない生娘のように悲しまれるのは心外です」

「もし私が受領《ずりよう》に嫁ぐ前の、まだ身の程の定まらない娘のままの身の上で、このようなお情けに与《あず》かるのでしたら、分不相応なうぬぼれだとしましても、いつかは私を見なおして愛してくださるかもしれないと、自分をなぐさめることもできたかもしれません。けれどほんのいっときの、あなたの気まぐれからの逢瀬《おうせ》だと思いますと、どうしようもなく悲しくなるのです。仕方がありません、せめて私と逢ったことはけっして口外なさらないでください」

と女が悲しみに打ちひしがれているのも、無理からぬことだろうと光君は思い、誠心誠意女をなぐさめ、この先のことまでも約束するのだった。

夜明けを告げる鶏《とり》も鳴いた。お供の人々が起き出して、

「ずいぶん寝過ごしてしまった」「お車を引き出そう」などと言い合っている。

紀伊守も出てくる。「お方違えではありませんか。まだ暗いうちに急いでお帰りになることもありますまい」などと言う者もいる。

このような機会はもうないだろうし、わざわざここを訪ねることもないだろう。そして手紙のやりとりもまず無理だろうと思い、光君はたまらない気持ちになる。奥にいた中将の君もつらそうな様子で出てくる。いったん女を放したものの、また引き止めて、

「どうやってお手紙を送ったらいいのでしょう。戸惑うほどのあなたの冷たさも、どうにもならない私の恋心も、けっして浅くはない縁で結ばれた私たちの、あまりにもつらい思い出にするしかないのでしょうか」

そう言いながら泣き出してしまう光君は、なんとも言えずうつくしい。鶏がしきりに鳴き出し、光君は気ぜわしく歌を詠んだ。

つれなきを恨みも果てぬしののめにとりあへぬまでおどろかすらむ

(あなたの冷たい態度に恨み言も充分に言えないまま夜も白み、どうして鶏はせわしなく鳴いて私を起こすのでしょう)

女は、自分の身分や容姿、年齢などを思うと、光君とはいかにも不釣り合いだと思い知らされて恥ずかしくなる。身に余るほどの光君の言葉も、なんとも思わないのである。ふだんは見下してよそよそしく接している夫が滞在している伊予国が思い出され、このことが夫の夢にあらわれてしまうのではないかとおそろしくなる。

身の憂《う》さをなげくにあかであくる夜はとり重ねてぞ音《ね》もなかれける

（我が身の情けなさを嘆くにも、充分には嘆くことのできないまま明け離れるこの夜は、鶏の声に重ねて私も声を上げて泣いてしまいます）

空はどんどん明るくなり、光君は女を障子口《そうじぐち》まで送っていく。家の中でも外でも、人々が騒がしく動きはじめている。襖《ふすま》を閉め切って別れる時は、あまりにも悲しく、襖が二人のあいだを隔てる関のように光君には思えた。直衣《のうし》を着て、南に面した簀子の欄干に寄りかかって、光君はしばらく庭を眺めた。寝殿の西側の部屋では格子をあわただしく上げて、女房たちがこちらをのぞいているようだ。簀子の中央に立てた、低いついたての上からわずかに見える光君の姿を、ぞくぞくするような思いで眺めている恋多き女房たちもいるようだ。

夜が明けても月は空に残っていて、きらめくような光はないが輪郭だけははっきりと見えて、うつくしい夜明けである。無心な空の景色も、見る人の心持ちによって、優美にも悲しくも見える。けっして人には言えない光君の胸の内は、悲しみで引きちぎられるようだった。手紙をやりとりする手立てもないのにと考えては、後ろ髪引かれる思いで邸《やしき》を立ち去った。

邸に戻っても、光君はなかなか眠ることができない。ふたたび会えるかわからないけれど、自分のことよりあの人はいったいどんな気持ちだろうかと、気の毒な思いで考える。抜きん出てすばらしいわけではないけれど、それなりのたしなみを身につけた、中流の女ではあった。光君は、経験豊富な馬頭の言っていたことを思い出し、なるほどと納得するのだった。

光君はしばらく左大臣家に滞在していた。あのできごと以来、ずっとなんの便りもしていないので、女がどれほど思い悩んでいるかと気の毒になり、あれこれと考えたあげく、紀伊守《きのかみ》を呼んだ。

「このあいだの、衛門督《えもんのかみ》の末っ子を、私に預けてくれないだろうか。ずいぶんかわいらしい子だから、そばで使おうと思う。帝にも私から申し上げて、殿上《てんじょう》させよう」と言う。

「まことに畏れ多いことでございます。あの子の姉に伝えてみます」と紀伊守が言うので、光君はどきりとするが、

「その姉君というのはあなたの継母だろう。彼女に自分の子はあるのか」と何気なく訊く。

「いいえ、おりません。父に嫁いでから二年ほどになりますが、入内《じゅだい》させたいという親の気持ちに添えなかったことに、わだかまりがあるようです」

「それは気の毒なことだね。なかなかきれいな人だと評判だったが、本当にきれいなの」光君は訊く。

「悪くはございませんでしょう。母とはいえ、私にもまったくよそよそしい態度ですし、継母《まま》と継子《こ》が親しくすると父子が仲違《なかたが》いすると世間で言われている通り、私からも打ち解けるようなことはございません」と紀伊守は答える。

その五、六日後、紀伊守はこの末っ子を連れてきた。目をみはるほどうつくしいというわけではないが、物腰も優雅で、良家の子弟といったふうである。光君はそばに呼び、いろいろとやさしく

話しかけた。小君《こぎみ》と呼ばれるこの子は、そうされることを子ども心にもじつにうれしく感じている。光君は彼の姉のこともあれこれと訊いてみた。訊かれたことにはちゃんと答えるが、光君が自分の思惑を恥ずかしく思うほど、この子がきちんとかしこまっているので、本題になかなか入りづらい。それでもなんとかうまく取り繕って話してみた。この光君と、姉とのあいだにそんなことがあったのかと、ぼんやりとでもわかったらしいのは意外だったが、まだ幼い小君は深く考えもせず、光君からの手紙を預かった。

驚いたのは弟からその手紙を受け取った女である。あまりのことに涙まであふれる。幼い弟が、自分のことをどう思ったのかと気恥ずかしくもあったが、さすがに手紙の内容は気になって顔を隠すようにして広げた。こまごまと書かれており、

「見し夢をあふ夜ありやと嘆くまに目さへあはでぞころも経《へ》にける

(先夜の夢が現実となり、もう一度逢える夜があるだろうかと嘆いているうちに、目までもが合わず、眠れないまま、何日もたってしまいました)

眠れないからあなたの夢を見ることもできません」

とある。そのまばゆいほど立派な筆跡も、涙で曇る女の目にははっきり見えない。望まないまま受領《ずりょう》の妻とおさまった自分に、思いがけずあらたに降りかかった光君との宿縁に思い悩み、女は臥《ふ》せってしまった。

翌日、光君は小君を呼び戻した。参上する前に、小君は姉に君への返事を催促した。

「あのようなお手紙を受け取るべき人はここにはおりませんと申し上げなさい」と言う姉に、小君はにやりとして言う。

「姉上に、と間違いなくおっしゃられたんだよ。そんなことは言えません」

あのお方はこんな幼い弟にすっかり話してしまったのだと思うと、女はたえがたい気持ちになる。

「そんなませた口をきくのはやめて。それなら参上するのはおよしなさい」女は不機嫌をあらわにして言うが、

「お召しがあったのに、いかないわけにはいかないよ」

と言って、小君は何も持たずに参上した。紀伊守は好色な男で、こんなに若い女が自分の父親の妻になったことをもったいないと思っていて、常日頃から女の機嫌をとろうとしており、弟である小君もだいじに扱い、どこに行くにも連れてまわっていた。この日もそのように紀伊守が小君を連れて参上した。

光君は小君を呼び寄せて、「昨日はずっと待っていたのに、私がきみを思うほど、きみは私をだいじに思ってはくれないんだね」と恨み言を口にする。小君は顔を赤らめた。

「返事は」と言われ、小君がことの次第を話すと、「なんということだ、あきれてしまう」と、光君はまた手紙を書いて託した。

「きみは知らないだろうなあ。私はね、あの伊予の年寄りなんかより先にあの人と恋人だったんだよ。でもいかにも頼りない、首の細い若造だと見くびって、あんなにみっともない男を夫にして、私を馬鹿にするつもりなんだろう。きみは私の子どもだと思ったほうがいいよ。あの頼りになる年寄りは、どうせ先も長くないだろうからね」

と光君は話す。そんなでたらめを聞いて、そうだったのか、これはたいへんなことだと思っているらしい小君を見、光君は愉快な気持ちになる。

光君はこの子をそばに置いて離さず、宮中にも連れて参上した。自邸の衣服仕立所である御匣殿《みくしげどの》に命じてきちんとした装束も用意させ、本当の親のように世話をした。

女の元には、光君からの手紙がしょっちゅう届く。女は思う。手紙を持ってくる弟はまだ幼いし、本人がいくら気をつけていても、手紙を人に見られでもしたら、軽率な女という評判まで背負いこむことになる。受領の妻などという私の境遇には、あのお方の愛情などまったく分不相応なのだ。どんなにすばらしいできごとであっても、結局は、受け取る側の身分次第だ。そう考えて、女は気を許した返事を書くこともない。あの夜、ほのかに見た光君の姿は、噂《うわさ》に違《たが》わず信じられないようなうつくしさだったと思い出さずにはいられなかったが、受け取った手紙に応えるような手紙を書いたところでどうなるものでもあるまい、と考えなおすのだった。

光君はこの女を忘れることができず、せつなくも、恋しくも思い出している。女が思い悩んでいた不憫《ふびん》な様子がいとしく思い出され、もの思いを晴らすこともできないでいる。人が出入りするのに紛れてこっそり忍びこもうかとも思うが、人目の多いところだから、人妻を訪れる自分の姿が見られないとも限らないし、そうなれば女をますます気の毒な目に遭わせてしまうと、思案に暮れる。

いつものように宮中に何日も滞在していた光君は、さりげなく方違《かたたが》えの日を選んで左大臣家に退出しようとし、途中から紀伊守の邸《やしき》に向かった。突然の訪問に紀伊守は驚き、この邸の遣水《やりみず》をお気に召したのだろうと恐縮しながらもよろこんでいる。小君には、今日の訪問のことは昼過ぎに伝えてあった。明けても暮れても親しく身近に置いていたので、この夜も真っ先に小君を呼んだ。

今夜訪れるという手紙をもらった女は、あれこれと思い悩んでいた。わざわざ人目を欺いてやってくるのだから、けっして軽い気持ちではないのだろうけれど、かといって、調子に乗って逢い、みすぼらしいこの姿をお目にかけたところで、夢のように過ぎたあの夜の悲しみをふたたび意味なくくり返すだけだろう……。そしてやはり、こんなふうに待ち焦がれているようなのははしたなくも思え、小君が出ていった隙に、

「お客さまの御座所《おましどころ》に近すぎて畏れ多い。気分がすぐれなくて、肩や腰などを叩《たた》いてもらいたいから、もっと離れたところに移りますね」と言い、渡殿《わたどの》の、あの中将という女房の部屋に行ってしまった。

光君は、女の部屋に向かう心づもりでお供の人々を早くに寝かせ、手紙を小君に託すけれど、小君は姉を見つけ出すことができない。あちこち歩きまわったあげく、ようやく渡殿に入りこんで姉をさがしあてた。こんな仕打ちはあんまりだと思い、

「ぼくがどんな役立たずかと思われてしまう」と泣かんばかりに訴える。

「こんな非常識なことがあっていいものですか。幼い人がこんな取り次ぎをするのは、いけないことなのに」と女は弟を叱りつける。「気分がすぐれないので侍女たちに按摩《あんま》をさせておりますと申し上げなさい。おまえがこんなところにいたら、みんなあやしみますよ」そう強く言って追いやったものの、心の中では違うことを思っていた。

こんなふうに受領の妻と身分の決まってしまった今ではなく、亡き両親の面影の残る生家にいたままま、たまさかでも光君のお出《い》でを迎えるのだったら、どんなにしあわせだっただろう。何もわからないふりで光君のお気持ちを無視している私を、どんなに身の程知らずかと思っていらっしゃるだろう。

逢わないとみずから決めたことだけれど、せつなさに心は乱れる。けれど、これがどうしようも

ない我が身の運命なのだから、強情な、気にくわない女だと思われたままで押し通そう、とあらためて心を決めた。

光君は、小君がどのようにことを進めてくれるのかと、あまりに幼いために心配しながら横になって待っていた。戻ってきた小君が、うまくいきませんでしたと言うので、にわかには信じがたい女の強情さに、「つくづく自分というものが嫌になったよ」と君はため息をつく。小君から見ても気の毒な姿である。光君はしばらくは何も言えず、ただ深いため息をつき、つらい思いに身を浸す。

「帚木《ははきぎ》の心を知らでそのはらの道にあやなくまどひぬるかな

（近寄ると消えるという帚木のような、つれないあなたの心も知らず、近づこうとして、園《その》原《はら》の道に虚《むな》しく迷ってしまいました）

申し上げる言葉もありません」

と詠んだ。さすがに一睡もできなかった女も、

数ならぬふせ屋におふる名の憂《う》さにあるにもあらず消ゆる帚木

（しがない貧しい家に生えているのが情けなく、いたたまれずに消えてしまう帚木、それが私なのでございます）

と返した。

小君は光君がかわいそうでならず、眠いのも忘れて、歌のやりとりにうろうろと行き来している。それに気づけば侍女たちが変に思うだろうと、女はまたくよくよと思い悩む。お供の者たちは眠りこんでいるが、光君はひとり、おもしろくない気持ちで起きている。尋常ではない女の強情さが、消えていくどころではなくますます強く見せつけられるのは、癪《しゃく》ではあるが、同時に、だから惹か

れるのだと納得もする。しかしやはり彼女の仕打ちは心外であり、情けなくもあり、どうとでもなれと思いはしても、そうもあきらめきれず、

「おねえさんが隠れているところに連れていっておくれ」

とうとう小君にそう頼む。小君は、君をひどく気の毒だと思いつつも、

「ひどくむさ苦しい奥まった部屋で、侍女もたくさんおりますから、お連れするのは畏れ多くございます」と言う。

「わかったよ、それならきみだけでも、私に冷たくしないでおくれ」

と光君は、小君をそばに寝かせた。まだ若く、うつくしい光君がやさしくしてくれることを、子ども心にとてもよろこんでいるようなので、あの女よりずっとかわいいではないかと、君は思うのだった。

空蟬《うつせみ》

拒む女、拒まぬ女

恋した人は、かたくなにつれない態度を崩さないまま、蟬のように衣を残して去ってしまったということです。

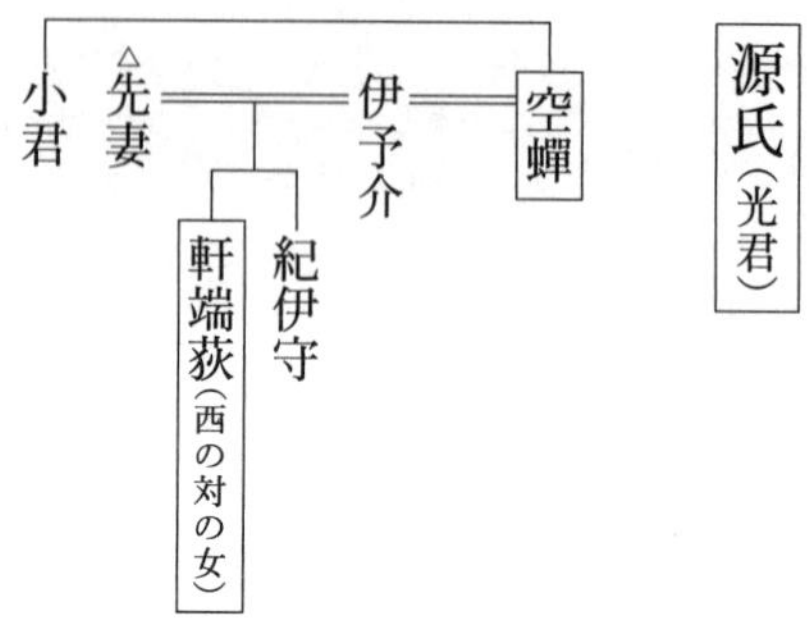

＊登場人物系図
△は故人

光君《ひかるきみ》は眠ることもできず、

「こんなに人から冷たくされたことはないよ。今夜はじめて、こんなにつらいことがあると思い知らされて、恥ずかしくて、生きていかれそうもない」などと言う。

それを聞いて小君《こぎみ》は横になったまま涙をこぼしている。この子は本当になんてかわいいのだろうと光君は思う。触れるとほっそりと小柄で、髪もあまり長すぎないところが、気のせいかあの女に似ていて、気持ちがなぐさめられる。しつこく居場所をさがして近づくのも体裁が悪いし、心底からひどい女だと忌々《いまいま》しく思いながら夜を明かし、いつものように小君にあれこれ言うこともなく、まだ暗いうちに光君は帰ってしまった。小君は、そんな光君を気の毒に思い、また、さみしくもあった。

女も、ずいぶん失礼なことをしてしまったと気が咎《とが》めてはいた。光君からの手紙も途絶えてしまった。あんな女はもう懲り懲りだとお思いなのだろうと思う。このまま何ごともなく終わってしまうのだったらつらいと思うが、かといってあんな強引な無茶苦茶を続けられても困る。もういい加減忘れてしまおうと思うものの、さすがに心穏やかにというわけにはいかず、あれこれと日々思い悩んでしまう。

本当にひどい女だと思うものの、かえって忘れることができず、このままでは自分の面目も立たないと思い、光君は小君を呼んだ。

「まったくひどいし、情けないしで、あきらめようとしているのに、それもできなくて苦しいんだよ。適当な折を見て、逢《あ》えるようになんとか手立てしてくれないか」

小君は、なんとも厄介なことだと思いながらも、こんなことでも光君が親しく話しかけてくれるのがうれしくてたまらない。子ども心にも、どういう折にお連れしたものかと機会をうかがっていたところ、紀伊守《きのかみ》が政務のため任国に下ったと耳にした。

紀伊守の邸《やしき》では、女たちだけがくつろいでいる夕方、道もはっきりしない夕闇に紛れて、小君は自分の車に光君を乗せて連れ出すことにした。こんな幼い子が、ちゃんとやってくれるだろうかと心配ではあるが、そう悠長にかまえてもいられず、目立たないような服装で、戸締まりをされないうちに急いで出かける。小君はひとけのない門から車を引き入れ、光君を降ろした。相手が子どもなので、宿直人《とのいびと》たちもとくべつ愛想を言ってくるでもなく、気楽なものである。東側の妻戸に光君に立っていてもらい、自分は南の隅の間から格子《こうし》を叩《たた》いて上げさせ、部屋に入った。

「上げっぱなしだと外からまる見えですよ」と、年配の女房が言うのが光君の耳に届く。

「こんなに暑いのにどうして格子を下ろしているの」と小君が訊《き》くと、

「お昼に西の対《たい》のお方がいらして、碁を打っておいでなのですよ」と答えている。

西の対のお方というのは、紀伊守の妹である。そんなふうに向き合って碁を打っている女の姿が見たいと光君は思い、そっと妻戸から歩み出て、格子と簾《すだれ》のあいだに入った。さっき小君の上げた格子はまだ下げられておらず、隙間が見えるので、光君は近づいて目をこらした。格子のそばに立てられた屏風《びょうぶ》も端を畳んであり、目隠し用の几帳《きちょう》も、暑いせいか帷子《かたびら》をめくってあって、うまい具合に室内の様子が見える。

碁を打つ二人の近くに火が灯《とも》してある。母屋の中央の柱の前、横向きで座っている人が忘れられないあの人だろうかと見つめる。濃い紫の単衣襲《ひとえがさね》の下着、その上に何か羽織って、ほっそりと小柄な人が目立たない様子で座っている。向き合っている人にも顔を見られないよう気をつけているようだ。碁石を置くその手も痩《や》せ細っていて、しきりに袖を引いてたしなみ深く手を隠している。もうひとり、西の対の女は東を向いて座り、光君からはそっくりそのまま見ることができた。白い薄物の単衣襲に、二藍《ふたあい》の小袿《こうちき》のようなものを無造作に着て、紅《くれない》の袴《はかま》の腰紐《こしひも》くらいまで胸をあらわにして、ずいぶんだらしない恰好《かっこう》である。たいそう色の白い、まるまると太った大柄のかわいらしい人で、髪のかたちや額もくっきりと印象的である。まなざしや口元に愛嬌《あいきょう》があり、はっきりとした顔立ちをしている。髪はふさふさとゆたかで、長くはないが、髪の垂れている肩のあたりがすっきりしている。とくにこれといって欠点のない美人である。なるほど、親である伊予介《いよのすけ》がこの上もなくかわいがっているのだろうと、光君は興味を持って見つめ続けた。欲をいえばもう少し落ち着いた感じだといいな、などと思う。頭の悪い女ではなさそうである。碁を打ち終えてだめを詰めるところでは機敏そうで、しかも陽気に騒ぎ立てている。

「お待ちなさい、そこはせきでしょう。このあたりの劫《こう》をまず片づけましょう」と女が言うが、

「いいえ、今度は私が負けました。この隅は何目でしょう、どれどれ」と指を折り、「十、二十、三十、四十」などと、目を数えている様子を見ていると、数多いという伊予の湯桁《ゆげた》もこの人なら数え上げられそうに見える。多少気品に欠けているが。

向かいに座る女は、すっかり袖で口元を覆い、はっきりとは見えないけれどじっと目をこらすと、自然に横顔が見える。まぶたが少し腫れぼったく、鼻筋もすっきり通っているとはいえず、色っぽさの欠片《かけら》もない。はっきりいえばみっともないとも言える容姿を、まったく隙のない身のこなしでうまくごまかし、器量よしの女よりはたしなみがあって、だれもが目を惹《ひ》かれるだろうと思えた。

西の対の女はほがらかで愛嬌があり、うつくしいのにますます陽気にくつろいで、笑ったりはしゃいだりしている。ぱっと派手な感じで、こちらはこちらでなかなかに魅力的である。浮ついていると自分で思いもするが、けっして堅物とはいえない光君は、この女にも無関心ではいられないのである。光君が知っている女たちはみんな、くつろいでいる時などなく、とりすまして横を向いたらわべの姿しか見せない。こうして気を抜いている女の姿をのぞき見したことなどなかった光君は、何も知らずに見られている女たちには気の毒だが、もっとずっと見ていたいと思う。けれども小君の出てくる気配がするので、そっとその場を離れた。

渡殿《わたどの》の戸口に寄りかかっている光君を見て、そんなところに立たせて申し訳ないと小君は思いながら、

「珍しいお客さんが来ておりまして、近寄ることもできません」と言う。

「今夜もこのまま帰そうというのか。あんまりにもひどいじゃないか」と光君が言うと、

「いいえ。お客さんが帰りましたら、なんとかいたします」と答える。

そう言うからには何か算段があるのだろう。まだ子どもだけれど、事情を察したり、人の気持ちを読み取ったりできる、落ち着いたところのある子だからと、光君は期待する。

碁を打ち終えたのか、そよそよと衣擦《きぬず》れの音がして、女房たちが部屋を出ていくようである。

「小君はどこにいらっしゃるのかしら。この格子《こうし》は閉めておきましょう」と女房ががたがたと音を立てている。

「寝静まったようだ。先に行って、後はうまくやっておくれ」と光君は言う。

姉が頑固で、なびきそうもないほど真面目であることを知っている小君は、話しても無駄だから、人が少なくなった時に光君を部屋にお入れしてしまおうと思っている。

「紀伊守の妹さんも来ているのか。私にもひと目見せておくれよ」と光君が言うと、

「どうしてそんなことができましょう。格子には内側に几帳が立ててあります」と小君は答える。

それはそうだろうが、しかしもうとっくに……と君は笑いそうになるけれど、すでにその人を見たことは言わないでおこう、かわいそうだもの、と思い、夜が更けるのが待ち遠しいとだけ小君に告げる。

小君は、今度は妻戸を叩いて部屋に入る。女房たちはみな寝静まっている。

「この障子《そうじ》口《ぐち》でぼくは寝ることにする。風がよく通るから」と言って、上敷《うわしき》を広げて小君は横になった。女房たちは東廂《ひがしびさし》に大勢で寝ているのだろう。妻戸を開けてくれた童《わらわ》もそちらにいって寝てしまったようだ。小君はしばらく寝たふりをしてから、灯の明るいほうに屏風を広げ、薄暗い中、光君をそっと部屋に入れた。どうなることやら、愚かな失敗をするのではないかと思うと、やめたほうがいいようにも思えてくるが、小君に導かれて母屋の几帳を引き上げ、光君は静かに中に入ろうとする。けれどみんな寝静まっている夜更け、光君の立てる衣擦れの音が、やわらかい音だけにはっきりとそれとわかってしまう。

女は、光君があれきり自分のことを忘れてくれたらしいことを、これでよかったと思おうと努め

ていたが、不思議な夢を見ているようだったあの一夜が心に張りついて、落ち着いて眠ることができずにいた。昼はもの思いにふけり、夜は目が冴《さ》え、春の「木の芽」ならぬ「この目」も休まるときがなく、ため息ばかりついている。それなのに碁の相手をしていた西の対の女は、今夜はここに泊まらせていただきますと無邪気に言って横になり、ぐっすり眠ってしまったようである。

そこへ、衣擦れの音とともに、着物に焚《た》きしめられた香が漂ってきて、女は顔を上げた。暗いなか、一重の帷子《かたびら》だけが掛けてある几帳の隙間に、だれかが近づいてくるのがはっきりと見えた。なんということだろうと思い、どうしていいのかわからないまま、女はそっと起き出して生絹《すずし》の単衣《ひとえ》を羽織り、すべるようにその場を抜け出した。

部屋に入った光君は、女がひとりで寝ているのを見て一安心した。帳台の下に女房が二人寝ている。女が上に掛けている夜着をはぎとって寄り添うと、このあいだよりは大柄な感じがするけれど、まさか別人だとは思いもしない。あの時とは妙に違って、女は目を覚ます気配もない。ようやく別人だと気づいた光君は、なんたることだと不愉快になるけれど、ここで人違いだとまごつくのを見られるのも嫌だし、女も変に思うだろう、目当ての人をさがしあてようにも、こうまで逃げるのならば甲斐《かい》もない、そんな間抜けなことをするわけにもいかないと、あれこれ思う。この女がさっきの灯影《ほかげ》に見えたうつくしい人ならば、それはそれでかまわない。

——と、こういうところが、感心できない軽率さと言いましょうか……。

女は次第に目を覚まし、まったく思いもしない展開に驚いている様子だが、思慮深いようにもたしなみがあるようにも思えない。男をまだ知らないにしてはませたところがあり、消え入りそうに恥ずかしがるふうでもない。光君は、自分の素性を明かすつもりはなかったのだが、なぜこんなことになったのだろうとこの女が後々考えた時、彼女とのことを気づいてしまうのではないか、と思った。そうなったとして自分はかまわないけれど、彼女がひたすら世間体を気にしていることを思えば、真相が知られるのは気の毒なことである。それで光君は、これまで何度も方違《かたたが》えにかこつけてここにやってきたことを話し、それもみなあなたが目当てだったのだとまことしやかに女に言って聞かせた。勘のいい女ならば察しもつくだろうけれど、ませているとはいえまだ若い女は、真相を見抜くことはなかった。この女もかわいくないわけではないが、これといって惹かれるところもなく、やはりあの小柄な女のつれなさを、光君はひどく恨めしく思う。

きっとどこかに隠れていて、こんな私を間抜けな男だと思っているのだろう。こんなに強情な女にはお目に掛かったことがないと思うと、ますます目の前の女に気持ちを移すことができず、彼女のことばかりを考えてしまう。女はとくに気にするふうもなく、無邪気で屈託がない。そんな様子はやはりいじらしく、光君は、心をこめて将来の約束をするのだった。

「きちんと夫婦の契りを結ぶよりも、こうして人目を忍ぶ間柄のほうが、いっそう情愛も深いのだと昔の人も言っています。あなたも同じように私を愛してくださいね。私は人目を憚《はばか》らなければならない身の上で、思うまま自由に振る舞うわけにいかないのです。あなたのご両親も、こうしたことは許してはくれないでしょう。そう思うとつらくなります。私のことを忘れないで、待っていてくださいね」と、あたりさわりのない言葉を並べてみせる。

「人にどんなふうに思われるか気になって、私からお手紙を差し上げることなんてできません」と女は何ひとつ疑わずに言う。

「だれ彼なしに言いふらしては困るが、私は小君に手紙を持たせましょう。受け取ってもそんな素振りは見せないように」

光君は言い、あのつれない女が脱いでいったとおぼしき薄衣をさりげなく拾い、部屋を出た。

邸を出ようと、光君は近くに寝ていた小君を起こす。光君のことを気にしつつ眠りに就いた小君はすぐに目を覚ました。光君が妻戸をそっと押し開けると、「そこにいるのはだれです」と年取った女房が仰々しい声で咎める。面倒なことになったと思いながら、「ぼくだよ」と小君は答えた。

「まあ、こんな夜中にどうしてお出かけになるのです」と世話焼き顔で戸口に近づいてくる。ますますうるさく思い、

「なんでもないよ。ちょっと出るだけだよ」と言って、光君を戸から押し出そうとするが、隅々まで照らし出す明け方近い月の下、その影が見えたのだろう、

「もうひとりいらっしゃるのはどなた」と訊き、「ああ、民部《みんぶ》のおもとですわね。なかなか立派な背丈ですもの」と言う。背の高いことでいつもからかわれている女房を小君が連れていると、すっかり勘違いしたらしい。「あなたもすぐに同じくらいの背丈におなりでしょう」などと小君に言いつつ、いっしょに出てこようとする。困ったことになったと小君は思うが、さりとて押し返すわけにもいかない。光君が渡殿の戸口に身を寄せて隠れると、この老女房もついてくる。

「おもとや、今夜は御前に詰めてらしたの？　私は一昨日からおなかをこわしてしまって、そりゃもうつらくて、部屋に下がっていたんだけれど、人が少ないからとお呼びになったので昨晩上がったんです。でもね、やっぱりとてもだめ」と、人違いをしたまま愚痴を言う。返事も待たず、「あいたたた、おなか、おなかが痛い、後でまた」と行ってしまった。

ようやく光君は脱け出すことができた。……やはりこんな忍び歩きはやめたほうがいいと、光君

もきっと懲りたと思いますよ。

　小君を車に同乗させて、光君は二条院に着いた。今夜どんなことがあったのかを光君は小君に聞かせ、「きみはまだまだ子どもだな」とけなすように言い、強情な女の心を恨んで親指と人さし指で爪弾《つまはじ》きをしている。そんな気の毒な思いをしたのかと、小君は何も言うことができない。

「きみのおねえさんはずいぶん私を嫌っているようだから、そんな自分が私もつくづく嫌になったよ。逢ってくれないまでも、やさしい返事くらいなぜしてくれないのだろうね。どうせ私は伊予介にも劣っているってことなんだろう」と、おもしろくなさそうに言っている。そうは言いながらも、さっき手にした小袿《こうちき》を夜着の下に入れて横になった。小君を添い寝させ、恨み言を言い、かと思うとやさしい言葉をかけたりもした。

「きみはかわいいけれど、あの冷たい女の弟なんだから、いつまで仲よくできるかわからないよ」などと真顔で光君が言うので、小君はつらくてたまらなくなる。

　しばらく横になっているが、光君は眠れないようである。硯《すずり》を持ってこさせて、あらたまって手紙を書くのではなく、懐紙《ふところがみ》に手習いのように書きすさぶ。

　　うつせみの身をかへてける木《こ》のもとになほ人がらのなつかしきかな
　（蟬《せみ》が抜け殻を残して去ってしまった木の下で、もぬけの殻のように衣を残していったあなたの人柄に、やっぱり心惹かれます）

　小君はそれを懐に入れた。親しくなった西の対の女にも手紙を書かなければいけない、彼女だって音沙汰なしなら変に思うだろうと考えるものの、あれやこれや思い返して、小君に手紙を託すことはない。あの薄衣は小袿だった。忘れがたい人の匂いが染みついたその小袿を、光君はいつも肌身離さずにいる。

紀伊守の邸に小君が行くと、待ちかまえていた姉君がきつく小言を言う。

「とんでもないことをしたものですね。私はうまく逃れたけれど、何かあったのかと疑われるに決まっているでしょう。本当に困ったこと。あなたのそういう幼稚な考えなしを、あのお方はどう思っていらっしゃるやら」

あちらからもこちらからも小言を受けて、小君は居心地《いごこち》悪い思いをしながら、光君の手紙を取り出した。女はさすがに手に取って見入る。あのもぬけの殻の小袿は、伊勢の海士《あま》の捨て衣みたいに汗染みていなかっただろうかと思うと気が気ではなく、心は千々に乱れるのだった。

西の対の女も光君からなんの便りもないので、顔も上げられないような思いで自分の部屋に帰っていったのだった。今朝方のことはだれにも知られていないので、ただひとり、もの思いにふけっている。光君とのあいだを行き来している小君を見ると不安で胸が押しつぶされそうだが、いっこうに便りはない。

よもや人違いだったなどとは思いもしない女であるが、ませているだけに、今までは味わったことのない悲しみを覚えてもいる。つれない女のほうも、なんとか気持ちを抑えてはいるが、光君は軽い気持ちではなかったと知り、自分が昔の娘のままだったらどんなによかっただろうと詮方無いことを思う。思いがあふれ、光君から贈られた懐紙の端に、こんなふうに書いていた。

うつせみの羽《は》に置く露の木隠《こがく》れて忍び忍びに濡《ぬ》るる袖《そで》かな
(空蟬《うつせみ》の羽についた露が、木陰からは見えないように、私の袖も、人目につかずにひっそり涙に濡れることよ)

夕《ゆう》顔《がお》

人の思いが人を殺《あや》める

だれとも知らぬまま、不思議なほどに愛しすぎたため、
ほかの方の思いが取り憑いたのかもしれません。

＊登場人物系図

△は故人

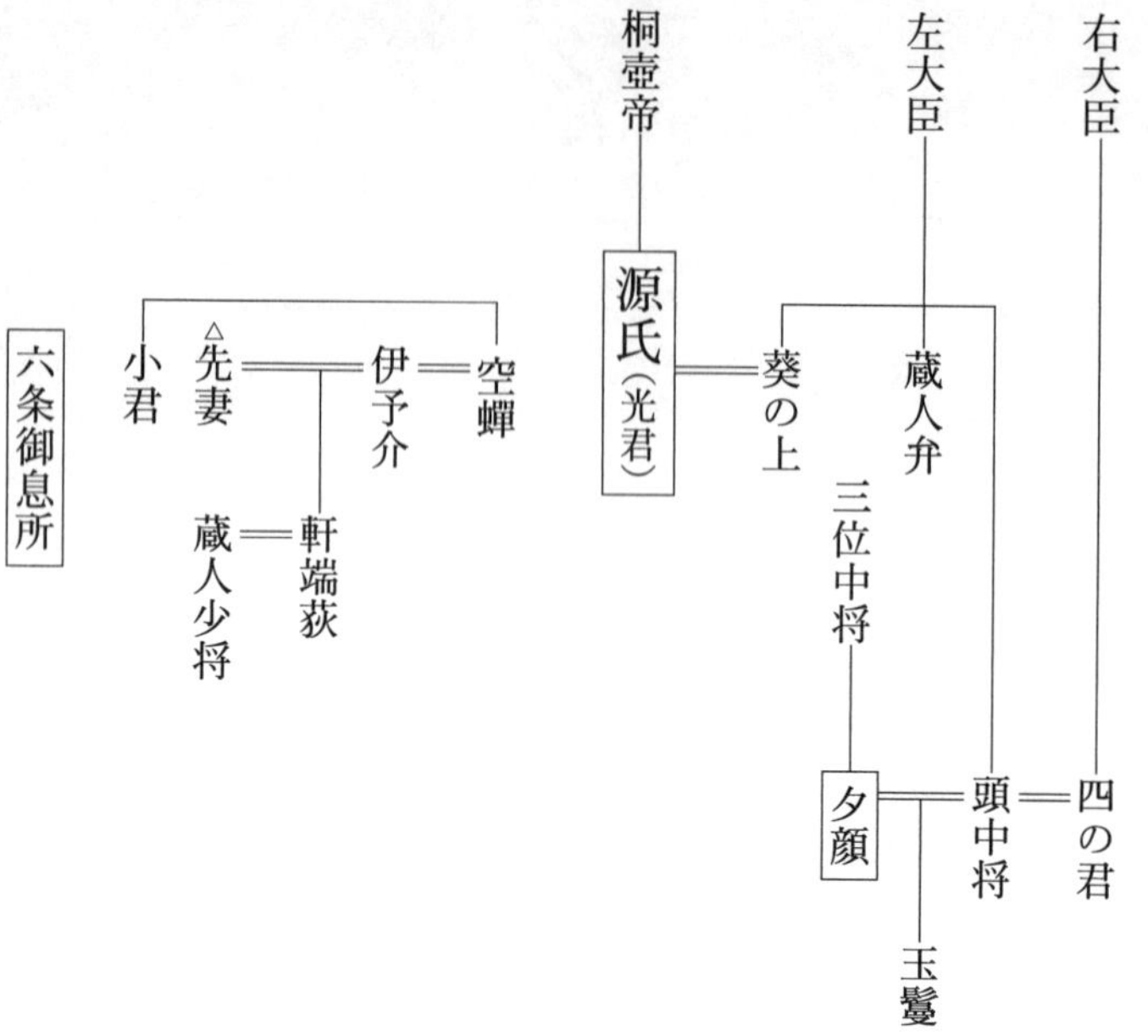
右大臣
左大臣
桐壺帝
源氏（光君）
葵の上
蔵人弁
四の君
頭中将
三位中将
夕顔
玉鬘
空蟬
伊予介
△先妻
小君
軒端荻
蔵人少将
六条御息所

光君《ひかるきみ》が六条あたりにお忍びで通っていた頃のことである。宮中から六条に向かう途中、乳母《めのと》を見舞うために五条にあるその家に立ち寄った。この大弐《だいに》の乳母は、重い病にかかって尼になっていた。

車のまま入れる正門は鍵が下ろしてあったので、光君はお供の者に、乳母の息子、惟光《これみつ》を呼びにやらせた。惟光を待っているあいだ、いかにもむさ苦しい大通りを眺めていると、乳母の家の隣に、檜垣《ひがき》をあたらしく作り、上部は半蔀《はじとみ》四、五間ほどつり上げて、真あたらしく涼しげな簾《すだれ》を掛けた家がある。簾の向こうにうつくしい額際をした女の影がたくさん透けて見える。こちらをのぞいているようである。立ち動いているようだが、ひどく高いところから額が見えるので、ずいぶん背の高い女たちばかりがいるように思える。どんな女たちが集まった家なのだろう、ずいぶん変わった家だ、と光君は眺めていた。

目立つことのないよう、車も粗末なものを使い、先払いの者にも声を立てさせなかったので、素性はばれるまいと気を許し、光君は少し顔を出して様子をうかがった。門も蔀《しとみ》を押し上げてあって、中がよく見える。庭も狭く、ものはかなげな住まいである。「世の中はいづれかさしてわがならむ行きとまるをぞ宿と定むる（古今集／この世のどの家をさして自分の居場所だと言えるだろう、たまたま行き着いたところを仮の宿とするばかりだ）」という古歌を思えば、こんな小さな家も、寝殿造りの玉の台も同じことだ、と光君は考える。

粗末な板塀に、青々と茂った蔓草《つるくさ》が覆っている中、白い花がひとつ、笑うように咲いている。この花はなんだろうと思った光君が、

「うちわたす遠方人《をちかたびと》にもの申すわれそのそこに白く咲けるは何の花ぞも（古今集／遠くにおられる方にお尋ねします、その白く咲くのは何の花かと）」という古歌から、「遠方人《おちかたびと》にもの申す」とひとりつぶやくと、お供をしていた随身《ずいじん》がすっとひざまずき、

「白く咲いておりますのは夕顔と申します。花の名前はいっぱしの人間のようでございますが、こうしたみすぼらしい垣根に咲く花でございます」と言う。

そう言われてみれば、ちいさな家ばかり集まったむさ苦しいこの界隈《かいわい》のあちこちに、みじめに傾いた軒にも蔓をのばし、這《は》いまつわるように白い花が咲いている。

「かわいそうな運命の花なんだね。一房折ってきてくれないか」

と光君が言い、随身は蔀を押し上げてある門に入って花を折った。粗末ながらも洒落《しゃれ》た引き戸口に、黄色の生絹《すずし》の単衣袴《ひとえばかま》を長めにはいた、かわいらしい女童《めのわらわ》が出てきて、随身を招き入れる。深く香を焚《た》きしめた白い扇を差し出し、

「これにお花を置いて差し上げてください。手で提げると恰好《かっこう》のつかない花ですから」と言う。

随身は、ちょうど乳母の家から出てきた惟光に、その扇と花を渡し、光君に届けさせる。

「鍵をどこかに置き忘れまして、不都合なことでございます。あなたさまをどなたかとお見分け申すことのできる者もおりません界隈ですが、ごみごみした通りに車を停めさせてしまって」と惟光は光君に詫《わ》び、車を門の中に引き入れた。

大弐の乳母の子である惟光は、兄の阿闍梨《あじやり》、乳母の娘と娘婿である三河守《みかわのかみ》などが集まっているところへ、折良く光君が立ち寄ってくれたことを心からよろこび、礼を言う。大弐の乳母も起き上がり、

「今さら惜しくもないこの身ではございますが、尼になるのをためらっておりましたのは、こうして以前と変わった姿をあなたさまにご覧に入れるのを残念に思っていたからでございます。出家して戒《かい》を受け、その御利益で生き返りまして、こうしてお見舞いにいらしてくださったお姿を拝見できましたから、今はもう阿弥陀仏《あみだほとけ》のお迎えも、心残りなくお待ち申せましょう」などと言い、さめざめと泣いている。

「近頃ご病気が思わしくないと聞いて、いつも心配しておりましたが、こうして世を捨てた尼のお姿になってしまったのは悲しいです。どうか長生きをして、私が出世するのを見届けてください。その後で、極楽浄土の最高位に、なんの差し障ることもなく生まれ変わってください。この世に少しでも執着が残るのは、よくないことだと聞いていますから」と、光君も涙ぐむ。

乳母という、お世話する子ならだれでもだいじに思うような人は、どんなに不出来でも立派な子だと思いこむものだが、まして、相手は欠点のない光君である。お世話した自分の身も誇らしく思っていた乳母は、光君からそんな畏れ多い言葉をかけてもらい、ひとしきり涙に暮れた。子どもたちはそんな母親を見苦しく思い、

「いったん捨てたこの世にまだ未練があるように、泣き顔を隠しもせずお目に掛けていらっしゃる」と、つつき合い、目配せをし合っている。光君は乳母をしみじみいとおしく思い、

「私がまだ幼い頃、かわいがってくれるはずの母も祖母も亡くなってしまって、世話をしてくれる

人はたくさんいたようですが、私が心から親しく思える人はあなただけでした。大人になってからは、子どもの頃のように、朝に夕にとそうしょっちゅう顔を合わせることもできず、思うように訪れることもできませんでしたが、やっぱりずっと会えないでいると、心細くなります。もうこのまずっと会えないなんてことがありませんようにと、願っています」

と、心をこめて話しながら袖で涙を拭う。その袖の香りが部屋いっぱいに満ちている。母を見苦しいと思った子どもたちも、なるほどいかにも考えてみれば、光君を育てたこの母は並々ならぬ幸運な人なのだと思い、もらい泣きをするのだった。

加持祈禱《かじきとう》をふたたびはじめるようにと言い残して、光君は乳母の家を出ようとし、惟光に紙燭《しそく》を持ってこさせて先ほどの扇を見た。長く使いこまれ、かぐわしい移り香が漂う扇に、うつくしい字で書き流してある。

心あてにそれかとぞ見る白露の光そへたる夕顔《ゆふがほ》の花

（当て推量ですが、源氏の君かとお見受けします。白露の光にひとしおうつくしい夕顔——夕影に光輝くそのお顔は）」

だれとわからないように変えてあるその筆跡も、気品があり、奥ゆかしい。みすぼらしい家なのに、ずいぶんと気の利いた人が住んでいるのだなと感心し、光君は惟光に、

「この西隣の家はどんな人が住んでいるのか、耳にしたことはないの」と訊《き》いた。

ああ、いつもの厄介な癖がはじまってしまった……と思いながら、

「この五、六日、こちらにおりますが、病気の母が心配で看病に追われておりましたから、隣のことは訊く余裕もありませんでした」と惟光はそっけなく答えた。

「私のことをしょうがない人間だと思っているんだね。でも、この扇については調べてみなければならないわけがありそうだよ。このあたりの事情を知っている人を呼んで、訊いてみてくれないか」

そう光君に言われ、惟光は家に戻り、管理人を呼んで訊いてみた。

「さる揚名介《ようめいのすけ》（地方の次官）の家でございました。夫は地方に行っていて、妻君は若く派手好きな人で、その姉妹が宮仕えをしていて、しょっちゅうやってくるそうです、と管理人が申しておりました。召使いなので、そうくわしくはないようですが」と惟光は聞いたことを伝える。

それではその宮仕えをしている姉妹だったのか、得意げに、ずいぶん馴《な》れ馴《な》れしく詠みかけてきたものだ……相手にするべくもない身分の低い女なのだろうと思いはするが、この私宛てに歌を贈ってきた気持ちはうれしく、無視するわけにもいかない。……などと考えるのは、いつものことながら、女のこととなるとじっとしていられない性分であるようで……。

懐紙《ふところがみ》を出し、まるきり筆跡を変えて、

寄りてこそそれかとも見めたそかれにほのぼの見つる花の夕顔《ゆふがほ》

（もっと近くに寄ってだれなのか確かめたらいかがでしょう、夕影の中、ほのかにご覧になった夕顔を）

と書きつけ、先ほどの随身に持たせた。

この夕顔の家の女たちは源氏の姿をまだ見たことはなかったが、はっきりと察しのつくほど高貴な横顔を見て、ついいきなり歌を詠みかけてしまったものの、返事もなく、ばつの悪い思いをしていたところにわざわざ返歌があったものだから、「どうお返し申したらいいかしら」などと調子に乗って言い合っている。身の程知らずもいいところだと、随身は渡し終えるとさっさと引き上げた。

一行は、先払いの松明《たいまつ》も目立たないようにして、乳母の家からこっそりと出発した。西隣の半蔀はすでに下ろしてある。その隙間から灯火がちろちろと漏れている。蛍の光よりいっそうかすかで、ものさびしげに見える。

目当てである六条の邸《やしき》に着いた。木立や植えこみなど、格段に趣深く、ゆったりとした優雅な暮らしぶりがうかがえる。光君を迎える女君は近寄りがたいほど気品に満ち、光君は先ほどの夕顔の家などすっかり忘れてしまう。

翌朝、少しばかり寝過ごした光君は、日が上る頃に邸を出た。朝の光の中で見るその姿は、世間の人が賞賛するのも無理からぬうつくしさである。

今日もまた、夕べ通った蔀戸の前を通る。今までも通っていたはずの道だけれど、昨日のささいなできごとが気に掛かり、どんな人が住んでいるのだろうと前を通るたび思うようになった。

数日後、惟光が光君の元に参上した。

「病人がまだよくなりませんで、何かと看病いたしております」などと言ってから、光君の近くに寄ってささやく。「仰せになられました通り、隣の家のことを知っている者を呼んで尋ねましたが、はっきりしたことは申しません。ごく内密に、五月頃から同居している方がいるようですが、どこのどなたなのかは、西の家の者たちにも知られないようにしているとのことです。時々私は垣根越しにのぞいてみますが、確かに若い女たちの透影《すきかげ》が見えるのです。上裳《うわも》のようなものを申し訳程度に引っかけていますから、仕えている女主人がいるのでしょう。昨日、狭い家の隅々まで夕陽が照らしている時に見てみますと、その主人らしい女性が手紙を書いているのが見えました。じつにおうつくしい方でございました。どことなくさみしそうで、そばに仕える女房たちも声を抑えて泣いているのがはっきり見えましてね」

光君は穏やかにほほえみ、その女が何者か知りたいものだと思う。

軽はずみなことはできない身分でいらっしゃるけれども、君はまだお若いことだし、女たちも放っておけないほどの美貌なのだから、あんまり色恋と無縁の堅物でももの足りないし、だいいち風情がない、色恋なんて不相応だと世間が思うような身分の低い者だって、女のこととなれば心は動いてしまうのだから……と、惟光は考え、口を開く。

「もしかしたら、何かわかることがあるかもしれないと存じまして、ちょっとしたきっかけを作って、女房に文《ふみ》を送ってみました。すると書き慣れた筆跡で、すぐに返歌を寄越してきましてね。なかなか捨てたものではない若い女房たちがいるようですよ」

「じゃあ、もっと近づきになってくれ。正体がわからないままではつまらないもの」

と、光君はまたしても命じた。

かつて話に出た、頭中《とうのちゅう》将《じょう》が相手にもしなかった下の下の者の家ながら、意外にもその奥にはうつくしい人がいるかもしれないと思うと、光君の気持ちは弾んでくるのだった。

さて、かの空蟬《うつせみ》のことも光君は忘れていなかった。あの強情な女が、ほかの多くの女たちと同じように素直に言うことを聞いていたなら、気の毒ではあるが出来心からの過ちだと忘れてしまっただろう。けれど、ふられたままで終わりそうだからよけいに気に掛かる。これまで、こんな身分の女のことまでは考えることもなかったのに、先だっての雨夜の品定め以来、いろいろな階級の女を知りたいと思うようになった光君は、ますます興味を抱くようになったのだろう。疑うことなく、次の逢瀬《おうせ》を待っているだろうもうひとり、西の対の女を、かわいそうだと思わないこともない。けれどもあのつれない女が何食わぬ顔で彼女とのやりとりを聞いていたのかと思うと気恥ずかしくて、まずはあの女の本心を見極めてから……などと考えているうちに、伊予介《いよのすけ》が上京してきた。

伊予介は何はさておき、まず源氏の邸《やしき》に挨拶に上がった。舟旅のせいで少し日に焼けて、旅疲れの出ているその姿はでっぷりとして見映えが悪い。けれど伊予介はそうとうな血筋の者で、年を取ってはいるけれども整って立派な容貌をしており、こぎれいで、並々ならぬ風格の感じられる男である。彼の話す任国のみやげ話に耳を傾けながら、伊予の湯桁《ゆげた》はどうかと尋ねてみたくなるが、伊予介の顔をまともに見ることができずに、光君は後ろめたい気持ちになった。

真面目な年長者を前にして、こんな気持ちになるのはまったくよろしくない、いけないことだと光君は思う。こういう人妻との情事こそ、あってはならない不祥事だ。妻の不実は夫の恥だという、馬頭《うまのかみ》の話を思い出し、あの女の冷淡さは恨めしいけれど、この夫のことを思えば、妻として殊勝な態度だと言わざるを得ない、などと考える。

伊予介は、娘は適当な人を見つけて嫁がせて、妻を任国へ連れていくつもりだと言い置いて帰った。とたんに光君は矢も盾もたまらなくなって、もう一度彼女に逢《あ》えないものかと小君《こぎみ》に話を持ちかける。

よしんば心の通い合った相手だったとしても、お忍びで来るのは難しい。まして女のほうでは、自分なんて分不相応なのだから、未練たらしく待つのも見苦しいときっぱりあきらめている。それでも、まるきり光君に忘れられてしまうのはあまりにもつらい、という気持ちから、折々には真心をこめて返事を書いてはいた。さりげない文面ながら、妙に魅力的で、心に残る言いまわしもあり、光君はやっぱり女を恋しく思ってしまう。冷淡さが癪《しゃく》に障るけれど、忘れることができないのである。もうひとりの女は、もし夫がちゃんと決まったとしても、これまで同様心を交わしてくれそうだったので光君は安心していた。婿取りの話がいろいろと聞こえてくるけれど、それで心が乱されることはなかった。

いつしか季節は秋になっていた。

だれのせいでもない、自身の恋のせいであれこれともの思いにふけることが多く、光君が左大臣家に行くのも途絶えがちになり、左大臣家では恨めしく思っていた。

六条の女君にしても、熱心に口説いていた頃のような気持ちには戻れずに、あたりさわりのない扱いしかできずにいては、女君も不憫《ふびん》である。

……関係を持つ前に執心したように、何がなんでも逢いたいという一途《いちず》な気持ちが消えたようなのは、いったいどういうことなのでしょう。

六条の女君は、何についても深く思い詰める性分だった。年齢も自分のほうがずいぶん年上で、そもそも不釣り合いなのだし、もし二人の噂《うわさ》が世間の人の耳に入ったらいったいどんなふうに言われるか。光君が逢いにこないさみしい夜に、ふと目を覚まし、女君はいっそうくよくよと思い悩んでは、悲しみに打ちひしがれるのだった。

霧の深いある朝のことである。暗いうちに帰るようにしきりに急《せ》かされ、眠たそうにため息をつきながら帰っていく光君の姿を、女主人にひと目見せたいと思ったのか、女房の中将の君は格子《こうし》を一間だけ上げて几帳《きちょう》をずらした。六条の女君は頭をもたげて外を眺めやる。色とりどりに花の咲き乱れている植えこみを、光君はしばらく眺めている。その姿は、類いまれなほどのうつくしさである。車に乗るため廊に向かう光君を、中将の君が送っていく。季節にあった紫苑色《しおんいろ》の表着《うわぎ》に、薄絹の裳《も》をすっきり結んでいる腰つきも、しなやかで優美である。光君は中将の君をふり返り、隅の間の高欄《こうらん》に座らせた。彼女の、たしなみのあるかしこまった態度や、黒髪の下がり具合も、さすがに気品があると光君は思う。

「咲く花にうつるてふ名はつつめども折《を》らで過ぎうきけさの朝顔《あさがほ》

(咲く花に心を移すと噂されないか気になるけれど、手折《たお》って我がものとせずにはいられない今朝のうつくしい朝顔)

あなたをどうしたらいいかな」

と、中将の君の手をとって光君は言うが、彼女はあわてることなく慣れた様子で

朝霧のはれまも待たぬけしきにて花に心をとめぬとぞ見る

(朝霧が晴れるのも待たずにお発《た》ちになるご様子で、花――ご主人さまにお心をお留めなさらないのですね)

と、うまく女主人のことにすり替えて歌を返す。

かわいらしい使いの少年が、洒落た身なりをして、指貫《さしぬき》の裾を露に濡《ぬ》らして花の中に分け入り、朝顔を折っている様は、絵に描いたようにみごとなうつくしさである。

とくべつな関係がなくとも、その姿をちらりと見ただけで、光君に心を奪われない者はいない。情緒など解さない山暮らしの田舎者でも、休憩するなら桜の木の下を選ぶように、光君の、文字通

り光り輝く姿を見た人はそれぞれの身分に応じて、かわいがってきた娘を嫁がせたいものだと思い、また年頃の妹を持つ兄は、下仕えでもいいから光君のお邸に使っていただきたいと願うのだった。

ましてこの中将の君のように、折々にふさわしい歌を贈られ、光君のやさしい人柄に触れてしまうと、わきまえのある女であればなおのこと、光君をたいせつに慕わずにはいられない。お忍びで女主人のところにやってくるのではなく、朝も夜もゆっくりしていただけたらどんなにいいだろうともどかしく思っているようである。

それはそうと、あの惟光《これみつ》がまた報告にやってきた。頼まれていたのぞき見の件を、じつにくわしく調べてきたようである。

「西の家の女主人がどこのだれであるのか、まったくわからないのです。ずいぶんと慎重に、人目を忍んで隠れているようですよ。若い女房たちは退屈なのか、大通りに車の音がしますと、母屋の邸《やしき》から、例の半蔀《はじとみ》のある長屋に揃《そろ》ってやってきては、おもてをのぞいて見ているのですね。そんな時に、この女主人もいっしょに見にくることもあるみたいです。ちらりと見ただけですが、顔立ちはじつにかわいらしい。先日、先払いの者が声をかけながら、牛車《ぎっしゃ》を走らせていったんですが、それを見ていた童女《わらわめ》が、『右近《うこん》の君、早くごらんなさいませ、頭中将《とうのちゅうじょう》殿がお通りになられますよ』と言っているのです。すると中から、様子のいい女房が『しっ、静かに』と手で制しつつ、『どうして中将さまとわかったの。どれ、私も見てみよう』と言いながら出てきたのですよ。ところが、母屋から長屋に渡してある、打橋《うちはし》のような板を急いで渡ろうとしたものだから、着物の裾を引っかけて、よろよろと倒れて打橋から落ちそうになってしまったのです。『まあ、葛城《かずらき》の神さまったら、危なっかしく橋を架けてくれたものだわね』なんてぶつくさ言いながら、のぞき見る気もなくしたようです。それにしても、醜いことを気にして、昼は働かず夜しか働かない葛城の神が中途半端に架けた岩橋の伝説が、そんなふうにぱっと口をつくのですからたいしたものです。しかもこの童女が、『お車の中の中将殿は、御直衣《おのうし》姿で、御随身《みずいじん》たちもおりました。だれとだれがおりましたよ』なんて、証拠を挙げるみたいに、頭中将の随身や小舎人童《こどねりわらわ》たちを数え上げるのですよ」

それを聞いて光君は、

「それはその車を見届けたかったものだな」と言い、雨夜の品定めを思い出す。あの時頭中将は、行方不明になった忘れがたい女がいると話していたが、西の家の女主人はその女ではないだろうか、などと思うのである。そうするとますます女のことを知りたくてたまらなくなる。そんな光君の様子を見て、惟光は続ける。

「その西の家の女房を、私自身もうまく口説いておりまして、家の様子もすっかりわかってきたんですが、女房のひとりと見せかけて、ほかの女房たちとまるで仲間うちみたいに親しく話している若い女がいるのです。うまく隠しおおせているつもりのようですが、ときどきちいさな童《わらわ》なんかが、うっかりご主人さまに話しかけるようにていねいな言葉遣いをしてしまうのですが、それをなんとか取り繕って、ご主人さまなんていないかのようにごまかしているんですなあ」と、惟光は笑った。

「また尼君のお見舞いにいく時にでも、私にものぞかせておくれよ」と光君は言う。

仮住まいだろうけれども、ああいう家こそが、雨夜の品定めの時に頭中将が軽んじていた下《しも》の家々なのだろう。けれどその中に意外にもすばらしい女が隠れているかもしれないと、光君は期待せずにはいられないのだった。

惟光は、光君の言いつけならばどんな些細《ささい》なことも背くまいと思ってはいるが、もともと、自分自身もしたたかな好き者なので、あれこれ熱心に立ちまわって、ようやく光君が通う段取りにこぎつけたのである。

このあたりのことは、くだくだしくなるのでいつもの通り省くことにします。

この女がどこのだれともわからないままなので、光君は自分も素性を明かさず、この女の元に通うようになった。ひどく粗末な身なりで、いつもとは違って熱に浮かされたように女の元に通い詰める。これはずいぶんなご執心だと思った惟光は、自分の馬を光君に譲り、

「こんなみすぼらしい姿で歩いているのを、あの家の者たちに見られてしまったら、なんともつらいものですな」とこぼしながら、徒歩でお供した。

このことをだれにも知られたくない光君は、以前、夕顔の取り次ぎをした随身と、先方に顔を知られていないはずの童をひとりだけ連れて、女の元に行くのだった。万が一にも感づかれてはいけないからと、隣の乳母《めのと》の家に立ち寄ることもしない。

女もさすがに不思議に思い、光君からの使いの跡をつけさせたり、夜明けに君が帰る時の道筋をさぐらせたり、住まいを突き止めようとするが、光君はいつもうまく彼らを撒《ま》いていた。そのくせ、逢わずにはいられないほど相手の女に惹《ひ》かれていた。こんな粗末ななりでお供もつけずに通うとは、貴人としてあるまじきことと苦しく思いながらも、気持ちとは裏腹に光君の足は女の元へ向かうのである。

恋をすれば、真面目な男でも我を失うこともある。光君は、そんなふうにみっともない失態だけは犯すまいとずっと自重し、今まで世間から非難されるような振る舞いをしたことはなかった。そ

れが今度は奇妙なことに、今別れてきたばかりの朝でも、日が暮れればすぐ逢える昼でも、女に逢いたくて気が気ではなく、苦しいほど女のことを考えてしまう。なんともの狂おしく、こんなに夢中になるほどの恋ではないと気持ちを静めようとしてみる。女は、なんとも言えず素直でおおらかではあるが、思慮深いわけでもなくしっかりしているわけでもない。まったく初々しい少女のようでいて、しかし男女のことを知らないわけではない。それほど身分の高い姫君というわけでもない。この女のいったいどこにこれほど惹かれてしまうのかと、光君はくり返し考える。

光君は従者が着るような粗末な狩衣《かりぎぬ》を着て、顔も隠して、夜が更けて人が寝静まるのを待ってから出入りしている。まるで昔話によく出てくる化けものじみていて、女は気味が悪くなるが、しかし、暗闇の中で触れると、その手触りで、男が並の男ではないことがはっきりとわかるのである。いったいどこのどなたさまなのかしら、やっぱりあの浮気男があれこれ手引きをしたに違いないわ、と惟光を疑うが、惟光はしらを切り、とんでもないとでも言いたそうに、自分の恋に夢中になっているふうなので、どういうことなのか女にはさっぱりわからない。そんなわけで女は、ふつうの恋とはまったく違う悩みに取り憑《つ》かれ、男のことを思うのだった。

心を預けてくれたように見えるこの女が、あるときふいに行方をくらましてしまったらどうしよう、と光君は考える。どこをさがしていいものやら、見当もつくまい。今の住まいはどう見ても仮の宿としか思えない、だからいつどこへ移ってしまうか予想することもできない。追いかけようとして見失ってしまい、それきりあきらめがつくのならば、その程度の気まぐれな恋として忘れられようが、そんなふうに終えられるようには思えない。

人目を気にして女の元に行くことのできない夜は、辛抱できず、恋しくて苦しくすらなってくる。

ない。

もういっそ、素性もわからないまま女をこの二条院に迎えてしまおう、と光君は決意する。世間に知られれば非難もされようが、こうなるめぐり合わせなのだ、こんなにも女に心を奪われたことなど今までなかったのに、自分たちにはいったいどんな深い宿縁があるのだろうと思わずにはいられない。

「どこか、人の目を気にしないでいいようなところに行って、ゆっくりお話ししたいものだね」

光君はそんなふうに女を誘ってみた。

「でも、やっぱり心配です。そんなふうにおっしゃいますけれど、ふつうとは思えないお扱いですもの。私はなんだかおそろしいような気持ちです」

女はそんな子どもっぽいことを言い、それもそうだと光君はつい笑う。

「そう、私たちのどちらが狐《きつね》なのかな。ただ黙って私に化かされていてくれませんか」

とやさしく言うと、女はすっかりその気になって、それでもいいと思っているような様子である。どんな妙なことでも、黙って聞き入れようとするその心がいとしく、なんとかわいらしい人なんだろうと光君は思う。そう思ったとたんに、やはりこの女は、頭中将が話していた常夏《とこなつ》の女ではあるまいかと疑念も抱く。しかしそうだったにしても、秘密にしているのは何かわけがあるからだろうと、光君は女にとりたてて訊き出そうとはしなかった。

今のところ、拗《す》ねて行方をくらますような女には思えないけれど、もしかしてしばらく訪ねずに放っておいたら、そんなことにもなるのかもしれない。こんなにも一途に思いこんでしまう恋よりも、ちょっと飽きて夜離《よが》れをしたくらいのほうが、この女のひたむきさをもっと感じられて、恋は深まるかもしれない……、などと、光君はそんなことまで考える。

今宵八月十五日。夜、さえざえと夜を照らす中秋の満月の光が、隙間の多い板葺《いたぶ》きの家のあちこちから射《さ》しこんでいる。光君には、見慣れない暮らしの様子も興味深い。そろそろ夜明けも近いらしく、目を覚ました隣近所の男たちの野太い声が聞こえてくる。

「まったく寒くてたまんねえな」

「今年はもう米の出来もよくはねえし、田舎に買い入れにいくのもあてにならねえ、確かに心細いな。北隣さんよ、聞いてんのかい」

などと言い交わしている。それぞれの、細々とした暮らしのために早くから起き出して、気ぜわしく男たちが立ち働いている、その様子が間近に聞こえるのを女は内心恥ずかしく思っていた。もし体裁を気にする気取り屋の、いいところばかり見せたがる見栄っ張りだったら、消え入りたくなったことだろう。けれども女は恥ずかしさなどおくびにも出さず、恨めしいことも嫌なことも決まり悪いことも気に病むまいとして、のんびりと優雅にかまえている。隣の家から聞こえてくるあけすけな会話の意味も、じつのところ女にはよくわからないのである。そんな女の様子は、恥ずかしがって赤くなったりするよりは、光君にはかえって感じよく思えた。

ごろごろと雷よりもおそろしい音が枕元のすぐ近くで響く。臼で米をついている音だが、そんな物音を聞いたこともない光君は、この異様な音が何かもわからずに、ああうるさいとこれには閉口する。……こんな具合にごたごたと雑多なことばかりが多いのです。

布を打つ砧《きぬた》の音が、かすかながらあちこちから聞こえ、空を飛ぶ雁《かり》の鳴き声がそれに重なり、もの悲しい秋の情趣をことさらにとり集めたようで、人恋しさを募らせる。光君の泊まっている寝室は庭に面していたので、引き戸を開けて女とともに外を眺める。ちいさな庭に、洒落た淡竹《はちく》が見え、植えこみの葉の先では露の光がきらめいている。光君の住む広大な邸ではこんなに近くで聞いたことのないこおろぎが、まるで耳のすぐそばでやかましく鳴いているのが光君には珍しくて味わい深い。

……女への愛の深さゆえ、なんでもかんでも味わい深くなってしまうのでしょうね。

夕顔の、白い袷《あわせ》に、着慣れた薄紫の表着《うわぎ》を重ねた、華美とはいえないその姿が、華奢《きゃしゃ》で愛らしく、ほかの女よりとくべつどこが抜きん出ているというわけではないけれど、線の細いたおやかな彼女が何か一言言うだけでも可憐《かれん》に思え、ただもう君はいとしく感じるのだった。欲を言えば、もう少し気取ったところがあってもいいのにとは思うが、それでももっとこの人を知りたい、もっと気兼ねなくいっしょにいたいと光君は考えて、言った。

「ねえ、この近くにもっとくつろげる場所があるから、そこに行こう。そこで夜を明かそう。こんなところでしか逢えないなんてたまらないもの」

けれども彼女は、

「どうしてそんなことをおっしゃるのですか。あんまりにも急ですわ」とおっとり返事をして、動こうともしない。

この世ばかりでなく来世までいっしょにいると光君が誓うと、女は信じ切って素直に感動している。その様子が、男女のことに慣れた女とは違って初々しく、恋愛に長《た》けた女には思えない。光君は思いが高じて、人の目を憚《はばか》る余裕もなくなり、女房の右近を呼んで話をつけ、随身にも声をかけ、車を縁側まで引き入れさせた。この家の女房たちも、不安ではあったが、光君の気持ちがいい加減なものではないことだけはわかるので、だれとも知れないこの男を信頼しきっているのである。

夜明けも近づいた。暁を告げる鶏《とり》の声は聞こえず、祈りを捧《ささ》げる年寄りじみた声が聞こえてくる。御《み》嶽《たけ》に参籠する前に、千日の行である御嶽精進《みたけしょうじん》を続けているのだろう。仏前に額をついているようだが、立ったり座ったりするのもつらそうである。こうして一日に何千回も、立っては仏の名を唱え、座っては礼拝する勤めを続けていると思うと、光君は老人をあわれだと思った。夕にはあとかたもなく消えてしまう朝露のような人生なのに、何をそんなに欲張って我が身の利益を祈るのだろう。けれど「南無《なむ》当来導師《とうらいどうし》」と弥勒菩《みろくぼ》薩《さつ》を熱心に拝んでいる声を聞き、「ほら、聞いてごらん。現世利益かと思ったら、そうではない、あの人も今世ばかりとは思っていないようだ」と言い、詠む。

優《う》婆《ば》塞《そく》が行ふ道をしるべにて来《こ》む世《よ》も深き契《ちぎ》り違《たが》ふな

(修行する人の仏の道に従って、来世でも、二人の深い約束に背かないでくださいね)

長恨歌《ちょうごんか》にうたわれる玄宗《げんそう》皇帝と楊貴《ようき》妃《ひ》の例では縁起が悪いので、死んだら比翼《ひよく》の鳥に生まれ変わろうとは言わず、弥勒菩薩があらわれるはるか先の未来を持ち出して約束するのである。そんな遠い未来への約束はいかにも大げさなのだけれど、女は、

前《さき》の世《よ》の契り知らるる身の憂さにゆくすゑかねて頼みがたさよ

(前世の宿縁のせいでこんなにつらい身の上であることを思うと、未来のことも頼みにできそうもありません)

といかにも心細い返歌をする。

沈むのをためらう十五夜の月みたいに、行き先もわからないまま出かけるのをためらう女に、あれこれと言い含めているうちに、月は雲に隠れ、空がゆっくりと白んでいく。人目につくほど明る

くならないうちにと、光君は急いで先に出て、軽々と女を車に乗せてしまう。女房の右近もあわてて付き添い乗りこんだ。

そのあたりに近い、とある家に着いた。管理人を呼び、光君は荒れ果てた庭を眺める。門には忍草《しのぶぐさ》が生い茂り、木立も鬱蒼《うっそう》として薄暗い。朝霧も深く、車の簾《すだれ》を上げただけで、着物の袖がびっしょりと濡れるほどである。

「こんなふうなことをするのははじめてだけれど、いろいろ気苦労が多いものだね。

いにしへもかくやは人のまどひけむわがまだ知らぬしののめの道
（昔の人もこんなふうに心を惑わせたのだろうか、私が今まで知らなかった明け方の恋の道を）

あなたは経験がありますか？」

光君にそう訊かれた女は、恥ずかしそうに、

「山の端《は》の心も知らでゆく月はうはの空にて影や絶えなむ
（行く先もあなたのお気持ちもわからないのに、あなたを頼りについてゆく私は、山に沈もうとする月のように、空の途中で消えてしまうのかもしれません）

心細いです」

と、ひどくこわがって、気味悪そうにしている。あんなに立てこんだところに住んでいるからそんなにこわがるのだろうと思うと、なんだかおかしかった。

車を門の中に入れ、西の対《たい》に御座所《おましどころ》を用意させるあいだ、牛車《ぎっしゃ》の牛を外し、その轅《ながえ》を欄干に引っかけて車を停め、庭で待った。女房の右近は、ひとりはなやいだ気持ちになって、今までの姫君の

恋愛についてつい思い出す。管理人が懸命になって世話に走りまわる様子を見て、姫君の元に通うこの男君がだれなのか、右近にははっきりとわかったのである。

ぼんやりほのかに周囲が見える頃、光君は室内に入った。急いで準備した御座所ではあるけれど、こざっぱりと整えられている。

「お供にちゃんとした人も付いていらっしゃらない。不用心なことですな」と言う管理人は、光君と親密な下家司《しもげいし》で、二条院にも出入りしている者だった。「どなたか、お付きするように呼びましょうか」と、右近に取り次がせて尋ねるが、

「わざわざひとけのない隠れ家をさがしたんだよ。おまえの胸におさめて、ぜったいに他言は無用だよ」と、光君にかたく口止めされた。

管理人は、朝食にと急いで粥《かゆ》の用意をしたが、配膳する人の手も足りない。女を連れ出してくるなど、はじめての経験である光君は、そんなことも気にせずに「二人の仲はいつまでも……」と語らうことに余念がない。

日が高くなる頃に起き出して、光君はみずから格子《こうし》を上げた。庭はひどく荒れていて、人影もなく、遠くまで見渡せるほどだ。木立は気味の悪いほど古びていて、前庭に植えられた草木もうつくしいとはいえず、ただ荒れた秋の野である。池も水草で埋まり、不気味ですらある。別の棟に管理人一家が住んでいるようだけれど、そこはずいぶん離れている。

「薄気味が悪いところだな。でも、鬼でも私なら見逃してくれるだろうね」

光君はまだ顔を隠していたが、そのことを女が不満に思っているようなのに気づく。こんなに深い仲になってもまだ隠し続けているのも確かに不自然だと光君は思う。

「夕露《ゆふつゆ》に紐《ひも》とく花は玉鉾《たまぼこ》のたよりに見えしえにこそありけれ
（夕べの露に花開くように、こうして紐をといて顔を見せるのも、通りすがりの道で会った縁ゆえですね）

露の光を近くに見て、さあ、いかがですか」

と言う光君に女はちらりと目をやり、

「光ありと見し夕顔《ゆふがほ》のうは露《つゆ》はたそかれどきのそら目なりけり
（光り輝いていると思った夕顔の花の露は、夕方の見間違いでございました）」

と細い声で言う。見間違いとはおもしろいと光君はひいき目に思う。心からくつろいでいる光君の姿は、物《もの》の怪《け》が棲《す》みつきそうな荒れ果てた場所だけに、何か不吉に感じられるほどうつくしい。

「いつまでも名前を教えてくれないのがつらいから、私もこれまで隠していた顔をこうして見せたんだ。あなたももう名前を教えてくださいな。どこのだれとも知れないのは、なんだか気味が悪いから」光君は言うが、

「海士《あま》の子なれば」と女は甘えた様子で答えない。

「白浪の寄するなぎさに世を過ぐす海士の子なれば宿も定めず（和漢朗詠集／白浪の寄せる渚《なぎさ》に暮らす、家も定まらないいやしい身分で、名乗るほどのことはありません）」を女が引いたのに対し、「海士の刈る藻に住む虫のわれからとねをこそ泣かめ世をば怨《うら》みじ（古今集／海士の刈る藻につく『われから』という虫の名のように、自分のせいだと泣こう、世を怨まずに」から、ならば「ワレカラ（私のせい）だね」

などと恨み言を言ったり、仲睦《むつ》まじく語り合ったりして、二人は時を過ごした。

惟光が光君をさがしあて、果物や菓子を届けさせた。ここで顔を出すと、やっぱりこうなったのは惟光の手引きかと右近に文句を言われるに違いないと思い、光君に近づくのはやめておいた。それにしても、女を連れ出して隠れ家にこもるほどの入れあげぶりが惟光には興味深く、光君をここまで夢中にさせるとは、いったいどれほど魅力的な女なのだろうと考えずにはいられない。自分がその気になればきっと我がものにできたろうけれど、光君にお譲り申したのだから、我ながらたいした度量の持ち主であるわい、などと不埒《ふらち》なことまで考える。

静まり返った夕方の空を光君は眺める。家の奥のほうを女が気味悪がっているので、廂《ひさし》と簀子《すのこ》のあいだにある簾を上げて寄り添った。夕暮れのほのかな明るさに浮かぶ互いの顔を見つめ合う。こんなことになるなんて思いもしなかったけれど、すべての嘆きの種を忘れ、だんだん心を開いて打ち解けてくる女が光君にはいとおしかった。何かをひどくこわがって、一日中ぴたりとそばに寄り添っているのも、あどけなく思えて愛らしい。格子を早々と下ろし、灯をつけさせて、

「こんなに深い仲になったのにまだ名前を教えてくれないなんて、あんまりだ」と光君は恨み言を口にする。そして思う。

今ごろ父帝《ちちみかど》はどんなに自分のことをさがし求めておいでだろう、使いの者はどのあたりをさがしているのだろう。それにしても、たまたま知り合った、身分の高いわけでもない女にこんなに惹かれるなんて、我ながら不思議なことだ。六条のあの方も、さぞや思い悩んでいることだろう。恨まれるのはつらいが、どんなに恨まれても無理はない。申し訳ないという感情は、真っ先に六条の人を光君に思い出させた。男を信じ切って無邪気に座っている目の前の女をいとしいと思うと、あの人の、あまりにも思慮深く、こちらが気詰まりになるような重苦しさをなんとかしてくれればいい

のにと、つい引き比べてしまうのだった。

日が暮れてしばらくたった頃である。うとうととまどろむ光君の枕元に、うつくしい女が座っている。

「こんなにもあなたをお慕いしている私には思いもかけてくださらないのに、こんななんということのない女をここに連れこんでかわいがっていらっしゃるなんて……。あんまりです」

と言い、女は、光君のそばに寝ている女を掻《か》き起こそうとする。何かに襲われるような気がしてはっと目を覚ますと、灯も消えていた。光君はぞっとして、太刀《たち》を引き抜いて魔除《まよ》けのために枕元に置き、右近を起こす。右近もおそろしく思っていたようで、すぐに近くに来た。

「渡殿《わたどの》にいる宿直《とのい》の男を起こして、紙燭《しそく》をつけて持ってくるよう言ってくれ」と光君は言うが、

「こんなに暗いなか、とても行けません」と答える。

「子どもっぽいことを言うね」と光君は笑い、手を叩《たた》く。その音がこだまになって奥から不気味に返ってくる。それを聞きつけてやってくる者は、しかしだれひとりいない。女はすっかり脅《おび》えてしまい、どうしていいかわからない様子である。汗をぐっしょりかいて、正気を失っているようにも見える。

「姫君は人よりずっとこわがりな性質《たち》ですので、どんな思いでいらっしゃるか」

と右近が心配そうに言う。昼間も、心細そうに空ばかり見上げていたのを思い出し、光君も女がかわいそうになり、

「私がだれかを起こしてこよう。手を叩いても山びこがうるさく返事をするだけだからね。おまえはしばらくそばにいてあげなさい」

と右近を引き寄せる。光君は西の妻戸に出て、戸を押し開けると、渡殿の灯も消えていた。風がかすかに吹いている。ただでさえ数少ない宿直の者はみな寝ている。この院の管理人の息子で、光君とも懇意な年若い臣下、殿上童《てんじょうわらわ》ひとり、他はいつもの随身《ずいじん》だけなのである。呼びかけると、管理人の息子が起きてきた。

「紙燭を持ってきておくれ。随身にも、魔除けのために弓を鳴らして絶えず声を出せと言いなさい。こんなひとけのないところで、よくそんなに熟睡できるな。さっき惟光が来ていたようだが、どこへ行った」と光君が訊くと、

「お控えしておりましたが、仰せ言もありませんので、夜明けにお迎えに参上すると申して下がりました」と管理人の息子は答える。

この息子は、いつもは清涼殿《せいりょうでん》の滝口で警備に当たっている武士なので、じつに慣れた手つきで弓《ゆ》弦《づる》を鳴らし、「火の用心」とくり返し口にしながら管理人の部屋へと向かっていく。その声と弓弦の音が闇の中を遠ざかってゆく。光君は宮中を思い出し、今頃は殿上の宿直が名を名乗り出勤を知らせる名対面《なだいめん》の時も過ぎて、滝口の宿直が名乗りをしているところだろうと思いを馳《は》せる。まだ夜はそれほど更けていない。

部屋に戻り、暗闇の中、手さぐりでさがすと、女君はさっきと同じく横たわったままで、右近がそのそばでうつ伏せになっている。

「いったいどうしたというんだ。こんなにこわがるなんて馬鹿げている。こういう荒れてひとけのないところは、狐なんかが人を脅そうとして、薄気味悪く思わせるのだよ。でも、この私がいるんだから、そんなものに脅されるはずがない」と、光君は右近を引き起こす。

「もうどうにも気分が悪くなりまして、横になっておりました。それよりも、姫君がどれほどこわがっていらっしゃることでしょう」右近にそう言われ、
「そうだ、どうしたというのだ」と、光君は女に触れる。すると女はすでに息をしていない。揺り動かしてみるけれど、ぐったりとして気を失っているようだ。あまりにも子どもっぽいところのある人だから、物の怪に魅入られたのかもしれないと、光君は絶望的な気持ちになる。

管理人の息子が紙燭を持ってやってきた。右近も動けそうにないので、光君は几帳《きちょう》を引き寄せて女を隠し、
「かまわないから、もっと近くに持ってこい」と言いつけた。

警備の分際で主人の部屋に上がることなどもってのほかなので、彼は遠慮して長押《なげし》に上がることもできずにいる。
「いいから持ってこい、遠慮してる場合じゃない」

光君は言い、紙燭を受け取って女を見る。と、女の枕元に、夢に見たのとそっくりの顔をした女がまぼろしのようにあらわれて、ふっと消えた。昔話でこんな話を聞いたことがあるが、光君はただひたすらに薄気味悪く、おそろしい。しかしそれよりも、女がどうなってしまうのか気が気ではない。我が身の危険を考える余裕もなく、女に寄り添い、「おい、おい」と揺すぶってみたが、女の体はどんどん冷たくなって、息はとうに絶え果てている。光君は言葉を失う。どうしたらいいか、頼りにして相談できる人もない。僧侶がいればこんな時には頼りになるけれど……。さっきは、「この私がいるんだから」などと強がってみせたものの、まだ年若い光君は、女がむなしく息絶えてしまったのを見て取り乱し、女を強く抱きしめる。

「ああ、きみ、どうか生き返っておくれ。こんなに悲しい目に遭わせないでくれないか」

光君は言うが、冷えていく女の体を抱いているのはおそろしくなってくる。右近は、こわがっていたのも忘れたように泣き惑い、その様子も尋常ではない。南殿《なでん》の鬼が、なんとかという大臣を脅かしたが、大臣に一喝されて退散したという昔話を思い出して、光君は気丈に自分を励まし、

「いくらなんでもこのまま死んでしまうはずがない。夜の声はよく響くから、静かになさい」と右近をたしなめる。けれどもあまりに突然のことで、やはり呆然《ぼうぜん》とせずにはいられない。光君は管理人の息子を呼んだ。

「奇っ怪な話なのだが、物の怪に取り憑かれた人が苦しんでいる。今すぐ惟光の泊まっているところに行って、急いでこちらに向かうように伝えてほしい。兄の阿闍梨《あじゃり》もちょうどそこに居合わせたならここに来るよう内密に告げよ。あの尼君の耳に入るといけないから、大ごとにはするな。こんな忍び歩きをやかましく言う人だから」と、なんとか話してはいるが、胸が詰まり、この人をこのまま死なせてしまったらどうしようとたまらなく不安な上に、周囲の不気味さはたとえようもない。

夜中も過ぎたのだろうか、風が荒々しく吹きはじめている。松のあいだを吹く風は梢《こずえ》の奥深くから吹いてくるように聞こえ、鳥が異様なしわがれ声で鳴きはじめ、これが不吉だとされる梟《ふくろう》の声かと光君は思う。あれこれ考えはじめると、あたり一帯さびれて薄気味悪い上に人の気配もまったくしない、なんだってこんなつまらないところに泊まったのかと後悔せずにはいられなくなるが、今さらどうにかなるものでもない。右近は気を失ったかのように光君に寄りかかり、わなわなと震えて今にも息絶えそうである。右近までどうかなってしまうのかと、光君は夢中で右近の体をつかまえている。しっかりしているのは自分ひとりという有様で、まったく途方に暮れるばかりである。灯

火はかすかにまたたいている。母屋との境に立ててある屏風《びょうぶ》の上やここかしこに黒々とした影がわだかまっているようである。物の怪がみしみしと足音を立てて背後から近づいてくるような気がする。惟光よ、早く来いと光君は念じる。好き者の惟光は居場所の定まらない男で、随身があちこちさがしまわっているが、夜が明けるまでの長さは、光君には千夜《ちよ》にも思えた。

待ちかねた鶏の声がようやく遠くで聞こえる。いったいどんな因縁があってこんな目に遭うのだろうと光君は考え、ふと藤壺《ふじつぼ》を思う。身分をわきまえずに、道に外れた恋心を抱いてしまった報いとして、後にも先にも語りぐさになりそうなおそろしいことが起きたのかもしれない。実際に起きたことは、隠していてもいつか父帝の耳に入るだろうし、世間もおもしろがって噂するだろう。京童《きょうわらわ》と呼ばれるあの口さがない若者たちの口の端にも、弄《もてあそ》ばれるようにのぼるだろう。あげくの果て、大馬鹿者と言い立てられるに違いない。

やっとのことで惟光が到着した。真夜中だろうが早朝だろうが区別なく、こちらの意のままに動く男が、今夜に限ってはそばにおらず、呼び出してもなかなかやってこなかったことを、光君は憎々しく思うが、すぐに呼び入れてことの顛末《てんまつ》を話そうとする。ところが、あまりにもどうしようもできない奇異なできごとで、すぐには言葉も出てこない。右近は、惟光が到着した気配を耳にすると、この男の手引きではじまった一連のことが自然と思い出されて、こらえきれずに泣きはじめた。今まで女を抱きかかえていた光君も、惟光の顔を見て張っていた気が緩み、ようやく女を失った悲しみを感じ、堰《せき》を切ったように涙を流した。

やっと涙を抑え、光君はことの顛末を話す。

「本当に奇妙なことが起こったんだ。驚くのなんのって言葉にならないくらいのことだ。こんな非常時には読経をしてもらうのがいいらしいから、その手配をさせよう、願《がん》も立てさせようと、阿闍梨にも来てくれるよう頼んだのだけれど、どうした」

「それが、昨日比叡山《ひえいざん》に上ってしまったんです。それにしても、なんとも奇っ怪なことでございますな。姫君は、前からご気分がお悪いようなことはございましたか」惟光が問う。

「いや、そんなことはなかった」と答えて光君はまた泣き出す。その姿がじつにはかなげで痛々しく、惟光まで悲しくなって、おいおいと泣いた。

年齢を重ねて、世の中のあれこれに経験豊富な者ならば、こんな時には頼もしいのだろうが、光君も惟光もまだ年若く、どうしたらいいのかまるでわからない。それでも惟光は言った。

「ここの管理人に相談するのはまずいでしょう。管理人自身は信頼の置ける人だとしても、何かの折につい口をすべらせてしまうような身内がいないとも限りません。まずこの家を立ち退《の》きなさいませ」

「けれど、ここよりひとけのないところなんて、あるだろうか」

「それはごもっともです。女君が前に住んでいたあの宿では、女房たちが悲しみに暮れて泣きうろたえるでしょうし、隣近所が立てこんでいて、聞き耳を立てる者も多いでしょうからどうしても噂は広がりますよ。山寺なら、葬儀などは珍しくありませんから、目立たないのではないでしょうか」と、惟光はあれこれと考えをめぐらせる。「昔知っていた女が、東山で尼になっております。そのあたりに姫君をお移しいたしましょうか。私の父親の乳母《めのと》だった者ですが、すっかり老けこんでそこに住んでいるのです。そのあたりは人がよく行く場所ではありますが、ひっそりとしています」と言う。

すっかり夜が明ける前、管理人たちがそれぞれの仕事をはじめるざわめきに紛れて、車を寝殿につける。

光君は、亡骸《なきがら》を抱くことがとてもできそうもないので、昨夜共寝をした薄い敷物に彼女をくるみ、それを惟光が車に乗せる。女はひどく小柄で、死人という気味悪さもまるでなく、かわいらしい顔をしている。しっかり包めずに、敷物から髪がこぼれ出ている。光君の目は涙で見えず、どうしようもない悲しみに打ちひしがれて、せめて最後まで見届けようと思うものの、

「早く馬で二条院へお帰りになってくださいませ。人の往来が多くなりませんうちに、早く」

と惟光が急《せ》かす。惟光は、右近を亡骸に相乗りさせ、馬は光君に譲り、自分は歩きやすいよう指貫《さしぬき》の裾を膝まで上げて徒歩で行くことにする。まったく奇っ怪なできごとで、思いも寄らないような野辺《のべ》送りをすることになったものだ、と惟光は考えるが、光君の悲しみに沈んだ様子を見ると、死の穢《けが》れに触れようが、世間に何か言われようが、自分のことなどどうでもよくなるのだった。光君は何か考えることもできないまま、茫然自失の体で二条院に帰り着いた。

「いったいどこからお帰りになったのかしら。なんだかお具合が悪そうでいらっしゃるけれど……」と、その様子を見て女房たちは言い合っている。

光君は寝室に入り、騒ぐ胸を押さえて考えをめぐらせる。

なぜいっしょに車に乗らなかったのだろう……、もし女が生き返ったとしたら、私がいないことをどんなふうに思うだろう。見捨てていってしまったと恨みに思うのじゃないだろうか……。そんなことを動揺したまま考えていると、悲しみで胸が張り裂けそうになる。頭も痛くなり、熱も出てきて、どんどん気分も悪くなる。このまま病みついてきっと私も死んでしまうのだろう、と光君は

思う。

日が高くなっても光君が起きてこないので、女房たちは不思議に思いながらも食事を勧めたが、苦しくて、このまま死ぬのではないかと光君は心細くてたまらない。そこへ、父帝からの使いが来た。昨日、父帝は光君をさがしたが、見つけられなかったので心配して、左大臣家の子息たちを使いに出したのである。光君はその中の頭中将だけを、

「立ったままどうぞ入ってください」と呼び、御簾《みす》を下ろしたまま話しはじめる。

「私の乳母だった人が五月頃から重い病にかかって、剃髪《ていはつ》して戒《かい》を受けたんだ。その験《げん》あってか、次第によくなったのにこの頃また悪くなったらしく、ずいぶん弱ってしまったようで、どうかもう一度見舞ってほしいと言われてね。幼い頃からよく知っている人がいよいよだっていう時に、薄情な、と思われてもいけないから、見舞いに行ったんだ。そうしたら、その家の下働きをしている病人が、ほかに移すのも間に合わないまま急死してしまった。私に遠慮して、夕方になってから亡骸を運び出そうと家の人たちが話し合っているのを聞いてしまったんだ。神嘗祭《かんなめさい》の折だから、そうして穢れに触れた私も謹慎すべきだろうと、参内《さんだい》しなかったんだよ。その上、この明け方から風邪でもひいたのか、頭も痛いし気分もよくなくて、失礼をして申し訳ない」

「では、その旨を奏上しよう。昨夜、音楽の遊びの時、帝はずいぶんあなたをさがしていらっしゃって、見つからないのでご機嫌も悪くていらっしゃった」と頭中将は言い、そのまま去ろうとして引き返してきた。「いったいどんな穢れに触れたんだい。あれこれと説明してくれるけれど、なんだか本当のことには思えないな」

それを聞いて光君はどきりとし、

「今話したくわしいことはいいから、ただ、思ってもみない穢れに触れてしまったと奏上してほしい。まったく申し訳ない」とできるだけさりげなく言った。心の中では言うに言えない悲しいできごとを思い出し、気分もすぐれず、だれとも顔を合わせない。頭中将の弟である蔵人弁《くろうどのべん》を呼び、真顔で、同様の旨を奏上するように頼んだ。左大臣家にも、このようなわけで参上できないという手紙を書いた。

日が暮れてから惟光がやってきた。光君が穢れに触れたというので、邸に参上する人々もみな着席することなく退出していき、邸はひっそりとしている。光君は惟光を呼び、

「どうだった、やはりだめだったのを見届けたか」と訊くやいなや、袖を顔に押し当てて泣き出してしまう。

「もはや最期とお見受けしました。いつまでも山寺に安置しておくのもよくありませんし、明日なら日柄も悪くないようですから、葬儀のことは知り合いの高徳の老僧に頼みこんでおきました」

と惟光は伝える。

「付き添っていた女房はどうしている」光君は重ねて訊く。

「その者ですが、もう生きてゆけそうにはございませんと、自分も後を追わんばかりに取り乱しまして、今朝は谷に飛びこんでしまいかねない有様でございました。五条の家の者たちに知らせたいと申しますが、少し落ち着きなさい、事情をよく考えてからにしようとなだめておきました」

それを聞くと光君はますますやりきれない気持ちになり、

「私もひどく気分が悪くて、どうなってしまうのかと思うよ」と言う。

「何を今さらくよくよすることがありますか。何ごとも前世の因縁でございましょう。だれにも知

られることはないと存じます。この惟光が念には念を入れて万事始末いたしておきます」

「そうさ、何ごとも因縁だと思おうとしているのだけれど、自分の無責任な恋心のせいで、人をひとり虚《むな》しく死なせたと非難されるに違いないんだ。それがつらくてやりきれない。少将命婦《しようしようのみようぶ》にも内緒にしておくれ。尼君にはなおのことだ。忍び歩きをやかましく咎《とが》められるだろうから、私は合わせる顔もなくなってしまう」と光君は口止めをする。

「そのほかの僧侶たちにも、すべて違う話に言い繕ってあります」

と言う惟光を、光君は頼りにするしかない。

邸の女房たちは、この会話を漏れ聞いていったい何ごとなのだろうと不思議に思う。穢れに触れたとおっしゃって宮中にもいらっしゃらないのに、何をひそひそとお話しになっては悲しんでいらっしゃるのだろう……といぶかしむのだった。

「これからのこともうまくやっておくれ」と、光君は葬儀の段取りを指示する。

「いえ、何、大げさにすべきことでもございません」と惟光は立ち去ろうとするが、光君はまたしても悲しみに襲われて呼び止める。

「こんなことはすべきじゃないとわかっているけれど、もう一度あの人の亡骸を見ないことにはとても気持ちがおさまらないから、私もいっしょに馬でいくよ」

まったくとんでもないことだと思いながらも、

「そうお思いになるのなら仕方がございません。早くお出かけになって、夜の更けないうちにお帰りになられますように」と惟光は承知した。

最近の忍び歩きのためにこしらえた狩衣《かりぎぬ》に着替え、光君は邸を出た。まだ気分も悪く、気持ちも沈んでいるせいで、こんな非常識な軽はずみで出てきて、また昨夜の物の怪に襲われるのではないか、引き返したほうがいいのではないかと光君は迷う。けれども悲しみはやはり紛らわしようがなく、最期の亡骸を見ないことには、ふたたびいつの世で女の顔を見ることができようかと、気持ちを奮い立たせ、随身《ずいじん》を伴って惟光と出かけたのである。

道は果てしなく遠く思えた。十七日の月が上り、賀茂河原のあたりにさしかかると、先払いの者が持つ松明《たいまつ》の明かりもほのかで、火葬場のある鳥辺野《とりべの》がぼんやり見えるのはいかにも薄気味悪いが、光君はもうこわいと思うこともない。気分のすぐれないまま、山寺に着いた。

あたり一面、ただでさえおどろおどろしいのに、板葺《いたぶ》きの家の傍らにお堂を建てて修行している尼の住まいは、ぞっとするほどさみしい光景である。お堂の灯明が戸の隙間から漏れている。板葺きの家からはひとりの女の泣く声がして、外では僧侶が二、三人、言葉を交わしながら話の合間に無言の念仏を唱えている。近隣の寺の勤めも終わり、静まり返っている。清水寺のほうは灯火もたくさん見えて、大勢の人が行き交っている様子だった。この尼の息子である高徳の僧が、尊い声で読経《どきよう》をはじめ、光君は涙を体中から絞り尽くすような気持ちでそれを聞く。

板葺きの家に入ると、灯火をそむけ、亡骸とのあいだに屏風《びようぶ》を隔てて右近は臥《ふ》せっていた。その姿を見て、どんなにつらく悲しいことだろうと光君は思う。亡骸は、おそろしい感じがまったくせず、生前の時と寸分変わらず可憐《かれん》である。光君は女の手を取った。

「どうか、もう一度だけ声を聞かせておくれ。前世でどんな因縁があったのだろう……あっという間にだれよりもいとしい人になったのに、私を置き去りにして、こんなに悲しませるなんて、あんまりだ」光君は声を抑えることもできずに泣き続けた。高僧たちは、この人はだれだろうと思いながらもついもらい泣きをしてしまう。

「さあ、二条院へ行こう」と、光君は右近を誘うが、

「ずっと長いあいだ、幼い頃からかたときも離れることなくお仕え申したお方と、急にお別れすることとなって、いったいどこに帰るところがありましょう。それに、ご主人さまはどうなさったと人に申せばいいのでしょう。お亡くなりになった悲しみもありますが、世間になんと言い立てられるかと思うとつらくて仕方がありません」右近はそう言って泣き崩れる。「ご主人さまの煙を追いかけたく思います」

「そう言うのも仕方がないことだと思うよ。けれど世の中とは無常なものだ。悲しくない別れなどないよ。今亡くなった女君も、残された私たちも、だれにも命に限りはある。気持ちを強く持って、私を頼りにしなさい」光君はそう右近をなぐさめながらも、「こんなことを言っている私だって、もう生きていけないような気持ちなんだ」と言ってしまうのは、いかにも頼りないことです。

「夜が明けて参ります。さあ、早くお帰りなさいますよう」

惟光に急かされ、光君は幾度もふり返りふり返りしながら、なおのこと胸のふさがるような思いでその場を去った。

帰りの道中は、草にたくさん露が下りている上に、ひとしお濃い朝霧が立ちこめていて、光君は、どこともわからずにさまよっているような気持ちになる。昨夜、まだ生きていた女が横たわる姿や、互いに着せ掛け合って寝た自分の紅《あか》い着物が、女の亡骸に掛けてあったことを思い出し、自分たちにはいったいどんな宿縁があったのかと、道すがらまたしても考えてしまう。光君が馬にもしっかり乗れないほど衰弱しているので、また惟光が付き添っていくのだが、賀茂川堤のあたりで光君は

ついに馬からすべり落ちてしまう。ひどく具合悪そうに、
「こんな道ばたでのたれ死んでしまうのかもしれないな。とても帰り着けるようには思えないよ」
などと言うので、惟光はひどくうろたえる。自分さえしっかりしていれば、いくら光君が行くと言ってもこんなところにお連れ申したりしなかったと、気が気ではない。川の水で手を洗い浄《きよ》め、清水寺の観音さまにお祈りするが、それにしてもどうしていいのやら、惟光は途方に暮れる。光君はなんとか気持ちを奮い立たせて、心の中で御仏《みほとけ》に念じ、ふたたび惟光に介抱されながらなんとか二条院に帰り着いた。

まったくわけのわからない深夜の忍び歩きを見て、女房たちは、
「みっともないことですわねえ。いつもより落ち着きなく、せっせとお忍び歩きなさっているけれど、昨日はずいぶんとご気分が悪そうでしたのに。どうしてこうもうろうろお出かけなさるのかしら」と嘆き合うのだった。

自分で言った通り、光君は夜になるとそのまま苦しみ続け、二、三日しかたたないのにどんどん衰弱してしまった。このことは帝の耳にも入り、ひどく心配して、病治癒のため、方々で絶え間なく、大騒ぎして祈禱《きとう》をさせた。祭や祓《はらえ》、加持祈禱、とにかくありとあらゆることを行った。この世に二人といないであろう、物の怪に魅入られても無理もない美貌の持ち主がこうした病状とあっては、やはり長生きはできないのかもしれないと、天下くまなく騒ぎとなった。

そんなに重い病状でありながら、光君はあの右近を山寺から呼び寄せ、自分の寝室近くに部屋を用意した。惟光は気を動転させながらも、なんとか自身を落ち着かせ、主人を亡くして心細そうな右近の世話を焼き、面倒をみた。光君も、いくぶん気分のいい時は右近を呼んで用を言いつけるの

で、右近も、だんだん邸の勤めにも慣れてきた。悲しみの意を表してひときわ色の黒い喪服を着ている右近は、顔立ちはいいとはいえないが、とくに目立った欠点のない若い女房である。

「不思議なくらい短かったあの人との宿縁のために、私ももうこの世にはいられないのだろう。長年頼りにしてきたご主人を失って、あなたも心細いだろうと思うよ。それではあんまり気の毒だから、私が生きているあいだは万事面倒をみようと思っていたけれど、もうじき私もあの人のところへ行くようだよ、残念なことだけれどね」

と、光君はひっそりと言って、さめざめと泣く。今さらどうすることもできない主人のことはさておいて、光君にもしものことがあったらたいへんなことだと右近は思う。

二条院の人たちは地に足もつかない様子でうろたえている。帝のお使いは雨脚《あまあし》よりも頻繁にやってくる。帝が心配し心を痛めていると聞くと、光君は畏れ多さになんとか元気を出そうとする。左大臣家でも懸命に奔走し、左大臣が毎日訪れては、医者や薬の処置を手配をする。

そんな甲斐《かい》あってか、二十日あまり、一向に快復することなく光君は臥せっていたが、これといって後もひかずに快方に向かいはじめた。その快癒と穢れの忌み明けがちょうど同じ夜だった。光君は、心配してくれた帝の気持ちが畏れ多くもありがたいので、その夜、内裏《だいり》の宿直所《とのいどころ》に参内した。退出すると左大臣が車を用意していて、光君を左大臣邸に連れ帰り、病後の謹慎についてこまかく言い聞かせる。光君はまだぼんやりとしていて、その後しばらくは、まるで別世界に生まれ変わったような気持ちでいた。

光君が全快したのは九月の二十日頃だった。ひどく面やつれしているが、かえって気品が出て、うつくしさに磨きがかかったようである。その光君は、しょっちゅうもの思いに沈んでは、声を出して泣いている。それを見て不審に思う女房もいて、物の怪が憑いてしまったのではないかと言い合った。

　ある隠やかな夕暮れ、光君は右近を呼んであれこれと思い出話をしていたが、ふと言った。

「やっぱり合点がいかないな。あの人は、どうして自分の素性をあんなにも隠していたのだろう。本当に『ただの海士《あま》の子』だったとしても、あれほど思っていた私の心を何も知らないかのように頑《かたく》なに隠しているんだから、恨めしかったよ」

　すると右近が言う。

「どうしてご主人さまが頑なに隠したりなどなさいましょう。そもそもあんなに短いあいだのことです、ご自分からいつ名乗ればよいのかおわかりにならなかったのではございませんか。最初から、異様な出《い》で立ちでこっそりいらしてましたから、本当に現実のこととは思えないとご主人さまはおっしゃっておりました。あなたさまがお名前を隠していらっしゃっても、どなたかはうすうすわかっておいでした。それでも、ただの気まぐれで、本気ではない遊びのお相手だから源氏の君とみずからお名乗りなさらないのだろうと、そのことをつらく思っていらっしゃいました」

「お互いにつまらない誤解をしたものだな。そんなふうに隠しておくつもりはなかったんだ。ただ、ああいう許されない関係ははじめてのことだった。主上《おかみ》からお小言をいただくし、ほかにもいろいろと気を遣う。女の人に軽口を叩いてもすぐに知られて評判になってしまう。でもね、あの夕方のできごとから、あの人のことがどういうわけか忘れられなくて、無理を押してでも逢いにいってしまった……それも思えば、こうしてすぐに別れてしまう縁だったからだね。そういうことだったのかと思いもするし、恨めしくもある。こんなにはかなく終わる縁なら、あんなに私を惹きつけないでくれればよかった。ねえ、もっとくわしく話しておくれ、もう何も隠す必要はないじゃないか。七日ごとの法要の供養も、名前がわからなくてはだれのためと祈願すればいいんだい」

それを聞くと、右近は口を開いた。

「わたくしが何を隠すことがありましょう。ご自身が秘めていらっしゃったことを、お亡くなりになった後でわたくしが軽々しく申すのもどうかと思っていただけでございます。――女君のご両親は早くにお亡くなりになりました。おとうさまは三位中将《さんみのちゅうじょう》でいらっしゃいました。女君を本当によくかわいがっていらっしゃったのですが、ご自身のご出世も思うようにいかないのをお嘆きで、お命まで思うようにいかずにお亡くなりになりました。その後、ふとしたご縁で、頭中将がまだ少将でいらっしゃった時分、女君の元にお通いになるようになって……。三年ばかりはご熱心にお通いになっていらっしゃいましたが、去年の秋頃、頭中将の奥さまのご実家である右大臣家から、たいそうおそろしいことを言ってきたのでございます。女君はともかく臆病でございますから、それはもうこわがられまして、やむなく西の京の、乳母が住んでおりますところにこっそり身を隠すことになりました。そこもずいぶんとむさ苦しく、住みにくくて、山里に移ろうかとお考えになっておいででしたが、今年からは方角が悪うございましたので、方違《かたたが》えのためにあのみすぼらしい宿においでになったのです。そんなところにあなたさまがお通いくださるようになったので、女君もずいぶんとお嘆きのご様子でした。並外れて恥ずかしがりやでございまして、人恋しくもの思いにふけっていると人から見られるだけでも恥ずかしがっておいでで……ですからいつもお目に掛かる時は、あっさりとしたご対応をなさっていたように存じます」

やはり彼女は頭中将が話していた女だったのだと知り、光君はますます女を不憫に思う。

「幼子を行方知れずにしてしまったと、前に頭中将が嘆いていたが、彼女にはそういう子がいたのか」と光君は訊いた。

「さようでございます。一昨年の春にお生まれになりました。女の子で、とてもかわいらしゅうございます」と言う右近に、

「どこにいるんだい。だれにも知られずに私のところへ連れてきてくれないか。あんなに呆気《あっけ》なく逝ってしまったあの人の忘れ形見だと思えば、少しはなぐさめられるよ」光君は言う。「頭中将にも知らせるべきだろうが、そうしたところであの人を死なせてしまった私が恨まれるだけだろう。父である頭中将とは親族だし、母の女君とは恋人だった私が、その子を引き取ってもなんの問題もないだろう。そのいっしょにいるという乳母に、私のところだとは知られずに、うまく言い繕って連れてきておくれ」

「それならばわたくしは本当にうれしく存じます。あのごたついた西の京でお育ちになるのはお気の毒だと思っておりました。五条ではちゃんとお世話する人がいないというので、あちらにいらしたのです」と、右近も同意する。

　静かな夕暮れだった。空の景色もしみじみとしていて、枯れはじめた庭の草木から、鳴き嗄《か》れた虫の音が細く聞こえてくる。紅葉《もみじ》も次第に色づきはじめている。絵に描いたようなみごとな庭を眺め、思いがけなく高貴な宮仕えをすることになったと右近はしみじみ思い、あの夕顔の咲く、五条の宿を思い出しては恥ずかしくなる。竹藪《たけやぶ》の中で家鳩《いえばと》という鳥が野太い声で鳴くのを聞いて、光君は、あの家でこの鳥の声を女がひどくこわがっていたのを、ありありといとしく思い出す。

「あの人の年はいくつだったの。ふつうの人とはなんだか違って、今にもすっと消えてしまいそう

だったのは、長くは生きられないからだったのかな」光君は言う。

「十九におなりでございました。わたくし右近は、女君の乳母の子でございました。その母がわたくしを残して亡くなりましたので、女君のおとうさまである三位の君がわたくしをかわいがってくださいまして、女君のおそばで育ててくださいました。そのご恩を思い出しますと、女君は亡くなったのに、わたくしがこの先どうして生きていかれましょう。女君とあれほど親しくさせていただいたことが、悔やまれるほどでございます。見るからにか弱い女君を、ただ頼りにして長年過ごして参りました」

「か弱い人のほうがずっといい。賢すぎて我の強い女性はまったく好きになれないよ。この私がしっかりしていないからかもしれないね。素直で、うっかりすると男にだまされそうで、それでいて慎み深く、夫を信頼してついていく女性がいちばんいい。そういう人にあれこれと教えながらいっしょに暮らして、成長を見守っていけば、情も深まるに違いないだろうね」

その光君の言葉を聞いて、

「まさに女君はそのようなお方でございましたのに、本当に残念なことでございます」

右近は泣き出してしまう。空が曇ってきて、風が冷たく感じられ、光君はしんみりともの思いに沈む。

見し人の煙《けぶり》を雲とながむればゆふべの空もむつましきかな

（恋しい人を葬った煙があの雲になったと思うと、夕方の空も親しく思えてくる）

と独り言のようにつぶやくが、右近は返歌もできない。自分がこうして光君のおそばにいるように、女君も生きていらして、お二人が並んでいらっしゃったのならどんなにすばらしいだろうと、胸がふさがれる思いである。

あのちいさな宿で、うるさいと感じた戸外の砧の音も思い出すと恋しくなり、光君は「八月九日正《まさ》に長き夜　千声万声了《や》む時なし」と、白楽天《はくらくてん》の詩を口ずさみながら横たわる。


さて、伊予介《いよのすけ》の家の小君《こぎみ》が参上することもあるが、光君はとくに以前のような言伝《ことづ》てをするわけではない。きっとあの女はもうだめだと、あきらめてしまわれたのだろうと胸を痛めているところへ、光君がお患いになっていると耳にし、女（空蟬《うつせみ》）はさらに悲しい気持ちになった。夫とともにいよいよ遠方の地に下るのもさすがに心細く、本当に自分のことはお忘れになったのだろうかと試みに、

「ご病気と伺って心配しておりますが、口に出しては、とても……

問はぬをもなどかと問はでほどふるにいかばかりかは思ひ乱るる
（私からはとてもご様子を伺えませんのを、なぜかとお訊きくださることもなく月日が過ぎます。どんなに私は思い悩んでいることでしょう）

『ぬなねばの苦しかるらむ人よりも我ぞ益田の生けるかひなき（拾遺集／じゅんさいを繰る、苦しいという人よりも私のほうがもっと生きる甲斐もない）』という古歌は、まさにこの私のことでございます」

と、文をしたためた。女のほうから手紙が来るなど、今までにないことだったので、けっして彼女のことを忘れていたわけではない光君は、さっそく返事を書く。

「『生きるかひなき』とはどちらのせりふでしょう。

空蟬《うつせみ》の世はうきものと知りにしをまた言《こと》の葉《は》にかかる命よ
（この世はつらいものだと思い知ったのに、またもお言葉にすがって生きようと思ってしまいます）

あなたのお手紙に命をつなぐとは、頼りないことです」

まだ筆を持つ手も震える光君の乱れ書きは、かえっていとしさをそそる手紙となった。

自分の脱ぎ捨てたもぬけの殻の小袿《こうちき》を、光君がまだ忘れていないのだと読み取り、恥ずかしく思いながらも、女は心をときめかせるのだった。逢おうという気持ちはなかったけれど、こうして心をこめた手紙は送る。冷淡で強情な女だと源氏の君に思われたくなかったのである。

もう一方、あの時碁を打っていたもうひとりの女は蔵人少将《くろうどのしょうしょう》を婿にもらったと光君は伝え聞いた。女が処女でないのを少将はどう思うかと気の毒であり、また、あの女の様子を知りたくもあって、光君は小君を使いに出すことにした。

「死ぬほど思っている私の気持ちはおわかりでしょうか。

ほのかにも軒端《のきば》の荻《をぎ》をむすばずは霧のかことをなににかけまし
（たった一夜の逢瀬ですが、もし結ばれていないのであれば、何にかこつけても恨み言など言いませんけれど）」

女の背が高かったのを思い出し、わざと丈の高い荻に文を結びつけ、「目立たないようにね」と光君は小君には言ったが、もし小君がしくじって少将に見つかったとしても、相手が私だと気づけば大目に見てくれるだろうと思っていた。……光君のこういううぬぼれは、まったく困ったものですこと。

小君は少将の留守に文を届けた。女は、光君を恨めしく思ってはいたが、思い出してもらったことで舞い上がり、返事はできばえよりも速さだとばかりに、小君に託す。

ほのめかす風につけても下荻《したをぎ》のなかばは霜にむすぼほれつつ

（あの夜をほのめかされるお手紙、とてもうれしいですが、下荻《したおぎ》の下葉が霜でしおれてしまうように、私は半ばしおれております）

字はうまくもないのに、それをごまかすように洒落《しやれ》た書き方をしていて、いかにも品がない。いつだったか、灯火の光で見た女の顔を光君は思い出す。あの時、慎ましやかに対座していた小君の姉の様子は、今でも忘れることができないが、この女はなんの深みもなく、たのしそうにはしゃいでいたなと思い出すと、そんな姿も憎めないと思うのだった。……と、なおも性懲りなく、浮き名を流しそうな浮気心が残っているらしく……。

光君は、あの女の四十九日の法事を、比叡《ひえい》の法華《ほけ》堂《どう》で目立たないように、けれど格調高く行うことにした。寺に寄進する故人の衣裳《いしよう》をはじめとして、法事に必要な品々を用意し、心をこめて誦経《ずきよう》のお布施をさせ、経巻や、仏像の装飾にまで惜しみなく気を配った。惟光《これみつ》の兄である阿闍梨《あじやり》は非常に高徳の僧だったが、彼がみなすべて請け負ってぬかりなく準備をした。みずからの学問の師で、親しいつきあいのある文章博士《もんじようはかせ》を呼び、亡き人を御仏《みほとけ》に頼む願文《がんもん》を作ってくれるように頼んだ。どのだれと名を明かすことなく、愛していた人が虚《むな》しく亡くなってしまったので、彼女の後世を阿《あ》弥陀仏《みだほとけ》に託したいという趣旨の草稿を書いて光君が師に見せると、

「そっくりこのままでよろしいでしょう。加えるべきことは何もありません」と博士は言う。

こらえてはいるけれど、光君は涙を禁じ得ず、悲しみに打ちひしがれている。その様子を見て博士は、

「お亡くなりになったのはいったいどのような方なのだろう。だれと噂にものぼらないのに、こんなにも光君を悲しませるとは、なんと強い運をお持ちの方だったのだろう……」とつぶやくのだった。布施として寺に寄進する故人の衣裳を、光君はひそかに新調させたのだが、それを持ってこさせて、袴《はかま》に、

泣く泣くも今日《けふ》はわが結《ゆ》ふ下紐《したひも》をいづれの世にかとけて見るべき

（涙ながらに今日は私がひとりで結ぶ袴の下紐を、いつの世にかまた逢って、心から打ち解けていっしょにほどくことができるだろう）

と書いた。

四十九日までたましいはさまようと言うが、来世は六道《りくどう》のどの道に生まれ変わるのだろうと光君は考えながら、心をこめて念仏をとなえ続けている。

頭中将《とうのちゆうじよう》を見かけるにつけ、女の遺《のこ》した幼子のことを知らせてやりたくて気持ちがざわつくのだが、どんなふうに非難されるかと思うと怖《お》じ気《け》づいて口に出せない。かつての女の仮の宿では、女君がどこへ行ってしまったのかと家の者たちが心配しているけれど、さがすこともできないでいる。右近までも女君といっしょにいなくなってしまったので、おかしなことだとみな嘆き合っている。確かな証拠はないが、通ってきていた男性の様子からして、源氏の君ではないかとかねてからみな噂していた。ならばこれには惟光が絡んでいるはずだと責めてみるが、惟光は相手にせず、自分は無関係だと言い募り、相変わらず別の女房に入れあげている。なんだかみな夢を見ているようで、

ひょっとしたらこっそり通っていたどこかの受領《ずりょう》の息子などが、頭中将におそれをなして、あの朝、女君を連れて田舎に下っていったのではないかと想像したりするのだった。この宿の主《あるじ》は、西の京の乳母《めのと》の娘だった。その乳母の娘は三人いたが、右近は血のつながりがないから姫君のことを隠して教えてくれないのだろうと、泣いて恋しがっていた。右近は右近で、口々に非難されるのはつらいし、光君も世間に知られないよう秘密にしているので、姫君の幼い娘の噂さえ聞けずに、すっかり消息不明のまま日が過ぎていく。

光君は、せめて夢であの女に逢いたいと思っていたが、四十九日の法事の明くる夜、夢を見た。あのいつぞやの家そのままのところに、ぼんやりと女があらわれ、その枕元にあの時と同じように別の女が座っている。人の気配もなく荒廃したところに棲み着いた物の怪が、自分のうつくしさに魅せられた、そのせいであんなことが起きたのだと思い、光君はぞっとした。

伊予介《いよのすけ》は、十月のはじめ頃任地に下ることになった。妻と、仕えている女房たちとともに下っていくとのことで、光君は多すぎるほどの餞別《せんべつ》の品を渡した。また内々に、精緻な細工を施したうつくしい櫛《くし》や扇を用意し、道中の道祖神に捧《ささ》げる幣《ぬさ》も仰々しく揃え、それら贈り物の中にあの小袿《こうちき》をそっと紛れこませて女に贈った。

逢ふまでの形見ばかりと見しほどにひたすら袖の朽《く》ちにけるかな

（また逢う時までの形見と思っていましたが、小袿の袖も私の涙ですっかり朽ちてしまいました）

手紙には、ほかにもこまごまと書いてありましたが、くだくだしいので省略しましょう。

使いの者はそのまま帰して、女は、小君《こぎみ》を別に使いに出して、小袿の返事だけは光君に伝えた。

蝉《せみ》の羽《は》もたちかへてける夏衣《ころも》かへすを見てもねは泣かれけり

（蝉の羽のような夏衣を裁ちかえて、衣がえをすませた今、あの時の小袿をお返しになるなんて、蝉のように声高く泣かずにはいられません）

考えてみれば、驚くほどの意志の強さでこちらを振り切っていってしまったなあ、と光君は思い続けている。今日はちょうど立冬の日だったが、それに似つかわしく、時雨《しぐれ》がさっと通りすぎ、空はずいぶんものさみしい色に染まっている。光君は一日中もの思いにふけっている。

過ぎにしもけふ別るるも二道《ふたみち》にゆくかた知らぬ秋の暮かな

（死出の道に向かった女、旅路へと向かう女、それぞれ道は違うが、いったいどこへ行ってしまったのか。秋の暮れもどこに去ったか）

やはりこういう秘めた恋はつらいものだと、光君も身に染みてわかったに違いありません。このようなくどくどした話は、一生懸命隠している光君も気の毒なことであるし、みな書き記すのを差し控えていたのだけれど、帝《みかど》の御子《みこ》だからといって、欠点を知っている人までが完全無欠のように褒め称《たた》えてばかりいたら、作り話に違いないと決めつける人もいるでしょう。だからあえて書いたのです。あんまり慎みなくぺらぺらしゃべるのも、許されない罪だとはわかっていますけれどね。

若紫《わかむらさき》

運命の出会い、運命の密会

無理に連れ出したのは、恋い焦がれる方のゆかりある少女ということです。
幼いながら、面影は宿っていたのでしょう。

＊登場人物系図
△は故人

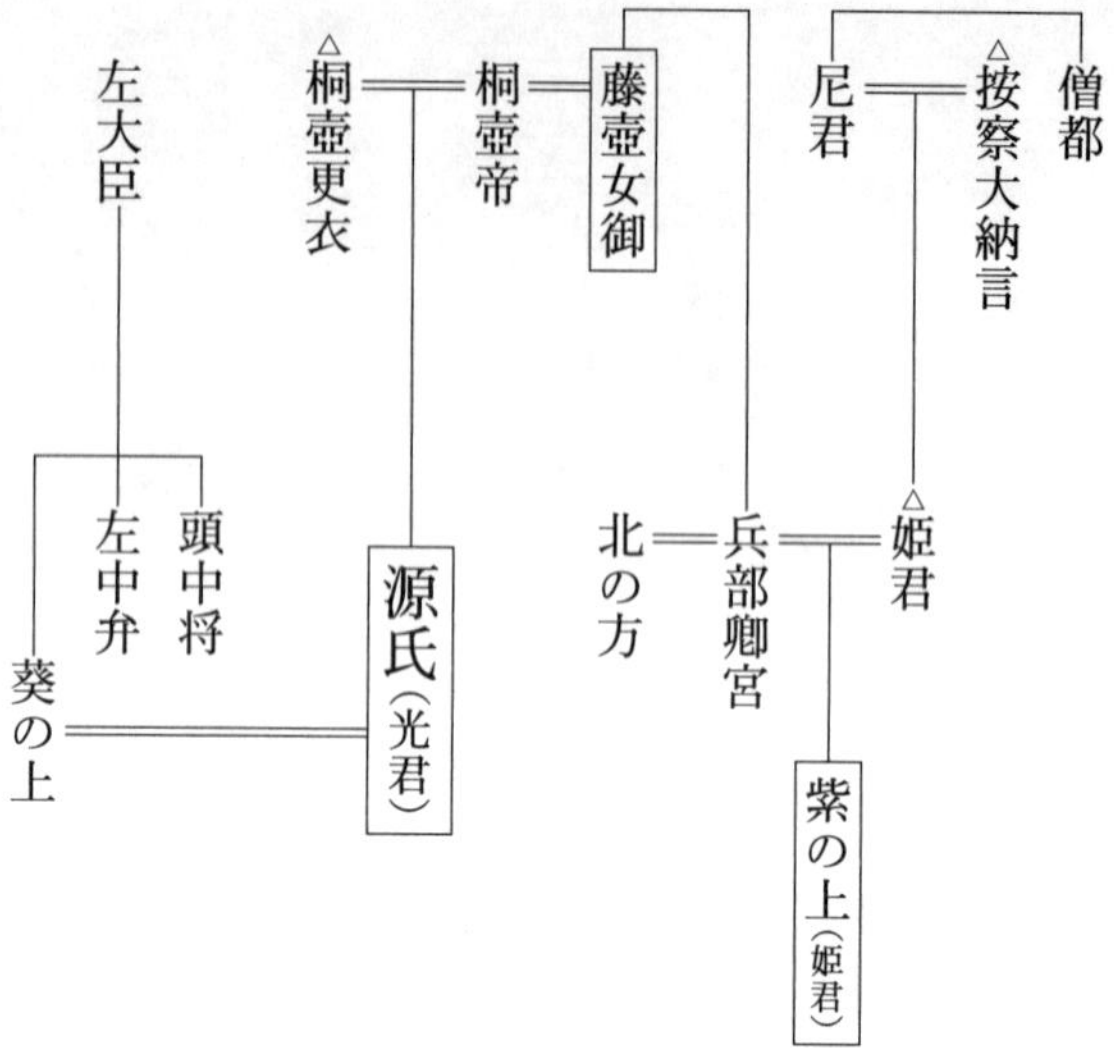

僧都
△按察大納言
尼君
△姫君
藤壺女御
兵部卿宮
北の方
紫の上（姫君）
桐壺帝
△桐壺更衣
源氏（光君）
左大臣
頭中将
左中弁
葵の上

光君《ひかるきみ》がわらわ病《やみ》を患ってしまった。あれこれと手を尽くしてまじないや加持《かじ》をさせたものの、いっこうに効き目がない。何度も発作が起きるので、ある人が、

「北山の何々寺というところに、すぐれた修行者がおります」と言う。「去年の夏も病が世間に流行し、まじないが効かず人々が手を焼いておりました時も、即座になおした例がたくさんございました。こじらせてしまいますとたいへんですから、早くお試しなさったほうがよろしいでしょう」

それを聞いてその聖《ひじり》を呼び寄せるために使者を遣わした。ところが、

「年老いて腰も曲がってしまい、岩屋から出ることもままなりません」という返答である。

「仕方がない、内密で出かけることにしよう」と光君は言い、親しく仕えている五人ばかりのお供を連れて、まだ夜の明けきらないうちに出発した。

その寺は山深く分け入ったところにあった。三月も終わろうという時期で、京の花はみなもう盛りを過ぎている。けれども山の桜はまだ満開で、分け入っていくにつれて広がる霞《かすみ》がかった光景を、光君は興味深く眺めた。こうした遠出の外出も今までしたことのない窮屈な身分なので、珍しく思えるのだった。寺の様子もじつに趣深いものだった。峰が高く、岩に囲まれた奥深いところに、その聖はこもっていた。光君は素性を明かすこともなく、またたいそう地味な身なりをしてはいるが、

その風采から高貴な人だとはっきりわかったらしく、聖は驚きあわてている。

「これは畏れ多いことです。先日お召しのあったお方でしょうか。今は現世の俗事と縁を切っておりますので、加持祈禱《かじきとう》の修行もすっかり忘れておりますのに、なぜこのようにわざわざお越しくださいましたのか」と聖は笑みをたたえて光君の姿を眺める。いかにも尊い感じのする高徳の僧である。しかるべき護符などを作っては光君にのませ、加持祈禱をはじめる。そうしているうち日も高く上った。

岩屋から外に出てあたりを見やると、高いところなので、あちこちにいくつもある僧坊が見下ろせる。幾重にも折れ曲がった山道に、ほかの僧坊と同じく小柴垣《こしばがき》ではあるが、きちんと周囲にめぐらせて、家屋も渡殿《わたどの》もこぎれいに立て並べ、木立もまた風情のある庵室《あんしつ》が一軒あるのを見つけ、

「だれが住んでいるのだろう」と光君は訊《き》く。お供のひとりが、

「あの何々の僧都《そうず》が、この二年のあいだこもっているところだそうでございます」と答える。

「立派な人の住んでいるところなのだね。みっともないほどみすぼらしい恰好《かっこう》で来てしまったな。私のことが耳に入ったら困ってしまう」

こぎれいな女童《めのわらわ》たちが大勢出てきて、仏に水を供えたり、花を折ったりしているのもはっきりと見える。

「あんなに女童がいるということは、あそこには女の人が住んでいるのか」

「僧都が女を囲っているわけはないからなあ」

「いったいどういう人なんだろう」

と、お供の者たちは口々に言う。下りていってのぞいて見る者もいる。

「きれいな娘たちと、若い女房、それに女童たちがいる」と言う。

仏前のお勤めをしているうちに日も高くなっていくので、病がぶり返さないかと光君は不安になるが、

「何か気分をお紛らわしになって、お気になさらぬのがようございます」

とお供の者に言われ、後ろの山々に向かい、京の方角を見下ろした。ずっと遠くまで霞がかっていて、木々の梢《こずえ》がどことなく一帯に煙って見える様子は、まるで絵に描いたようだ。

「こういうすばらしいところに住む人は、満足して思い残すこともないだろうね」と光君が言うと、

「このような景色はたいしたものではありません。よその国にあります海や山の光景をご覧に入れましたならば、どんなにか御絵も上達なさることでしょう」「富士の山だとか、何々の岳とか」とお供の者たちが言う。また、西のほうの風情ある浦々や、海辺の景色について話し出す者もいて、なんとか君の気を紛らわせようと努める。

「近いところですと、播磨《はりま》の明石《あかし》の浦《うら》、これがやはり格別でございます。どことい って深い趣があるわけではありませんが、ただ海を見渡したその光景が、不思議とほかの場所とは違って、広々としているのです。その国の前《さき》の国守《くにのかみ》で、近ごろ出家した者が娘をたいせつに育てております家は、たいしたものです。大臣の子孫で、出世もできたはずの人なのですが、たいそうな変わり者で、宮廷勤めを嫌って、近衛中将《このえのちゅうじょう》という役職も捨てて、みずから願い出て国守となったわけですが、その国の人々にも少々馬鹿にされたりして、『どんな面目でふたたび都に帰ることができようか』と言って出家してしまったのです。多少とも奥まった山中に隠棲《いんせい》することもせず、人の多い海岸で暮らしておりますのは妙なことですが、なるほど考えてみますと、播磨の国には出家した人の隠棲に

ふさわしいところは方々にありますが、ひとけもないものさびしい山奥など、若い妻子が心細く思うに決まっておりますし、それに、自分の気晴らしのためもあるのでしょうね。先頃、播磨国に参りましたついでに、様子を見ようと立ち寄ってみましたら、京でこそ失意の者のようでしたが、今はその辺一帯の土地を占有して、邸宅をかまえておりました。なんと申しましても国守の時の権勢でそのようにしたわけですから、余生を充分裕福に過ごせる用意ができているのです。極楽往生のためのお勤めもじつによく励んでおりますから、かえって出家して人柄の格が上がった人物ですね」とお供の者が話すと、

「ところで、その娘というのは」と、光君は訊く。

「容貌もたしなみも、相当のもののようでございます。代々の国守が、格別の心遣いをして求婚しているようですが、いっこうに承知しません。『この私がこうして虚《むな》しく落ちぶれているだけでも無念なのだ。このたったひとりの娘の将来については私に特別な考えがある。万が一私に先立たれて、この志がかなえられず、私の思い決めている運と食い違うようなことがあれば、海に身を投げてしまえ』と父親が常に遺言をしているのだそうですよ」

と話すのを、君はおもしろく聞いた。

「海の龍王のお妃《きさき》にふさわしい秘蔵娘というわけか。高望みもつらいところだ」

と、お供の者たちは言い合って笑う。

この明石の話をしたのは、播磨守《はりまのかみ》の子で、今年六位の蔵人《くろうど》から五位に叙せられた良清《よしきよ》という男である。お供の者たちは、

「実際、好き者のあなたのことだ、その入道の遺言を反故《ほご》にしてやろうという魂胆なんだろう」

「それで入道の家のまわりをうろうろしていたのか」と、口々に良清をからかう。

「いや、そうはいってても田舎くさい娘だろうよ。子どもの頃から明石なんて田舎で育って、頭の古い親の言いつけを守っているだけなんてね」

「母親はいい家柄の出らしいよ。きれいな若い女房や、女童たちを、京の身分ある家々からつてを頼ってさがし集めてきて、ぜいたくな育て方をしているそうだ」

「風情《ふぜい》のない娘に育ってしまったら、そんなふうに田舎に置いて高望みをしているわけにもいかないからね」

などと口々に話している。

「けれどどうして明石の入道は、海の底までなんて深く思い詰めているのだろう。はた目にもうっとうしい話だね」と言う光君は、並々ならぬ関心を抱いたようである。

並外れて風変わりなことにご興味をお持ちになる性分だから、こんな話にも興味を覚えてしまわれるのだろう、とお供の者たちはそれぞれこっそりと思うのだった。

「もう日も暮れてきましたが、ご発作もお起こりにならなくなったようです。さっそくお帰りなさいませ」

とお供の者が言うが、聖が止める。

「物の怪《もののけ》も憑《つ》いているご様子でございましたから、今晩はやはり静かに加持をなさいまして、明日お帰りになるのがよろしいかと思います」

それももっともなことだと一同は言い、このような旅寝の経験がない光君は興味を引かれ、「それでは明け方に帰るとしよう」と言った。

春の日は長く、なかなか暮れず、することもなく退屈な光君は、夕暮れのたいそう霞《かす》んでいるのに紛れて、さっきの小柴垣のあたりに出かけてみた。惟光《これみつ》のほかはお供の者たちは帰してしまって、惟光とともに垣の内をのぞいてみると、すぐそこの西に面した部屋に持仏《じぶつ》を据えてお勤めをしている尼がいた。簾《すだれ》を少し巻き上げて花を供えているようである。中の柱に身を寄せて座り、脇息《きょうそく》を机がわりにして経巻を置き、大儀そうに読経《どきょう》をしている尼は、ふつうの身分の人とも思えない。四十過ぎくらいで、色が白く気品があり、ほっそりしているけれども、頬はふくよかで、目元のあたり、うつくしく切り揃えられた髪も、長い髪よりかえって洒落《しゃれ》た感じだと光君は感心して眺めた。こぎれいな二人の女房と、女の子が、出たり入ったりして遊んでいる。その中にひとり、十歳くらいだろうか、白い下着に山吹襲《やまぶきがさね》の着慣れた表着《うわぎ》を着て走ってきた女童がいた。ほかの大勢の女童たちとは比べものにならないほどかわいらしく、成人したらひときわうつくしくなるだろうと思えるほどの容姿である。髪は扇を広げたようにゆらゆらとして、泣き腫《は》らしたような顔は、こすったのか真っ赤になっている。

「何ごとですか。子どもたちと喧嘩《けんか》でもなさったの」と見上げる尼君と似ているところがあるので、娘だろうかと光君は思う。

「雀《すずめ》の子を犬君《いぬき》が逃がしてしまったの。籠を伏せてちゃんと入れておいたのに」と、さも残念そうに女童は言う。その場に座っていた女房が、

「またあのうっかり者の犬君が、そんないたずらをしてお叱りを受けるとは、しょうがない人ですね。雀の子はどこに行ってしまったのでしょう。だんだんかわいらしく育ってきていたのに、烏《からす》なんかに見つかったらたいへんですわ」と言い、部屋を出ていく。ゆったりと髪の長い、こざっぱり

した人である。少納言の乳母《めのと》と呼ばれているところを見ると、この子の世話役なのであろう。

「なんてまあ子どもっぽい。聞き分けもなくていらっしゃること。私がこうして今日明日をも知れない命だというのに、なんともお思いにならず、雀を追いかけていらっしゃるなんて。罰が当たりますよといつも申しておりますのに、情けないことです」と尼は言い、「こっちへいらっしゃい」と呼ぶと、女童はそこに膝をついて座る。頬のあたりがまだあどけなく、眉のあたり、無邪気に髪を掻《か》き上げたその額、髪の生え際がなんともかわいらしい。これからどんなにうつくしく成長していくのだろうと、光君はじっと見入った。が、じつは、限りなく深い思いを寄せている人に女童がたいそう似ているので、目が引きつけられていたのだ、と気づいたとたん涙がこぼれてくる。

尼君は女の子の髪を撫《な》でながら、

「櫛《くし》を入れることもお嫌がりになるけれど、きれいな御髪《みぐし》ですこと。本当に子どもっぽくていらっしゃるのが心配でたまりませんよ。これくらいのお年になると、こんなふうでない人もありますのに。亡くなったあなたのおかあさまは、お父上が先立たれた十ばかりの時は、もうなんでもよくわきまえていらっしゃいましたよ。私があなたを今残していってしまったら、どうやって暮らしていかれるおつもりなのでしょう」と言ってひどく泣き出してしまうのを見て、光君もわけもなく悲しくなる。幼心にも、さすがに尼君をじっと見つめる女童の、伏し目になってうつむいたところにこぼれかかってくる髪が、つやつやと光っている。

生《お》ひ立たむありかも知らぬ若草をおくらす露ぞ消えむそらなき
（これからどうやって育っていくかもわからない若草のようなこの子を残しては、露のような身の私は消えようにも消える空がありません）

尼君が詠むのを聞いて、そばにいた女房が「本当に」と泣き、

初草《はつくさ》の生《お》ひゆく末《すゑ》も知らぬまにいかでか露の消えむとすらむ

（萌《も》えはじめたばかりの若草のような姫君のこれから先もわからないうちに、どうして露が先に消えることなどお考えなのでしょう）

と詠む。そこへ僧都があらわれて、

「こちらは人目につきましょう。今日に限って端のお部屋においでなのですね。ここの上の聖の坊に、源氏の中将殿がわらわ病のまじないにおいでになっておられるのを、たった今耳にしました。たいそうなお忍びでしたので、存じませんで、ここにおりながらお見舞いにも参上いたしませんでした」と言う。

「まあ、たいへん。見苦しいところをどなたかに見られてしまったかしら」と、尼君は簾を下ろした。

「世間で評判になっていらっしゃる光源氏の君を、この機会に拝見されたらいかがですか。俗世を捨てた法師にとっても、この世の悩みごとも忘れ、寿命も延びるかと思うほどのおうつくしさです。さて、ご挨拶に参りましょう」

と言って立ち上がる気配がするので、光君は急いでその場を離れる。なんと心惹《こころひ》かれる人を目にしたことだろう。こういうことがあるから、好色な連中はあちこち出歩いては、意外な女をうまく見つけ出すというわけか。たまにこうして出かけただけでも、思いがけないことに出会うのだから……と、光君はおもしろく思う。それにしても、なんとかわいらしい女童だったろう。どういう素性の人なのか。あのお方の御身代わりにともに暮らしたら、明けても暮れても気持ちがなぐさめら

れるだろう、という思いに深く取りつかれた。

　光君が聖の坊で横になっていると、僧都の弟子が惟光を呼び出した。狭いところなので、会話は光君の耳にも届いた。

「こちらにいらっしゃっているとつい今しがた人から聞きました。何はともあれご挨拶に参るべきでございましたが、拙僧がこの寺にこもっておりますことをご存じでいらっしゃりながら、ご内密になさいましたので、何かわけがおありなのかと差し控えました。旅先のお宿もこちらに用意いたしましたのに。残念でございます」と弟子は言う。

「それが、今月の十日過ぎあたりからわらわ病を患ってしまって、度重なる発作にこらえかねて、人に教えてもらうままにこの山奥までやってきました。このように高名な聖ほどのお方が、もし祈禱の効き目もあらわさなかったら、世間体の悪さも並の行者以上だろうと憚《はばか》られまして、内密にしたのです。そのうちそちらにも伺います」と、光君は惟光を通じて答えた。

　弟子が去ると、すぐに僧都がやってきた。法師とはいえ、世間からも尊敬される重々しい人物で、光君は地味なお忍びの姿が決まり悪くなる。このように山中にこもって修行している暮らしのことを話した後に、「変わりばえのしない草庵《そうあん》ですが、いささか涼しい水の流れでもご覧に入れましょう」と、僧都はしきりに誘う。まだ自分を見たことのない女性たちに、僧都が大げさに自分のことを話していたのを思い出して恥ずかしくなる。けれどあのうつくしい女童のことも気になるので、出向くことにした。

　僧坊は、格別念入りに、木や草をも風情ゆたかに植えしつらえてある。月のない頃なので、遣水《やりみず》のほとりで篝火《かがりび》を焚《た》き、軒先の灯籠《とうろう》にも火が入れてある。来客用の南側の部屋は、じつにさっぱりと整えてある。部屋に焚かれた薫香が奥ゆかしく香り、仏に奉る名香《みょうごう》も部屋を満たしている上、光君の着物に焚きしめた香も風が運び、奥の部屋の女たちもなかなか落ち着くこともできないでいる。

僧都は、この世の無常やあの世のことなどを話して聞かせる。それを聞いていると光君は自分の罪の深さがおそろしくなり、どうすることもできない思慕の情にたましいを奪われて、生きている限りこのことで苦しまねばならないのだろう、ましてあの世での苦しみはどれほどだろうと考える。いっそ世を捨ててこんなふうな出家生活をしたいと思うものの、昼間の女童の顔がありありと浮かび、忘れがたく恋しい。

「こちらにいらっしゃいます女の方はどなたですか。そのお方の素性を確かめてみたいと思う夢を見たことがあります。今日、こちらに参って思い出しました」

光君が言うのを聞いて僧都は笑う。

「ずいぶんと突然の夢のお話でございますね。お確かめになったところでがっかりなさるのがオチでございましょう。按察大納言《あぜちのだいなごん》は亡くなってから久しくたちますので、ご存じではありますまい。その妻がわたくしの妹でございます。その按察が亡くなって後、尼になっておりますが、このところ病み患うようになりました。ご覧の通りわたくしが京にも出ずに山ごもりしておりますので、ここを頼りにしてこもっているのでございます」と、僧都は話す。

「その大納言にはご息女がいらっしゃると伺ったことがありますが……。いえ、色めいた気持ちではなくて、真面目に申し上げているのですが」と光の君は当てずっぽうに言ってみる。すると僧都は話を続けた。

「娘がひとりおりました。もう亡くなって十数年になりますか。父である大納言が、入内《じゅだい》させようとたいそうだいじに育てていましたが、その望みを見届ける前に自分は亡くなってしまいましたので、妹が苦労して育て上げました。それが、いったいだれが手引きしたものやら、兵部卿宮《ひょうぶきょうのみや》さまがお忍びで通ってこられるようになりましたんですが、兵部卿宮さまのもともとの奥さまはご身分の高い方で、娘には心の休まらないことが多くて、明けても暮れても思い悩んで、とうとう亡くなってしまいました。気苦労から病気になるものだということを、目の当たりにしましてね……」

ということは、あの女童は、兵部卿宮とその亡くなったひとり娘との子なのだろうかと光君は考える。先帝の皇子《みこ》である兵部卿宮は藤壺《ふじつぼ》の兄、なるほどだからあのお方に似ているのかと思い、なおいっそう心惹かれ、我がものにしたいと思う。人柄も気品があってかわいらしいし、なまじっかの小賢《こざか》しさもないようだし、親しくともに暮らして、思いのままに教育して成長を見守りたい。

「それはたいそうお気の毒なことですね。そのお方は、お残しになった忘れ形見の御子もいらっしゃらないのですか」

あのあどけない少女の素性をなおはっきりと確かめたくて光君はそう訊いた。

「亡くなります直前に生まれました。それも女の子でした。女の子ですから心配の種も尽きないと、老い先短い妹は嘆いております」

という僧都の言葉を聞いて、やはりそうかと光君は納得し、口を開く。

「つかぬことを申し上げますが、この私をその幼いお方のお世話役にお考えくださるよう、尼君にお話しいただけませんでしょうか。私には妻もおりますが、どうにも気持ちがしっくりといかず、世の思うところあってひとり身のような暮らしを続けております。まだ不似合いな年齢なのにと、世の常の男の申し出と同様にお考えになられますと、この私は間の悪い思いをすることになりますが」

「まったくよろこんでお受けするべき仰せ言《おおごと》でございます。けれどまだいっこうに頑是《がんぜ》ない年でございますので、ご冗談にもお世話いただくわけには参りません。そもそも女性というものは、周囲の人に何かと世話をされて一人前になるものですから、僧都のわたくしからくわしい意見は申し上げられません。あの祖母によく相談いたしました上でご返事申し上げましょう」

僧都は取りつく島もない様子でそっけなく言い、年若い光君は気が引けて、それ以上うまく話すことができない。

「阿弥陀仏《あみだほとけ》のいられますお堂で、お勤めをする刻限でございます。夕べのお勤めをまだしておりません。すませてからまたこちらに伺いましょう」と言って、僧都は堂に上っていった。

光君が悩ましい気持ちを抱えていると、小雨が降ってきて、冷たい山風も吹きはじめる。滝つぼの水嵩《みずかさ》も増して、水音も高く聞こえる。少し眠たそうな読経の声がとぎれとぎれに聞こえてくるのが心に染みて、場所が場所だけに、無関心な人でも何かしら神妙な気持ちにもなるだろう。まして光君はあれこれと考えることが多く、まんじりともできない。夕べのお勤めと僧都は言っていたけれど、夜もずいぶん更けてきた。

奥の部屋でも、まだだれか起きている様子が聞こえてくる。数珠《じゅず》が脇息《きょうそく》に触れて鳴る音がかすかにし、ものやさしい衣擦《きぬず》れの音もして、光君はその上品な音に聞き入る。その音がそんなに遠くはないので、立てめぐらしてある屏風《びょうぶ》の中ほどを少し引き開け、光君は扇を鳴らして人を呼ぶ。奥の人たちはこんな時間に思いもよらぬという様子ながら、聞こえないふりはできないと思ったのか、だれかがいざり出てくるようである。少し下がり、

「あら、聞き間違えかしら」と不審そうに言うのを聞いて、

「仏のお導きは、暗い中でもけっして間違いのないはずですのに」と光君はささやいた。

その声がじつに若々しく、また気高いので、どんなふうに話していいのか決まり悪く思いながら、

「どのようなご案内をいたせばよろしいものやら、わかりかねますが……」と女房は困惑している。

「なるほど、だしぬけに何を、と不審に思うのももっともですが――

初草《はつくさ》の若葉のうへを見つるより旅寝の袖《そで》も露ぞかわかぬ
（初草の若葉のようなかわいらしいあの方を見かけてから、旅寝の衣の袖も恋しさの涙の露に濡《ぬ》れて、乾くことがないのです）

お取り次ぎくださいませんか」と君は伝えた。それを聞いた女房は、

「そのようなことを伺って理解できるような方はここにはいらっしゃらないと、ご存じなのではございませんか。いったいどなたにお取り次ぎいたしましょう」と答えるが、

「こんなふうに申し上げるのにはしかるべきわけがあると、お考えになってください」と君がなお言うので、女房は下がってそれを尼君に伝えた。

まあ、なんて大胆なことを。姫君が男女のことがわかる年齢だとお思いなのかしら。それにしても、あの「若草」の歌をどこでお聞きになったのでしょうね……と、尼君はあれこれと不審がって気持ちが乱れるが、返事が遅くなっては失礼にあたると思い、

「枕ゆふ今宵《こよひ》ばかりの露けさを深山《みやま》の苔《こけ》にくらべざらなむ
（今宵だけの旅寝の枕に結ぶ草の露を、深山に住む私どもの苔の衣の露とお比べにならないでください）

私どもの袖こそ乾きそうにございませんのに」と、返歌を伝えた。

「このようなお取り次ぎを介してのご挨拶は、私にはまったくはじめてのことです。恐縮ではございますが、真面目に申し上げたいことがあるのです」と光君が伝えると、

「何を誤解なさっているのでしょう。本当にご立派なご様子ですから、ご対面してどのように返答してよいのやらわかりません」と尼君はためらっている。

「けれど、決まり悪い思いをさせてしまってはいけませんから」と、女房たちは対面を勧めた。

「そうですね、年若い女性なら困ったものでしょうが、そうではない私ならかまいますまい。御心をこめておっしゃってくださるのだから、畏れ多いことです」と、尼君はいざり寄った。

「はじめてお目にかかりますのに突然こんなことを申し上げては軽薄と思われるかもしれませんが、私自身はいたって真剣です。御仏はもとより私の真意をお見通しと思います」

と光君は話しはじめるが、尼君の落ち着きはらった気詰まりな様子に気後れして、すぐには言い出すことができない。

「いかにも、思いもかけませぬこのような時に、こんなに親しくお話を伺えますのは、軽薄なんてとんでもないことです、ひとかたならぬお気持ちからと存ぜられますが」と尼君は言う。

「姫君はおいたわしいお身の上と伺いました。この私を、亡くなられたという母君のかわりと思ってくださいませんか。私もごく幼少の折に、親身にお世話いただけるはずの人に先立たれ、ずっと頼りない気持ちで虚しく月日を過ごしています。姫君も私と同じようなお身の上でいらっしゃるようですから、お仲間にしていただきたいと心から申し上げたいのです。こうした機会はめったにありませんから、どのようにお思いになられてもかまわないと思い切って申し出た次第なのです」

それを聞いて尼君は言う。

「本来ならたいへんうれしく存ぜられますお話ですが、何か聞き間違えていらっしゃることがおありではないかと、憚られます。老いた私ひとりを頼りにしている娘はおりますが、まだ聞き分けもない年頃でして、大目に見ていただけるところもまるでないと存じますので、お話を本気で伺う気持ちにはなれません」

「私はすべてくわしく聞かせていただきました。どうぞ堅苦しくお考えにならないでください。いい加減などではない、私の思いの深さをどうかご理解ください」

と光君は言うが、いかにも不釣り合いなことをそうともわからずにおっしゃっているのだと尼君は思い、真面目に取り合おうとしない。そこへ僧都が戻ってきたので、

「まあ、いいでしょう。お願いの口火はもう切りましたから、心丈夫というものです」と光君は屏風を閉めた。

明け方近くなり、法華三昧《ほけざんまい》をお勤めする堂の、懺法《せんぼう》の声が、山から吹き下ろす風にのって聞こえてくる。じつに尊いその響きが、滝の音と響き合っている。

吹きまよふ深山《みやま》おろしに夢さめて涙もよほす滝の音かな

（吹きすさぶ深山おろしの風にのって聞こえてくる懺法の声に煩悩の夢もさめて、感涙を誘う滝の音であることよ）

と光君が詠むと、

「さしぐみに袖ぬらしける山水《やまみづ》にすめる心は騒ぎやはする

（はじめておいでのあなたはこの山川の音に感涙で袖をお濡らしですが、心を澄ましてここに住むわたくしは動かされることもありません）

もう聞き慣れてしまいました」

と僧都は返す。明けてゆく空はたいそう霞んでいて、山の鳥たちが姿を見せずさえずりあっている。名前もわからない草木の花々が色とりどりに咲き乱れ、まるで錦を敷いたかのようだ。そこへ鹿が立ち止まりながら歩いていくのも光君には珍しく、気分の悪いことも忘れてしまった。聖は身動きするのも不自由な様子だが、やっとのことで護身の修法《ずほう》を施した。陀羅尼《だらに》を読み上げる聖の、しわがれた、隙間の空いた歯からゆがんで絞り出される声は、しみじみと尊く聞こえる。

京から迎えのお供たちがやってきて、快方に向かったお祝いをし、帝《みかど》からのお見舞いを伝える。僧都は、お供たちが見たこともないような果物を山の谷まで採りにいき、光君をもてなした。

「今年いっぱいの山ごもりの誓いがありますので、京までお見送りにいくこともできませんが、かえって名残惜しい気持ちでございます」と僧都は酒を光君に差し出した。

「この山川の景色に心が残りますが、帝からご心配とのお言葉がありましたのも、畏れ多いことですので……。またすぐに、この桜の咲いているあいだに来ることにします。

宮人に行《ゆ》きて語らむ山桜風よりさきに来ても見るべく

(帰って宮中の人たちにこの山桜のうつくしさを語って聞かせましょう。花を散らす風が吹かないうちに見にくるように)」

と言う光君の姿ばかりか声音までも、まぶしいほど立派である。

優曇華《うどんげ》の花待ち得たるここちして深山桜《みやまざくら》に目こそ移らね

(あなたさまにお目にかかりましたのは、三千年に一度咲くと言われている優曇華にめぐり合わせたような気持ちで、この山奥の桜などには目も移りません)

僧都が詠むと、
「長い時の後に一度咲くというその花とは、めったに出合えないとのことですから、私とは違います」と光君はほほえんだ。聖は盃《さかずき》をもらい、
奥山の松のとぼそをまれにあけてまだ見ぬ花の顔を見るかな
（引きこもったままの奥山の松の扉を珍しくも開けて、まだ見たことのない花のようなお顔を拝見いたします）
と涙をこぼし君を拝み、お守りにと、密教の仏具である独鈷《とこ》を君に授けた。僧都は、聖徳太子が百済《くだら》で手に入れた金剛子《こんごうじ》の数珠を玉で飾ったものを、百済から入れてきたままの唐風《からふう》の箱に入れ、透かし編みの袋に入れて、五葉松の枝に結びつけ、さらに、紺碧《こんぺき》の瑠璃《るり》の壺《つぼ》にいろいろな薬を入れて藤や桜の枝に結びつけ、こうした場所柄にふさわしい数々の贈り物を光君に捧《ささ》げた。あらかじめ用意していたさまざまの品を取りに京へ人を送ってあったので、君は、聖をはじめとして、読経した法師たち、近辺の木こりにまで、相応の品々を贈り、誦経《ずきょう》の料を渡して出立《しゅったつ》の準備をした。
僧都は奥に入って、源氏の君の言葉を尼君にそのまま伝えるけれど、
「今はどうともお返事の申し上げようがございません。もしお気持ちがあれば、四、五年たってからでしたらいかようにも……」と言うのみである。
その尼君の言葉を僧都から聞き、前と同じ返事であることに光君はがっかりした。尼君への手紙を、僧都の元にいるちいさな童《わらわ》にことづける。
夕《ゆふ》まぐれほのかに花の色を見てけさは霞《かすみ》の立ちぞわづらふ
（昨日の夕暮れどきにちらりとうつくしい花の色を見ましたので、今朝は霞とともにここを

立とうにも、立ち去りがたい思いです)

すると尼君から

まことにや花のあたりは立ち憂《う》きと霞《かす》むる空のけしきをも見む

(本当に花の元を立ち去りにくいのでしょうか、そうはおっしゃいますが、はっきりとしない空——あなたさまのお気持ちを見届けたいことでございます)

と、じつに奥ゆかしい筆遣いで気品ある文字を無造作に書いた返事が届いた。

光君が車に乗ろうとすると、左大臣家から「どちらへともおっしゃらずにお出かけになったと聞きました」と、お迎えの人々や子息たちが大勢でやってきた。頭中将《とうのちゆうじよう》や左中弁《さちゆうべん》、そのほかの者たちも光君の後を追ってきて、

「こういう時のお供は勤めさせていただこうと思っているのに、置いていかれるなんてひどいことです」と恨み言を言い、「まったくすばらしい花の下に、少しも足も止めずに帰るなんてつまらないではありませんか」と、岩陰の苔《こけ》の上にずらりと座って酒を酌み交わす。落ちてくる水の風情《ふぜい》も味わい深い滝のほとりである。頭中将は懐から横笛を取り出して吹きはじめる。弁の君は扇で拍子をとりながら、「豊浦《とよら》の寺の西なるや」と、うたい出す。左大臣家の子息たちはみな格別にすぐれた貴公子であるが、気だるそうに岩に寄りかかって座っている光君が不吉なほどにうつくしく、それにかなう者はひとりもいない。例によって、篳篥《ひちりき》を吹く随身《ずいじん》も、笙《しよう》の笛を従者に持たせている風流人も一行の中にいる。僧都はみずから琴を持ってきて、

「これを一曲お弾きになってくださいませ。山の鳥を驚かしてやりとうございます」と光君にしきりに頼む。

「気分がよくなくて、本当につらいのですが」と答えるも、不愛想にならない程度に一曲掻き鳴らして、一同は出発した。別れがたくて、とるに足らないような法師も子どもたちもみな涙をこぼしている。まして奥では、老いた尼君たちも、あんなにうつくしい人は今まで見たことがなかったので、「この世の人とはとても思われません」とみなで言い合っている。

「本当に、どんな前世の因縁で、あのようにうつくしいお姿で、このわずらわしい日本《ひのもと》の末世にお生まれなさったのだろうと思うと、本当に悲しいことだ」と言って僧都は目を拭う。

あの少女も、幼心に光君をすばらしい方だと思い、「父宮のお姿よりもご立派でいらっしゃったわ」などと言っている。

「それなら、あのお方のお子におなりになったら」と女房が言うと、少女はうなずき、それはすてきなことだと思うのだった。人形遊びをしても、絵を描いても、これは源氏の君と決めて、きれいな着物を着せてだいじにしている。

京に戻った光君はまず宮中に向かい、父帝にここ数日の話をした。光君を見て、本当にひどくやつれてしまったものだと帝は心配になる。聖の験《げん》の力がいかにすぐれているかと光君がくわしく話すと、

「阿闍梨《あじやり》に任ぜられてしかるべき人物なのだろう。それほど修行の年功がありながら、朝廷で少しも知られていなかったとは……」と帝は尊敬をこめて言う。

ちょうど参上していた左大臣がやってきて、

「お迎えにと存じましたが、お忍びのお出かけですので、どうかと思って遠慮いたしました。私どもの邸《やしき》で一日二日、ゆっくりご休息なさいませ」と言う。「これから私がお供いたしましょう」

光君は気が進まなかったが、その気持ちにほだされて退出することにした。左大臣は自分の車に光君を乗せ、自分は末席に座る。こうして自分のことをだいじに世話してくれる左大臣の誠意を、さすがに心苦しく思うのだった。

左大臣の邸では、光君がやってくるのを心待ちにしてあれこれ用意をし、光君が久しく顔を見せないうちに、ますます玉で飾った高殿よろしく邸を飾り立て、何もかも華麗に整えていた。妻である女君（葵《あおい》の上《うえ》）は、いつものように引っ込んだままで、すぐには姿をあらわさない。左大臣に強く勧められて、やっとのことであらわれたものの、まるで絵に描いた物語のお姫さまのように座り、身じろぎもせず、堅苦しいまでに行儀よくしている。光君が心の中の思いをそれとなく口にしたり、山に行っていた話をしてみても、女君は少しも打ち解ける様子がない。気の利いた返事でもしてくれるのならば話し甲斐《がい》もあって、愛情も湧いてこようものを、光君を気詰まりな相手だと思っているかのようによそよそしい。いっしょになってから年月が重なるのにつれて、どんどん気持ちが離れていくようで、光君はさすがにやりきれない気持ちになって、言った。

「たまには人並みの妻らしいところを見てみたいものですね。たえがたいほど病気で苦しんでいたのに、いかがですかと問うてもくれないのは、今にはじまったことではないが、やはり恨めしく思いますよ」

「では『問はぬはつらき』という古歌の心があなたもおわかりになって？」と、流し目で光君を見る葵の上のまなざしは、なんとも近づきがたいほどの気品にあふれたうつくしさである。

「たまに何か言ってくれるかと思うと、とんでもないことを言いますね。『問はぬはつらき』などという間柄は、れっきとした夫婦である私たちにはあてはまりませんよ。情けないことだ。いつまでたっても取りつく島もない仕打ちだけれど、考えなおしてくれることもあろうかと、いろいろ手をかえてあなたの気持ちを試そうとしているのですが、それでますます私のことが嫌になるのでしょうね。まあ、仕方ない。命さえ長らえていれば、いつかはわかってもらえるでしょう」と言って、光君は寝室に入った。

　女君はすぐには寝室に入ってこない。光君は誘いあぐねて、ため息をつき横になった。なんともおもしろくない気持ちなのだろうか、眠そうなふりをして、男と女のことについてあれこれ思いをめぐらせている。


　さて、山で見かけたあの少女の成長ぶりを、やはりこの目で見たいという思いを光君は捨てることができない。けれど不釣り合いな年齢だと尼君が言うのももっともであるし、なんとも交渉しづらい。なんとか手立てを打って、気軽にこちらに迎えて、朝も夕もいっしょに暮らしたいものだ……。父君の兵部卿宮《ひょうぶきょうのみや》はじつに優雅で上品なお方だが、はなやかなうつくしさがあるわけではない、なのになぜあの少女は、ご一族のあのお方にあんなに似ているのだろう、兵部卿宮とあのお方が、同じ母宮からお生まれになったからだろうか……。そんなことを考えていると、あのお方との姪《めい》という縁《ゆかり》がなんとも慕わしく、どうにかして是非にでも、と切実な気持ちになる。翌日、手紙を書いて北山に届けた。僧都にも思うところをそれとなく書いたようである。尼君には、

「まったく取り合ってくださらなかったご様子に気が引けて、心に思っておりますことを存分に言い切ることができなかったのを残念に思っております。こうしてお手紙でも申し上げることからしても、私がどれほど真剣かをおわかりいただけましたら、どんなにうれしいでしょう」

と書き、ちいさな結び文を同封した。そこには、

「おもかげは身をも離れず山桜心の限りとめて来《こ》しかど

（山桜のうつくしい面影は体から離れることがありません。心のすべてはそちらに置いてきたのですが）

夜のあいだの風も、山桜を散らしてしまうのではないかと心配でなりません」

と書いた。

筆跡がみごとであるのはいうまでもなく、無造作に包んだ風情も、年老いた尼君たちの目にはまぶしいばかりにすばらしく見える。ああ困った、なんとお返事差し上げようと尼君は悩む。

「先だってお通りすがりの折のお話は、ちょっとしたお思いつきのように存じましたが、わざわざお手紙をいただきましては、お返事の申し上げようもございません。まだお習字の『難波津《なにわづ》』の歌すら、ちゃんと続けては書けないのですから、お話になりません。それにしても

「嵐吹く尾《を》の上《へ》の桜散らぬ間を心とめけるほどのはかなさ

（激しい山嵐が吹いていずれは散ってしまう峰の桜の、散らないあいだだけお心を留められたとは、ほんの気まぐれではございませんでしょうか）

お手紙を拝見し、いっそう心配でなりません」

と返事を書いた。僧都からの返事も似たようなものだったので、光君は残念でならず、二、三日たってから惟光《これみつ》を使いに送った。その際、

「少納言の乳母《めのと》という人がいるはずだから、その人を訪ねて、くわしく相談せよ」と言い含めた。

なんとまあ、抜け目のないお心であることよ。はっきり見たわけではないけれど、まだほんの子

どもだったじゃないかと、ちらりと垣間見た時のことを思い出し、さすがは光君……と、惟光は感心すらしてしまう。

光君からわざわざ手紙を送ってもらったので、僧都も恐縮して返事をした。惟光は少納言の乳母にも面会を申し入れて会った。源氏の君の気持ちや言っていた言葉、日頃の様子までくわしく話して聞かせた。口の達者な惟光は、もっともらしくいろいろ話すが、姫君はまだどうともできないお年なのに、源氏の君はいったいどういうおつもりなのだろうと、僧都も尼君も気味悪くすら思うのだった。光君は心をこめて書いた手紙に、ふたたび結び文を入れている。

「その一字一字たどたどしくお書きになったお手紙がやはり拝見したいのです」

あさか山浅くも人を思はぬになど山の井《ゐ》のかけ離《はな》るらむ

(あなたを浅くも思っておりませんのに、どうして相手にならず、かけ離れてしまわれるのでしょう)

尼君からの返事は、

汲《く》みそめてくやしと聞きし山の井《ゐ》の浅きながらや影を見るべき

(汲みそめてくやし——うっかり汲んでしまって後悔したと古歌にも詠われた山の井のように、あなたのお心のその浅さでは、どうして姫君を差し上げることができましょう)

というもので、惟光はこれをそのまま光君に伝えた。

「尼君の御病気が多少とも快方に向かわれましたら、もうしばらくのあいだここで過ごして、京の邸《やしき》にお帰りになってからご挨拶申し上げましょう」という少納言の返事を光君はもどかしく聞いた。

藤壺《ふじつぼ》の宮が病気にかかり、宮中を退出することとなった。心配し、気をもんでいる帝《みかど》の様子をいたわしく思いながらも、せめてこうした折にでもと光君は気もそぞろになり、他のどの女君をも訪ねることなく、内裏《だいり》でも自邸でも、昼間は所在なくもの思いにふけり、日が暮れると藤壺の宮についている女房、王命婦《おうみょうぶ》につきまとって藤壺と逢《あ》わせてくれるよう頼んだ。

そして、王命婦がいったいどのように策を弄したものか、無理な手立ての後にようやく逢うことがかなった。そうして逢っているあいだも、光君にはまったく現実のことと思えず、そのことがつらく感じられる。藤壺の宮も、以前の思いもかけなかった悪夢のような逢瀬《おうせ》を思い出し、あれ以来いっときも忘れることのできない悩みの種となったのだから、あれきりにしようと心底から決心していたのにと、情けない思いでいる。とてもつらそうな面持ちではあるものの、やさしく可憐な態度で接し、それでいて馴《な》れ馴《な》れしくはせず、奥ゆかしく気品ある物腰を崩さない。やはりこんなお方はどこにもいないと光君は思い、どうしてこのお方には少しの欠点もないのだろうかと、恨めしくさえなるのだった。

積もる思いのどれほどを言い尽くすことができようか。暗いと名のついたくらぶ山なら、いつまでも夜が明けないだろうから、そこに泊まりたいところだけれど、その願いに反して夜は短く、逢わないほうがよかったとさえ思えるつらい逢瀬である。

見てもまた逢ふ夜まれなる夢のうちにやがてまぎるるわが身ともがな
(こうしてお逢いしても、ふたたびお目にかかれる夜はめったにない、夢のような逢瀬ですから、いっそこのまま夢の中に消えてしまいたい)

と涙にむせる光君に、さすがに藤壺も感極まって、

世語りに人や伝へむたぐひなく憂《う》き身をさめぬ夢になしても
（世間の語り草として人は語り伝えていくのではないでしょうか、自分では、この上なく不幸せな我が身を、さめることのない夢の中のものと思ってみても）

と返し、心は千々に乱れている様子である。それもまたもっともで、畏れ多いことである。

王命婦は脱ぎ捨てられた直衣《のうし》を掻き集め、呆然《ぼうぜん》と悲しみに暮れている光君に渡し、無言で帰りを促す。

自邸の二条院に帰った光君は、それから横たわって泣いてばかりいた。藤壺の宮に手紙を送るも、いつものように王命婦から、ご覧になろうともなさいませんとの返事ばかりがある。わかっていながらもひたすらに苦しく、正気ではないほど悲しみ、宮中へも参上せずに二、三日引きこもったままでいる。また具合でも悪いのかと帝が心配しているだろうと思い、そして自分の犯した罪の重さに光君は震え上がる。藤壺の宮もまた、なんとあさましい身の上だろうかとひたすら嘆き、どんどん具合も悪くなってきて、宮中から早く参内《さんだい》なさるようにとしきりにお使いが呼びにくるけれど、とてもそんな気持ちにはなれない。その具合の悪さもいつもとは異なり、どうしたことだろうと思いながらも、思いあたることがないわけではなく、ただならぬ不安を覚え、これからいったいどうなってしまうのかと藤壺は深く思い悩んでいる。暑いうちは起き上がることもままならない。三月《みつき》にもなると、懐妊したことが人目にもはっきりとわかるようになり、お付きの女房たちもだんだんと気づきはじめてくる。なんとおそろしい因果だろうと藤壺は我が身を情けなく思わずにはいられない。

お仕えする女房たちは、まさかお腹の子の父が源氏の君だなどとは思いもせず、この月になるまで帝にご報告なさらなかったとは、と意外に思っている。藤壺の宮だけは、父はだれかということがわかっていた。お湯殿でも身近に仕え、何ごとも様子をはっきりわかっている乳母子《めのとご》の弁や王命婦は、これはただごとではないと思うけれども、互いに口にすべきことでもないので黙っている。王命婦は、どうしても逃れようのなかった藤壺と光君の宿縁を思い、なんということだろうかと内心で驚きおそれている。帝には、藤壺に取り憑《つ》いていた物の怪《もののけ》のせいではっきりせず、すぐには懐妊の兆候もあらわれなかったので、なかなかわからなかったと奏上したようである。女房たちもそれを信じた。帝は身ごもった藤壺をいっそういとしくだいじに思い、お見舞いの勅使をひっきりなしに送ってくるが、藤壺の宮はそれもまたひたすらおそろしく、あれこれと思い悩んで心の休まる時もない。

光君も、ただごとではない異様な夢を見て、夢解きの者を呼んで夢の意味を尋ねた。夢解きは、まったく想像もつかない、あり得ないようなことを解いた。光君が天子の父となるだろうというのである。

「けれどそうしたご運勢の中には順調にいかないところもあり、ご謹慎せねばならぬことがございます」と夢解きは続け、厄介なことになったと思った君は、

「自分の夢ではなく、さるお方の夢を語りました。この夢が事実となるまではだれにも話してはなりませんよ」と口止めし、いったいどういうことなのだろうと考えている。そんな折、藤壺の宮がご懐妊なさったという噂《うわさ》が聞こえてきた。もしやそれは自分の子で、夢解きの言葉とも関係があるのではないかと思った光君は、ますますせつなげな言葉を尽くして藤壺に逢いたい旨を訴えるが、それまったく困ったことになったと責任を感じてもいる王命婦は、なんとも計らいようがない。それま

では、ほんの一行ほどのお返事も、たまにはあったものだったが、今ではそれもすっかり途絶えた。

七月になって藤壺の宮は参内した。しばらくぶりで目にする藤壺がしみじみといとおしく、帝の寵愛《ちょうあい》は以前にもまして深くなった。お腹もすこしふっくらとして、気分が悪かったせいで面やつれしているその様子は、やはり比べるもののないうつくしさである。帝は例によって昼も夜も藤壺の御殿にばかり出向き、音楽の催しも興が乗る秋の季節なので、光君もいつもそばに呼んでは琴や笛などを演奏させる。光君は懸命に隠してはいるが、こらえきれない様子であるのがどうしても漏れ出てしまい、光君につれなくしている藤壺の宮も、さすがにあれこれと思わずにはいられないのだった。


あの山寺にこもっていた尼君は、いくらか体調もよくなり、山を出て京に戻ってきた。もともと住んでいた、亡き夫、按察大納言《あぜちのだいなごん》の家である。光君は戻ったことを聞き、京の住処《すみか》にしばしば手紙を届けた。尼君からの返事は依然としてはかばかしくないが、それももっともなことに思え、その上ここの幾月かは藤壺《ふじつぼ》の宮のことばかり思い、ほかのことなど考えるゆとりもなく日が過ぎていく。

秋も暮れようとする頃、光君はさみしくてたまらなくなり、ため息を漏らしていた。月のうつくしい夜、ようやく思い立って、ひそかに通っていたところに出かけた。時雨《しぐれ》がぱらついている。出かける先は六条京極のあたりで、宮中からだといささか遠く感じられる。道中、古びた木立が鬱蒼《うっそう》と茂り、ぽっかりと暗い庭の、荒れた家がある。毎度のお供の惟光《これみつ》が、

「ここがあの、故按察大納言の家でございます。先日ついでがありまして立ち寄ってみましたら、あの山寺の尼君がひどくお弱りになられていたので、心配で何も手につかないと少納言が申してお

りました」と言う。

「それはお気の毒なことだ。お見舞いすべきだったのに。どうしてそうと教えてくれなかったのか。入っていって挨拶しよう」

と君が言うので、惟光は使いを邸《やしき》に入れて、案内を乞うた。わざわざ源氏の君がお立ち寄りになられたと使いに言づて、その使いが入っていって「こうしてお見舞いにおいでになりました」と伝えると、女房たちは驚いて、

「それは困ったことです。このところ、尼君はすっかり回復の見込みもおぼつかなくなっておられますので、お目にかかることもできますまい」

と言うが、帰ってもらうのも畏れ多いことだと南の廂《ひさし》の間を取り片づけて、光君を案内した。

「むさくるしいところではございますが、せめてお見舞いのお礼だけでも申し上げたいとのことです。ぶしつけに、こんな奥まったうっとうしいところでございますが」

と女房が言い、確かにこうしたところはあまり見たことがないと光君は思う。

「いつもお伺いしようと思いながら、すげなくされるばかりなので、遠慮しておりました。ご病気が重いことも伺っていなかったのは、うかつなことです」と光君が言うと、

「気分のすぐれないのはいつものことでございますが、もういよいよという有様になりまして……。畏れ多くもお立ち寄りくださいましたのに、直接ご挨拶申し上げることもできません。仰せになられます例の件ですが、万が一お気持ちが変わらないようでございましたら、このようにたわいない年頃が過ぎましてから、かならずお目をかけてやってくださいませ。たいそう心細い有様のままこの世に残して参りますのが、往生の障りと思われることでしょう」

との尼君の言葉である。

病床がすぐ近くらしく、尼君の心細げな声がとぎれとぎれに聞こえてくる。

「本当に畏れ多いことでございます。せめて姫君が、お礼の一言でも申し上げられる年齢でしたら……」と尼君は女房に漏らしている。それをしみじみと悲しく聞き、君は言った。

「いい加減な気持ちでしたら、こんな奇異にも思われかねない振る舞いをお見せするものですか。どのような前世の因縁なのか、はじめてお見受けした時から、不思議なほど、心からいとしくお思い申し上げております。この世だけのご縁とは思えないのです。ここへ来た甲斐もないように思えてなりません、あのかわいらしい子のお声を、どうか一声でも」

それに対して女房が、

「もう何もおわかりにならない様子で、ぐっすりとお休みになっておりますので」と答えるが、ちょうどその折しも、向こうからやってくる足音がし、続けて、

「おばあさま、北山のお寺にいらした源氏の君がいらっしゃったのですって。どうしてご覧にならないの」と幼い声がする。女房たちはひどく決まり悪そうに、

「しっ、お声が大きいですよ」と制するが、

「あら、だって、源氏の君をご覧になったら気分の悪いのもすっかりよくなったとおっしゃっていたじゃないの」と、得意げになって言うのが聞こえる。

光君はそれを聞いてたまらなくかわいく思うが、女房たちが困り切っているので、聞かなかったふりをして、生真面目なお見舞いの言葉を述べて帰ることにした。なるほど、まったく子どもっぽいなと思うが、同時に、自分でみごとに教え育てたいと思うのだった。

その翌日も、光君はじつにていねいにお見舞いの手紙を送った。いつものようにちいさな結び文に、

「いはけなき鶴《たづ》の一声《ひとこゑ》聞きしより葦間《あしま》になづむ舟ぞえならぬ

(あどけない鶴の一声を聞きましてから、葦のあいだを行き悩む舟は、ただならぬ思いでおります)

いつまでも慕い続けるだけなのでしょうか」

と、わざと子どもっぽく書いてあるが、それでもやはりじつに立派なので、「このまま姫君のお手本になさいませ」と女房たちは言い合っている。

少納言から光君に返事があった。

「お見舞いいただきました尼君は、今日一日も持ちそうにない有様でございます。これから山寺に引き移るところでございます。わざわざお見舞いいただきましたお礼は、あの世からでも申し上げることになりましょう」

それを読み、光君の心はひどくざわめいた。ちょうど秋の夕暮れで、心を休めるひまもないほど恋い焦がれるあの方をいっそう思う光君は、そのゆかりの少女を無理してでも手に入れたいという気持ちも募るようである。北山の寺で、「露のような身の私は消えようにも消える空がありません」と尼君が詠んだ夕べを思い出し、あの少女を恋しくも思い、また、ともに暮らしたら期待外れもあろうかとさすがに不安にもなる。

手に摘《つ》みていつしかも見む紫の根にかよひける野辺《のべ》の若草

(この手に摘みとってみたいものだ。紫草の根とつながっている、野辺の若草を)

十月には、朱雀院《すざくいん》への行幸《ぎょうこう》が予定されていた。その日の舞人には、高貴な家の子息たちや上達部《かんだちめ》、殿上人《てんじょうびと》たちなど、その方面にすぐれている人々がみな選抜された。親王《みこ》たちや大臣はそれぞれ得意な技芸を練習するのに忙しい日々を送っている。

北山の尼君にしばらく便りを出さなかったことを思い出して、光君はわざわざ使者を送ったところ、僧都の返事だけがあった。

「先月の二十日頃についに命終わるのを見届けまして、世のことわりとは申しても、やはり悲しみに暮れております」

と書かれているのを読んだ光君は、人の世のはかなさをしみじみと感じ、そして尼君が気に掛けていたあの少女はどうしているだろうと思う。幼心に一途《いちず》に尼君を恋しがっているのではなかろうかと、はっきりとは覚えていないものの、亡き母に先立たれた時のことを淡く思い出し、心をこめてお悔やみの品や手紙を送った。その都度少納言がぬかりなく立派な返事を寄越《よこ》した。

三十日の忌みごもりも過ぎて、少女が京の邸《やしき》に戻ったと耳にし、しばらくたってから、光君は暇な夜に出かけた。見るからに荒れ果てていてひとけも少なく、幼い人はどんなにおそろしい思いをしているだろうと光君は思う。以前と同じ南の廂《ひさし》の間に案内され、少納言が尼君の亡くなった時の様子などを泣きながら話すのを聞くうち、他人《ひと》ごとながら光君ももらい泣きして袖を濡《ぬ》らした。

「父君の兵部卿宮《ひょうぶきょうのみや》が姫君をお引き取りになるというお話ですが、姫君の亡くなった母宮は、兵部卿宮の奥方は本当に意地悪で思いやりのないお方だと思っていらっしゃいました。そんなところに、まるきり幼いというわけでもありませんが、人の振る舞いや考えなど、まだはっきりとご理解になれないような、どちらともつかずのお年で、大勢いらっしゃるという宮家のお子たちにまざって、軽くあしらわれながら暮らすことになるのではないかと、お亡くなりになった尼君も始終心配しておりました。確かになるほどそうかと思うこともたくさんありますので、このようにもったいない、あなたさまのかりそめのお言葉は、後々の思《おぼ》し召しがどうなるのかはともかく、尼君亡き今本当にうれしく存じます。けれども姫君はあなたさまに似つかわしいような年齢ではございませんし、実際のお年よりずっとあどけなくお育ちですので、まったくどうしていいものやら困り果てております」

少納言の話を聞いて、光君は言う。

「これほど幾度もくり返し打ち明けている私の気持ちを、どうして素直に受け取ってくれないのですか。そのあどけないご様子が、本当にいとしくなつかしく思えますのも、前世からの格別な宿縁があるからだと私には思えてならないのです。やはり人づてではなく、じかに私の気持ちを申し上げたい。

あしわかの浦にみるめはかたくともこは立ちながらかへる波かは

（姫君にお目にかかることが難しかろうとも、このまま寄せては立ち返る波のように私が帰るとお思いですか）

このまま帰すなんて、あんまりでしょう」

「本当に、畏れ多いことでございます」と少納言は言う。

「寄る波の心も知らでわかの浦に玉藻《たまも》なびかむほどぞ浮きたる

（打ち寄せる波のようなあなたさまのお気持ちを確かめもせず、和歌の浦でうつくしい藻

――姫君が波になびくとしましたら、あまりに先行きが頼りないことでございます）

仕方がございません」

と言う少納言が前より打ち解けて見えるので、光君は少々大目に見ようかと思い、

「人知れぬ身はいそげども年を経てなど越えがたき逢坂《あふさか》の関（後撰集《ごせんしゅう》／人知れず気が急《せ》くけれど、何年たってもなぜ逢《あ》えないのだろう）」から、「なぞ越えざらむ（絶対逢ってやろう）」とつぶやいている。

それを若い女房たちはぞくぞくするような気持ちで聞いた。

その姫君は、亡き尼君を恋しがって泣きながら眠ってしまったが、遊び相手の女童《めのわらわ》たちが、「直衣《のうし》を着た人がいらっしゃいましたよ。父宮がおいでなのでしょう」と言うので、起きて、

「少納言、直衣を着ている人はどこなの。父宮がいらっしゃったの？」と近づいてくる。その声がなんとも言えずかわいらしい。

「父宮ではありませんよ。でも、私もまた近しくしてもらっていい人間だ。こっちにいらっしゃい」

と言う声を聞き、あのご立派だったお方だと、姫君は幼心に理解して、まずいことを言ってしまったと思い、少納言にぴたりとはりつき、

「もう行こうよ、眠たいもの」と言う。

「今さらどうしてお逃げになろうとするの。私の膝の上でおやすみなさいな。もう少しこちらにいらっしゃい」と光君が言うと、

「ですから申し上げましたのです、まだこんなに頑是《がんぜ》ないお年頃でいらっしゃいますと」

そう言って少納言は姫君をそっと光君のほうに押しやった。姫君はそこにおとなしく座りこむので、光君は御簾《みす》に手を差し入れてさぐってみる。姫君のやわらかな着物に、つややかな髪がふさふさと掛かっているのに手が触れる。驚くほどみごとな髪に思える。光君に手をつかまれた姫君は、知らない人がこんなふうに近寄ってくるのは気味悪く、おそろしく感じ、

「眠たいって言っているのに」

と逆らって逃げようとする。その隙に光君はするりと御簾の内側に入ってしまった。

「これからはおばあさまのかわりに私があなたをかわいがってあげる。そんなふうに嫌がらないで」

「まあ、嫌ですわ、あんまりでございます。何をお言い聞かせなさっても、その甲斐もございませんでしょうに」と、困り果てた様子の少納言に、

「いくらなんでもこんなに幼い人を、私がどうかするとでもお思いですか。どうか世間に例のないこの愛情を終わりまで見届けてください」と光君は言う。

霰《あられ》が降ってきて風も荒くなり、おそろしい夜になってきた。

「どうしてこんなに人も少ないところで、心細くお暮らしになっているのですか」と光君は泣き、とてもこのままにしてはいられないと見るや、「格子《こうし》を下ろしなさい。今夜はおそろしい夜になるから私が宿直人《とのいびと》になろう。みんな近くに来るがいい」と言い、しれっとした顔で御帳台《みちょうだい》の中にまで入ってしまう。これはとんでもないことになったと女房たちは茫然《ぼうぜん》としてその場に控えている。少納言は、たいへんなことになってしまったと気が気ではないけれど、声を荒らげて咎《とが》めるわけにもいかず、ため息をついて座っている。姫君は、いったい何が起きたのかと脅《おび》えて震え、いかにもう

つくしい肌もぞくぞくと粟立《あわだ》つような様子なのを、光君はいとしくいじらしく思い、単衣《ひとえ》だけで姫君をすっぽりと包みこみ、これは確かに尋常ではない振る舞いだと自覚しながらも、心をこめてやさしく話しかける。

「さあ、私のところへいらっしゃい。きれいな絵もたくさんあるし、お人形遊びもできますよ」

気を引くようなことを言う光君に、幼いながらも姫君は心惹かれ、そうひどくおそろしいわけではないが、それでもさすがに気味が悪くて眠れそうになく、もじもじしながら横になっている。

風は夜中じゅう吹き荒れた。

「こうして源氏の君がいてくださらなかったら、どんなに心細かったかしら」

「どうせなら、お似合いのお年頃でいらしたらよかったのに」

と女房たちはささやき合っている。少納言は心配で、御帳台のすぐわきに控えていた。

風がいくらか弱まり、光君はまだ暗いうちに帰ろうとする。……それもなんだか恋人のところから帰るみたいなのですが……。

「本当においたわしく思っておりましたが、これからはいっそう、姫君がかたときも忘れられなくなるでしょう。明けても暮れても私がもの思いにふけって、さみしく暮らしているところに、お連れいたしましょう。こんな心細いところで、どうしてお過ごしになられようか。よくこわがらずにいらしたものだ」

「父宮の兵部卿宮さまもお迎えに、とおっしゃっていましたが、尼君の四十九日が過ぎてからにしていただこうと思っております」と少納言は言う。

「実の父君は頼りになるだろうが、ずっと別々に暮らしてこられたのだから、姫君はこの私と同じようによそよそしくお感じになるでしょう。私は今夜はじめてお目に掛かったのだが、私のけっして浅くない気持ちは、父君に負けないと思いますよ」と光君は言いながら姫君の髪を掻き撫で、後ろ髪を引かれるようにしながら帰っていった。

空一面に霧がかかり、いつもとは異なる風情であるのに、その上、霜が真っ白に降りている。もしふつうの恋愛の後ならばこんな朝帰りももっと趣深いだろうに、なんだかもの足りなく感じる。そういえばこのあたりに、内密で通う家があったと思い出し、お供の者に門を叩《たた》かせるけれど、返事はない。仕方なく、お供たちの中で声のいい者にうたわせる。

朝ぼらけ霧立つ空のまよひにも行《ゆ》き過ぎがたき妹《いも》が門《かど》かな

（明け方の空に霧が立ちこめて、あたりの見分けがつきませんが、素通りしがたいあなたの家の門です）

と、くり返し二度ばかりうたわせると、門の中から品のある下女が出てきて、

立ちとまり霧のまがきの過ぎうくは草のとざしにさはりしもせじ

（霧の立ちこめたこの家の垣根のあたりを素通りできかねるのでしたら、門を閉ざすほど生い茂った草など、なんの妨げにもならないでしょう）

と詠み返して、引っこんでしまう。それきりだれも出てこないので、このまま何もなく帰るのも風情がないが、空もだんだん明るくなってきて、人に見られたら恰好悪いと光君は二条院に帰っていった。そしてかわいらしかった姫君の、忘れられない面影が恋しくて、ひっそりと思い出し笑いをしながら横になった。

日が高く上ってから光君は起き出してきて、姫君に手紙を送ろうとするが、いつもの、朝帰りし

た時に相手に送る手紙とは、まったく勝手が違うので、筆を幾度も幾度も置いては、また手にして書き、きれいな絵をいっしょに送った。

ちょうどその日、姫君の邸に兵部卿宮がやってきた。この数年よりもすっかり荒れ果てて、仕える人も一段と少なくなって広々とした古い邸はずいぶんさみしい様子である。兵部卿宮は邸を見渡して、

「こんな荒れさびれたところで幼い人が、どうして少しのあいだでも暮らせよう。やはりあちらの邸に移ったほうがいい。いや、気兼ねのいるようなところではないのだよ。乳母は部屋をかまえてお仕えすればよいし、あちらには年若い姫君たちもいることだから、いっしょに遊んでたのしく暮らしていけるだろう」と言う。

兵部卿宮が姫君を近くに来るように呼ぶと、あらわれた姫君の着物に染みこんだ光君の移り香が漂う。

「これはいい匂いだ。けれどお召し物はすっかりくたびれているね」と、宮は痛々しく思って言う。

「これまでずっと、病気がちのお年寄りといっしょに暮らしているから、時々は私の邸にも遊びにきて、私の妻ともなじんでほしいと言ってきたのだが、こちらでは妙に嫌がって……そんなだから妻もおもしろく思わなかったようだ。尼君が亡くなった今になって、いよいよ本邸に連れていくのも気の毒なようだが……」

「いいえ、そちらにお移りになるには及びません。お心細いけれど、しばらくはここでお暮らしになりましょう。いくらか分別がおつきになりました頃にお移りなさるのが、いちばんようございましょう」と少納言の乳母は言う。「夜も昼も尼君を恋しがっていらして、ちょっとしたものもお召し

上がりになりません」

確かに姫君はひどく面やつれしているが、かえって気品にあふれてうつくしく見える。

「なぜそんなに悲しむのか。亡くなった人のことはもうどうすることもできないのだ。父であるこの私がついていますよ」と宮はなだめる。

日が暮れて、宮が帰ろうとすると心細く思うのか泣き出し、宮もついもらい泣きをしてしまう。

「そんなに思い詰めてはいけないよ。今日明日のうちにお迎えにきますからね」と何度もなだめて、帰っていった。

父宮が帰ってしまい、姫君は悲しみの紛らわしようもなく泣き続ける。この先自分がどうなるのかなどと考えているわけではない。ただずっとかたときも離れずにいっしょだった尼君が亡くなってしまったと思うと悲しくてたまらず、幼心にも胸がふさがれる思いである。以前のように遊ぶこともなくなって、昼はまだなんとか気も紛らわせているが、夕暮れになるとひどくふさぎこんでしまう。これでは、これからどのように過ごしていけばいいのかと、なぐさめることもできずに少納言もいっしょに泣いた。

光君はその夕方、姫君の邸に惟光《これみつ》を使いに出した。

「私が参上すべきなのですが、宮中からお召しがありました。姫君のおいたわしいご様子を拝見しまして、どうにも気に掛かったものですから」と、惟光に伝えさせ、宿直人も遣わせた。

「まったく情けないことです。ご冗談だったにしてもご結婚というのでしたら、ご縁組の最初には三夜は通ってくださるはずが、こんな冷たいお仕打ちをなさるとは。父宮さまがこのことをお耳にされましたら、おそばの者たちの不行き届きとお叱りを受けましょう。けっしてけっして、何かのはずみにも源氏の君のことをお口にはされませんよう」

と少納言は言い聞かせるが、姫君がなんとも思っていないようなのは張り合いのないことである。少納言は惟光相手にあれこれと悲しい話をしてから、言った。

「これから先のいつか、源氏の君とのご宿縁も逃れがたいものになっていくのかもしれません。けれど今は、どう考えてもまるで不釣り合いなことと思いますのに、源氏の君の不思議なほどのご執心と、そのお申し出も、いったいどんなお考えがあってのことなのか見当もつかず、思い悩んでおります。今日も父宮さまがいらっしゃって、『心配のないように守ってほしい。軽率な扱いをしてくれるな』と仰せになりました。私もそれでたいへん気が重くなりまして、あのような酔狂なお振る舞いもあらためて気に掛かるのでございます」

昨夜、光君と姫君に何があったのか惟光が不思議に思うといけないと思い、光君の訪れがないことの不満は言わないでおいた。

惟光も、いったいどういうことになっているのか、合点のいかない思いで戻り、事の次第を報告した。光君も姫君のことを思い、惟光を使いにやったことを申し訳なくも思うのだが、三夜続けて通うのはさすがにやりすぎのように思えたのである。世間に知られたら、身分にふさわしくない奇異な振る舞いだと思われるかもしれないと憚る気持ちもあった。いっそ、こちらに引き取ってしまったらどうだろうと思いつく。幾度も手紙を送った。日暮れになると、いつものように惟光を遣わせる。

「いろいろと差し障りがありまして、そちらに参上できませんのを、いい加減な気持ちと思いでしょうか」などと手紙には書いた。

「兵部卿宮さまが、急だけれど明日お迎えにあがるとおっしゃいましたので、気ぜわしくしております。今まで長年住み慣れたこのさびしいお邸《やしき》を離れるのも、さすがに心細く、女房たちもみな取り乱しております」と少納言は言葉少なに伝え、ろくに相手をすることもなく、着物を縫ったりとあれこれ忙しそうにしている。惟光は仕方なく戻っていく。

光君は左大臣家にいたけれど、例によって女君（葵の上《あおいうえ》）はすぐにはあらわれない。光君はおもしろくない気持ちで和琴《わごん》を軽く掻き鳴らし、「常陸《ひたち》には　田をこそ作れ」と風俗歌を優雅な声で口ずさんでいる。戻ってきた惟光を呼び、邸の様子を訊いた。これこれと次第を聞き、まずいことになったと光君は思う。兵部卿宮《ひょうぶきょうのみや》に引き取られてしまえば、そこからわざわざこちらに迎えるのも好色めいたことになってしまうし、年端もゆかぬ少女を拐《かどわ》かしたと非難されるだろう、ならば宮の邸に移る前に、しばらく人にも口止めをして二条院に引き取ろうと決意する。

「明け方にあちらに行こう。車の支度はそのままにしておいて、随身《ずいじん》をひとり二人待機させておいてくれ」と言うと、惟光は了解した。

いったいどうしたらいいものか、と光君はあれこれ考えをめぐらせる。世間に知られたらなんと好色な、と思われるに違いない。せめてあの姫君が男女のことを理解するほどの年齢だったなら、情が通い合ったのだろうと世間も思うだろうし、そうしたことならよくあるのに。それに、連れ出してしまった後で兵部卿宮に知られたら、こちらも恰好がつかない、言い訳も立たないことだろう。けれども、それでこの機会を逃してしまったら悔やんでも悔やみ切れない……。そして明け方、まだ暗いうちに光君は左大臣家を出ることにした。女君はいつも通り気を許すことなく、不機嫌である。

「二条院に、どうしても片づけなければならない用事を残してきたことを、思い出しました。終わったらすぐに戻ってきます」と光君は女君に言って出かけたので、お付きの女房たちも気づかないのだった。

光君は自分の部屋で直衣に着替え、惟光だけを馬に乗せて出発した。

門を叩かせると事情を知らない者が開けたので、車をそっと邸内に引き入れさせる。惟光が妻戸を叩き、咳払《せきばら》いをして来訪の旨告げると、少納言の乳母があらわれる。

「源氏の君がおいでになっていらっしゃいます」と惟光が言うと、

「姫君はお休みになっております。いったいどうしてこんな暗いうちにお出ましなのでしょう」どこかからの朝帰りのついでなのだろうと思いながら少納言は訊《き》いた。

「父宮のお邸《やしき》に移られると聞きました。その前に申し上げておこうと思いまして」と言う光君の真意をはかりかね、

「何ごとでしょう。こんな夜明け前ですから、姫君もさぞやはきはきお答えになることでしょうね」と少納言は冗談を言って笑っている。

光君はそれを無視して奥へと入ってしまうので、

「年長の女房たちがあられもない恰好で寝ておりますので」少納言はあわてて止める。

「まだお目覚めではないでしょうね。なら、目を覚ましていただきましょう。こんなにすばらしい朝露を知らないで眠っているなんてことがあるものかしら」

と、光君は御帳台にすっと入ってしまうので、少納言は「ちょっと」と止めることもできない。何も知らずに眠っている姫君を光君は抱いて起こす。目を覚ました姫君は、寝ぼけながら、てっき

り父宮が迎えにきたものだと思いこんでいる。姫君の髪をやさしく撫でて、

「さあ、いらっしゃい。父宮のお使いで参上しましたよ」と光君が言うと、父その人ではないとようやく気づいて姫君は驚き、恐怖を覚える。

「こわがるとは情けないな。私だって父宮と変わりはないよ」

姫君を抱いて御帳台から出てくる光君を見て、惟光も少納言も「いったいなんということを」と声を上げた。

「こちらにはしょっちゅう参ることもできずに気掛かりだから、気やすいところにお迎えしようと申し上げたのに、情けないことにあちらにお移りになるとのこと。そんなことになったらいっそうお話ししにくくなってしまう。さあ、だれかひとりお供しておくれ」

光君は言い、気の動転した少納言は、あわあわと言い連ねる。

「今日は、でも本当に都合が悪いのでございます。父宮さまがこちらにおいでになりましたらどのように申し上げたらいいのでしょう。そのうちいずれ、そうなりますご縁がありましたら自然とそうなりますでしょう、でも今はなんの用意もない突然のことですので、お仕えする私たちも困ってしまいます」

「ではいい。女房たちは後からでも来たらよろしい」光君は言い捨てて、車を呼ぶ。邸の者たちは一同驚きあきれて、どうしたものかと途方に暮れる。様子が変だと気づいて姫君も泣き出す。どうにも止めようがないと心を決めた少納言は、昨晩縫った姫君の着物を手にし、自分も適当な着物に着替えて車に同乗した。

二条院はそう離れてはおらず、着いた時にはまだ明るくなりきってはいなかった。寝殿の西の対《たい》

に車を寄せ、光君は降り、それからじつに軽々と姫君を抱き上げて車から降ろした。

「まだ夢を見ているようでございます。どうしましたらよろしいのでしょうか」おろおろと言う少納言に、光君は、

「それはあなたの気持ち次第だ。ご本人はもうお連れした。あなたが帰りたいというなら送りますよ」と言い放つ。仕方なく車を降りるが、あまりにも急なことで、呆然《ぼうぜん》としたまま胸の鼓動もおさまらない。兵部卿宮がどんなにお怒りになり、お叱りになるか……それにしても姫君はいったいどうなる運命でいらっしゃるのか……とにもかくにも頼りにする母君にも尼君にも先立たれてしまったのがご不運なのだ……そんなことを思っていると涙がとめどなくあふれてくるが、さすがにあたらしい生活のはじまりに泣き暮れるのは縁起でもないので、なんとかこらえた。

西の対の部屋はふだん使っていないので、御帳台も何もない。光君は惟光に命じ、御帳台、屏風《びょうぶ》などを部屋のあちこちにしつらえさせる。几帳《きちょう》の帷子《かたびら》を下ろし、御座所《おましどころ》を整えさせると、東の対の自分の部屋から夜具を持ってこさせ、寝支度をする。姫君はおそろしく、どうなるのかもわからずに震えているが、さすがに声を立てて泣くようなことはできず、「少納言といっしょに寝たい」と言うその声が、なんともじつにあどけない。

「もうそんなふうに、乳母とお休みになってはいけませんよ」と光君に言われ、すっかり心細くなって姫君は泣き伏してしまう。少納言は横になる気にもなれず、無我夢中の思いで目を開けていた。

空がだんだん白んできて、少納言は部屋を見まわした。御殿の造りや部屋の装飾はいうまでもなく、庭の白砂も玉を敷き重ねたように見えて、どこもかしこも光り輝くようだ。あまりの立派さに少納言は自分など場違いだといたたまれなく感じるが、幸い、この西の対には女房たちは控えては

いない。ときたまやってくる客人のための部屋だったので、御簾の外に男たちだけが詰めているのである。どうやら女性をお迎えになったらしいと耳にした人たちは、「どなたなのだろう。ご自宅にお迎えになられたのだから、たいへん深く愛していらっしゃるに違いない」とひそひそ噂している。

朝の洗面の支度や朝食の粥《かゆ》などが運ばれてくる。日が高くなってから起きた光君は、「女房がいなくては不便だろうから、しかるべき人を夕方になってから呼び集めたらいい」と言い、東の対に女童たちを呼び集めた。「ちいさい者だけ、とくべつに集めるように」とのことだったので、じつにかわいらしい姿の童が四人やってきた。

着物にすっぽりとくるまって寝ている姫君を無理に起こして、

「これ以上私に情けない思いをさせないでおくれ。いい加減な男が、こんなふうに親切にするものか。女は素直がいちばんですよ」などと、もう教育をはじめている。姫君の顔かたちは、離れて見ていたよりも、ずっとうつくしく気品に満ちている。光君はやさしくあれこれと機嫌をとりつつ、うつくしい絵やおもちゃなどを持ってこさせ、姫君の気に入るようなことをいろいろとやって見せる。ぐずぐずと起き出した姫君はその絵などを見るが、よれよれになった鈍色《にびいろ》の喪服を着て無邪気に笑っているその姿があまりにもかわいらしく、眺めている光君もつい頬をゆるめる。

光君が東の対に行ったので、姫君は部屋の端まで行って庭の木立や池のほうをのぞいてみた。霜枯れの植えこみは絵に描いたように趣深く、見たこともない四位、五位の人々が、それぞれ黒や緋《ひ》の着衣の色を交えて、ひっきりなしに出入りしている。本当にすばらしいお邸なんだわ、と姫君は思った。屏風など、心惹かれるような絵が描かれているのを見ながら気持ちを紛らわせているのも、なんともあどけないことである。

光君は二、三日参内《さんだい》もせず、姫君をなつかせようとずっと相手をしている。そのままお手本になるようにというつもりなのか、手習いや絵をあれこれ描いては姫君に見せている。とてもみごとなものがたくさん描き上がった。

「知らねども武蔵野といへばかこたれぬよしやさこそは紫のゆゑ（古今六帖／武蔵野と聞いたけれど恨み言も言いたくなる。それも武蔵野は紫草ゆかりの野だから）」という古歌を、光君は紫の紙に、墨の跡もみごとに書きつけた。姫君はそれを手にとってじっと眺める。脇にちいさく
ねは見ねどあはれとぞ思ふ武蔵野の露分けわぶる草のゆかりを
（まだともに寝ることはできないけれど、いとしくてならない。武蔵野の露を分けかねている草（藤壺《ふじつぼ》）の、そのゆかりの人が）

と書いてある。

「さあ、あなたも書いてごらん」と光君は言うが、

「まだ上手には書けません」姫君は光君を見上げて答える。その様子もじつにかわいらしく、光君はついほほえむ。

「下手だからといってまったく書かないのはよくありません。教えてあげよう」

それを聞いて姫君は横を向いて隠しながら何か書きつけるが、筆をとるその姿があどけなく、光君はひたすらいとしさを覚え、その自分の心が自分でも奇妙に思えてくる。

「書き損ないました」と姫君が恥ずかしがって隠そうとするのを、光君は無理に見てみる。

かこつべきゆゑを知らねばおぼつかないかなる草のゆかりなるらむ

（恨み言をおっしゃるそのわけを知りませんから、なんのことだかわかりません。どんな草
のゆかりなのでしょう）

と、まだ幼くはあるが、将来の上達が目に見えるほどふくよかに書いてある。亡くなった尼君の字に似ていた。今風の手本で習ったなら、きっと上手になるだろうと光君は思う。人形なども、わざわざ家をたくさん作っていっしょに遊んでいると、この上ない気晴らしである。

あちらの邸に残った女房たちは、兵部卿宮がやってきて姫君の行方を問い詰めても、なんとも答えることができず困り果てた。しばらく人に知らせないでおこうと光君も言っていたし、少納言もぜったいに口外しないようにと言っていた。少納言が姫君さまをどこかわからないところにお連れしてお隠ししたと、困ったあげく女房たちは答えた。

仕方がないと落胆した兵部卿宮は考える。亡くなった尼君も、本邸に姫君が引き取られることをひどく嫌がっていたから、少納言は出過ぎた考えから、一途に思い詰めてしまったのだろう。お渡しするのは困りますなどと穏やかに言えばいいものを、そうも言わずに自分の一存で姫君を連れ出して、行方をくらましてしまったのだな……。どうすることもできず、兵部卿宮は泣く泣く帰っていった。

「もし行方がわかったら知らせなさい」と言われても、女房たちは迷惑に思うばかりだった。兵部卿宮は、北山にいる僧都にも行方を尋ねてみたが、どこにいるかはわからずじまいである。もったいないほどだった姫君のうつくしい器量を恋しがり、兵部卿宮は胸を痛めた。その妻も、姫君の母だった女を憎いと思う気持ちも失《う》せて、姫君を自分の好きに扱ってやろうと思っていたあてが外れて、残念に思うのだった。

西の対にはだんだん女房たちが集まってきた。遊び相手の女童や幼い子どもたちは、姫君と光君が、世にも珍しく若々しい二人なので、屈託もなくいっしょになって遊ぶ。姫君は、光君のいない夕暮れなどはさみしがり、亡き尼君を恋しがって泣くこともあるが、父宮のことをとくに思い出すことはない。もともといっしょに暮らしていたわけではないからだ。今はただ、このあたらしい親にたいそう慣れ親しんでいる。光君がよそから帰ってくると真っ先に出迎えて、あどけなく相手をし、遠慮することも気詰まりに思うこともなく、光君の懐に抱かれている。まだ夫婦ではないにせよ、それはそれとして、光君にはかわいくて仕方のない存在である。もう少し分別がついて、何かと面倒な関係になってしまうと、気まずくならないかと男も遠慮するし、女は女で恨み言を言いはじめたりして、思わぬ揉《も》めごとが起きてくるものだが、この姫君はまったくなんとかわいらしい遊び相手だろう。自分の娘でも、このくらいの年頃になれば、打ち解けて振る舞ったり、心置きなくいっしょに寝たりすることは、とてもしてはくれないだろう。まったくこれは、本当に風変わりな間柄のだいじな娘だ……と、光君は思っているようだ。

末《すえ》摘《つむ》花《はな》

さがしあてたのは、見るも珍奇な紅い花

荒れた垣根の向こうにすばらしい女君が、という思いが捨てられないようで……。
見なければよかった、ということも時にはあるようです。

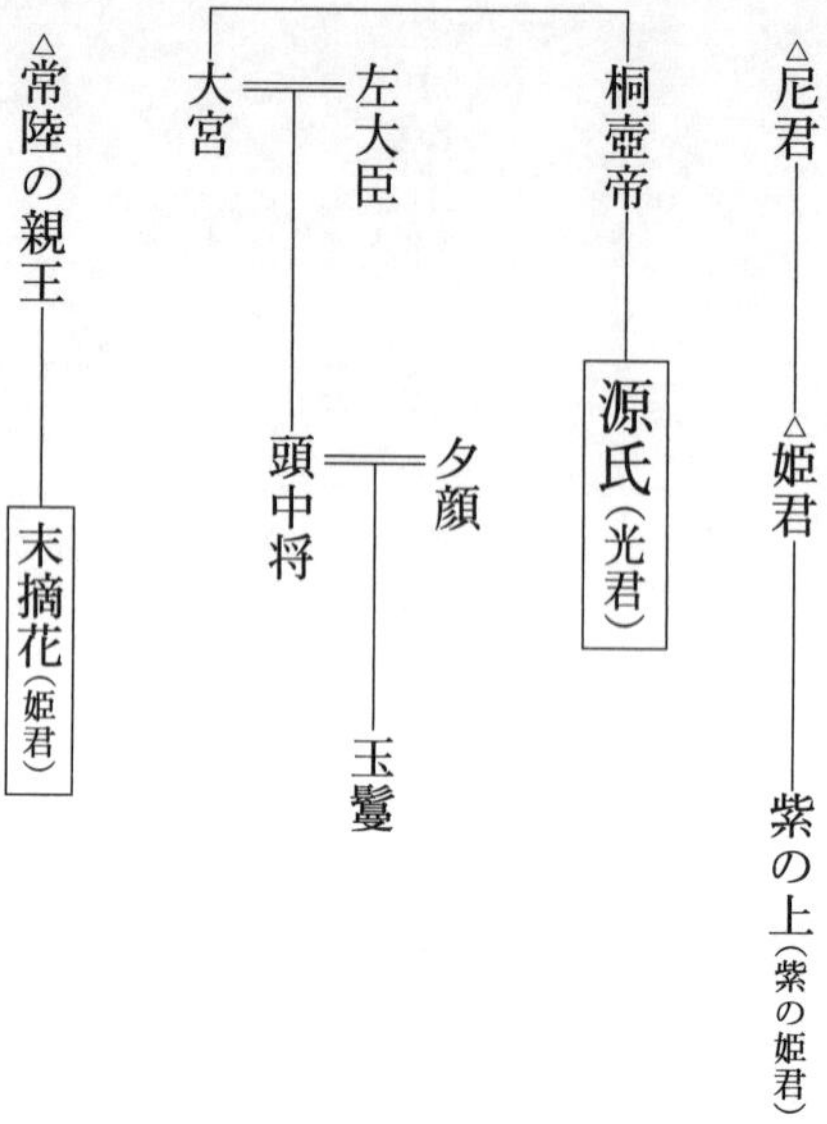

＊登場人物系図
△は故人

いくら思いを寄せても、なお飽きることのなかったあの人が、夕顔の露のようにはかなく消えてしまった悲しみを、月日がたっても光君《ひかるきみ》は忘れることができないでいた。あの女もこの女も、心を開いてくれない人ばかりで、気取り澄まして、たしなみの深さを競っているような有様だ。彼女たちと比べたら、心を開いて自分を信じ切ってくれたあの人の愛らしさを、光君は恋しく思うのである。

どうにかして、そんなに大層な身分の家の娘ではなく、本当にかわいらしくて心を許せる人を見つけられないだろうかと、光君は性懲りもなく思い続けている。なので、少しでもすばらしい女君がいるという評判があると漏らさず聞きとめて、この人こそは、と思えるところには、ほんの一筆でも恋文を送っているようだ。けれども、それになびかずそっけなくしている女はまずいない……というのもおもしろみはないけれど、いつものこと。とはいえ、なかなかなびかない気の強い女は、薄情で生真面目で、ものごとの機微がわからない。それでいてその生真面目さを最後まで貫くかといえばそうでもなく、意地も誇りもかんたんに捨てて、たいしたことのない男の妻におさまってしまう女もいるので、光君のほうから途中で手を引いてしまうこともあった。

あの最後まで強情だった空蟬《うつせみ》を、何かの折に光君は忌々《いまいま》しく思い出す。軒端荻《のきばのおぎ》にも、適当な機会があると手紙を書き送ることもあるようだ。灯火に照らされたしどけない彼女の姿を思い出し、またあんなふうな恰好《かっこう》を見たいものだと思うこともある。結局のところ、光君はかかわりのあった女たちを忘れるということができないのであった。

左衛門《さえもん》の乳母《めのと》という、光君が大弐《だいに》の乳母の次にたいせつに思っている者がいる。その左衛門の乳母には娘がいて、これを大輔命婦《たいふのみょうぶ》という。宮中に仕えており、父親は皇族の血を引いた兵部大輔《ひょうぶのたゆう》という役人である。命婦はたいへんな浮気者であるがおもしろいところもあるので、光君はよく呼びつけて用事を言いつけたりしていた。

母の左衛門の乳母は筑前守《ちくぜんのかみ》と再婚をして、夫とともに任地に下っていったので、大輔命婦は父親の住まいを実家として宮中に出入りしている。

この命婦が、ある時何かの拍子に、亡き常陸親王《ひたちのみこ》が晩年にもうけて、それはそれはかわいがって育てた姫君が、親王の亡くなった後は心細く暮らしているらしいと光君に話した。

「それはかわいそうなことだね」と光君はその様子を熱心に聞き出す。

「姫君の顔かたちなど、くわしいことはわかりません。ひっそりとお暮らしで、ひどく人見知りをなさるようです。何か用事のある宵などは、几帳《きちょう》や簾《すだれ》などの向こうからお話をしてくださいます。琴《きん》がいちばん親しいお友だちとお思いのようですよ」命婦が言うと、

「『白氏文集《はくしぶんしゅう》』で三友といえば琴と酒と詩だが、酒は女の人には似合わないね」光君は昔の詩文を引いて笑い、「その琴を私に聴かせてくれないか。父親王は、音楽にはずいぶんと造詣の深いお方だったから、きっと姫君も並の腕前じゃないんだろう」

「そんなふうにあらたまってお聴きになるほどのものではないと思いますよ」と命婦は言う。

「やけにもったいぶるね。近いうちに、朧月夜《おぼろづきよ》の晩にこっそりと出かけよう。その時にはあなたも宮中を下がっておいでよ」

と光君が言うので、面倒なことになったと思いながらも、宮中でも用事の少ない、のんびりして静かな春の折、命婦は退出した。父の兵部大輔は再婚して他所《よそ》に移り住んでいたので、命婦は時々姫君の暮らす常陸宮《ひたちのみや》邸を訪れていたのである。命婦は、父と再婚したあたらしい母親となじめずに、姫君のお邸《やしき》をなつかしんで、父の住まいではなくここにやってくるのだった。

言葉通り、十六夜《いざよい》の月がうつくしい頃に光君は邸にやってきた。

「まあ、困りましたわ。琴の音が冴《さ》えて響くような夜ではございませんのに」と命婦は言うが、

「そう言わずに姫君のところにいって、ほんの一曲でも弾いてくれるようお勧めしておくれよ。何も聴かずに帰るのは忌々《いまいま》しいじゃないか」

と言われ、光君をふだんの自分の部屋に通して、何か失礼がないか、気掛かりにも、畏れ多くも思いながら姫君のいるところに向かった。姫君は、格子を上げたままで香り高く咲いている梅を眺めている。ちょうどいい折だと思った命婦は言った。

「お琴の音がどんなにすばらしく響くかと思える今夜の風情に心惹《こころひ》かれまして……。いつもお伺いしてもせわしなく失礼して、なかなかゆっくりとお聴かせいただけないのを残念に思っておりました」

「琴のよさをわかってくれる人がいるのですね。宮中に御出入りしている方に聴かせるほどのものではありませんけれど」

と何も知らずに常陸宮の姫君は琴を手に取る。光君がどうお聴きになるだろうと命婦はどきどきしはじめる。

姫君がかすかに弾いてみせるのを、なかなか風情があると思って光君は聴いた。それほど上手なわけでもないが、琴はもともと格式高い音色を出す楽器なので、けっして聞き苦しくはない。それにしてもあたり一面荒れ果ててさみしい邸である。常陸親王という方が、昔ながらのしきたりを崩さず、たいせつに育て上げただろうに、そのあとかたもないこの荒れた邸で、姫君はどれほどもの思いの限りを尽くしているのだろうか、と光君は思う。こんな荒れ果てたところにこそ、思いがけないほどうつくしい人が住んでいて、恋が生まれるといった話が物語にはよくあるのだし、何か言葉をかけて近づいてみようか。しかし姫君がぶしつけに思うかもしれないと気が引けて、それもためらってしまう。

命婦は気の利く女で、何かアラが出てしまう前に……と思い、

「空も曇ってきたようでございます。私のところにお客さまが来るとのことでした。あまりこちらにおりましては、避けているように思われますので、これで失礼させていただきます。そのうちゆっくりと……。御格子《みこうし》もお下げいたしましょう」

と琴を弾くのをやめさせて光君の元に帰ってくる。

「ずいぶん中途半端に終わったものだね。うまいかどうか聞き分ける間もないくらいだったよ。残念だな」と言う光君は、姫君に興味を持ったようである。「どうせなら、姫君の近くで立ち聴きをさせてよ」

しかし命婦は、光君がもっと聴きたいと思うところでやめておこうという心づもりなので、

「いや、どうでしょう。このような不自由なお暮らしで、心細そうに沈んでいらっしゃって、気の毒なほどのご様子ですから、心配ですし……」

と言う。

なるほど確かに、すぐにこちらも向こうも親しくなってしまうような人は、その程度の身分だということだ、ここの姫君はそうではなくて、本当にいたわしいほどの高い身分の方なのだ、と光君は納得し、「それなら、私の気持ちをそれとなく伝えてくれ」と言い含めた。

ほかにも約束していたところがあるのだろう、ひっそりと帰ろうとする光君に、命婦は言う。

「主上《おかみ》が、あなたさまは生真面目な堅すぎるお方だと心配していらっしゃいましたが、なんだかおかしく思えることがちょくちょくございます。でも今夜のようなお忍びのお姿は、主上のお目に留まるようなことはありませんでしょうね」

光君は立ち止まって笑う。

「ほかの人の言うようなことを言わないでほしいよ。この程度のことを浮気っぽいと言うのなら、だれかさんの色恋沙汰なんて弁解もできないだろう」

それを聞いた命婦は、光君はこの私をあまりにも浮気な女だとお思いになって、時々こんな皮肉をおっしゃる、と思って恥ずかしくなり、それ以上は何も言わない。

寝殿のほうに行けば、もしかして姫君の気配でも聞こえるのではないかと、光君はそっと部屋を出た。竹を編んだ透垣《すいがい》がわずかに残っている物陰のほうに立ち寄ると、すでにそこにだれかが立っている。だれだろう、ここの姫君に思いを寄せる好き者もいるのだなと思い、物陰に寄り添って隠れてみる。

そこに立っていた男は頭中将《とうのちゅうじょう》だった。夕方、光君とともに宮中を退出した頭中将は、君が左大臣家にも帰らず、自宅の二条院にも向かわず、別れていったので、いったいどこへ行くのだろうと気になって、自分にも行き先があるのに、光君の後をつけて様子をうかがっていたのである。頭中将があまり立派でない馬に乗って、身軽な狩衣姿《かりぎぬすがた》でやってきたので、光君は気づかなかったのである。光君が荒れ果てた邸に入っていくので、頭中将はわけもわからないまま、琴の音が聞こえてきて思わず耳を澄ませた。そうしているあいだに光君が出てくるのではないかと、心待ちにしていたのである。

光君は、その男がだれだかまだわからずに、自分の正体を知られまいと抜き足で立ち去ろうとした。そこへ男がすっと寄ってきて、言った。

「私を振り捨てて行ってしまったのが恨めしいから、お見送りしていたんだ。

もろともに大内山《おほうちやま》は出《い》でつれど入《い》るかた見せぬいさよひの月

（いっしょに宮中を退出したのに、十六夜の月のように行方をくらましてしまった）」

などと恨み言を言われるのは癪《しゃく》に障るが、それが頭中将だとわかると光君はなんだかおかしくなった。

「人を驚かせるにもほどがある。

里わかぬかげをば見れどゆく月のいるさの山を誰《たれ》かたづぬる

（どの里をもあまねく照らす月を仰いでも、その月が入っていく山まで、だれが尋ねていくだろう）」

「こんな具合に私が後をつけまわしたらどうする？」などと頭中将はからかうように言ってから、

続ける。「真面目な話、こんな忍び歩きにはお供の腕次第でうまく事が運ぶこともある。今後私を置いてきぼりにはしないほうがいいよ。身をやつしての忍び歩きには、ご身分にふさわしからぬ間違いも起こるかもしれないし」と忠告をする。

頭中将にいつもこうして見つけられてしまうばかりなのを、光君はくやしく思いながらも、あの夕顔の宿の撫子《なでしこ》（頭中将と夕顔の子）の行方を頭中将はまだ知らないが自分は知っているのだ、と手柄のように思い出す。

別れがたくなり、二人とも約束があったのにその人のところに行くこともせず、いい気分で同じ車に乗りこんだ。月が趣深く雲に隠れている夜の道を、二人は笛を吹きながら車を左大臣家へと向かわせた。先払いもさせず、こっそりと邸に入り、人目につかない渡殿《わたどの》で持ってこさせた直衣《のうし》に着替える。何気ない顔つきで、今着いたばかりのように二人で笛を吹き合っていると、左大臣は聴き流さずに自分も高麗笛《こまぶえ》を取り出した。笛に長《た》けている左大臣はじつにみごとに吹いてみせる。そればかりか琴も持ってこさせて、御簾《みす》の内でも、音楽に長けた女房たちに弾かせるのだった。

葵《あおい》の上《うえ》に仕える中務《なかつかさ》の君という女房はとりわけ琵琶《びわ》を得意としているが、冴えない顔つきで柱に寄りかかるようにしてうつむいている。というのも、頭中将が口説いても中務の君はなびかず、ただ光君がほんのときたま掛けてくれるお情けがうれしく、そればかりを慕わしく待っているのだが、邸中にそのことが知れ渡ってしまい、左大臣の妻、大宮もおもしろく思っていないのである。そのせいで気まずく、邸でも居心地《いごこち》悪いのだった。中務の君はいっそのことお暇をもらおうかとも思うのだが、光君の姿のまったく見えないところに離れていくのも心細く、あれこれと思い悩んでいる。

光君と頭中将は先ほど耳にした琴《きん》を思い出す。あのみすぼらしく荒れた住まいの様子を思い出しては、なかなか風変わりで趣があると思う。あんな荒れ果てたところにうつくしくて可憐《かれん》な人がひっそりとさみしく暮らしていたとして、見初めて胸が苦しいほど恋してしまい、世間でも噂《うわさ》になるほど見苦しく心を取り乱してしまうことになりはしないだろうか、と、頭中将はそんなことまで空想するのだった。光君が、あんなふうにただならぬ様子で訪ねていくことを思うと、とてもこのままですませはしないのだろうと、忌々しいような落ち着かない気持ちになるのだった。

そのうち、光君ばかりか、頭中将までが負けじと姫君に恋文を書くようになった。けれどどちらにも返事はなく、様子がまったくわからないので気に掛かるし、おもしろくない。「あまりにもひどい話じゃないか。ああいうわびしいところに住む人こそ、どれほど情緒をわかっているか、なんでもない草木や空模様を歌に詠みこんだりして、どんな人かが自然に感じられるような折々があってこそ、ますますいとしいと思えるものを……。いくら重々しい身分だからといって、こんなふうに引っ込み思案なのはおもしろくない。まったくよろしくない」と、頭中将は光君以上に苛立《いらだ》っている。頭中将はいつもの開けっぴろげな性分から、

「あの方からのお返事は見ましたか。私も試しに気持ちをほのめかしてみましたが、相手にされないままで終わってしまった」と光君に愚痴をこぼした。

やっぱり口説いたのだな、と光君はにやにやとして、

「さあ、しいて見ようとも思わないから、見たというわけでもないよ」と答えた。

さては光君には返事があるのかと頭中将は妬ましく思う。

一方、光君は、そんなに深く思っているわけでもなくて、こう無愛想に扱われるのでだんだん気持ちが冷めていたのだが、こうして頭中将がしきりに言い寄っているのを知って落ち着かない。女

は、言葉数が多く、口説き慣れた手紙のほうになびくものだ。その時に得意になって、先に言い寄った私をふったような顔をされたらたまったものではないと、命婦に真剣に相談を持ちかける。

「私の気持ちをどう思っているのかまったくわからないし、見向きもされないのが情けなくて仕方ないよ。いっときの浮気じゃないかと姫君は疑っているのだね。私はそんな移り気な人間ではない。相手のほうに私を信じようというおおらかな気持ちがないと、何かにつけておもしろくなくて、結局悪いのは私ということになってしまう。気の長い人で、あれこれ入れ知恵したり文句を言う親きょうだいもなく、心許せる人ならば、かえっていとしく思えるだろうに」

「あの、そのような風情あるお立ち寄りどころとしましては、あまりに不釣り合いで、とても無理ではないかと思います。姫君はただもう恥ずかしがりやで、内気という点では、世にも珍しいほどでございまして……」と命婦は自分の知っている姫君について話す。

「気も利かないし、才気もないと言うのだろう。しかし本当に純真無垢《じゅんしんむく》でおっとりしているのなら、そのほうがかわいらしいと私は思うよ」と、夕顔のことを思い出しながら命婦に言う。

わらわ病《やみ》にかかったり、胸に秘めた藤壺《ふじつぼ》への思いに気をとられたりと、光君の気持ちの休まることもないまま、春夏が過ぎていった。

秋になり、静かにもの思いにふけっていると、あの夕顔の宿で聞いた砧《きぬた》の音も、耳について聞き苦しかった唐臼《からうす》の響きまでもが、自然に恋しく思い出された。そんな折々に常陸宮邸に手紙を書き送っていたが、相変わらず返事はまったくない。ふつうの女ではないなと思い、不愉快ですらあるが、ここでやめたら負けだ、などと意地になり、命婦を責める。

「どういうことなんだ。本当にこんなこと、一度だって体験したことはないよ」と、不愉快な気分

そのままに伝えると、命婦もさすがに気の毒になり、

「お話にならないような不釣り合いなご縁だなどと、私は姫君に申し上げたこともありません。ただ姫君がとにかく遠慮深くていらっしゃるので、お返事することもできないのだと思います」と言う。

「それが世間知らずというものだ。分別もつかない年頃だとか、親がかりで自分の思うように振舞えない身の上だとかならば、そんなふうに恥ずかしがるのもわかるさ。姫君はちゃんといろいろなことを感じ、考えていらっしゃるのだろうと思うから手紙も差し上げているんだよ。私はいつもなんとなくさみしくて心細いんだ、親きょうだいのいない姫君が同じように心細い気持ちで返事をくださったら、それで本望なんだよ。あれこれと色恋めいたことではなくて、あの荒れた簀子《すのこ》に佇《たたず》んで話ができればいいんだ。こんなに無視をされてまったくわけがわからないから、姫君のお許しがなくてもあなたがなんとか逢《あ》わせておくれ。焦《じ》れて、不埒《ふらち》な真似をするようなことはけっしてないから」光君は懇願した。

相変わらず光君は世間の女たちの様子を何気なくいろいろと聞いていて、これはと思った人のことはとくに心に留めておく癖がある。何か話題のほしい宵の席で、ちょっとした話のついでにこんなお方がいらっしゃいますと話したばっかりに、こんなにも本気になってあれこれ言ってくるので、命婦も気が重い。姫君の有様も、女らしくもなく奥ゆかしくもない。なまじな手引きをしては、かえって姫君にお気の毒なことになってしまうかもしれない、とも思うけれど、光君がこうまで真剣におっしゃっているのを聞き流すのも、依怙地《いこじ》すぎるだろう。父宮が生きていらした時ですら、時代に取り残されたようなお邸だと、訪ねてくれる人もいなかったのに、まして今は、荒れ放題の庭

の浅茅《あさぢ》を分けて訪れる人など途絶えて久しい。そんなところに、世にも珍しいお方からすばらしいお手紙がたびたびくるのだから、しがない女房たちは相好《そうごう》を崩して「やっぱりお返事をなさいませ」と勧めるけれど、途方もなく内気な姫君は手紙に見向きもしないのである。

それなら都合のよい折に、ものを隔ててお話しなされればいい、その時お気に召さなければそのまま終わるだろうし、もしご縁があって光君が通うようなことになったとしても、咎《とが》め立てするような身内もいないのだからいいではないか。などと、浮気なお調子者の命婦は考えて、自身の父である兵部大輔にも、このようなことがありますなどと報告もしないでいる。

八月二十日過ぎのこと。夜更けまで待ってもなかなか月は出ず、星の光ばかりがきらめいていた。松の梢《こずえ》を吹く風が心細く聞こえてくる。姫君は昔のことを話しはじめて、時々涙ぐんでいる。ちょうどいい機会だと命婦が案内していたのか、光君はお忍びで常陸宮邸にやってきていた。ようやく月が出てきて庭を照らすが、荒れた垣根のあたりが気味悪い。そのあたりを光君が眺めていると、命婦に勧められて姫君が琴をかすかに掻《か》き鳴らすのが聞こえてきて、なかなか心をそそられるような趣である。しかし命婦は蓮《はす》っ葉《ぱ》な性分から、その控えめな琴の音に、もっと親しみのあるはなやかさがあればいいのにと焦れったく思う。

見咎めるような人のいない邸なので、光君は気兼ねなく邸内に入り、命婦を呼んだ。命婦は今はじめて光君の来訪を知ったような顔つきで口を開く。

「本当に困りましたわ。これこれとのことで源氏の君がお越しだそうです。常々、ご返事がないことをお恨みなさっているのを、私の一存ではどうにもできぬとの旨をお伝えし、お断り申していたのですが、直接ご自分から姫君に事の次第をちゃんとお話しになると以前からおっしゃるのです。

どうご返事申し上げましょう。ふつうの方の気軽なお出ましとは違いますから、すげなくお帰り願うのもお気の毒に思われます。何かを隔てて、おっしゃることをお聞きになったらいかがでしょう」

それを聞き、姫君は恥ずかしくてたまらなくなり、

「どのように人さまにご挨拶すればいいのかもわかりませんのに」と、奥へと後ずさる姿はじつに世慣れぬ様子である。命婦は笑って、説得する。

「本当に幼くていらっしゃるのが心配でなりません。たいそう尊い身分の姫君でも、ご両親がいらしてお世話なさっているあいだでしたら、世間知らずなのも仕方がありません。けれどもこんなに頼りない境遇ですのに、相変わらずどこまでも引っ込み思案なのは、お身の上にふさわしくありませんよ」

姫君は、さすがに強く言われると拒むことのできない性質なので、

「ご返事をしないで、ただ聞いていればよいとのことでしたら、格子などを閉めてからなら……」

と言う。

「簀子《すのこ》の間などにお通しするのは失礼でしょう。光君さまには、無理無体に軽々しいことをなさるお気持ちなどはございませんでしょうから」

などとじつにうまく説得し、母屋と廂《ひさし》の境にある襖《ふすま》に命婦みずからしっかり錠をかけ、光君のために座布団を敷き御座所《おましどころ》を整える。

姫君は本当に恥ずかしくてたまらないのだが、このような男性と応対する時の心構えなどまるでないので、命婦がこう言うのを、そういうものなのだろうと思って従っている。乳母《めのと》の老女は自室

に下がって横になり、宵だというのにうつらうつらしている頃である。二、三人いる若い女房たちは、世間で評判の光君をひと目見たいと思ってどきどきしている。命婦は、姫君をなんとか見られるような着物に着替えさせ、身なりを整えてやるが、肝心の本人は光君と逢うことをなんとも思っていないので、心をときめかせることもない。

男君は、この上なくうつくしいその姿を、目立たないように気遣っているが、やはりそのはなやかさは隠しようがない。「ものの風情のわかる人に見てもらいたいお姿なのに、こんなにぱっとしないお邸では、なんとお気の毒だろう……」と、その姿を見て命婦は思う。「でもまあ、姫君はおっとりしているからまず安心だ、出過ぎたことをなさったりはするまい」

光君からいつも責められていた命婦は、その責任逃れのために講じたこの策のために姫君がつらい思いをするのではないかと不安な気持ちでいる。

姫君の身分から考えてみれば、変に垢抜《あかぬ》けて気取っているのではなく、この上なく奥ゆかしい人なのだろうと光君は思っていた。命婦たちにしきりに勧められて、近くにいざり寄ってくる姫君の気配は静かで、香がなつかしく漂い、おっとりとした様子なので、果たして思った通りだと光君は思う。ずっと長いあいだ姫君を慕っていたと胸の内を言葉巧みに話し続けるが、手紙の返事すら書けない姫君が何か言えるはずもない。「弱りましたね」と光君はため息をつく。

「いくそたび君がしじまにまけぬらむものな言ひそと言はぬ頼みに

（いったい何度あなたの沈黙に負けたことでしょう。ものを言うなとおっしゃらないのを、せめてもの望みとして、お手紙を差し上げてきましたが）

いっそお嫌ならお嫌とおっしゃってください。どっちつかずなのは苦しいです」

女君の乳母子《めのとご》で、侍従《じじゅう》という才気走った若い女が、焦れて、とても見ていられずに、姫君のそばに寄ってかわりに返事をする。

「鐘つきてとぢめむことはさすがにて答《こた》へまうきぞかつはあやなき

（鐘をついて、もうこれで終わりとばかりにあなたさまのお話をお止めすることはさすがにできませんが、かといってお答えしにくいのは、我ながらよくわからないことでございます）」

と、侍従は若々しい声で、さほど落ち着いた感じではないのだが、姫君が答えているかのように口にした。ご身分のわりにはなんだかやけに馴《な》れ馴《な》れしいなと思うけれど、はじめてのお返事なので、

「かえって私のほうが口がきけなくなりますね。

言はぬをも言ふにまさると知りながらおしこめたるは苦しかりけり

（何もおっしゃらないのは、口に出す以上に深い愛情を持っていてくださるからだと思っていますが、黙ってお心に留めておかれるだけなのは、つらいことです）」

光君は、あれこれととりとめのないことを、冗談めかしたり、生真面目に言ってみたりするが、なんの手応えもない。またしても沈黙である。ふつうの女とはずいぶん違うようだし、きっと世間一般とは違う考え方をする人で、自分のことなどまったく問題にしていないのだろうと癪に障って、光君はそっと障子を押し開けて、奥の部屋に入ってしまう。

あらまあ、なんてひどい、と命婦は驚く。「焦れて、不埒な真似をするようなことはけっしてしないから」などとおっしゃって油断させなさって……。姫君を気の毒に思いながらも、素知らぬ顔

をして自分の部屋に引き上げる。そばに仕える女房たちは女房たちで、光君は類いまれなるすばらしいお方という評判を聞いているので、咎め立てすることもせず、大げさに嘆くこともしないでいるが、心の準備もいっさいないうちにこんなことになった姫君を、ただ心配している。

姫君本人は、我にもあらず、身の置き場もなくすくむような思いのほかは、何をどう考えていいのかまったくわからないでいる。はじめはこういうふうなのがいじらしいのだ、と光君は考える。これまで男女のことも知らず、たいせつにお世話をされてきたお方なのだから、と大目に見るものの、何か腑《ふ》に落ちないところがあり、なんとなく気の毒にも思える。……この姫君のどこに心惹かれたりするでしょう。ついため息を漏らし、まだ暗いうちに光君は帰っていく。

命婦は、いったいどうなっただろうと一睡もできず、横になったまま聞き耳を立てていた。光君が帰っていくのに気づいても、知らないふりを通そうと、「お見送りしなさい」と女房たちに注意することもない。光君も目立たないようにして邸を出る。

二条院に帰った光君は横になり、やはり期待に添うような女はいないものだな、と考えている。先ほどの姫君のけっして軽くはない身分を思うと、これっきりというわけにもいかないし、とあれこれと思い悩む。そこへ頭中将があらわれて、

「ずいぶん朝寝坊なんですね。何かわけがありそうだなあ」と言うので、光君は起き上がった。

「気楽なひとり寝なものだから、うかうかと寝坊してしまった。宮中からかい？」

「ああ、下がってきたばかりだよ。今日は、十月の朱雀院《すざくいん》の行幸《ぎょうこう》の際の、楽人《がくにん》や舞人《まいびと》を選ぶことになったから、父の左大臣にも伝えようと思って退出したんだ。またすぐに宮中に戻らなければならないんだがね」と、いかにも忙しそうにしている。

「なら、いっしょに行こう」

光君は言い、頭中将にも勧めてともに朝食を食べ、二台の車の用意があったが一台に同乗する。

「まだまだ眠そうだな」頭中将はからかうように言い、「私には秘密のことがいろいろあるみたいだね」と恨み言を言う。

その日は取り決めることが多くて、光君もまる一日宮中にいた。

はじめて逢った女の元には翌朝、後朝《きぬぎぬ》の文《ふみ》を送り、それから三日間続けて訪れるのが作法であるが、光君はもう通う気持ちもない。それではあまりにも姫君が気の毒だからせめて文だけでもと思い、夕方になってようやく送った。雨が降り出してきて、出かけるのも億劫《おっくう》になり、常陸宮邸で雨宿りをしようという気にもなれないでいた。常陸宮邸は、後朝の文を今か今かと待つ時刻も過ぎてしまい、命婦も、なんと気の毒なことになってしまったかと心を痛めていた。当の姫君自身は、昨夜のことを思い出しては恥ずかしさでいっぱいになり、朝来るべき手紙が日暮れになってようやく来たというのに、それが失礼であることもわからないのだった。

「夕霧《ゆふぎり》のはるるけしきもまだ見ぬにいぶせさそふる宵《よひ》の雨かな

（夕霧《ゆうぎり》の晴れる気配も見えないように、あなたが心を開いてくださる様子も見えません。その上、今宵《こよい》の雨にいっそう私の気持ちは滅入るばかりです）

晴れ間を待つあいだは、どんなに焦れったいでしょう」

と、手紙にはあった。光君が訪ねてこないことを知り、女房たちは胸がつぶれる思いだが、

「やはりご返事なさいませ」とみんなで勧める。けれども姫君は、あれこれと思い悩んでいて、型通りの言葉を連ねてなんとかかたちにすることすらもできずにいる。これでは夜も更けてしまいま

すと言い、例の侍従が教えて歌を詠ませる。

　晴れぬ夜の月待つ里を思ひやれ同じ心にながめせずとも

（晴れぬ夜に月の出を待つ里のように、わびしい思いであなたさまのお出《い》でをお待ちしている私の心をお思いやりください。たとえこの私と同じお気持ちではなくとも）

女房たちにやいやいと言われ、もとは紫色だったがすっかり色あせた紙に、さすがにしっかりしているが少々古めかしい筆跡で、きっちりと上下を揃えて姫君は書きつけた。

姫君からの文を受け取った光君は、がっかりしてそれを捨て置いた。今夜訪ねていかないことを姫君はどうお思いになるだろうかと考えると、さすがに落ち着かない気持ちになる。こういうことをまさに後悔というのだろうなと思ってみても仕方がない。それでも自分は見捨てずずっと世話を続けていくのだろうなと光君は思うが、そんなことを知らない姫君や女房たちはただひたすらに嘆いている。

夜になり、宮中から退出する左大臣に誘われて、光君も左大臣家にやってきた。みな朱雀院の行幸の儀をたのしみにしていて、左大臣の子息たちも集まるとその話をしたり、めいめいに舞などの稽古をしたりするのが日課になり、日が過ぎていく。さまざまな楽器の音がいつもより騒がしく鳴り響き、いつもの合奏とは違い、みな競い合って大篳篥《おおひちりき》や尺八などを高らかに鳴らし、大太鼓まで高欄《こうらん》の下に転がして寄せ、子息たちが自身で打ち鳴らしてたのしんでいる。やはり忙しい光君だが、どうしても忘れることのできない女君の元へは暇を盗んでこっそりと出かけている。あの常陸宮の姫君の元には足を向けることもないうちに、秋も暮れてしまった。

朱雀院の行幸が近づいてきた。舞や音楽の予行演習だと騒いでいる頃に、命婦が宮中に参上した。

「どうしておられますか」と訊《き》く光君は、姫君を気の毒だとは思っているのだった。

「本当にこのようにつれないお仕打ちでは、そばで拝見している者もつらくてやりきれません」などと命婦は今にも泣かんばかりである。姫君を奥ゆかしいお方だと思わせておく程度に留め、それですませようと命婦は思っていたようだが、自分はそんなすべてを台無しにしてしまった、なんと思いやりがないことかと恨んでいるだろうと、光君は命婦の気持ちまで気にしている。姫君その人は、ものも言わずにふさぎこんでいるのだろうと、その様子を想像するとやはり気の毒に思えてきて、

「忙しくて暇がないんだ。困ったものだよ」と光君はため息をつく。そして、「男女のことをちっともおわかりにならないあの人のお心を、懲らしめてやろうかと思ってね」と笑ってみせる。その様子がじつに若々しく、愛嬌《あいきょう》にあふれていて、命婦もつられて思わず笑みを浮かべてしまう。そして、思う。

仕方がない。女に恨まれるのも無理ないお年頃でいらっしゃるし、相手の気持ちなどお考えにもならず、ご自分の思うままになさるのももっともなことだわ。

光君は、朱雀院行幸の準備の、もっとも忙しい時期が過ぎると、時々姫君の邸に通うようになった。

あの紫のゆかり――藤壺《ふじつぼ》の宮の姪《めい》にあたる人を引き取ってからは、光君は彼女をかわいがることに夢中で、六条御息所《ろくじようのみやすどころ》の元からさえますます足が遠ざかっていた。まして、この荒れ果てた常陸宮《ひたちのみや》の邸《やしき》は、かわいそうにといつも気には掛けながらも、気が重いのは仕方がなかった。姫君の、尋常

ならざる恥ずかしがりようをどうこうしようとも思わないまま日は過ぎていく。ところがある時、よく見たらいいところもあるのかもしれないとふと思いなおした。いつも暗闇の中の手さぐりだから腑に落ちないところもあるのかもしれない、この目ではっきりその姿を見たいものだ。そう思うけれど、露骨に灯を明るくしたりするのも気が引ける。

今日は訪問はないだろうと女房たちもくつろいでいる宵を見計らって、光君はそっと邸内に入り、格子《こうし》の隙間から中をのぞいた。姫君本人の姿は見えるはずもない。几帳《きちょう》など、ずいぶん傷んではいるが、昔から決まった置き場所を少しも動かすことなくきちんとしているので、奥のほうはよく見えないのである。女房たち四、五人が座って食事をしているのが見える。お膳を見ると、食器は唐製らしい青磁の器だが、古くさくて見苦しい上に、これといったおかずもなくみじめなものを、姫君の前から下がってきて食べている。隅の間で、ひどく寒そうな女房たちが、なんともいえず古ぼけた白い着物を着て、その上に薄汚れた褶《しびら》（裳《も》の一種）をくくりつけている。それでも、古めかしい型通り女房たちは上げた髪にずり落ちそうな櫛《くし》を挿している。内教坊《ないきょうぼう》や内侍所《ないしどころ》では確かにこんな恰好の女たちがいる、と光君はおかしくなる。貴人の邸でこんな古めかしい人たちが姫君に仕えているとは、光君は夢にも思わなかったのである。

「ああ、なんて寒い年なんでしょう。長生きをするとこんなつらい目にも遭うものなのですね」と言って泣き出す者もいる。

「亡き常陸宮がいらっしゃった頃に、どうしてつらいなどと思ったんでしょうねえ。こんなに心細い暮らしでも、死ぬこともなく過ごせるのですね」と言って、今にも飛び立ちそうに身震いしている者もいる。

そんな体裁の悪い泣き言を聞いているのもいたたまれず、光君はそこを離れ、たった今来たかのようなふりをして格子を叩《たた》いた。

「ほらほら」などと言い合って、女房たちは灯を明るくし、格子を上げて光君を招き入れる。

例の侍従は賀茂《かも》の斎院《さいいん》にも仕えている若女房で、この時はちょうどいなかった。いっそう貧相で垢抜けない女房ばかりで、光君には勝手が違ったところのように思える。先ほど女房たちが嘆いていた雪が、さらに激しく降りはじめる。空模様もけわしく、風も荒々しく吹いてきて、灯は消えてしまうが、それを灯《とも》す女房もいない。光君は、某《なにがし》の家で夕顔が物《もの》の怪《け》にとり殺されたことを思い出す。この荒《すさ》みようはあの時の院に劣らないが、ここは邸自体が狭く、人もあの時よりは多いのでまだ落ち着いていられる。とはいえ不気味さにぞっとして寝つけそうもない。ふだんと異なる夜は、興趣深くもあり、しみじみと感じ入るところもあるはずなのに、姫君は相変わらず引っ込み思案で風流さのかけらもなく、まるでぱっとしないのを残念に思う。

やっと夜が明けてきて、光君はみずから格子を上げて、前庭の植えこみに積もった雪を眺めた。人の通った跡もなく、遠くのほうまで一面に荒れていて、ひどくさみしい景色である。姫君を置いてさっさと帰ってしまうのも気の毒になり、

「朝の空がうつくしいから見てごらん。いつまでも心を許してくれないのはつらいよ」と、光君は姫君に言った。まだほの暗いけれど、雪明かりに照らされた光君はいよいよ若々しくてうつくしく見え、老女房たちはつい笑みを浮かべて見入ってしまう。

「早くお出まし遊ばせ。そんなふうでいらっしゃるのはよくありませんよ。素直なのが何よりです」

引っ込み思案の姫君ではあるが、そう老女房に言われて逆らえるような性分ではない。あれこれと身繕いをして、いざり出てくる。光君は姫君を見ずに庭を眺めるふりをしているが、必死に横目を使って女の姿を見てみた。

どんな人なのだろう、これですっかり打ち解けて、いいところが見つかればうれしいのだが、などと考えているが、そんなのは無理な話というもの。

まず目に入るのはその座高の高さ。やけに胴長に見えるので、ああやっぱり、と胸がつぶれるような気持ちになる。その次に気になったのは、その異様な鼻である。真っ先に目につく。普賢菩薩《ふげんぼさつ》が乗っている象が思い浮かぶ。あきれるくらい高く長い鼻で、先のほうが垂れて赤く色づいているのがなんとも不細工である。顔は、雪も顔負けするくらいに白く、青みを帯び、額がとても広いに、顔の下半分もやけに長い。おどろおどろしいくらい顔が長いようである。がりがりに痩せていて、気の毒になるくらい骨張っている。肩のあたりなどは着物の上からでもごつごつしていて痛そうに見える。ああ、なぜすっかり見てしまったのだろう、と光君は後悔するが、それでもあまりにも異様なその顔かたちをやっぱり見ずにはいられない。

頭のかたちや髪の垂れ具合は、みごとにうつくしく、光君が申し分ないと思っている女たちと比べても引けをとらないほどだ。髪は袿《うちき》の裾に落ちて、その先に一尺ほども長くのびている。着ているもののことまで云々《うんぬん》言うのは口さがないようだけれど、昔物語も人が何を着ているかを真っ先に述べているものだから――、ひどく色あせた襲《かさね》を一揃《ひとそろ》い着て、元の色の見えないほど黒ずんだ袿を重ねて着、表着《うわぎ》には、つやつやしている立派な黒貂《くろてん》の皮衣《かわぎぬ》に香を焚《た》きしめたものを着ている。古風で、由緒ある恰好だけれども、やはり若い姫君の着物と思うと、似つかわしくないばかりか奇っ怪さが目立つほどである。けれどさすがにこの皮衣がなければ、さぞや寒いだろうと思うような姫君の顔色を見て、光君は痛々しくなる。

言うべき言葉もなく、自分まで口がふさがってしまったような気持ちになるが、いつも通りの姫君の沈黙を破ってみせようと、光君はあれこれと話しかけてみる。姫君はひどく恥ずかしがって、袖で口元を押さえている。そんな恰好までも、野暮で古風で、ものものしくて、練り歩く儀式官の肘を思わせる。それでもさすがににっこりしている顔つきが、とってつけたようでなんとも不自然だ。そんな姫君が気の毒にもかわいそうにもなり、いつもよりいっそう早く邸を出ることにした。

「ほかに頼れる方もいないご様子ですから、こうしてご縁を結んだ私には心を開いて親しんでくださったら本望なのですが、ちっとも打ち解けてくださらないのが残念です」と、早く帰るのを彼女のせいにして、

朝日さす軒《のき》の垂氷《たるひ》は解けながらなどかつららの結《むす》ぼほるらむ

（朝日の射《さ》す軒のつららは解けたのに、なぜあなたは張りつめた氷のように、打ち解けてくださらないのでしょう）

と詠むが、姫君はただ「むふふ」と口ごもって笑うだけである。すぐに返歌が詠めそうもないその様子も気の毒で、光君は邸を出ていった。

車の停めてある中門《ちゆうもん》は、すさまじく歪《ゆが》んで傾いている。今まで夜の訪問だったから、その荒みようがはっきりわかっていてもあまり目立たずにすんでいたのが、朝方の今見ると、邸はじつにさみしく荒れ果てていて、松の雪だけが綿を着たように降り積もっている。まるで山里にいるようなしんみりとした気持ちになって、光君は考える。

左馬頭《ひだりのうまのかみ》たちの話のように、かわいそうな身の上のかわいらしい人をこういう荒れたところに住まわせて、心配で恋しくてたまらなくなるような、そんな恋がしたいなあ。そんなことになれば、許されないあのお方への秘めた恋心も、少しは紛れることだろうに。ここは思い描いた通りの住いなのに、それにまったく似合わない姫君なんて、話にもならない。けれど私以外の男が、あのような姫君にとても我慢できるはずもない。だからこうして私がここに通うようになったのは、ご自分亡き後の娘を案じた父宮の、姫君に添え残していかれたたましいのお導きなのだろう。

橘《たちばな》の木が雪に埋もれているのを見て、光君は随身《ずいじん》を呼んで払わせた。横の松の木が、まるでそれをうらやむようにひとりでに雪を払い落として身を起こす。さっとこぼれる白波のような雪を見て、「名に立つ末の松山か」という古歌を思い出し、そんなにとくべつ深い味わいはなくとも、こういう風情をごくふつうに受け答えできる人がいたらなあ、と光君は思う。

車の出入りする門がまだ開いていなかったので、鍵の番人を呼び出したところ、びっくりするほど年老いた者が出てきた。その娘なのか孫なのかどちらともつかない年頃の女が、雪の白さのせいでひどく汚れの目立つ着物を着て、寒そうに震えながら、何か奇妙な入れ物に火をほんの少し入れて袖で包むように抱え持っている。老人は門を開けられず、女が近づいて扉を引っ張って手伝うが、なんとも見苦しい。光君のお供が開けてやった。

「ふりにける頭の雪を見る人も劣らずぬらす朝の袖かな

（雪のような白髪を見る私もあなたに劣らず朝から涙で袖を濡らしてしまう）

幼《わか》き者はかたちかくれず（幼い者は体をくるむ物もない）」と、白楽天《はくらくてん》の詩の一句をつぶやく。そして、鼻の先を赤くしてじつに寒そうにしていた姫君の顔を思い出し、つい苦笑してしまう。頭《とうの》中将《ちゅうじょう》にあの赤い鼻を見せたらいったいどんなおかしなことを口走るだろう、常に私の様子をうかがっているのだから、そのうちに見つかってしまうだろうなと思うと、光君はほとほと困った気分になる。

もしあの姫君が人並みの平凡な容姿ならば、忘れ去ってしまっただろうが、あの異様な姿をはっきり見てしまってからは、かえって哀れに思え、光君は暮らし向きのことにも始終気を配るようになった。黒貂の皮ならぬ絹、綾《あや》、綿などを、老女房たちにもしかるべき衣類を、あの門番の老人も含め、姫君から下の者までみなに気を配って贈り物を送った。こういう暮らし向きの援助をされても、姫君は恥とは思わないので光君は気が楽だった。こういう面での後見として力になろうと考えた光君は、一風変わった、立ち入った贈り物もするのだった。

そしてあの空蟬《うつせみ》を思い出す。あの女の、碁を打ってくつろいでいた宵に見た横顔は、どうかと思うような容姿だったけれど、たしなみ深い振る舞いにそんなことも隠れてしまい、そう悪いものでもなかった。けれどこの赤鼻の姫君は、あの空蟬に劣るほどの身分であろうか。なるほど女の良し悪《あ》しは、家柄の如何《いかん》によって決まるものでもないのだな。空蟬は気立ても隠やかでしっかりした人だったが、とうとうこちらが負けたままで終わってしまったなと、光君は何かにつけて思うのである。

年も暮れた。宮中の宿直所《とのいどころ》にいる光君を、大輔命婦《たいふのみょうぶ》が訪ねてきた。髪を梳《す》いて整える時など、色恋の気配もなく気が置けないので、光君はこの命婦を呼び、冗談などを言って身近に仕えさせていたので、呼ばれていない時でも、何か話したいことがある時は命婦から参上するのだった。

「妙なこととは思うのですが、それを申し上げないのもおかしいと思い悩みまして……」と意味ありげに笑ってなかなか言い出さない。

「どんなことだい。私に遠慮することはないだろう」と光君が促すが、

「どうして遠慮などいたしましょう。私自身のお願いでしたら、畏れ多くとも真っ先にこちらに参ります。けれどこれは本当に申し上げにくくございまして……」とまだ口ごもっている。

「また、思わせぶりなことを言って」と光君が憎らしげに言うと、

「あちらの姫君さまからのお手紙でございます」と言って取り出した。

「それならなおのこと、隠すなんておかしいじゃないか」と受け取る光君を、どきどきしながら命婦は見守る。恋文にはふさわしからぬ厚ぼったい陸奥国紙《みちのくにがみ》に、香はよく焚きしめて、じつに立派に書き上げてある。

　　唐衣《からころも》君が心のつらければ袂《たもと》はかくぞそぼちつつのみ
　　（唐衣を着たあなたのお心が冷たいので、私の袂はこんなにも涙に濡れております）

という歌を読み、その意味がわからず光の君は首をかしげる。命婦は包み布の上に、いかにも重そうで古風な衣裳箱を置いて押し出した。

「これを、決まり悪く思わずにいられましょうか。けれども、元日のお召し物だということでわざわざ姫君がご用意なさいましたのに、そっけなくお返しすることはできません。私の一存でしまいこんでしまいますのも姫君のお気持ちを無視することになりますから、とにかくもお目に掛けた上で……」と言う。

「しまいこまれていたら、私はつらい思いをしたよ。『袖まきほさむ人もあらなくに』という古歌の通り、私にはやさしく寄り添って濡れた袖を乾かしてくれる女もいないのだから、ご好意をありがたく受け取ります」

と言うものの、光君は絶句している。それにしてもあきれた詠みっぷりだ、これがご自身の精いっぱいといったところなのだろう。いつもは侍従がなおしてくれるのだろうが、そのほかに手をとってなおしてくれる先生もいないのだろう、これはもうどうしようもないな、と光君はひそかに思う。しかしながら、あの姫君が一生懸命にこの歌を詠み上げたのだ、とその姿を想像するとおかしくなって、

「まことに畏れ多いとは、こういう歌のことを言うのだろうね」と苦笑してしまう。そんな光君を、命婦は顔を真っ赤にして見やる。

流行《はや》りの紅色の、がまんならないくらい艶のない古びた表地に、裏も同じくらい色の濃い野暮な直衣《のうし》の端々が、その衣裳箱から見えている。まったく話にならない、と思いつつ、光君は姫君からの文を広げたまま、その端にいたずら書きをしている。

「なつかしき色ともなしに何にこのすゑつむ花を袖《そで》に触れけむ

（親しみを感じる色でもないのに、なぜこの末摘花《すえつむはな》――紅花に手を触れたのだろう）

色うつくしい花だとは思ったのだが」

横からそれをのぞいた命婦は、なぜ光君が紅《あか》い花を悪く言うのか不思議に思い、そのわけを考えてみるに、月の光でときどき見かけたことのある姫君の容貌を思い出して、深く納得する。命婦は姫君を気の毒に思うが、やがておかしくなってくる。

「紅《くれなゐ》のひと花衣《ごろも》うすくともひたすら朽《くた》す名をし立てずは
（紅の一度染めの衣が色薄いように、お気持ちが薄くいらっしゃっても、姫君のお名前に傷がつくような評判だけはお立てくださいませんように）

先の思いやられる仲でございます」

命婦がいかにも世慣れたふうに独り言を言うのを聞き、さほどうまい歌ではないが、姫君もこのくらいにひと通りの歌が詠めたらいいのにと、光君は返す返すも残念に思う。姫君の身分の高さを思うと、確かにその名前に傷がつくのはさすがに気の毒である。女房たちがやってくるのに気づくと、

「これは隠しておこうよ。こうしたものを贈ってくるなんて、ふつうじゃあないよ」光君はため息をついて言う。

なぜお目に掛けてしまったのかしら、私まで気が利かないみたいじゃないの……と命婦は恥ずかしくなり、そっと退出した。

翌日、清涼殿《せいりょうでん》に命婦が参上していると聞いた光君は、女房たちの詰め所である台盤所《だいばんどころ》に向かった。

「ほら、昨日の返事だ。なんだかやけに気が張っちゃって」

と、文を投げて寄越す。何ごとかと女房たちはその手紙を見たがっている。

「ただ梅の花の、色のごと、搔練《かいねり》好むや、三笠の山の、をとめをば、すてて」と風俗歌を口ずさみながら出ていってしまう光君を目で追い、また紅い花、と命婦はこっそり笑う。

「なあに、ひとり笑いなんかしちゃって」と、何も知らない女房たちは口々に訊くが、

「いいえ、寒い霜の朝に、搔練のような赤い色になっているお鼻を見たのでしょうよ、あんな変な

歌をおうたいになって」と命婦は澄ましている。

「なんだかちっともわからないわ。私たちの中にそんな赤い鼻の人なんていやしないのに。赤鼻で有名な左近命婦《さこんのみようぶ》や肥後采女《ひごのうねめ》がいっしょだったのかしら」などと、合点のいかない女房たちは言い合っている。

命婦が光君からの返事を常陸宮邸《ひたちのみや》に届けると、女房たちがそれを見に集まってくる。

逢《あ》はぬ夜をへだつるなかの衣手《ころもで》にかさねていとど見もし見よとや

（逢えない夜が続いているのに、二人のあいだを隔てる衣の袖の上にさらに着物を重ねて、ますます逢えない夜を重ねて見よというおつもりで、着物をお贈りくださったのですか）

白い紙に無造作に書かれているのが、かえって趣深い。

大晦日《おおみそか》の夕方のことである。このあいだの衣裳箱に、お召料として人々から贈られた装束一揃い、浅紫色の織物、山吹襲《やまぶきがさね》や何やら、色とりどりの着物を入れて、命婦を使いに出して姫君に届けた。先日贈った着物の色がお気に召さなかったのだろうかと思い当たる者もいるが、

「お贈りしたお着物だってどっしりした紅色でしたもの。まさか見劣りはしないでしょうよ」と老女房たちは言い合い、

「お歌だって、こちらからお贈りしたものは筋が通ってしっかりしていましたよ。お返しのほうは、ただ気が利いているだけで、ねえ」などとも言っている。姫君も、並々ならぬ苦労をして作った歌なので、控えとして書きとめて残しておいたのだった。

元日から数日が過ぎた。今年は男踏歌《おとことうか》の行事が催されることになっている。例によって、演奏役に選ばれた人たちは稽古に大わらわで、光君も何かと忙しくしているが、そんな中でも、あの姫君

のさみしい住まいを思いやらずにはいられない。七日の節会《せちえ》が終わり、夜になって帝《みかど》の御前から退出したが、そのまま宿直所《とのいどころ》に泊まっているふりをして、夜更けを待って常陸宮邸に向かった。常陸宮邸は、今までよりも活気づいて、世間並みの邸のようだ。姫君も、前よりは物腰がやわらかくなっている。どんなふうだろう、年が改まったのだから、姫君もすっかり変わっていたらいいのにな、などと光君は期待する。

翌朝、日が上る頃になって光君はいやいや帰るふりをして支度をはじめる。東の妻戸が開いている。向かいの廊が屋根もなく壊れているので、陽が妻戸から射《さ》しこんで、少しばかり降り積もった雪明かりで部屋の奥まで照らされている。姫君は、光君が直衣《のうし》を着るのを見て、少しばかりにじり寄ったところで横になる。その頭のかたちも、こぼれるようにふさふさとした髪も、それはみごとである。ひとつ年を重ねたことで、前よりきれいになったのだったらどんなにいいだろうと、光君は格子を上げた。以前、すっかり見てしまって苦い思いをしたことに懲りて、ぜんぶは上げず、脇息《きょうそく》を引き寄せて格子を支える。髪の乱れを光君がなおしていると、女房たちが、ひどく古びた鏡台や、唐櫛笥《からくしげ》、髪結い道具の箱などを持ってくる。さすがに男性用の道具が混じっているのを、ずいぶん洒落《しゃれ》て気が利いていると光君は感心する。姫君の様子が垢抜けて見えるのは、このあいだ光君が贈った着物をそのまま身につけているからだった。そのことに光君は気づかず、洒落た柄が目立つ表着《うわぎ》だけ、見覚えがあるように思うだけだった。

「せめて今年からは、お声を聞かせてくださいね。鶯《うぐいす》の初音《はつね》よりも何よりも、あなたのお気持ちが改まるのが待ち遠しいな」

光君が言うと、

「さへづる春は」と震える声でようやく姫君は応えた。

「百千鳥《ももちどり》さへづる春は物ごとに改まれども我ぞふりゆく（古今集／無数の鳥がさえずる春には、ものみなあたらしくなるけれど、私だけが年をとって古びていきます）」との古歌の一節を姫君が口にしたことをよろこび、

「ほらほら、ひとつ年を重ねた甲斐《かい》があったじゃないですか」と光君は笑い、「夢かとぞ見る」と口ずさんで部屋を出る。その姿を、姫君は柱に寄りかかって見送った。口元を覆っている姫君の横顔を見ると、やはりあの赤い鼻が色鮮やかに突き出している。末摘花《すえつむはな》、と思い浮かび、ああ、見るのではなかったと光君は思うのだった。


二条院に帰ると、紫《むらさき》の姫君がじつにあどけなく、同じ紅でもこうもなつかしい色合いもあるのかと思うような袿《うちき》の上に、無地の桜襲《さくらがさね》の細長をかわいらしく着こなしている。古風な祖母の言いつけを守って、お歯黒もまだつけていないけれど、光君が大人の女性のように化粧をさせたので、眉がくっきりしたのも気高くうつくしい。

自分で求めておいてなんだけれど、なぜあんなに魅力のない女にかかずらわっているのだろう、こんなにかわいい人を放っておいて……と考えながら光君は紫の姫君とともに人形遊びに興じる。

紫の姫君は絵を描いて色を塗る。なんでもおもしろく、気の向くままに描き散らしている。光君もいっしょになって絵を描いた。髪の長い女を描いて、鼻の先を赤く塗ってみる。ただの絵とはいえ、見るのも嫌な有様だ。光君は鏡台に映る自分のうつくしい顔をしげしげと見て、鼻に紅粉《べにこ》をつけて赤く塗ってみる。こんなみごとな美貌でも、そんな具合に赤い鼻が真ん中にあっては醜くなる

のも当然である。紫の姫君はそれを見て、笑い転げる。

「もし私がこんな変な顔になったらどうする」と言うと、

「嫌だわ」と姫君は言い、本当にそのまま赤く染みついてしまうのではないかと心配しているようである。光君は拭き取る真似をして、

「ちっともとれないよ、馬鹿ないたずらをしたものだ、これじゃあ帝《みかど》に怒られてしまうな」

と真面目くさって言うと、紫の姫君は近づいて、心底気の毒そうな顔でいっしょに拭き取ろうとする。

「墨で顔が真っ黒になった平中《へいちゅう》の物語のように墨なんかを塗ったらだめだよ。赤いのなら、まだ我慢できるけれどね」

と冗談を言って笑い合っている様子は、似合いの夫婦のようである。

じつにうららかな日である。もう一面に霞《かすみ》がかっている木々の梢《こずえ》が、いつ花を咲かせるのかと待ち遠しい。その中にも、今にもほころびそうにふくらんだ梅のつぼみが目を引いた。庭に降りる階段のあたりの紅梅は、とくに早くから咲く花で、もう赤く色づいている。

「紅《くれなゐ》の花ぞあやなくうとまるる梅の立ち枝《え》はなつかしけれど
（紅《あか》い花だけはどうも好きになれない。紅梅の高く伸びた枝には惹かれるけれど）

いやはや」

と、どうにもならないとわかっていながらため息をついている。

さて、このような人々のその後は、いったいどんなことになるのでしょうか。

紅葉賀《もみじのが》

うりふたつの皇子誕生

生まれた皇子は、光君に驚くほどうりふたつとのこと。
その秘密を知るのは、ただ二人だけだったのでしょうか……。

＊登場人物系図
△は故人

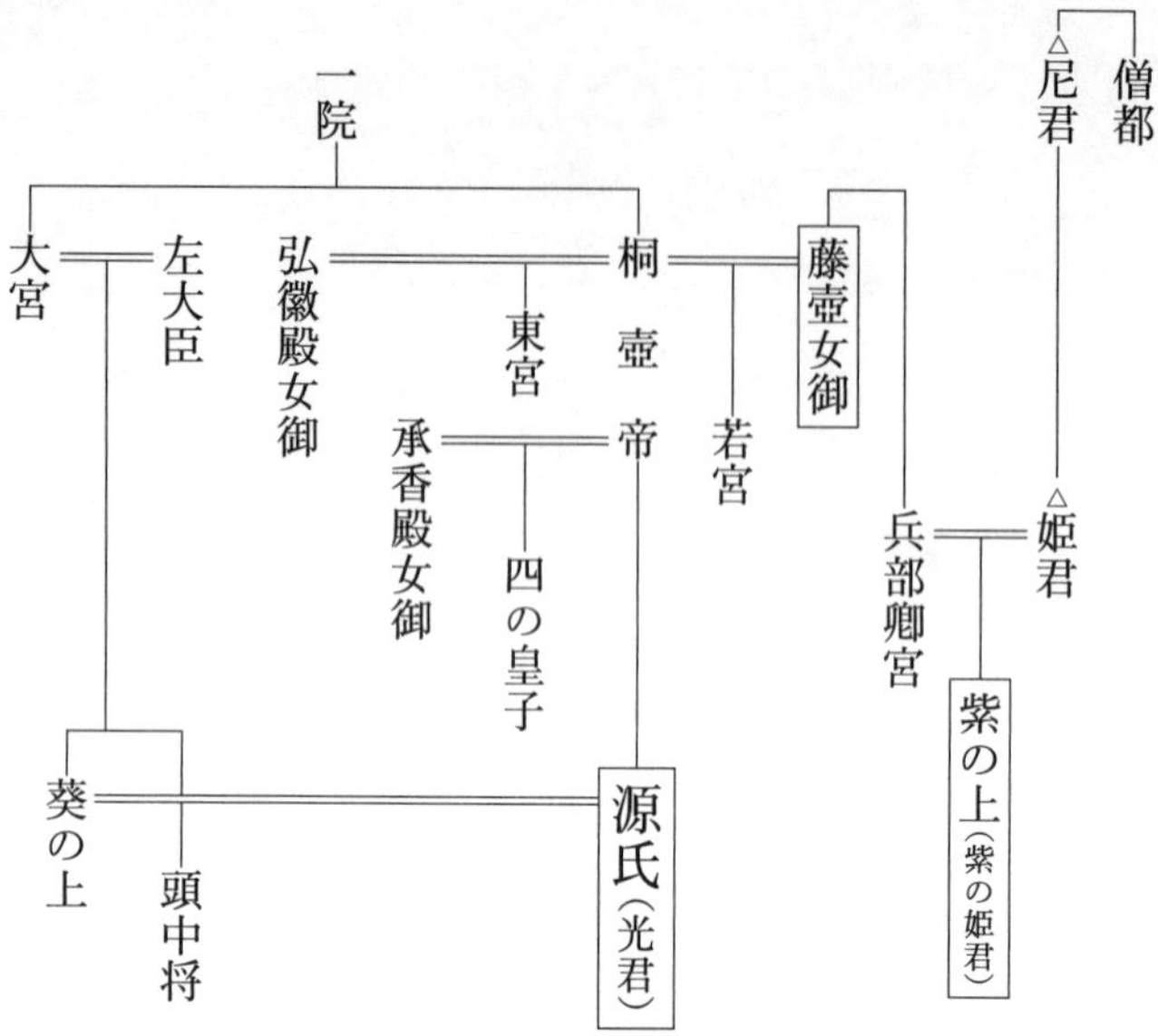

僧都
△尼君
△姫君
兵部卿宮
紫の上（紫の姫君）
藤壺女御
若宮
一院
桐壺帝
東宮
弘徽殿女御
承香殿女御
四の皇子
源氏（光君）
左大臣
大宮
葵の上
頭中将

朱雀院《すざくいん》の行幸《ぎょうこう》は十月の十日過ぎに行われることになっていた。今回の催しは類を見ないほどすばらしいという評判だったので、後宮《こうきゅう》の妃たちは見物できないことを残念がっていた。帝《みかど》も、そのすばらしい行幸を藤壺《ふじつぼ》に見せてやれないのはもったいないと思い、清涼殿《せいりょうでん》の前庭で、試楽《しがく》（舞楽の予行演習）をさせることにした。

光君《ひかるきみ》は、左大臣家の頭中将《とうのちゅうじょう》と二人で「青海波《せいがいは》」を舞うことになっていた。頭中将は、容姿といい立ち居振る舞いといい、人よりはすぐれているが、光君と立ち並ぶと、やはり桜の花の隣に立つ名もなき木のようである。西に傾く陽の光があざやかに射《さ》しこみ、楽の音もひときわ高まり感興もたけなわの時には、光君は足拍子も面持ちも、ほかの者が舞う「青海波」とはまったく異なって見えた。舞いながら詩句を朗唱すると、極楽に住む迦陵頻伽《かりょうびんが》という鳥の如し、と言われる仏の御声もかくやと思うほどだった。あまりにもすばらしく、崇高で、見ていた帝は涙を拭い、上達部《かんだちめ》や親王《みこ》たちもみな感動の涙を流した。朗唱を終え、光君が袖をさっと元に戻すと、それを合図にいっそうはなやかに演奏が再開される。その音色に舞手の顔も映えて、いつにもまして光り輝くようである。その光君のみごとさが、弘徽殿女御《こきでんのにょうご》にはじつにおもしろくない。

「神さまか何かが空から愛《め》でて、神隠しにでもしてしまいそうなお顔立ちですわね。おお、おそろしい」などと言っているのを、若い女房たちは嫌なことを言うものだと思って聞いている。

藤壺の宮は、帝にたいして畏れ多く、やましい気持ちがなかったなら、もっとすばらしく見えただろうと思うものの、それでも夢を見ているような心地《ここち》だった。

試楽の後、藤壺の宮は帝と夜をともに過ごした。

「今日の試楽のすべては、青海波に圧倒されてしまったね。どう思う」帝にそう尋ねられた藤壺は、答えに戸惑い、

「ご立派でございました」とだけ言った。

「相手役の頭中将も悪くはなかった。やっぱり良家の子弟は、舞の手さばきにしても違うものだ。世間で評判の舞の師たちも、確かにたいしたものだけれど、おおらかで、優雅なうつくしさは醸し出せない。今日の試楽はこんなにもみごとにやり尽くしたのだから、当日の、紅葉《もみじ》の木陰での舞はもの足りないものになるかもしれないが、とにかくあなたに見せたかったから、とくに入念に舞うようにと命じたのだよ」と帝は話す。

その翌日、光君から藤壺に手紙が届いた。

「昨日の舞を、どのようにご覧になりましたでしょうか。なんとも言えないつらい気持ちのまま舞ったのです。

もの思ふに立ち舞ふべくもあらぬ身の袖うち振りし心知りきや
（恋のつらさに思い悩み、きちんと舞うこともできないこの私が、あなたのために袖を振って舞った、その心をわかっていただけましたか）

畏れ多いことですが」

とある。昨日の、目もくらむほどうつくしかった光君の舞もその姿も目に焼きついて、さすがに黙殺はできなかったのか、藤壺の宮は返事をしたためる。

「唐人《からひと》の袖振ることは遠けれど立居《たちゐ》につけてあはれとは見き

（唐の人が袖を振って舞ったのは遠い昔のことですが、昨日のあなたの舞にはしみじみと感じ入りました）

あなたの舞に感動したというだけですが」

めったにもらえない返事を光君はたいそうよろこんだ。「青海波」がもともと唐の国から伝えられたことを知っていて、遠い異国にまで思いを馳《は》せているのだ、今からすでにお后《きさき》さまにふさわしい格式高い歌ではないか、と顔をほころばせて、まるで尊い経典でもあるかのように広げて、いつまでも見入っている。

行幸には、親王《みこ》たちをはじめとして、残る人もいないほど帝《みかど》に供奉《ぐぶ》した。東宮《とうぐう》もいる。楽人《がくにん》を乗せた竜頭鷁首《りゆうとうげきす》の船が池を漕《こ》ぎめぐり、唐土《もろこし》の舞、高麗《こま》の舞とさまざまな舞楽が奏される。管絃《かんげん》の音、鼓の音が響き渡る。帝は、先だっての試楽《しがく》の日、夕陽に包まれ不吉なほどうつくしかった光君を心配し、災難除《よ》けの誦経《ずきよう》を方々の寺に命じていた。それを知った人々は、帝の心中を察してごもっともなことだと思ったが、弘徽殿女御《こきでんのにようご》だけは、なんと大げさなことをするのだろうと憎々しく思っていた。

「青海波」の演奏をする楽人たちが円陣を組む垣代《かいしろ》には、殿上人《てんじようびと》も、殿上に上がることを許されない地下人《じげびと》も、抜きん出て秀でていると評判の達人だけを選び揃《そろ》えた。宰相《さいしよう》二人、左衛門督《さえもんのかみ》、右衛門《うえもんの》督《かみ》が、それぞれ唐楽《とうがく》、高麗楽《こまがく》をとりまとめた。舞人に選ばれた人々は、この日のために、舞の師匠のうちでもとくべつすぐれた者を迎え、みな家に引きこもって稽古をしていたのだった。

小高い紅葉の木陰で、四十人の垣代がみごとに楽の音を奏で、深山《みやま》おろしかと思うほど吹き荒れる松風が、その音に響き合う。木の葉が色とりどりに風に散り飛ぶ中を、光君の「青海波」が輝かしく舞い出てくる。その姿はおそろしくなるほどのうつくしさだった。頭に挿した紅葉が、光君の美に圧倒されたようにはらはらと散ってしまい、左大将がみずから菊を手折《たお》って挿しかえた。日が暮れてくると、空までが感動して涙を流すかのように時雨《しぐれ》がぱらついた。色変わりした菊を冠《こうぶり》に挿した光君は、以前の試楽の日にも劣らないほど、みごとに舞った。退場前に正面を向いて舞う入綾《いりあや》は、ぞくぞくと寒気立つようなうつくしさだった。舞の心得もない下々の者でも、木の下や岩陰、山の木の葉に隠れて見物していた者たちも、多少とも感じる心を持っている者は、感極まって涙を落とした。

承香殿女御《しょうきょうでんのにょうご》腹の、第四の皇子《みこ》が、まだ元服前のあどけなさで「秋風楽《しゅうふうらく》」を舞ったのが、これに次ぐ見ものだった。この二つの舞があまりにもすばらしかったので、ほかの舞には目も移らず、見てもかえって興ざましだっただろう。

この日の夜、光君は正三位《しょうさんみ》に昇進した。相手の頭中将《とうのちゅうじょう》も正四位下《しょうしいのげ》になった。しかるべき上達部《かんだちめ》たちもそれぞれ昇進したが、光君の昇進にあやかってのことだ。舞でこれほど人を惹《ひ》きつけ、心をもよろこばせてしまうというのは、前世でいったいどんな徳を積んだのか、知りたいほどです。

藤壺《ふじつぼ》の宮は、その頃退出して実家にいたので、例によって光君は逢《あ》える機会はないものかと様子をうかがいまわっていて、左大臣家からは不興をかっていた。その上、引き取った少女のことを、

「二条院ではだれか女をお迎えになったそうです」などと言う女房がいて、葵の上《あおいうえ》は不愉快きわまりない。

それを知って光君は思う。こちらの事情は知らないのだからそんなふうに思うのは無理もない。ならば素直に、ふつうの女君のように恨み言でも言ってくれれば、私も腹を割って話して、なぐさめることもできるのに。それをおかしなふうに勘ぐってばかりいるのだから、こちらだっておもしろくはないし、つい浮気心も抱いてしまうのだ。姫君には、ここは不足でここが不満だなどという欠点は何もない。何よりはじめに結婚した人なのだから、いとしくたいせつに思っている。その気持ちを今はわかってくれなくても、いつかはきっとわかってくれるだろう。

光君は、葵の上を落ち着いた分別のある女君として、格別に信頼しているのである。

さて、二条院の幼い姫君は、光君に慣れるにつれ、その気立てのよさも容姿のみごとさも際立ってきて、無邪気に光君につきまとって離れない。しばらくは邸内に仕えている人々にも姫君の素性を明かすまいと思い、離れた西の対《たい》に立派な部屋をしつらえ、明けても暮れても自分もそこに通い詰め、姫君にあれこれと教えるのだった。みずからお手本を書いて習字などをさせていると、今まで他所《よそ》に預けてあった自分の子どもを引き取ったような気持ちになる。姫君のための政所《まんどころ》や家司《けいし》も、二条院とは別に定めて、なんの心配もないように仕えさせた。惟光《これみつ》以外の人々は、いったい何がどうなっているのかと不審に思っている。父である兵部卿宮《ひょうぶきょうのみや》も何も知らないままだ。

姫君は、やはり時々昔を思い出し、尼君を恋しく思う。光君がいっしょにいる時は気が紛れる。けれども夜、光君はこちらに泊まることもあるものの、なにぶんあちこちの女の元に通うのにも忙しい。日が暮れて出かけようとする光君の後を追ってくることもある。そんな姫君の姿が光君にはかわいらしくてたまらない。二、三日宮中に勤め、その後左大臣家に泊まったりすると、幼い姫君はひどくふさぎこんでいる。それがまたかわいそうで、母親のない子を持ったような気持ちになり、忍び歩きもしにくくなってしまった。北山の僧都《そうず》は、姫君がこのように暮らしていると聞き、不思議な気もするが、でもやはりうれしく思うのだった。亡き尼君の法事の折には、光君は立派な供物を贈って弔いの意を表した。

どんな様子なのか気になって、光君は藤壺《ふじつぼ》の宮が下がっている三条宮《さんじようのみや》に行ってみた。王命婦《おうみようぶ》や中納言の君、中務《なかつかさ》などといった女房が応対に出てくる。他人行儀な扱いに光君はおもしろくはないけれど、気持ちを静め、差し障りのない世間話をしているところに、兵部卿宮《ひようぶきようのみや》があらわれた。光君の来訪を聞いて、話をしにやってくる。たしなみ深そうな様子で、どことなく色っぽくてなよなよしている兵部卿宮を、女性に見立てたらなかなかいい感じだと光君はこっそりと思う。やはり藤壺の兄であり、幼い姫君の父だと思うと、親しみも湧いてきて、打ち解けて話した。兵部卿宮も、光君がいつもと違って親しげなので、なんとすてきなお方だろうかとしみじみ思い、娘の婿に、などとは露も思わず、このお方が女性だったらどんなに麗しいだろうなどと考えては、色っぽい気持ちになっている。

日が暮れて、兵部卿宮が藤壺のいる御簾《みす》の中に入るのを、光君はうらやましく眺めた。昔は父帝《ちちみかど》に連れられて、近くにいって、人づてではなく直接話すことができたのに、今はまるっきり寄せつけてくれないのだから恨めしい、と光君は思うが、それも致し方ないこと。

「もっと頻繁に伺うべきですが、とくべつなご用件もない時には自然にご無沙汰してしまいます。

何かご用がおありの時は、お申しつけくださいましたらうれしく存じます」

などと堅苦しい挨拶をして、邸《やしき》を出る。以前は逢瀬《おうせ》を企てた王命婦も、どうすることもできない。藤壺の宮は、以前と比べていっそう光君とのできごとを情けないことだったと思っているようである。手引きをした自分にも心を許していないように見え、命婦は気後れも感じ、いたわしくも思えて、光君に何を頼まれてもどうすることもできないのだった。こんなにもはかない縁であったのかと、光君は光君で、宮は宮で、それぞれ思い乱れることは尽きないのである。


幼い姫君の乳母《めのと》である少納言は、姫君の思いがけずしあわせそうな姿を見ていると、これも尼君が姫君の身の上を案じ、仏前に熱心にお祈りしたそのご加護だろうかと考えずにはいられない。光君には葵《あおい》の上《うえ》という立派な妻がいて、その上多くの女君の元に通っていることを思うと、姫君が成長した暁には面倒なことも起こってくるのだろうと案じてもいる。けれども、こうしてとくべつな寵愛《ちょうあい》を見ていると、少納言は心強くもなるのだった。母方の祖父母が亡くなった場合、喪に服すのは三月《みつき》だというので、年の暮れには姫君の喪服を脱がせた。とはいえ、祖母上以外には母上もいない身の上なので、すぐには派手な色ではなく、紅、紫、山吹などの地味な無地の小袿《こうちき》を選んだ。そうした着物を着た姫君は、じつに垢抜《あかぬ》けて可憐《かれん》に見えるのだった。

光君は元旦の朝拝《ちょうはい》という儀式に参内《さんだい》しようとして、姫君の部屋をのぞいてみた。

「ひとつ年をとって、今日からは大人らしくなられたのかな」と言って笑う光君は、うつくしく、じつに魅力的である。姫君はもう人形を並べたてて、忙しそうにしていた。一対の厨子《ずし》にいろいろな道具類を飾り並べ、光君がいくつもこしらえた人形用のちいさな御殿を、部屋いっぱいに広げて遊んでいる。

「大晦日《おおみそか》に、鬼を追い払うと言って犬君《いぬき》がこわしてしまったの。だからなおしています」と、さもたいへんなことのように言う。

「本当に犬君はそそっかしい人だね。すぐになおさせましょう。元日の今日は言忌《ことい》みをして、不吉な言葉は慎まなければなりませんよ。泣いてもいけません」と言い、光君は部屋を出ていく。盛装したその立派な姿を、女房たちは御簾《みす》際に出て眺める。姫君も立ち上がりその姿を見送って、光君の人形に同じように着飾らせ、参内する真似をさせている。

「せめて今年からはもう少し大人らしくなさいませ。十歳を過ぎたら人形遊びなどしていてはいけませんと申しておりますでしょう。夫君をお持ちになられたからには、奥方らしくおしとやかにお相手なさらなければいけません。御髪《みぐし》をなおして差し上げることも嫌がられるんですもの」

あまりにも遊びに熱中してばかりなので、これではいけないと思って少納言はそう言い聞かせる。姫君は、心の内で、それならわたしは夫を持ったのだわ、この女房たちの夫というのはみにくい者ばかりだけれど、わたしの夫はあんなに若くてきれいなのね……、とようやく今理解するのだった。

いくら幼稚だといっても、新年に、ひとつ年齢が加わった証拠だと言えましょう。

姫君のこんなふうな幼い様子が二条院に仕える人々にもわかってしまい、みな、何かおかしいとは思いながらも、さすがにこんなふうの夫婦らしからぬ、添い寝の仲とは思わないでいる。

光君が内裏《だいり》から左大臣家に退出すると、葵の上はいつものように端然としてよそよそしく、やさしくもせず、心を開いてくれる様子もない。そんな態度が窮屈な光君は、

「せめて今年からでも、夫婦らしく振る舞ってくれる気持ちがあるなら、とてもうれしいんだけど

な」などと言ってみる。

けれども葵の上は、光君がわざわざ女を二条院に迎え、たいせつにしているという噂《うわさ》を耳にしてからは、その女を妻としてだいじにしていくのだろうと思いこみ、心を開くどころか、自尊心を踏みにじられていた。けれども、そんな気持ちに気づかないかのように冗談を言う光君にたいして、強情を張り通すわけでもなく、きちんと返事をしているところは、やはり並みの女とは違う。四歳ほど年上なので、年相応に、光君が気後れするほど大人びて、うつくしさの盛りである。いったいこの人のどこが不足しているというのだろう、と光君もつい考える。この人にこんなに恨まれるのは、自分のあまりにも不埒《ふらち》な浮気心のせいではないかと反省もする。

同じ大臣という身分の中でも、世の中の信望もひときわ重々しい父左大臣が、皇女である妻の産んだひとり娘として、それはたいせつに育ててきたからだろう、気位の高さは並大抵ではなく、少しでも光君がぞんざいに扱うと、そんなことは許されないといった態度である。けれど光君は光君で、そんなにあがめ奉ることもないという態度ばかりとる。そのように二人の気持ちはすれ違うばかりなのである。左大臣も、このような頼りにならない源氏の君を恨めしく思ってはいたが、会えば恨みも忘れて、たいせつに扱い、篤《あつ》くもてなすのであった。

翌日、光君が出ていこうとすると左大臣がやってきた。ちょうど装束を身につけていた光君に、有名な石帯《せきたい》をみずから持ってきて、装束の後ろをなおしたりと、まるで沓《くつ》の世話までしそうなかいがいしさで、痛々しいほどである。

「内宴（正月に宮中で催される私宴）などもありましょうから、この帯はそのような時に使わせていただきます」光君が言うと、

「それにはもっとよいのがあります。これはただ珍しいというだけですので」と、帯を無理に使わせる。

こんなふうに、何くれとたいせつに世話をして、その姿を見るだけで生き甲斐《がい》が感じられ、たとえ時折ではあっても、こんなうつくしい人が邸《やしき》を出入りするのを眺めるのに勝るよろこびがあろうか、と思わせてしまうほどの圧倒的な麗姿なのである。

年賀の挨拶といっても、光君はそうあちこちへは出かけず、宮中、東宮、一院《いちのいん》くらいで、そのほか、藤壺《ふじつぼ》のいる三条宮《さんじようのみや》に行った。

「今日はまた格別うつくしくお見えになりますわね。大人びていらっしゃるにつれて、ますます見目麗しくおなりで、こわいほどですわ」

と女房たちが話しているのを聞き、藤壺の宮は几帳《きちよう》の隙間から光君をほのかに見て、あれこれとまた思い悩むのだった。

藤壺の出産がないまま十二月が過ぎてしまい、いくらなんでもこの正月には、と三条宮の人々もじりじりと待っている。帝《みかど》からも、出産に際しての贈り物があったのに、何ごともないまま一月も過ぎてしまった。物の怪《もののけ》のせいではないかと世間の人々が騒ぎ立てるのを、藤壺は心細い思いで聞き、このお産のために自分は身を滅ぼすことになるのだろうと嘆いては、ますます具合も悪くなっていく。出産の時期からいって、いよいよだれの子かはっきりと知った光君は、くわしく事情を話さないまま方々の寺で安産祈願の祈禱《きとう》をさせた。世の中は無常なものだから、藤壺とのはかない仲もこのまま終わってしまうのではないかと、光君は思い悩んでいたが、二月十日過ぎ、皇子《みこ》が生まれた。今までの心配も吹き飛んで、宮中の人々も三条宮の人々もよろこんだ。藤壺はこのお産でよく自分は命を落とさなかったものだと思い、そのことがまた情けなく思える。しかし弘徽殿女御《こきでんのにょうご》が自分を呪うようなことを言っているらしいから、もし本当に死んだりしたら世間のとんだ笑い者になっていただろうと心を強く持ち、だんだん快復に向かっていった。帝は、早くもこの皇子を見たくてたまらない様子である。

光君も、人知れずこの皇子のことが気掛かりで、人のいない時を見計らって、

「主上《おかみ》がご覧になりたがっておられますから、まず私が見て、ご報告申し上げましょう」と伝えてみる。しかし藤壺は、

「まだ生まれたばかりで、見苦しくてございますから」と言って見せようとしない。それには理由があった。生まれたばかりの皇子は異様なまでに光君に生き写しで、だれの子であるか歴然としていたのである。藤壺は、心の内でおそれおののくばかりだった。女房たちがもしこの子を見たら、不自然なほどの産み月の狂いを何か変だと思い当たるに違いない。たいしたことではなくても、人のあらさがしをしようとする世の中なのだから、ついにはどんな噂が流れることになろうかと思い続けていると、自分の身がなんとも情けなく、つらくなってくる。

光君は王命婦《おうみょうぶ》にたまに会うと、せつない言葉を尽くして逢う手引きを頼んでみるが、それはどうにもかなえられない。皇子をどうしてもひと目見たいと言う光君に、

「どうしてそんなご無理をおっしゃるのでしょう。そのうちご覧になれることではありませんか」

と答える王命婦も、責任を感じて深く思い悩んでいる。

このほど生まれた若宮のことはあたりを憚《はばか》ることなので、はっきり言うこともできず、

「いったいいつになったら藤壺と人づてではなく話せるんだろう」と光君は、痛々しくも泣き出し

てしまう。

「いかさまに昔むすべる契《ちぎ》りにてこの世にかかるなかの隔《へだ》てぞ

（どのような前世からの宿縁で、二人のあいだがこんなに隔てられてしまうのか）

こんなことはとても納得できない」と言う。命婦も、藤壺の宮の苦悩を知っているので、光君をそっけなく突き放すこともできない。

「見ても思ふ見ぬはたいかに嘆くらむこや世の人のまどふてふ闇《やみ》

（若宮をご覧になっても宮は思い悩まれておいでです、ご覧になっていないあなたさまはどれほどつらいことでしょう。これが世の人の、子ゆえに迷う親心の闇というものでございましょうか）

お悩みの絶えない、おいたわしいお二方《ふたかた》でございます」

と、命婦の君はそっと言った。

こんな有様で直接話をすることもできず、仕方なく光君は二条院へと帰っていく。

口さがない世間の目を気にする藤壺は、このような光君の来訪を迷惑だと思っており、またそう口にもしていて、命婦にたいしても、昔心を許していたほどには親しく接しなくなってしまった。変に思われないように、以前と同じに接してはくれているものの、すべての原因を作ったこの私を不快に思うこともあるのだろうと思うと、命婦はつらくてたまらず、そんなはずではなかったのにとただ嘆くしかない。

四月になり、若宮は参内した。日数のわりには大きく育ち、そろそろ起き返りもする。驚くほど光君にうりふたつのその顔を見ても、帝はその秘密に思い当たるはずもなく、ただ、類いなくうつくしいものはこのように似てしまうものなのだなと考えるのだった。そうして帝は若宮を、それはたいせつにかわいがるのだった。

帝は、光君をこの上もなく愛していながら、世間が承知しないだろうという理由から、東宮《とうぐう》に立てさせなかったことを未《いま》だに残念に思っていた。成長するにつれ、臣下にはもったいないほどの容姿になっていく光君を、心苦しい思いで見ていたのである。けれど今、身分の高い藤壺を母に、同じように光り輝く皇子が生まれてきて、これこそ疵《きず》ひとつない玉と思ってそれはだいじにかわいがるのである。しかし帝がそうして若宮をかわいがればかわいがるほど、藤壺は気持ちの晴れる間もなく不安になるのだった。

藤壺の御殿で管絃の遊びが催され、いつものように光君もその席に呼ばれた。帝が若宮を抱いてあらわれ、

「皇子たちは大勢いるけれど、私はあなたのことばかり、こんなちいさな時から朝な夕なに眺めていたよ。だからその頃が思い出されるのだろうか、あなたにじつによく似ている。ちいさい頃というのは、みんなこうしたものなのかもしれないね」と言う。

若宮をようやく見ることのできた光君は、自分の顔色が変わる気がして、おそろしくも、かたじけなくも、うれしくも、胸を締めつけられるようにも、さまざまな感情があふれ出て落涙しそうになった。若宮が声を上げて笑っているのが、おそろしいほどかわいらしいので、もし自分がこの若宮に似ているのならこの身をよほどたいせつにいたわらなければならない、などと光君は考える。それもずいぶんと身勝手な話だけれど……。

藤壺はいたたまれず、つらくなり、その場にいるとだらだらと汗が流れ落ちる。若宮をじっと見

ていると胸を搔《か》き乱されるような気分になり、光君はその場を退いた。

二条院に戻った光君は自室で横になり、どうにもならないつらさが静まるのを待ってから、左大臣家に行こうと思い立った。庭の植えこみに目をやると、一面青々としている中に撫子《なでしこ》が可憐に咲きはじめている。それを折らせ、命婦の君に託すべく、こまごまと記した藤壺宛ての手紙を書いた。

「よそへつつ見るに心はなぐさまで露けさまさるなでしこの花
（撫子の花を若宮と思って眺めてみましたが、心はなぐさめられることなく、かえっていっそう涙があふれるばかりです）

若宮の誕生を、花の咲くのを待つように心待ちにしておりましたが、そうなっても私たちの仲がどうなるわけでもありませんでした」

命婦はこれを藤壺に見せ、

「ほんの一筆でもお返事を、どうぞこの花びらに」と言う。藤壺も、子まで成した光君との宿縁の深さや我が子の将来など、いろいろなことをしみじみ思っていたので、

「袖濡るる露のゆかりと思ふにもなほ疎《うと》まれぬやまとなでしこ
（袖を濡らすつらい契りのゆかりと思っても、やはりこの子をうとむ気持ちにはなれませんでした）」

とだけ、薄墨で、途中で書きやめたかのような歌を詠んだ。命婦はよろこんでそれを光君に届けた。いつも通り返事などないだろうと、力なく外をぼんやり見ていた光君は、それを受け取って胸をときめかせ、あまりのうれしさに涙までこぼした。

うまくいかない恋を思い、沈んだ気持ちで寝ていても、いっこうに気持ちは晴れず、気を紛らわせるために光君は幼い姫君のいる西の対《たい》に向かった。無造作にほつれた髪のまま、気楽な袿《うちき》姿で、横笛を気軽に吹きながら部屋に入ると、物に寄りかかっている姫君が、先ほどの露に濡れた撫子のようで、じつに可憐に見える。帰ってきたのにすぐに顔を見せてくれなかったことが不満らしく、こぼれるような愛嬌《あいきよう》のある顔をそむけたままでいる。光君が端に膝をついて、「おいで」と言っても、知らん顔で「入りぬる磯の」などとつぶやいて、袖で口元を隠している。「潮《しほ》満てば入りぬる磯の草なれや見らくすくなく恋ふらくの多き（あの人は、潮が満ちると隠れてしまう磯の藻だろうか、見ることは少ない、思うことは多いのに）」という万葉集の一節を口ずさむのは、いかにも機転が利いていて、いっそうかわいらしい。

「おや、言いますね。しょっちゅう逢っていて新鮮味がなくなるほうがよくないよ」

光君は言い、人を呼んで、琴を持ってこさせて姫君に弾かせようとする。

「箏《そう》の琴は中の細い絃《げん》が切れやすいのが厄介だな」と言いながら、平調《ひようじよう》に下げて調子を整えている。すべての絃の調子を合わせるための短い曲を奏でて、琴を姫君のほうに押しやるので、姫君もずっと拗《す》ねているわけにもいかず、あどけない仕草で弾きはじめる。まだちいさい姫君が、左手をのばして絃を押さえるのがじつに愛らしく、光君はいとしくなって、笛を吹き鳴らして教えた。姫君はもの覚えが早く、難しい調子でもたった一度で習得してしまう。何につけても才能のある、すぐれた姫君に光君は理想通りだと満足する。「保曾呂倶世利《ほそろぐせり》」という曲は、曲名は妙だけれど、光君がおもしろく吹きはじめると、姫君は合わせて弾く。まだ未熟なところもあるが、それでも調子を狂わせることなく上手に弾いている。

明かりをつけて、光君が姫君とともに絵を眺めていると、今夜は出かけると前もって伝えられていたお供の人々が咳払《せきばら》いをし、

「雨が降りそうでございます」

と出立《しゅったつ》を促した。例によって姫君はとたんにふさぎこんでしまう。絵を見るのもやめて、うつ伏せになってしまう姫君を、光君は心の底からいとしく思う。ふさふさとこぼれる髪を撫《な》で、「私が出かけるとさみしいの?」と訊《き》くと、姫君はうなずく。

「私も、一日だって会えないと、本当につらいよ。でも、あなたがまだちいさいうちは私は安心しているんだ。だからまず、うるさく恨み言を言う人たちの機嫌を損ねまいと思って、厄介だから、こうしてしばらくは出かけていくのです。あなたが大人になったら、もうどこへも行かないよ。女の人の恨みを買うまいなどと思うのは、長生きをして、あなたといっしょにたのしく暮らしていきたいからだよ」

などと、こまごまと言って機嫌をとっていると、姫君もさすがに恥ずかしくなって、なんと答えることもできないでいる。そのまま膝に寄りかかって眠ってしまう。光君は幼い姫君がいじらしくなり、「今日は出かけないことにした」と言う。それを聞いて女房たちはみな席を立ち、夕食の用意をはじめる。光君が姫君を起こして、「出かけませんよ」と言うと、姫君はぱっと機嫌をなおして起き上がり、ともに夕食をとる。姫君はほんの少ししか箸をつけず、

「では、おやすみなさいませ」と、まだ心配そうにしているので、こんなかわいらしい人を見捨てては、たとえ逃れられない死出《しで》の道へも出かけられるものではないと、光君は思わずにはいられない。

こんな具合に引き止められることも多いので、噂をたまたま耳にしてしまった人が、そのことを左大臣家に伝えると、

「いったいどなたがお住まいなのでしょう。こちらにたいへん失礼な話じゃありませんか。だれとも世間に知られずに、そんなふうに源氏の君にまとわりついて戯れているなんて、身分の高い奥ゆかしい女性じゃないでしょうよ。内裏《だいり》でちょっとお情けをおかけになった女房か何かを、ごたいそうにお扱いになって、人にとやかく言われやしないかと隠しておいでなのでしょう。いかにも分別のない幼稚な女だという噂ですけれど」などと、女房たちもみんなで言い合っている。

そういう人がいると帝《みかど》の耳にも入り、

「気の毒に、左大臣が苦にしているようだが、それももっともだ。まだ何もわからないほど幼いあなたを、一生懸命世話をしてここまでにしてくれた気持ちを、どれほどのものかわからない年でもないだろうに、どうして薄情な仕打ちができるのか」

と苦言を呈するのを、光君はおそれ入った様子で返事もできずにいる。きっとあの左大臣家の葵《あおい》の上《うえ》とうまくいっていないのだろうと、帝は気の毒にも思う。とはいっても、内裏の女房にしても、あちこちの女たちにしても、色恋沙汰に夢中になって特定のだれかと深い仲になったようにも見えないし、そんな噂も聞かないので、「いったいどんなふうな人目の届かないところを忍び歩いて、これほど恨まれる羽目になっているのだろう」と帝はつぶやく。

帝はかなり高齢ではあったけれど、女のこととなると無関心ではいられず、采女《うねめ》や女蔵人《にょくろうど》といった下級の女官までも、容姿端麗、才気煥発《かんぱつ》の女性を選び、目を掛けていたので、当世の内裏には教養ある女房が揃っている。そうした女房たちでも、光君が何か一言でもかけようものなら、なびか

ない女はまずいない。だから光君はそうしたことがおもしろくも思えず、色恋沙汰は起こしていないようだった。女房たちが試しに戯言《ざれごと》を言いかけても、相手の気分を損ねない程度に受け流し、心底からのめりこんでいくようなことはない。そんな光君を、まったくおもしろみのない堅物だと思う女もいるほどだった。

さて、年配の典侍《ないしのすけ》がいた。彼女は家柄も立派で才気があり、気品もあって人から尊敬もされているが、ひどく好色な性分で、その道ではじつに軽々しいことをする。光君は、こうもいい年をしてなぜそんなに気が多いのかと興味を持って、冗談めかして誘ってみた。すると典侍のほうでは不釣り合いと思うこともなく、本気にしている。あきれたものだと思いつつも、おもしろい女だとも思い、つい言い寄って、親しくなった。もしこのことを他人が知ったら、相手があまりに婆さんすぎると言われるのを憚って、光君はつれない素振りで通しているが、典侍はどうにもそれがつらいようである。

ある日、この典侍は帝の御整髪に奉仕していた。それが終わると帝は装束係を呼んで、着替えるために部屋から出た。部屋にはほかに人もいない。典侍はいつもよりこざっぱりとしていて、姿も髪かたちも色っぽく、着ているものも着こなしもはなやかで垢抜けて見える。なんて若作りをしているのかと光君は苦々しく思うものの、この女はいったいどう思っているのだろうと、無視することもできなくて、裳《も》の裾を引っ張ってみた。すると典侍は派手な絵の描かれた扇で顔を隠すようにして振り向いた。流し目でじっと見つめてくるが、近くで見るとまぶたが黒ずんでげっそり落ちくぼみ、髪もぼさぼさである。年に似合わない派手な扇だと、光君は自分の扇と取り替え、よく見てみると、顔に照り映えるくらい色の濃い赤に、木高い森の絵を金泥で塗りつぶしてある。その端に、じつに古めかしい筆跡ではあるが、「森の下草老いぬれば」などとなかなか上手に書いてある。「大《おほ》荒木《あらき》の森の下草老いぬれば駒もすさめず刈る人もなし（古今集／大荒木の森の下草は老いてしまったから、馬も好まず、刈る人もいない）」という古歌の一節で、書くにこと欠いて悪趣味だなと苦笑しながら、

「『森こそ夏の』といったふうだね」と言う。

「ひまもなくしげりにけりな大荒木の森こそ夏のかげはしるけれ（隙間もなく生い茂って、大荒木の森は夏こそ涼しい日陰である）」をわざとあてつけたのであるが、こんなことを言い交わすのも不釣り合いな相手ではあり、だれかに見られたりしませんようにと光君は気にするが、女はまったく気にも留めていない。

君し来《こ》ば手《た》なれの駒《こま》に刈り飼はむさかり過ぎたる下葉なりとも

（あなたがおいでくださったら、ご愛馬に刈って食べさせましょう、盛りの過ぎた下草ですが）

などと言ってくる様子は、じつに色っぽい。

「笹《ささ》分けば人やとがめむいつとなく駒なつくめる森の木《こ》がくれ

（私の馬が笹を分けていったら、人が咎《とが》めるでしょう。いつなんどきも、森の木陰にはほかの馬が馴《な》れ近づいているらしいですから）

それも面倒だからね」

と言って立ち上がる光君の袖をつかみ、

「こんなつらい思いをしたことはありません。この年になっていい恥さらしです」と典侍は大げさ

に泣き出す。

「そのうち伺います。そうしたいと思いながら、なかなかできないのです」

と振り切っていこうとする光君に典侍は懸命に取りすがり、

「そんなことをおっしゃって、このまま終わりにするおつもりなのでしょう」などと恨み言を言っている。着替えを終えた帝はその様子を襖《ふすま》の隙間から見てしまった。

まったく不釣り合いな二人だと思うと、なんだかおかしくなってきて、「女に目も向けないと女房たちが困っていたが、そうはいってもやはりあなたを見過ごすことはできなかったな」と典侍に言って笑った。典侍は照れくさそうにはしているが、好きな人とのことなら濡れ衣でも進んで着たがる人もいるという、その類いなのか、なんの弁解もせずにいる。

その噂が広まって、なんと意外な二人かと女房たちが取り沙汰しているのを頭中将《とうのちゅうじょう》が聞きつけ、女のことなら隅々まで手抜かりのない自分でも、あの女のことは考えもつかなかった、とはっとする。いくつになっても衰えない典侍の好き心に、にわかに興味を覚えた頭中将はとうとう典侍と懇ろな仲になってしまった。

頭中将も、ずば抜けてすぐれた貴公子なので、あの冷たいお人のかわりの気晴らしに、と典侍は思おうとしたのだが、逢いたいのはやはり光君ただひとりであったとか。選《え》り好みもはなはだしいというものです。

典侍は頭中将との仲をひた隠しにしていたので、光君は知るよしもない。光君を見かけるたびに恨み言を言うものだから、こんな年老いているのにかわいそうだ、よろこばせてあげようと思いはするが、なかなか億劫《おっくう》でその気になれない。そのままずいぶん日にちがたってしまったある日、夕立が降り、そのあとの涼しくなった宵闇に紛れて、温明殿《うんめいでん》のあたりを光君がぶらぶら歩いていると、この典侍がそれはみごとに琵琶《びわ》を掻き鳴らしている。帝の御前での音楽の催しでも、男たちに混じって演奏するくらいの腕前である上に、かなわぬ恋の恨みを胸に秘めているせいもあって、その音色は身に染みるような哀調を持って響いた。「いっそ自分をほしがっているあの瓜作りの妻になろうかしら」という意味の催馬楽《さいばら》を、たいそうな美声でうたっているのが、どうも気に入らない。しかしその美声から光君は、白楽天《はくらくてん》が身元を訊いても答えなかった、うつくしい歌うたいの話を思い出した。あの鄂州《がくしゅう》にいたという昔の女も、このような美声だったのだろうかと足を止めて聴き入った。琵琶の音が止《や》み、典侍はずいぶんと嘆き悲しんでいるようである。光君は、この戸を開けてください、と催馬楽の「東屋《あずまや》」を小声でうたいながら近づいた。「どうぞ開けてお入りください」と、典侍も「東屋」の後を続けてうたう。そんなところも、ほかの女とは違うと思わせる。

立ち濡《ぬ》るる人しもあらじ東屋《あづまや》にうたてもかかる雨《あま》そそきかな

（この東屋の軒から雨だれが落ちています、私を訪ねて、その雨に濡れる人などいるはずもありません）

と嘆くのを、自分ひとりがこんな恨み言を言われる筋合いもないだろうに、嫌になる、どうしてこうまでしつこいのだろうと、光君は思わずにはいられない。

人づまはあなわづらはし東屋のまやのあまりも馴《な》れじとぞ思ふ

（人妻はなんだか面倒です、あまり親しくするのはやめようと思います）

とでも言ってそのまま立ち去ってしまいたいが、それもあまりにもそっけないかなと思いなおし、調子を合わせてちょっとした冗談などを典侍と言い合って、これもまあ、珍しい経験ではあると思ったりする。

頭中将は、光君がひどく真面目ぶって振る舞い、いつも自分を非難するのが癪《しやく》だと思っていた。実際は何食わぬ顔であちこち通っているところがたくさんあるらしいのを、いつか突き止めてやろうと常々思っていたところ、たまたまこの場に居合わせて、やった、という気持ちだった。こういうときにちょっと脅してこわがらせて、懲りましたか、とでも言ってやろうと、光君を油断させるためにしばらく様子を見ていた。

風が冷たくなってきて、次第に夜も更けてきた。少し寝入った様子なので、頭中将はそっと中に入った。典侍を相手に、気を許してぐっすり眠る気にもなれなかった光君は、すぐにその音を聞きつけた。けれどもまさか頭中将だとは思わずに、未だに典侍を忘れられずにいるという噂の修理大夫《すりのかみ》に違いないと思いこんだ。そんな分別ある大人にこんな場面を見られたら決まりが悪い、

「なんて面倒な。もう帰るよ。いい人がくることは蜘蛛《くも》の様子でわかっていただろうに。うまくだますなんてひどい話だ」と、直衣《のうし》だけ手にして光君は屏風《びようぶ》の後ろに隠れた。

頭中将は笑い出したいのをこらえて、光君が引きめぐらせた屏風に近づき、あわてさせてやろうと、わざと大げさにばたばたと音を立ててたたみ寄せる。典侍は、年をとっているけれども、こういうことには長《た》けた経験豊富な女で、これまで幾度もこんなふうに危ない目にあっていたから、慣れたものである。内心ひどくうろたえてはいるものの、頭中将が光君をどんな目に遭わせるのかと心細さに震えながら、しっかりと頭中将に取りすがっている。光君は、自分がだれか知られないまま帰りたいと思うが、このだらしない恰好《かっこう》で、冠も歪《ゆが》んだまま駆け出していく後ろ姿を想像すると、あまりの醜態に、そうすることもできない。頭中将は、自分だとわからせないように何も言わず、

ただすさまじく怒っているふうを装って、太刀《たち》を引き抜いた。女は、「あなた、やめてお願い、あなた」と、頭中将の前にまわり、手をすり合わせて拝むので、頭中将は、あやうく噴き出しそうになる。色香ただよう若作りをしている、その見かけはともかく、五十七、八歳にもなろうという老女が、恥も外聞も忘れて大声を出し、麗しい二十歳の若人たちのあいだに挟まれておろおろしているのは、なんともみっともないものである。まったくの別人のように装って、おそろしげなふりをして見せているけれど、かえってそのせいで頭中将だと光君は気づいてしまう。頭中将がこちらがだれかわかっていて、わざとやっているのかと思うと馬鹿馬鹿しくなった。何をやっているのやら、あまりのおかしさに、太刀を抜いている頭中将の腕をつかまえて、力いっぱいつねった。見破られたか、と頭中将はくやしく思うが、こらえきれずに笑い出す。

「おいおい、本気なのかい。うっかりふざけてもいられないね。ちょっと、この直衣を着るから」

と言うが、頭中将がしっかりつかんで放さないので、着ることもできない。

「それなら、あなたもつきあいなさい」と、光君は頭中将の帯を解いて脱がせようとする。頭中将は脱がせまいとさからって、二人で引っ張り合っているうちに、直衣の袖が、縫い合わせていないところからはらはらと切れてしまった。

「つつむめる名やもり出でむ引きかはしかくほころぶる中の衣《ころも》に

（包み隠そうとしている浮き名も漏れ出てしまうでしょう。引っ張り合って、二人の仲を包んでいた中の衣もこんなにほころびてしまったのですからね）

これを上に着たら、すぐばれてしまうよ」

と頭中将が言う。光君は、

「かくれなきものと知る知る夏衣《ころも》きたるを薄き心とぞ見る
（あなたと典侍の仲まで知られることになると承知していながら、やってくるとは、ずいぶん思いやりのないことですね）」

光君はそう言い、二人とも恨みっこなしの、同じくらいしどけない姿でいっしょに帰っていった。

光君は、まったく嫌なところを見られてしまったものだとくやしく思いながら横になった。ことの顚末《てんまつ》にあきれた典侍は、後に残された指貫《さしぬき》や帯を、翌朝光君に届けた。

「うらみてもいふかひぞなきたちかさね引きてかへりし波のなごりに
（お恨みしてもなんの甲斐もありません。お二人が次々といらしてさっとお帰りになった後では）

涙も涸《か》れて涙川の底もあらわになるほどです」

と手紙にはある。まったくあつかましい言いざまだと、憎々しい気持ちで手紙を眺めていたが、夕べの、途方に暮れていた面持ちを思い出すとさすがに気の毒になる。

あらだちし波に心は騒がねど寄せけむ磯《いそ》をいかがうらみぬ
（荒々しく寄せてきた波――頭中将はなんとも思わないけれど、その波を招き寄せたあなたを、どうして恨まないでいられますか）

とだけ書いた。届けられた帯は頭中将のものだった。自分の直衣の色より濃いと思い、あらためて見ると、自分の直衣の端袖も切れている。見苦しいものだな、と光君は思う。女遊びに夢中になる人はこんな醜態をさらすことも多くなるのだ、いよいよ慎まねばならないと思わずにはいられない。頭中将が、自分の宿直所《とのいどころ》から「とりあえずこれを縫いつけてください」と、その切れた端袖を包んで送ってきたので、どうやって持っていったのだろうと光君はおもしろくない。もしもこの頭中将の帯をこうしてとっていなかったら、どんなにくやしかったろうと思う。その帯と同じ色の紙に包み、

なか絶えばかことやおふとあやふさにはなだの帯は取りてだに見ず

（もしあなたと典侍の仲が切れたら、私に帯をとられたせいだと恨まれやしないかと心配なので、この縹《はなだ》の帯には触れてもおりません）

と書き送った。折り返して、

「君にかく引き取られぬる帯なればかくて絶えぬるなかとかこたむ

（あなたにこうして帯――典侍をとられてしまったのですから、あの人との仲は絶えたのだとお恨みします）

ぜんぶあなたのせいですよ」とある。

日が高くなって、二人とも殿上《てんじょう》の間《ま》に上がった。光君が、昨日のことなどなかったかのように澄ましているので、頭中将はおかしくてたまらない。その日は公事に関する奏上、宣下の多い日だったので、折り目正しくあらたまった態度でいるが、お互いについつい苦笑してしまう。人のいない時を見計らって頭中将は光君に近づき、

「隠しごとはもう懲り懲りだろうね」と、得意そうな顔つきでじろりとにらむ。

「いいや、そんなことはないさ。せっかく忍んできたのにそのまま帰った人こそ、気の毒だよ。しかし真面目な話、『女はむずかしい』だね」と言い合って、「このことは他言無用」と互いに約束した。

さてその後、何かというと頭中将はこの一件を持ち出してくるので、これも結局はあの厄介な老女がいけないのだと、光君は思い知ることになる。典侍は未だに色っぽく恨み言を伝えてくるので、困ったものだと光君は逃げまわっている。頭中将は、妹の葵の上にこのことを告げ口することはせず、何かあった時に脅しの材料にしようと心にしまっておいた。

身分の高い女性を母親に持つ親王《みこ》たちでさえ、父帝の、光君にたいする扱いが別格なので、気を遣って遠慮しているのに、この頭中将は、どんなちいさなことでも光君にぜったいに負けるはずがないと対抗意識を燃やしているのである。左大臣の子息たちの中で、この頭中将だけが葵の上と同腹だった。彼は、自分と光君との違いは、光君が帝の子だというだけではないかと思っていた。自分だって、同じ大臣の中でも帝の信任のとくべつ篤い父左大臣が、帝の妹である内親王に産ませた息子であり、この上なくたいせつにされているのだから、まったく引けをとらない身分ではないかと思っているのだった。人柄も非の打ちどころなく立派で、何ごとにおいても申し分なく、不足なところもない青年である。つまらないことでも二人は張り合うので、見ていると不思議なほどだった。とはいえそんなことを語るのも面倒なので、省いて先に進みましょうか。

七月に、藤壺が正式に皇后に立つこととなった。光君は宰相《さいしょう》（参議）になった。帝は、譲位しようという気持ちが強くなり、譲位後は、あたらしく生まれた若宮を東宮に立てたいと思った。けれども政治的な後見となる人がいない。母方は、みな親王たちばかりで、皇族が政事《まつりごと》にかかわることはできない。せめて母宮だけでもしっかりした地位に就けて、若宮の後ろ盾にしようと考えた。当然ながら、弘徽殿女御《こきでんのにょうご》はますますもって心中穏やかではない。けれども、

「東宮のご治世ももうすぐなのだから、その時あなたは間違いなく皇太后の位に就く。安心してい

なさい」と帝は言い聞かせていた。確かに、東宮の母親となって二十年余りになるこの女御をさしおいて、先を越すようにほかの人を后に定めるのはなかなか難しいのではないかと、例によって、世間でもうるさく噂していた。

藤壺が、はじめて皇后として入内する夜に、宰相となった光君はお供をした。同じ后といっても、藤壺は先帝の后腹の皇女である。その身分も姿も玉のように光り輝いて、その上帝の格別な寵愛をほしいままにしているお方だと、人々もそれは丁重に、格別の思いをこめて仕えている。せつなく藤壺を思い続ける光君は、御輿《みこし》に乗った藤壺の姿を思い浮かべ、いよいよ手の届かない人になってしまったと、胸を掻きむしられる思いである。

「尽きもせぬ心の闇《やみ》にくるるかな雲居《くもゐ》に人を見るにつけても

（尽きることのない心の闇に目もくらむようだ。はるかの高みにあの人を仰ぎ見ても）」

とだけ、独り言がつい口をつく。ままならない思いを光君は噛《か》みしめる。

皇子は月日ごと成長するにつれて、光君と見分けがつかないほど似てくる。そのことに藤壺は苦しんでいるが、気づく人はいないようである。なるほど考えてみれば、うつくしい人というのは光君に似るのも無理はない、この二人がこうしているのは、まるで月と太陽が同じように空に輝いているようなものだと、世の中の人々は思っているのだった。

花宴《はなのえん》

宴の後、朧月夜に誘われて

桜の宴の後、朧月夜に出逢ったのは、
恋をしてはいけない相手だったのかもしれません……。

*登場人物系図
△は故人

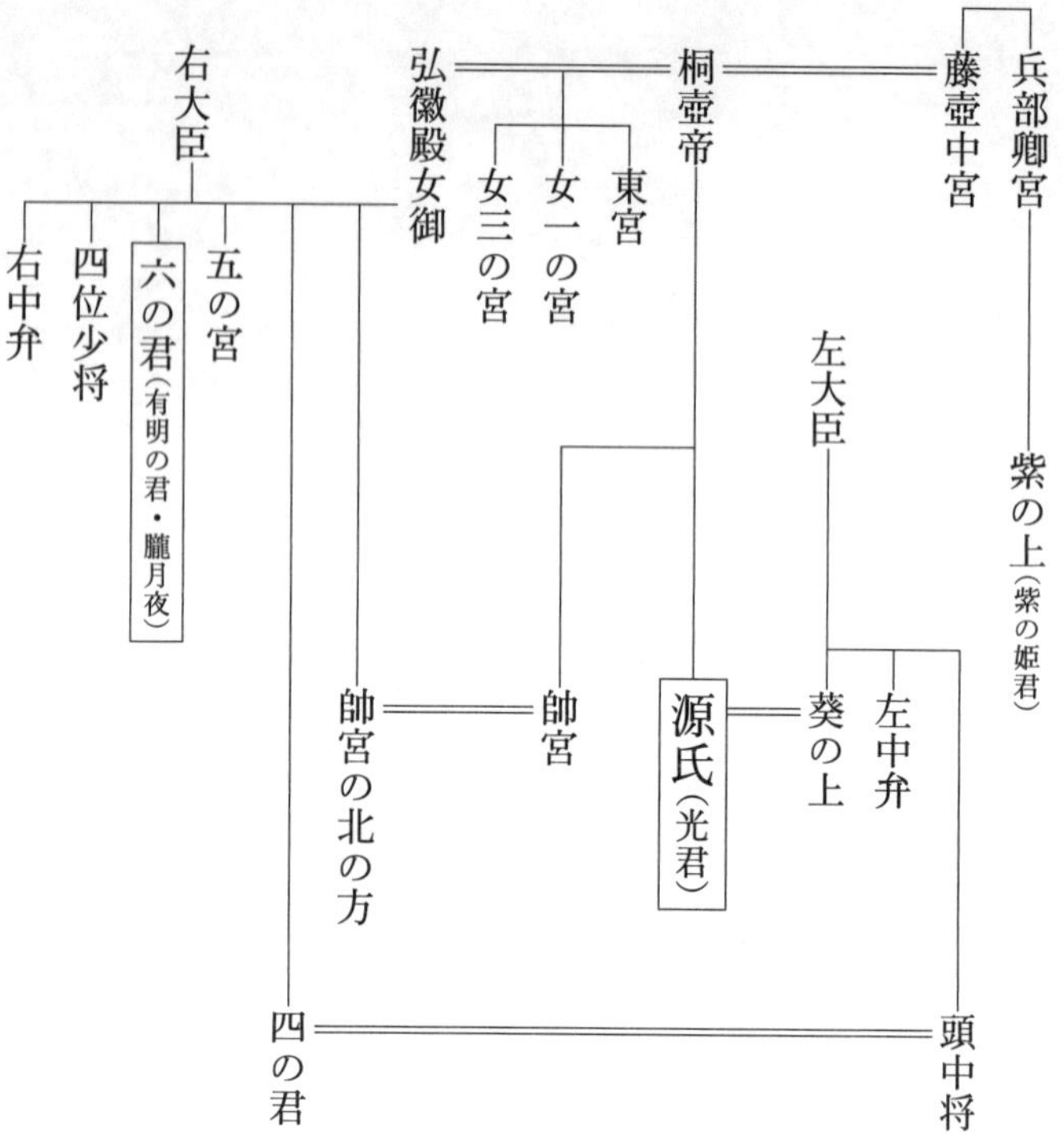
兵部卿宮
藤壺中宮
桐壺帝
弘徽殿女御
右大臣
東宮
女一の宮
女三の宮
五の宮
六の君（有明の君・朧月夜）
四位少将
右中弁
左大臣
紫の上（紫の姫君）
源氏（光君）
葵の上
左中弁
帥宮
帥宮の北の方
四の君
頭中将

二月の二十余日に、南殿《なでん》の桜の宴を催すことになった。后《きさき》となった藤壺《ふじつぼ》と、東宮《とうぐう》の席が、それぞれ玉座の左右にしつらえられた。二人があらわれ、着席する。藤壺が后となったことを、未《いま》だにおもしろく思っていない弘徽殿女御《こきでんのにょうご》であるが、今日のように盛大な宴にはじっとしていられず、物見に出向いた。

よく晴れて、空の色も鳥の声も心地《ここち》よい日である。親王《みこ》たち、上達部《かんだちめ》たちをはじめ、その道にすぐれた人々はみな、御前にて韻字をもらい、その韻字から詩を作る。宰相《さいしょう》となった光君《ひかるきみ》は、「春という字をいただきました」と言うが、その声もまた、いつものように並の人とはまったく異なっている。次に頭中将《とうのちゅうじょう》である。光君の後で自分が人々からどんなふうに見られるかたいそう気にしつつも、見苦しくなく落ち着いて、堂々と立派な声を出した。その後に続く者は、みな気後れしておどおどしている。殿上《てんじょう》に上がることのできない地下《じげ》の文人たちはまして、帝《みかど》も東宮も詩才にすぐれている上に、漢詩の道にすぐれた人も大勢いる時世なので、なおのこと気が引けて、広々とした立派な紫宸殿《ししんでん》の庭に出ていく時は、なんでもないことなのにじつに難しく思えてしまう。年をとった博士たちが、身なりはみすぼらしく貧相なのに、こういう場に慣れているのもしみじみといいもので、そうした人々を帝はたいへん興味深く眺めた。

数々の舞楽も、いうまでもなく万端に用意させてあった。次第に日が傾いていくなか、「春鶯囀《しゅんのうでん》」という舞がとてもすばらしく、東宮は紅葉《もみじ》の賀《が》での光君の舞を思い出す。冠《こうぶり》に挿すよう桜を渡し、ぜひとも舞を、と幾度も頼むので、断ることができずに光君は立ち上がり、静かに袖を翻すところをひとさし、申し訳程度に舞ってみせる。それだけでも、だれも真似できないほどすばらしく見える。左大臣は日頃の不満も忘れて涙を流す。

「頭中将、どうした、早く」と帝に促され、頭中将は立ち上がり、こういうこともあろうかと心づもりしていたのか、「柳花苑《りゆうかえん》」という舞を一段と念入りに舞った。じつに堂々たる舞だったので、頭中将は帝から御衣《おんぞ》を頂戴した。珍しいことである。上達部たちも、みな順番もなく舞を披露したけれど、夜も更けてきて、うまいか下手かもわからない。作り上げた詩を読み上げる時、読み手の講師も光君の詩を一気に読むことなく、句ごとに読んでは褒め称《たた》えている。博士たちも、みごとだと感服するほかない。

このような晴れ舞台の際に、いつも一座のまさに光となってしまう光君を、帝がおろそかに思うはずがない。藤壺は、光君の姿が視界に入るたび、弘徽殿女御はなぜあんなにこの君を憎むことができるのかと不思議に思い、また、こんなふうに君に惹《ひ》かれる自分を情けなく思い、自戒するのだった。

おほかたに花の姿を見ましかばつゆも心のおかれましやは

(何ごともなくこの花のような姿を見るのであれば、露ほどの気兼ねもいらないでしょうに)

と、本人が心の中でひそかに詠んだ歌が、なぜ世間に漏れ広がってしまったのでしょうね……。

夜がすっかり更けて、行事は終わった。

上達部たちがそれぞれ退出し、藤壺も東宮も帰った。あたりはひっそりと静まり、月が明るく射《さ》しこんでそれはうつくしく、酔い心地の光君は、そのまま帰る気にはどうしてもなれなかった。清《せい》涼殿《りょうでん》の宿直人《とのいびと》ももう寝ているだろう。こうした不意の時に、もしかしてちょっとした隙があるのではないかと藤壺の御殿のあたりを光君はこっそりとうかがって歩いた。けれど、取り次ぎを頼もうにも女房たちの部屋の戸もぴったりと閉まっているので、ため息をつく。それでもあきらめることができずに、弘徽殿《こきでん》の西廂《にしびさし》に立ち寄った。女房の部屋が並んでいる細殿《ほそどの》に立ち寄ると、北から三間目の戸口が開いている。宴の後、弘徽殿女御はそのまま上の部屋に行ったので、女房たちもそちらにお供していったのか、人が少ない様子だ。母屋に通じる奥の扉も開いていて、人の気配もない。こうした不用心から男女の間違いは起こるのだと思いながら、光君はそっと細殿に上がって奥を見る。女房たちはみな寝てしまっているらしい。すると、たいそう若くてうつくしい声の、しかも並の身分とも思えない女が、「朧月夜《おぼろづきよ》に似るものぞなき」と口ずさんで、こちらに近づいてくるではないか。光君はうれしくなって、その袖をついとつかんだ。女はおびえた様子で、

「あら、嫌だ、どなた」と言う。

「こわがることはありませんよ。

深き夜のあはれを知るも入《い》る月のおぼろけならぬ契《ちぎ》りとぞ思ふ

（あなたがこの深夜の趣に感じ入るのも、私に逢《あ》うという前世からのよくよくの縁があるからだと思いますよ）」

と光君は言い、女を細殿に抱き下ろし、扉を閉めてしまった。思いもしなかったことに呆然《ぼうぜん》とし

ている女の様子が、好ましく、光君は心惹かれる。女はがたがたと震え、

「ここに人が」と声を上げるが、

「私は何をしてもだれにも咎《とが》められませんから、人を呼んでもなんにもなりません。静かにしてくださいな」と言うその声で、光君だとわかって女は少しばかり安堵した。困ったことになったと思いはするが、恋心のわからない剛情な女だと思われたくない、とも思う。

光君は珍しく酔っぱらっていて、そのまま手放してしまうのは惜しいと思い、また女も女で、まだ若く、たおやかな性質で、強くはねつけるすべも知らないのだった。

なんてかわいい人なのだろうと光君が思っているあいだに、夜も明けてきて、気が気ではない。まして女はあれこれと思い乱れている様子だ。

「どうか名前を教えてください。どうやってお便りすればいいのかわかりませんから。これで終わろうなんて、よもや思っていませんよね」と光君が言うと、
うき身世にやがて消えなば尋ねても草の原をば問はじとや思ふ
(ふしあわせな私が名乗らないままこの世から消えましたら、草の原を分けてでも尋ね当てようとは思ってくださらないのですか)

と詠む女は、艶《なま》めいていて優雅である。

「その通りです。言葉が足りませんでしたね。

いづれぞと露のやどりを分《わ》かむまに小笹《こざさ》が原に風もこそ吹け
(名前を知らず、どこが露のようにはかないあなたの住まいかとさがしているうちに、風のように噂《うわさ》が立って私たちの縁が切れてしまわないか心配したのです)

迷惑でないのでしたら、隠すこともないでしょう。ひょっとして私をはぐらかすつもりですか」と光君が言い終わらないうちに、女房たちが起きてきて騒がしくなる。上の部屋から下がる弘徽殿女御を迎えるためだろう、女房たちがせわしなく動きはじめている。光君は仕方なくそれぞれの扇を取り替えて逢瀬《おうせ》の形見とし、出ていった。

光君の宿直所《とのいどころ》である桐壺《きりつぼ》には、女房たちが大勢控えている。目を覚ました者もいて、光君の朝帰りに気づき、「なんと熱心なお忍び歩きでしょうね」などと、つつき合いながら寝たふりをしている。光君は部屋に入り寝ようとするが、眠ることができない。

きれいな人だったなあ。弘徽殿女御の妹君たちのだれかなのだろうけれど、ずいぶん若かったようだから五《ご》の君《きみ》か六《ろく》の君《きみ》だろう。大宰《だざい》の帥宮《そちのみや》の妻や、頭中将があまりだいじにしていない四《よん》の君《きみ》は美人だという評判だが、そういう人だったらもっとおもしろかっただろうに。右大臣は六の君を東宮に嫁がせるつもりらしいから、もしあの女がその六の君だったら気の毒なことになる。どうも右大臣家は面倒なことが多いし、あれこれ詮索しても五の君か六の君かはわからないだろう。あれきりで終わろうとはあの人も思っていない様子だったけれど、手紙をどうやってやりとりすればいいか、なぜ教えてくれなかったのだろう、などと思いめぐらせてしまうのも、女に心惹かれているからだろう。それにつけても光君は藤壺を思い出さずにはいられない。比べてみると、あのお方は、どこまでも奥深く、まったく近づきがたいものだ、と。

その日は後宴《ごえん》があり、光君は一日中忙しく過ごした。箏《そう》の琴《こと》の演奏をまかされていたのである。昨日の花の宴よりも、この日はのどかで優雅だった。藤壺《ふじつぼ》は、夜明け前に上の部屋に上がっていった。光君は、一夜をともにしたあの有明《ありあけ》の女君はもう宮中を退出してしまっただろうかと気もそぞろで、こういうことにかけては万事ぬかりない良清《よしきよ》と惟光《これみつ》を立たせ見張りをさせておいた。帝《みかど》の前から退出し、光君は良清と惟光を呼んだ。

「たった今、北門から、かねてから物陰に用意してありました幾つかの車が退出いたしました。女御方の実家の人々がおりまして、四位少《しいのしょうしょう》将や右中弁《うちゅうべん》が急いで出てきて見送っておりましたから、弘徽殿女御《こきでんのにょうご》ご一族が御退出されたのだと思います。様子からして相当な身分の方々とはっきりわかりまして、そのような車は三つばかりございました」

という彼らの報告を聞いて、胸がつぶれる思いがする。どうしたら何番目の姫君かなどと確かめられるだろう。父の右大臣の耳に入って、仰々しく大げさに婿扱いされても困る。それに、相手のこともまだよく知らないうちは、面倒なことになるかもしれない。かといって、相手がだれだかわからないままでいるのも嫌だ、いったいどうしたらいいのだろう。そんなことをあれこれと考えながら、光君は横になっていた。

紫《むらさき》の姫君がどんなにさみしがっているだろう。もう何日も逢っていないから、さぞやふさぎこんでいることだろうと光君はいじらしく思う。

逢瀬の形見として取り交わした扇は、桜色に塗った三重がさねで、色の濃い片面には霞《かす》んだ月と、それが水に映っている様が描かれている。ありふれたものだが、なつかしく感じるほど使いこまれている。「草の原をば」と言った女の面影が忘れられず、

世に知らぬここちこそすれ有明《ありあけ》の月のゆくへを空にまがへて

（こんな思いは今まで味わったことがない。有明の月を空に見失ってしまうなんて）

と扇に書きつけて、とっておいた。

葵《あおい》の上《うえ》のいる左大臣家にもずいぶん顔を出していないのだが、やはり幼い姫君のことが気掛かりで、自邸の二条院に向かった。紫の姫君は見れば見るほどうつくしく成長し、愛嬌《あいきよう》もあり、利発な気性が際立ってきている。自分の理想通りに教育してみようという光君の思いにかなっていると言える。教育するのが男なので、少々開けっぴろげなところがあるかもしれないというのが、光君には気掛かりではある。この数日のできごとを話して聞かせたり、琴を教えたりして日を過ごし、夜になって光君が出かけようとすると、またいつものお出かけかと残念そうではあるが、この頃はもう慣れて、聞き分けなく後を追い、まとわりつくようなことはなくなった。

左大臣家の葵の上は、いつものようにすぐには姿をあらわさない。光君は所在なくあれこれと考えごとにふけり、箏を手すさびに弾きながら、「貫河《ぬきがは》の瀬々《せぜ》の　やはら手枕《たまくら》　やはらかに　寝《ぬ》る夜《よ》はなくて　親離《さ》くる夫《つま》（やわらかい手枕で親しく眠る夜もなく　親が遠ざける私の夫よ）」と催馬《さいば》楽《ら》をうたった。そこへ左大臣がやってきて、先日の花の宴がすばらしかったと話し出す。

「この老齢で、四代の天子にお仕えして参りましたが、このたびのように詩文がすぐれていて、舞楽や管絃《かんげん》もすばらしく、寿命が延びるような心地がしたことはありませんでした。それぞれの道での才人が多いなか、すべてくわしく承知し、ふさわしい人選をなさったあなたさまのお力ゆえでしょう。この年寄りも今にも舞い出してしまいそうな気持ちでございました」

「いいえ、とくべつ指図してどうこうしてはおりません。ただお役目として、すぐれた専門家たちを方々からさがしてきただけのことでございます。頭中将が舞った『柳花苑《りゆうかえん》』は、後々の世まで手本として伝えられるに違いありませんが、この栄えゆく御代《みよ》の春に、大臣ご自身が立ち上がって舞いはじめましたら、さぞかし一代の評判となったことでしょうね」と光君は言う。

左大臣の子息、左中弁と頭中将もやってきて、高欄に背をもたせかけ、思い思いに楽器の音色を合わせて合奏をはじめ、たのしい時を過ごす。


あの有明《ありあけ》の君《きみ》は、光君とのはかない夢のような逢瀬を思い出し、やるせなくもの思いにふけって日を過ごしていた。東宮に入内《じゆだい》するのは四月頃と決まっているので、どうしようもなく思いは乱れる。光君も、さがしあてるのに手がかりがないわけではないが、どの姫君ともわからないまま、とりわけ自分を認めようとしない右大臣一族にかかわり合うのも体裁が悪くてどうにもしようがない。

三月の二十日過ぎ、右大臣家で行われる弓の試合の折、上達部《かんだちめ》や親王《みこ》たちを大勢招いて藤の花の宴を催すことになった。桜の盛りは過ぎているが、「ほかの散りなむ後ぞ咲かまし（ほかの花の散った後に咲きなさい）」とでも教えられたのか、遅れて咲いた二本の桜がじつにうつくしい。弘徽《こき》殿女御《でんのにようご》の産んだ二人の姫君の成人の儀は、みごとに飾りつけられた新築の御殿で執り行われた。派手好きな右大臣家の好みの通りはなやかにしつらえてある。右大臣は、宮中で顔を合わせた折に光君も招待したのだが、来ていないようである。これは残念だ、催しの見栄えがしないと思った右大臣は、息子である四位少将《しいのしようしよう》を迎えにいかせた。

わが宿の花しなべての色ならば何かはさらに君を待たまし
（我が家の藤の花が並のうつくしさならば、あなたのお出《い》でを待ったりしませんよ）

宮中にいた光君は手紙を受け取り、父帝《ちちみかど》にそのことを告げた。

「ずいぶん得意げな歌だ」と帝は笑い、「わざわざ迎えも寄越したのだから、早くお行きなさい。

あなたの従姉妹《いとこ》にあたる内親王たちが育った邸《やしき》だから、あなたのことも赤の他人とは思っていないのだろうよ」と言う。光君は身なりをきちんと整え、すっかり日の暮れた時分、ずいぶん待たせてから到着した。

ほかの人はみな正装をしているなかに、桜襲《さくらがさね》の唐《から》の綺《き》の直衣《のうし》に、葡萄染《えびぞ》めの下襲《したがさね》の裾を長く引き、皇子《みこ》らしい洒落《しやれ》て優雅な装いで、丁重にかしずかれながら宴席に入ってくる光君は、呆気《あつけ》にとられるほどのうつくしさである。花の色香もそれにはかなわず、かえって興ざめに思えるほどだ。管絃の遊びなどをたのしみ、夜が更ける頃、光君は酔っぱらって気分が悪くなったふりを装って、さりげなく席を立った。

女一《おんないち》の宮《みや》と女三《おんなさん》の宮《みや》がいる寝殿の、東側の戸口にやってきて、光君は長押《なげし》に寄りかかった。藤の花はちょうどそのあたりに咲いているので、どの格子《こうし》も開け放たれ、女房たちが端近くに座っている。女房たちはその袖口を、踏歌《とうか》の儀式の時でもあるかのように、御簾《みす》から派手に押し出している。それを見て光君はみっともないと思い、またしてもあの藤壺《ふじつぼ》の奥ゆかしさを思い出さずにはいられない。

「気分が悪いのにひどく飲まされて、弱っています。申し訳ないけれど、こちらなら私を隠してくれるのではないかと思いまして」と、光君は御簾をかぶって上半身を入れた。

「まあ、困ります。身分の低い者なら高貴な親族を頼ってくると申しますけれど、あなたさまは違いますでしょう」と言う女房の様子は、重々しくはないが、そのへんの若い女房ではなく、品がありたしなみ深いことがはっきりとわかる。部屋では香が煙《けぶ》るほど薫《た》かれていて、女たちはわざと大きな衣擦《きぬず》れの音を立てている。奥ゆかしさに欠けた、派手好みの邸である。女宮たちが見物するというので、この戸口に座席を設けているのだろう。そんなことはすべきではないのだが、興味を覚えた光君は、このあいだの女君はどの人だろうかと胸をときめかせ、「高麗人《こまうど》に　帯をとられてからき悔《くい》する……」という催馬楽を、「扇を取られて、からきめを見る……」と変えて、わざとのんびり言い、長押に身を寄せて座った。

「帯ではなくて扇なんて、変な高麗人ですわね」と言っているのは、事情を知らない女房だろう。御簾の向こうで、何も答えないが、ただときおり深くため息をつく気配を察し、光君はそちらに寄り添い、几帳《きちょう》越しに手をとった。

「あづさ弓いるさの山にまどふかなほの見し月のかげや見ゆると
（月の入るいるさの山でうろうろしています。ほのかに見た月が、また見えるかと思って）

なぜでしょうね」

と当て推量で言うと、相手もこらえきれなかったのだろう、

「心いるかたならませばゆみはりの月なき空にまよはましやは
（深くお思いでしたら、たとえ月が出ていなくても迷ったりなさるでしょうか。月のない暗い夜でもお通いになるはずです）」

と言うその声は、紛れもなく、あの夜の人である。光君はじつにうれしいのだけれども……。

葵《あおい》

いのちが生まれ、いのちが消える

男の子を産み落とした葵の上は、みずからのいのちまで落としてしまい……
最後まで打ち解け合えなかったことをさぞや悔やんだことでしょう。

＊登場人物系図
△は故人

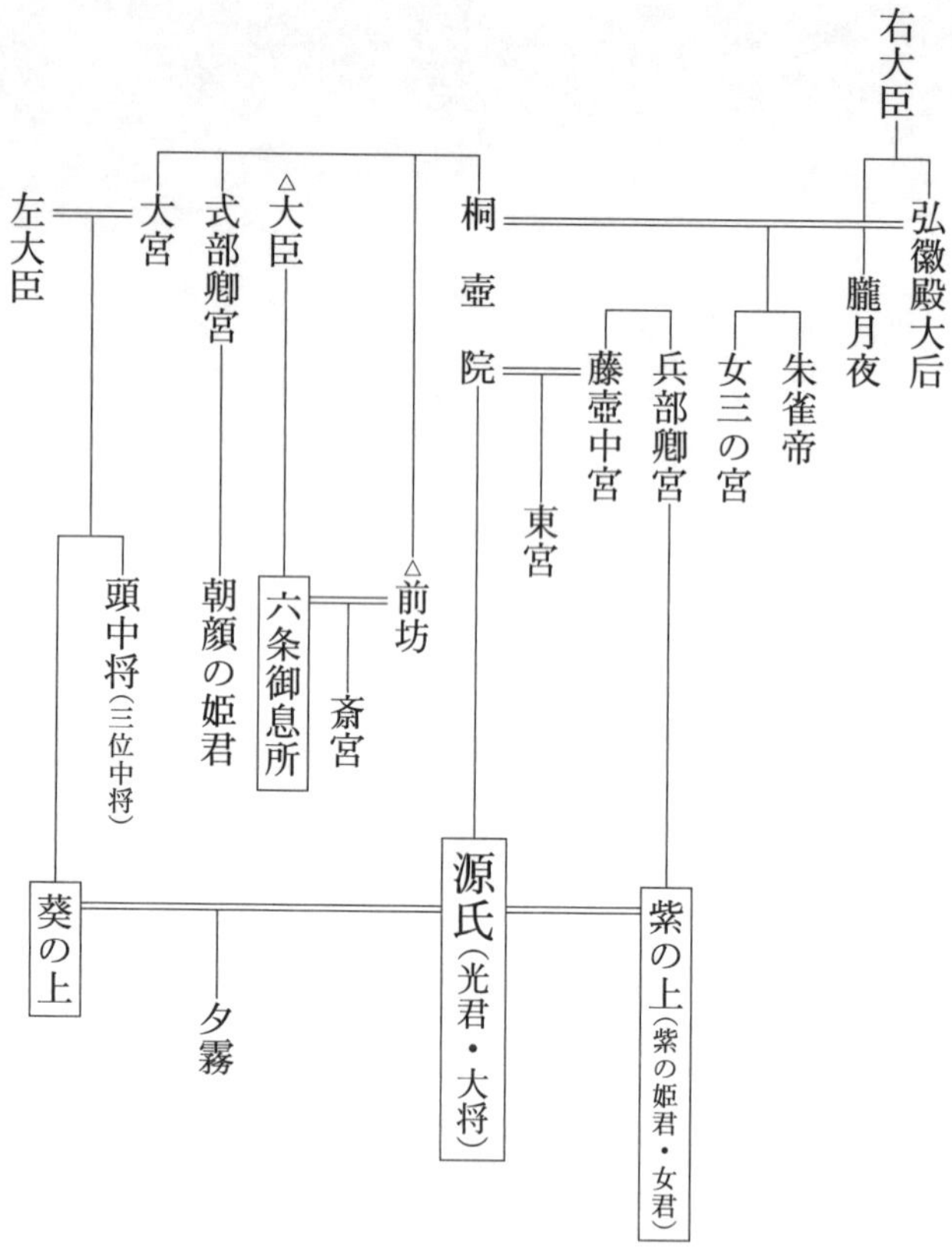
右大臣
弘徽殿大后
朧月夜
朱雀帝
女三の宮
兵部卿宮
藤壺中宮
桐壺院
東宮
△大臣
式部卿宮
大宮
左大臣
△前坊
六条御息所
斎宮
朝顔の姫君
頭中将（三位中将）
源氏（光君・大将）
紫の上（紫の姫君・女君）
葵の上
夕霧

二年がたった。そのあいだに桐壺帝《きりつぼてい》は譲位し、東宮《とうぐう》であった朱雀帝《すざくてい》が即位した。光君《ひかるきみ》は何もかも億劫《おっくう》に感じられて仕方がない。宰相《さいしょう》の中将から近衛《このえ》の大将へと昇進したが、そのせいか、軽々しい忍び歩きも慎むようになった。あちこちの女たちが、なかなか逢《あ》ってもらえない嘆きを重ねていた。その報いであるかのように、光君自身も、逢ってくれない藤壺《ふじつぼ》の心をどこまでも嘆き、悲しみに暮れている。

譲位した後は、桐壺院と藤壺はごくふつうの夫婦のようにずっといっしょに暮らし、そのことをおもしろく思わない弘徽殿女御《こきでんのにょうご》は、息子（朱雀帝）のいる宮中にばかり入り浸っている。もうほかに肩を並べて張り合う人もいない藤壺は、院の御所で気楽に暮らしている。桐壺院は折々に、趣向を凝らした管絃《かんげん》遊びの催しを、世間でも評判になるほど盛大に開き、在位の時よりよほど幸福そうである。ただ、宮中にいる東宮がひたすら恋しかった。後見人がいないことを心配し、院は光君にあれこれと依頼した。気が咎《とが》めはするものの、東宮のために何かするのは光君にはうれしかった。

ところで、あの六条御息所《ろくじょうのみやすどころ》と、亡くなった前の東宮とのあいだに生まれた姫宮が、斎宮《さいぐう》として伊勢神宮に仕えることとなった。御息所は、光君の気持ちもまったく頼りにならないし、娘がまだ幼いから心配だという口実で、自分も伊勢神宮に下ってしまおうかとずっと考えている。

この噂《うわさ》を聞いた桐壺院は、

「我が弟の亡き東宮が深く愛していたせつにしていた御息所を、あなたがそのへんの女と同じように扱っているのは気の毒なことではないか。斎宮も、私の皇女たちと同じように思っているのだよ。亡き東宮の気持ちを思っても、私の気持ちを考えても、いい気になって浮気などをする者は、世間から非難を受けることになるぞ」と機嫌が悪いので、光君はまったく仰せの通りだと心から思い、恐縮してそれを聞いている。

「相手に恥をかかせるようなことなく、だれをも傷つけることのないようにちゃんと扱って、女の恨みなど買わないようにしなさい」

院に言われた光君は、もし藤壺との不届きな恋の一部始終が知られたらいったいどうなるのだろうとおそろしくなり、かしこまってその場を退出した。

自分と御息所のことは院の耳にまで入っていてあんな忠告を受けたのだ、御息所の面目のためにも、自分のためにも、あまりにも浮気っぽく見苦しい振る舞いはやめようと思い、以前よりいっそう丁重に扱いながら、しかし光君は彼女を正妻としては迎えない。御息所も、自分がずっと年上なのを恥じて、光君に遠慮し、何も求めない。光君はそれをいいことにうやむやにして、今や院の耳にも入り、世間でも知らない人はいなくなったというのに、自分を正当に扱わないと、御息所は深く嘆き悲しんでいた。

このような噂を聞いた朝顔《あさがお》の姫君（式部卿宮《しきぶきょうのみや》の姫君）は、自分はなんとしても六条のお方の二の舞にはなるまいと強く思い、これまで光君の手紙に少しばかりは返事をしていたが、それもめったにしなくなった。そうかといって無愛想になるでもなく、気まずい思いをさせるわけでもない姫君を、やっぱり並の女ではないと光君は思うのだった。

左大臣家の葵の上《あおいうえ》は、ふらふらと定まらない光君の心を憎んでいた。けれどこんなにも自分の浮気を隠さない人に何を言っても仕方がないだろうと思い、恨み言も言わずにいる。その葵の上はつわりがひどくて気分がすぐれず、ひどく心細そうにしている。光君は、妻のはじめての懐妊を心からよろこび、妻をいとしく思いはじめていた。左大臣家では、だれも彼もが葵の上の妊娠をよろこびながらも、不吉なことも思い浮かんで不安になり、安産を祈ってさまざまな物忌《ものい》みをさせている。こうなると光君も気の休まる時がなく、いい加減に思っているわけではないが、やはり六条御息所を訪れるのも間遠になってしまう。

その頃、賀茂《かも》神社の先代の斎院も退任し、弘徽殿皇太后《こきでんこうたいごう》の女三の宮《おんなさんみや》があたらしい斎院になることとなった。父桐壺院、母弘徽殿大后《こきでんのおおきさき》の二人が非常にかわいがり、たいせつにしてきた姫宮である。その姫宮が神職というとくべつな身分になることが、父母にはつらくてたまらないが、ほかに、未婚の内親王という斎院の条件に見合う娘はいないのである。儀式は従来通りの神事であるけれど、それは盛大に執り行われることとなった。四月に行われる賀茂の祭は、決められた行事のほかに付け加わることが多く、見どころもすこぶる多い。それだけこの斎院がとくべつな身分だということである。御禊《ごけい》の日は、上達部《かんだちめ》など、規定の人数で供奉《ぐぶ》することになっているが、人望が篤《あつ》く、容姿端麗な人々ばかりを選び、下襲《したがさね》の色合いから表袴《うえのはかま》の模様、馬や鞍《くら》に至るまで立派に調えられた。それればかりか、とくべつの仰せ言があり、光君も奉仕することとなった。

そんなわけで、物見車で見物にいく人々は、かねてから入念に支度をしている。宮中から賀茂河原へと続く一条大路は隙間もないくらいに混み、おそろしいほどの騒ぎである。見物のために作られた桟敷席《さじきせき》も、思い思いの趣向を凝らした飾りつけをしている。見物するため女房たちが簾《すだれ》の下から押し出している袖口さえも、何もかもが見ものである。

左大臣家の葵の上は、祭見物などの外出もふだんからあまりせず、しかも気分が悪いので、出かけるつもりはまるでなかった。けれども若い女房たちが、

「どうしたものでしょう、私たちだけでひっそりと見物するのも、張り合いがないものですよ。今日の見物は、ご縁のない人でも、まずは光君を、みすぼらしい田舎者でも拝見しようとしているらしいですよ。遠い国々から妻子を引き連れて都までやってくるというのに、奥さまがご覧になりませんのはあんまりのことでございます」と言い合っているのを母宮が聞きつけた。

「ご気分も少しいいのでしょう。お仕えしている女房たちも残念がっているようですよ」と母宮に勧められ、葵の上は見物に出かけることにした。

日が高くなってから、あまりあらたまった支度もせずに一行は出かけた。隙間もなく物見車が立ち並んでいるので、一行は華々しく何台も牛車《ぎっしゃ》を連ねたまま、立ち往生する羽目になった。身分の高い女たちの乗った車が多い。身分の低い者のいない場所を選び、そのあたりの車を立ち退《の》かせていると、その中に、少々使い古した網代車《あじろぐるま》があった。牛車の前後に垂れる下簾《したすだれ》も趣味がよく、下簾の端から少し見える乗り手の袖口、裳《も》の裾、汗衫《かざみ》も、着物の色合いがうつくしい。そんなふうに、わざと人目を避けたお忍びであることがはっきりとわかる車が二台ある。

「これはけっして、そんなふうに立ち退かせていいお車ではない」と従者はきっぱりと言い、手を触れさせせない。

しかしこの一行も、葵の上の一行も、どちらも若い者たちが酔いすぎて、どうにも止めようがな

いほど騒ぎ立てはじめる。年配の、分別ある従者たちは、「そんな乱暴はよせ」と止めるが、制しきれるものではない。

この一行、斎宮の母である六条御息所が、あまりにもつらい悩みから少しでも気を晴らそうと、お忍びで出かけた車であった。御息所のほうは、そうとは気づかれないようにしているが、葵の上方の従者たちは自然と気づいてしまった。

「それしきの者の車にえらそうな口を叩《たた》かせるな。源氏の大将殿のご威光を笠《かさ》に着ているんだろう」などと、葵の上の従者たちは当てこすりを言っている。葵の上の一行には光君方の者も混じっていて、御息所が気の毒だと思いながらも、仲裁などしてもっと面倒なことになっても困るので、みな知らぬ顔をしているのである。とうとう従者たちは葵の上の一行の車を立て続けに割り込ませてしまい、御息所の車はおのずと後方に押しやられてしまうかたちとなった。

見物どころか何も見えない。情けなさはもとより、こうして人目を忍んで出てきたのにはっきりと知られてしまったことがくやしくてたまらない。牛車の轅《ながえ》を載せる榻《しじ》なども押し折られて、轅はそのへんの車の轂《こしき》に打ち掛けてあるのも、なんとも体裁が悪い。いったいなぜのこのこと出てきてしまったのか、と御息所は苦々しく思うけれど、後悔しても詮ないことだ。もう見物もやめて帰ろうと思うが、抜け出す隙もないほどの混雑だ。そこへ「行列が来たぞ」という人々の声がする。そう聞くと、あの薄情なお方の姿をひと目見たいと心弱くも思ってしまう。光君は御息所の車に気づくこともなく、ちらりとも見ずに通りすぎていってしまう。その姿をひと目見ただけで、また御息所の心は千々に乱れる。

通りには、常よりずっと趣向を凝らした車が並んでいる。我も我もと大勢乗りこんだ女たちの袖口がこぼれる下簾の隙間を、光君は何食わぬ顔で通りすぎるけれど、ときどき興味を引かれて笑みを浮かべる。左大臣家の車にはさすがに気づき、その前を通る時光君はきりりと表情を引き締めた。光君のお供の人々もうやうやしく敬意を表して通りすぎていく。それを見ていた御息所は、自分だけが無視されたことがこの上なくみじめに思え、たまらない気持ちになる。

かげをのみみたらし川のつれなきに身の憂《う》きほどぞいとど知らるる

（影を宿しただけで流れていく御手洗川《みたらしがわ》のような君のつれなさに、その姿を遠くから見るだけだった我が身の不幸が身に染みます）

と、涙が流れてくるのを、女房たちに見られるのは恥ずかしいけれど、止めることができない。しかもその一方では、まばゆいほどの光君の姿、晴れの舞台でいよいよ輝くようなその顔立ちを見なかったら、やはり心残りだったろうと思うのである。

供奉の人々は、それぞれ身分相応に、装束や身なりを立派に整えている。その中でも上達部たちはことのほか立派であるが、光君ただひとりの輝く壮麗さに、みな見劣りするようである。大将の臨時の随身《ずいじん》に、殿上人《てんじょうびと》などがあたることは通常はなく、とくべつの行幸《ぎょうこう》の場合のみの例外だが、今日は六位の蔵人《くろうど》で右の近衛の将監《ぞう》を兼ねた者が奉仕した。そのほかの光君の随身たちも、みな顔立ちも姿もまばゆいばかりの者たちが揃えられていた。このように世の中からかしずかれている光君には、木や草すらもひれ伏して従わないものなどないように思える。

今日は、壺装束《つぼしょうぞく》（外出着）姿の卑しからぬ女房たちや、世を捨てた尼たちも、倒れ転《まろ》びながら見物に出てきていた。ふだんならみっともないと思えるが、今日ばかりは無理もない。年老いて口元がすぼみ、髪を着物にたくしこんだみすぼらしい女も、合わせた両手を額に押し当て、光君を拝んでいる。愚鈍そうなみすぼらしい男たちも、自分がどんな間の抜けた顔になっているかも気づかずに、満面に笑みを浮かべている。光君の目に留まることもないような、つまらない受領《ずりよう》の娘まで、精いっぱい飾り立てた車に乗ってわざとらしく気取っている。そんないちいちがおもしろい見ものになっている。かと思うと、光君が忍び通いをしている女たちは、人の数にも入らない自分たちの身を嘆くのであった。

桐壺院の弟である式部卿宮は桟敷で見物していた。まばゆいほどに麗しくなっていく光君を見て、神にも魅入られてしまうのではないかと不吉にすら思う。その娘である朝顔の姫君は、光君がもう何年も心のこもった手紙を送ってくれていることを思う。手紙の送り主が平凡な容姿の人であってもきっと惹《ひ》かれてしまうだろうに、ましてこんなにうつくしい人であることに胸がいっぱいになる。しかしこれ以上近しい存在になりたいとはかえって考えない。若い女房たちは、聞き苦しいほど口々に光君を褒めている。

祭の当日、左大臣家では見物をしないという。あの車の場所争いのことをくわしく報告する者がいたので、光君は困ったことになったと思い、また情けなく感じていた。やはり葵の上は高い身分にふさわしく重々しいところがあるが、惜しいことに思いやりに欠けて、無愛想なところがある。葵の上は御息所をそれほど憎んではいないだろうが、妻と愛人は互いを思いやるような間柄ではないと考えている。その考えを受けて、付き添っていた下々の者がそんな争いごとを仕掛けたのだろう。気位高くたしなみ深い御息所はそんな目に遭わされてどんなにつらかったろうかと思うと胸が痛み、さすがの光君も御息所を訪れた。

しかし斎宮がまだ家にいるあいだは清浄の地であると言って、御息所はかんたんに逢ってはくれない。それもそうだ、仕方がないと思いながらも、光君は、どちらの女もそんなに強情なのはどういうわけだ、もっとやさしい気持ちになってもいいではないかとつい愚痴を漏らす。

祭の当日、ひとりで二条院にいた光君は、祭を見に出かけることにした。紫《むらさき》の姫君のいる西の対《たい》に向かい、惟光《これみつ》に車の用意を命じる。

「ちいさな女房さんたちは見物に行きますか」

光君は姫君に仕えている女童《めのわらわ》たちに言い、祭に行くためにうつくしく着飾った紫の姫君をほほえんで眺める。

「さあ、いらっしゃい。いっしょに見物しよう」いつもよりつややかに見える髪を撫《な》で、「ずいぶん切っていないけれど、今日は髪を切るのには吉日だね」と、暦《こよみ》の博士《はかせ》を呼び、髪を切る時刻を調べさせる。「女房たちは先に見物にいってらっしゃい」とかわいらしい様子の女童たちを眺める。愛らしく切り揃えてある髪が、浮紋《うきもん》の表袴《うえのはかま》にかかって、くっきりとはなやかに見える。「あなたの御髪《みぐし》は私が切ってあげましょう」と髪に触れ、「ずいぶんとゆたかな御髪だね。これからどのくらい長くなるんだろう」と、切りづらさに難儀しながら言う。「どんなに髪の長い人でも、額髪は少し短くしているようだね。あなたのようにまったく後れ毛がないのも、風情があるとは言えないな」と、切り終わり、髪が千尋《ちひろ》まで伸びるようにとの意味をこめ「千尋」と祝い言を口にする。乳母《めのと》の少納言は、なんとありがたいことだろうとしみじみと感じ入って眺めている。

はかりなき千尋《ちひろ》の底の海松《みる》ぶさの生ひゆくすゑはわれのみぞ見む

（途方もなく深い海底に生える海松――あなたの髪が伸びていく先は、私だけが見届けよう）

と光君が詠むと、
千尋ともいかでか知らむさだめなく満ち干《ひ》る潮《しほ》ののどけからぬに
(千尋の底の海松《みる》の行く末をひとりで見届けるとおっしゃいますけれど、本当でしょうか。
今だって、満ち干る潮のように定めなく落ち着かないあなたですのに)
と姫君は手近の紙に書きつけている。そんな様子はずいぶんと大人びていながら、初々しくもかわいらしく、光君は満たされる思いがする。
今日も、見物の車が隙間なく並んでいる。左近の馬場の殿舎のあたりで車の停め場所に困り、「上達部《かんだちめ》たちの車が多くて、ずいぶんと騒がしいところだな」と停めるのを躊躇《ちゅうちょ》していると、派手に袖口を出した女車からすっと扇が差し出され、お供の者を手招きする。
「ここに車をお停めなさいませ。場所をお譲り申しますから」と女車の中から声がする。
いったいどんな風流な女だろうかと思いながら、確かにそこは見物にはいい場所だったので、光君は車を近づけた。
「いったいどうやってこんないい場所をお取りになったのか、うらやましいですね」と言うと、洒落《しゃれ》た扇の端を折り
「はかなしや人のかざせるあふひゆゑ神のゆるしのけふを待ちける
(つまらないことです、ほかの方が頭につけた葵――ほかの方のものになってしまったあなたなのに、そうとは知らずに、男女が逢うのを神さまも許してくださる今日の祭を待っていたとは)
注連縄《しめなわ》の内側にはとても入ることなどできません」

と書かれている。その筆跡を思い出してみれば、なんとあの源典侍《げんのないしのすけ》ではないか。年甲斐《としがい》もなく若ぶってあきれたものだ、と憎らしく思った光君は、

かざしける心ぞあだにおもほゆる八十氏人《やそうぢびと》になべてあふひを

（葵をかざして逢瀬《おうせ》を待っていたあなたの心はあてになりませんよ、だれ彼かまわずに今日は逢う日なのでしょうからね）

とそっけなく返した。典侍はなんてひどいことを、と傷つき、

くやしくもかざしけるかな名のみして人だのめなる草葉ばかりを

（お目にかかれるかと葵をかざしていたのがくやまれます、葵――逢う日なんて名ばかりの、虚《むな》しく期待させるだけの草葉にすぎないのですね）

と送った。

光君が、どこかの女君と車に乗って簾さえも上げないのを、妬ましく思う女たちも多かった。先日の、御禊の日が立派な正装だったのにたいし、今日はすっかりくつろいだ恰好《かっこう》で車に乗っている光君を見て、同乗しているのはどんなすばらしいお方なのかと女たちは噂し合った。典侍とのやりとりを、「張り合いのないかざし問答だな」と光君はもの足りなく思うけれども、この典侍ほどあつかましくない女性ならば、光君と同乗している女君に気が引けて、その場限りの返歌でも気やすくはできないはず。

六条御息所《ろくじょうのみやすどころ》は、以前にも増して思い煩い、苦しむことが多くなっていた。光君にはもう愛されまいとすっかりあきらめてはいるものの、このまま光君から離れて伊勢に下るのも心細く、また、世

間の噂でも笑い者になるに違いないと悩んでいる。では京に留《とど》まるかと考えてみるが、このあいだの車争いのように、これ以上の恥はないほど人々に見下されながら京にいるのも心隠やかではない。まさに、「伊勢の海に釣《つり》する海士《あま》のうけなれや心一つを定めかねつる（古今集／まるで伊勢の海で釣をする海士の浮きのように、心はさだまらず揺らいでいる）」とうたわれる通り、寝ても覚めても思い悩んでいるせいか、自分でも正気が失《う》せたような気持ちがするようになり、次第に病人のようになってしまった。光君は、御息所の伊勢下りについて、そんなことはとんでもないと反対することもなく、

「私のようなつまらない者と逢うのも嫌になって、お見捨てになるのももっともです。けれど今はやはり、こんな私ですが、浅からぬお気持ちでずっと先までおつきあいしていただきたいと願っています」などと言ってくるので、ひとつに定めかねる心も少しは楽になるかと出かけたあの日に、車争いの一件があり、御息所はもう何もかも嫌になってしまったのだった。

左大臣家では、物《もの》の怪《け》が憑《つ》いているらしく、葵《あおい》の上《うえ》がひどく苦しんでいた。だれも彼もがひどく心配しているので、光君も気やすく忍び歩きをすることもできない。二条院にもそうそうは帰らなくなった。さすがに、正妻として格別に尊重している葵の上が我が子を身ごもって苦しんでいるので、光君としてもいたわしくてならず、左大臣家の自分の部屋であれこれと祈禱《きとう》を行わせる。物の怪や生霊《いきりよう》といったものが多く立ちあらわれ、憑坐《よりまし》に乗り移ってさまざまに名乗っていく中に、憑坐にもいっこうに乗り移らず、葵の上にひしと取り憑き、とくに激しく苦しめることもないけれど、かといってかたときも離れようとしない怨霊がひとつ、ある。たいそう験《げん》あらたかな僧の調伏《ちようぶく》にも

めげず、その執念深さは尋常ではないようである。女房たちは、光君がお忍びで通う先をあれやこれやと見当をつけ、「光君がとくに愛していらっしゃるのは六条御息所《ろくじょうのみやすどころ》と二条院の女性でしょう、このお二人なら、正妻の葵の上さまへの恨みも深いでしょうね」とひそひそ噂《うわさ》をし合って、陰陽師《おんみようじ》に占わせてみたりするが、ではだれかと特定もできずにいる。

そのほかは、物の怪といっても、とくべつに深い敵というわけでもないようである。葵の上の亡くなった乳母《めのと》や、あるいは両親の血筋に代々祟《たた》り続けてきた死霊で、弱り目をねらって取り憑いたものなど、だれが主立ってということはなく、次々とあらわれては憑坐の口を借りてばらばらと名乗り出ている。葵の上はただpremium さめざめと声を上げて泣き、ときどき胸を詰まらせては、こらえがたそうにもだえ苦しんでいるので、左大臣家では、どうなることかと不安に駆られ、悲しみに暮れながらうろたえている。

桐壺院《きりつぼいん》からもしきりにお見舞いがあり、畏れ多くも祈禱のことまで心配りをしてくれるので、ますますみな女君をたいせつに思い、嘆き悲しんでる。

世の中のだれも彼もが、葵の上の身の上を案じ心を寄せているという噂を聞いて、御息所は心中隠やかではなかった。今までは、これほどまでの敵愾心《てきがいしん》など持っていなかった。あの日のつまらない車争いのことで御息所の怨念に火がついたとは、左大臣家では思いもしないのだった。

あまりにも深い煩悶《はんもん》のせいで、正常の心ではいられなくなってしまったように感じられ、御息所は他所《よそ》に移って加持祈禱《かじきとう》をさせた。それを聞いた光君は、そんなに重い容態なのかと心配になり、気は進まないがようやく思い立って出かけることにした。いつもの邸《やしき》ではない仮の宿なので、光君は慎重に人目を忍んで出かけていった。

逢いたい気持ちはありつつもなかなか逢いにこられなかったことをどうか許してほしいと、とうとうお詫《わ》びをし、こちらにも病人がいて出かけられなかったと御息所に光君は訴える。

「私自身はそんなに心配していないのですが、親たちがこれは一大事だとばかりにうろたえているのもお気の毒で、こういうときはあまり出かけるべきではないと思ったのです。何ごともおおらかに見過ごしてくだされればうれしいのですけれど」と言いながら、以前よりずっと痛々しい様子の御息所を、胸を締めつけられるような思いで眺める。

それでも打ち解けて心を通わせることもできないまま朝になってしまう。帰っていく光君の、輝くようなうつくしさを見て、やはりこのお方を振り切って遠くへいってしまうなんてとても無理だと考えなおさずにはいられない。けれども、光君のたいせつな人がご懐妊とあっては、ますます光君の愛情もそちらに深まるのだろうし、きっとその人のところに落ち着いてしまうに違いない。それなのに、こうしてずっと待ち続けるのは、尽きない苦しみを味わうだけだろう。なまじ逢ってしまったばかりに、かえって悩みが深くなったようなものだと考えていると、夕暮れ、光君から手紙だけが届く。

「この頃は少しよくなったように見えました病人が、突然ひどく苦しみ出しまして、そばを離れることができそうもありません」

と書いてあるのを、いつもの言い訳だと思いながらも、

「袖濡《そでぬ》るるこひぢとかつは知りながらおりたつ田子《たご》のみづからぞ憂《う》き
（袖が濡れる泥の田——涙に暮れる恋路だとは知りながら、深入りしていく我が身が情けないことです）

『山の井の水が浅いので（あなたのお心が浅いので）私の袖が濡れるばかり』というあの古歌の通りです」

と御息所はしたためた。

その手紙を受け取った光君は、大勢いる女君の中でも、なんと格別にうつくしい文字を書く人なのだろうと思い、まったく男と女というものはままならないと嘆息する。性格にも容姿にも、まったくいいところのない人などいるはずもなく、といってこの人こそ妻にと思い定められる人もいないのを苦しく思った。ずいぶん暗くなってしまったが、光君は筆をとる。

「袖だけが濡れるとおっしゃるのはどういうことでしょう。私への愛情がきっと深くはないのでしょう。

浅みにや人はおりたつわが方は身もそほつまで深きこひぢを
（あなたは浅いところに下り立っておいでなのでしょう。私は全身ずぶ濡れになるほど恋路に深く入りこんでいますのに）
直接お目にかかってご返歌できないほどの、並々ならぬ事情があるのです」

葵《あおい》の上《うえ》の、物の怪による苦しみはますます激しくなった。御息所《みやすどころ》の生霊《いきりょう》だとか、御息所の亡くなった父大臣の御霊《みたま》だとか噂する者がいると耳にして、御息所はあれこれと考えてみる。あまりに思い悩むと、たましいは体を離れることがあるという。我が身の不運を嘆くことこそあっても、他人を悪く思うことなどないけれども、もしかしたらたましいがあのお方に取り憑いているのかもしれない。思い悩むことの多い年月だったけれど、今までこんなにも苦しんだことはなかった。それなのに、あのつまらない車争いで、あからさまにないがしろにされ、人並み以下に蔑まれたあの御禊の日からこの方、正気を失い空虚になった心のゆえか、少しでもうとうとすると夢を見る。夢では、葵の上とおぼしき人がうつくしく着飾っているところへ出向いていって、その人をつかんだり小突いたりしているうち、ふだんの自分とはまったく異なる荒々しい気持ちになって、乱暴に打ち据えたりしている。そんな夢を見ることが度重なっている。おそろしいことに、本当にたましいが体を抜け出していってしまったのか、虚《うつ》けたような状態になったことも幾度もあった。それほどのことではなくても、他人のこととなると世間はいい噂などはまず立てないものだから、これはどんなふうにも言い立てられる打ってつけの話題の種だろう。そう考えると、ますます自分のことが話題にされそうな気がしてくる。亡くなってから怨霊になるのは世間にはよくあることだが、それだって、他人《ひと》ごととして聞いていてもおそろしく罪深いことに思える。まだ生きていて我が身のまま、そんな気味の悪い噂を立てられるなんて、いったいどんな情けない因果が自分にあるというのだろう。あの薄情な人のことなど、もういっさい思い悩むまい。御息所はそう思うのだが、そう思うこともまた、「思はじと思ふもものを思ふなり」――思うまいと思っているのがすでに思い悩んでいるということ――。

斎宮《さいぐう》は、昨年内裏《だいり》での精進潔斎《しょうじんけっさい》に入るべきだったのだが、いろいろと差し障りがあり、この秋に入ることになっている。九月にはそのまま嵯峨野《さがの》の野宮《ののみや》に移る予定である。その二度の御禊の準備をしなければならないのに、母御息所は魂が抜けたようになってぼんやりと病み臥《ふ》しているので、斎宮に仕えている人々は、これはたいへんなことになったと祈禱をさまざまに頼んで行う。ひどく苦しむということもなく、また、どこが悪いということもないまま、御息所は日を過ごしている。

光君も始終お見舞いの文をしたためるが、もっとたいせつな人がひどく患っているので、気持ちの休まる時もない様子である。

まだ出産の時期ではないと左大臣家ではみな油断していたところ、急に葵《あおい》の上《うえ》は産気づいて苦しみはじめた。これまで以上に効果のあるとされる祈禱をいろいろとさせてみるが、例の執念深い物の怪のひとつが取り憑いたままどうしても離れようとしない。霊験《れいげん》あらたかな験者《げんじゃ》たちも、これは尋常ならざることだとほとほと困っている。それでもなんとか手厳しく調伏したところ、物の怪はつらそうに泣き苦しみはじめた。

「どうか祈禱を少しゆるめてください。大将に申し上げることがあります」と物の怪は訴える。

「やっぱり何かわけがあるのでしょう」と女房たちはささやき合って、光君を几帳《きちょう》の近くに招き入れた。

そのままこときれてしまいかねない様子なので、光君に遺言でもあるのだろうと、左大臣も母宮も少し下がった。僧侶たちは物の怪に言われた通り加持をいったん止め、低い声で法華経《ほけきょう》を読んでいるのが、たいそう尊く響く。光君は几帳の帷子《かたびら》を引き上げて、葵の上を見る。じつにうつくしく、おなかだけがひどくせり上がった姿で臥している。そんな女君の姿を、赤の他人が見たとしても、いったいどうしていいのか心が乱れることだろう。まして夫である光君が、別れるのも惜しく、悲しみに暮れるのは無理からぬことである。出産のための白い装束に、黒い髪が映えている。たっぷりと長い黒髪を結って枕に添えてある。気取りも取り繕いもしないその姿こそ、あえかにうつくしく見え、光君はこんなにもきれいな人だったのかと胸打たれる。光君は葵の上の手を取り、

「あなたはひどいよ。私をつらい目に遭わせるんだね」と言い、後はもう何も言えなくなって泣き出してしまう。今までずっと気詰まりで近寄りがたいまなざしだった葵の上は、気だるく光君を見上げる。じっと見つめているその目から涙がこぼれる。それを見て、どうして光君が深い愛情を感じないことができようか。

葵の上があまりにも激しく泣くので、両親たちのいたわしい心情を察してか、また、夫である自分とこうして見つめ合うのもこれきりと心残りなのか、と考えて、光君は口を開く。

「何ごともそんなふうに深く思い詰めてはいけないよ。たいしたことはない。それにね、もし万が一のことがあったとしても、私たちはかならずあの世で逢うさだめになっているのだから、また逢える。大臣や母宮、前世からの深い因縁がある間柄は、生まれ変わってもつながりが切れることはないのだ。来世でかならず逢えるのだから、どうか安心してください」

「いいえ、違うのです」と、葵の上の口を借りて物の怪は言う。「私の身がたいそう苦しいものですから、少しご祈禱をゆるめてくださいとお願いしたいのです。こうしてここにやってこようなどと、まったく思っておりませんのに、思い悩む者のたましいは、なるほど体から抜け出してしまうものなのですね」となつかしそうに言い、

嘆《なげ》きわび空に乱るるわが魂《たま》を結びとどめよしたがひのつま

（嘆き苦しみ、体を抜け出して宙をさまよう私のたましいを、下前《したまえ》の褄《つま》を結んでつなぎ止めてください）

と言うその声も雰囲気も、葵の上と似ても似つかず、まったくの別人である。これはどうしたことかと、あれこれ思いめぐらせていた光君は、あっと叫びそうになる。その声はまさに御息所《みやすどころ》その

人である。これまで、下々の人々がとかく噂するのを不快な思いで耳にして、口さがない者たちの戯言《ざれごと》だと無視してきたけれど、今、まさにまざまざと目の前に見ているではないか。世の中には確かにこうしたことが起きるものなのだと、光君は忌《い》まわしくなる。

「そうおっしゃいますが、どなたかわかりません。はっきり名乗りなさい」

と不承不承口にするが、光君の目には、葵の上はもうすっかり御息所としか見えず、ぞっとする。女房たちがすぐ近くにいるので、光君は気が気ではない。

声も少しおさまり、いくらか苦しみが和らいだのだろうかと、母宮が薬湯をそばに持ってきたとき、葵の上は周囲の人々に抱き起こされ、まもなく赤ん坊が生まれた。一同はこれ以上ないよろこびに湧いたが、憑坐《よりまし》に乗り移らせた物の怪たちは無事な出産を妬んで騒々しくわめきはじめるので、後産《あとざん》をみんなが心配した。言い尽くせないほどの願《がん》をたくさん立てたおかげか、何ごともなく後産もすんだ。比叡山《ひえいざん》の座主《ざす》や、だれそれという尊い僧侶たちは、得意顔で汗を拭いながら、ようやく退出していく。

多くの人の心を痛めつつ看病の日々が続いたその緊張も解けて、もうこうなったらだいじょうぶだろうとだれもが思っている。御修法《みずほう》などは、あらためてあたらしいものを加えてはじめるけれど、もの珍しい御子《みこ》の世話に嬉々《きき》としてかまけて、みながほっとしていた。桐壺院をはじめ、親王《みこ》たちも上達部《かんだちめ》たちも、ひとり残らず贈った産養《うぶやしない》(祝宴)の品々はじつに立派で、お祝いの夜ごとに見てみな大騒ぎをする。御子は男の子だったので、産養のあいだの儀式はいっそう豪華にはなやかに催された。

一方の御息所である。噂で流れてくる御子誕生の話が耳に入るにつけ、心隠やかではいられない。

以前は葵の上は危篤だという噂だったのに、安産だったとは忌々しい、という思いがつい心をかすめる。御息所は自分が正気を失っていた時のことを思い返してみる。着物には、物の怪退散の祈禱で使われるはずの芥子《けし》の香が染みこんでいて、気味悪く思って髪を洗い着物を着替えたりしてみたが、芥子の香りは消えない。そんな自分を自分でも疎ましく感じるのだから、まして世間ではどんな噂をし、どんなふうに言い立てるのだろうと、だれにも言えず悩み苦しみ、ますます錯乱していくのである。

無事の出産に気持ちも落ち着くと、光君は、あの時の、異様な生霊の問わず語りを不気味な気持ちで思い出さずにはいられない。御息所の元を訪れないまま日にちがたっているのも心苦しく気の毒であるし、けれどまた親しく逢えば、どうなるのか、きっと嫌な思いをするだろう、それではあの人に申し訳ない、などとあれこれ思いめぐらせ、御息所には文を届けるに留めた。

ひどく患った病後の葵の上を心配し、左大臣も母宮も油断はできないと気を張っているので、それもそうだろうと光君は忍び歩きをすることもない。葵の上はまだ苦しげにしているので、光君はいつものように対面することもできずにいる。不吉なほどにうつくしい若君を、光君が今から心を尽くしてたいせつに世話する様子は、並大抵のものではない。ものごとがすべて思い通りになったような気がして、左大臣はしみじみありがたいと思う。葵の上の容体がすっかりよくならないことは気掛かりではあるが、あれほど重かった病気の名残なのだろうと考え、深く心配してはいなかった。

生まれたばかりの若君の目元の愛らしさは、藤壺《ふじつぼ》の生んだ東宮にひどく似ていて、光君はつい東宮を恋しく思い出してしまう。じっとしていることができず、参内《さんだい》しようと思い立つ。

「宮中にずいぶん長いあいだ上がっていないので、気になっている。今日は久しぶりに外出することにします。その前にもう少し近くで話したい。これではご様子もわからなくて、あまりにも他人行儀でつれない仕打ちだよ」と恨み言を言うと、

「おっしゃる通りです」と女房は答える。「体裁を気になさるような間柄ではないのですから、ひどくおやつれになったとは申しましても、几帳《きちょう》越しのご対面なんてとんでもないことです」と、葵の上の寝所の近くに席を作る。光君は枕元に寄って声をかけた。葵の上は時々返事をするが、なおも弱々しい。けれども、もうすっかりだめだとあきらめた時の様子を思うと夢のようにも思えてくる。危篤に陥った時のことなどを光君は話して聞かせるが、あの息絶えたようだった彼女が、急に別人のようになってくどくどと話し出したことが思い出されて気持ちがふさぎ、「いや、もう、話したいことはたくさんあるのだけれど、まだ気だるそうだね」と言い、「お薬を飲んでください」と世話をはじめる。そんなことまでいつのまにお覚えになったのだろうと、女房たちは光君に感心しきりである。

楚々《そそ》としてうつくしい女君が、ひどく衰弱し、やつれて、生きているのか確信できないほどの様子で臥せっているのは、いじらしく、痛々しく感じられる。ひと筋として乱れることなく、はらりと枕を覆う髪は、この世に類を見ないほどのうつくしさに思え、この人を妻《めと》って十年もの歳月、この人のいったいどこに不足があると思っていたのだろうと、不思議な気持ちで光君は葵の上を見つめる。

「院の御所に参りますが、すぐ退出してきます。こんなふうに、ずっと近くにいられたらうれしいのだけれど、母宮がおそばにいらっしゃるから、とずっと遠慮していたんだ。それもずいぶんつら

いものだ。だから少しずつ元気を取り戻して、いつもの部屋に移っておくれ。子どものように甘えているから、こんなにいつまでもよくならないのだよ」

そんなふうに言って、見目麗しく装束を着た光君が出ていくのを、葵の上は、いつもとは異なり、臥せったままじっと見つめて見送っている。

秋の官吏が任命される儀式の日だったので、左大臣も参内した。昇進のことなどで口添えをしてほしくて、このところ左大臣のそばを離れない子息たちも、ともに続いて参上する。

邸内のひとけも少なくなり、ひっそりと静まり返った頃、葵の上がまたしても胸を詰まらせ、激しく苦しみはじめた。光君をはじめ内裏にいる人々に知らせる余裕もなく、葵の上は息を引き取った。

知らせを聞いてだれも彼も足も地に着かない状態であたふたと退出した。官吏任命の除目《じもく》の日ではあるけれど、こうしたやむを得ない支障で、何も決まらずに終わった。この大騒ぎが起こったのは夜中で、比叡山の座主やだれそれという僧都《そうず》たちに来てもらうこともできなかった。いくらなんでももうだいじょうぶと安心していた矢先の、あまりにも思いがけない急変に、左大臣家の人々はあわてうろたえている。各方面から続々と弔問の使いが詰めかけるけれど、取り次ぐこともできず、邸内は上を下への大騒ぎで、身内の人々の動揺も空おそろしいほどである。これまでもたびたび、物の怪《もののけ》に取り憑かれてこと切れたように見えたこともあったので、枕も北枕にせず、二日三日と様子を見ていたが、いよいよ死相がはっきりとしてきた。もうこれまでとあきらめざるを得ないのが、だれも心底悲しく、やりきれない思いである。

妻の死が悲しいばかりでなく、気味悪いこともあったので、光君は、男女の関係とはなんと厭《いと》わしいものだろうと身に染みて、深い間柄の女たちの弔問もすべてわずらわしいものに思える。桐壺《きりつぼ》院《いん》もまた嘆き悲しみ、弔問の使いを送った。それが畏れ多くもありがたく、左大臣はかなしみに加えうれし涙も流す。人の勧めに従って、生き返らせようと大がかりな祈禱の数々をみな試してみた。一方、亡骸《なきがら》がどんどんいたんでいくのを目の当たりにして、左大臣家の人々は際限なく取り乱しているけれど、なんの甲斐《かい》もなく日が過ぎていくので、もうどうにも仕方がないと、鳥辺野《とりべの》に亡骸を運ぶこととなった。人々はふたたび見るにたえないほど悲しみに暮れる。

あちこちから葬送に参列する人々や、寺々の念仏僧たちが集まり、広大な野原は埋め尽くされる。桐壺院はもちろん、藤壺、東宮からの使者、そのほか各所からの使者も次々にあらわれ、言い尽くせないほどの哀悼の言葉を述べる。左大臣は立ち上がることもできず、

「こんな老齢の末に、若い盛りの娘に先立たれ、悲しみのあまり足も立たず這《は》いまわることになろうとは」と、我が身の不運を恥じて泣き濡《ぬ》れるのを、大勢の人々が痛ましく見つめることしかできないでいる。

夜通し、大層な騒ぎの盛大な葬儀が行われたが、じつにはかない遺骨のほかは何も残らず、夜明け前のまだ暗いうちに帰ることとなった。人の死は世の常ではあるけれど、人の死に目に会うのは一度か二度しか経験していなかった光君は、たとえようもないほど葵の上を恋い焦がれている。八月二十日過ぎの有明《ありあけ》月の頃なので、空もまた悲しみをたたえているような風情だ。さらに、子に先立たれた悲しみに沈み、取り乱している左大臣の姿を見て、それも無理からぬことと痛ましく思い、光君は空ばかり眺めている。

のぼりぬる煙《けぶり》はそれとわかねどもなべて雲居《くもゐ》のあはれなるかな

（立ち上っていった火葬の煙は、雲と混じり合って判別がつかないけれど、空のすべてがしみじみとなつかしく思える）

左大臣家に帰ってきてからも、光君は一睡もできず、葵の上と夫婦であった長い年月を思い出しては、思う。

どうして、いつかは自分の気持ちをわかってくれるさ、などとのんびりかまえて、気まぐれな浮気なんてして、恨まれるように仕向けたんだろう。夫婦になってからずっと、この私のことを、心を許せない気詰まりな夫と思ったまま、一生を終えてしまったのだな……。

どうにも取り返しのつかないことばかり次々と思い出すけれども、今となっては詮方無い。鈍色《にびいろ》の喪服を着るのも、夢を見ているようである。もし自分が先に逝っていたら、あの人はもっと濃い鈍色に染めていただろうと思うとまた悲しみがこみ上げる。

限りあれば薄墨衣《うすずみごろも》浅けれど涙ぞ袖《そで》をふちとなしける

（妻を亡くした場合のしきたり通り喪服の色は薄いけれど、悲しみは深く、涙は袖を淵《ふち》としてしまう）

経文を読みつつ、「法界三昧普賢大士《ほうかいざんまいふげんだいじ》」と低く唱えている光君の姿は優美で気品に満ち、修行を積んだ法師よりも尊く見える。生まれたばかりの御子を見ても、「この子がいなければ何によって故人を偲《しの》ぶことができよう」といっそう涙があふれてくるが、せめて忘れ形見として御子を残していってくれたのだと自分の心をなぐさめる。

母宮は悲嘆に暮れて、臥せったまま起き上がることができず、命まで危ないように見えるので、左大臣家の人々はまた騒ぎ出し、祈禱などをさせる。

はかなく日は過ぎていき、七日ごとの法事の準備などをするのだが、こんなことになろうとは思っていなかったので、左大臣の悲しみはただ増すばかりである。取り柄のないつまらない子どもでも、亡くなれば親はどれほど悲しむだろう。葵の上に至ってはその比ではないのも致し方ないことである。葵の上のほかに姫君がいないことすらもの足りなく思っていたのに、今は、たいせつに袖の上に捧《ささ》げ持っていた玉が砕けた、などというよりもっと深い嘆きようである。

光君は、二条院にほんの少し帰ることもせず、心の底から悲しみに打ちひしがれ、仏前の行いを几帳面《きちようめん》に続けて日を過ごしている。それまで通っていた方々の人々へは、手紙だけ送っていた。

あの御息所は、斎宮の姫君が宮中で潔斎《けつさい》の場にあてられた左衛門府《さえもんのつかさ》に入ってしまったので、さらに厳重な潔斎であるのを理由に互いに手紙も送っていない。つらいものだと身に染みた世の中も、今は一切合切が厭わしくなってしまい、絆《ほだし》となる子さえ生まれなかったら、念願の出家の生活に入ってしまうのにと光君は思うのだった。けれどそう思うやいなや、西の対《たい》の紫《むらさき》の姫君の、さみしく暮らす様子が思い浮かぶ。

夜は、宿直《とのい》の女房たちがそばに控えてはいるけれど、御帳の中の独り寝がさみしくて、「時も時、このさみしい秋に逝ってしまうとは」と亡き人恋しさに幾度も目覚めてしまう。声のいい僧ばかりを選んでそばに仕えさせ、彼らが念仏を唱えている明け方など、たまらない悲しみに襲われる。

晩秋の、哀愁を帯びた風の音が身に染みると思いつつ、慣れない独り寝で眠れず、夜を明かしてしまった時のことである。夜がほのぼのと明ける頃、霧の立ちこめる庭の、花の咲きはじめた菊の枝に、濃い青鈍《あおにび》の紙に書かれた手紙を結びつけたのを、だれか使いの者がそっと置いて立ち去った。ずいぶん気の利いたことをするものだと光君が手紙を見ると、御息所の筆跡である。

「お悲しみの最中と思い、手紙を差し上げなかった私の気持ちはおわかりいただけますでしょうか。
人の世をあはれときくも露けきにおくるる袖を思ひこそやれ
（人の死を聞き、この世の無常を思うと涙がとまりません。ましてや後にお残りになったあなたの袖は、涙でどれほど濡れていることでしょう）

今朝の空の色があまりに胸に染みて、つい書かずにはおられませんでした」

とある。いつもよりもみごとに書いてあるものだと、さすがに放り置く気にはならずに眺めているが、それにしても、何食わぬ素振りでの弔問かと疎ましい気持ちになる。だからといって、このままぱったり手紙を書かないのも気の毒だし、御息所の名前を汚すことにもなるだろうと光君は思案に暮れる。亡くなった葵の上はそういう運命だったのだろうけれど、ではなぜ、あんな生霊を、この目でしかと見この耳ではっきり聞いてしまったのかとくやしく思うのは、自分の心ながらやはり御息所への気持ちが戻りそうにないからである。斎宮の潔斎は厳重で手紙を送るのは憚《はばか》られるし、などと、光君は長いあいだためらっていたが、やはり返事をしないのは思いやりに欠けると考え、鈍色《にびいろ》がかった紫の紙に、

「ずいぶんとご無沙汰をしてしまいましたが、あなたを忘れたわけではありません。お手紙を差し上げるのをご遠慮していた私の気持ちはわかってくださるかと思います。

とまる身も消えしもおなじ露の世に心置くらむほどぞはかなき
（生き残った者も亡くなった者もいずれも同じこと、霧のようにはかなく消えるこの世にいつまでも執着しているのは、つまらないことです）


あなたもどうぞ執着をお捨てくださいませ。喪中の身からの手紙はご覧にならないかと思い、私

のほうもしるしばかりのお返事です」

と書いた。

ちょうど六条の自邸に戻っていた御息所は、こっそりとその手紙を読んだ。後ろめたい気持ちがあるので、光君が何を言わんとしているのかがはっきりとわかり、やっぱりそうだったのかと消え入りたい気持ちで思う。

やはり、自分はどこまでもつらい運命を与えられているのだ、生霊となった噂まで立ってしまっては、桐壺院もどんなふうにお思いになることか……ご同腹のご兄弟たちの中でも、亡き夫と院はとくべつ親しい間柄でいらした。この斎宮の姫君の御事についても、こまごまと夫が遺言申し上げたから、院も、亡き弟のかわりとなって、引き続きお世話しようと仰せになったのだ。この私にも、このまま宮中でお暮らしなさいと再三お勧めくださって、それをとんでもないこととお断りして、この世のことはもうあきらめていた。それなのに、年甲斐もなく取り憑かれたような恋をして、ついに悪い噂を流されても仕方ないところまで来てしまうとは……。御息所はさらに思い悩み、未《いま》だに気持ちも不安定である。

とはいえ御息所は、この件以外においては、たしなみ深く趣味もゆたかな方だという評判で、昔から広く知られている。斎宮が野宮へ移った時も、新鮮な趣向をいろいろに凝らしたので、とりわけ風流を好む殿上人《てんじょうびと》たちは朝な夕な嵯峨野《さがの》の霧を分けて、野宮を訪れるのを日課とするようになった。そんなことを耳にすると、光君も、それももっともだと思うのである。たしなみ深くすぐれた人なのだから、もし俗世が嫌になって伊勢まで下ってしまったら、それはそれでじつにさみしいことになるだろうと思いもするのだった。

七日ごとの法要は次々と終わるが、光君は四十九日までは引き続き左大臣邸にこもっている。光君のこうした慣れない退屈な暮らしを気の毒に思い、三位中将《さんみのちゅうじょう》（かつての頭中将《とうのちゅうじょう》）は始終つきっきりで、世の中のさまざまなことを――真面目な話も、またいつものように色恋の話も、あれこれと話してはなぐさめている。そんな時、二人で大立ちまわりをした典侍《ないしのすけ》のおばば殿のことがきまって笑い話の種になるのだった。

「かわいそうじゃないか、おばば殿のことをそんなふうに軽んじちゃいけないよ」

光君はそう咎めながらも、いつも笑ってしまう。

あの十六夜《いざよい》の月に、暗い中で中将に見つかった時のことや、ほかのことも、それぞれの色恋について洗いざらい打ち明け合いながら、しまいには、人の世のはかなさを語り合い、つい泣いてしまうのだった。

時雨《しぐれ》が降り、人恋しい思いをそそる日暮れ時、中将は鈍色《にびいろ》の直衣《のうし》と指貫《さしぬき》を一段薄い色のものに衣替えして、ずいぶんと男らしくすっきりした出《い》で立ちであらわれた。光君は西の妻戸前の高欄《こうらん》に寄りかかり、霜枯れの前庭を見ている。強い風が吹き荒れ、時雨がさっと降りそそいだ時、時雨と涙を争っているような気持ちになり、「雨となり雲とやなりにけん、今は知らず」と唐《とう》の劉禹錫《りゅううしゃく》が愛人を失った悲しみをうたった詩の一節を口ずさんで、頰杖《ほおづえ》をついている。その姿があまりにうつくしいので、中将は、もし自分が女で、この人を後に残して逝かなくてはならないとしたら、きっとたましいはこの世に残ってしまうに違いない、などとついじっと見つめてしまう。中将が近くに座ると、光君はしどけない恰好をしながらも直衣の入れ紐《ひも》だけを差しなおし、襟元を整える。光君は、中将よりももう少し濃い鈍色の夏の直衣に、紅色の袿《うちき》を着ているが、その地味な姿に、かえって見飽きることない風情がある。

「雨となりしぐるる空の浮雲《うきくも》をいづれのかたとわきてながめむ

（妹は煙となって空に上ったが、この時雨《しぐ》れる空の浮雲のどれがいったいその煙だろう）

妹はどこへ行ってしまったのだろうね」

とつぶやく中将に、

見し人の雨となりにし雲居《くもゐ》さへいとど時雨にかきくらすころ

（亡き妻が雲となり雨となってしまった空も、時雨《しぐれ》降る冬になり、ますます悲しみに閉ざされてしまう）

と光君は詠む。心底悲しがっているふうなので、夫婦とは不思議なものだと中将は思う。生きている時はそれほど愛情を持っているとは思えなかった。そのことについて桐壺院《きりつぼいん》からも見かねて仰《おお》せ言《ごと》があり、左大臣の厚意ある世話もあり、桐壺院の妹である母宮との間柄もある、そうしたことに縛られて葵の上から離れられないのだろうと思っていた。気の進まない結婚をやむなく続けているのだろうと、気の毒に思うこともしばしばだった。けれど、本当にたいせつな正妻として格別に重んじていたらしいと気づかされ、中将は今さらながらに妹の死が無念である。世の中から光が消えてしまったような気がして、ひどく気落ちしてしまう。

枯れた下草の中に竜胆《りんどう》や撫子《なでしこ》が咲いているのを見つけ、光君は仕えの者にそれを折らせた。中将が立ち去ると、光君は若君の乳母《めのと》である宰相の君に、母宮宛ての手紙を託した。

「草枯れのまがきに残るなでしこを別れし秋のかたみとぞ見る

（下草の枯れた垣根に咲き残る撫子を、過ぎ去った秋の形見と思って見つめています）

母上にはやはり、亡き母である葵の上のうつくしさに、若君は劣って見えるでしょうか」

若君の無垢《むく》な笑顔はじつに愛くるしい。風に吹かれて散る木の葉より、もっと涙もろい母宮は、光君の手紙を読んでこらえきれずに涙に暮れる。

今も見てなかなか袖《そで》を朽《くた》すかな垣ほ荒れにしやまとなでしこ
（お手紙をいただいた今も、若君を見て、涙で袖が朽ちるようです。荒れ果てた垣根に咲く撫子――母を亡くした子なのですから）

どうしてもさみしさの拭えない光君は、この夕暮れのもの悲しさはきっとわかってもらえるだろうと、朝顔の姫君に手紙を送る。ずいぶん久しぶりだったけれど、いつものことではあるので、姫君に仕える女房たちは気にすることもなく手紙を見せた。今の空の色と同じ唐《から》の紙に、

「わきてこの暮《くれ》こそ袖は露けけれもの思ふ秋はあまたへぬれど
（今日の夕暮れはとりわけ涙を誘い、袖を濡らします。もの思いに沈む秋は、もう何度も経験しましたのに）

時雨《しぐれ》は毎年のことですが」

とある。その筆跡を見ても、いつもより一段と心をこめてていねいに書いていることが伝わってきて、「これはご返歌しなければなりません」と女房たちも言い、また姫君もそう思ったので、返事を送ることにした。

「喪に服していらっしゃることを案じながらも、とてもこちらからはお便りできませんでした」と

まずあり、

「秋霧に立ちおくれぬと聞きしよりしぐるる空もいかがとぞ思ふ

（秋に、女君に先立たれてしまったと伺いましてから、時雨の空をどのような気持ちでご覧になっているかと思っておりました）」

とだけ薄い墨でしたためられて、見るからに奥ゆかしい。

何ごとにつけても、実際に逢《あ》うと想像よりすばらしいという人はまずいないのが世の常なのだが、つれなくされるとますます惹かれるのが光君という人の性分なのだ。

朝顔の姫君はそっけなくはあるけれど、ここぞというときには必ずしみじみした思いに共感を示してくれる。こういう関係だからこそ、互いにずっと思いやりを持ち続けられるというもの。たしなみや風流も度が過ぎるとかえって鼻についてしまう。紫《むらさき》の姫君をそんな女には育てたくない、と光君は思う。きっと二条院の対《たい》の部屋で、人恋しく過ごしているのだろう。紫の姫君を忘れたことはないけれど、それは母親のいない子をひとり置いてきたような気掛かりであって、逢えないことでどんなに自分を恨んでいるかと心配するのとは違い、まだ心が楽であった。

すっかり日が暮れた。光君は灯火を近くに持ってこさせ、気を許した女房たちを呼んで思い出話をし合った。中納言の君という女房は、前からずっと光君と内々で関係を持っていたが、葵《あおい》の上《うえ》の喪中にあって、光君はそんな素振りを微塵《みじん》も出さない。それを、亡き人への深い思いやりだと中納言の君はありがたく思っていた。ただの話し相手として、光君は打ち解けて口を開く。

「こんなふうに幾日も、前よりずっと親しくいっしょに暮らした後に、離れなければならなくなれば、きっとたまらなく恋しくなるのだろうね。妻を亡くした悲しみはそれとして、あれこれ考えてみると、つらいことが多いね」

それを聞いて女房たちはみな涙を流し、

「今さらどうにもできないことは、闇に閉ざされたような心持ちにはなりますが、仕方のないことです。けれどあなたさまがこのお邸《やしき》を見限って、ふっつりいらっしゃらなくなることを考えますと……」と、もう言葉が続かない。それを見て胸が痛み、光君は言う。

「見限るなんてことがあるものか。よほど私が薄情な人間だと思っているのだね。もっと長い目で見てくれれば、きっとわかってもらえるのにな。けれどこの私だって、いつどうなるかわからないからね」

と、灯火を見つめる目元が涙に濡れて、神々しいほどうつくしい。

葵の上がとくべつかわいがっていた幼い女童《めのわらわ》が、両親もおらず、じつに心細そうにしているのに気づいた光君は、それも無理ないことと思い、

「あてき、これからは私を頼らなければならなくなったね」と声をかけると、童は声を上げて泣き出す。ちいさな衵《あこめ》をだれよりも黒く染めて、黒い汗衫《かざみ》や萱草《かんぞう》色の袴《はかま》を身につけて、ずいぶんとかわいらしい。

「昔を忘れないでいてくれるなら、さみしいのをこらえて、まだ幼い若君を見捨てずに仕えてください。生前の名残もなく、あなた方まで出ていってしまったら、ここともつながりも切れてしまうだろうから」

と、みなが気持ちを変えないようにあれこれと口にするが、さてどうだろう、光君が訪れるのもますます途絶えがちになるかと思うと、やはり女たちは心細くてたまらない。

左大臣は、女房たちの身分によって差をつけながら、身のまわりのものや、格別な葵の上の形見の品を、あまり仰々しくならないように気をつけて、みんなに配った。

光君は、こうして引きこもったまま日を過ごしているわけにはいかないと思い、桐壺院《きりつぼいん》の元へ参上することにした。車を引き出し、先払いの者が集まりはじめると、悲しむ時を知っているかのように時雨がさっと降りはじめ、風が木の葉を散らして吹き荒れる。女房たちはいっそう不安になって、少しは紛れることもあった悲しみがまたぶり返し、みな涙でその袖を濡らすのであった。今夜はそのまま二条院に泊まるとのことなので、お付きの者たちもそちらで待とうと、みなそれぞれに出かけていく。今日を限りに光君が来ないなどということはないだろうけれど、みな一様に悲しみに暮れる。左大臣も母宮も、今日、光君が出ていくことに、また深い喪失感を味わうのだった。母宮に宛てて光君は文を送る。

「院が、どうしているかとおっしゃっておりますので、本日そちらに参ることにいたしました。ほんの少し外出するにつけても、あんな悲しみの中、よく今日まで生きながらえたものだと胸を掻《か》きむしるような思いでございます。お目に掛かってご挨拶するとなおのこと悲しみがこみあげてきそうですので、そちらへはお伺いいたしません」

とあり、母宮は流す涙で目も見えないほど泣き、返事を書くこともできないでいる。左大臣がすぐに光君の元に来る。こらえきれないように袖を顔に押し当てて離すことができない。それを見ていた女房たちもさらに悲しくなるのだった。

この世のはかなさに思いめぐらせて、さまざまな感慨を覚えて泣く光君は、悲しみに深くとらわれていながらも優美でうつくしかった。左大臣はなんとか涙をこらえて口を開く。

「年をとりますと、ささいなことにも涙もろくなるものですが、ましてや涙の乾く間もないくらいのどうしようもない悲しみを、とても静めることができません。他人が見ても、取り乱して、心の弱い者だと思うでしょうから、私はとても参上などできません。何かのついでに、そのように奏上ください。余命幾ばくもない老いの果てに、子どもに先立たれるなんて、こんなにつらいことがありましょうか」

無理に気を静めて言う左大臣は気の毒なほど痛々しい。光君も洟《はな》をかみながら言う。

「死に後れたり先立ったりする命の定めなさは、この世の常と承知しているものの、いざ自分の身に降りかかってきますと、悲しみの深さは何ものにも比べられないものですね。院にも、この様子を奏上いたしましたら、おわかりになってくださいますよ」

「では、時雨もやみそうにありませんから、暮れないうちにお出かけなさいませ」と左大臣は光君を急《せ》かす。

あたりを見まわすと、几帳《きちょう》の陰や襖《ふすま》の向こう、開け放たれたところには、三十人ほどの女房たちが、濃い鈍色《にびいろ》や薄い鈍色の喪服をそれぞれに着て、だれも彼も心細そうに泣きながら集まっている。なんと悲しい景色だろうと光君は思う。

「あなたがお見捨てにはなるはずのない若君もお残りなのですから、何かのついでにお立ち寄りくださるだろうと自分をなぐさめてはいるのですが、考えの足りない女房たちは、今日を限りにあなたがお捨てになる故郷だと思いこんで、亡き人との永遠の別れより、親しくお仕えしてきた年月がすっかりおしまいになるのではないかと嘆くのも無理からぬこと。ゆっくりと我が家にいてくださることはありませんでしたが、それでもいつかは、とみな虚しくも期待していたのですから……。

なんと心細い夕べでしょうか」と左大臣は言う。

「そんなふうに嘆くのは本当に考えが足りませんよ。おっしゃる通り、何があろうと私を信じてくれるだろうとのんびりかまえて、無沙汰をしてしまうこともありました。けれどあの人がもういない今、どうしてそんなにのんきなことができましょう。私が見捨てるはずもないことは今にわかるはずです」

と言い、光君は邸を後にする。それを見送ってから、左大臣は光君と葵の上の部屋に入った。部屋の飾りつけをはじめ、何ひとつかつてと変わらないのに、蟬《せみ》の抜け殻のように虚しく見えた。

御帳の前に、硯《すずり》などが散らばっている。光君の捨てた手習いの反故《ほご》を拾い上げ、涙を絞り出すようにして眺めている左大臣を見て、若い女房たちは悲しみながらも、ついほほえんでしまう。心打たれるような古人の詩歌が書かれているかと思えば、漢詩《からうた》も和歌もあり、草仮名や楷書や、さらにさまざまな目新しい書体で書かれている。

「なんてみごとな字だろう」と左大臣は空を仰いでため息をつく。これからは光君を他家の人としてつきあわねばならないのが残念なのでしょう。「旧《ふる》き枕故《ふる》き衾《ふすま》、誰とともにか」と長恨歌《ちょうごんか》の一句が書いてあるそばに、

なき魂《たま》ぞいとど悲しき寝し床《とこ》のあくがれがたき心ならひに

（亡き人とともに寝たこの床を、いつも離れがたく思っていた。この床を離れていったその人のたましいはどんなにつらいことだろうかと思うと、悲しくてならない）

とある。また、「霜華《しものはな》 白し」とこれも長恨歌の引用の近くに、

君なくて塵《ちり》つもりぬるとこなつの露うち払ひいく夜寝《よね》ぬらむ

（あなたがいなくなって、塵も積もった床に、常夏《とこなつ》の露――涙を払いながら、幾夜ひとりで眠っただろう）

と書いてある。先日、文とともに母宮に送った時に手折《たお》った花なのだろう、常夏（撫子《なでしこ》）が枯れて、反故の中に落ちている。左大臣はそれを母宮に見せて、泣いた。

「いくら嘆いても詮無いことで、こんな悲しい逆縁も世間にないわけではないと自分に言い聞かせて、あきらめようとしてきた。けれどこの世での縁が短すぎた。親を悲しませようと思って生まれてきたのかと、この世で親子の縁を結ぶことになった前世の因縁を恨んでは、悲しみを紛らわせているけれど、日が過ぎれば過ぎるほど娘が恋しくて恋しくてたまらないのだ。その上、光君がこれきりこの家の人間ではなくなると思うと、胸が張り裂けそうだ。今日はお見えにならない、今日もまたお見えにならないと、足が遠のいていらっしゃった時も、胸を痛めていたが、朝夕に射しこむ光のようだった人がいなくなってしまったら、どうやって生きていかれようか」

こらえきれずに声を上げて泣き出すと、母宮の前に控えていた年配の女房たちも悲しみに沈み、いっせいに泣き出してしまう。じつに寒々とした夕べの光景である。

若い女房たちはところどころに集まって、それぞれしんみりと話し合っている。

「殿さまのおっしゃっていたように、若君にお仕えしていれば気も晴れるでしょうけれど、まだずいぶんおちいさなお形見で、張り合いもないわ」と言い合う。

「しばらく実家に下がって、また参上しようかしら」と言う者もいて、彼女たち自身の別れもまた名残惜しく、それぞれ思い出に浸るのだった。

参上した光君を見て、

「まったくひどいやつれようではないか。精進に日を重ねたせいか」と桐壺院《きりつぼいん》はいたわしそうに言い、食事を用意させて勧める。あれこれと心を砕いてくれる桐壺院を、光君は身に染みてありがたく、また畏れ多く思う。藤壺《ふじつぼ》の部屋に行くと、女房たちは珍しいお客さまだと歓迎した。藤壺は、命婦《みょうぶ》の君を通じて、

「何かと悲しみの尽きぬことでしょう。時がたちましても悲しみはなかなか癒えないことと思います」とお悔やみを伝えた。

「この世の無常はたいがいひと通り心得ていたつもりですが、いざ自分の身に起きると、本当にこの世で生きているのもつらくなりました。それでもたびたびかけていただいたお言葉になぐさめられて、なんとか今日まで生きて参りました」

いつも藤壺の前では悲しげな光君だが、今日はそれにもまして痛々しく見える。無紋の袍《ほう》に鈍色《にびいろ》の下襲《したがさね》、冠《こうぶり》の纓《えい》を巻き上げた喪服姿は、はなやかな衣裳《いしょう》より、ずっと気品ある優美さを光君に与えている。東宮にも長いこと会っておらず、気掛かりでいることを伝えて、夜更け、光君は院の御所を退出する。

二条院では、部屋という部屋を掃き清めて、男も女もみな光君を心待ちにしている。身分の高い女房たちも今日はみな顔を揃《そろ》えていた。見劣りしないようそれぞれはなやかな衣裳を身につけ化粧をしている女たちを見ると、左大臣家でずらりと並んで、悲しみに沈んでいた女房たちが痛ましく思い出される。装束を着替え、光君は西の対《たい》に向かった。冬に向けて整えられた部屋は、明るくすっきりとしていて、うつくしい若女房や女童《めのわらわ》たちもみなきちんとした身なりをしていて、少納言の

はからいに光君は感心する。

紫《むらさき》の姫君も可憐《かれん》に着飾っている。

「長いことお目に掛からないうちに、びっくりするほど大人っぽくなりましたね」と、ちいさな几《き》帳《ちょう》の帷子《かたびら》を引き上げて顔を見ると、恥ずかしそうに横を向くその姿は、非の打ちどころがない。灯火に照らされた横顔、髪のかたちも、心のすべてで慕っているあの方とまったくそっくりではないかと、光君はうれしくなる。紫の姫君に近づき、会えずにいて気掛かりだったあいだのことをあれこれ話した後に、

「これまでにあったことをゆっくり話してあげたいけれど、縁起が悪いようにも思うから、少しあちらで休んでからくるよ。これからはずっとそばにいるから、私のことが嫌になるかもしれないね」と、こまやかに話して聞かせる。それを聞いて少納言はありがたく思いながらも、やはり不安を感じずにはいられない。お忍びでお通いになる尊い身分の女性たちがたくさんいらっしゃるのだから、いつ紫の姫君のかわりとなる厄介な姫君があらわれるかと心配でならないのだが、……それもずいぶん憎たらしい気のまわしようだこと。

光君は自分の部屋に入り、中将の君という女房に足を揉《も》んでもらっているうちに眠りに落ちた。翌朝には左大臣家にいる若君に手紙を送った。受け取った左大臣家からは悲哀のにじむ返事が来て、光君は悲しみの深さを思い知らされる。

光君は、もの思いにふけることが多くなり、忍び歩きもだんだん億劫《おっくう》になって、出かけようともしない。紫の姫君は何もかも理想的に育ち、女性としてもみごとに一人前に思えるので、そろそろ男女の契りを結んでも問題はないのではないかと思った光君は、結婚を匂わすようなことをあれこ

れと話してみるが、紫の姫君はさっぱりわからない様子である。

することもなく、光君は西の対で碁を打ったり、文字遊びをしたりして日を過ごしている。利発で愛嬌《あいきよう》のある紫の姫君は、なんでもない遊びをしていても筋がよく、かわいらしいことをしてみせる。まだ子どもだと思っていたこれまでの日々は、ただあどけないかわいさだけを感じていたが、今はもうこらえることができなくなった光君は、心苦しく思いながらも……。

いったい何があったのか、いつもいっしょにいる二人なので、はた目にはいつから夫婦という関係になったのかわからないのではあるが、男君が先に起きたのに、女君がいっこうに起きてこない朝がある。

「どうなさったのかしら。ご気分がよろしくないのかしら」と女房たちが心配して言い合っていると、光君は東の対に戻ろうとして、硯箱を几帳の中に差し入れていった。近くに女房がいない時に、女君がようやく頭を上げると、枕元に引き結んだ手紙がある。何気なく開いてみると、

あやなくも隔てけるかな夜《よ》をかさねさすがに馴《な》れし夜《よる》の衣《ころも》を

(どうして今まで夜をともにしなかったのかわからない。幾夜も幾夜も夜の衣をともにしてきた私たちなのに)

とさらりと書いてある。光君が、あんなことをするような心を持っていると紫《むらさき》の女君は今まで思いもしなかった。あんないやらしい人をどうして疑うことなく信じ切ってきたのかと、情けない気持ちでいっぱいになる。

昼近くなって光君は西の対にやってきた。

「気分が悪いそうだけれど、どんな具合ですか。今日は碁も打たないで、退屈だなあ」と言って几帳をのぞくと、女君は着物を引きかぶって寝たままだ。女房たちがみな離れて控えているので、女君に近づいて、光君は言う。「どうしてそんなに私を嫌がるの。思いの外、冷たい方だったのですね。女房たちも何かおかしいと思いますよ」と、引きかぶった着物をはがすと、女君はひどく汗をかいていて、額の髪も濡れている。「おやおや、これはよくない。たいへんなことだ」などと、何かと機嫌をとってみるが、心から傷ついている女君は一言も言わず黙りこんでいる。「わかったよ。もう二度とお目には掛かりません。恥ずかしい思いをするだけだから」

光君は恨み言を言って硯箱を開けるが、返歌はない。まるっきり子どもではないかといとしく思え、一日じゅう御帳台《みちょうだい》の中にこもってなぐさめるけれど、女君の機嫌はいっこうになおらない。そんなことも光君にはかわいらしく思える。

その夜は無病息災、子孫繁栄を願って亥《い》の子餅《こもち》を食べる日だった。光君が喪に服しているので、大仰にはせずに、女君のところにだけ、洒落た折り箱に色とりどりの餅を入れたものが用意された。それを見た光君は西の対の南面に惟光《これみつ》を呼んだ。

「この餅だけど、こんなにたくさん仰々しくしないで、明日の夕方に持ってきてほしい。今日は日柄もよくないことだし」

と言われた惟光は、照れたように笑う光君の顔つきから、何があったのかを悟った。根掘り葉掘り訊《き》くことなく、

「ええ、ええ、おめでたのはじめは、吉日を選んで召し上がるべきですね。亥の子ではなく子《ね》の子になりますと、いくつ用意いたしたらよろしいですかな」と真面目くさって訊く。

「三分の一くらいでいいだろう」

すっかり合点して惟光は下がった。ものごとに慣れた男だと光君は感心する。惟光は他人には何も言わず、自分で手を下すばかりにして、新婚三日目を祝う餅を自分の家で作っていた。

光君は女君の機嫌をとることに苦労して、なんだかこの人を今どこからか盗んできたみたいだと思い、なんとなくおもしろくなってくる。この何年か、この人のことをずっと心からいとしく思っていたけれど、今の気持ちに比べれば、そんなものはなんでもないようなものだった、と思う。人の心はなんと不思議なものだろう。今はもう、一夜も逢わずにいるのはつらくて無理だ。

惟光は命じられた餅を、たいそう夜も更けてからこっそりと持参した。年長の少納言なら察してしまい、女君が恥ずかしい思いをするだろうと惟光は気遣って、少納言の娘である弁を呼び、

「そっと差し上げてください」と、餅を入れた香壺《こうご》の箱を渡した。

「これは間違いなく御枕元にお届けしなくてはならない、お祝いの品なのです。ゆめゆめいい加減に扱ってくださるな」と惟光に言われて、妙なことを言うと思った弁は、

「いい加減で不誠実なことなど、私はまだしたことがございません」と返す。

「真面目な話、不誠実などという言葉は避けてくださいね。まさか使うことはないでしょうがね」

と惟光は念を押す。

まだ若い弁は、事情もよくわからないまま言われた通り枕元の御几帳のあいだから香壺を差し入れた。光君がいつものように三日目の祝いの餅について、女君に教えてあげていることでしょう。

女房たちは事情を知らなかったが、翌朝、光君がこの箱を下げさせたので、そばに仕える者だけは思い当たることがあった。いつのまに調達したのか、餅を盛る皿もほかの道具類もうつくしい華《け》

足《そく》の小机に載せられ、餅もみごとに作ってあった。少納言は、姫君がこんなふうに正式に扱ってもらえると思っていなかったので、身に染みてありがたく、光君のこまやかな心配りに、まず泣かずにはいられなかった。

「それにしても内々で私たちにお命じくだされればいいものを。用意したあの人もどう思ったことかしら」と女房たちもささやき合っている。

それから後は、宮中や桐壺院の御所にほんのしばらく参上しているあいだでも、そわそわと落ち着かず、女君の面影が目の前にちらついて恋しく思う。そんな心を我ながら君は不思議に思う。それまで通っていた女君たちからは恨みがましい手紙が届くので申し訳ないとは思うものの、新婚の女君を一夜たりとも置き去りにするのは心苦しくてならない。出かけるのも億劫になって、気分がすぐれないということにして、「妻を亡くしたばかりでこの世がひどく厭わしく思えるのです。この時期が過ぎましたらお目にかかりましょう」と返事を書いて、日を過ごす。

弘徽殿大后《こきでんのおおきさき》は、今は御匣殿《みくしげどの》の別当《べっとう》となっている、妹の六《ろく》の君《きみ》（朧月夜《おぼろづきよ》）が光君にまだ思いを寄せていて、それを知る父の右大臣が「なるほど、あんなにたいせつになさっていた奥さまも亡くなられたのだから、六の君が正式に妻として迎えられれば不足ないではないか」と言うのを、じつに腹立たしく思っていた。

「女御ではない、女官としての宮仕えでも、地位が上がっていけば、不足ないどころか立派なものですよ」と、妹を入内《じゅだい》させようと躍起になっている。

そんな噂《うわさ》を聞いた光君も、六の君には並々ならぬ愛情を抱いていたので残念に思うけれど、今は不思議なくらいほかの女君に興味が持てないのである。まあ、これでいいじゃないか、短い人生なのだから、この紫の女君を妻と決めて腰を据えよう、人の恨みを受けるのもまっぴらだ、と懲り懲りしてもいるのだった。

六条御息所《ろくじようのみやすどころ》には気の毒ではあるが、彼女を正式に妻として頼りにするとなれば、かならずしっくりいかなくなるだろう、これまでのような関係でも大目に見てくれるのならば、しかるべき時に文を交わす相手としてはふさわしい人には違いない……と光君は思う。まるきり見捨ててしまう気持ちはないのである。

この二条院の女君を、今まで世間の人がどこのだれとも知らずにいるのも軽々しい扱いであるから、この際父宮である兵部卿宮《ひようぶきようのみや》にも知らせようと光君は決め、紫の女君のために成女式として御裳着《おんもぎ》の用意を、あまり表沙汰にはしないけれども格別豪華にするよう下の者に命じている。この手厚い気遣いも女君にはまったくうれしくない。今までずっと光君を疑いなく信じて、ずっとそばにいた自分にあきれ果て、後悔しているのである。まともに目を合わせることもなく、光君が冗談を言っても、ただ苦しくつらいばかりでふさぎこんでしまい、今までとはすっかり変わってしまった。そんな女君の様子を、光君はいじらしくもいとおしくも思うのだった。

「今までずっとたいせつに思ってきたのに、あなたはもう私のことを思ってはくれないなんて、悲しいな」などと恨み言を言ってみたりする。

そうしているうち年が明けた。元旦は、いつも通りまず院に参上し、それから帝、東宮にも参上する。退出すると、光君は左大臣家に向かう。左大臣は、新年などどうでもいいように亡き娘の思い出を語っては、喪失感でいっぱいになっていたところに、光君があらわれたものだから、いよいよ悲しみをこらえることが難しくなる。左大臣家の人々の目には、新年を迎えひとつ年を重ねたせいか、光君は堂々たる風格も備わり、今までよりもさらにまばゆく見える。光君は挨拶がすむと夫婦の寝室だった部屋に入った。久しぶりの光君の姿に、女房たちも涙をこらえることができない。

若君を見ると、すっかり大きくなって、にこにこと笑っているのが不憫《ふびん》である。目元、口元が、東宮にそっくりで、人が見て不審に思わないかと光君は不安になる。部屋の中は以前と変わらず、衣桁《いこう》に掛けられた光君の装束も、以前と同じく新調してあるのに、その隣に女君の装束がないのが、いかにもさみしい光景である。

女房が母宮の挨拶を伝えにくる。

「今日は元日ですので、泣かないようにずいぶん我慢しているのですが、こんなふうにお訪ねくださいまして、かえって涙があふれてしまいます」とあり、「以前と同じように調えましたお召し物も、涙で目もよく見えず、色の見立ても不出来だと思いますけれど、せめて今日だけはどうかお召しくださいませ」と、たいそう入念に仕立て上げられた装束を、もう一揃《ひとそろ》い贈った。かならず今日着てもらおうと思っていたらしい下襲《したがさね》は、色合いも織り具合も見たことがないほどすばらしい。せっかくの気持ちをどうして無視できようかと、光君はそれらに着替える。もし今日ここに来なかったら、母宮はどれほど気落ちしただろうと思うと胸が痛んだ。

「あまた年今日《けふ》あらためし色ごろもきては涙ぞふるここちする

(今まで何年も元日の日に、こちらで着替えていたうつくしい色の晴れ着を、今年もここにやってきて着てみますと、昔が思い出されて涙がとまりません)

とても気持ちを静めることができません」

と返事をした。それにたいし、

新しき年ともいはずふるものはふりぬる人の涙なりけり
（あたらしい年だというのに降りそそぐものは、年老いた親の涙でございます）
と返歌があった。
みな、並大抵の悲しみではなかったのです。

賢木《さかき》

院死去、藤壺出家

御代がかわり、弘徽殿女御の皇子が帝となり、さらに、どこまでも恋しい人は出家を決意……、世は常なきもの……。

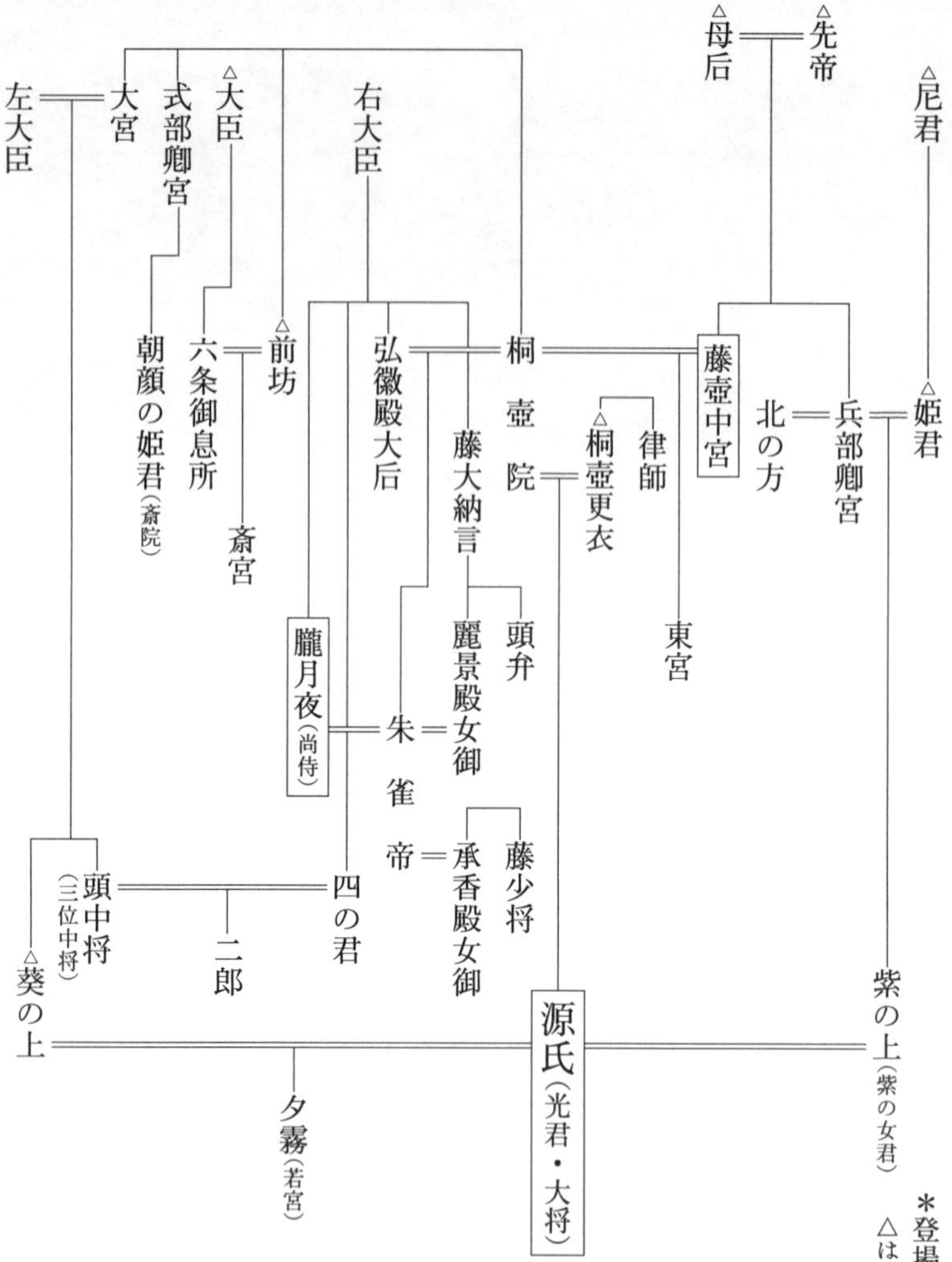

△先帝
△母后
△尼君
左大臣
大宮
式部卿宮
△大臣
右大臣
朝顔の姫君（斎院）
六条御息所
△前坊
斎宮
弘徽殿大后
桐壺院
藤壺中宮
北の方
兵部卿宮
△姫君
藤大納言
△桐壺更衣
律師
東宮
朧月夜（尚侍）
朱雀帝
麗景殿女御
頭弁
承香殿女御
藤少将
頭中将（三位中将）
四の君
二郎
△葵の上
源氏（光君・大将）
紫の上（紫の女君）
夕霧（若宮）

＊登場人物系図
△は故人

斎宮《さいぐう》の伊勢に下る日が近づくにつれ、母の六条御息所《ろくじょうのみやすどころ》は心細くなった。あの身分の高い、煙たい存在だった葵の上《あおいのうえ》が亡くなってから、今度こそは御息所が正妻におさまるのではないかと世間では噂《うわさ》されており、御息所に仕える人々もそのような期待に胸ときめかせていた。けれども実際は、その後かえって光君《ひかるきみ》の足は遠のき、まったくつれない態度である。そうならざるを得ないほどの、私を心底嫌うようなことがあったに違いないと御息所にはわかるので、いっさいの未練を断ち切って、ただひたすら伊勢行きを決意していた。親が付き添って下るなどは先例がないが、まだ幼い斎宮がとても頼りない様子であるのを口実に、この苦しい境遇から遠く逃れようと御息所は思っていたのである。

御息所がこれきり遠くへ行ってしまうと思うとさすがに名残惜《なごりお》しくなり、光君は心をこめた手紙を幾たびか送った。けれど直接対面することは、今さらとてもできないと御息所は思っている。光君にはこちらをお嫌いになる理由もおありだろうけれど、まだ思いの断ち切れない私はお目にかかれば今よりいっそう苦しむことになるだろう……と、逢《あ》わずにいることを強く心に決めているのである。

斎宮とともに野宮《ののみや》で暮らす御息所は、ときおり六条の邸《やしき》に帰ることもあった。けれどごく内密に出入りしているので光君は知らないでいる。神仏に仕えるため潔斎《けっさい》を行っている野宮には、光君は通うこともできないので、気にはなりながらも逢えないまま日は過ぎていく。

そうしているうち桐壺院《きりつぼいん》が体調を崩し、とくべつ重い病というわけではないけれど、気分のすぐれない日が続くようになった。光君はますます心の余裕もなくなったが、御息所が自分を薄情者と思ったままでは気の毒であるし、他人が聞いても薄情と言われるだろうと思い、野宮まで訪ねていくことにした。

九月七日頃のことである。伊勢に下る日は今日明日に迫っていると思い、御息所も何かとせわしない心持ちだった。けれども光君からたびたび手紙をもらっていたので、どうしたものかと迷いながらも、せっかくの来訪を無下にするのも無粋であるし、ほんの少しだけ、物越しの対面ならいいだろうと内心では心待ちにしていた。

はるばると広い野を分け入っていくと、しみじみとした風情《ふぜい》が漂っている。秋の花はみなしおれ、浅茅《あさじ》が原《はら》も枯れ、嗄《か》れた虫の音の響く中、松風が吹きつける。そこへ、なんの曲かもわからないくらいかすかに楽の音がきれぎれに聞こえてきて、なんとも優艶である。先払いにはごく親しい者を十人ほど、お供の随身《ずいじん》もものものしい衣裳《いしょう》ではなく、慎重なお忍びである。とくに気を遣って装った光君だが、その姿もまた立派なものなので、お供の洒落者《しゃれもの》たちは嵯峨野《さがの》という場所も場所だけに、深く感じ入っている。光君も、なぜ今までたびたび訪ねてこなかったのかと、虚《むな》しく過ぎていった日々をひどく残念に思う。

かんたんな小柴垣《こしばがき》を外囲いにし、まさに仮普請らしい板葺《いたぶ》きの家があちこちに建ち並んでいる。黒木の鳥居は神々しく見え、忍び歩きの身はさすがにためらいを覚える。神官たちがあちこちで咳《せき》払《ばら》いをして、何か言葉を交わしているのも見慣れない光景である。火焼屋《ひたきや》からかすかに光が漏れていて、ひとけはなく、しめやかな空気が漂っている。ここで、もの思いに沈むあの方が長い月日を過ごしてきたのかと思うと、光君はたまらないほどいたましい気持ちになる。

寝殿の北にある建物の、ちょうどよい場所を見つけて光君は立ち隠れ、来訪の旨を伝えると、楽の演奏はぴたりとやみ、女たちが奥ゆかしく立ち居する衣擦《きぬず》れの音が聞こえてくる。何やかや、取り次ぎの女房を通じての挨拶ばかりで、御息所は対面する気はないようである。それはあんまりだと思った光君は、

「今では恋しい方を訪ねてくることも難しくなりました。それをわかってくださるなら、どうぞこのように注連《しめ》の外に追いやらないでくださいませんか。心置きなくお話をして、気持ちを晴らしたいのです」と、心をこめて語りかける。

「まったくでございます。そんなところにいつまでもお立たせしておくわけにはまいりません。お気の毒です」

女房たちもそう取りなすので、さてどうしたものかと御息所は悩む。女房たちの手前、こんなふうにしているのも見苦しいだろうし、年甲斐《としがい》もない振る舞いだと光君にも思われてしまうだろう。逢うことは慎んだほうがいいと思っていた御息所は、あまり気が進まないけれども、さりとて冷たい態度をとり続けるほど心は強くないのだった。ため息をつき、ためらいながらいざり出てくる御息所の気配には、じつに奥ゆかしい品がある。

「こちらでは、簀子《すのこ》に上がるくらいのお許しはありますか」と光君は縁側に上がってしまう。はなやかに射《さ》しこむ夕月の光が光君の立ち居振る舞いを照らし出す。圧倒されるようなうつくしさであ

る。幾月も訪ねてこなかった言い訳を今さらするのも決まりが悪く、光君は、少しばかり折って持参していた榊《さかき》を御簾《みす》の中に差し入れた。

「この榊の葉のように、変わらない私の心を道標《みちしるべ》にして、禁制の神垣をも越えて参ったのです。それなのに冷たくなさるのですね」

そう言う光君に御息所は応える。

神垣はしるしの杉もなきものをいかにまがへて折れる榊《さかき》ぞ

（ここ野宮には道標となるような杉もありませんのに、どう間違えてお折りになった榊なのでしょう）

少女子《をとめご》があたりと思へば榊葉《さかきば》の香《か》をなつかしみとめてこそ折れ

（神に仕える少女がいるあたりだと思い、榊の葉の香りもなつかしいので、さがし求めて折ったのです）

あたりの神聖な様子に憚《はばか》られはするものの、光君は御簾をひき被《かぶ》るようにして上半身だけ中に入り、下長押《しもなげし》に寄りかかる。

逢いたいと思う時に逢いにいくことができ、また、女君のほうでも光君を一途《いちず》に思っていた今までの月日、ゆったりかまえて慢心していて、光君はさほどだいじに思っていなかった。そして心の中で、なんということだ、この人にも欠点がある、と思うようになってからは恋しい気持ちも冷めていき、こんなにも疎遠な仲になってしまった。けれども久しぶりに顔を合わせてみると、昔のことがあれこれと思い出されて胸がいっぱいになる。今までのこと、これからのことを思わずにはいられず、光君は心弱くも泣き出してしまう。女君もまた苦しみ悩んでいることを見抜かれまいとしているけれど、こらえきれない様子なのを見てとって、光君はますますいたたまれなくなり、伊勢下向はやはり思い留まるようにと伝えようとする。月も山の端に入ってしまったのか、ものさみしい空を眺めて思いの丈を話す光君に、女君の内に積もり積もった恨みも消えていくようだ。ようやく今度こそはと未練を断ち切ったのに、やはり思っていた通り逢ってしまえば決心が鈍り、心に迷いが生じるのであった。殿上人《てんじようびと》の年若い君達《きんだち》が連れだってやってきて、野宮の風情を愛《め》でるふりをして佇《たたず》み、そのまま立ち去りかねていたという庭は、ほかのどんな場所にも負けないほど、じつに優雅ではなやかである。恋愛の、ありとあらゆるもの思いをし尽くした二人のあいだで交わされたやりとりは、そのまま語り伝えることはできそうもなく……。

ゆっくりと明けていく空は、このときのために創り出したかのようにもの悲しい。

暁《あかつき》の別れはいつも露けきをこは世に知らぬ秋の空かな

(あなたと明け方に別れる時はいつも涙に濡《ぬ》れていました。今朝の別れは今まで味わったこともないほど悲しい秋の空です)

光君は後ろ髪を引かれるように御息所の手を握り、去るのをためらっている。その姿はなんとも魅力的である。ひどく冷たい風が吹き、鈴虫の鳴き嗄らした声音も、まるで暁の別れの悲しさを知っているかのようである。恋を知らない人でも心に染みるだろうに、ましてどうしようもなく思い乱れている二人は、うまい歌も思いつかないのでしょう。

おほかたの秋の別れもかなしきに鳴く音《ね》な添へそ野辺《のべ》の松虫

(ただ秋が過ぎるというだけで人はもの悲しくなるのに、野辺の鈴虫よ、そんなふうに鳴かないでおくれ)

心残りが多いけれど、今さらどうすることもできず、あたりもどんどん明るくなってきて、決まり悪くなって光君は立ち去った。帰り道、光君は涙で袖を濡らし続けた。御息所も心を強く持つことはできず、深くもの思いに沈み、虚《うつ》けた面持ちでいる。月の光にほのかに見えた光君の姿や、未《いま》だに漂う着物の残り香など、女房たちはたしなみも忘れて褒めそやすのだった。

「伊勢行きが致し方ない旅路だとはいっても、あんなすばらしいお方を見捨てて、どうしてお別れ申せましょう」などと言い合っては涙ぐんでいる。

それからすぐに光君から届いた手紙はいつになく深い愛情がこもっていて、女君の気持ちもくじけそうになる。けれども伊勢下向をふたたび思い悩むわけにはいかず、もはやどうすることもできない。光君は、それほど深く思っていない時でも、恋のためにはいくらでも言葉巧みに書き綴《つづ》ることのできる男である。ましてごくふつうの恋人とは思えない間柄の女君が去っていこうとしているのだから、残念だとも思い、気の毒なことをしたとも思い、悩んでいることでしょう。女君の旅の装束をはじめとして女房たちの衣裳、旅路に必要な何やかやの調度品も、贅《ぜい》を尽くしみごとにうつくしく仕立て、餞別《せんべつ》として送ったが、女君はうれしく思うこともない。軽はずみでみっともない浮き名ばかりを世間に広め、まったく情けない身の上だと、今さらのように、出立《しゅったつ》の日が近づくにつれて寝ても覚めても嘆き続けるばかりである。年若い娘の斎宮は、はっきりしなかった出立の日が決まっていくのを無邪気によろこんでいる。世間の人々は、斎宮に親が付き添って下向するなんて聞いたことがないと、非難してみたり、同情してみたり、いろいろと噂しているようです。何ごとにおいても、世間の人からとやかく批判されることのない身分の者は気楽でしょうね。世に抜きん出た高貴な人々というものは窮屈なことが多いのです。

九月十六日、桂川《かつらがわ》で斎宮の御祓《おはらえ》が行われた。通常の儀式より立派で、伊勢まで一行を送る長奉送使《ちょうぶそうし》、そのほかの上達部《かんだちめ》も、家柄がよく名望のある人たちが帝《みかど》から選ばれていた。桐壺院の心遣いもあったからだろう。

野宮を斎宮が出立する日、光君から例の如《ごと》く思いの丈を書き綴った手紙が届いた。「申すも畏れ多い斎宮の御前に」と、木綿《ゆう》に結びつけて、

「雷神でさえ、思う仲を割きはしませんのに、

八洲《やしま》もる国つ御神《みかみ》も心あらば飽かぬわかれの仲をことわれ

（この国をお守りくださる国つ神も情けがおありでしたら、尽きぬ思いで別れるこの二人の仲を、お考えください）

どう考えても、納得できません」とある。

斎宮方は本当にあわただしくしていたが、返事があった。斎宮の歌は、女官に書かせてある。

国つ神そらにことわる仲ならばなほざりごとをまづやたださむ

（国つ神が空からお二人の仲をお考えになるとしましたら、あなたの実のないお言葉をまずただされるでしょう）

光君は、斎宮母子の出立の儀が見たくて、宮中に参上したいと思うけれど、御息所から見捨てられたようなかたちで見送るのも体裁が悪いだろうと思い返し、所在なくもの思いに浸っている。斎宮の返歌が大人びているのを、笑みを浮かべて眺めている。お年のわりには大人びてうつくしく成長されたのだろうと思うと、心が動く。このような、ふつうとは言いがたい面倒な人にばかり惹《ひ》かれるのが光君の心癖なので……。見ようと思えばいくらでもそうできたはずの幼い頃の斎宮のお姿

を、そうせずにいたことが悔やまれる。けれどさだめのない世の中なのだから、帝が替わって斎宮も退下すれば、逢う機会もあるかもしれない、などとも思う。

斎宮は、奥ゆかしくみやびやかな人だと評判だったので、その下向とあって物見車も多く出ている。申《さる》の時刻（午後四時頃）に宮中に向かう。斎宮とともに御輿《みこし》に乗っていた御息所は、大臣だった今は亡き父が、未来の后《きさき》にと望み、それはたいせつに育ててくれ、東宮《とうぐう》の妻としてかしずかれていた日々を思う。月日を重ねて今、その時と打って変わった身の上で宮中を見ていると思うと、何もかも無性に悲しく思えた。十六歳で故東宮に入内《じゆだい》して、二十歳《はたち》で死別した。三十歳になって今また宮中を見ることとなった。

そのかみを今日《けふ》はかけじと忍ぶれど心のうちにものぞ悲しき

（その昔のことを今日は口に出すまいとこらえているけれど、心の中は悲しくてたまらない）

斎宮は十四歳になる。じつに可憐《かれん》でうつくしい上、立派な装いをした斎宮の姿は、不吉に思えるほどである。帝はそのうつくしさに胸打たれ、別れの櫛《くし》を挿す時には感極まって落涙した。

斎宮が出てくるのを待って、八省院のあたりに供奉《ぐぶ》する女房たちの車がずらりと並んでいる。車の簾《すだれ》のわきからのぞく袖口や衣裳の色合いも個性的で、それぞれ品がある。殿上人たちもそれぞれ親交のあった女房と別れを惜しむ者が多かった。暗くなってから一行は出立し、二条通りから洞院《とういん》の大路へ曲がる時、ちょうど光君の邸である二条院の前を通る。光君は矢も盾もたまらず、榊に手紙を結んで送った。

ふりすてて今日《けふ》は行《ゆ》くとも鈴鹿《すずか》川八十瀬《やそせ》の波に袖はぬれじや

（今日は私を振り捨てておことなったとしても、鈴鹿川を渡る頃、八十瀬の川波に袖が濡れませんか――後悔に涙を流しませんか）

暗く、あわただしい折だったので、翌十七日、逢坂《おうさか》の関《せき》の向こうから返事があった。

鈴鹿川《すずかがは》八十瀬《やそせ》の波にぬれぬれず伊勢まで誰《たれ》か思ひおこせむ

（鈴鹿川の八十瀬の波で袖が濡れるかどうか、私が涙を流しているかどうか、伊勢までだれが思いやってくれるでしょう）

言葉少なに書きつけてある。筆跡は味わいがあって優雅であるのに、歌にもう少しやわらかいやさしさがあればいいのに、と光君は思う。霧が立ちこめ、いつもより身に染みる朝の景色を眺めて独り言をつぶやいた。

行《ゆ》くかたをながめもやらむこの秋は逢坂山《あふさかやま》を霧な隔《へだ》てそ

（あの方の行く先を眺めていよう、だから秋の霧よ、逢坂山《おうさかやま》を隔てないでおくれ）

光君は西の対《たい》に行くこともせず、だれのせいでもないけれど、ものさみしそうにぼんやりして日を過ごす。まして旅路の女君は、どんなにか心の乱れることが多かったであろう。

十月になると、桐壺院《きりつぼいん》の病気は深刻なものとなった。世の中にこのことを案じない者はいない。朱雀帝《すざくてい》も心配して院の御所に行幸《ぎょうこう》した。院は衰弱していながらも、藤壺《ふじつぼ》の子である東宮のことを何度もくり返し頼み、次には光君のことを口にする。

「私の在世の時と変わらず、大小のことにかかわらず隠し立てせずに、後見人と思って何ごとも彼を頼りなさい。年は若くとも、なんの心配もなく世の政《まつりごと》をまかせられると私は思っている。かならず世の中をおさめていける相を持つ人だ。そういうわけだから、差し障りが多くて、皇子《みこ》にもせずに臣下として朝廷の後見役をさせようと考えたのだ。その私の気持ちを、どうか無にしてくれるな……」

と、胸に染みるような遺言が多々あるけれど、女が政治のことに口を出すべきではないでしょう。こうしてほんの少し伝えるのもたいへん気が引けるのです。

帝も心底悲しくなって、けっして遺言に背かないことを幾度もくり返して誓う。容姿も気品にあふれて端麗で、年ごとにますます立派になっていく帝を見て、院はうれしくも頼もしくも思う。行幸の決まりに則《のっと》って急いで帰っていく帝を見送り、いっそう院は悲しみに沈むのだった。

東宮も帝といっしょにと思ったのだが、たいへんな騒ぎになるだろうから、別の日に院を訪ねた。実際の年齢よりは大人びて、かわいらしい様子である。父である院をずっと恋しく思っていたらしく、ただもう会えたことを一心によろこんで、いじらしいほどである。その隣で藤壺が泣いているのを見て、院の心は千々に乱れる。院は東宮にあれこれと先々のことを教えてみるが、あまりにもまだ幼い様子なので、これからのことが気に掛かり、いっそう悲しくなる。光君にも、朝廷に仕える時の心構え、東宮の後見役となるべきを、くり返し言い含めた。

夜になって東宮は帰っていく。殿上人《てんじょうびと》たちが残る者なくお供し、そのにぎやかな様子は、先だっての帝の行幸と遜色ない。ほんの短い会見で東宮が帰ってしまうことを、院はたまらなくつらく思っていた。

弘徽殿大后《こきでんのおおきさき》もお見舞いに行きたいと思っていたが、藤壺がいつも院のそばにいることを気にして、ためらっているうちに、ひどく苦しむこともなく院は崩御した。

地に足も着かないほど嘆き悲しむ人が大勢いた。桐壺院は、皇位を譲位したというだけで、実際は在位の時と同じように世の政を取り仕切っていたのである。今の帝はまだ若い上に、祖父である右大臣は気短で意地が悪いときている。その右大臣の思うままになってしまったら、世はこの先どうなってしまうのだろうと、上達部《かんだちめ》、殿上人たちはみな案じて嘆くのだった。

藤壺と光君は、だれよりも深く、何も考えることのできないほど悲しんでいる。その後の七日ごとの法事を勤める様子も、ほかの大勢の親王《みこ》たちの中で、光君が際立って殊勝であるのを見、それは当然だろうけれどそれでもやっぱりいたわしいことだと世の人々は思う。藤色の喪服に身をやつしていても、光君は優雅で、かえって痛々しい。昨年は妻、今年は父と不幸が続き、世の中はなんと虚しくつまらないものだと思わずにはいられない。この機会にいっそ出家を……と真っ先に光君は考えるが、しかしそうはできない現世の絆《ほだし》が多くあることもわかっている。

四十九日の法事までは女御《にようご》や御息所《みやすどころ》たちがみな院の御所に集まっていたが、その日が過ぎると散り散りに退出していった。十二月二十日のことで、年の暮れ近い、世の中がこれきり終わってしまうかのような空模様である。藤壺の心もまた、晴れることがまったくない。藤壺は大后《おおきさき》である弘徽殿大后の心をよく知っている。彼女が思うままに振る舞っていくであろう先の世が、自分にとってはたいへん居心地《いごこち》悪く住みにくいだろうと知っている。けれどそのことよりも、長年だれよりも近しく仕えていた帝を思うことのほうが悲しいのである。一瞬として思い出さない時はないのに、みなここにこのままで暮らしているわけにもいかず、女御たち御息所たちもそれぞれの里に帰っていくのが、また尽きない悲しみであった。

藤壺は三条宮《さんじようのみや》に帰ることとなった。兄である兵部卿宮《ひようぶきようのみや》が迎えにやってきた。雪が降りしきり風は強く吹き荒れ、院の御所は次第に人影もまばらになってひっそりとしている。そこへ光君がやってきて、亡き院の思い出話をはじめる。庭の五葉の松が雪にしおれて、下葉が枯れているのを見、

蔭《かげ》ひろみ頼みし松や枯れにけむ下葉散りゆく年の暮かな

(木陰が大きいから、頼みにしていた松は枯れたのだろうか、下葉の散っていく年の暮れだ――院がお亡くなりになって、みな散り散りに去っていく年の暮れだ)

と兵部卿宮が詠む。そうすぐれた歌でもないのに、このような時だから、光君はこらえきれずに涙を落とす。池の面が隙間なく凍っている。光君も、

さえわたる池の鏡のさやけきに見なれしかげを見ぬぞかなしき

(氷の張った池は鏡のように澄んでいるのに、長年お見かけしたお方の影が映らないのが悲しくてなりません)

と詠んだ。思うままのことを並べただけのつたない詠みぶりですけれど……。

年暮れて岩井《いはゐ》の水もこほりとぢ見し人かげのあせもゆくかな

(年が暮れて岩井の水も凍りつき、今まで見なれた人影も消えていきますね)

と、王命婦《おうみようぶ》も詠む。

そのほかにも、いろいろな人が詠んだ歌がたくさんあるのだけれど、それをぜんぶ書き連ねるのもどうでしょう……。

藤壺が実家である三条宮に帰る儀式は今までと変わらず行われたが、気のせいかものさみしく感じられた。もともとの里がかえって旅先の住まいであるように思えるにつけても、いつも帝のそばに仕えて里下がりもなかなか許されなかった日々のことが思い出されることだろう。

年も改まったが、諒闇《りょうあん》（帝が父母の喪に服す期間）のため、世の中ははなやかな行事もなくひっそりとしている。まして光君は気分がふさぎ、二条院に閉じこもっている。地方官を任命する除目《じもく》の儀式の頃は、院の在位中はもちろんのこと、退位後もまったく変わることなく、任官の口添えを依頼にくる人々の乗り物が門前に隙間なくひしめいていたが、今ではずいぶん少なくなって、宿直《とのい》の夜着を入れる袋もめっきり減った。親しく仕えてきた何人かの家司《けいし》ばかりが、とくに忙しい用事もなさそうにしているのを見て、これからはこんなふうになるのだなと思い、光君は虚しい気持ちになる。

右大臣家の六《ろく》の君《きみ》（朧月夜《おぼろづきよ》）は二月に尚侍《ないしのかみ》となった。前任の尚侍が、亡き桐壺院《きりつぼいん》を慕う気持ちからそのまま尼になったので、その後任であった。いかにも身分の高い姫君らしく振る舞い、人柄もすばらしいので、女御《にょうご》や更衣《こうい》など多くの女たちが仕える中で、とくべつ帝《みかど》の寵愛《ちょうあい》を受けている。弘《こ》徽殿大后《きでんのおおきさき》は里邸にばかりいるようになって、宮中に参内《さんだい》する時の部屋は梅壺《うめつぼ》を用いた。空いた弘徽殿の部屋にはあらたな尚侍となった六の君が住むこととなる。今まで六の君が住んでいた登花殿《とうかでん》は奥まっていて陰気であったのにたいし、弘徽殿は晴れ晴れと明るく、女房たちも大勢集まって、はなやかで垢抜《あかぬ》けた雰囲気である。けれども六の君の胸の内は、四年前からはじまった、光君との思いがけないできごとの数々を忘れることができず、悶々《もんもん》と悩んでいる。ごく内密に手紙をやりとりしているのは以前と変わらない。世間の噂にでもなったらたいへんなことだと思いつつも、例によって困難な恋ほど夢中になる心癖の光君は、六の君が尚侍となって宮中に仕えてから、ますます思いを募らせているようで……。

桐壺院が存世の時こそ遠慮していたが、気性の激しい大后は、今までずっと不愉快な思いをさせられてきた光君に、報いを受けさせたくてたまらない。何かあるといつも自分の意に添わない結果になり、こうなるのだろうと覚悟していた光君ではあるが、経験したこともない世のつらさを知らされるばかりで、人との交わりを避けるようになっている。

左大臣も、あまりおもしろい気分ではなく、宮中に参上することはめっきりなくなっている。そもそもかつての東宮《とうぐう》（朱雀帝《すざくてい》）の妻にという話のあった葵の上《あおいのうえ》を光君に嫁がせたことを、大后は今も根に持って恨んでいる。右大臣とも以前から疎隔があった。桐壺院の世には左大臣の思いのままにできたのだが、時勢が変わり、右大臣がしたり顔でいるのを苦々しく思うのも当然なのである。

光君は以前と変わらず左大臣家に通い、前から仕えていた女房たちにもいっそうこまやかな心配りをしている。二歳になった若宮をこの上なくたいせつにかわいがってもいて、なんと奇特なお心の持ち主だろうとしみじみありがたく、左大臣がいっそう光君に尽くしているのも姫君存命の時と同じである。今まで、光君は桐壺院にこの上なく深く愛されていたし、ひとときも落ち着くことなく動きまわっているように思えた。けれど今は、通っていた方々の女君とも疎遠になったようで、また、軽々しい忍び歩きも不釣り合いだと思うのか、出歩くこともなくなった。今はじつにのんびりとしていて、こんな時勢であるほうが理想的な日々を過ごしているようだ。

西の対《たい》（紫《むらさき》）の姫君の幸福を、世の人々もよろこび讃《たた》えている。少納言の乳母《めのと》も、亡くなった尼君のお祈りの効験だと心の内では思っている。父である兵部卿宮《ひょうぶきょうのみや》も思いのままに文通をしている。兵部卿宮の本妻腹《ほんさいばら》の娘の結婚は、どうも思わしくないので、本妻は紫の姫君を忌々しく思い、心中隠やかならぬようだ。まるで継子《ままこ》いじめの物語そのままのような有様ですけれどね。

桐壺院の女三《おんなさん》の宮《みや》であった斎院《さいいん》は院の崩御により地位を退き、あたらしく式部卿宮《しきぶきょうのみや》の娘、朝顔の姫君が就任することとなった。賀茂《かも》の斎院には、帝の孫が就く例はあまりなかったのだけれど、それにふさわしい内親王がいなかったのだろう。長い年月がたっても、光君は未《いま》だにこの姫君のことを忘れずに思っていたので、こうして神に仕えるとくべつな身分となってしまうのは無念なことだと思う。姫君に仕える女房、中将に、以前と同じように手紙を届け、斎院となっても届け続けている。光君は以前とは様変わりした今の境遇をとくに気にすることもなく、朝顔の君に、右大臣家の六の君にと、とりとめのない恋に悩んでいる。

桐壺院の遺言を守って光君をたいせつに心に掛けてはいるけれど、朱雀帝はまだ若く、性格も隠やかで、毅然《きぜん》としたところがない。母后、祖父大臣がそれぞれ思いのままに決めていくことに反対できず、世の中の政は意に添わないものとなっていく。

院が亡くなって後、光君にとって世の中は面倒なことばかり多くなったが、尚侍となった六の君とはひそかに心通じていて、無理をなんとかしながらも逢瀬《おうせ》を途切れさせてはいない。

宮中で行われた五壇《ごだん》の御修法《みずほう》の初日、帝が謹慎している隙をうかがって、光君はいつものように夢見るような心地で尚侍に近づいた。あの、二人がはじめて逢った弘徽殿の細殿《ほそどの》の部屋に、女房の中納言が人目につかないようにうまく案内し、光君を中に入れたのである。御修法のために僧たちの出入りも激しく人目も多いので、いつもより端に近く、だれかに見られてしまいそうでそらおそろしく思える。光君は朝に夕にその姿を目にしている人でも見飽きることのないほどのうつくしさである、ときたまにしか見ることのかなわない女君にとって、この対面はどれほどすばらしいものでしょう。尚侍となった六の君も、今や女としてみごとに花開いている。品格という点ではどうだろう、けれど優美でみずみずしく、いつまでも見ていたい魅力がある。
夜明けも近いかという頃、すぐそばで「宿直《とのい》の者でございます」と、咳払いして名を名乗っている。このあたりの部屋に忍んできている近衛官《このえづかさ》が、自分のほかにもいるのだろう、と思って光君はそれを聞く。たちの悪い仲間が居場所を教えて、わざわざやってこさせたのだな。おもしろくはあるものの、厄介な気もする。あちこち尋ねまわって、「寅《とら》一つ（午前三時）」と伝えている。

心からかたがた袖《そで》をぬらすかなあくとをしふる声につけても
（自分から求めた恋にあれやこれやと涙が出て、袖を濡らします。夜明けを知らせる声を聞いても、あなたに飽きられると聞こえてしまう）

と詠む尚侍は心細げで麗しい。

嘆きつつわが世はかくて過ぐせとや胸のあくべき時ぞともなく
（飽きるどころか、こんなふうに嘆きながら一生過ごせというのでしょうか。夜が明けても、胸の晴れる時もないまま）

光君はあわただしく帰っていく。まだ夜は深く、空には暁の月がある。霧が立ちこめる中を、お忍びらしくあえて粗末な恰好《かっこう》をしている光君は、かえって人目を引きそうなほどに輝いている。承《しょう》香殿《きょうでん》女御《にょうご》の兄君、藤少将《とうしょうしょう》が藤壺《ふじつぼ》の部屋から出て、月光が影を作る塀のわきに立っていた。それに光君は気づかず通りすぎたのは気の毒なことと言えましょう。こういうことで光君を非難することも起きかねませんから……。
こうした密会をしてみると、自分をけっして寄せつけず冷淡な態度を崩さない藤壺を、見上げたお方だと思いはするものの、正直なところ、やはりつらく苦しく、恨みたくなることも多い。

藤壺は、大后の支配下にある宮中に参上するのは、決まりも悪く、肩身も狭く感じていたので、残してきた東宮に会えないことを気掛かりに思っていた。ほかに頼るべき人もおらず、ただひとり光君を頼りにしているのに、今なお困ったことに、光君は自分に執心しているようである。光君の振る舞いに藤壺はしばしば胸がつぶれそうなほどはらはらさせられる。亡き院がこの秘めごとの気配にまったく気づかなかったことを考えてもそらおそろしいのに、今もまた、そうした噂が流れでもしたら、自分はどうなってもかまわないけれど、東宮の身の上にとってはよからぬ事態となるに違いない。そう考えるとおそろしくて矢も盾もたまらず、どうか光君があきらめてくれるようにと祈禱《きとう》までさせ、あらゆる方法を考えて避けていた。それなのにどうしたはずみか、思いがけず光君は三条宮《さんじようのみや》まで忍びこんできたのである。光君はよほど慎重に計画したらしく、気づいた女房もおらず、まるで夢のようなできごとである。

書き記すのも難しいほど、光君は言葉を尽くして思いの丈を伝えるが、藤壺は一分の隙もなく冷たくあしらい、ついには、胸を詰まらせひどく苦しみはじめた。近くに控えていた王命婦《おうみようぶ》や弁が、驚いてあたふたと介抱をはじめる。光君は、女君のその心をひどい、つらいと思い詰め、過去も未来も真っ暗になってしまったように感じ、正気を失い、明け方になっても藤壺の部屋から出ていこうとしない。藤壺の病気にみなあわてて、女房たちが大勢出たり入ったりしはじめるので、我を失ったままの光君は塗籠《ぬりごめ》へ押し入れられてしまう。光君の着物を人目につかないように隠し持っている命婦も弁も気が気ではない。藤壺はもう何もかもがつらいと思うあまり上気して、まだ苦しそうにしている。

そのうち、兄の兵部卿宮、中宮大夫《ちゆうぐうだいぶ》などがやってきて、祈禱のための僧を呼ぶようにと騒ぎ出すのを、光君はじつに心細い思いで聞いていた。日が暮れる頃、ようやく藤壺の状態は落ち着いてきた。

光君がずっと塗籠に隠れているなどと藤壺は思いもせず、また女房たちも、二度とお心を乱すまいと思い、じつはこういった次第で……などとは言わないでいる。藤壺は、昼間の御座所《おましどころ》へといざり出てくる。落ち着いたようだというので、兵部卿宮はすでに退出していて、先ほどよりは人も少なくなっている。日頃も身近に仕えている女房は多くはない。彼女たちは几帳《きちょう》や屛風《びょうぶ》の後ろなどに控えている。王命婦は困り果て、

「どうやって光君をここからお帰ししたらいいだろう。今夜もおのぼせになったりしたら本当においたわしいことですし……」などと、事情を知る者にひそひそとささやいている。

光君は、細めに開いている塗籠の戸をそっと押し開け、張りめぐらしてある屛風と屛風のあいだに忍び入る。こんなふうに藤壺の姿を目にするのは珍しく、うれしさのあまり涙のあふれる目で、こちらには気づいていないその姿を見つめる。

「まだとても苦しい。私のいのちもこれで尽きてしまうのかしら」と、外を眺めている横顔は、言いようもなく優美である。せめてお召し上がりくださいと勧めるように、果物が近くに置いてある。箱の蓋にもきれいに盛ってあるけれども、藤壺は見向きもしない。こうなってしまった身の上を深く嘆き悲しんでいる様子で、静かにもの思いに沈む姿は消えそうなほど弱々しい。髪の生え際、頭のかたち、肩や背にかかる髪の感じ、これ以上ないほどのうつくしさであるが、紫の女君とまったくうりふたつである。長年その姿を見られずに、二人が似ていることは忘れていられたのに、あらためて驚くほどそっくりだと光君は思い、そう思ううち、つらい思いにかすかに陽《ひ》が射《さ》したような

気持ちになる。こちらが気後れするくらい高貴な様子も、二人が別人とも思えないほどだが、やはり、昔から限りなく恋い慕った気持ちのせいか、藤壺のほうが一段と優雅に成熟して見える。光君はもうこらえていることができず、そっと御帳台《みちょうだい》の内に入って藤壺の着物の褄《つま》を引いた。着物に焚《た》きしめた香りで、光君だということは疑いようもなく、藤壺は息が止まりそうなほど驚いて、おそろしくなり、そのまま突っ伏してしまう。せめてこちらを向いてくださいと光君はせつなく懇願し、着物を引き寄せる。藤壺は上の着物をするりとすべらせるように脱いでいざり出て逃れようとするが、なんということか、着物とともに髪の毛までが君の手に握られている。逃れようのない光君との宿縁の深さが思い知らされ、藤壺はそらおそろしくなる。

光君も、今までずっと抑えていた恋心がすっかり乱れ、まるで気も狂ったかのように今まで抱えていた恨み言を吐き出すように泣く泣く訴える。藤壺は心の底から厭《いと》わしく思い、一言も返事をしない。

「気分がひどくすぐれないのです。こんなに苦しくない時があればお返事いたしましょう」とだけ伝えるが、光君はまだ深い思いを口にし続けている。さすがに、藤壺も身に染みるような話もあったのだろう。光君とのことはなかったことにはできないけれど、また同じ過ちをくり返すわけにはいかないと、藤壺は、やさしくはあるものの、うまく言い逃れをし、そうして今宵も明けていく。

藤壺の言葉に逆らうのも畏れ多く、またその気高い様子にも気後れして、

「せめて、ただこんなふうにでもせつない思いを晴らすことができましたら、もう大それたことをしようなんて思いません」光君は藤壺を安心させるように言う。ありふれた逢瀬であっても、このような許されぬ恋ではせつない思いも増すだろうに、まして今夜の二人の気持ちはほかにたとえる

ものもないはず……。

夜が明けてしまった。このままではたいへんなことになってしまうと、王命婦と弁が二人がかりで必死で説得する。藤壺は、まるで死んでしまった人のようである。その姿を目にするのはあまりにも胸が苦しく、

「こんな目に遭ってまだ生きていると思われるのも恥ずかしいことですから、このまま死んでしまおうと思います。けれどそうなれば、この思いを断ち切れないことで、来世も罪を負うのでしょう」と、光君はおそろしいほど思い詰めて言うのだった。

「逢《あ》ふことのかたきを今日《けふ》に限らずは今幾世をか嘆きつつ経《へ》む
（逢うことがいつまでもこんなに難しいのならば、この先、幾世も生まれ変わりつつ嘆き暮らすことになるのでしょう）

あなたの往生の妨げにもなってしまいますね」

藤壺はそれを聞くと嘆息し、
ながき世のうらみを人に残してもかつは心をあだと知らなむ
（幾世にもわたる恨みを私に残すと言われましても、そのようなお心はすぐ変わるものだと知っていただきたいのです）

光君の深い思いも、あだごとであるかのように言ってのけるその様子は驚くばかりに気高いが、実際は藤壺がどう思っているのか気掛かりではあるし、自身も長居は苦しいばかりなので、呆然《ぼうぜん》とした心地のまま光君は帰っていった。

このような仕打ちをされて合わせる顔もない。向こうが、こちらに気の毒なことをしたと気づい

てくれるのを待つしかないと思い、光君は手紙を書くこともない。宮中にも、東宮の元にも足を向けることもなく、自邸である二条院にこもっている。寝ても覚めても、あまりにも冷たい宮のお心ではないかと、見苦しいほど恋しく思い、恋しく思っては悲しんでいる。たましいも抜けてしまったのか、病人のような心持ちになってくる。わけもなく心細く、なぜこうしているのか、この世に生きながらえているからつらさも増すのだ、出家してしまおうと思い立つ。しかし紫の女君がじつに無邪気に、心から自分を頼りにしているのを見ると、それを振り捨てることなどできるはずもない、と思う。

藤壺の宮も、あの夜のことが後を引いて、具合が悪いままである。光君がこうわざとらしく引きこもって手紙を送ってもこないのを、王命婦は気の毒に思っている。藤壺も、東宮のためを思うと、もし光君が東宮にもわだかまりを持つようだったら困るし、それに、光君がこの世を虚しいと思いつめ、一途《いちず》に出家を思い立ってしまったら……と思うと、さすがに心配になる。けれどもああしたことがくり返されれば、ただでさえうるさい世間に嫌な噂を立てられることになるだろう。大后《おおきさき》がおもしろくないと言っているらしいこの中宮の位をいっそ退いてしまおうと、だんだんと心を決めていく。亡き桐壺院が、東宮の将来のためにお考えになり、おっしゃってくださったことは、並大抵のお気持ちではなかったことを藤壺は思い出すにつけても、すべてのことは変わってしまう世の中だ、と思わずにはいられない。漢の時代、呂太后《りよたいこう》からひどい目に遭わされた戚《せき》夫人ほどではないだろうけれど、かならず世間の笑い者となるできごとが起こる身の上なのだ……などと考えていると世の中が厭わしくなって、尼になることをついに決意する。けれども東宮に会わないまま姿を変えてしまうのはつらく、こっそりと宮中に参内した。ふだんはそれほどのことでなくても、気のまわらないことが何ひとつないほど藤壺に奉仕する光君は、具合が悪いことを口実に、この参内のお供もしなかった。家臣たちをお供に差し向けるなど、ひと通りのことはするものの、すっかり気落ちしてしまったと、事情を知っている女房たちは同情している。

東宮はじつに愛らしく成長している。母宮との久しぶりの対面がよほどうれしいらしく、まつわりついてくる東宮を藤壺は心からいとしく思う。この子を置いて出家するのは容易なことではないけれど、宮中の様子を見るにつけても、世の中に確かなものなどなく、移り変わってしまうことのなんと多いことかと思う。大后の心も気掛かりである。こうして出入りするにも身の置きどころがなく、何かにつけてつらい思いをするばかりなので、東宮のゆく末も不安になり、悪いことが起こるのではないかとおそろしくなる。

「長いあいだお目にかからないでいるうちに、私の姿が今とは違う、嫌なふうに変わってしまったら、どうお思いになりますか」と、藤壺は我が子に訊《き》く。東宮は彼女をじっと見て、

「式部のように？　どうしてあんなふうになってしまうの？」と笑っている。

あまりにあどけなく、胸が締めつけられるようで、

「式部は年をとったから醜いのですよ。そうではなくて、髪は式部より短くて、薄墨色の着物を着て、夜居《よい》の僧のようになってしまうのですから、こうしてお目に掛かることも今よりずっと少なくなってしまうでしょう」藤壺は言ううち泣いてしまう。東宮は真剣な面持ちになり、

「長いあいだ会えないと恋しくなってしまうのに」と涙をこぼす。涙を見られるのは恥ずかしいのか、横を向いてしまう。その髪はゆらゆらとつややかで、目元が人なつこく輝いている様子は、成長するにつれて、光君の顔をそっくり移し替えたかのようである。少し虫歯になって口の中が黒み

がかり、にこにこしている、そのほんのりとしたうつくしさは、女にして眺めたいほどである。これほどまでに光君に似ていることが、つらく、また唯一の玉に瑕《きず》と思ってしまうのは、このわずらわしい世間に、自分たちの秘密が知られてしまうのではないかと、ひたすらにおそろしいからである。

光君は、東宮を心から恋しく思ってはいるが、藤壺のあきれるほどの冷たい心を、藤壺自身にも思い知らせて見せつけてやろうと、宮中に参上したい気持ちをこらえて過ごしている。けれど決まり悪くなるほどに思い悩み、何も手につかないので、秋の野を見物がてら雲林院《うりんいん》まで参詣することにした。亡き母の兄の律師《りし》がこもっている僧坊で、経典を読み勤行《ごんぎよう》をしようと思い、二、三日滞在しているあいだにも、いろいろと感じ入ることが多い。紅葉《もみじ》がだんだん色づいていき、秋の野の優美な景色を見ていると、京のことも忘れそうな気持ちになる。

学問のある法師たちを呼び集め、論議をさせてそれを聞く。場所が場所なので、眠りもせずに世の無常を考えてみるが、やはりつれない人のことがいっそう恋しく思い出されてしまう。明け方の月の光に、法師たちが仏に水を奉るためにカラカラと花皿を鳴らし、菊の花、濃淡の紅葉などを折り散らしているのも、なんということのない光景ではあるが、こうした仏へのお勤めは、現世の虚しさを満たし、来世の極楽浄土も約束してくれるように思える。それにひきかえ、自分はなんと情けない身をもてあましているのだろうと考え続けている。律師が、じつに尊い声で「念仏衆生《ねんぶつしゆじよう》摂取不捨《しようしゆふしや》」と声を長くのばして唱えているのが心からうらやましくなって、なぜ思い切って出家できないのか、などと考えるにつけ、あの紫の女君が心に引っかかって思い出される。かくも未練がましい心なのです。

いつになく長いこと離れて暮らしているので、気掛かりになり、紫の女君に手紙だけはたびたび送ってはいた。

「俗世が捨てられるかと自分を試すために来てみたのですが、虚しい気持ちをなぐさめることもできず、いっそう心細く感じています。まだここで聞き残している教えがあり、ぐずぐずしていますが、どのように暮らしておられますか」

などと、陸奥国紙《みちのくにがみ》にさらりと書いてあるが、みごとなものである。

浅茅生《あさぢふ》の露のやどりに君をおきて四方《よも》の嵐《あらし》ぞ静心《しづこころ》なき

（浅茅生《あさじう》の露のようなはかない世にあなたを置いてきてしまい、四方から吹きつける激しい風の音を聞くにつけ、あなたが心配で気が気ではありません）

と、心のこもった手紙に女君は泣き出してしまう。返事として、同じく白い色紙に、

風吹けばまづぞ乱るる色かはる浅茅《あさぢ》が露にかかるささがに

（風が吹けば真っ先に乱れるのです、枯れて色の変わる浅茅の露、そんなはかないものにかかった蜘蛛《くも》の糸――変わられてしまうお心を頼りにしている私は）

とだけ書いた。

「筆跡は本当に上達したものだ」と光君はつぶやき、かわいい人だとほほえんでいる。いつも手紙のやりとりをしているので、女君の筆跡は光君のそれに似て、さらにもっとやわらかい、女らしいところも加わっている。どこから見ても不足なく育て上げたものだと光君は思う。

風も吹きかうくらい近いところなので、斎院となった朝顔の姫君にも手紙を送った。お付きの女房である中将の君には、「こうして旅の空に、恋に悩んでふらふらとさまよい出てきてしまったの

を、おわかりになるはずもないでしょう」などと恨み言を書き、斎院には、

「かけまくはかしこけれどもそのかみの秋おもほゆる木綿襷《ゆふだすき》かな
（言葉にして申し上げるのも畏れ多いのですが、あのずっと前の秋の日を思い起こしてしまう木綿襷《ゆうだすき》です）

昔を今に、と思っても仕方のないことですが、取り戻せるようにも思いまして」

と馴《な》れ馴《な》れしげに、浅緑色の唐紙《からがみ》に書き、榊《さかき》に木綿《ゆう》をつけるなど神聖なもののようにして送った。

中将からの返事である。

「ここ、斎院御所では思いの紛れることもなく、これまでのことをつらつらと思い出すにまかせ、あなたさまのこともいろいろお偲《しの》び申しておりますが、今となってはどうすることもできません」

と心をこめて言葉多く書いてある。斎院からは、木綿の片端に、

「そのかみやいかがはありし木綿襷《ゆふだすき》心にかけてしのぶらむゆゑ
（その昔、私たちのあいだにどんなことがあったというのでしょう、あなたが偲ぶという昔の子細は）

近頃ではなおさら身に覚えがありません」

とある。心をこめて書いたふうではないが、巧みで、草仮名《そうがな》などはうまくなっている。斎院も年齢を重ねてさぞやうつくしくなっているだろう――そんなふうに想像しては心を騒がせているのだから、神の前だというのにおそろしいこと……。

ああ、去年の今頃のことだったかと、野宮《ののみや》での逢瀬のせつなかったことを思い出し、不思議なことにあの時もこの時も、神に邪魔されているようだと光君は思う。神慮をおそれず、恋の前には神

をも恨む光君の心癖の、なんと見苦しいことでしょう。積極的に望めばどうとでもなった時にはのんびりと過ごし、斎院となった今になってもったいないことをしたと思っているのも、おかしな性分というもの。斎院も、光君の通りいっぺんではない気持ちがわかるので、たまの手紙の返事には、あまりそっけなくもできないようで……。少々困ったことではありますね。

光君は天台六十巻の経文を読み、気になるところを僧に説明させたりして逗留《とうりゆう》している。雲林院ではその姿を、修行の甲斐《かい》あってすばらしい光明があらわれた、仏の御面目も立つと、身分の低い僧たちもよろこびあっている。

こうしてひとり静かに世の中のことを考えていると都に帰るのが億劫《おつくう》になってくるけれど、ただひとり紫の女君のことを案じてしまう。それが修行の妨げとなってしまうので、長く逗留を続けるわけにもいかず、雲林院に御誦経《みずきよう》の布施を盛大におさめ、上下の僧たち、付近の木こりにまで、それぞれにしかるべきものを贈って、尊い功徳の限りを尽くし、いよいよ帰ることとなった。こなた彼方にみすぼらしい柴刈《しばか》り人が集まって、涙を流して光君を見送っている。父院の喪に服して黒い車に乗りこみ、鈍色《にびいろ》の喪服に身をやつしているので、姿ははっきりとは見えないが、隙間から垣間見える光君の姿を、この世にまたとないお方だとみな思っているのである。

しばらく離れていたあいだに、紫の女君はいっそう大人びて女らしくなっている。しんみりとして、自分たちの関係はどうなっていくのだろうかと案じているらしいのが、光君にはいじらしくも思え、また胸も痛むのだった。私の浮ついた心が思い乱れていることがはっきりわかるのだろうか、それで「色かはる」などと書いてきたのだろうかと思うと、なおさらいとしく思え、いつもより仲睦《むつ》まじくこまごまと話をする。

山の土産《みやげ》と持ってきた紅葉を、庭先のそれと比べると、とくに露が紅葉を色濃く染めているようで見過ごせない。久しく訪ねていない藤壺《ふじつぼ》のことも見苦しいほど気に掛かるので、ふつうの挨拶のように光君は手紙を送った。

「中宮が珍しく宮中にお入りになったと伺いました。東宮にもずいぶんご無沙汰してしまいましたので気にはなっておりましたが、仏道修行をしようと思い立った予定の日数を途中で切り上げるのも不本意に思いまして、日にちがたってしまいました。紅葉をひとりで見るのは、闇夜に錦を着るくらいつまらないことですので、よい折にご覧くださいますよう」

と王命婦《おうみようぶ》に宛てて書いてある。本当にすばらしい紅葉の枝で、藤壺もつい見入ってしまう。と、例によって、ちいさな結び文が枝についている。女房たちが近くに控えているので、藤壺は顔色を変える。まだこんな心でいるのか、なんて嫌なこと。残念なことに、あんなに思慮深くいらっしゃるお方が、出し抜けにこういうことをなさるのだから、女房たちも不審に思うでしょうに……と不快になり、紅葉の枝は瓶《かめ》に挿させて廂《ひさし》の柱の下に押しやらせてしまった。

私事には触れず、東宮については光君を頼りにしていることなど、堅苦しい返事ばかりをくり返す藤壺を、光君は、なんと冷静に、どこまでもつれなくするのかと恨めしく思う。けれど、今までずっと何ごとにつけ世話をしてきたので、今さらよそよそしくしても人にあやしまれるだろうと、藤壺が退出するという日に光君は迎えに参上した。

まず宮中の朱雀帝《すざくてい》の御前に参上する。政務もなくのんびりとしているところだったので、光君は帝《みかど》と昔や今の話を語り合った。帝は、その容貌も桐壺院《きりつぼいん》によく似ていて、それに加え一段とたおやかで、物腰もやわらかい。帝と光君は、互いになつかしく思って見つめ合う。尚侍《ないしのかみ》（朧月夜《おぼろづきよ》）について、まだ光君と関係は終わっていないらしいと帝は耳にしていて、それらしい気配に気づくこともあるが、いやいや、今にはじまったことならともかく、彼女が入内する前から続いていることであるし、そんなふうに心が通じ合うのも不似合いではない二人なのだから……と、大目に見て、咎《とが》めることはないのだった。さまざまな話をし、学問上の疑問点なども光君に尋ね、風流な歌のやりとりについても語っているうちに、あの、斎宮《さいぐう》が伊勢に下った日のこと、その姿のうつくしかったことなどを帝は話した。光君も打ち解けた気持ちになり、御息所《みやすどころ》と野宮《ののみや》で別れた時の曙《あけぼの》が心に染み入ったことなどを、すっかり話してしまうのだった。

九月二十日の月が次第に上り、情趣あふれた景色となり、帝は「管絃《かんげん》の遊びをしてみたいところだね」とつぶやく。

「中宮が今宵ご退出なさるそうですから、そのお世話に参ります。院のご遺言がございますし、それに私のほかに後見申し上げる人もおりませんので、東宮のご縁からも中宮が気掛かりなものですから」光君は言う。

「東宮を私の養子にするようにと院はおっしゃっていましたから、とくべつに気をつけてはいるのですが、ことさら何かして差し上げることもないだろうと思いまして。東宮は、お年のわりにはご筆跡なども格別にすぐれているようですね。何ごともうまくはない私には名誉なことです」と言う帝に、

「東宮のなさることはたいてい聡明でしっかりしていらっしゃるようですが、まだまだ幼くていらっしゃいます」と、光君は東宮の様子を報告し、退出する。光君のお供の者がひそやかに先払いし

ていくところへ、弘徽殿大后《こきでんのおおきさき》の兄、藤大納言《とうだいなごん》の子である頭弁《とうのべん》という者が通りかかった。妹の麗景殿《れいけいでんの》女御《にょうご》のところへ行こうとしていた頭弁は、時流に乗って得意になっている若者で、遠慮もないのだろう、しばらく立ち止まって、「白虹《はくこう》日を貫けり。太子畏《お》ぢたり」と、君主に歯向かおうとした者が失敗に終わったという史記の一節を、光君へのあてこすりのつもりかゆっくりと吟じた。光君は顔を背けたい思いでそれを聞くが、いったい咎め立てなどできるでしょうか。大后はおそろしく怒っているようだし、面倒な噂ばかりが聞こえてくる。しかもこうして大后に近い人々までこれ見よがしにあてこすりを言うのである。光君はわずらわしく思いながらも気にも留めないふりをしている。

「帝の御前に参っておりまして、今まで夜更かしをしておりました」と藤壺に挨拶をする。月は明るくあたりを照らしている。かつてこのような夜は、桐壺院が管絃の遊びを催し、はなやかに過ごしていたと思い出し、同じ宮中でありながら、ずいぶん変わってしまったと藤壺は悲しみに沈む。

九重《ここのへ》に霧や隔《へだ》つる雲の上《うへ》の月をはるかに思ひやるかな

（幾重にも霧がかかって私を隔てているのでしょうか、雲の上の見えない月を思っておりますーー宮中には悪意ある人々が私を隔てているのでしょうか、帝にお目にかかることもできません）

と王命婦を取り次ぎにして、藤壺は伝えた。御座所《おましどころ》が近いので、御簾《みす》の内の藤壺の様子もかすかにだがなつかしく漏れ聞こえてくる。光君は日頃のつらさも忘れて涙を流す。

「月かげは見し世の秋にかはらぬを隔《へだ》つる霧のつらくもあるかな

（月の光はこれまでの秋と同じく照らしていますのに、それを隔てる霧の心――あなたのよそよそしさが恨めしいです）

霞《かすみ》も、仲を隔てるという意味では人と同じく意地悪だ、などと詠まれておりますが、昔もそうだったのでしょうか」と光君は伝えた。

藤壺は、いつまでも東宮との別れを名残惜しく感じて、多くのことを話して聞かせたけれど、東宮はさほど深く心に留めていないのが気掛かりでたまらない。東宮はいつもなら早くに眠ってしまうのだが、母宮が帰るまでは起きていようと思うのだろう。母宮が帰ってしまうのをたいそう恨めしく思うが、幼いながら身分をわきまえてさすがに後を追うようなことはしない。その姿を光君はいじらしく思うのだった。

光君は先ほど頭弁が吟じていたことを思うと気が咎め、また不穏な空気をわずらわしく思い、尚侍の君に手紙を送ることもないまま久しくなった。

初時雨《はつしぐれ》が早くも冬の気配を感じさせる頃、どう思ったのか、その尚侍から便りがあった。

木枯《こがらし》の吹くにつけつつ待ちし間《ま》におぼつかなさのころも経《へ》にけり
（木枯らしがお便りを運んでくるかと待っている間に、もどかしい思いのまま日々が過ぎてしまいました）

季節に寄せた歌が胸を打ち、その上、無理をしてこっそり書いたのだろう彼女の気持ちもうれしくて、手紙の使いを留め置き、唐紙《からがみ》を入れてある厨子《ずし》を開けさせてとくべつ上質なものを選び、光君は念入りに筆の穂先を整えている。その様子がいかにも恋をしているふうなので、そばに仕えている女房たちは、お相手はいったいどなたなのだろうとそっとつつき合っている。

「お便りを差し上げても、その甲斐《かい》がないのに懲りてしまって、ひどく気落ちしておりました。ただつらいと思っているあいだに、あなたに待たれるほど日が過ぎて……。

あひ見ずてしのぶるころの涙をもなべての空の時雨《しぐれ》とや見る

（逢えずに恋しくて泣いている頃の涙が時雨となって降ったのに、ただ季節の変わり目の雨とお思いですか）

心が通うならば、長雨の空を見つめてもの思いにふけるのも忘れ、気持ちも晴れることでしょう」

などと、情のこもった手紙となった。

こんなふうに季節に寄せて送られてくる手紙もずいぶんと多いようだが、光君は薄情だと思われない程度の返事をするだけで、さほど深く胸に刻むわけではない。

藤壺《ふじつぼ》は桐壺院《きりつぼいん》の一周忌の法要に続き、法華八講会《ほっけはっこうかい》の準備を丹念に進めている。十一月の上旬、桐壺院の命日には雪が激しく降った。光君は藤壺に手紙を送った。

別れにしけふは来《く》れども見し人にゆきあふほどをいつとたのまむ

（院にお別れ申した日は今日またとめぐってきましたが、亡き院にまたお目に掛かれるのはいつだと頼りにしたらいいでしょう）

今日はだれでも悲しい気持ちでいるのだろう、藤壺からも返事があった。

ながらふるほどは憂《う》けれどゆきめぐり今日《けふ》はその世に逢《あ》ふここちして

（院亡き後、生きながらえているのはつらくてたまりませんでしたが、御命日がめぐってき

て、今日はふたたび院ご在世の御代《みよ》に出逢ったような気持ちです）

とりたてて心を砕いた書きようではないけれど、上品で気高いと思うのは、光君が藤壺をそのような方だと思っているからかもしれませんね。書風は今風で個性的というわけではないが、人と比べるとやはりすぐれた書きぶりである。光君も今日は藤壺への思いを抑え、しみじみと雪の雫《しずく》に濡れ、涙がちにお勤めをする。

十二月の十余日頃、藤壺の主催での法華八講会が催された。それは荘厳である。毎日供養する経をはじめとして、玉で飾った軸、羅《ら》の表紙、帙簀《じす》の装飾をほどこされた経巻は、世に類するものがないほど立派に作らせたのである。藤壺は通常の場合でも格別に立派にするので、ましてこの法会《ほうえ》はもっともなことだった。仏像の飾りも花籠を置く机も、机にかける敷物も、ほんものの極楽を思わせるほどである。第一日目は藤壺の父である先帝の供養、次の日は母后《ははきさき》のため、第三日は桐壺院のためで、法華経《ほけきょう》の中でもとくに重んじられた第五巻が講説されるこの日は、上達部《かんだちめ》たちも右大臣に遠慮などしていられずに大勢参拝にあらわれた。この日の講師《こうじ》はとくに厳選したので、第五巻の最初の提婆達多品《だいばだったぼん》から、同じように講説する言葉もひとつひとつが尊く感じられる。「法華経をわが得しことは薪《たきぎ》こり菜摘み水汲《みづく》み仕へてぞ得し」の歌をうたいながら練り歩く「薪」の行道《ぎょうどう》では、親王《みこ》たちもさまざまな捧《ささ》げ物を手に行道するが、光君の振る舞いにかなう者はいない。……いつもいつも褒めてばかりだけれど、見るたびすばらしいのだからほかに言いようもないのです。

最後の第四日、自身のための祈願をその日の趣旨として、出家するとの由を藤壺は仏前で報告したので、一同が驚いた。兄である兵部卿宮《ひょうぶきょうのみや》や光君は激しく動揺し、いったいどういうことかと思う。兵部卿宮は法要の途中で席を立ち、藤壺の御簾《みす》に入った。藤壺は決意がかたいことを伝え、法要が終わる頃、比叡山延暦寺《ひえいざんえんりゃくじ》の座主《ざす》を呼び、尼として戒を受ける旨を話した。おじである横川《よかわ》の僧都《そうず》がそばに寄り髪を切る時には、御殿の中は揺れるほどどよめき、不吉なほど泣き声が満ちた。たいした身分でもない老いぼれた人でも、いよいよ出家するという時には不思議と悲しくなるものだが、まして今まで出家のことをおくびにも出さなかったのだから、兵部卿宮も泣きに泣いた。法会に集まっていた人々も、法会全体がひじょうに尊い雰囲気でもあったので、みな袖を濡らして帰っていく。

桐壺院の子息たちは、昔の藤壺の宮を思い出しては、いよいよいたわしく、また悲しく思えてみな慰問の挨拶をしていく。光君はその場に残り、かけるべき言葉もなく、どうしていいのかもわからないのだが、何をそんなに嘆いているのかと周囲の人々に不審に思われるといけないので、兵部卿宮が帰った後に藤壺の元へ行った。

だんだん人の気配が静まり、女房たちも洟《はな》をかみながらところどころに寄り集まっている。月はくまなく冴《さ》えわたり、雪が光を放つような庭を見ても昔を思い出し、たえがたい気持ちになるが、なんとかこらえて光君は

「どのようなご決心からこのように急にご出家されたのですか」と訊いた。

「今はじめて決めたことではありませんのに、先ほどはもの騒がしい様子でしたので、決意も揺らぎそうでした」と、いつものように王命婦《おうみょうぶ》を通して藤壺は言う。部屋の中では、大勢集まって控えている女房たちが、衣擦れの音にもことさら気をつけて振る舞い、身じろぎしながら悲しみをこらえかねている様子が伝わってきて、無理もないと悲しくそれらに耳を傾ける。風が激しく吹きすさぶ。室内に焚きしめた、たいそう奥ゆかしい黒方《くろぼう》の香りが染みわたり、仏前の名香《みょうごう》の煙もかすかに

混じっている。光君の着物の香りもそれに混じり合い、そのめでたさは、極楽浄土を自然と思い浮かべる夜である。東宮からの使いもやってきた。先日の東宮の幼い話しぶりを思い出し、かたい決意ながらもこらえがたく、返事もうまくできずにいる藤壺のために、光君が口添えをするのだった。だれも彼もその場にいる者はみな心を静めることができず、光君もまた心の内を言い出すことができずにいる。

「月のすむ雲居《くもゐ》をかけてしたふともこの世の闇《やみ》になほやまどはむ

(今宵の月のように心の澄んだご決意をお慕いしたくとも、私はやはり東宮のいらっしゃるこの世の煩悩に迷うことになるでしょう)

と思いますので、どうにもならないことですね。ご出家に踏み切られたこと、この上なくうらやましく思います」

とだけ言う。女房たちが近くにいるので、千々に乱れる心の内もあけすけに話すことはできず、胸の張り裂けるような思いである。

「おほかたの憂《う》きにつけてはいとへどもいつかこの世を背《そむ》き果《は》つべき

(この世の多くのことがつらくなって出家いたしましたが、いつ、東宮のいるこの世の執着から抜け切ることができるでしょうか)

煩悩を捨て切ることは難しいですね」

などと、返事の一部は、取り次ぎの女房がうまくつくろって伝えているのでしょう。際限のない悲しみに襲われて、胸を痛めつつ光君は退出した。

二条院に戻って東の対《たい》の部屋でひとり横になるが、なかなか眠ることもできない。自身も出家してしまいたい気持ちになるが、東宮のことが気掛かりである。せめて母宮だけでも中宮の地位を与えて東宮の後ろ盾にしようと、院のお考えあってのことなのに、この世のつらさにたえかねて出家してしまったので中宮という身分も捨てなければならないだろう。その上自分までもが東宮を見捨ててしまっては……などと悶々と考えて夜を明かしてしまう。ともあれ今は、仏に仕える暮らしに必要な道具類を送ろうと考え、年内に間に合うように急がせる。王命婦もお供として出家してしまったので、彼女のことも心をこめてお見舞いをする。でも、くわしく話していくと大げさになっていくからと、伝え漏らしてしまったようですね。じつのところ、こういう折にこそいい歌ができることもあるのに、まったくもったいないこと……。

出家した後は、三条宮の藤壺の元に光君が参上するのも以前のような世間への気兼ねもいらず、時には取り次ぎなしに、藤壺自身が返事をすることもあった。藤壺への深い思いはけっして消えないけれど、藤壺が出家した今では、以前にもましてあってはならないことなのである。

年も改まり、宮中はさまざまな新年行事にはなやぎ、内宴や踏歌《とうか》が行われる。それらが聞こえてきて、藤壺《ふじつぼ》は感慨深く思いながらも、しめやかに仏前の勤めを行い、来世のことばかり考えているので、後世も頼もしく、これまでのわずらわしかったことも遠い昔のことのように思える。通常の祈禱のための念誦堂《ねんずどう》はそのままにして、出家にあたりとくべつに建てられた御堂《みどう》が西の対の南側にあり、少し離れているが、藤壺はそこに移り心のこもったお勤めをしている。

三条宮に光君が参上する。新年のにぎやかさもなく、邸《やしき》はひっそりとしてひとけもなく、親しく仕えている役人たちだけがうなだれ、そう思って見るからなのか、ひどく気落ちしているように見受けられる。白馬《あおうま》の節会《せちえ》の馬だけが昔と変わらず牽《ひ》かれてきて、女房たちが見物している。以前はところ狭しと大勢集まってきていた上達部《かんだちめ》たちが、今は三条宮の前を避けるように通りすぎていき、向かいの右大臣邸に集まっている。これが世の常だとはいえさみしいことだと思っている藤壺の前に、光君が千人にも匹敵するくらいの立派な姿で心深くも訪ねてきて、藤壺はわけもなく涙ぐむのだった。

客人である光君もひどくしんみりとした様子であたりを見まわし、すぐには何も言い出せずにいる。住まいは今までとはまるで様変わりして、御簾の端、几帳《きちよう》も青鈍色《あおにびいろ》であり、隙間隙間から見え隠れする女房たちの、薄鈍色《うすにびいろ》や梔子色《くちなしいろ》の袖口などが、かえってしとやかで奥ゆかしく見える。一面に溶けた池の薄氷や、岸の柳の芽吹く気配だけは季節を忘れずにいるようなのを、光君は感慨深く眺め、「音に聞く松が浦島今日《けふ》ぞ見るむべも心あるあまは住みけり（後撰集／名高い后の御所を今日拝見しましたが、なるほど、奥ゆかしい尼が住んでおられました）」という古歌から「むべも心ある」と小声で口ずさんでいる。その姿はなんとも優雅で艶《なま》めかしい。

ながめかるあまのすみかと見るからにまづしほたるる松が浦島

（ここがあの松が浦島、もの思いに沈む尼のお住まいと思うと、何より先に涙がこぼれてしまいます）

と光君が詠むと、すべて仏にと明け渡している奥ゆきもない場所なので、近くにいるらしい藤壺の、

ありし世のなごりだになき浦島に立ち寄る波のめづらしきかな

（昔の名残もないこの浦島に、お立ち寄りくださる方があるとは珍しいことです）

と取り次ぎに伝える声もかすかに聞こえる。光君はこらえようとするが、涙がはらはらと落ちる。御簾の向こうの、今では世を悟った尼たちにどう思われるか、決まりが悪いので、多くを語らずに光君は退出した。

「お年を重ねてなんとまあご立派になられたのでしょうね。なんのご不自由もなく幸福で、時流に乗っていらっしゃった時は、そういう人の常で、人生の機微などおわかりにはならないのだろうと思えました。今はずいぶん思慮深くおなりになって、ちょっとしたことでも、しっとりとした深さを感じさせてくださいますね……おいたわしくもありますが……」などと、年老いた尼たちは泣きながら褒めるのだった。藤壺も多くを思い出していた。

春の除目《じもく》の季節である。藤壺《ふじつぼ》に仕える人たちは当然賜るべき官職も得られず、ふつうの道理からいっても中宮の年給としても、かならずあるべき昇進もなく、じつに多くの人が嘆くこととなった。中宮がこうして出家した場合でも、すぐにその位を退き、御封《みふ》（給料）が停止されるものでもないのに、藤壺の出家を口実にずいぶんといろいろなことが変わった。すでに執着を断った俗世のことだけれど、宮に仕える人々が頼るべきものを失ったように悲しんでいるのを見ると、藤壺は心が乱れる時もあった。けれど我が身にはどんなことがあろうと、東宮が無事に帝《みかど》に即位されればと、そのことだけに心を砕き、仏道修行に怠りなく励むのである。藤壺は心の内で、人にはけっして言えない不吉でおそろしい心配があるので、私に免じて東宮の罪をどうか軽くしてお許しくださいと熱心に仏に祈っては、心をなぐさめている。光君も、藤壺の心中をそのように推測し、無理からぬことと思っている。光君の邸に仕える者たちも、中宮に仕える人々と同じくつらいことばかりなので、光君も世をおもしろいと思えず邸に引きこもって過ごしている。

左大臣も、公私ともに様変わりしてしまった世の中に嫌気がさし、辞職の文書を帝に奏上した。帝は、故桐壺院《きりつぼいん》が左大臣を重要な後見人と見なし、末永く天下の支えとするようにと言っていた遺言を思い返し、なくてはならぬ人物として、辞表を受け取っても本気にはせず、取り上げることをしなかった。けれども左大臣は意志を曲げず強いて辞退し、引きこもってしまった。こうして今、いよいよ右大臣一族ばかりが重ね重ね限りもなく栄進していくのである。天下の支えとされていた左大臣が隠退してしまったので帝も心細く思い、世間の人々も、心ある者はみな嘆いている。

左大臣の子息たちはみな好もしく、だいじに扱われ、それぞれ幸せそうに暮らしていたのだが、今はすっかり勢力を失い、長男の三位中将《さんみのちゅうじょう》（頭中将《とうのちゅうじょう》）などは世の動向にすっかり失望している。妻である右大臣の姫君のところへも、相変わらず通うのも途絶えがちで、右大臣家にとっては心外なほどのそっけない扱いなので、右大臣は気を許した婿のひとりとも見なしていない。思い知れというつもりなのか、この春の除目でも昇進はなかったが、中将はたいして気にもしていない。光君のようにすぐれた人物が、こうしてひっそりと過ごしているのを見るにつけ、世の中など頼りにならないものだとわかってきて、自分の不遇などなおさら当然のことだとあきらめ、光君の元に通い詰めて学問や管絃の遊びをいっしょにしている。若かった頃も異常なくらい競争心を燃やしていたが、今もまた中将は些細《ささい》なことにかこつけては光君と張り合おうとしているのである。

光君は、恒例である春秋の読経会はもちろんのこと、その時々に応じて法会をさせ、また暇のありそうな文章博士《もんじょうはかせ》たちを集め、作文《さくもん》や韻塞《いんふた》ぎといった遊びに興じては気晴らしをしている。朝廷への出仕もせず光君が思うままに遊び暮らしていると、世間では、厄介なことを次第に言い出す人もいるようですが……。

夏の雨がのどかに降り、光君がすることもなく過ごしていると、韻塞ぎに用いるのに適した詩集を何冊もお供の者に持たせ、中将が二条院にあらわれた。光君も、書庫を開けさせて、まだ開けたことのない厨子《ずし》から珍しい詩集で由緒のあるものを選び、表立ってではないが、作文に長《た》けた人々を大勢呼んだ。殿上人《てんじょうびと》も儒者たちもたくさん集まって、左方《ひだりかた》と右方《みぎかた》の二組に分かれさせ、立派な賭《かけ》物《もの》を用意して韻塞ぎをはじめる。古詩の韻を隠し、それを当てていく韻塞ぎは、進むにつれて難しい韻の字が多くなっていく。名を成した博士たちでもところどころまごついて答えられないのを、時々口にする光君は、人と比べるべくもない学才なのである。

「どうしてこうなんでも揃《そろ》っていらっしゃるのだろう。やはり宿世《すくせ》で、すべてのことが人よりすぐれていらっしゃるのだろうか」と、人々は口々に褒める。ついに中将の右方が負けた。

二日ほどして、負けた中将が宴を開いた。大げさにはせず、うつくしい数々の檜破籠《ひわりご》や賭物も用意して、今日も先だっての人々を多く招いて詩を作らせる。階段の下に薔薇《そうび》がほんのわずかばかり咲いていて、春秋の花盛りよりもしっとりと落ち着いた風情があるので、人々はくつろいで管絃を合奏する。中将の子息で、今年はじめて殿上童《てんじょうわらわ》となる七つか八つくらいの少年が、じつにきれいな声をしており、笙《しょう》の笛を吹いたりするのがなんともかわいらしく、光君は遊び相手にしている。右大臣の娘、四《よん》の君《きみ》の産んだ次男である。右大臣の外孫ということで、この少年は世間からの信望も篤《あつ》く、だいじに扱われている。利発で、顔かたちも整っている。合奏が少し乱れていくと、この童が声を張り上げて「高砂《たかさご》」をうたいはじめ、それがじつに愛くるしい。光君は自分の着ていた着物を脱いで褒美に与えた。いつもより酔っている光君の顔は、たとえようもなくつやつやと魅惑的である。薄い直衣《のうし》に単衣《ひとえ》を着ているので、透けて見える肌がひときわ輝いていて、年老いた博士たちは遠くから見て涙を流している。

「あはましものを　さゆりばの」と、童が「高砂」をうたい終えると、父の中将が光君に盃《さかずき》を渡す。

　それもがと今朝《けさ》ひらけたる初花におとらぬ君がにほひをぞ見る

　（それを見たいと願っていた今朝開いたばかりの花に、あなたのうつくしさはけっして劣りませんね）

光君は照れたように笑って盃を受けた。

「時ならで今朝《けさ》咲く花は夏の雨にしをれにけらしにほふほどなく

　（時季に合わずに今朝咲く花は、夏の雨にしおれてしまったようだ、うつくしく咲いて匂う間もなく）

もうすっかり衰えてしまったよ」と光君は陽気に振る舞って、中将の褒め言葉を酔いの戯言《ざれごと》と決めつけるのを、中将は何度も咎めては酒を勧める。

そのほかにも、この場の人々は多くの歌を作ったようですが、このような酒宴の時の整ってもいない歌をいちいち書き留めるのは考えなし、などという紀貫之《きのつらゆき》の戒めもあることだから、ここは先人に従って、面倒でもあるし、省くことにしましょう。みな、光君を賞賛する内容の和歌や漢詩を作り続けた、とだけ……。

光君もすっかり気負って、「文王《ぶんおう》の子、武王《ぶおう》の弟」と口ずさむのがじつにすばらしい。これは中国の聖人周公旦《しゅうこうたん》が、自分は「文王の子、武王の弟、そして皇太子成王の叔父だ」（史記）と言ったのを、文王を桐壺院に、武王を朱雀帝《すざくてい》に置き換えたのだけれど、では自分は成王（東宮）の何、と言うつもりだったのでしょう。さすがにそれは口ごもらざるを得なかったようですよ。

兵部卿宮《ひょうぶきょうのみや》もしょっちゅうやってくる。もともと管絃の腕前もすぐれている宮である、はなやかな遊び相手である。


その頃、尚侍の君《ないしのかみのきみ》（朧月夜《おぼろづきよ》）は宮中を退出した。わらわ病《やみ》に長いこと苦しんでいて、実家である右大臣家に戻ってまじないなどを気兼ねなくするつもりだったのである。

加持祈禱《かじきとう》などの甲斐あって快方に向かったので、右大臣家ではだれも彼もがよろこんでいる。そんな折、例によって、めったにない機会だからと光君と尚侍の君は示し合わせて、無理を押して毎夜毎夜逢瀬を重ねていた。尚侍の君は女盛りで、ゆたかではなやかな感じの人が少しばかり病にやつれ、ほっそりとしたその様子はなんとも魅力的である。姉の弘徽殿大后《こきでんのおおきさき》も同じ右大臣家にいるのだから、おそろしいことなのであるが、このような無理な逢瀬にこそ心の燃え立つ光君の心癖なので、ひっそりと慎重にしながらも逢いにいくのをやめないのである。ことの次第に気づく女房たちもいるようだけれど、何かと厄介なので大后にはとくに報告しないでいる。

右大臣もまた、こんなことがあろうとは思いもしなかった。急に雨がおそろしい勢いで降りはじめ、雷もひどく鳴り響いている明け方近く、右大臣家の子息たちや宮司《みやづかさ》たちが立ち騒ぎ、あちこちから人の出入りも多く、女房たちもこわがって尚侍のそばに集まってくる。ひそんでいた光君はどうにも困り果て、帰るすべもないまま夜が明けてしまった。御帳台のまわりにも女房たちが大勢並んでいるので、光君はどきどきと胸の波打つ思いだ。事情を知っている女房が二人ばかりいて、おろおろしている。

雷が鳴りやみ、雨も小やみになってきた頃、右大臣がやってきて、まず大后を訪ねる。にわか雨の音に紛れてその音に気づかなかった尚侍の部屋に、気軽にさっと入ってきて、御簾《みす》を上げるやいなや「だいじょうぶか。昨夜の天気はたいへんな騒ぎで、心配していたのだが、こちらに来ることができなかった。中将や宮《みや》の亮《すけ》はちゃんとそばに仕えていたか」と言う。その口調が、早口で落ち着きのないのを、光君はこんな厄介な時なのに、ふと左大臣の様子と比べ、ずいぶんな違いだと苦笑してしまう。確かに、部屋にすっかり入ってしまってから話せばいいものを。

尚侍の君は困り果て、御帳からそっとにじり出た。その顔が真っ赤なのを見て、まだ気分が悪いのかと思ったのか、

「顔色がいつもと違うのはどうしたことか。物《もの》の怪《け》が憑《つ》いていたら厄介だから、もっと修法《ずほう》を続けさせておくのだった」と右大臣は言い、二藍色《ふたあいいろ》の帯が、尚侍の君の着物に絡みつき、外側に出てしまっているのに気がつき、何か変だと思う。さらに手習いのしてある懐紙《ふところがみ》が几帳《きちょう》の下に落ちているのにも気づく。これはいったいどうしたものかと驚いて、

「それはだれのものか。見慣れないものだが……。渡しなさい。だれの字か調べよう」と言うので、尚侍は振り向いて、はじめて落ちている懐紙を見つける。取り繕うこともできず、なんと答えようかととっさに思う。女君が我を失っているのだから、右大臣ほどの高い身分であるならば、娘とはいえどんなに恥ずかしい思いをしているかと思いやって遠慮すべきでしょう。けれどひどく気短で、おおらかなところのない右大臣は、前後の見境もなくなって懐紙を取り上げ、几帳から中をのぞきこむ。すると、やけに色めかしい様子で、無遠慮に横になっている男がいる。今になってようやく顔を隠し、だれだかわからないようにしている……。

右大臣はあきれ果て、まったく心外で腹立たしいけれども、どうして面と向かってその人と暴き立てられよう。目もくらむような心持ちで、懐紙を手に、大后のいる寝殿に向かう。尚侍の君は正気を失い、死にそうな心地である。困ったことになったと光君も思う。とうとうつまらない振る舞いが積もり積もって、世間の非難を受けることになるのかと思いながら、女君が痛々しい様子でいるのを、あれこれとなぐさめる。

右大臣は、思ったことをそのまま口にし、胸におさめるということができない性格である上に、いよいよ老いの偏屈さも加わって、何をぐずぐずためらったりするものかと、娘の弘徽殿大后に洗いざらい話して聞かせる。

「これこれしかじかの次第だよ。この懐紙にあるのは源氏の大将の筆跡だ。以前のあの二人も親の許しもなくそうなってしまったが、源氏という人物に免じて何もかも我慢してきた。婿として面倒をみようと申し出た時にはさっぱり無視され、心外な態度をとられて、おもしろくない思いをしたものだ。しかしこれも前世の宿縁なのだと思って、帝《みかど》ならば、穢《けが》れた娘だなどとお見捨てになるまいと頼りにして、当初の望み通り宮中に差し上げたのだ。それでもやはりそのことに負い目があって、大手を振って女御《にょうご》などと名乗らせられないことだけでも、もの足りなく残念に思っていた。そこへきてまたこんなことが起きてしまったのだから、情けなくて仕方がない。男にはよくあることとはいえ、源氏の大将もじつにけしからぬ了見ではないか。神をも畏れず斎院《さいいん》にもまだ言い寄ってはこっそり手紙のやりとりをして、あやしいところがあると人々が噂しているが、そんなことは天下国家にとってのことだけでなく、源氏自身にとってもよからぬことなのだから、そんな無分別なことはするはずがないと思っていた。何しろ当代きっての識者として天下を従えている様子は格別なようだから、大将の心を疑ったことなどなかった」

父親の右大臣よりさらに激しく光君を憎んでいる大后は、じつに不快な面持ちで言う。

「同じ帝とはいえ、昔からみな朱雀帝《すざくてい》を見下しているのです。あの辞任した左大臣だって、だいじなひとり娘を兄の東宮に嫁がせることをしないで、その弟源氏の、元服の添い寝のためにとっておいたり、またこの六《ろく》の君《きみ》も帝に差し上げようと心づもりしていたところ、それより前に源氏と恥さらしなぶざまなことになったのに、だれが源氏を悪いと責めたてでしょうか。みながみな源氏の味方をしていました。源氏をこちらの婿にという思惑が外れてはじめて、六の君は尚侍として宮仕えすることになったのではありませんか。尚侍というのも気の毒だから、どうにかしてそれなりに人に劣ることのない身にしてあげよう、あんなに憎いことをした源氏の手前もあるし、と思っていたのに、当の本人はこっそりと自分の気に入った男になびいていたというわけですか。斎院とのこともなるほどありそうなことですよ。あの男が何ごとにつけても、帝の御ためにに安心できないように思えるのは、次なる東宮のご治世をとりわけ期待している人ですから当然ですわ」

大后は遠慮もなくずけずけと言うので、さすがに右大臣は辟易《へきえき》し、なぜすっかり話してしまったのかと後悔する。

「まあ、しばらくこのことは内密にしておこう。帝にも奏上しないように。このような罪を犯しても帝は自分を捨てたりなさるまいと頼りにして、尚侍もいい気になっているのだ。内々に忠告しても聞かないようならば、その責めは私が負おう」ととりなしてみるが、大后はいちじるしく機嫌を損ねたままである。尚侍と私はこうして同じ邸《やしき》にいて隙もないのに、遠慮もせず、あんなふうに忍びこんでくるということは、わざとこちらを軽んじて馬鹿にしているのだ、と思うとますます腹が立ってきて、これは源氏を陥れるべき手立てを講じるのにはいい機会だ、などと、思案をめぐらせている。

花散里《はなちるさと》

五月雨の晴れ間に、花散る里を訪ねて

もはや男女の関係はなくとも、
一度でも愛した女のことは忘れないのが光君という人なのです。

＊登場人物系図
△は故人

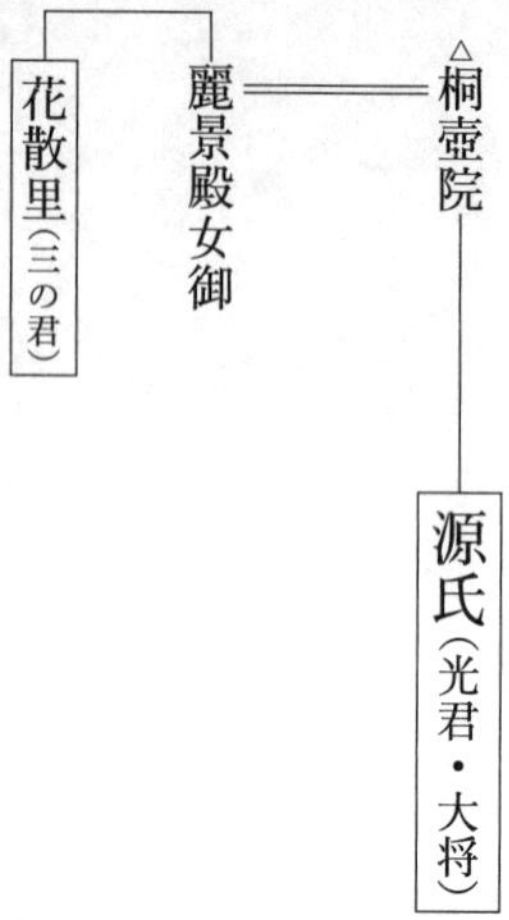

人知れず、みずから招いた恋愛の悩みは以前も今も変わらないけれど、このように、世間一般の動きについても、困ったことになったと思い乱れることばかりなので、光君《ひかるきみ》は心細く、世の中のすべてが厭《いと》わしくなり、出家のことが頭をよぎるけれど、そうできずにいる理由も多いのである。

故桐壺院《きりつぼいん》の妃《きさき》のひとりであった麗景殿女御《れいけいでんのにょうご》という人は、皇子《みこ》や皇女《こうじょ》もおらず、院が亡くなってからはいよいよさみしい暮らしとなり、ただ光君の庇護《ひご》によって暮らしているのである。麗景殿の妹である三《さん》の君《きみ》と光君は、かつて宮中あたりでちょっとした逢瀬《おうせ》をかわしたことがあった。光君はいつもの心癖でこの三の君をすっかり忘れることなく、かといって、正式に妻とするわけでもないので、三の君はひどく思い悩んでいるようである。この頃、何ごとにつけても思い悩んでいる光君は、その悲しみのひとつとして三の君を思い出し、じっとしてはいられなくなって、五月雨《さみだれ》が珍しく晴れた、雲の絶え間に出かけることにした。

これといった身支度をすることなく、目立たないようにして、先払いの者も付けず、こっそりと中川のあたりを通りすぎると、ちいさな邸《やしき》がある。木立《こだち》など風情《ふぜい》のあるその邸から、いい音色の琴《こと》を、和琴《あずま》の調子に調絃《ちょうげん》して搔《か》き鳴らし、にぎやかに弾いているのが聞こえてくる。光君は車を停めさせ、門に近い建物なので、車から少し身を乗り出して門内を見た。桂《かつら》の大木を吹き抜ける風に、賀茂《かも》の祭の頃をふと思い浮かべる。どこというわけではないが風情のある景色に、一度通ったことのある女の家だと気づいた。気持ちが動き、あれからずいぶん時がたったが覚えているだろうかと気も引けるが、通りすぎることもできずにためらっていると、郭公《ほととぎす》が鳴く。いかにも邸内に誘うような声なので、車を押し戻させ、いつものように惟光《これみつ》を先に入れる。

をちかへりえぞ忍ばれぬ郭公《ほととぎす》ほのかたらひし宿《やど》の垣根に

（昔に戻り、郭公が胸の思いを忍びかねて鳴いています。昔ちょっと訪ねた家の垣根で）

寝殿とおぼしき建物の西の端に女房たちがいる。以前にも聞いたことのある声なので、惟光は咳《せき》払《ばら》いをして相手の様子をうかがい、光君の便りを伝える。若々しい女房たちの気配がして、どなただろうといぶかしんでいる様子である。

郭公《ほととぎす》こととふ声《こゑ》はそれなれどあなおぼつかな五月雨《さみだれ》の空

（郭公の訪れて鳴く声は確かにあの時のものですが、五月雨で空が曇っていて、どうもはっきりわかりかねます）

との返歌に、わざとわからないふりをしていると思った惟光は、「わかりました、家を間違えたのかもしれません」と言い置いて出てきたが、女君は内心では、恨めしくも残念にも思っていた。

確かに、ずいぶん久しぶりなのだからわからないふりをするのも無理はないと、引き下がるしかない。これくらいの身分の女としては、筑紫《つくし》の五節《ごせち》がかわいらしかったなとその人を光君は思い出す。どんな女にたいしても気持ちが途切れることなく、悩みが絶えない。年月がたっても昔の女のことを忘れてしまわないので、かえって多くの女たちのもの思いの種となるのである。

当初の目的の場所は、想像していた通り人影もなく静まりかえっていて、胸に迫るものがある。

まず麗景殿女御の部屋を訪ね、故桐壺院の思い出話などをしているうちに、夜が更ける。五月二十日の月が出る頃、高い木立の陰がいよいよ暗くなり、軒近くから橘《たちばな》の香りがなつかしく漂ってくる。女御《にょうご》は年齢を重ねているがあくまで奥ゆかしく、気高く愛らしい人である。とくべつ寵愛《ちょうあい》を受けていたわけではないが、桐壺院が親しみやすく心の安らぐ人だと話していたのを思い出すと、昔のことがあれこれと思い偲《しの》ばれて、光君はつい涙をこぼす。

先ほど中川のあたりで鳴いていたのと同じだろうか、郭公が同じ声で鳴いている。自分の後を追ってきたのか、と思うとおもしろく感じた。「いにしへのこと語らへば郭公いかにしりてか古声のする（古今六帖／昔のことを語らっていると、郭公よ、なぜ知ったのか、あの時と同じ声で鳴いている）」から、「いかに知りてか」などと光君はひそやかに口ずさむ。

「橘《たちばな》の香《か》をなつかしみ郭公《ほととぎす》花散里《はなちるさと》をたづねてぞとふ

（昔を思い出させる橘の香りがなつかしいので、郭公はこの橘の花の散る里をさがしてやってきたのですね）

昔のことを忘れられない気持ちをなぐさめるには、やはりこちらにお伺いするべきでした。こうしておりますと、悲しみの紛れることもありますが、増えることもありますね。人は時勢に左右されますから、故院の頃の昔話をぽつりぽつりと話せる人も少なくなってしまいました。まして私よりもあなたは所在なさを紛らわすすべもないのではありませんか」

と告げると、今さら言うまでもない世の有様ではあるが、女御はしみじみと感にたえている様子である。女御のやさしい人柄のせいもあり、光君も深く感じ入るのである。

人目なく荒れたる宿は橘《たちばな》の花こそ軒《のき》のつまとなりけれ

（訪れる人もなく荒れてしまった邸では、昔を偲ばせる橘が軒に咲いて、あなたをお招きするよすがとなりました）

と詠む女御は、やはりほかの女とは異なってすばらしい人だと思わずにはいられない。

三の君のいる西側の部屋を、光君は目立たないようにさりげなく訪ねるが、めったにない訪問でもあり、また世にもまれなるうつくしさなので、三の君は恨めしさも忘れてしまう。光君が例によってなんやかやとあれこれ話して聞かせるのも、心にもないことばかりでもないはずです。

仮にも光君が関係を持った女性たちはみな、並々の身分ではなく、それぞれに、なんの取り柄もないような人はいない。そのせいか、光君も女君も仲違《なかたが》いすることもなく、お互いに気持ちの底を通わせ合って日を過ごしているのである。そうした仲をつまらないと思う人は心変わりしていくが、それもまた世のことわりだと光君は達観している。先ほどの中川の女も、そんなふうに心変わりをしてしまったひとりなのである。

須磨《すま》

光君の失墜、須磨への退居

どれほど多くの人が、光君の須磨行きを嘆き悲しんだことでしょう。
さびしい須磨の住まいを訪れる人はあっても、光君の心は慰められることなく……。

＊登場人物系図
△は故人

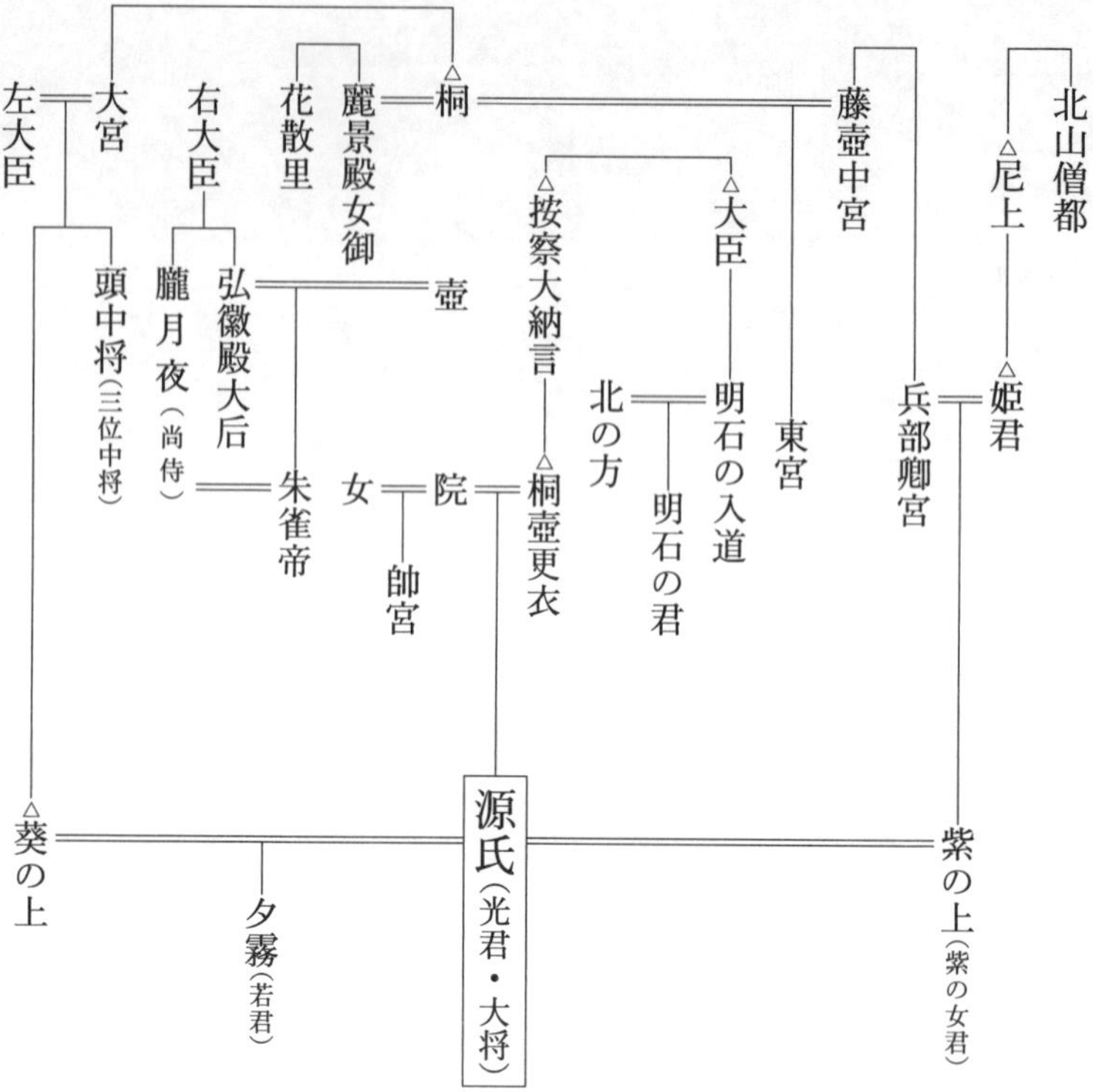

北山僧都
△尼上
△姫君
兵部卿宮
藤壺中宮
紫の上（紫の女君）
東宮
△大臣
明石の入道
明石の君
北の方
△按察大納言
△桐壺更衣
△桐
壺
院
女
帥宮
源氏（光君・大将）
麗景殿女御
花散里
弘徽殿大后
朱雀帝
右大臣
朧月夜（尚侍）
大宮
左大臣
頭中将（三位中将）
△葵の上
夕霧（若君）

世の中の情勢は光君《ひかるきみ》にとって非常にわずらわしいものとなり、いたたまれない思いをすることも増えてきた。光君はなんとか知らぬ顔で過ごしているけれど、もしやもっとひどい事態になるかもしれないと内心おそれている。

しばらく京を離れることを考え、隠棲《いんせい》の地を考える。かつて在原行平《ありわらのゆきひら》が住んで歌を残した須磨《すま》は、昔こそ身分ある人の別荘もあったが、今は人里離れてものさみしく、海士《あま》の家すらまれにしかないという話である。人の出入りが多くてざわついた住まいは嫌だし、かといってあまりに都から遠く離れてしまえば故郷が恋しくてならないだろうと、見苦しいほど光君は思い悩んでいる。

今までにあったこと、この先のこと、すべてを考え続けてみると、悲しいことがじつに多い。わずらわしいことばかりだと見切りをつけた世の中ではあるが、それでも、いよいよ離れるとなると、あきらめきれないこともまた多いのである。なかでも、紫《むらさき》の女君が日が過ぎるにつれいよいよ嘆き悲しんでいるのは、見るのもつらいほど痛々しい。別れてもめぐりめぐってまたかならず会えると思ってみても、今まで一日二日と離れて暮らしただけでも心許《こころもと》なく思え、紫の女君もこの上なく心細そうだったのに、まして幾年どのくらいと決まっている旅ではなく、また会う時までと、それがいつともわからず旅立っていくのである。この世は無常なのだから、もしやこのまま永久に別れなければならないかもしれないと光君はひどく悲しい気持ちになり、こっそりいっしょに連れていこうかと思いもするが、心細い海辺の、波風のほかに訪れる人もいないようなところに、こんなにかよわい姫君を連れていくのは不釣り合いだし、自分としてもかえって思い悩むことになるだろう、と思いなおす。けれども紫の女君は、「どんなにつらい旅路でも、ごいっしょできさえするのならば」との気持ちから、いかにも恨めしそうにしている。

あの、三《さん》の君《きみ》が住む花散里《はなちるさと》の邸《やしき》でも、光君が通うことはめったにないとしても、心細くさみしい日々を光君の情けに頼って暮らしているのだから、都を離れることを嘆き悲しんでいるのも無理はない。ほかのわずかばかりの逢瀬《おうせ》であっても、光君が通ったあちこちでは、人知れず悲しんでいる女たちも多かったのである。

出家した藤壺《ふじつぼ》の宮も、世間でどんな噂《うわさ》を立てられるかわからないから、自身にとって用心しなくてはと思いながらも、内々で始終お見舞いを光君に寄越した。以前このように熱心に思いやって、情けを見せてくださっていたなら……、と光君は思い、つれなくされてもやさしくされても、どこまでも思い悩まずにはいられない、それがこの方との宿縁なのかと光君は苦しい気持ちになるのだった。

三月二十日過ぎ、光君は都を出立《しゅったつ》することにした。世間に知らせることなく、近しく仕えている者だけ、七、八人をお供に連れ、ひっそりと出ることになった。しかるべき女たちには手紙だけひそかに送っていた。相手の人が君を恋しがらずにはいられないほど、言葉を尽くして書いた手紙は、きっとすばらしいものだったろうけれど、その時はこちらも取り乱していて、その内容をちゃんと聞いておかなかったのがまったく悔やまれます。

出立の二、三日前、光君は夜に紛れて左大臣の邸に向かった。粗末な網代車《あじろぐるま》に乗って、下簾《したすだれ》を垂らして女が乗っているように見せかけて訪ねたのだが、まったくすべてが悲しく、夢であるかのように思えた。亡き葵《あおい》の上《うえ》の部屋は、見るからにさみしく荒《すさ》んでいた。若君の乳母《めのと》たちや、昔から仕えている女房たちはみな、光君がこうして久しぶりにあらわれたことをよろこび、それぞれ近くに集まってきた。光君の姿を前に、まだ世間知らずの若い女房も、世の無常を思い知って涙を流した。若君はじつにかわいらしい様子で、はしゃいで走ってくる。

「久しぶりなのに、私を忘れていないとは感心だね」と膝に抱き上げる光君は、涙をこらえているようである。

左大臣がやってきて光君と対面した。

「所在なくお引きこもりになっていらっしゃる時に、参上して、とりとめもない昔話でもお話し申し上げようと思っていたのですが、我が身の病が重いという理由で朝廷にもお仕えせず、官職も辞したものですから、わたくしごとで気ままに出歩いて、などと世間で悪い評判を立てられかねませんので……。もっとも、退官した今は世間に気兼ねしなければならないこともないのですが、今の手厳しい世の中がたいへんおそろしく思われます。このようなあなたのご悲運を拝見することになろうとは、長生きするものではありません。世も末でございます。天地を逆さまにしましてもこんなことになろうとは思いもよりませんでした。もう何もかもがつまらなく思えます」と言い、涙に暮れる。

「どれもこれもみな前世の報いだそうですから、つまりは私に原因があるのでしょう。こんなふうに官爵を剝奪されるということではなく、ちょっとした咎《とが》にかかわった場合でも、朝廷から謹慎処分を受けている者が何ごともないように暮らしているのは異国でも罪の重いこととされています。ましてて私の場合は遠国への流刑という詮議もあると聞きますので、とくべつ重い罪とされるのでしょう。良心に恥じることなどございませんが、だからといって素知らぬ顔で暮らしているのも憚《はばか》られます。これ以上大きな辱めを受けないうちに、都の生活から身を引こうという決心がつきました」などと、光君はくわしく伝える。

左大臣は昔話をはじめ、故桐壺院《きりつぼいん》のこと、そして桐壺院が、光君の将来について考えていたことなどを話して聞かせるが、直衣《のうし》の袖を目元に押し当てたまま離すことができない。それを見て光君も気丈に振る舞うことができなくなってしまう。幼い若君が何もわからず出入りしてはその場にいる人々にまとわりついているのが、光君にはたまらなくいじらしく見える。

「亡くなった娘をいっときも忘れることができず、今も悲しんでおりますが、もし生きておりましたら、このたびのことをどれほど嘆き悲しんだことかと思います。よくぞ短命で、こんな悪夢を見ずにすんだことだと自分をなぐさめております。まだちいさい若君が、こんな年寄りたちの中に残されて、父君であるあなたに親しく接することができない日がこの先続いていくのかと思いますと、何より悲しいことでございます。昔の人も、本当に罪を犯したことで厳しい罰を受けたとは限りませんでした。やはり前世からの因縁で、異国の朝廷でも、罪なくして罰せられるような事件は多くあったのです。けれどもそれは、だれかがそれらしいことを言い出して、はじめて事件とされるものですが、今回は、どう考えても思い当たることもございませんのに……」と、左大臣は数々の話をして聞かせる。三位中将《さんみのちゅうじょう》（頭中将《とうのちゅうじょう》）もあらわれて、いっしょに酒を飲むうちに夜も更ける。光君は泊まることにして、女房たちを呼び集めて昔話に興じる。こっそりと、ほかの女房よりもとくべつに情けをかけている中納言の君が、思いを言葉にできないほど悲しんでいるのを見て、光君は人知れずいとしく思う。みなが寝静まった後、とりわけこの人と睦《むつ》まじく語り合う。そうするために泊まったのでしょう。

夜が明けてきて、まだ暗いうちに邸を出ると、有明の月がじつに趣深い。桜の花はだんだんと盛りを過ぎて、白砂を敷きつめた庭に、若葉の萌《も》え出した木々がわずかな木陰を作っている。一面の薄霧に月の光もぼんやり霞《かす》んでいるのは、秋の夜の風情《ふぜい》よりずっと身に染みた。隅の高欄にもたれ、光君はしばらく庭を眺める。中納言の君は見送るつもりなのか、妻戸を押し開けて控えている。

「あなたとまた逢《あ》うのも、思えばずいぶん難しいことだ。こんなことになるとは知らずに、なんの心配もなく逢えたはずの月日を、のんきにかまえて無沙汰をしたね」と光君が言うのを聞き、中納言の君は何も言えずに泣き出してしまう。

若君の乳母である宰相《さいしょう》の君を介して、大宮から光君に挨拶がある。

「直接にご挨拶申し上げたいのですが、取り乱した気持ちでおりまして……。こんなに暗いうちにお帰りにならなければならないのは、やはり以前とは立場もお変わりになってしまったのですね。かわいそうな若君はぐっすり眠っておりますのに、しばらくお待ちにもならないのですね」

光君はそれを聞いて泣き、

鳥部山《とりべやま》もえしけぶりもまがふやと海士《あま》の塩《しほ》焼く浦見《うらみ》にぞ行《ゆ》く

（鳥部山で妻を葬った、あの時の煙に似ていはしないかと、海士が塩を焼く須磨の浦を見にいきます）

大宮への返事というわけではなく吟じ、「夜明け前の別れとは、こんなにも悲しいものなのか……。わかってくれる人もあるのだろうけれど」とつぶやく。

「いつでも別れという言葉はつらいものでございますが、今朝はやはりほかとは比べられるはずもないと思います」と、宰相の君は涙声で心底悲しんでいるように言う。光君は大宮への返事を託す。

「こちらから申し上げたいこともありまして、幾度も考えてはいたのですが、ただもう胸がつかえておりますので、どうぞお察しください。ぐっすり眠る若宮のお顔をもう一度見てしまえば、かえってこのつらい世から逃れがたくなります。気持ちを強く持って、急いでお暇《いとま》いたします」

左大臣の邸を出ていく光君を女房たちがのぞいて見送った。西の山の端に傾きかけた有明の月はたいそう明るい。その月に照らされる、優美で、輝くばかりにうつくしい光君が悲しみに沈んでいる様子には、虎も狼《おおかみ》も泣いてしまうに違いない。まして光君が幼い頃からずっとなじみある女房たちなので、今までとは激変した光君の境遇を、どうしようもなく悲しく思っている。

そういえば、大宮から返事があったのです。

なき人の別れやいとど隔《へだ》たらむ煙《けぶり》となりし雲居《くもゐ》ならでは

（亡き人との別れはますます遠く隔たってしまいます。煙となって立ち上った都の空の下を去ってしまわれるのならば）

大宮のこの悲しみも加わって感極まり、光君の去った後、人々は縁起でもないほどに泣き合うのだった。

二条院に帰り着くと、光君の部屋付きの女房たちは一睡もできなかったらしく、ところどころに寄り集まって、世の中の変わりようをひどく嘆いている様子である。お付きの家臣たちのいる侍《さぶらい》所《どころ》では、いつも親しく仕えている者たちが、須磨へお供する心づもりで妻や親兄弟との別れを惜しんでいるのか、だれもいない。今や光君邸を訪れるだけでも厳重に咎め立てられて面倒が多くなるので、かつては所狭しと居並んでいた馬や車の影かたちもない。そのさみしい光景に、世の中はなんと無情なものかと光君は思い知るのだった。食器を載せる台も半分ほど埃《ほこり》が積もり、ところどころの畳も裏返してある。自分がいるあいだですらこんな有様なのだから、いなくなればどれほど荒れすさんでいくだろう……と思わずにはいられない。

西の対《たい》に行くと、紫の女君は格子も下ろさずにぼんやりともの思いにふけって夜を明かしている。簀子《すのこ》では年若い女童《めのわらわ》たちが寝ていたが、今起き出してざわめいている。幾人かがかわいらしい宿直《とのい》姿でいるのを見ていると光君は心細くなり、年月がたてばこの人たちも我慢しきれずにここを出て、散り散りになっていくのだろうな、などと、いつもなら気にならない些細《ささい》なことにまで目がいくのだった。

「昨夜はこうしたわけで夜が更けてしまってね。いつものように、心外な邪推をしていたのでしょう。こうして都にいるあいだだけでもそばを離れたくないと思うのだけれど、いよいよ世間を離れるとなると気掛かりなことばかりで、知らんふりして放っていくわけにもいかない。この無常の世の中に、情け知らずと疎まれたままなのも忍《しの》びないしね」と、光君が言うと、

「こんな目に遭うこと以外に心外なこととは何がありますでしょう」とだけ言い、紫の女君は思い詰めた様子でいる。その様子が常人とはかけ離れてうつくしい。その深い悲しみも無理からぬこと。父である兵部卿宮《ひょうぶきょうのみや》は、以前から紫の女君とは疎遠だったが、この頃はまして世間の噂を気にして手紙を送ってくることもなく、お見舞いにすらやってこない。人の手前、そのことを恥ずかしく思い、なまじ父宮に知られないでいたほうがよかったのに、と紫の女君は思うのだが、継母《ままはは》である妻が、

「とつぜん降って湧いた幸せも束の間ですこと。まったく縁起でもない、だいじに思ってくれる人が次々と別れていってしまう人ですわね」と言っているとある筋から漏れ聞いて、ますます気がふさぎ、自分から手紙を出すこともしないでいる。継母の言葉通り、光君のほかに頼りにする人もいない女君は、本当に気の毒な身の上である。

「いつまでもお許しが出ずに年月がたってしまうようだったら、人里離れた山の中でもあなたを迎えるよ。ただ、今すぐそんなことをしては、いかにも外聞が悪いでしょう。朝廷から謹慎を命じられた者は、明るい月や日の光も見てはならず、思いのままに気軽に行動することも重い罪なのだよ。過ちは犯していないけれど、前世からの因縁でこんな目に遭うのだと思うと、愛する人を連れていくのなど前例のないことだし、こんなにも馬鹿げた世の中だから、もっとひどい目に遭うことにならないとは言えないからね」光君は紫の女君にそう言い聞かせ、日が高くなるまで寝室で休む。

帥宮《そちのみや》や三位中将がやってくる。対面しようと光君は直衣に着替える。

「無位無官の者は」と遠慮して、無地の直衣の、かえって好ましく見えるものを身につける。そうして地味にしていても、立派に見映えがする。髪を整えようとして鏡台に近づくと、面やつれした姿が我ながら気高くうつくしく見える。

「すっかりやつれてしまったな。この鏡の中の影みたいに痩せてしまったのか。悲しいことだ」と光君は言う。目に涙を浮かべてそちらを見る紫の女君の様子が、どうしようもなくいじらしい。

身はかくてさすらへぬとも君があたり去らぬ鏡の影は離れじ

(我が身はこうして流浪しても、あなたのそばにある鏡に映ったこの影はずっと離れませんよ)

光君が詠むと、紫の女君も応える。

別れても影だにとまるものならば鏡を見てもなぐさめてまし

（お別れしても、そこに影だけでも留《とど》まるのならば、鏡を見て心をなぐさめることもできましょうけれど）

柱の陰に隠れて座って涙を見せまいとしているその姿には、やはりこれまで逢った数多《あまた》の女とは比べものにならないと思い知らされずにはいられない。

帥宮は光君と心のこもった話を交わし、日の暮れる頃に帰っていった。

花散里《はなちるさと》の邸《やしき》では心細く思って光君に始終手紙を送ってくるのも当然ではある。三《さん》の君《きみ》とももう一度くらい逢わなければ薄情に思われるだろうかと考え、その夜はそちらに向かおうとするものの光君は億劫《おっくう》でたまらず、ひどく夜が更けてから到着した。麗景殿女御《れいけいでんのにょうご》が「こうして人並みにお扱いくださり、お立ち寄りいただきまして」とお礼を言う様子を、くどくど書きつけるのもわずらわしい。

じつに心細い暮らしようで、光君の庇護《ひご》の元に過ごしてきた年月のことや、これからますます荒れさびていくだろう有様が思いやられるように、邸内はひっそりと静まりかえっている。春の月がおぼろに射《さ》して、広い池や築山《つきやま》の木々の深い茂みといったうらさみしい光景を照らし、光君は、人里離れた須磨の風景を思い浮かべる。

西側の部屋では、まさかこうまでして光君がやってくるとは思わずふさぎこんでいるところへ、いつもよりひときわ優美でしめやかな月の光の中、立ち居するにつけて類いもないほどかぐわしい香りを漂わせながら光君があらわれた。三の君は少しいざり出て、そのまま二人で月を見上げる。

話をしているうちに夜明けが近づいてしまう。
「ずいぶん夜が短いですね。こうしてお目にかかることも二度とできないかと思うと……。今までお逢いしなかった日々が悔やまれます。過去にも未来にもめったにない例として語り草とされそうな身の上で、心からくつろぐことなく過ごしてきたのです」と過ぎた日々のことを話していると、朝を告げる鶏《とり》も鳴き出すので、人目を憚って急いで邸を出る。いつものように、その姿がすっと消えてしまう月に重なって、悲しみが広がる。月の光が女君の濃い紫の着物に映り、それが泣いているように見える。

月かげのやどれる袖はせばくともとめても見ばやあかぬ光を
(月の光の映る私の袖は狭いけれど、留めてみたく思います、見飽きることのないその光を)

ひどく悲しんでいる様子があまりにも心苦しく、自分もつらいのをさておき、女君をなぐさめる。
「ゆきめぐりつひにすむべき月かげのしばし曇らむ空なながめそ
(空を行きめぐって、ついには澄むべき月が、しばらく曇るだけなのだから、空を眺めても の思いに暮れないでください)

考えてみれば頼りないことですね。ただ行く先の見えない涙が、心を暗くしてしまいます」と言い、光君は夜が明けきらないうちに帰っていく。
出立のための準備を万端にさせて、親しく仕えていた家臣のうち、時流に乗ろうとしない者たちだけ、二条院の事務を執り行う上《かみ》と下《しも》との役目を決めておく。須磨にお供をするものはみな、また別に選び出す。かの山里の住処《すみか》での道具類は必要最低限のものだけ、しかもことさら飾り気のない質素なものにして、また、白氏文集《はくしぶんしゆう》などのなくてはならぬ書物の入った箱と、そのほかには琴《きん》をひとつ、持っていくだけにする。仰々しい調度やはなやかな着物はまったく持たず、みすぼらしい山賤《やまがつ》のような恰好《かつこう》で出かけるのである。光君に仕える女房をはじめとして、二条院のすべてのことを紫《むらさき》の女君にゆだねる。領有している荘園や牧場、領地の証文もみな紫の女君に預けて置いていく。そのほか、二条院内の倉、衣類や調度の収納してある納殿《おさめどの》などのことまで、しっかり者と見込んでいる少納言に、信頼できる家司《けいし》たちを付けて、取り仕切っていけるように指示を与える。光君に仕えている中務《なかつかさ》や中将といった女房たちは、つれないお扱いだったけれど、そばにお仕えさせていただくだけで満足していたのに、これからはどうしたらいいものか……と思案に暮れている。光君は、「命あってふたたびこの世に帰ってくることもあろうと、待っていてくれる気のある者は、この人にお仕えしてほしい」と、上下の身分の区別なく、みなを紫の女君のいる西の対《たい》に集める。若君の乳母《めのと》たちや、三の君（花散里）にも、みやびやかな贈り物はもちろんのこと、日常品にまでこまかく心を配る。

そして光君は無理を押して尚侍《ないしのかみ》（朧月夜《おぼろづきよ》）の元に手紙を送った。

「お見舞いくださらないのは無理からぬことと思っておりますが、今はこれまでと世の中をあきらめて都を離れる苦しさもつらさも、今まで味わったことのないものです。

逢《あ》ふ瀬《せ》なき涙の河《かは》に沈《しづ》みしや流るるみをのはじめなりけむ

（逢うこともできないあなたを思って涙の川に身を沈めたのが、この流浪のはじまりだったのでしょうか）

と思い出すことだけが、逃れられない私の罪なのです」

手紙が届くまでも危険なので、くわしくは書かないでおいた。尚侍も胸が張り裂けそうで、こらえてはいても、涙が袖で拭いきれないのは致し方ないことである。

涙河《なみだがは》うかぶ水泡《みなわ》も消えぬべし流れてのちの瀬をも待たずて
（涙河に浮かぶ水泡のような私は消えてしまいそうです。いつかお帰りになるあなたとの逢瀬も待たずに）

泣く泣く心を乱して書いたのだろう筆跡に妙味がある。もう一度逢うこともできずに別れるのかと思うと、ひたすらに無念ではあるが、考えなおしてみると、尚侍の縁者には自分に悪意を持っている者も多く、彼女自身も人目を憚っているのだから、何がなんでも逢うようなことはせずに終わろうと光君は思うのだった。

明日出立するという日の暮れ、桐壺院《きりつぼいん》の墓を参拝しようと光君は北山に向かった。明け方にかけて月が出る時分なので、まだ月は出ていない。その暗さに紛れて藤壺《ふじつぼ》の宮を訪ねた。宮は、そばの御簾《みす》の前に御座所《おましどころ》を用意し、自身で対応する。東宮のことを宮はたいそう気掛かりに思っているのである。お互いに深い思いを秘めた二人の話は、何ごとも、どれほど胸に染み入ったことでしょう……。

たおやかでうつくしい藤壺の宮の様子は昔と変わらない。光君は今までの冷たい仕打ちへの恨み言をちらりとこぼしたくなるが、今さらそんなことを言っても宮は不快に思うだろうし、自分もまた、かえって心が乱れるだろうとぐっとこらえて、ただ、

「思いもよらない罪に問われることになりました。それでも思い当たる節がただひとつございまし

て、天の咎めがおそろしくてなりません。惜しくもないこの身は命をなくしても、東宮の御代《みよ》さえ、何ごともなく安泰であれば……」と言うに留めるが、それもまたもっともなこと。

藤壺の宮にもすべて心当たりのあることなので、心が騒ぐばかりで返事もうまくできずにいる。今までのさまざまなことを思い出して泣き出してしまう光君の姿は、どこまでも優美である。光君は宮に訊《き》く。

「桐壺院のお墓に参りますがお伝えすることはありますか」

藤壺の宮はすぐには何も言うことができず、なんとか気持ちを静めようとしている。

見しはなくあるは悲しき世の果てをそむきしかひもなくなくぞ経《ふ》る

（お連れ添い申した院は亡くなり、生きていらっしゃるあなたは悲しい身の上になられてしまった。この世の末を、出家した甲斐《かい》もなく私は泣きながら暮らしています）

二人ともひどく深い悲しみに包まれ、胸に積もる多くを口にすることができない。

別れしに悲しきことは尽きにしをまたぞこの世の憂《う》さはまされる

（院にお別れした時に悲しみは尽きたはずなのに、さらにこの世はどんどんつらくなっていきます）

有明の月の出を待って光君は出かける。お供には五、六人だけ、下仕えも気心の知れた者だけ連れて、牛車《ぎつしゃ》ではなく馬で出かける。言うまでもないことではあるが、かつての外出とはまるきり様子が違っている。家臣たちはみな悲しんでいるが、その中に、あの賀茂《かも》の祭の斎院御禊《さいいんごけい》の日、光君の臨時の随身《ずいじん》として仕えた右近将監《うこんのぞう》の蔵人《くろうど》がいる。彼は、得られるはずだった五位の位も得られないまま時期が過ぎてしまい、とうとう殿上人《てんじょうびと》から除籍させられ、官職も剝奪されてしまった。世間体も悪いというので須磨《すま》にお供することになったのである。賀茂の下《しも》の御社《みやしろ》を遠くからそれと見渡せるところで、ふと御禊の日を思い出し、馬を降りて光君の馬の轡《くつわ》をとり、詠む。

ひき連れて葵《あふひ》かざししそのかみを思へばつらし賀茂のみづがき

（お供として葵《あおい》をかざしてお参りした御禊の日を思い出しますと、賀茂の祭神のご加護もなかったのかと恨めしく思えます）

本当にどんな思いでいることだろう、だれよりも意気揚々と振る舞っていたのだから……と光君は思い、同情を寄せる。光君も馬を降りて、御社のほうを拝んだ。神に暇乞《いとまご》いをするのである。

憂《う》き世をば今ぞ別るるとどまらむ名をばただすの神にまかせて

（このつらい世と今別れます。残る噂については、正邪をあきらかになさるという糺《ただす》の森の神におまかせして）

光君が詠むその姿を見て、右近は感激しやすい若者なので、深く身に染みて立派なお方だと感じ入る。

御稜《みささぎ》に参拝すると、桐壺院の生前の姿が、今目にしているようにありありと思い出される。至高の存在であった帝《みかど》でも、亡くなってしまったら、もう頼ることはできないのである。光君は墓に向かい、あらゆることを泣きながら訴えるが、姿なき院の答えを受け取ることはできないのだから、あれほどお心をこめてお考えになり、お残しになってくださった御遺言はどこに消えてしまったのだろう……と虚《むな》しくなる。墓は、道の草が生い茂り、分け入っていけばいくほど露に濡《ぬ》れ、涙もあふれてくる。折しも月は雲に隠れ、森の木立は深く暗く、おそろしくさみしい。御陵から帰る道もわからないほど悲しみに暮れ、光君が拝んでいると、桐壺院の幻がまるで生きているかのようにはっきりとあらわれ、すっと寒気がする。

亡きかげやいかが見るらむよそへつつながむる月も雲隠れぬる
（亡き父院は今の私をどんなふうにご覧になっていらっしゃるだろう。父院と思って眺める月も、雲に隠れてしまった）

夜がすっかり明けてしまう頃、光君は二条院に帰り着き、東宮《とうぐう》に手紙を書いた。藤壺の宮は出家した自分の代わりに王命婦《おうみようぶ》を東宮に付き添わせているので、その命婦の部屋宛てに、

「いよいよ今日都を離れます。もう一度参上できないまま旅立つことが、数多《あまた》あるつらさの中でもいちばんつらい。何ごともご推察の上東宮に啓上してください。

いつかまた春の都の花を見む時うしなへる山賤《やまがつ》にして
（いつかまた春の都の花を見ることができるでしょうか、時運に見放された山賤の身で）」

桜の花のとうに散った枝に歌を結んである。「しかじかでございます」と、王命婦は東宮にそれを見せると、子ども心にも真剣な様子で読んでいる。「お返事はどのようにお書きいたしましょうか」と訊くと、

「しばらく会わなくても恋しいのに、遠くに行かれたらどんなにか……と伝えて」と東宮は答える。その幼い返事に、王命婦は心を痛める。光君がどうにも仕方のない恋に悩まされていた昔のこと、あの時この時の様子が次々と思い出される。光君自身も藤壺の宮も、なんの苦労もなく過ごせる身の上なのに、みずから進んで苦しみを引き受けたかと思うと、二人の仲立ちをした自分の心掛けひとつでそうなってしまったようで、王命婦は深い後悔を覚えるのだった。

「とても申し上げる言葉がございません。東宮にはお伝え申し上げました。東宮が心細げにしてい

らっしゃる様子がたいへんお気の毒でございます」と王命婦は返事をするが、とりとめもなく書いてあるのは、悲しみに心を乱されているせいだろう。

「咲きてとく散るは憂《う》けれどゆく春は花の都を立ち帰り見よ

（桜が咲いたと思うとすぐに散るのは悲しいことですが、過ぎても春はまためぐってきます、どうぞまたお帰りになって花咲く都をご覧になってください）

時節がめぐりきましたならば」

と返事をしたためた後も、王命婦はほかの女房たちとしみじみと思い出話をして、邸内の人々はひとり残らず忍び泣いた。光君を一度でも目にしたことのある人ならば、こうして気弱になっている光君を見て嘆き悲しまない者はいない。まして常に邸に仕えていた者は、光君がその存在を知るはずもない下女や御厠人《みかわやうど》までも、世にもまれなほど手厚い恩顧を受けていたので、しばらくでも光君が不在の日々を過ごさねばならないのかと、深く嘆いている。

世間の人々も、光君の不遇をだれひとりとしていい加減に思うことはできない。七歳の時からこのかた、帝の御前に昼夜控えて、光君の口にすることで実現しないことはなかったから、その恩恵にあずからなかった者はおらず、その恩顧に感謝しない者もまたいないのである。貴い身分の公卿《くぎよう》や弁官の中にもそういう人は多い。それより下の身分の者となると数え切れないほどである。しかしみな、恩義を知らないわけではないけれど、実際、光君に味方をすれば手ひどい仕打ちを受けるだろう厳しい世の中に気兼ねして、近づけないのである。天下をあげて無念を嘆き、陰では朝廷を批判して恨んでいるが、我が身を犠牲にしてお見舞いに参上したところで何になろうと思うのか、訪れる者もいない。こんなふうに世間から見離された自分がみじめでもあり、またその変わりようが恨めしく思える人も多く、世の中とはなんとあじけないものかと光君は何ごとにつけても思うのである。

須磨に向けて発《た》つ当日は、紫の女君とゆっくりと話をし、旅立ちの常として夜更けてから出発する。狩衣《かりぎぬ》など、粗末な旅の装束を身につけた光君は言う。

「月が出てきた。もう少し端に出て、せめて見送りだけでもしてくださいな。これからは、話したいことが山ほどあるのに、とどれほど思うことだろう。一日二日、たまにあなたと離れていてさえ、どうにも気が晴れなかったというのに」と、御簾を巻き上げ、女君を端に招く。泣き沈んでいた女君は涙をこらえ、いざり出てくる。その姿が月の光に映えて、はっとするほどうつくしい。自分がこうしてはかなかったこの世を去ってしまったら、この人はどんなふうに寄る辺なく落ちぶれていってしまうのだろうと思うと気掛かりで不憫《ふびん》に思うが、深く思い詰めている女君をいっそう悲しませてはいけないと、

「生ける世の別れを知らで契《ちぎ》りつつ命を人に限りけるかな

（生き別れることがあるなどとは思いもせず、命のある限りは別れまいとあなたに幾度も約束しましたね）

頼りない約束だった」と光君は口にする。

「惜しからぬ命にかへて目の前《まへ》の別れをしばしとどめてしがな

（もはや少しも惜しくないこの命にかえて、今この別れを、ほんの少しでも引き止めておきたい）」

女君は応える。いかにも、そう思わずにはいられないだろうと、このまま見捨てていくのは本当

に心苦しいけれど、夜が明けてしまっては世間体も悪いと思い、光君は急いで出ていった。

道中、女君がありありと目に浮かんで忘れられず、胸ふさがれる思いのまま、船に乗りこんだ。日の長い頃なので、追い風のせいもあり、まだ申《さる》の刻（午後四時頃）なのに須磨の浦に着いてしまう。近くへの外出でも、こうした船旅をしたことのない光君は、心細さも、また、興味深さもひとしおである。大江《おおえ》殿《どの》と呼ばれているところはひどく荒れていて、昔と変わらない松ばかりが残っている。昔、国の政《まつりごと》に尽くしたのに讒言《ざんげん》を受けて追放され、絶望して入水《じゅすい》自殺した楚《そ》の屈原《くつげん》のことを思う。

唐国《からくに》に名を残しける人よりもゆくへ知られぬ家居《いへゐ》をやせむ

（唐の国でその名を後世に残した人よりも、私はもっと行方も知れない侘《わ》び住まいをするのだろうか）

渚《なぎさ》に打ち寄せる波が寄せては返すのを見て、「うらやましくも」とつぶやいている。「いとどしく過ぎ行《ゆ》く方の恋《こひ》しきにうらやましくもかへる波かな（伊勢物語／いっそう遠く過ぎた京が恋しい時に、寄せては返す波がうらやましい）」とは、世間では言い古された歌ではあるけれど、お供の者たちには耳新しく聞こえ、ひたすら悲しい気持ちになる。光君がふり返ってみると、過ぎた山々ははるかに霞《かす》み、「三千里《さんぜんり》外遠行《がいえんこう》の人」と詠じた詩人の気持ちも理解したように思え、櫂《かい》の雫《しずく》のように流れる涙をこらえることもできない。

故里《ふるさと》を峰の霞《かすみ》は隔《へだ》つれどながむる空はおなじ雲居《くもゐ》か

（故郷を霞が隔てているけれど、私が悲しく眺めている空は、都の人も眺めているのと同じ空だろうか）

何もかもがつらく思えるのだった。

かつて、在原行平《ありわらのゆきひら》が「わくらばに問ふ人あらば須磨の浦に藻塩垂《もしほた》れつつわぶと答へよ（古今集／たまさかに私の安否を問う人がいたら、須磨の浦で、涙に暮れて侘び住まいをしていると答えてください）」と詠んだ、その家の近くに、光君の住まいはあった。海岸から少し入りこんでいて、ぞっとするほどさみしげな山中である。垣根のしつらいから何から、目にするものはなんでも珍しく感じられる。茅葺《かやぶ》きの建物に、葦葺《あしぶ》きの廊《ろう》に似た建物が続く、都では見られない造りである。この場所にふさわしい趣の住まいで、こんな時でなければおもしろく思うこともできようにと、かつての、心のままの忍び歩きを思い出す。良清朝臣《よしきよのあそん》が今は側近の家司《けいし》として、須磨周辺の荘園の役人を呼び出して、必要な用事を言いつけ、指示を出しているのも境遇の変化が思い知らされる。

短いあいだに手入れがなされ、じつに見映えのする風流な家となった。庭の遣水《やりみず》を深くし、木々も植え、いよいよこの地に落ち着くと考えてみるが、現実とは思えない。摂津《せっつ》の国守《くにのかみ》も、光君邸に親しく出入りする人であったから、表沙汰にならないようこっそりと心をこめてお仕えする。こうした旅住まいには似つかわしくないほど多くの人々が出入りするが、まともな話し相手となれそうな人がいるわけではないので、光君の気持ちは晴れず、どうやってこれからの月日を過ごそうかと不安に思う。

だんだんとものごとが落ち着いていくうちに、梅雨の季節となった。光君は京のことを思い出し、恋しく思う人も多く、悲しみに沈んでいた紫《むらさき》の女君、東宮のこと、無邪気に遊んでいた若君をはじめとして、いろいろな人を思い浮かべている。使者を京へと送った。紫の女君と藤壺《ふじつぼ》の宮に宛てた

手紙は、書き続けることができず涙に暮れてしまう。宮へは、

「松島のあまの苫屋《とまや》もいかならむ須磨《すま》の浦人《うらびと》しほたるるころ

（松島の海士《あま》――尼のあなたはいかがお過ごしですか。須磨の浦で侘び住まいをする私は涙に濡れております）

いつとはいわずいつも嘆いておりますが、この頃はとくに、来し方行く先を思って悲しみに暮れ、涙川の水かさも増えております」

尚侍《ないしのかみ》（朧月夜《おぼろづきよ》）の元には、いつものように女房の中納言への私信に見せかけ、その中に手紙を入れた。

「なすべきこともなく過ぎ去った過去を思い出しておりますと

こりずまの浦のみるめのゆかしきを塩焼《しほ》く海士《あま》やいかが思はむ

（須磨の浦の海松藻《みるめ》をさがす私を塩焼く海士はどう思うだろう――性懲りもなくあなたに逢いたい私を人はどう思うだろう）」

多くの思いをこめて書き尽くした言葉の数々も、想像できるというものでしょう。左大臣にも、若君の乳母《めのと》である宰相《さいしょう》の君にも、若君の世話にたいする心得を書いて送る。

京では、光君の手紙を受け取って心を乱す人が多かった。紫の女君は光君と別れた日から起き上がることもせず、尽きない悲しみにふさぎこんでいるので、女房たちもなぐさめるすべもなく、ただ不安な気持ちでいる。光君が使っていた数々の道具や、弾き鳴らしていた琴、脱ぎ捨てた着物から漂う香りにつけても、まるでもうこの世にいない人のように嘆き悲しんでいる。そんな嘆きようも不吉ではあるので、少納言は北山の僧都《そうず》に祈禱《きとう》をお願いした。僧都は二人のための祈禱をする。

光君の無事の帰京、そして紫の女君がかくも嘆いている心を静め、悩みのない身の上になるように、不憫に思うままに祈るのだった。

女君は旅先の夜具を調えて須磨に送ることにした。縑《かとり》（無地の平絹）の直衣《のうし》や指貫《さしぬき》などを見ていると、今までと様変わりしてしまったようでせつない。しかも「去らぬ鏡」と詠んだ光君の面影が、あの歌通りこの身から離れないけれども、やはり本人はいないのである。光君が出入りしていたあたりや、寄りかかっていた真木柱《まきばしら》などを見ても、胸が張り裂けそうになる。何ごとにも分別がある、世慣れた年長者でさえこういう悲しみはつらいのだから、まして今までもっとも慣れ親しんで、光君が父母の代わりとなって育てた女君がこれほどまでに恋しく思うのも、当然なのである。死に別れてしまったのなら仕方のないこととして、次第に忘れていくこともあるだろう。けれど、須磨と聞けばそう遠くはないものの、いつまでと期限のある別れではないので、考えれば考えるほど悲しみは尽きないのである。

藤壺の宮にしても、東宮の将来を思ってひどく嘆いているのはいうまでもない。そして光君との宿縁の深さを思えば、どうして通りいっぺんの気持ちでいられようか。今までは、世間の噂などが気掛かりで、少しでもやさしい素振りを見せたら、それをだれかが咎めはしないだろうかとおそれて、光君の気持ちも多くの場合見て見ぬふりをし、無愛想な態度で接していたのである。しかしこれほどまでに情け容赦なく口さがない世の中なのに、自分たちのことは微塵《みじん》も噂に上ることなくすますことができたのは、あのお方が一途《いちず》な恋情に流されずに、一方では目立たないように心を隠していたからだと、今になってしみじみと恋しく思い出さずにはいられない。返事には心をこめて、

「最近はいっそう、

塩垂《しほた》るることをやくにて松島に年ふる海士《あま》もなげきをぞつむ
（涙に濡れることを役目にして、松島に長く暮らす海士――尼の私も嘆きを重ねておりま
す）」とある。
尚侍からの返事は、
「浦にたく海士《あま》だにつつむ恋《こひ》なればくゆるけぶりよ行《ゆ》くかたぞなき
（浦に塩焼く海士だに――数多《あまた》に隠す恋の火なのですから、胸にくすぶる思いは行き場もあ
りません）
今さら言うまでもない数々のことは、とても書き尽くせません」
とあるだけの短い手紙で、中納言の君の返事に同封してある。中納言からの手紙には、尚侍がい
かに悲しみ嘆いているかが綿々と書いてある。それを読み、尚侍がたまらなくいとしく思えるよう
な節々に、光君はつい涙をこぼす。
紫の女君からの手紙は、光君がとくべつ心をこめてこまごまと書いた手紙の返事なので、胸に染
みることが多かった。
「浦人のしほくむ袖《そで》にくらべ見よ波路《なみぢ》へだつる夜の衣《ころも》を
（浦人の塩を汲《く》む袖のようだというあなたの涙で濡れた袖を、比べてみてください、波路を
隔てて毎夜泣いている私の衣と）」
お見舞いにと送られた着物の色合いも、仕立て具合も、じつにうつくしい。紫の女君が何ごとに
おいてもみごとな腕で、理想的な人になったことを思うと、今はよけいなことにあくせくすること
もなく、ほかに通うところがあるわけでもなし、しっとりと落ち着いてともに暮らせたものを……

と、ひどく残念に思える。夜も昼も女君の姿がちらついて、こらえきれないほど思い出してしまうので、やはりこっそり呼び寄せようかと考える。しかし考えなおし、どうしてそんなことができようか、こんなにつらい世の中なのだから、せめて前世の罪を償って軽くすることだけを考えようと、精進に励み、明けても暮れても勤めに精を出すのだった。

左大臣家にいる若君について書かれた手紙には、ひどく悲しい気持ちになりながらも、いつかまた会える時も来るだろう、頼りになる方々がいるのだから、心配には及ぶまいと思うことができるのは、親子の道は男女のそれのように迷うことがないからでしょうか……。

そうそう、須磨行きの騒動に紛れて書き忘れていたことがありました。

あの伊勢の斎宮《さいぐう》へも使いを差し向けたのだった。六条御息所《ろくじょうのみやすどころ》からもわざわざお見舞いの使者が参上した。並大抵ではない胸の内が書きつけてあった。選ぶ言葉、筆遣いなど、だれよりもすぐれて優美で、教養の深さがうかがえる。

「やはり現実のこととは思えないようなお住まいの様子を伺いましても、いつまでも明けない夜の中、悪い夢を見ているのかと思います。けれどご帰京までにそれほど長い年月をお過ごしになることはないと推測いたします。罪深い私の身ばかりは、ふたたびお目にかかるのも遠い先のことでございましょう。

うきめかる伊勢をの海士《あま》を思ひやれ藻塩垂《もしほた》るてふ須磨の浦にて

（つらい日々を送っている伊勢の私を思いやってくださいね、涙を流していらっしゃるという須磨の浦で）

一事が万事、嘆かわしい世の中の様子も、結局はどうなっていくのでしょうか」

と、細かく書いてある。

「伊勢島《いせしま》や潮干《しほひ》の潟《かた》にあさりてもいふかひなきはわが身なりけり

（伊勢島の潮の引いた潟で貝をあさっても、なんの貝もないように、生きる甲斐もないのが私なのです）」

悲しみに浸りながら、御息所が筆を置いては書き、置いては書きした手紙は、白い唐紙《からがみ》四、五枚を巻紙に継いで、墨の濃淡がみごとである。

愛していた人だったのに、あの物《もの》の怪《け》のことで厭《いと》わしくなった自分の心得違いのせいで、御息所のほうでも愛想を尽かして別れていってしまったのだ。そう思うと、今さらながら申し訳ないことをしたとも思う。こういう折の手紙だけに身に染みて、御息所の使者までもなつかしく思え、二、三日引き止めて伊勢の話などをさせる。年も若く、たしなみもある斎宮の侍所《さぶらいどころ》の者だった。光君がこのような暮らし向きなので、こんな身分の者も自然と近づくことができ、ほのかに見える光君の様子や顔立ちに、なんと立派な方だろうかと彼も落涙するのだった。

御息所への返事であるが、どれほど心をこめたものか想像できましょう……。

「都を去らねばならない身の上だとわかっていましたら、いっそのことあなたをお慕いしてそちらに参ればよかったものを、などと考えています。することもなく、心細いものですから、

伊勢人の波の上漕《うへこ》ぐ小舟《をぶね》にもうきめは刈らで乗らましものを

（須磨で憂き目に遭うよりも、伊勢人が波の上を漕ぐ舟に乗ってしまえばよかったのにと思います）

海士《あま》がつむなげきのなかに塩垂《しほた》れていつまで須磨の浦にながめむ

（私もまた悲しみの涙に暮れて、いつまで須磨の浦でもの思いを続けるのでしょう）

お目にかかれるのはいつなのかわからないのが、とてつもなく悲しく思えます」

などとある。こんなふうに、だれともこまやかな手紙のやりとりをするのだった。

花散里《はなちるさと》の邸からも、悲しみのままに書きためた女御《にようご》と花散里の手紙が届く。そこに彼女たちそれぞれの人柄が偲ばれるのも珍しい気がして、どちらの手紙もくり返し眺めては心をなぐさめているけれど、同時に、かえってもの思いの種となるようである。

荒れまさる軒のしのぶをながめつつしげくも露のかかる袖かな

（荒れていく軒の忍ぶ草を眺めて昔を偲んでおりますと、涙がしきりに袖を濡らします）

と返歌する。本当に、今は葎《むぐら》が生い茂るばかりで、ほかには頼る者もない暮らしをしているのだろうと思い、また、長雨で築地《ついじ》がところどころ壊れてしまったなどと耳にして、光君は二条院の家司《けいし》に、荘園から人を集めて築地修理をするよう命じる。

尚侍《ないしのかみ》の君は、光君とのことが知られ参内《さんだい》停止の処分を受け、世間の笑い者となってひどく落ちこんでいる。右大臣はじつにかわいがっている姫君なので、弘徽殿大后《こきでんのおおきさき》にも帝《みかど》にも、お許しのほどを切に奏上した。確かに、帝の相手を務める女御や更衣《こうい》とは立場が異なり、尚侍は公的な官職であるのだから、と帝は考えなおし、また弘徽殿大后も、光君が憎いからこそ参内停止という厳しい処置をしたのだが、光君が都を去った今となっては……と彼女を許し処分をといた。ふたたび参内することになっても、しかし尚侍は心に染みついてしまった光君のことを恋しく思い出さずにはいられない。

七月になって尚侍は参内することとなった。帝は、尚侍へのとくべつな寵愛が今も失《う》せることはなく、人の非難も気に留めず、以前のようにそばにずっと仕えさせ、時に恨み言を言い、かと思うと深く愛した。帝は姿かたちも顔立ちも優美でうつくしいけれど、やはり光君の思い出に満たされている尚侍の心は、畏れ多いというほかない。

管絃《かんげん》の遊びの折、

「あの人のいないのがひどくさみしいものだね。私以上にそう思う人がどんなに多いことだろう。何をしても光が消えたように思えるよ」と帝は言い、「故院のお考えになったこと、おっしゃったことに背いてしまった……。我が身の罪となりそうだ」と涙ぐむので、尚侍も涙をこらえることができない。

「世の中は、こうして生きていてもつまらないものだと思い知るばかりだもの、長くこの世に生きようなどと少しも思わない。もしそうなったらあなたはどう思うだろう。ほど近い須磨の別れほどには思ってくれないのだろうね、それがとてもくやしいよ。『恋《こ》ひ死なむのちは何せむ生ける日のためこそ人は見まくほしけれ（古今六帖／生きているこの世で、恋しい人とともに暮らさなければなんにもならない）』なんて、たいしたことのない人が詠んだ歌なのだろう」と、やさしい様子で、心から感じ入ったように帝が言うので、尚侍はほろほろと涙をこぼす。それを見て帝は「ほら、ごらん。だれのために泣いているの」と言う。

「今まで御子《みこ》たちが生まれないことをさみしく思っていたんだ。東宮を、故院のおっしゃっていたようにと思ってはいるけれど、都合の悪いことがいろいろと起きそうなので、それもかわいそうだと思うし」

世の政を、帝の意向に背いて取り仕切ろうとする人々がいるので、まだ若くて強く出られない年頃の帝は、悩みが尽きないのである。
須磨《すま》には、いよいよもの思いを誘う秋風が吹きはじめた。海は少し遠いけれど、須磨に左遷された在原行平《ありわらのゆきひら》の中納言が「旅人は袂《たもと》涼しくなりにけり関吹き越ゆる須磨の浦風（旅人は袂を涼しく感じるようになった、須磨の浦風が関を越えて吹くから）」と詠んだという、その風に荒れる波の音が、夜ごと夜ごとにとても近くで聞こえて、今までになく身に染みるのは、こういう場所の秋ならではであった。
仕える人数も少なく、みな寝静まっているところに、光君はひとり目を覚まし、枕から頭をもたげて周囲の激しい風に耳を澄ませた。今にも枕元まで波が押し寄せてきそうで、気づかないうちに枕が浮くほどにも涙を流している。琴《きん》を掻《か》き鳴らしてみるが、我ながらさらにさみしくなって、弾くのをやめ、
恋《こ》ひわびて泣く音《ね》にまがふ浦波は思ふかたより風や吹くらむ
（恋しくて泣く声にも聞こえる浦波の音は、私を思う人たちのいる都から風が吹くからか）
と詠む。人々は目覚めて、なんとすばらしい歌だと思うそばから悲しみをこらえきれず、ごそごそと起き出しては、ひとりまたひとり、そっと洟《はな》をかんでいる。
まったく、この人たちはどんな思いでいることだろう、私ひとりのために親や兄弟といった、たときも離れがたいはずの、それぞれだいじに思っている家族を捨ててさまよっているのだもの……と思うと、光君はたまらない気持ちになる。こんなふうに自分がくよくよ沈みこんでいたら家臣たちはなおのこと心細くなるだろうからと、昼のあいだは何かと軽口を言ってはみんなの気を紛

らわせたり、退屈しのぎにさまざまな色の紙を継ぎ合わせてすさび書きをしたりしている。また、珍しい唐《から》の綾《あや》織物にいろいろな絵を思いのままに描いた屏風《びょうぶ》も、じつにみごとで、見ごたえがある。かつてお付きの者たちが話していた海や山の景色を、今まではるかに想像していただけだったが、こうして目の当たりにして、これまで思いも及ばなかった磯の景色をまたとなく上手に描き写している。

「近頃の、名人だと評判の絵師、千枝《ちえだ》や常則《つねのり》を呼んで、殿の墨絵に彩色を施させたいものだ」と、家臣たちは口々に残念がっている。光君のやさしく尊い振る舞いに、憂き世の悩みも忘れて、そばに仕えていられることをありがたく思い、常に控えている者が四、五人いる。

庭の植えこみでは種々の花が咲き乱れ、心地いい夕暮れ時、海の見晴らせる廊に出て佇《たたず》んでいる光君の姿は、不吉なまでにうつくしく、場所が場所だけにこの世のものとは思えないほどだ。白い綾のやわらかな下着、薄い紫の指貫《さしぬき》を着て、色濃い直衣《のうし》に帯をしどけなく結び、「釈迦《しやか》牟尼《むに》仏弟子《ぶつのでし》何のなにがし」とまず名乗り、ゆっくりお経を読みはじめるが、その声もまたこの世で耳にしたことのないほどすばらしい。沖を漕ぎゆく船人たちの歌う船歌も聞こえてくる。船の影はかすかで、遠目には、ちいさな鳥が浮かんでいるように見えるのも心細く感じられるところへ、雁《かり》が列を作って鳴く声が、船の楫《かじ》の音そっくりに響く。光君はそちらをぼんやりと眺めて、こぼれる涙を拭っている。その手が黒檀《こくたん》の数珠《じゅず》にうつくしく映えているのを見て、都の妻を思う家臣たちの心もすっかりなぐさめられる。

初雁《はつかり》は恋《こひ》しき人のつらなれや旅の空飛ぶ声の悲しき

（初雁は恋しい人の仲間なのか、旅の空を渡っていく声も悲しい）

光君が詠むと、良清《よしきよ》も続ける。

かきつらね昔のことぞ思ほゆる雁《かり》はその世の友ならねども

（次々と昔のことが思い出されます、雁は昔の友ではございませんけれども）

惟光《これみつ》、

心から常世《とこよ》を捨てて鳴く雁《かり》を雲のよそにも思ひけるかな

（みずから故郷を捨てて旅立っては鳴く雁を、今までは雲の彼方ほど遠いものと思っていました）

前《さき》の右近将監《うこんのぞう》、

「常世《とこよ》出《い》でて旅の空なるかりがねも列《つら》に遅れぬほどぞなぐさむ

（常世を出て旅の空を飛ぶ雁も、仲間とともにいるからなぐさめられているのですね）

友とはぐれたらどれほど心細いでしょう」と言う。親が常陸介《ひたちのすけ》になって任地に下ったのにも同行せず、光君のお供についてきた男である。内心では思い悩んでいるだろうに、うわべは陽気に振舞って、なんでもないふうに日々過ごしている。

月がくっきりと輝いている。今宵《こよい》は十五夜だと思い出し、殿上《てんじょう》の間《ま》での管絃の遊びを恋しく思い、そしてまた、あちこちの女君がこの月を眺めているだろうと思って、光君は月の顔をじっと見つめる。「二千里の外《ほか》、故人の心」と白楽天《はくらくてん》の詩を朗誦しはじめると、みないつものように涙をこらえることができなくなる。光君は、かつて藤壺《ふじつぼ》の宮が「霧や隔《へだ》つる」と詠んだ時のことを思い出し、いいようもなく恋しく、今まであったあれこれが胸にあふれて声を上げて泣いた。

「もう夜が更けましたよ」とお供の者が告げても、光君は部屋に入らない。

見るほどぞしばしなぐさむめぐりあはむ月の都は遥《はる》かなれども
(月を見ているあいだは心がなぐさめられる、ふたたび都に帰れる日ははるか先だろうけれど)

「九重《ここのへ》に霧や隔《へだ》つる雲の上《うへ》の月をはるかに思ひやるかな」と藤壺の宮が詠んだのと同じ夜、心から打ち解けて昔の思い出話などをしてくれた朱雀帝《すざくてい》が、亡き院に似ていたことも恋しく思い出されて、「恩賜の御衣《ぎょい》は今ここにあり」と吟じながら部屋に入った。道真公《みちざね》が醍醐《だいご》天皇から御衣を賜ったことを詠んだ詩である。光君が帝から頂戴した御衣は、この詩の通り肌身離さず近くに置いてある。

憂《う》しとのみひとへにものは思ほえでひだりみぎにもぬるる袖かな
(帝を思うと、ただつらい気持ちになるだけではない、なつかしさとつらさで、左右の袖が濡れるのです)

その頃、大弐《だいに》(大宰府《だざいふ》の次官)が上京してきた。たいそうな勢力で一族が多く、娘がたくさんいて厄介なので、妻の一行は船で都に上ることとなった。浦から浦へと景色を遊覧しながら都を目指すのだが、須磨の浦はほかより風光明媚《めいび》なので、心惹《こころひ》かれ、しかも源氏の大将もここで侘び住まいをしていると耳にして、無駄なことなのに、色気づいた若い娘たちは船の中にいてもそわそわと気もそぞろにとり澄ましている。まして、光君とかつてかかわりのあった五節《ごせち》の君《きみ》が、このまま通りすぎるのも残念に思っているところに、琴《きん》の音が風にのってかすかに聞こえてくる。周囲の景色、光君の身分の高さ、琴の音の心細さなど、みな相まって、心ある者はみな泣いてしまうのだった。

大弐は光君に便りを送った。

「こうしてはるか遠くから上京いたしましたのですから、まずはおそばに参上し、都のお話などを承りたいと思っておりましたが、思いもよらずここにいらっしゃるお住まいを素通りいたしますのは、もったいなくもあり、悲しいことでもございます。旧知の者で親しいだれ彼が迎えに出向いてきまして大勢おりますので、みなで押しかけますと窮屈だと存じますから、まことに残念ではございますがお伺いいいたしかねます。またあらためて参上いたしましょう」

とある。大弐の息子である筑前守《ちくぜんのかみ》が使いとして参上する。この筑前守は、光君に目を掛けてもらって六位の蔵人《くろうど》になったので心から悲しんでいた。けれど人目も多いので、世間の目を憚《はばか》って長居をすることもできない。

「都を離れてから、昔親しかった人たちと会うことも難しくなるばかりなのに、こうしてわざわざ立ち寄ってくれたとは……」と、光君は言う。大弐への返事にもそのように書いてある。筑前守は泣きながら船に戻り、光君の暮らしぶりを伝えると、大弐をはじめとして迎えにきている人々も、縁起でもないくらい泣き声を上げる。五節の君は、なんとか工夫して別に使者を送った。

「琴《こと》の音《ね》にひきとめらるる綱手縄《つなてなは》たゆたふ心君知るらめや

（琴の音に引き止められている私の、綱手縄《つなでなわ》のようにたゆたう心をあなたはご存じでしょうか）

こちらからお便りを差し上げる浮ついた心を、どうかお咎めにならないでください」

とある。それをほほえんで眺めている光君は気圧《けお》されるほどのうつくしさである。

「心ありて引き手の綱のたゆたはばうち過ぎましや須磨の浦波

（私のことを思って本当に心が綱のように揺れているのならば、このまま通りすぎてしまえますか、須磨の浦波を）

都を離れて海士の縄で漁《いさり》をするとは思いもしませんでした」

昔、大宰府に左遷された道真公が、明石《あかし》の駅《うまや》で、別れを悲しむ駅の長《おさ》に詩を詠み与えたというが、まして光君からみごとな返事をもらった五節の君はひとりここに残ってしまいたいと思うのだった。

都では、月日がたつほど、帝をはじめとして光君を恋しがることが多くなっていた。まして東宮は、いつもいつも光君を思い出してはそっと泣いている。それを見ている乳母《めのと》をはじめ、とくに王命婦《おうみようぶ》の君はなおさらたまらない気持ちになるのだった。藤壺の宮は、東宮のことで何か不吉な事態が起きるのではないかと案じてばかりいたところへ、光君も流浪の身となってしまったことをいたく嘆き悲しんでいる。光君の兄弟の親王《みこ》たち、親しく交際のあった上達部《かんだちめ》などは、はじめの頃は光君によく手紙を送っていた。心を打つ漢詩を作って送り合っていたのだが、そんなことでも光君は世間の賞賛を浴びてしまうので、それを耳にした弘徽殿大后《こきでんのおおきさき》は厳しく言うのだった。

「朝廷から罰された者は、気ままに毎日の食事を味わうこともできないものなのに。風流な家に住んで世の中を悪く言って……。それをまた、鹿を馬だと言った者たちのように、ご機嫌をとろうとする者がいる」

そんな悪い噂も広まって、みなかかわり合うのは面倒だとばかりに、光君に便りをする者もまったくいなくなってしまう。

二条院の（紫の）女君は、時がたつにつれて、嘆く心をなぐさめることもできなくなった。光君に仕えていた女房たちも、みな西の対《たい》に移ってきたはじめの頃は、女君をそれほどのお方でもあるまいと思っていた。けれどそばに仕え続けるうちに、女君がやさしくてうつくしいばかりでなく、暮らし向きのことへのこまかい心配りも行き届いていて、慈愛に満ちているので、暇をもらって出ていく者もいない。身分のある女房たちの前には女君も姿を見せることがあった。その女房たちは、大勢の女君の中でも、光君がとりわけ紫の女君に深い愛情を抱いているのももっともなことだと思うのだった。

須磨での暮らしが長くなるにつれて、光君はとてもひとりではたえられないと思うのだが、自分でも信じられない運命だと思うほかないこの住まいに、どうして女君を呼び寄せることができよう、いかにもそぐわないではないかと考えなおす。鄙《ひな》びた土地では何ごとも都とは様子が違い、下々の者の暮らしを身近に見聞きするのもはじめてなので、自分で自分をもったいなくも、いたわしくも思う。煙が時々すぐ近くまで漂ってくるのを、これが海士《あま》の塩焼く煙だろうとずっと思っていたのだが、じつは住まいの後ろの山で柴《しば》というものを煙らせているのだった。珍しく思い、

山がつのいほりに焚《た》けるしばしばもこととひこなむ恋ふる里人

（山賤《やまがつ》の小屋で焚く柴ではないけれど、しばしば便りを寄越してほしいものだ、恋しい故郷の人々よ）

などと詠む。

冬になり、雪が降り荒れる頃、空の様子もひどく荒涼としているのを心細く眺め、光君は琴《きん》を心まかせに弾き、良清にうたわせ、それに惟光が横笛を吹いて合奏となる。心をこめて情趣深い曲を光君が弾くと、二人は楽器も歌もやめ、揃《そろ》って涙を拭う。昔、匈奴《きょうど》に求められ、その美貌を知らずに王昭君《おうしょうくん》を差し出した漢の帝のことを思う。女を異郷に送り出す間際に会い、そのうつくしさを知った時の帝の心中はどうだったろうと光君は考える。今、愛する紫の女君をそんなふうに遠くに行かせてしまったら、などと考えると、実際に起きることのように不吉な気がして、「霜の後《のち》の夢」

と王昭君をうたった詩の一節を吟じる。月は明るく射《さ》しこみ、かりそめの住まいの御座所《おましどころ》は奥までくまなく照らし出される。夜更けの空が床の上にある。入りかけた月影がものさみしく見えて、大宰府で道真公が月を見て「ただこれ西に行くなり、左遷にあらず」と詠じた詩句を口ずさみ、

いづかたの雲路《くもぢ》にわれもまよひなむ月の見るらむこともはづかし

(この先私はどの雲路にさすらっていくのだろう、まっすぐ西に向かう月がそんな私を見ているると思うと、恥ずかしくなる)

いつものように眠れないまま暁を迎える空に、千鳥《ちどり》が哀愁を誘うように鳴いている。

友千鳥《ともちどり》諸声《もろこゑ》に鳴く暁はひとり寝覚《ねざめ》の床《とこ》もたのもし

(群れなす千鳥が声を合わせて鳴いているのを聞くと、明け方の床でひとり目を覚ましていても心強く思える)

起きてともに唱和してくれる人もいないので、光君はひとりくり返し口ずさんで横になる。まだ夜が明けないうちに起きて手を洗い浄《きよ》め、念仏を唱えている光君の姿は、立派である上に尊く、人々はとても見限ることができず、短いあいだでも京の自宅に帰ろうとする者はいないのだった。

明石《あかし》の浦《うら》は気軽に歩いていけるところなので、良清《よしきよ》は、いつか話した入道の娘を思い出し、手紙を送ってみたが返信はない。父親の入道からは、「申し上げたいことがございます。ほんのちょっとお目に掛かりたいのです」と言ってきたけれど、良清は「娘のことではこちらの申し出を断るのだろうから、わざわざ出向いていって、虚しく帰ってくる後ろ姿も間が抜けて見えるだろう」と気が引けて、出かけていかなかった。

入道は娘にたいし、世に比類ないほど高い望みを持っている。国の中では、人々は国守《くにのかみ》一族だけを畏れ多く思っているが、変わり者の入道は国守など歯牙にもかけず長い月日を過ごしてきた。そこへ、かの光君が近くに滞在していると耳にして、母君に話を持ちかけた。

「桐壺更衣《きりつぼのこうい》がお産みになった源氏の光君が、朝廷のお咎めを受けて須磨《すま》の浦《うら》にいらっしゃるそうだ。我が娘の宿縁で、こんなに思いがけないことになったのだ。なんとかしてこの機を逃さず、娘を光君に縁づかせよう」

「まあ、なんてことを。京の人が話しているのを聞きますと、光君さまは尊い身分の奥方さまを大勢お持ちになって、それでも満足せずに、こっそりと帝《みかど》の御妻《みめ》とまで過ちを犯されたというではありませんか。こうも世間で騒がれているお方が、どうしてこんな山奥の田舎者にお心をお留めになったりなさるでしょうか」と、母君は言う。これを聞いて入道は腹を立て、

「おまえになど何がわかる。私には私の考えがある。そのつもりでいなさい。機会を作ってここにお出《い》で願うのだ」と得意になって言うのも、いかにも頑固な変わり者のようだ。家の中をまぶしいほどに飾り立てて、娘をだいじにしているのである。

「どんなにご立派な方であっても、娘の最初の縁組に、どうして罪を咎められ流されてきた人をお相手にと思うでしょう。それでもあちらがお心を留めてくださるならまだしも、冗談でもそんなことはあり得ません」と母君が言うと、入道はぶつぶつと文句を言っている。

「罪に当たるということは、唐土《もろこし》でも我が朝廷でも、こうして世にすぐれていて、何においても抜きん出た人にはかならず起こることだ。いったいどういうお方だと思っているのか。光君の亡き母の桐壺更衣は、私の叔父《おじ》である按察大納言《あぜちのだいなごん》の御娘《みむすめ》なのだ。じつにすぐれた女性で、宮仕えに出され

たところ、帝にそれはとくべつな寵愛《ちょうあい》を受けた。それほどの寵愛を受ける者はほかにいなかったから、人からひどい妬みを受けて亡くなってしまったが、光君がこの世に残っておられるのは本当にすばらしいことなのだぞ。女は望みを高く持つべきだ。私がいくら田舎者であろうと、光君は我が娘をお見捨てにはなるまいよ」

この娘はすぐれた容姿ではないけれど、人をほっとさせるような魅力と気品を備えていて、たしなみの深い様子は、確かに高貴な身分の人に勝るとも劣らない。娘は自身のしがない身の程をわきまえていて、身分の高い人は自分ごときを人の数にも数えまい、かといって、身の程に合った結婚などはぜったいにするまい、もし生きながらえて親たちに先立たれたら、尼にでもなろう、海の底に沈みもしよう、と考えているのだった。父親の入道は大げさなほどこの娘にかしずいて、年に二度、住吉《すみよし》神社に参詣させている。内心では神の霊験を頼りにしていたのである。

須磨では、新年になり春を迎えた。日も長くなり、することもなく、昨年植えた若木の桜がちらほらと咲きはじめ、空ものどかに晴れているので、光君は今までのさまざまなことを思い出して落涙することが多くなった。二月二十日過ぎのこと、昨年都を離れた時に心苦しく別れた人たちのことがひどく恋しくなり、南殿《なでん》の桜も今は盛りだろうと思う。ずっと前、花の宴の時の故桐壺院《きりつぼいん》の様子や、当時東宮だった若々しく優美な朱雀帝《すざくてい》が、自分の作った詩句を吟じたことも光君は思い出す。

いつとなく大宮人《おほみやびと》の恋《こひ》しきに桜かざしし今日《けふ》も来にけり

（いつだって宮中の人々が恋しいのに、かつて桜を挿してたのしんだ春の日が、今日もまためぐってきた）

光君が所在なく過ごしているところへ左大臣家の三位中将《さんみのちゅうじょう》（頭中将《とうのちゅうじょう》）が須磨を訪ねてきた。今は宰相《さいしょう》となり、また人柄もすばらしいので、世間からの人望も篤《あつ》いのだが、世の中がつくづくあじけないものに思えてきて、何かあるごとに光君を恋しく思い出していた。もし噂になって罪をこうむったとしてもかまいやしない、と決意してやってきたのである。光君をひと目見て、久方ぶりのうれしさに、悲喜ふたつの気持ちがひとつの涙となってこぼれる。

中将には、光君の住まいは非常に唐風《からふう》に思えた。絵に描いたような景色の中、竹を編んだ垣を張りめぐらせ、石の階段、松の柱など、粗末ではあるが目新しく趣向が凝らしてある。光君は黄色がかった薄紅の袿《うちき》に、青鈍色《あおにびいろ》の狩衣《かりぎぬ》、指貫《さしぬき》といった、わざと質素な田舎風の身なりをしているが、それがかえって光君のうつくしさを引き出して、見るからにほほえまずにはいられないほど麗しい。日々使っている道具類も間に合わせに用意したもので、御座所《おましどころ》の中も外からすっかり見えてしまう。碁、双六《すごろく》の盤、調度品、石はじきの道具など、みな田舎風にこしらえてある。数珠や花立といった念仏の道具があるのは、熱心に修行をしているからだろう。食事も、ことさら場所柄に合わせて珍しい感じに盛りつけてある。漁に出た海士《あま》たちが貝類を持ってきたと聞き、光君は彼らを呼んでみることにした。浦で長い年月暮らしている様子を、お供の者を通じて訊いてみると、彼らはいろいろと苦労の多い身のつらさを嘆く。よく聞き取れないことをとりとめもなく話すのを聞くうち、自分たちの心の中の思いは同じ、なんの違いがあろうかと思えてきて、光君は彼らに同情するのだった。光君から衣裳《いしょう》を贈られた海士たちは生きている甲斐があったとよろこんでいる。馬を近くに何頭も並べたてて、倉のようなところに入っている稲を取り出して食べさせているのを、中将は珍しく思って眺めた。催馬楽《さいばら》の歌を「飛鳥井《あすかゐ》に　宿りはすべし」とうたい出し、別れて以来の幾月をそれぞれ話し、二人は泣き合い笑い合う。左大臣家に残してきた若君が、世の中の有様をなんとも思っていない様子なのが悲しいと左大臣が明けても暮れても嘆いていると話すと、光君はたえがたい気持ちになる。二人の話は尽きることなく、なまじその一端をここに伝えることもどうかと思うので……。

夜通し眠ることなく、漢詩を作り合って夜を明かす。そうはいってもやはり世間の噂を気にして、中将は急いで帰ろうとする。かえってさみしさが深まったようである。盃《さかずき》を手に、「酔《ゑ》ひの悲しび涙そそく春の盃《さかづき》のうち」と声を合わせて吟ずる。白楽天が親友と久しぶりに会って別れた時の思いをうたった詩の一節である。お供の者たちも涙を流す。みなそれぞれ、あっという間の別れを惜しんでいるかのようだ。明け方の空に雁が群れて飛んでいく。主人である光君、

故里《ふるさと》をいづれの春か行《ゆ》きて見むうらやましきは帰《かへ》るかりがね

(いつの春になれば故郷に帰って見ることができるのだろう、うらやましいのは帰っていく雁だ)

中将はとても帰る気持ちにはなれず、

あかなくにかりの常世《とこよ》を立ち別れ花の都に道やまどはむ

(故郷の常世を去る雁のように心を残したままあなたのこの仮住まいから立ち別れていけば、花の都に帰る道にも迷うことでしょう)

中将からの都の土産《みやげ》の数々は、みな奥ゆかしい趣がある。主人の光君はこんなにありがたい贈り物へのお返しとして、黒馬を贈る。「胡馬《こば》(北方の馬)は北風に故郷を思う」という詩に掛けて、「咎めを受けている私からの贈り物など、不吉に思うかもしれないけれど、北風が吹けばいななない

て故郷を目指すだろうから」と光君は言う。めったにいないような立派な馬である。

「これを形身に私を思い出してください」と、中将は世間に名の知れたみごとな笛を贈ったぐらいで、人目に立つようなことは互いに遠慮した。

だんだん日が高くなり、気ぜわしく帰っていく中将は立ち去りがたく幾度も振り返る。それを見送る光君の表情は、かえって会わないほうがよかったと思うほど悲しそうである。別れ際、

「いつまた会うことができるのだろう。いくらなんでも、このままでは……」と中将が言うと、

「雲近く飛びかふ鶴《たづ》もそらに見よわれは春日《はるび》のくもりなき身ぞ
（雲に近く飛ぶ鶴も空にあって――あなたも宮中にあって、見ていておくれ、私は春の日のように曇りない潔白な身だ）

一方ではそう期待しているけれど、こうした身の上になった者は、昔の賢人でもしっかり元通り社会に復帰することは難しかったのだから、どうだろう、都の地をもう一度見ようとは思っていないよ」と光君は言う。

「たつかなき雲居《くもゐ》にひとりねをぞなくつばさ並べし友を恋ひつつ
（鶴は心細い雲居で――私は心細い宮中で、ひとり声を上げて泣いている。つばさを並べた友を恋しく思いながら）

ありがたくもずっといっしょだったから、今は、なぜこんなに親しくなってしまったのかと悔むことも増えた」と、しんみりと話す間もなく中将は帰っていき、光君はふたたび深い悲しみに包まれて暮らすのだった。

水辺で禊《みそ》ぎをし、心身の穢《けが》れを祓《はら》う巳《み》の日が、この年は三月一日にめぐってきた。

「今日という日こそ、心に悩みがおありの方は禊ぎをなさるのがよろしい」と、中途半端なもの知りが言うので、海辺の景色も見たいと思っていた光君は出かけることにした。

かんたんに絹の幕を張りめぐらせて、この国に通っている陰陽師《おんみようじ》を呼び、御祓《おはらえ》をさせる。罪や穢れを移した等身大の人形《ひとがた》を乗せ、船を流す。光君はその人形に我が身を重ねて見ずにはいられない。

知らざりし大海《おほうみ》の原に流れ来てひとかたにやはものは悲しき

（人形のように見も知らぬ大海原《おおうなばら》に流れてきて、ひとかたならぬ悲しみを抱えているよ）

と、座っている姿は、こうした晴れ晴れした場所で言葉にはできないほど神々しい。

海はうららかに凪《な》ぎわたっている。どこまでも果てのない景色の中、光君は過去のこと未来のことを考え続け、

八百《やほ》よろづ神もあはれと思ふらむ犯《をか》せる罪のそれとなければ

（八百万《やおよろず》の神々も私をあわれんでくださるだろう、なんの罪も犯してはいないのだから）

とつぶやくと、いきなり風が吹きはじめ、空も真っ暗になった。御祓も終わっていないが、人々は立ち騒いでいる。肘笠雨《ひじがさあめ》とかいうにわか雨が降ってきて、落ち着いていられず、みな帰ろうとするが笠《かさ》を出す暇もない。そんな気配は微塵もなかったのに、何もかも吹き散らし、見たこともないほどの暴風である。波が荒々しく迫ってきて、人々は足も地に着かないほどあわてている。海面は絹衾《きぬぶすま》（掛布団）を広げたように一面に光り、雷が鳴り響き稲妻が走る。今にも雷が落ちてきそうななか、一行はやっとのことで光君の住まいまでたどり着く。

「こんな目に遭ったのははじめてだ」「強風は吹くといっても、何かしら前兆があってから吹くも

のなのに」「信じられない、こんなのははじめてだ」と動顛《どうてん》して言い合っているあいだも、雷は轟《とどろ》きわたり、雨脚《あまあし》は、当たるところを貫き通す勢いでばらばらと降っている。このまま世は滅びてしまうのではないかと人々が心細く思っている中、光君はひとり落ち着きはらって経を唱えている。日暮れ時になると雷は少しやんだが、風は夜になっても吹き荒れている。

「たくさん立てた願のおかげだろう」「もうしばらくあのままの天候だったら、引き波にのまれてしまっただろうね」「津波というものに、あっという間に人はのまれてしまうと聞いていたけれど、まったくこんなことははじめてだ」と、人々は言い合うのだった。

明け方近くなってみな寝入った。光君も少しうつらうつらとしたところ、正体のわからない姿をした者があらわれた。「どうして宮中からお呼びがあるのに参上しないのか」と、光君をさがすようにして歩きまわっている。そこではっと目が覚めた。さては、うつくしいものをこよなく愛するという海の中の龍王に目を付けられたのだろうか、と思うとにわかにぞっとして、この鄙びた住まいがたえがたいものに思えるのだった。

明石《あかし》

明石の女君、身分違いの恋

父入道の願いも叶い、ようやく恋は成就したのに、
身重の女君を残して、光君は都へ呼び戻されたということです。

＊登場人物系図

△は故人

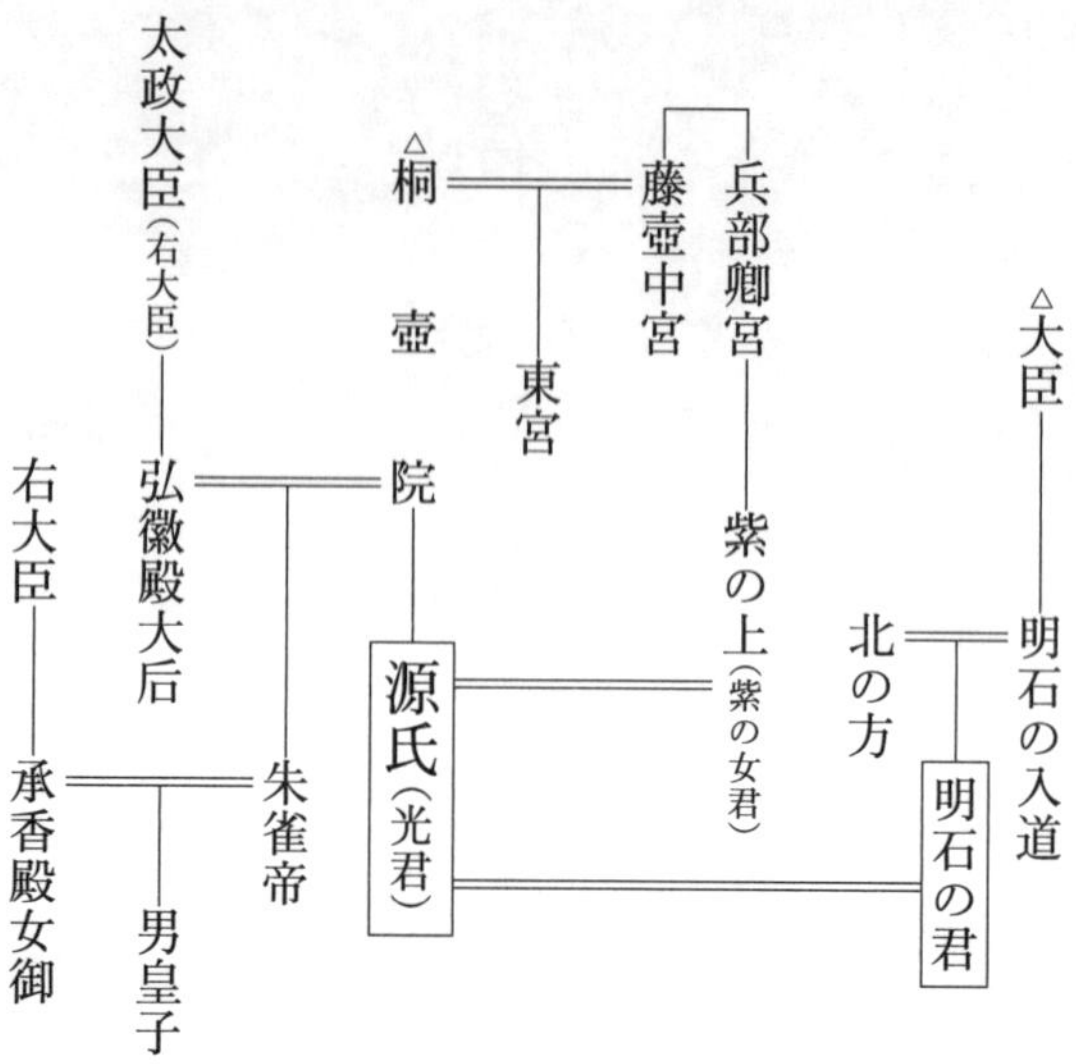

△大臣
明石の入道
北の方
明石の君
兵部卿宮
紫の上（紫の女君）
藤壺中宮
東宮
△桐壺院
源氏（光君）
太政大臣（右大臣）
弘徽殿大后
朱雀帝
右大臣
承香殿女御
男皇子

雨風はやむことなく、雷もいっこうに鳴りやまないまま、幾日もたった。心細くなるようなことが次々と続き、今までもこれからもつらいことばかりで、光君《ひかるきみ》は心を強く持つこともできそうもない。いったいどうしたらいいのか、とはいえ今都に帰っても、まだ世間に許されない身の上なのだから、ますます笑い者になるだろう、かくなる上はここよりずっと深い山に分け入って姿を消してしまおうか……、いや、波風の騒ぎをこわがって、などともし噂《うわさ》にでもなったら……。と、思い悩む。夢にも、以前に見たのとまったく同じ、正体のわからない姿の者がくり返しあらわれてはつきまとう。雲の晴れ間がないまま日がたつにつれ、都の様子もますます気に掛かり、こうして放り出されたまま死んでしまうのかと不安になるが、頭を出すこともできないほどの雨風の中、都からやってくる人もいない。

二条院から、人の目もかまわないようなひどい恰好《かっこう》で使者が参上した。道ですれ違っても、人かそうでないか見分けられず、まず追い払ってしまいそうな下人《げにん》であるが、光君にはなつかしく、心からうれしく思う。そしてこんな下人に感激している自分が哀れで、すっかり弱気になっていることを思い知らされる。

紫《むらさき》の女君からの手紙には、

「おそろしいほどやむことなく降り続くこの頃の空模様に、悲しみに暮れる私の心ばかりか、空までも閉じふさがってしまいそうな気がして、そちらを眺めることもできません。

浦風《うらかぜ》やいかに吹くらむ思ひやる袖うち濡《ぬ》らし波間なきころ

(そちらの浦風はどんなに激しく吹いているでしょう、遠くはるかに案じている私の涙で袖の乾く間もないこの頃は)」

しみじみと悲しいことがたくさん書かれている。手紙を開くなり、いっそう涙も増し、心が乱れて胸ふさがる思いである。

「都でも、この雨風はまことに奇っ怪な何かのお告げだということで、仁王会《にんのうえ》などが行われるという噂でございます。参内《さんだい》なさるはずの上達部《かんだちめ》の方々も、どこも道がふさがっておりますから、政《まつりごと》も途絶えております」と、使者はもごもごと自分のわかることだけを話すのだが、都のことだと思うと様子を知りたくなって、使者を近くに呼び出していろいろ訊《き》いた。

「ただずっと雨がやむことなく降り続いておりまして、ときどき風も吹くという状態でもう何日にもなりますから、ふつうのことではないと驚いております。それにしましてもこちらのように、地の底まで貫きそうな雹《ひょう》が降ったり、雷が鳴り続いているようなことはございません」と言う使者の、この天候に驚き、おびえきっている顔つきを見て、光君の不安はいや増す。

このまま世界は滅びてしまうのではないかと思っていると、翌日の明け方から、さらに風はひどく吹き荒れ、高波が打ち上がり、波の音の荒々しさは、巨岩も山も打ち砕いて押し流しそうなほどである。稲妻が光る様子はさらに言いようもなく、今にも頭上に落ちてきそうで、だれひとりとして生きた心地《ここち》がしない。

「私はいったいどんな罪を犯してこんなひどい目に遭っているのだろう。両親にも会えず、いとしい妻と子の顔も見ずに死なねばならないとは」と、みな嘆いている。

光君は心を静めて、どれほどの過ちを犯したからといってこの海で命果てることがあろうか、と気を強くするが、あまりにもみながおそれ騒いでいるので、さまざまな色の幣帛《みてぐら》を供え、

「住吉《すみよし》神社の神よ、あなたはこのあたり一帯を守っておられます。もし真実、鎮護のためにあらわれた神でいらっしゃるなら、どうぞ助けてください」と祈り、多くの大願を立てる。お供の者はそれぞれ、自分の命はともかく、かくも尊い光君が、かつてないような悲運の最中に命を落としてしまいそうなことが悲しくてたまらず、心を奮い起こし、少しでも気の確かな者はみな、我が身にかえてもこのお方を救うのだと、声を上げていっせいに仏神に祈るのだった。

「君は帝王の奥深い宮にお生まれになって、数々のたのしみ奢《おご》る暮らしをなさりながらも慈しみの心深く、そのご慈愛は日本国じゅうにゆきわたり、悲境に沈む者を多く救ってくださいました。今、なんの報いでこのような波風にお溺れになるのでしょうか。天地の神々よ、この理非をあきらかにしてください。罪なく罪を問われ、官位を奪われ、家を離れ、都を去って、朝に夜に安らぐこともなくお嘆きでいらっしゃるのに、このようなひどい目に遭い、お命も尽きようとしておりますのは、前世の報いかこの世の罪か、神仏が正しくご覧になって、どうかこの憂いを取り去ってください」

と、住吉神社の方に向かって多くの願を立てる。また、海に棲《す》む龍王や、八百万《やおよろず》の神々にも願を立てると、雷はいよいよ激しく鳴り響き、光君のいる寝殿に続く廊《ろう》に落ちた。炎が燃え上がって廊が焼けた。居合わせた者はみな動顚《どうてん》し、あわてふためいている。後方の台所とおぼしき建物に光君を移し、身分の上下なく人々はみなそこに入りこんだ。ひどく騒がしく、泣き叫ぶ声は雷にも負け

ないほどである。空は墨をすったような色合いで、日も暮れる。

ようやく風はおさまり、雨脚《あまあし》も落ち着き、星の光も見えてくると、この台所はいつもの寝殿とあまりにも様子が違い、畏れ多いので、光君を寝殿に移すことにする。けれど焼け残った廊はいかにも薄気味悪く、大勢の人が踏みならしてうろうろしているし、御簾《みす》もみな風に吹き飛んでしまっている。やはりここで夜を明かしてから寝殿にお戻し申そう、などとみなで思案している。そんな中、光君は念仏を唱えながらあれこれ考えてみるが、気持ちがまるで落ち着かない。月が上り、波がすぐ近くまで打ち寄せてきた跡もありありと見え、その名残《なごり》の荒々しい波が寄せては返すのを、垣根の戸を開けて光君は眺める。この近辺には、ものごとの本質を見据え、過去にも未来にも通じ、これこれこうで……とこの天変の意味を解き明かせる人もいない。見苦しい海士《あま》たちが、尊い身分のお方がいらっしゃるところだと言って集まってきて、光君が耳にしても意味のわからないことをしゃべり合っているのも異様であるが、だれも彼らを追い払うことをしない。

「この風、もう少しやまなかったら高波が襲ってきて、何も残さずさらっていっただろう。神のご加護は並大抵ではなかったのだ」とお供の者たちが言い合っているのを聞いても、光君はいっそう心細くなるのだった。

海にます神の助けにかからずは潮《しほ》の八百会《やほあひ》にさすらへなまし
(海に鎮座まします神が助けてくださらなかったら、潮路《しおじ》が八重に集まる沖に漂っていたことだろう)

一日中激しく荒れ狂った雷の騒ぎで、気こそ張っていたが光君はひどく疲れていて、いつのまにかうとうととする。ひどい有様の仮の御座所《おましどころ》なので、ものに寄りかかって寝ていると、故桐壺院《きりつぼいん》が生前そのままの姿で夢枕に立った。

「どうしてこのようなむさ苦しいところにいるのか」と、光君の手を取って立たせる。「住吉の神の導いてくださるがままに、早く船を出してこの浦を立ち去りなさい」

光君はひどくうれしくて、「畏れ多い御父上のお姿にお別れして以来、いろいろ悲しいことばかりが多くて、今はいっそこの渚《なぎさ》に身を捨ててしまいたく存じます」と言うと、

「とんでもないことだ」と院は言うのである。「これは、ほんのちょっとしたことの報いなのだ。私は帝《みかど》の位にあった時、これといって過ちはなかったが、知らず知らずのうちに犯した罪があった。その罪を償うまでのあいだは暇もなくて、この世を顧みることもできなかった。だが、あなたがたいへん困難なことになっているのを見て、こらえることができず、海を渡り、浜辺に上がり、はるばるここまでやってきてひどく疲れてしまった。けれどこの機会に、帝（朱雀帝《すざくてい》）に奏上しなければならないことがあるから、急いで京へ行く」そう言って院は立ち去ろうとする。

別れが名残惜しく、悲しい気持ちでいっぱいになり、「ごいっしょに参ります」と光君は泣きじゃくり、ふと見上げるとだれもおらず、月の面だけがきらきらと光っている。夢の中のできごとと も思えず、まだ周囲に父院の気配が残っている気がする。空の雲は静かにたなびいている。

今まで何年も、夢でさえ見ることがかなわず、恋しく思っていたその姿を一瞬でもはっきりと目にしたことで、その面影が心に刻まれている。自分がこんなつらい目に遭い、命も果てようとしているのを助けるために天翔《あまがけ》ってきてくださったのだ、と思うと、あんな天変地異のような騒ぎもよく起こってくれたものだと思えた。夢の後も力づけられ、晴れ晴れとした気持ちになる。胸もいっぱいで、夢を見たことでかえって心乱れ、現実の悲しみも忘れて、夢とはいえ、なぜもっとちゃん

とお返事申し上げなかったのかと後悔し、もう一度父院が夢にあらわれてくださるかもしれないと、わざと眠ろうとするが、眠ることもできずに明け方になってしまった。

波打ち際にちいさな船を寄せて、二、三人が、この光君の仮の宿を目指してやってきた。どなたでしょうかと尋ねると、「明石《あかし》の浦《うら》の、前《さき》の播磨守《はりまのかみ》の入道が、お迎えの船を用意してやって参りました」と言う。「源少納言《げんしょうなごん》さまがいらっしゃいますなら、お目に掛かり、ご事情を説明申し上げます」

源少納言こと良清《よしきよ》は驚いて、「入道は、播磨の国での知人で長年親しくつきあっておりましたが、私事でお互い気まずいことがございまして、やりとりも途絶えて久しくなっておりますのに、この波風の騒がしい折に、どういうことなのでしょう」と、不審に思って言う。

昨夜の夢で思い当たることのある光君に「早く会ってきなさい」と言われ、良清は船まで行って入道に会った。あれほど激しかった波風の中、いつのまに船出をしたのだろうと不思議な気持ちである。入道が話しはじめた。

「さる三月一日、夢にあらわれました異形の者にお告げを受けました。信じがたいことではありましたが、『十三日にあらたな霊験を示そう。船を用意して、雨風がやんだらかならずやこの浦に漕《こ》ぎ出せ』と予告されましたので、半信半疑で船の用意をして待っておりますと、たいへんな雨風、雷でございます。異国の朝廷でも夢を信じて国を助けるという話はたくさんございますので、無駄足かもしれないと思いつつもお告げで言われた十三日、この由を源氏の君にお伝え申し上げようと船を出したのでございます。すると不思議な風が細く吹きつけまして、この浦に無事到着したのですから、まことに、神のお導きに間違いございませんでした。こちらでも、もしやお心当たりのことがございませんでしたでしょうか。たいへん恐縮でございますが、このことをお伝えくださいませ」

良清はこのことをごく内密に光君に伝えた。夢といい現実といい落ち着かないことばかりで、神の啓示としか思えないこれらのできごとを、光君は自分の過去と未来に照らし合わせて考えをめぐらせる。世間が後々このことを聞いて非難するかもしれないが、それを気にして、真実、神の助けかもしれないのにこれに背いたりしたら、ますます笑い者になるようなおそろしい目に遭うのではないか。現実の人の言うことに逆らうのだって差し障りがあるのだ。ちょっとしたことでも謙遜し、自分より年長者もしくは位の高い人、信望がよりすぐれている人には、素直に従って、その人の気持ちをよく汲み取るべきである、一歩引いていれば間違いないと昔の賢人も言い残している。実際にこんな命がけの目に遭い、世にまたとないような辛酸をなめ尽くしたのだから、今さら後々まで残る悪評をおそれたところでなんになろう。夢の中でも父院の教えを受けたのだから、この上何を疑うことがあろうか、そう心を決めて光君は入道に返事を送った。

「見も知らぬ土地で、あり得ないほどつらい目の限りを見尽くしましたが、都のほうから便りをくれる人もおりません。ただ彼方の空の月と日の光ばかり、故郷の友と思って眺めておりましたら、うれしい船のお迎えがありました。明石の浦に静かに身を隠せるようなところはございますか」

入道はよろこびに打ち震え、お礼を伝える。「何はともあれ、夜が明けきる前にお船にお乗りくださいい」とのことなので、いつもの、親しく仕えている四、五人だけを連れて光君は船に乗りこむ。入道の話にあった不思議な風が吹き、飛ぶように明石の浦に着いた。須磨《すま》から明石まではそう遠くないので、時間はかからないとはいえ、やはり不思議に思わずにはいられない風である。

明石の浜は、なるほどかつて話に聞いたように格別の風情《ふぜい》がある。人の往《ゆ》き来の多そうなことだけが光君の意に添わなかった。入道の所有している領地は、海岸にも山の陰にもあった。浜辺には、四季折々の味わいを生かせるようにしつらえた風流な邸《やしき》があり、仏業に励み、心を澄ませ後世のことを願うにふさわしい山水のほとりに、立派な御堂《みどう》がある。さらに現世での暮らしのために、秋の収穫を刈り取っておさめた、余生を難なく送れるほどの倉町もある。それぞれ、四季折々に合わせ、また場所柄にふさわしい趣向が凝らしてある。高波に脅え、近ごろは娘たちを岡の麓《ふもと》の邸に移して住まわせているとのことで、光君はこの浜辺の邸で気楽に過ごすことができそうである。

光君が船から車に乗り移る頃、日がようやく上ってきた。入道は光君をちらりと垣間見たところ、老いも忘れ、寿命も延びる気がして、自然と満面の笑みになり、真っ先に住吉《すみよし》神社の神を拝む。月の光と日の光を手に入れたような心地がして、心をこめて世話をするのももっともなことである。明石の浦の景色は言うまでもなく、木立《こだち》、池や遣水《やりみず》の石組み、植えこみなどの趣のある様子、えも言われぬほどうつくしい入江など、もし絵に描いたとしたら、未熟な絵師にはとても描き写すことができないと思えるほどだ。今までの須磨の住まいに比べると、格段と明るく、気持ちも安らいだ。光君の部屋も立派にしつらえてあり、そうした入道の暮らしぶりは、確かに都の高貴な人々の邸と変わりなく、きらびやかな風情でいえば勝っているようにも思える。

少し気持ちが落ち着いてから、光君は京への手紙をいくつもしたためた。嵐の時に二条院からやってきた使者は、「とんでもない道中でたいへんな目に遭った」と泣き沈み、そのまま須磨に留《とど》まっていたが、光君はその使者を呼び、身分不相応なほどの褒美の品々を与えて、京に帰した。親しい祈禱師《きとうし》たちや、しかるべき人々には、この一連のできごとをくわしく報告したようである。藤壺《ふじつぼ》の宮だけには、不思議なめぐり合わせで命拾いしたことなどを知らせた。二条院からの、ひどい天候のなか届けられた、胸に染みる手紙への返事は、なかなか書き終えることができず、筆を幾度も置いては、涙をこらえて書き続けている。やはり紫《むらさき》の女君への思いは格段なのである。

「重ね重ね、つらい思いの限りを味わい尽くしてしまったようで、もうこれまでと俗世を離れたい気持ちが募るけれど、あなたが『鏡を見ても……』と詠んだ時の姿が忘れられないのです。こうして遠く離れて逢《あ》えないまま、永久にお別れすることになるのでは、と思うと、この頃のさまざまな悲しいできごとも二の次に思え、

遥《はる》かにも思ひやるかな知らざりし浦よりをちに浦伝《うらづた》ひして

（はるかにあなたのことばかり思っていますよ。未知だった須磨の浦より、さらに遠いこの明石の浦で）

まるで夢の中にいるみたいで、まだその夢から覚めたような気がしませんので、おかしなこともたくさん書いていることでしょう」

と、とりとめもなく思い乱れたように書いてあるが、はたからのぞいて見たいほどみごとなので、紫の女君へのこの上ない愛情の深さをお供の者たちは思うのだった。お供の者たちもそれぞれ、故郷の家族に心細い便りを使者に託している。やむことなく降り続いていた空模様は、曇りなく晴れわたり、漁をする海士《あま》たちも威勢がよさそうだ。須磨はいかにも心細く、岩陰の海士の家も少なかった。光君はこれまで人の多いところは敬遠してきたが、明石は須磨とはまるで異なった風情で、

何ごとにつけても気持ちがなぐさめられる。

主人である入道の勤行《ごんぎょう》ぶりを見ていると、すっかり俗世を離れたようであるが、ただひとり娘をどうするべきか心中で悩んでいる様子ははたから見ても見苦しいほどで、時々光君にその思いを漏らしている。光君の気持ちとしては、かねてからうつくしい人だと聞いていたことだし、こうして思いがけず明石までやってくるめぐり合わせなのだから、前世からの宿縁があるのだろうかと思いもする。けれども、こうした境遇に沈んでいるあいだは勤行以外のことに心は向けまいと思いなおす。紫の女君にも、都でともに暮らしていた時とは違うのだから、誓いを守らなかったと思われるのも気恥ずかしい、とも思うので、思わせぶりな態度をとることもない。しかしながら、何かにつけて、気立てや容姿は噂に違《たが》わず並々ならぬ人らしいと、心惹《こころひ》かれる気持ちがないでもない。光君の御座所《おましどころ》には、入道も遠慮してめったに参上せず、かなり離れた下屋《しもや》に控えている。その実、明けても暮れても光君のそばにいたくて、もの足りなく思い、なんとかして己《おの》が望みをかなえようとますます神仏に祈っている。

年は六十ほどになるけれど、入道は申し分なく身ぎれいにしている。勤行のために痩せ細って、もともと身分が高いからか品があり、偏屈で老いぼれたところもあるが、古事にも知識があり、それをひけらかすでもない。教養が身についてもいるので、昔の話などをさせて聞いていると光君の所在なさも紛れるのである。今まで公私ともに暇がなく、そんなにくわしく聞いたことのなかった世の中のさまざまな古いできごとを、入道が少しずつ話し出すので、明石の浦といったところや入道という人をもし知らずにいたら、それはもの足りなかっただろうと思うくらいに、光君は興味を持つこともある。入道は、近づきにはなれたが、あまりにも気高く、気後れするほどの光君の様子に、娘を縁づかせようなどと言ったものの、怖《お》じ気《け》づいて、自分の願いを思いのまま口にすることができないでいる。それが気が気ではなく残念だと、入道は妻と話し合っては嘆いている。

当の娘は、ふつうの身分だとしても見映えのいい人など見つからないこんな田舎で、世の中にはこんなにすばらしい人もいるのかと思って光君を見ただけに、自分の身の程を思い知らされ、及びもつかないほど遠い人だと思っていた。両親がこのように思い悩んでいるのを聞くと、まるで釣り合わない縁談だと娘は思い、何ごともなかった以前より、何やら悲しい気持ちになるのだった。

四月になった。衣替《ころもが》えの装束、几帳《きちょう》の帷《とばり》など、入道は上等なものを調進する。何ごとにおいても懸命に世話をしてくれるのを、困ったことだ、そこまでしてくれなくても……と光君は思ってはいるが、入道の、どこまでも気位の高い、品格ある人柄ゆえに、大目に見て何も言わないでいる。京からも、次から次へとお見舞いの便りが途切れることはない。

夕月の明るい隠やかな夜、海上の、曇りなく遠くまで見渡せる景色が、住み慣れた二条院の池を思わせて、言いようもない恋しさが行き場もなく募るようで、光君は心許《こころもと》ない気持ちになる。目の前にあるのは淡路島《あわじしま》である。

「淡路《あはぢ》にてあはと遥かに見し月の近き今宵《こよひ》は所からかも（淡路で見る月は淡く、はるかに見えたが、今宵の月がこんなにも近いのは、都に帰ってきたからだろうか）」という、躬恒《みつね》の歌の一節、「あはとはるかに」とつぶやいて、みずからも詠む。

あはと見る淡路《あはぢ》の島のあはれさへ残るくまなく澄める夜《よ》の月

（淡く見える淡路の島の悲しい姿さえ、残さずくまなく照らし出す今夜の月だ）

ずいぶん長く触れなかった琴《きん》を袋から取り出し、とりとめなく掻《か》き鳴らしはじめる光君の姿をそばで見つめる人々も、感極まり、せつなさで胸がいっぱいになる。「広陵《こうりょう》」という曲を、秘術を尽くして澄んだ音色で弾きはじめると、入道の妻と娘の住む岡辺《おかべ》の家にも、松風と波音に溶け合ってその音色が響き、音楽に心得のある女房たちは身に染みる思いで聴いているようだ。なんの音とも聞き分けることもできないあちらこちらの田舎者たちも、気もそぞろになって浜をうろうろ歩き、しまいに風邪《かぜ》をひく有様。入道もじっとしていられず、供養の行を怠って光君の元に駆けつけた。

「本当に、捨ててきました俗世のこともあらためて思い出してしまうような琴の音色でございます。来世で生まれたいと願う極楽浄土の様子も、想像せずにはいられない今宵の風情でございます」と、感じ入って涙を流しては褒め称《たた》える。

光君も、宮中での折々の遊び、だれ彼の琴笛の音、あるいはその歌いぶり、その時々に世間の賞賛を浴びた自身のこと、帝《みかど》をはじめとして多くの人にたいせつに扱われ、敬われていた時の、自身のことも人々の様子も思い出さずにはいられず、夢のような気持ちになる。掻き鳴らしている琴の音もぞっとするほどのさみしさを帯びる。

年老いた入道は涙をこらえることができず、岡辺の家に琵琶《びわ》や箏《そう》の琴《こと》を取りにやり、入道が琵琶法師となり、まことに味わい深く珍しい曲をひとつ二つ弾き出した。箏の琴を勧められて光君は少し弾いてみる。何を弾いてもすばらしいできばえだと入道は感嘆する。それほどたいしたことのない音色であっても、その折次第で心に染みいることもあるが、はるかまで見通せる海が広がり、あたり一帯、青々と青葉の茂る木陰が、春の花と秋の紅葉の盛りの頃よりかえって目の覚めるようなうつくしさである。水鶏《くいな》が戸を叩《たた》くような声で鳴いている。そんな中での演奏を光君はおもしろく思う。音色も格別にうつくしい琵琶や琴を、入道がやさしく情をこめて弾き鳴らすのに光君は感心

し、

「この箏の琴は、女の人がたおやかに、ゆったりと弾いてくれるととてもいいのだけれど」と何気なく口にする。すると入道は、娘のことかと勘違いして笑顔になり、

「あなたさまのご演奏より魅力あるものなどどこの世界にございましょう。私は、延喜《えんぎ》の帝《みかど》（醍醐《だいご》天皇）から弾き伝わりまして三代目の者となりますが、このようにふがいなくも出家した身で、俗世のことはみな捨て忘れてしまいました。けれどひどく気の滅入る時は、箏の琴を掻き鳴らしておりましたが、不思議に見よう見まねで弾くようになった者がございます。おのずと、かの前大王の演奏に似通っておりまして……。とはいえ山に住む田舎者の耳ですから、松風と聞き間違えてそう思いこんでいるだけかもしれません。なにとぞ、そっとお耳に入れたく存じます」と言ううちに、身を震わせ、今にも落涙しそうである。

「私の弾く琴など琴とも聴いてくださらないような弾き手の前で弾いてしまったのですね……しくじりました」と光君は言い、続ける。「不思議なことに、昔から箏は女性のほうがうまく弾くものでした。嵯峨《さが》天皇のご伝授で女五《おんなご》の宮《みや》が、当時、名手と言われた方ですが、その御筋でそれを弾き伝える人はおりません。今現在、名手と呼ばれる弾き手の方々は、通りいっぺんのなぐさみ程度にすぎませんのに、こちらでそのように由緒ある奏法をお伝えになっているとは、じつに興味深いことです。ぜひ聴いてみたいものです」

「お聴きになるのになんの遠慮がいりましょう。御前にお呼びくださいましても……。商人の中にも、古い曲のうつくしさがわかる者がございました。琵琶にしましても、本当の音色をしっかり弾ける人は昔でもなかなかいないものでしたが、娘は、きっちりと、つかえることもなく弾きこなし

ます。こちらを包むようなやさしい弾き方で、ほかの弾き手とは異なった味がございます。見よう見まねで、どうやって覚えるのでしょう。娘の琵琶の音にまじるのが荒い波音ばかりということが、なんとも悲しく思えてくるのですが、積もり積もった嘆かわしさも紛れる時もございます」と、すっかり音楽に通じているような話しぶりがおもしろくなり、箏の琴を琵琶と取り替えて入道に渡した。入道は確かに巧みに弾きこなす。現在では聴けないような奏法を身につけていて、手さばきはたいそう唐《から》めいていて、左手で絃《げん》をゆすって深く澄んだ音を出す。ここは伊勢の海ではないけれど、「伊勢の海の　清き渚《なぎさ》に貝《かひ》や拾はむ……」と、催馬楽《さいばら》を声のいいお供の者にうたわせ、光君自身も時々拍子をとっては声を合わせる。入道は途中で弾きやめて、それを賞賛するのだった。果物や菓子などを珍しい趣向で作り、お供の者たちに無理に酒を勧めたりして、いつしか日々の苦労も忘れてしまいそうな今宵である。

夜もたいそう更けるにつれて、浜から吹く風は涼しくなり、月が西に傾くと空もいっそう澄みわたる。あたりが静まりかえると、入道は光君相手にすっかり自分のことを話している。この浦に住むようになった当時の思いや、来世を願う仏道修行のことをぽつりぽつりと話し出し、自分の娘のことも、訊かれてもいないのに話しはじめる。光君は滑稽にも思うが、さすがに心打たれるところもあった。

「まことに申し上げにくいことでございますが、あなたさまがこうして、縁もゆかりもない田舎に、いっときにせよ移っていらっしゃいましたのは、もしや、この老法師が長年お祈り申している神仏が、私をあわれんでくださったゆえ、しばらくのあいだご心労をおかけすることになったのではないかと思うのです。それというのも、私が住吉の神をお頼り申し上げるようになりまして今年で十八年でございます。あの娘がごく幼い時から思うところがございまして、毎年春と秋、かならず住吉の御社《みやしろ》に参詣することにしております。昼夜六時のお勤めにも、自分の極楽往生の願いはさておいて、ただこの娘の高い望みをおかなえくださいとだけお祈りしております。前世の因縁にめぐまれませんで、残念なことに私はこのような山賤《やまがつ》になりましたけれど、私の親は大臣の位を保っておりました。私の代からこのような田舎者になり果てたのでございます。子孫が次々とそのように落ちぶれていくばかりでは、この先どのような身の上になり果てるのか、悲しく思っておりましたところ、この娘には、生まれた時から期待してしまうようなことがございました。どうにかして都の高貴なお方に嫁がせようと深く決意しておりますので、私のような賤《いや》しい者でもその身分なりに、多くの人の妬みを買いまして、つらい目に遭うことも多くございましたが、それを苦とは思いませんでした。私が生きております限りは、力及ばずとも、たいせつに娘を守り育てるつもりでございます。このまま私たちが先立つことになりましたら、海に身を投げてしまいなさいと言い含めております」

と、入道が泣く泣く語るのは、ここにそのまま伝えるのもどうかと思うような異様なことばかりで……。しかし光君は、いろいろと悲しい思いをすることが続いていた時なので、涙ぐんでそれらを聞いている。

「身に覚えのない罪のために、思いもよらぬ土地にさすらうのも、いったいどんな罪の報いかとずっと考えていましたが、今宵伺ったお話と照らし合わせてみますと、なるほど前世からの深い約束だったのだと感無量の思いです。どうして、こうもはっきりとおわかりになっていたことを、今まで教えてくださらなかったのですか。都を離れた時から、変わり果ててゆく世の有様に嫌気がさして勤行以外のことをせずに日を過ごしているうちに、心もすっかりくじけてしまいました。こういうお方がいらっしゃると漏れ聞いたことはありますが、こんな身の上の人間は縁起でもないと相手にしてくださらないのだろうと、あきらめておりました。それでは私をご案内くださるのですね。心細い独り寝もなぐさめられる思いです」

などと光君が言うのを、入道はこの上ないよろこびとして聞いた。

「ひとり寝は君も知りぬやつれづれと思ひあかしの浦さびしさを

（独り寝のさみしさを、あなたもおわかりになるでしょうか。明石の浦で所在なくもの思いに夜を明かす娘の気持ちも――）

まして長い年月、娘のことを案じてきました私の胸ふさがるような思いを、わかっていただけるでしょうか」と言う入道は、わなわなと身を震わせているけれど、さすがに気品を失わない。

「それでも、浦の暮らしに慣れておりますお方は、私ほどでは……」と言い、光君は続ける。

旅衣《たびごろも》うらがなしさにあかしかね草のまくらは夢もむすばず

（この明石の浦の旅寝の悲しさに夜を明かしかねて、私は安らかな夢を見ることもできません）

打ち解けている光君はじつに魅力的で、たとえようもないほどにうつくしいのである。入道は、それからも数え切れないくらいの多くを光君に語り尽くしたのだけれど、ここに書き記してもうるさいだけでしょう。もし変なふうに書いてしまったら、それこそ、愚かしく偏屈な入道の性分がよけい目立ってしまうでしょうし。

どうやら願いがかなったようだと入道は思い、すがすがしい気持ちでいたところ、翌日の昼頃に岡辺の家に光君からの手紙が届いた。入道の娘はたしなみ深いらしい、かえってこういう人知れぬところに、思いもしないようなすばらしい人が隠れていることもある……と気遣い、高麗《こま》の胡桃色《くるみいろ》の紙に、たいそうな念の入れようで、

をちこちも知らぬ雲居《くもゐ》にながめわびかすめし宿の梢《こずゑ》をぞとふ

（どちらともわからない旅の空を眺め、もの思いにふけっては、ほのかに噂で耳にした宿の梢――あなたに宛ててお便りします）

「思ふには忍ぶることぞ負けにける色には出《い》でじと思ひしものを（古今集／隠そうとしてもあの人を思う心に負けてしまう、顔色には出ないと思っていたのに）」の一節を、「思ふには」とだけ書き添えてあったでしょうか……。入道も、内心では光君の手紙が待ち遠しくて、岡辺の家に来ていたのである。期待通りになったので、手紙の使者を気が引けるほどもてなし、酒に酔わせる。しかし娘はなかなか返事をしない。入道は部屋に入ってせき立てるけれど、娘はいっこうに聞き入れない。こちらが恥ずかしくなるほどみごとな手紙に、返事を書くのもひるんでしまい、さらには光君と自分の身分の違いも思い知らされ、気分が悪いと言って横になってしまった。やむなく入道が娘に代わって返事を書く。

「うれしきを何につつまむ唐衣袂《からころもたもと》ゆたかに裁《た》てと言はましを（古今集／うれしい気持ちを何に包もう、袂をもっと大きく裁断せよと言っておくべきだった）」と、これも古歌を踏まえて、

「まことに畏れ多いお手紙をいただきましたのに、田舎者の娘の袂には、そのうれしさを包むこともできないようです。私どもがこれまで経験したこともないようなありがたさでございます。とは申しましても、

ながむらむ同じ雲居《くもゐ》をながむるは思ひもおなじ思ひなるらむ

（あなたさまが眺めていらっしゃる空を娘も眺めておりますのは、きっと同じ思いからなのでしょう）

と思っております。私ごときが色めいたことを書きまして申し訳ありません」

とある。無粋な陸奥国紙《みちのくにがみ》に、ひどく古めかしいが気品ある書きぶりである。本当に色めいた振る舞いだと光君はおもしろくない。入道はさらに、使者に立派な女人の装束を与えていた。

明くる日、

「代筆の手紙など、今までもらったことがありません」と光君はしたためる。

「いぶせくも心にものをなやむかなやよやいかにと問ふ人もなみ

（胸が苦しくなるほど悩んでいます。まあ、どうしましたか、と問いかけてくれる人もいませんので）

まだお逢いしていないあなたに、恋しいとは言いかねまして……」

と、今度は、じつに優美な薄様の紙に、見とれてしまうほどみごとに書いている。この手紙を気に入らない若い女がいたら、あまりにも引っ込み思案すぎて風情を解さないと言うほかないでしょうね。けれど娘は、みごとであるとは思うものの、比べることなど到底できない身の上がひどくふがいなく思えてしまうのである。なまじ、こんな女がいると光君に知られたと思うと涙があふれてくる。さらに前と同じく筆をとらないでいると無理にせっつかれて、香を深く焚《た》きしめた紫の紙に、墨を濃く薄くと書き紛らせる。

思ふらむ心のほどややよいかにまだ見ぬ人の聞きかなやまむ

（私をお思いくださるあなたの心のほどは、さて、どのくらいでしょう。まだお目に掛かったこともないお方が、噂で聞いただけでお悩みになるものでしょうか）

筆跡も、言葉遣いも、都の高い身分の人に比べてもそう劣るところのない、いかにも貴婦人然としたものだ。光君はこうして手紙をやり交わしていた都を思い出して胸が弾むが、続けざまに手紙を送るのも人目が憚《はばか》られるので、所在のない夕暮れ時とか、あるいは身に染みるような明け方など、相手もきっと同じように情趣を覚えているだろう時を見はからって手紙を書いた。

そうしてやりとりしてみると、不足のない、思慮深く気位の高い女だとわかってきて、ぜひ逢ってみたいものだと思うものの、以前良清が我がもののように話していたのも癪《しゃく》に障るし、また、長年女に心を掛けていただろうに、良清の目の前でその思いを踏みにじるようなことをするのも気の毒だとあれこれ思案する。相手のほうからやってくるのならば、そういうことで仕方なかったとうやむやにしてしまおうと思うけれど、女は女で、なまじ身分の高い人よりもずっと気位が高く、小癪なほどの態度なので、お互い意地の張り合いで日が過ぎる。

こうして須磨の関を隔ててみると、京に残した紫の女君がいっそう気に掛かる。さてどうしたものか、冗談ではすまないほど恋しくてたまらない、こっそりここに呼んでしまおうか、と気弱になる時もあるが、いくらなんでもこのまま年を重ねていくことはあるまい、今さら世間体も悪いと、ぐっとこらえるのだった。

その年、朝廷では何者かのお告げのようなできごとが相次ぎ、不安をあおることが多かった。三月十三日、雷が鳴り響き、雨風の騒がしい夜、朱雀帝《すざくてい》の夢に故桐壺院《きりつぼいん》があらわれた。清涼殿《せいりょうでん》前の階段の下に立ち、ひどく機嫌が悪く、こちらをにらんでいるので、帝《みかど》は恐縮した。桐壺院は数々のことを帝に伝える。その多くは光君のことであったはず……。帝はひどくおそろしくなり、また心休まらないいらしい故院のことも気の毒になり、母である弘徽殿大后《こきでんのおおきさき》に打ち明けるが、「雨などが降って、空の荒れる夜は、気に病んでいることがそのように夢となるのです。そう軽々しくあわてていけません」と言われてしまう。

夢の中で、桐壺院がにらんだ時に目と目を合わせてしまったせいか、帝は眼病を患って、我慢できないほど苦しみ出した。快癒のための物忌みを宮中でも大后の邸《やしき》でも数え切れないほど執り行う。そんな中、大后の父、帝の祖父である太政大臣（右大臣）が亡くなった。亡くなるのも不思議ではない年齢ではあったが、次々に穏やかならぬことが起こる上、大后までなんとなく具合が悪くなり、日がたつにつれ衰弱していく。帝としては心痛が尽きない。

「やはり、あの光君が罪も犯していないのにこのような逆境に沈んでいるならば、かならずその報いがあるに違いないと思うのです。かくなる上は、元の位を授けましょう」と、帝は幾度も考えては話してみるが、

「そんなことをしては、あまりに軽率だと世間から非難されますよ。罪をおそれて都を去った人を、三年もたたないうちに許すようなことがあれば、世間の人がどんなふうに言い立てるでしょう」と大后は厳しくいさめるので、それに遠慮しているうちに月日が流れ、二人の病はそれぞれ次第に重くなるばかりである。

明石では、例年通り、秋になると浜辺の風がことさら身に染みる。光君は独り寝が心底さみしく

て、折につけて入道に話を持ちかける。「なんとか目立たないように、こちらに来させてください」と言い、自分から訪ねていくことはあり得ないと思っているが、娘本人は、それよりさらにみずから訪ねていくなどあり得ないと思っている。

「まったくとるに足らない分際の田舎者ならば、ほんのいっとき都から下ってきた人の甘言につられて、そんな軽はずみな契りを結ぶこともできるだろう。光君は私を人の数にも入れてくださらないのだろうから、私はただつらい思いを抱えるばかりになる。及びもつかない高望みをしている両親も、私が縁なくひとり身でいるあいだは、あてにもならないことをあてにして、私の将来を期待していたのだろうけれど、もし本当になればかえって尽きぬ心配をすることになるだろう」と、娘は思うのである。「ただ光君がこの浦にいらっしゃるあいだ、こんなふうにお手紙をやりとりさせていただくだけで、それはもう並々ならぬしあわせなこと。長年噂ばかり耳にして、いったいいつか光君のお姿をちらりとでも拝見することがあるかしら、到底そんなことはないだろうと思っていたのに、こうして思いもかけずこちらにお住まいになり、ちゃんとではないけれどちらりと拝見もでき、世に類いなしという評判の琴の音も風のまにまに拝聴できて、明け暮れのご様子もうかがうことができた。このように私をひとりの女として認めてくださって、声をかけてくださるとは、このようないやしい海士《あま》の中に落ちぶれた身には、分が過ぎることなのだ……」などと思うと、ますます気後れして、対面しようなどとは露も思えないのである。

両親は、これまでの長い年月の祈りがこれでかなうのだと思いながらも、不用意に娘を逢わせて、万が一人並みに扱ってもらえなかったらどれほど嘆かわしいだろうと思うと、だんだん不安が募ってくる。

「どんなにすばらしいお方だとはいえ、そんなことになれば娘もつらく恨めしい気持ちにもなるだろう。目に見えない神や仏を頼りにしてばかりで、光君のお気持ちも、娘の運命も考えもせず……」と、くり返し思い悩んでいる。光君は、

「秋の波の音に合わせて、あの琴《きん》の音色を聴きたいものだ。さもなくば、せっかくいい季節の甲斐《かい》もない」と、いつも言っている。

入道はこっそりと、適当な吉日を暦で調べさせ、妻があれこれと心配するのに耳を貸さず、弟子たちにも何も知らせず、ひとり勝手にことを運び、娘の部屋を輝くほどに整えた。そして十三日の月がはなやかに上った頃合いに、ただ「あたら夜の」と伝えてきた。

「あたら夜の月と花とを同じくは心知られむ人に見せばや（後撰集／もったいないほどすばらしいこの月と花を、同じことなら、真に情趣をわかる人に味わってもらいたい）」という歌を持ち出すなど、風流ぶったものだと思いながら、光君は直衣《のうし》を着て身なりを整え、夜が更けるのを待って出かけていく。車はこの上なく立派に作ってあるけれども、仰々しいということで馬に乗っていくことにした。惟光《これみつ》などをお供に連れていく。岡辺の家は海からはやや遠くへ入ったところだった。道中、四方の海を見渡して、いとしい人と眺めたいような入江に映る月影に、まず恋しい紫《むらさき》の女君を思い出し、このまま馬に乗って京へ向かいたい気持ちになる。

秋の夜のつきげの駒よわが恋ふる雲居《くもゐ》を翔《かけ》れ時の間も見む

（秋の夜の鴾毛《つきげ》の馬よ、つきと名乗るなら、私が恋しく眺める空を月のように駆けておくれ、ほんの束の間でも愛する人を見たいのだ）

と、思わずつぶやいてしまう。

岡辺の家は、庭木が鬱蒼《うっそう》と茂り、なかなか趣向が凝らしてあり、みごとな造りである。海辺の邸は贅沢《ぜいたく》な造りではなやかだが、こちらはひっそりとした感じである。このようなところに住んでいたら、あらぬ限りのもの思いをし尽くさずにはいられないだろうと、光君は娘に同情する。三昧堂《さんまいどう》が近く、鐘の音が松風と響き合ってもの悲しい気分にさせ、岩に生えた松の根も風情がある。庭の植えこみのあちこちで、秋の虫がいっせいに鳴いている。光君は邸内の様子をあちこち見てまわった。娘が住んでいる一角は、とくべつ念入りに磨き立ててあり、月の光の射しこんだ妻戸の戸口が、誘うように開いている。

光君がためらいがちに、何やかやと口にするが、娘はこれほど間近くはお目に掛かるまいとかたく決めているので、嘆かわしくなり気を許そうとしない。その態度を、「なんとまあいっぱしの貴婦人気取りだろう。もっと近づきがたい高い身分の人でも、これほど近づいてしまえば、気丈に拒み続けたりしないのがふつうなのに。私がこんなに落ちぶれているから、見くびっているのだろうか」と光君は癪に思い、あれこれと思いめぐらせる。「思いやりなく無理強いするのも、この場合にはふさわしくない。かといって意地の張り合いに負けるのもみっともない」などと、困惑して恨み言をつぶやく姿は、まったく真に情趣をわきまえる人にこそ見てほしいもの。

近くの几帳《きちょう》の紐《ひも》が触れて、箏《そう》の琴《こと》が音を立てる。それで、さっきまでくつろいで琴を手慰みに弾いていた女の様子が想像されて、ますます心惹かれた光君は、

「いつも噂に聞いていました琴もお聴かせくださらないのですか」と、言葉を尽くして話しかけた。

むつごとを語りあはせむ人もがな憂《う》き世の夢もなかば覚《さ》むやと

（睦言《むつごと》を語り合える相手がほしいのです。このつらい世の悲しい夢も、半分は覚めるかと思いまして）

と光君が歌を詠みかけると女は、

明けぬ夜にやがてまどへる心にはいづれを夢とわきて語らむ

（明けることのない夜の闇の中をさまよう私には、どちらを夢と分けてお話しできましょう）

ほのかに感じられる様子は、伊勢に下った六条御息所《ろくじょうのみやすどころ》によく似ている。女は、何も知らずにくつろいでいたところへのお出ましに気が動顛《どうてん》し、どうしていいのかわからずに近くの小部屋に入ってしまう。いったいどう戸締まりしたのか、いやにかたく閉ざされているが、光君は無理強いをする様子もない。けれどもいつまでもそうしているわけにもいかず……。

この女は上品で、すらりと背が高く、気後れするほどの気高さである。こんなふうに無理をして契りを交わしたことを思うと、ますますいとしく思える。逢ってみていっそう愛が深まったということでしょう。いつもなら厭《いと》わしく思える秋の夜も、すぐに明けてしまうような気がして、人に知られてはいけないと、心をこめた約束の言葉を残してあわただしく光君は去っていく。

後朝《きぬぎぬ》の手紙は、その日、たいそう人目を忍んで届けられた。光君は京に聞こえることを気遣っているのだけれど、それも無用な心配というもの。岡辺の家でも、光君の訪問をなんとか世間に知られまいと包み隠して、使者を仰々しくもてなすこともないのだが、入道は大々的に祝えないことを残念に思うのだった。

それから光君は人目を忍んで時々訪れるようになった。距離も少し遠いので、たまたま口さがない土地の者もうろついていることもあろうと気兼ねして、そう頻繁に通えずにいるのだが、案の上そうなってしまうのかと、女は光君の心を疑って嘆き悲しんでいる。本当にどうなることかと、入道は極楽浄土の願いも忘れて、待つのはただただ光君だけである。出家した心を今さら乱さずにいられないのも、なんとも気の毒なことである。

二条院の紫の女君が風の便りにこのことを耳にすることがあったら、冗談にしろ、隠しごとをしたのだと不愉快な思いをさせてしまうだろう、それはあまりにも心苦しく合わせる顔もない、と光君が思うのも、ひたむきな愛情ゆえのこと。これまでもほかの女君とのあれこれを、紫の女君は深く心に刻んでおもしろくない思いをしていたようだが、いったいどうしてつまらない浮気などでそんな思いをさせてしまったのかと、昔を取り返したいほど光君は後悔している。入道の娘に逢うにつけても紫の女君への恋しさは募るばかりなので、いつもより心をこめて手紙を書き、最後に、

「そういえば、我ながら心にもない浮気沙汰で、あなたに嫌な思いをさせた時々のこと、思い出すだけでも胸が痛むのに、またしても奇妙なつまらない夢を見てしまいました。この告白で、隠しごとなどしていない私の気持ちはわかってもらえることと思います。神かけて、あなたへの変わらぬ愛を誓ったその誓いには背いていません」

などと書き、さらに、

「何ごとにつけても、

しほしほとまづぞ泣かるるかりそめのみるめは海士《あま》のすさびなれども

（あなたを思いさめざめ泣いています。かりそめにほかの女と逢ったのは海士の戯れにすぎないけれども）」

と書いて送った。その返事は、なんのこだわりもなく素直な書きぶりで、ただ終わりに、

「隠さずに打ち明けてくださった夢のお話に、思い当たることが多くございまして、

うらなくも思ひけるかな契《ちぎ》りしを松より波は越えじものぞと

（疑うことなく信じておりました、約束したのですから、末の松山を波が越えることはない——お心変わりはないものと）」

隠やかな書きようではあるが、さりげなく当てこすっているのを、光君はしみじみといつまでも眺め、その後ずいぶん長く、お忍び通いもしないでいる。

女は、案じたことが起きてしまったと思い、今こそ本当に海に身を投げてしまいたい気持ちになる。老い先短い両親ばかりを頼りにしてきて、いつかは人並みの身の上になれるなどとは思っていなかったけれど、ただなんとなく過ごしてきた今までの年月には、いったいどんな悩みごとがあったろう。それなのに、男女のこととはこんなにも気苦労の多いものなのかと、以前想像していたより何もかもがずっと悲しく思えてくるが、そんな気持ちはおくびにも出さずさりげなく振る舞い、たまに訪れる光君にも憎らしげな態度をとることはない。

月日がたつにつれて、光君も次第に女をいとしく思うようになるが、しかしたいせつに思っている都の紫の女君が心細く日を過ごし、こちらのことをひたすらに思ってくれていると思うと心苦しく、海辺の邸《やしき》でひとり寝て過ごすことが多かった。たくさんの絵を描いて、それに思うことをあれこれと書きつけ、そこに紫の女君からの返歌を取り入れる趣向にしている。見る人の心に染みいるに違いないできばえである。まるで空を飛んで心を通わせているかのように、紫の女君も悲しみに気持ちが沈む時には、同じく絵を描いては自分の暮らしを日記のように書き入れている。さてさて

この先、この二人はどのようになっていくのでしょう……。

年が改まった。帝《みかど》の眼病のことで、世の中はいろいろと騒いでいる。朱雀帝《すざくてい》の皇子《みこ》は、右大臣の娘である承香殿女御《しょうきょうでんのにょうご》から産まれた男の子で、二歳になったばかりでまだ幼い。帝の位は藤壺《ふじつぼ》の子である東宮《とうぐう》に譲ることになるだろう。朝廷での東宮の後見人となり、世の政を執り行うべき人物は……、と考えると、あの源氏の君がこのように不運に見舞われていることはあまりにももったいない、あるまじきことだと思えてきて、とうとう帝は大后《おおきさき》の諫言《かんげん》に背いて、源氏赦免との決定をした。去年から、大后も物《もの》の怪《け》に悩まされ、しかも何者かのお告げのようなできごとも多く、世の中が不穏である上、厳重な物忌みをした効験か少しは快方に向かった眼病まで、ふたたび悪化し、不安になった帝から、七月二十日過ぎ、また重ねて京へ帰還するよう光君は命じられた。

いつかはこうなると光君は思っていたけれど、このさだめのない世の中で、いったいどうなり果ててしまうのかと不安でもあった。そこへこうも急に帰京が決まったので、うれしく思う一方で、この明石の浦をいよいよ離れることを思うと複雑な気持ちになる。入道は、当然であると思うものの、その話を耳にすると胸のふさがるような思いである。しかし思い通りに光君が栄えてこそ、はじめて自分の願いはかなうのではないかと自身に言い聞かせるのであった。

その頃は、一夜も欠かさず光君は女を訪れた。六月の頃から女は懐妊のきざしがあり、つわりに悩まされていた。こうして別れなければならないのに、あいにくと光君は以前よりずっと女に心を寄せて、自分はなぜいつもこうして不思議ともの思いばかりする身の上なのかと思い悩んでいる。女は言うまでもなく悲しみに打ちひしがれている。それも当然のこと。

京を去る時は思いもしない悲しい旅立ちだったが、いつかは京に帰ることもあろうと一方では希望も持っていた。今度はあの時と違い、よろこびいさんでの旅立ちだが、もう二度とこの地を訪れることはないだろうと思うと感慨深い。お供の者たちもそれぞれ帰京をよろこんでいる。京から迎えの人々がやってきてにぎやかになったけれど、入道は涙に暮れている。月が改まり仲秋の八月になった。季節的にも身に染みるような空を眺め、どうして今も昔も、みずから進んでうまくいかない恋に身を投じてしまうのかと光君は思い悩んでいる。事情を知るお供の者たちは、「困ったお方だ、またいつもの悪い癖がはじまった」とあきれている。少し前までは、人に気取られることもなく、時々人目を忍んで通う程度の冷淡さだったのに、ここへきてあいにくの執心で、かえって女の悩みの種となるだろうにと、お供の者たちは互いに肩をつつき合っている。良清《よしきよ》は、以前北山で、入道の娘を取り持つように光君に話したことを人々が噂しているのをおもしろくなく思っている。

出発は明後日という日、いつものように夜更けてからでなく、光君は岡辺《おかべ》の家に向かった。はっきりとはまだ見たことのなかった女の姿であるが、なかなか優雅で気高く、身分に似つかわしくなくすぐれた人だと知るや、別れがたく、残念で仕方がない。しかるべき扱いで京へ迎えようと光君は思う。女にもそのように約束して気持ちをなぐさめる。男君の容貌や振る舞いは言うまでもない。何年もの勤行にひどく面やつれしているが、なんともいえない端麗な姿で、心底つらそうに涙ぐんで愛情深い約束を交わしてくれる男君に、もうこれだけで身に余る幸福なのだから、これであきらめてもいいではないかと思いもする。そして、男君の姿がまばゆければまばゆいほど、我が身の程を思い知らされて尽きぬ悲しみを覚えるのだった。波の音が秋の風にのって届き、やはりその響きはいつもと異なって胸に染みる。塩を焼く煙が細くたなびき、周囲の何もかもが憂いを帯びた景色である。

このたびは立ち別《わか》るとも藻塩《もしほ》焼く煙《けぶり》は同じかたになびかむ

（今別れ別れになっても、藻塩を焼く煙が同じ方向に流れるように、いずれはいっしょになりましょう）

と光君が詠むと、

かきつめて海士《あま》のたく藻の思ひにも今はかひなきうらみだにせじ

（海士がかき集めて焼く藻塩のように多くの思いがありますが、及ばぬ身の上ですから、恨み言など申しません）

さめざめと泣き、言葉少なであるけれど、こういう折の返歌は心をこめて伝える。ずっと聴きたいと思っていた琴を、女がついに聴かせてくれなかったことを光君はひどく残念に思っていることを伝え、

「それではあなたの形見として思い出に残るように、ひと節だけでも……」と言い、京から持ってきた琴《きん》を取りにやらせて、格別に染みいる曲をほんの少し弾く。深い夜に、澄んだ音色はたとえようもなくうつくしく響く。入道はこらえることができずに箏《そう》の琴《こと》を取って娘の御簾《みす》に差し入れた。当人も涙を誘われて、気持ちを掻き立てられ、抑えることができずにひそやかに弾きはじめるが、なんとも気品のある演奏である。光君は藤壺の弾く琴を思い出す。比べるものなどないほどだと思っていたあの演奏は、はなやかで洒落《しゃれ》ていて、じつにみごとだと聴く人が満足し、弾き手の容姿まで思い浮かぶほどの、なるほどまことにこの上ない琴の音だった。一方この女の琴は、どこまでも澄み切った深みのある音で、小癪なまでに技術がすぐれている。光君のように音楽に通じた人でも、

はじめて聴くのに、どこかなつかしくも珍しくも感じるような曲を、もどかしく思うほど弾いてはやめ、弾いてはやめる。もっと聴きたいと思う光君は、なぜ今まで無理を言ってでも聴かなかったのだろうと後悔する。心を尽くしてこの先のことを誓い、

「この琴《きん》は、次にいっしょに弾き合わせる時までの形見に」と言う。

なほざりに頼め置くめる一《ひと》ことを尽きせぬ音《ね》にやかけてしのばむ

（いい加減なお約束なのかもしれませんが、私はそのお言葉に、いつまでも泣きながらおすがりいたします）

と、女が思わず口ずさんだ歌を光君は恨み、

逢《あ》ふまでのかたみに契る中の緒《を》の調べはことに変《かは》らざらなむ

（ふたたび逢うまでの形見と約束するこの琴の中の緒の調子——私たちの仲は、変わることなくあってほしいものです）

音の調子が狂わないうちにかならず逢いましょう」

と、それを頼りに待つように約束するようです。けれど女がただひたすらこの別れのつらさを思い涙に暮れているのも、まったくもって当然のこと。

出立《しゆつたつ》する明け方、まだ暗いうちに邸《やしき》を出る。京からの迎えの人も騒々しいので気もそぞろだけれど、人目のない折を見はからい、

うち捨てて立つも悲しき浦波のなごりいかにと思ひやるかな

（あなたをこの浦に残して去っていくのも悲しいですが、その後どんなに嘆かれるかとあなたを案じています）

返事は、

年経《へ》つる苫屋《とまや》も荒れて憂《う》き波の帰《かへ》るかたにや身をたぐへまし

（お発《た》ちになった後では、長年住み慣れたこの粗末な家も荒れてさみしくなります。あなたのお帰りになる海に身を投げてしまいたいです）

と、心の内がそのまま詠んである。光君はこらえていたが、ほろほろと涙をこぼしてしまう。その心を知らない人々は、こんな寂れたところだけれど、一年余りも住み慣れて、いよいよ去るという時にはこんなふうに悲しいのだろう、などと思っている。良清は、光君が女を本気で愛したようだと忌々《いまいま》しく思う。京に帰ることをうれしく思いながらも、今日を最後にこの海辺と別れるのかと、せつない気持ちでみなそれぞれ涙をこぼしていくつか歌も詠んだようだ。でも、いちいち書き留める必要もないでしょう。

入道は今日の支度をじつに盛大に用意していた。お供の者たちには、下々の者にまで立派な旅の装束を揃《そろ》えた。いつのまに準備したのかと思うほどだ。光君のために用意した衣裳《いしょう》は言いようもなくすばらしい。衣裳を納めた櫃《ひつ》をたくさん担わせてお供をさせる。都への土産物として申し分ない贈り物も用意されていて、すべてに入道のたしなみ深さと行き届いた配慮が感じられる。出立の時に着る狩衣《かりぎぬ》に、

寄る波に立ちかさねたる旅衣《たびごろも》しほどけしとや人のいとはむ

（出発のため、裁ち重ねたこの旅衣が私の涙で濡れているので、お厭《いと》いになりますか）

という歌が添えられているのを光君は見つけ、あわただしいけれど、

かたみにぞ換《か》ふべかりける逢ふことの日数隔《へだ》てむ中の衣《ころも》を

（お互いに形見として着物を取り換えよう、また逢う日まで私たちの仲を何日も隔てる中の
　衣を）

せっかくの心遣いだからと、その狩衣に着替え、今まで着ていたものを女に届けさせる。まさしくさらに悲しみを深くする形見の品となるだろう。うつくしい衣裳に光君の匂いが移っているのだから、どうして女も心に深く染みないことがあろう。入道は、

「もはや世俗を捨てて出家した身ですが、今日のお見送りにお供できませんことはやはり悲しい限りです」などと言ってべそをかいているのも気の毒ではあるが、若い人たちは笑い出してしまうだろう。

「世をうみにここらしほじむ身となりてなほこの岸をえこそ離れね

（世間が嫌になって長年この海辺に暮らす身となりましたが、やはりこの世への執着を断ち
　切ることができません）

愚かな親心ゆえ、悲しみで道に迷いそうでございますから、国境《くにざかい》までもお見送りできません」と言い、さらに「差し出がましい申し出ではございますが、娘のことを思い出してくださる折がございましたら……」と、光君の様子をうかがいながら言う。光君もひどく感じ入り、ところどころ赤くなっている目のあたりが、言いようもなくうつくしい。

「心に掛かることもありますから、そのうちすぐに、見捨てたりしないという私の気持ちもわかっていただけるでしょう。今は住み慣れた明石を離れがたいばかりです。どうしたらいいのだろう」

と光君は言い、

都出《みやこい》でし春の嘆きに劣らめや年経《ふ》る浦を別れぬる秋

（都を出た春の嘆きに劣るだろうか、何年も住んだこの明石の浦と別れるこの秋は）

と涙を拭っているので、入道は我を失ったようにますます泣き出して、あきれるくらいによろよろしている。

当の女の気持ちはたとえようもないほどで、悲嘆に暮れる姿を見せまいと心を静めているけれど、もともと不幸な身の上なのだから仕方がないこととはいえ、光君が自分を置いて去っていく恨めしさはいかんともしがたく、しかも光君の姿が目に焼きついて消えず、できることといえばただ涙を流すことしかない。母君もなぐさめることもできず、

「どうしてこんな苦労の多いことを思いついたのでしょう。変わり者の夫に従った私が間違っていましたよ」と言う。

「黙りなさい。このままお見捨てになれるはずもない事情だってあるのだから、きっと何かお考えがおありだろう。心配しないで薬でも飲みなさい。まったく縁起でもない」と言いつつも、部屋の隅で縮こまっている。乳母《めのと》や母君は、入道の偏屈ぶりを非難して、

「一日も早く、なんとかして望み通りの身分にして差し上げようと何年もお祈りしてきて、今ようやくその願いがかなうと頼りに思っていたのに、こんなにお気の毒なことになってしまうとは。ご縁があったばかりだというのに」

と嘆き合っている。入道はますます娘が不憫《ふびん》で、いよいよ虚《うつ》けたようになってしまい、昼は一日中寝て暮らし、夜になるとすっくと起きて、「数珠《じゅず》もどこかに行ってしまった」と手のひらをこすり合わせて空を眺めている。それを弟子たちにも軽蔑されて、心を入れ替え月夜に出て行道《ぎょうどう》したはいいが、遣水《やりみず》に転げ落ちるという始末である。風流な岩の出っ張りに腰をぶつけて怪我《けが》をして、寝

こんでしまう段になってようやく、あまりの痛みに悲しみも少しは紛れるのだった。

光君は、難波《なにわ》の方に着いて祓《はらえ》をし、住吉《すみよし》の御社《みやしろ》にも、無事に帰京できたことについて、今まで立てたいろいろな願のお礼にあらためて参詣する由、使者を差し向けて報告した。急に従者も増えて動きが取れず、自身は参詣しなかった。ほかに寄り道をすることもなく急いで京に入った。

二条院に着いた。都の人も、お供の者たちも、みな夢のような心地で再会し、うれし泣きの声が縁起でもなく思えるほどの大騒ぎである。紫の女君も、今まで生きる甲斐《かい》もないように思い、いつ捨てても惜しくないと思っていた命だけれど、今は生きながらえていたことをうれしく思っているはずのじつにうつくしく大人びて容姿も整い、心労のせいで、あまりにも多かった髪の量が少し減ったのがかえってすばらしい。それを見て、これからはこうしていっしょに暮らせるのだと光君は安心するが、それにつけても明石で、つらい思いで別れた人の悲しんでいた様子を思い出して胸を痛めるのだった。やはりいつになっても、このような恋のことでは心の安まる時のないお方なのでしょう。

その明石《あかし》の女君のことを、光君は紫の女君に隠さずに話した。その人を思い出している様子から真剣な気持ちなのだとうかがい知れて、紫の女君も内心穏やかではないのだろうが、さりげないふうに、

「身をば思はず」などと、ちらりと恨み言を言う。「忘らるる身をば思はず誓ひてし人の命の惜しくもあるかな（拾遺集／あなたに忘れられたこの身はなんとも思いませんが、愛を誓った人の命は心配です）」の一節をつぶやいてみせる紫の女君に、光君は感心し、またかわいらしくも思う。こうして逢っていてさえずっと見ていたいと思うのに、どうやって逢わずに長い年月を過ごしてきた

のかと信じられないような思いがし、今さらながらそうさせた世の中が恨めしくなってくる。

ほどなくして光君は元の官職だった参議から、定員外の権大納言《ごんだいなごん》に昇進した。光君とともに官職を外された家臣たちも、しかるべき者たちはみな元の官位を賜って、世間にも許された。枯れ木に春が舞い降りたようなめでたさである。

帝に呼ばれ、光君は宮中に参内《さんだい》する。帝の御前に控えている光君は成熟してますます立派になり、このようなお方がどうしてあんな辺鄙《へんぴ》な住まいで月日をお過ごしだったのだろうと人々は思う。故桐壺院《きりつぼいん》の在位中から仕えている老いぼれた女房たちは、ふたたび目にする光君のすばらしさに感極まって声を上げて泣く。帝も、光君のまばゆさに気が引ける心地で、自身の衣裳も念入りに整えて対面する。ずっと気分がすぐれないまま何日も過ごしていたので、ずいぶんと衰弱しているが、昨日今日は少し調子もよいのだった。しみじみと語り合っているうち夜も更けた。十五夜の月はうつくしく、あたりは静まりかえっている。帝は昔のことを次々と思い出して涙を流す。気持ちもだいぶ弱っているのだろう。

「管絃《かんげん》の遊びなども久しくしていないのだ、昔聴いたあなたの演奏も、聴かなくなってずいぶんたってしまった」と言うので、

「わたつ海《うみ》にしなえうらぶれ蛭《ひる》の児《こ》の脚《あし》立たざりし年は経《へ》にけり
（イザナギ、イザナミの産んだ蛭の児は、三歳になっても脚が立たなかったそうですが、私も海辺で打ちしおれ、心のよりどころもなく、三年の歳月を過ごしました）」

と光君は詠む。帝は、心の底から光君を哀れに思い、顔向けできない気持ちで、
宮柱《みやばしら》めぐりあひける時しあれば別れし春のうらみ残すな

（こうしてふたたびめぐり合う時があったのだから、別れた春の恨みは忘れてほしい）

と詠む姿はじつに優美である。

光君は、故桐壺院のために法華八講会《ほっけはっこうかい》を行う準備をまずはじめた。東宮に会いにいくと、見違えるほど成長している。ようやく会えたことをよろこんでいるその様子を、光君は限りなくいとしく思う。学問もこの上なく秀でており、帝王として世をまかせてもなんの問題もないだろうと思えるほど賢明に見える。藤壺の宮には、少し心が落ち着いてから光君は会いにいくが、しみじみと心にしみることがさぞや多かったことでしょう。

あの明石の女君は、というと――。京まで光君を送り、明石へと帰る人々に光君は手紙を託した。こっそりと、詳細にわたって書き綴《つづ》ったようだ。

「波の打ち寄せる夜々《よるよる》はどんな思いでお過ごしでしょう、

嘆きつつあかしの浦に朝霧の立つやと人を思ひやるかな

（あなたがどんなにか嘆いて夜を明かす明石の浦に、その嘆きの息が朝霧となって立ちこめているだろうと思いやられます）」

須磨《すま》でやりとりのあった大弐《だいに》の娘、五節《ごせち》は、筋違いと思いつつも人知れず胸に秘めていた光君への恋も今はあきらめて、使いの者に、だれからとも言わせずに目配せさせ、手紙を置きにいかせた。

須磨《すま》の浦に心を寄せし舟人《ふなびと》のやがて朽《く》たせる袖《そで》を見せばや

（須磨の浦で心を寄せました舟人の、それ以来の涙で朽ちてしまった袖をお目に掛けたいです）

光君は手紙の主を見抜いて、書きぶりがずいぶん上達したものだと感心し、返事を送る。

かへりてはかことやせまし寄せたりし名残《なごり》に袖の干《ひ》がたかりしを

（かえって文句を言いたいくらいです、あの時お手紙をいただいた後、涙で袖がなかなか乾かなかったのですよ）

ずっといとしく思っていた女であり、その思い出も残っているので、思いがけない手紙をもらっていよいよなつかしく思うけれど、この頃は、かつてのような振る舞いは慎んでいるようである。花散里《はなちるさと》にもただ手紙を送るくらいなので、女君は、光君の気持ちもわからず、かえって恨めしい様子である。

澪標《みおつくし》

光君の秘めた子、新帝へ

帝は退き、藤壺の産んだ皇子が元服とともにあたらしい帝となり、明石の女君は女の子を産んだということです。

＊登場人物系図
△は故人

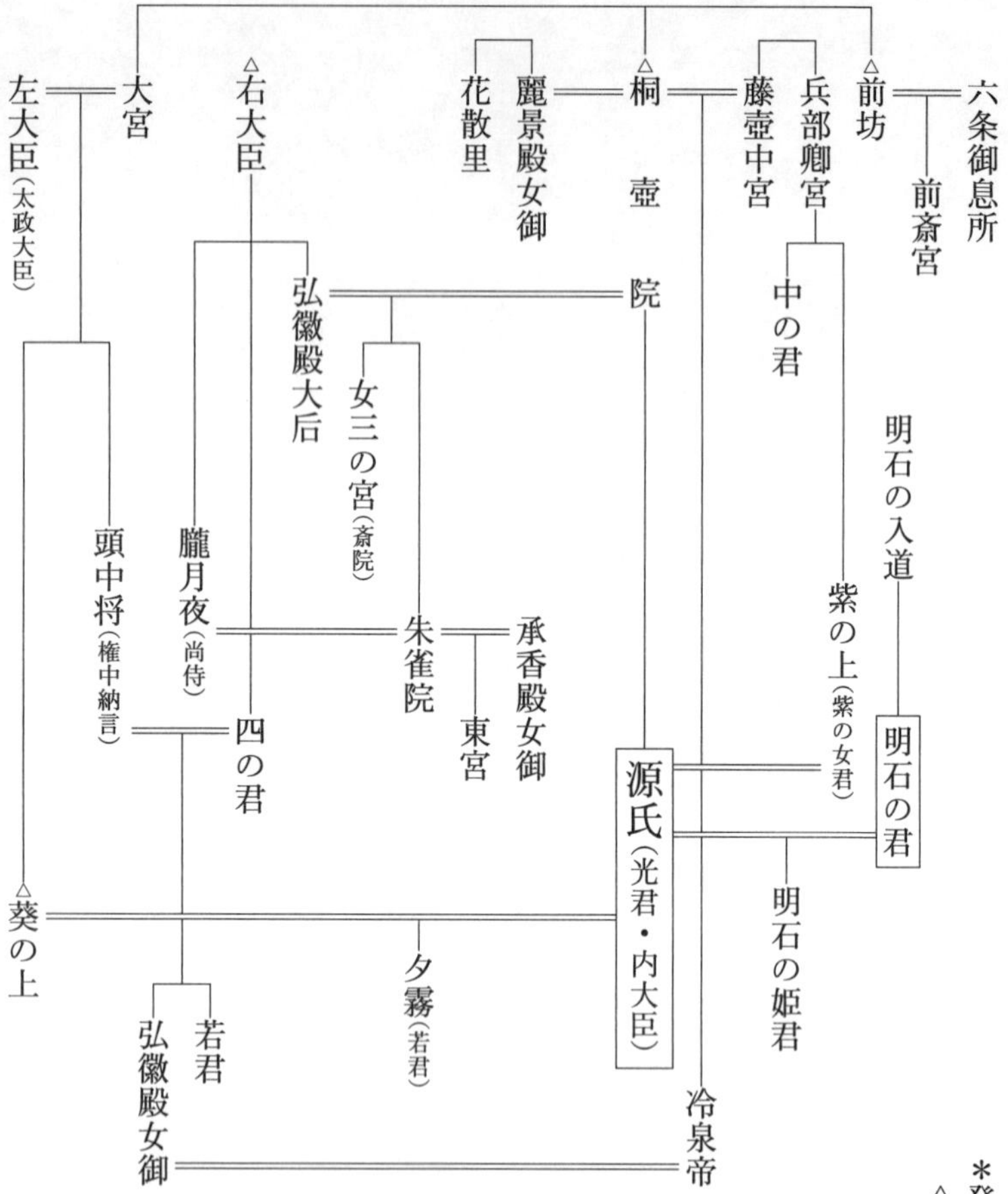

六条御息所
△前坊
前斎宮
兵部卿宮
藤壺中宮
△桐壺院
麗景殿女御
花散里
△右大臣
大宮
左大臣（太政大臣）
中の君
弘徽殿大后
女三の宮（斎院）
明石の入道
紫の上（紫の女君）
朧月夜（尚侍）
頭中将（権中納言）
朱雀院
承香殿女御
東宮
四の君
明石の君
源氏（光君・内大臣）
明石の姫君
△葵の上
夕霧（若君）
若君
弘徽殿女御
冷泉帝

夢ではっきりとその姿を見てからというもの、光君《ひかるきみ》は、故桐壺院《きりつぼいん》のことをずっと心に留めている。あの時、帝《みかど》がそのために苦しんでいると言った「知らず知らずのうちに犯した罪」から、どうしたら救うことができるのだろうと心を痛めている。こうして帰京してからは、まずその法要の準備をはじめた。十月に法華《ほっけ》八講会《はっこうかい》の法要を行うこととなった。世の人々がこぞって光君に仕えている有様は、かつてと同じである。

弘徽殿大后《こきでんのおおきさき》は、なおも病気が重くなっている上、ついにこの男を追いやってしまうことができなかったと思い詰めていたけれど、一方、朱雀帝《すざくてい》は故院の遺言を気にかけていた。院の遺言に背いた報いがかならず何かあるに違いないと思っていたが、こうして光君を京に呼び戻したことで、気分も晴れ晴れしていた。患って苦しんだ目は快復したが、そもそもそんなに自分は長生きできないだろうと不安を覚えるようになり、帝という位にも長くは留《とど》まることはないだろうと考えて、光君をしょっちゅう宮中に呼ぶ。政治のことなども、一切合切相談している。帝が願っていた通りになったので、世の人々も、くわしくはわからないにしてもうれしいことだとよろこんでいる。

いよいよ退位しようという気持ちがかたまるにつれて、尚侍《ないしのかみ》（朧月夜《おぼろづきよ》）が心細そうに我が身を案じて嘆いているのを、帝は不憫《ふびん》に思わずにはいられない。

「祖父である大臣も亡くなり、大后もご病気が悪くなる一方であるし、私の命もそう長くはないように思う。まこと気の毒に思うけれど、あなたは今までとはまったく違う境遇で取り残されることになる。昔から、あなたはあのお方より私を軽く見ているけれど、私のほうはだれにも負けない思いを持ち続けていて、ただただあなたのことをいとしく思っているのだ。私より勝るあのお方が、もし望み通りあなたの世話をすることとなっても、私が本気であなたを思う気持ちにはかなうはずもない。そう思うとつらいのだ」

と帝は泣く。女君が顔を赤く染め、こぼれるばかりの魅力的な姿で涙をこぼすのを、帝は今までのいっさいの罪を忘れて、なんとかわいらしいのだろうと見つめてしまう。

「なぜ御子《みこ》だけでも産んでくれなかったのか。まったく残念なことだ。宿縁の深いあのお方とは、すぐにでも御子ができるのだろうと思うとくやしくてたまらない。しかし身分は変えられないから、生まれた子どもは臣下として育てなければならないね」と先のことまで帝が話すので、女君は恥ずかしくも感じ、また悲しくもなる。

朱雀帝の容姿はじつに優美でうつくしく、その愛情が年月とともに深まっていくようにたいせつに扱ってくれる。光君はすばらしい人だけれど、今にして思えば、そんなには自分を愛してはくれなかったような態度であり心であったとだんだんわかってくるにつれて、尚侍の君はなぜ無知な若気の至りにまかせてあんな騒動を引き起こしたのだろうと思えてくる。自分の評判はもちろんのこと、あのお方にもご迷惑をかけて……。そんなふうに思い、我が身を厭《いと》うのである。

明くる年の二月、東宮《とうぐう》の元服の儀式がある。十一歳になった東宮は、年齢のわりには大きく、大人びて見目麗しく、そして、光君の顔を写し取ったかのようにそっくりだった。この二人が二人とも、目もくらむほど輝きを放っているのを、世間の人々はすばらしいことだと噂《うわさ》し合っているけれど、藤壺《ふじつぼ》の宮はひたすらいたたまれない思いで、どうにもならないことながら心を痛めている。帝も東宮を充分に立派になったと思い、世の政《まつりごと》を譲ろうと思っていることを東宮にやさしく話して聞かせる。

二月の二十日過ぎ、譲位がにわかに行われ、弘徽殿大后は狼狽《ろうばい》した。

「生きる甲斐《かい》のない我が身ですが、これから先ゆっくりとお目に掛かれるようになりたいと願っています」と、上皇となった朱雀院は母大后をなぐさめる。次なる東宮には承香殿女御《しょうきょうでんのにょうご》腹の皇子《みこ》が立つこととなった。

御代《みよ》が替わり、前代とは打って変わってはなやかなことが多かった。大納言だった光君は内大臣となった。左右大臣の定員二名はもう決まっていたので、定員外として加わったのである。ただちに摂政として世の政を執るべきであるが、「そのような忙しい役職にはたえられません」と言い、左大臣だった義父に摂政を譲った。

しかし、「病を理由に官職も辞退申し上げたのに、ますます老いてしまった私にしっかりした政はできますまい」と左大臣は承諾しない。

異国でも、何かことが起こり世の中が不安定なときは山に身を隠した人でさえ、やがて太平の世となれば、白髪の老齢も恥じることなく朝廷に仕えたという。そういう人こそまことの聖賢である。病によって辞退した官職ではあるが、世情が変わってからあらたに就任するのに、なんの支障もない、と朝廷でも、光君個人とのあいだでも正式に決まった。異国ばかりでなく国内にもかつてそのような例があったとのことで、とうとう断り切れずに、左大臣は太政大臣となった。六十三歳の時である。

この大臣は世の中に何にも期待できなくなって、ひとつにはそれが原因で引退したのだったが、またかつてのように盛り返しはなやかになり、不遇に沈んでいた彼の子息たちもみな出世した。とりわけ、宰相中将《さいしょうのちゅうじょう》（頭中将《とうのちゅうじょう》）は権中納言《ごんちゅうなごん》となった。権中納言の妻である、右大臣の四《よん》の君《きみ》とのあいだの姫君が十二歳となり、入内《じゅだい》させるべくたいせつに育てている。かつて「高砂《たかさご》」をうたった若君も元服させ、今はまことに思いのままの繁栄である。夫人たちが次々と多く子を産みにぎやかになっていくのを、光君はうらやましく思っている。

光君と葵の上《あおいのうえ》のあいだに生まれた若君は、だれよりもかわいらしく、童殿上《わらわてんじょう》して宮中や東宮御所に参上している。太政大臣もその妻の大宮も葵の上を亡くしたことを今さらながら思い出しては嘆いている。けれど葵の上の亡き後も、光君の威光によって引き立てられ、すべてにおいてとくべつな扱いを受け、長く不遇だったとは思えないほど栄えている。光君の心遣いは昔と変わらず、何かあるごとにこの大臣邸を訪れては、若君の乳母《めのと》たち、そのほか、この長い年月に暇をとることなく残った女房たちにはみな、折にふれ面倒をみているのである。それによってしあわせになった者も多いようである。

二条院でも、同じく帰京を待っていた女房たちをありがたく思い、長年の悲しみが晴れるようにと、中将、中務《なかつかさ》といったかかわりのある女房たちにはそれぞれ相応に情けをかけることに忙しくて、光君は忍び歩きをすることもない。二条院の東にある、故院の遺産であった御殿を、類するもののないほど立派に改築をさせる。花散里《はなちるさと》のような気の毒な境遇の人々を住まわせるつもりでの造営である。

そういえば、あの明石《あかし》の、気掛かりな人のその後はどうなっただろうと、光君は忘れたことはなかったのだが、公私ともに多忙なのに紛れて、思うように使いを出して様子を尋ねることもできないでいた。三月はじめの頃、そろそろ生まれるのではないかと思うと、だれにも言えないまま、哀れに思い、光君は明石に使者を送った。すぐに帰ってきた使者は、

「十六日、女の御子《みこ》で、安産でございました」と報告した。

珍しく女の子の誕生と聞いて、光君のよろこびようは並大抵ではない。どうして京に迎えて出産させなかったのかと後悔までする。宿曜《すくよう》の占いで、

「御子は三人、帝、后《きさき》がかならず揃《そろ》ってご誕生になるでしょう。そのお二人には劣る運命の御子でも、太政大臣となって人臣の位を極めるでしょう」と言われたことがひとつひとつ的中していくようだ。光君が最高の位に就《つ》き、天下を統治するはずだと、あれほどすぐれた大勢の人相見たちがこぞって予言していたのに、これまで長年、世の中が思うようにいかなかったせいで、すべて心中で打ち消していたのである。けれどもこうして、じつは我が子である冷泉帝《れいぜいてい》が無事即位したことを、願いがかなったと光君はうれしく思うのである。自身が帝の位に就くなどということは、まったくあり得ないと思っている。

大勢いる皇子たちの中で、故桐壺院は自分だけをとくべつにかわいがってくださったけれど、臣下にしようとお決めになったそのお心を思うと、皇位とは縁のない運命だったのだ。帝がこうして御位《みくらい》にお就きになったことを思うと、ことの真相が人に知られることはないだろうけれど、人相見の予言は間違ってはいなかった、と光君は考える。そして今の状況から未来を思うと、すべては住《すみ》吉《よし》の神のお導きであったと思えた。あの明石の女君も、いつか后になる子を産むという非凡な宿世《すくせ》

があったから、偏屈な父親も身の程知らずな高望みをしたのだろうか、そういうことなら、将来皇后にもなろうという人があの辺鄙《へんぴ》な田舎で生まれたなどというのは、あまりに気の毒であり、もったいないことだ、落ち着いたら京に迎えよう、と考えて、東の院を急いで造るようにと命じた。

あんなところではきちんとした乳母もめったにいないだろうと思っていた光君は、故院に仕えていた宣旨《せんじ》の娘で、宮内卿《くないきょう》の宰相《さいしょう》を父に持つ人について耳にした。その娘は母とも死別してから細々と頼りなく暮らしていたが、先のない恋愛をして子を産んだという。光君はつてをたどって何かの折にこの話をした女房を呼び出し、彼女を通して乳母になってもらえないかと話をした。この宣旨の娘は世間知らずな若い女で、明けても暮れても訪れる人もない荒屋《あばらや》で、もの思いにふけって心細く暮らしていたから、深く考えることもなく、光君と縁のできることをよろこび、乳母になることを承諾した。光君は、なんと不憫な身の上かと一方では思いながら、明石に向けて出発させることにする。

明石に発《た》つ日、光君はちょっとしたついでに、人に知られないようこっそりとその女の家に立ち寄った。女は、乳母を引き受けたものの、さてどうしたものかと思案に暮れていたのだったが、光君の訪問を心底ありがたがって、すべての不安を捨て去って、「ただ仰せのままに」と答えた。日取りも悪くなかったので出立《しゅったつ》を急がせて、

「奇妙な、心ないことだと思うかもしれないが、私にはとくべつの考えがあるのだ。この私自身も思いもよらないような侘《わ》び住まいを長くしていたのだから、そんなこともあったのだと思ってしばらくのあいだ、辛抱してほしい」と、光君はことのいきさつをくわしく話して聞かせた。女は以前故桐壺院に仕えていたので、光君も彼女を見たことがあったが、今はすっかりやつれてしまってい

る。家の様子もなんともいえず荒れ果てている。さすがに大きな邸《やしき》だが、木立は気味悪いほど茂って、こんなところでどうやって暮らしていたのだろうと思う。女は若くてうつくしいので、光君は目を離すことができない。あれこれと冗談を言い、「明石へやらずに取り返したい気がするよ。あなたはどう?」などと言うので、いかにも同じことなら、光君のそばに仕えれば不幸な身の上もなぐさめられるだろうにと女は思う。

「かねてより隔《へだ》てぬ仲《なか》とならはねど別れは惜《を》しきものにぞありける

(前から親しい仲というわけではなかったが、別れは名残《なごり》惜しいものだね)

追いかけていこうか」と光君が言うと、女はほほえみ、

「うちつけの別れを惜《お》しむかことにて思はむかたにしたひやはせぬ

(別れが惜しいなどとおっしゃるのはでまかせの口実で、本当は恋しいお方に会いたいのではございませんか)」

とこなれたふうに応えるのを、たいしたものだと光君は感心する。

乳母の一行は車で京を発つ。ごく親しい家臣を付けて、けっして人に漏らさぬようにと口止めをして遣わせた。お守り刀や、そのほか必要なものなど、置き場もないほどたくさん揃え、隅々まで配慮してある。乳母にも、かつてないほどこまやかな心遣いで多くのものを贈った。明石の入道が、孫にあたる姫君をどれほどたいせつにいつくしんでいるかと想像すると、自然と笑みがこぼれ、同時に姫君のことがしみじみとかわいそうに思えて、気に掛かってしまうのも、二人の宿縁が深いからだろう。女君への手紙にも、姫君をけっしていい加減に扱ってはならぬと、くり返し戒めた。

いつしかも袖《そで》うちかけむをとめ子《こ》が世を経《へ》て撫《な》づる岩のおひさき

（一日も早く私の袖で撫でてあげたい。天女が長い年月その羽衣で撫でる岩のように、生い先長い姫君を）

摂津《せつつ》の国までは船で、そこから先は馬で、乳母の一行は明石へと急いだ。

入道は待ちかねていたように彼らを迎え、光君の心遣いをよろこび、感謝の言葉を口にした。京の方角を向いて拝み、光君の深い気持ちを思うと、ますます姫君をかけがえなく感じ、おそろしいもののようにすら思えてくる。赤ん坊の姫君は不吉な予感がするほどにかわいらしく、比べるものもないほどである。姫君を見た乳母は、なるほど、光君の尊いお考えでこの姫君をたいせつに育てようとお思いになるのは当然のことだと思い、こんな辺鄙《へんぴ》なところに旅立って悪い夢のようだという思いもすっかり消えてしまった。乳母は、姫君を心からかわいくいとしいと思って世話をする。

母となった女君も、あれから幾月ももの思いに沈み、ますます気力を失って、生きていこうとも思えなかったのだが、こうした光君の気持ちに少しなぐさめられて、床から頭を起こし、使者たちにまたとない心遣いの限りを尽くす。使者たちは早く帰りたくて迷惑がっているので、女君は思うことを少し書き付ける。

ひとりして撫《な》づるは袖《そで》のほどなきに覆《おほ》ふばかりの蔭《かげ》をしぞ待つ

（ひとりで撫でるには私の袖は狭すぎます、あなたの覆うばかりのお袖をお待ちしておりまス）

光君は、自分でも不思議なほど姫君のことが気に掛かり、早く見たくてたまらないのである。

紫の女君には、このことを口に出して話したことがなかったので、ほかから聞いてしまってもいけないと思い、

「こういうことなのだそうだ。ものごとは妙にうまくいかないものだね。生まれてほしいと思うところには生まれず、思ってもいないところに生まれるのだから、残念なことだ。女の子ということだから、おもしろくもないよ。放っておいてもかまわないのだけれど、親としては見捨てることもできない。赤ん坊を迎えにやってあなたに見せよう。憎むのではないよ」と言うと、女君は顔をぱっと赤くして、

「嫌ですわ。いつもそんなふうに言われる自分の心が嫌になります。嫉妬することを、私たちはいったいいつ覚えるのでしょうね」

と恨み言を言う。光君はにこりと笑い、

「そう、だれが教えたりするんだろうね。嫉妬なんて心外だな。私が思っていないようなことを邪推して、恨み言なんて言うのだから。考えると悲しくなるよ」そう言って、最後には涙ぐんでいる。離れていた年月、飽きることなく恋しいと思っていたお互いの心、折々に送り合った手紙などを思い出すと、紫の女君は、すべてのことはただの浮気にすぎないのだろうと、恨めしい気持ちも消えるのである。

「この人をこうまで気遣って便りを送るのは、思うところがあるからなのだ。それを今話しても、またあなたは心外な誤解をするだろうから……」光君は言いかけてやめ、「人柄がすばらしかったのも、あんな田舎のせいか、珍しく思えたのだ」と、話しはじめる。しみじみと胸に染みた夕方の塩焼く煙、女君の詠んだ歌、はっきり見たわけではないけれどその夜ほのかに顔を見たこと、琴の音がじつにうつくしかったこと、すべて忘れがたいもののように光君は話し出す。離れていたあいだ、私はずっと悲しみ嘆いて暮らしていたのに、いっときの気まぐれにせよほかの人に心を分けて

いらしたのだと、紫の女君は抑え切れない気持ちになって、「私は私」と顔を背けて、沈んでしまう。「昔はあんなに心の通った私たちでしたのに」とつぶやいて、

思ふどちなびくかたにはあらずともわれぞ煙《けぶり》にさきだちなまし

（愛し合う二人が同じ方向になびくという方角ではないにしても、私もその煙になって先に死んでしまいたい）

「何を言うのだ。情けないことを。

誰《たれ》により世をうみやまに行《ゆ》きめぐり絶えぬ涙に浮き沈《しづ》む身ぞ

（だれのために、このつらい世を海や山にさすらって、絶えない涙に浮き沈みする私なのか）

いや、もう、なんとか私の本心をわかってもらおう。わかってもらうまでに命が長らえるかわからないが。つまらないことで人から恨みを買わないようにしているのは、ただひとえにあなたを思えばこそなのに」

光君はそう言って箏《そう》の琴《こと》を引き寄せて、調子合わせに軽くつま弾いて、紫の女君に勧めてみるが、明石の女が上手だったというのもおもしろくないのか、触りもしない。いつもおっとりとしてかわいらしく、機転の利く人なのに、さすがに執念深いところがあって、何かと嫉妬して腹を立てたりするところが、光君にはかえって魅力的でおもしろく思えるのだった。

五月五日は明石《あかし》の姫君の誕生から五十日《いか》の祝いに当たると、光君はこっそりと数えていて、どうしているだろうかと思いを馳《は》せている。都で生まれたのであれば、万事、思う存分に世話をするこ

とができて、どんなにうれしいことだろう。まったく残念なことだ、あんな田舎に、不慣な環境に生まれてきて……などと思う。男の子だったらここまで気に留めないだろうが、后となるかもしれない女の子なので、畏れ多くもあり、またいたわしくもある。自分の運勢も、この子の誕生のために、明石の浦をさまようような憂き目があったのだろうと光君は思うのである。

五十日《いか》の祝いの品を持たせて使者を明石に向かわせる。「かならずその日に到着するように」と厳命されていたから、使者は五日に着いた。心遣いの品々は、ふつうでは考えられないほどすばらしく、また生活に必要な品々の贈り物もある。

「海松《うみまつ》や時ぞともなき蔭《かげ》にゐて何のあやめもいかにわくらむ

（いつも海辺の岩陰に隠れている海松とおなじく、侘びしい田舎暮らしでは、今日が五十日《いか》の祝いだと、またあやめの節句だとどうやって知るのか）

心がそちらに行ってしまいそうです。やはりこのままで日々過ごすことはできません、思い切って京に来なさい。だいじょうぶです、心配するようなことは何もありません」

と書いてある。入道はいつものようによろこびの涙を流す。こんなことがあれば、生きている甲斐もあったとべそをかいているのも無理からぬことである。

入道のところでも、祝いの品をあれこれ所狭しと用意していたけれど、この使者がこなければ、闇夜の錦のようにその日を終えてしまったことだろう。乳母《めのと》も、明石の女君をやさしくて申し分のない人だと思い、ちょうどいい話し相手ができて日々なぐさめられていた。この乳母に少しも劣ることのない女房たちも、縁を頼って迎え入れているが、すっかり落ちぶれた元宮仕えの女房たちで、山の中にでも隠れ住みたいと思っていた者がたまたまここに落ち着いたというだけの人々である。

ところがこの乳母はとてもおおらかで、気位が高い。興味をそそられるような京の世間話や、光君の様子、世間からあがめられている光君のたいした評判のことなど、女らしいあこがれの気持ちから包み隠さず話してくれるので、女君も、なるほど、光君がここまでお心を留めてくださるよすがとなる姫君を産んだ我が身も、たいしたものではないかしらと、次第に思うようになった。光君からの手紙をいっしょに読んだ乳母は心の中で、ああ、こんな思いがけない幸運もあるのだ、と思う。それに比べて情けないのは我が身ではないか、と続けて思わずにはいられないけれど、手紙の中に「乳母はどうしているか」などとやさしく尋ねてくれているのを見ると、何もかもなぐさめられる心地だった。明石の女君の返事は、

「数《かず》ならぬみ島がくれに鳴く鶴《たづ》をけふもいかにととふ人ぞなき

（島に隠れて鳴く鶴のように、人の数にも入らない私の元で育つ姫君に、五十日《いか》の祝いの今日、どうしているかと訊《き》いてくれる人もおりません）

何かにつけてもの思いに沈んでおります有様で、このようにときたまのおなぐさめにおすがりしている私の命もいつまでかと、心細く思っております。本当に仰せの通り、姫君についてなんの心配もなくなればいいのにと思います」

と、心をこめて書いた。

光君がそれをくり返し読んでは、「かわいそうに」と長いため息をつくのを紫の女君はちらりと見て、「浦よりをちに漕《こ》ぐ舟の」（「み熊野の浦よりをちに漕ぐ舟の我をばよそに隔てつるかな」（古今六帖／熊野の浦から遠くに漕ぎゆく舟のように、あなたと遠く離れてしまいました）とそっとつぶやいては、もの思いに沈んでいる。

「よく、そこまで気に病むものだ。手紙を読んでそう思っただけのことだよ。あの場所の光景を思い出したり、過ぎた日々が忘れられなくてふっと出る独り言を、よくまあ聞き逃さないものだ」などと嫌みを言って、宛名の書かれた上包みだけを見せる。じつに格式高く、身分の高い女でもたじろぎそうな筆跡を見て、なるほどだから光君が心惹《こころひ》かれたのだろうと紫の女君は思う。

こうして紫の女君の機嫌をとっているうちに、花散里《はなちるさと》を訪ねることがまったくなくなってしまったのは気の毒なこと。なすべき政務も多くなり、身動きもままならない高い身分ということもあって、世間の目も気にしている上、花散里からも無沙汰を恨むような便りもないので、そのままになっている。

五月雨《さみだれ》が続く頃、公私ともに暇になった光君は、思い立って花散里の元へ向かった。光君の訪問はなくとも、明け暮れにつけ何くれと面倒をみているのを頼りにして暮らしているので、今時の女性のようにもったいぶって拗《す》ねたり嫉妬したりするはずもなく、光君も気が楽なようだ。この数年のあいだに邸《やしき》はますます荒れて、いかにもさみしそうな暮らしぶりである。まず麗景殿女御《れいけいでんのにょうご》と語り合い、夜が更けてから西の妻戸に立ち寄った。月の光が淡く射《さ》しこんで、じつに優艶な光君の振る舞いは限りなくすばらしく見える。女君（花散里）はますます気が引けるけれど、端近くでもの思いに沈んでいたそのままの姿で、静かに光君を迎える様子はじつに好ましい。水鶏《くいな》がひどく近くで鳴き、

水鶏《くひな》だにおどろかさずはいかにして荒れたる宿に月を入《い》れまし

（せめて水鶏でも戸を叩《たた》いて驚かせてくれなければ、どうやってこんな荒れたところにあなたを迎え入れられましょう）

なつかしい感じでやさしく恨み言を言うのを、みなそれぞれに捨てがたい魅力がある、こんなだからかえって私も苦労してしまう、と光君は思う。

「おしなべてたたく水鶏《くひな》におどろかばうはの空なる月もこそ入れ

（どの家の戸も叩いている水鶏に驚いていたら、上の空の月——気まぐれな男も入ってくるかもしれませんよ）

気になりますね」と、言葉ではそう言うが、この女君は浮気を疑わせるようなところのまるでない性質である。ずっと長いあいだ自分を待っていてくれたその気持ちを、光君はけっしておろそかには思っていない。女君は、須磨《すま》に発つ前に光君が「空なながめそ」と詠んで力づけてくれた時のことを話し出す。

「どうしてあの時、こんな悲しみは二度とないだろうと思って嘆いたのでしょう。ご帰京になられても、訪ねてはいただけない、不しあわせな身の私は同じ悲しみに暮れていますのに」などと言うのも、おっとりしていて愛らしく感じられる。いつものように光君は、いったいどこから取り出してきたのやら、言葉の限りを尽くして語りかけ、女君をなぐさめるのだった。

こういうことがあると、あの五節《ごせち》のことも思い出す。もう一度逢《あ》いたいものだと心に留めていたけれど、今はそれもたいへん難しく、こっそり逢うわけにはいかなかった。五節は光君のことを思い続けていて、親はいろいろと心配して縁談を持ちかけてみるが、人並みに結婚することをあきらめていた。

心からくつろげる新邸を造営して、こういう人たちを集めて住まわせ、たいせつに育てたいような子どもが生まれたら、その子たちの世話役を頼もう、などと光君は考える。その新邸は、本邸よりもかえって見どころが多く、はなやかで洒落《しゃれ》ている。教養ある受領《ずりょう》たちを選び、各自に割り当てて完成を急がせる。

そして光君は、尚侍《ないしのかみ》（朧月夜《おぼろづきよ》）の君のことも未《いま》だにあきらめきれずにいた。懲りもせずよりを戻そうと気持ちを伝えるが、尚侍のほうではあのつらい過去に懲り懲りしていて、以前のように返事をすることもない。そんなわけで、前よりずっと窮屈に、もの足りなくなってしまったと光君は思うのだった。

帝位を退いた朱雀院《すざくいん》はのびのびした気持ちになって、四季に合わせて情趣ある管絃《かんげん》の遊びなどを催しては、優雅な暮らしぶりである。女御《にょうご》や更衣《こうい》などは、みな在位中と変わらずに院に仕えている。東宮の母君である承香殿女御《しょうきょうでんのにょうご》は、今までとりたてていせつにされていたわけでもなく、帝の尚侍への寵愛《ちょうあい》を前にかすんでいたのだが、打って変わって皇子《みこ》が東宮に立つというすばらしい幸運を得て、上皇御所を出て内裏《だいり》の東宮に付き添っている。

光君の宮中での部屋は昔の淑景舎《しげいさ》（桐壺《きりつぼ》）である。東宮は南隣の梨壺《なしつぼ》にいるので、隣同士のよしみで何ごとも話し合い、光君は東宮の世話もするのだった。

出家した藤壺《ふじつぼ》の宮は、帝の母とはいえ皇太后の位に就くべきではないので、女院として上皇に准じて御封《みふ》を与えられた。院司《いんし》たちが任命されて、格別に立派である。藤壺は勤行《ごんぎょう》や功徳《くどく》を日々の仕事としている。長いあいだ世間の目を憚《はばか》って宮中へ出入りできず、東宮だった我が子にも会えないことでずっと気持ちもふさいでいたが、我が子が即位した今はありがたいことに思いのままに宮中に出入りできるようになったのである。弘徽殿大后《こきでんのおおきさき》は、まったくおもしろくない世の中だと嘆いている。光君は何かにつけて、大后がみずから恥じ入るほど完璧に仕え、好意的に振る舞うので、大后はかえっていたたまれない思いで、そこまでしなくともと世間の人は噂している。

紫の女君の父である兵部卿宮《ひょうぶきょうのみや》の、光君が須磨に退居した頃の自分に対する態度があまりにも心外で、世間の目ばかり憚っていたのを光君は不愉快に思っていて、以前のように親しいつきあいもしなくなった。たいていの人にはあまねく公平な思いやりを持つ光君だが、兵部卿宮家にたいしてはかえって冷淡な態度をとることもあるので、妹である藤壺は見ていてつらくもあり、不本意なことに思いもするのだった。

天下の政《まつりごと》はもっぱら二分し、太政大臣（左大臣）と光君にすべてまかされている。権中納言《ごんちゅうなごん》（頭中将《とうのちゅうじょう》）の娘を、その年の八月に入内《じゅだい》させることとなった。祖父の太政大臣が自身で世話をし、儀式の支度などまったく申し分ない。兵部卿宮の次女も入内させる心づもりでたいせつに育てたと評判であるが、光君は、その姫君がほかの人より勝るようにとも思わないのである。いったいどうしようというつもりなのでしょう……。

その秋、光君は住吉《すみよし》神社に参詣した。数々の願をかなえてもらったお礼参りなので、威風堂々たる出発である。世間でも大騒ぎして、上達部《かんだちめ》や殿上人《てんじょうびと》が、我も我もとお供をする。折しも、あの明《あか》石《し》の女君が、毎年の恒例として参詣していたのを、昨年今年と出産のために行くことができなかったお詫《わ》びをかねて、住吉に詣でることを思い立っていた。明石の一行は船で住吉に向かった。船が岸に着いて見やると、騒がしく参詣する人々のにぎわいが浜辺まで広がり、立派な奉納の宝物を捧《ささ》げた行列が続いている。楽人十人も装束を整え、すぐれた容姿の者が選ばれている。

「どなたが参詣しているのですか」と訊いてみると、「源氏の内大臣が御願果たしに詣でていらっしゃるのを、この世に知らない人もいたのか」と、取るに足らないような下々の者まで得意そうに笑っている。

我ながらあきれてしまう、ほかに月日はいくらでもあるのに今日も今日、なまじご威勢の様子を遠くから見てしまい、我が身の程をみじめに思わずにはいられない。さすがに切っても切れないご縁があるのだろう。けれど、こんなつまらない身分の者さえなんの屈託もなく、光君に仕えることを晴れがましく思っているのに、前世にどんな深い罪があって、いっときも忘れることなく光君を案じながら、これほどまで知れわたったご参詣のことも知らずにやってきたのだろう……。そんなことを思ううちに、ひどく悲しくなって明石の女君は人知れず涙を流している。

住吉の海岸の松原は深緑で、その中に花や紅葉《もみじ》を散らしたようにさまざまな袍《ほう》の濃いの薄いの、数え切れないほど見え隠れする。六位の中でも蔵人《くろうど》は袍の青色がはっきり見える。須磨下向の前に「思へばつらし賀茂《かも》のみづがき」と詠んだ右近将監《うこんのぞう》も靫負尉《ゆげいのじよう》（衛門府《えもんふ》の尉）となり、蔵人も兼任し、ものものしい随身《ずいじん》を引き連れている。良清《よしきよ》も同じ衛門府の佐《すけ》となり、ほかのだれよりも晴れ晴れとした顔つきで、ひときわ目立つ赤い衣裳《いしよう》をまとった姿はじつにみごとに見える。明石で出会った人たちが、みなあの時とは打って変わってはなやかに、なんの憂いもなさそうにあちこちに姿を見せているが、その中でも若い上達部や殿上人たちが我も我もと競い合い、馬や鞍《くら》までも飾り整え、磨き上げている様子は、すばらしい見ものだと明石の一行も思うのだった。

光君の車をはるか遠くから見ると、かえって心が締めつけられて、恋しい姿を見ようという気にもなれない。河原の大臣の先例に倣って、光君は童《わらわ》の随身を賜っている。童たちは左右の髪を耳のあたりで丸く束ねる「角髪《みずら》」に結って、紫の元結《もとゆい》で結んでいて、それは優雅である。背丈も揃っている十人がかわいい恰好《かっこう》をしているのは、際立ってはなやかに見える。葵《あおい》の上《うえ》の産んだ若君は、この上もなくたいせつにかしずかれている。若君の乗った馬に付き添う童たちもみな揃いの衣裳を着て、ほかの人たちとは服装を区別している。光君の一行が、はるか雲の上の人のように完璧であるのを見てしまうと、自分の産んだ姫君が人の数にも入らない有様でいるのがたえがたく思えてきて、明石の女君は、ますます熱心に御社《みやしろ》のほうを拝む。

摂津守《せっつのかみ》が参上し、饗応《きょうおう》の用意をする。ふつうの大臣などの参詣の時とは比べものにならないほど格別に奉仕したことだろう。明石の女君はいたたまれない思いで、このような人たちに交じって、取るに足らない自分が少しばかりの奉納をしても、神のお目に留まることもなく、人の数にも入れてはくださらないだろう、かといってこのまま帰るのも中途半端であるし、今日は難波《なにわ》に船を泊めて祓《はらえ》だけでもしよう、と船を漕ぎ出す。

そんなことを光君は夢にも知らず、一晩中さまざまな神事を奉納した。真実、神がご嘉納《かのう》になることをすべてし尽くして願ほどきを行い、それに加えて、例もないほど歌舞管絃の遊びをにぎやかに奉納して夜を明かした。惟光《これみつ》のように光君と辛苦をともにした人は、心の内で住吉の神のご加護を身に染みてありがたく思っている。ほんのちょっと光君が車から外に出ると、そばに来て惟光が詠む。

住吉《すみよし》の松こそものは悲しけれ神代のことをかけて思へば

（住吉の松を見ましても、まず胸がいっぱいになります。昔のことが思い出されますので）

本当にそうだと光君は思い、

「あらかりし波のまよひに住吉の神をばかけて忘れやはする

（激しかった波に心乱れた時を思うと、住吉の神をどうして忘れられようか）

霊験はあらたかだったな」と言う姿も見目麗しい。

あの明石の船が、このにぎやかさに気圧《けお》されて去っていったことを惟光が報告すると、まったく知らなかった、と光君は気の毒に思う。これも住吉の神のお導きに違いない、せめて一言でも手紙を書いてなぐさめてあげよう、近くにいたのならかえってつらい思いをしているだろうと光君は思う。

御社を出立し、あちこちの景色を見物してまわる。難波《なにわ》の祓などはことに厳かな儀式を執り行う。堀江《ほりえ》のあたりを見て、「わびぬれば今はた同じ難波《なには》なる身をつくしても逢《あ》はむとぞ思ふ（後撰集／これほど思い悩んだのだからどうなっても同じこと、この身を滅ぼしてでも逢いたいと思う）」という歌を思い出し、「今はた同じ難波なる」と光君はつい口ずさむ。それを車のそばで聞いていたのだろうか、惟光は、そんなご用命もあろうかといつも通りに懐に入れていた柄の短い筆を、車を停めたところで差し出した。よく気がつくものだと感心し、畳紙《たとうがみ》に、

みをつくし恋《こ》ふるしるしにここまでもめぐり逢ひけるえには深しな

（身を尽くしてあなたに恋しているから、澪標《みおつくし》のあるこの難波でこうしてめぐり会ったのです。あなたとの宿縁は深いですね）

と書いて惟光に渡す。惟光はそれを、明石の事情を知る下男に託して使いに出した。光君の一行が駒を並べて通りすぎていくのにも心を波立たせていた明石の女君は、ほんの一言の手紙ではあるが、身に染むほどありがたく思えて涙を流す。

数《かず》ならでなにはのこともかひなきになどみをつくし思ひそめけむ

（人の数にも入らない、何につけても甲斐《かい》もないこの私が、なぜ身を尽くしてあなたを思うことになってしまったのでしょう）

光君が田蓑《たみの》の島で禊《みそ》ぎをする時のためにと、幣《ぬさ》に用いる木綿《ゆう》に明石の女君からの返歌が添えられている。

日も暮れていく。夕潮が満ちてきて、海辺の鶴も声を惜しむことなく切々と鳴くので、人目もかまうことなく逢いにいってしまいたい、とさえ光君は思う。「雨により田蓑の島を今日《けふ》ゆけど名には隠れぬものにぞありける（古今集／雨が降ったので田蓑の島を歩いたけれど、蓑とは名ばかりで雨は防げなかった）」を踏まえて、

露けさの昔に似たる旅衣《たびごろも》田蓑の島の名には隠れず

（涙の露に濡《ぬ》れた旅の衣は、流浪の昔に似ています。田蓑の島とはいえ、その名だけでは涙の雨は防げない）

と詠んだ。

京に帰る道々、けっこうな遊覧をしてみなにぎやかにたのしんではいるが、光君の内心はやはり明石の一行が気に掛かっていた。遊女たちが集まってきて、上達部《かんだちめ》とはいえ年の若い風流好きの人々はみな興味深げに眺めている。しかし光君は、いやいやどうして、おもしろみも味わい深さも人柄あってのことだ、ふつうの恋愛沙汰でも、少しでも浮ついたところがあったら、心のよりどころにもならないのに……と、調子に乗ってしなを作っている遊女たちを疎ましく思うのだった。

あの明石の女君は、光君一行が通りすぎるのを待ち、明くる日が日柄も悪くなかったので、住吉の神に幣帛《みてぐら》を奉納する。身分相応の願の数々もとりあえず果たしたのだった。また、光君一行のは

なやかさを見たことで、かえってもの思いにふけることが増え、明けても暮れても情けない身分の違いを嘆いている。

もうそろそろ光君は京に着いただろうかと思うほどの日数もたたないうちに、光君から使者があった。近いうちに京に迎えたいという。たいそう頼もしく、妻のひとりとして思ってくださっているようだけれど、さて、どうしたものだろう、明石を遠く離れて京に行って、中空《なかぞら》に浮き漂うような心細い思いをするのではないか……と、女君は思い悩む。父入道も、光君の言うままに娘を手放すのはなんとも気掛かりで、そうかといって、こんなところに埋もれて過ごさせるのもどうかと考えている。何もなかった今までより、かえって心労が増えてしまった。何につけても気が引けてしまい、京へ行く決心がつかない旨の返事をする。

そういえば、御代替《みよが》わりにともなって伊勢に下ったあの斎宮《さいぐう》も代わり、六条御息所《ろくじょうのみやすどころ》も帰京したのである。光君は変わることなく何かとお見舞いをし、これ以上ないほどの情けの限りを尽くしている。けれども、昔だってあのお方のお心は冷淡だった、今さらよりを戻してかえってつらくなるような思いはしたくない、と御息所は光君のことを考えないようにしている。光君も御息所を訪ねるようなことはしない。無理に御息所の気持ちをなびかせたとしても、自分の心がその先どうなるのかわからないし、あちこちかかわり合いになるような忍び歩きも、身分上、窮屈に思えてきて、無理をしてでもという熱心さはない。ただ前斎宮《ぜんさいぐう》が、どんなにうつくしく成長したか、その姿を見てみたいと思うのである。

御息所は、かつての六条の旧邸を修理し手入れして優雅に暮らしている。趣味のよさは昔と変わらず、すぐれた女房も多く、彼女たちを慕う風流な男たちの集う場となり、さみしいようではあるが、心落ち着く生活を送っている。ところが急に御息所は重い病にかかり、なんとはなしに心細い気持ちになり、罪深くも、斎宮という仏道修行と離れたところで何年も過ごしていたことがおそろしく思えてきて、出家してしまった。

光君はそれを聞き、もはや色恋めいた気持ちはないけれど、やはり話し相手としては相応な人だと思っていたので、出家を決意したことがいかにも惜しく思え、驚いて邸《やしき》に向かった。御息所に心をこめて挨拶をする。すぐ近くの枕元に座を用意して、御息所は脇息《きょうそく》に寄りかかって返事をするが、いかにも弱々しい様子なので、今も変わらない自分の気持ちをわかってもらえないままに終わってしまうのではないかと無念に思い、光君は激しく泣いた。

これほどまでに思ってくれているのかと、女君も胸がいっぱいになり、娘である前斎宮のことをお願いする。

「ひとり心細くこの世に残されることになります。どうか何ごとにおいても人並みにお扱いくださいませ。ほかにお世話を頼める人もおらず、この上なく不幸な身の上でございます。無力な私ですが、もうしばらく生きながらえておりますうちは、あれもこれも分別がおつきになるまで、お世話申し上げようと思っておりましたのに……」と消え入るような声で泣く。

「そのような仰せがなくとも、前斎宮のことをお見捨て申し上げるはずなどありません。ましてお話を伺いましたからには、気のつく限りは何ごともお世話申し上げようと思います。けっしてご心配なさいませんように」

「それはとても難しいことです。本当に頼りになる実の父親など、後をまかせられる人があっても、母親に先立たれた娘はじつにかわいそうなものでございましょう。まして、お世話くださる方が恋人の扱いをなさるとしたら、おもしろくない事態も起こるでしょうし、ほかの人に憎まれることもあるでしょう。おかしな気のまわしようですけれど、どうかそのような色ごとには巻きこんでくださいませんよう。不幸な我が身を引き合いに考えましても、女はちょっとしたことでもの思いを重ねますから、娘には、そのようなつらい思いとは無縁に生きてほしいと願っているのです」

ずいぶんばつの悪いことを言うものだと思ったが、

「この数年、何ごとにも分別がついてきましたのに、昔の浮気心がまだ残っているようにおっしゃるのは、不本意です。まあいいでしょう、自然と私の気持ちもわかっていただけるでしょう」

と光君は言う。外は暗くなり、室内は燭台《しょくだい》の火がものの隙間から漏れてくるので、もしかしたらと思い、そっと几帳《きちょう》のほころびから中をのぞいてみると、ほの暗い灯《あか》りの元、髪はいかにもうつくしく肩のあたりで切り揃えた人が脇息に寄りかかっている様子は、まるで絵に描いたようにしみじみとうつくしい。几帳の東側に横になっているのが前斎宮なのだろう。そばの几帳が無造作に押しやられていて、目をこらして眺めると、頰杖《ほおづえ》をついてもの悲しい面持ちである。少ししか見えないが、じつに愛らしい人のように見える。肩や背にかかる髪、頭のかたち、気配は、上品で気高いが、小柄でかわいらしい様子なのがはっきりと見てとれて、じりじりと逢いたい気持ちに駆られるが、御息所がああまでおっしゃったのだから、と思いなおす。

「たいへん苦しくなってまいりました。こんな姿は失礼でございますから、早くお引き取りくださいませ」

と御息所は女房に手を借りて横になる。

「おそば近くに参りました甲斐あって、少しでも快方に向かいましたらうれしいのですが、おいた

わしいことです。どのようなご気分でいらっしゃいますか」と、几帳からのぞく様子なので、

「とてもひどい姿でおります。この病もいよいよという時にお越しくださいましたのは、まことに浅からぬ宿縁と存じます。気になっていたことを少しでも申し上げることができましたので、きっとあなたはお力をお貸しくださると、頼もしく思います」

「このような御遺言を承るべき者のひとりと思ってくださること、まことに心に染みいります。故桐壺院《きりつぼいん》の御子《みこ》たちは多くいらっしゃいますが、私と親しく交わってくださる方はほとんどおりません。院はこちらの姫君を御子たちと同じように考えていらしたのですから、私もそのつもりで親しくさせていただきましょう。私も人の親となっていい年頃ですが、育てるべき娘もなく、もの足りなく思っていたところですから」

などと話して光君は帰っていった。それから今までよりねんごろに、たびたび見舞いを遣わせた。

それから七、八日たって、御息所は亡くなった。光君は気落ちし、世の無常を思い、心細くもなり、宮中に参内《さんだい》することもなく、葬儀についての指示をしている。光君のほかに頼りになるべき人もいないのである。かつて前斎宮に仕えていた宮司など、前々から出入りしている者がわずかにことを取り仕切った。光君自身も御息所邸に行き、前斎宮に挨拶を伝える。

「何もわからず取り乱しております」と、女別当《にょべっとう》を通して返事がある。

「亡き母君に私からも申し上げ、また母君から御遺言くださったこともございますので、これからは遠慮なく頼りにしていただければうれしく存じます」と光君は言い、女房たちを呼んであれこれとなすべきことを命じている。じつに頼もしく、今までのつれなかった態度も帳消しになるほどである。

葬儀はたいへん盛大に行い、光君の臣下も数え切れないほど差し向けて奉仕させた。光君はぼんやりとしたまま精進をし、御簾《みす》を下ろしてその中にこもって勤行をする。前斎宮へはたえず便りを送った。ようやく心が落ち着いてきた前斎宮からも返事が来るようになった。光君に返事を書くなど憚られたけれど、乳母《めのと》などが「代筆では畏れ多いことでございます」と勧めたのである。

雪と霙《みぞれ》が乱れ降って荒れ模様の日、光君は、どんなに前斎宮が打ちひしがれ、さみしくもの思いに沈んでいるだろうかと案じ、使者を差し向けた。

「この今の空をどのようにご覧になっていますか。

降り乱れひまなき空に亡き人の天翔《あまかけ》るらむ宿《やど》ぞかなしき

（雪と霙が降り乱れ、やむ間もない空を、亡き母君がお邸《やしき》を離れられずに天翔っていらっしゃるのだろうと、悲しく思うのです）」

と曇ったような空色の紙に書いた。まだ年若い前斎宮の心に残るようにていねいに書いたそのうつくしさは、目もくらむほどである。

前斎宮は返事をしづらい様子ではあったが、そばに仕える女房が「代筆では失礼にあたります」とまた迫るので、薄鼠色《うすねずいろ》の、たいへん香ばしく洒落た紙に墨の濃淡を交じらせて

消えがてにふるぞ悲しきかきくらしわが身それとも思ほえぬ世に

（消えることもできず日を送っているのが悲しいです。我が身が我が身とも思えないこの世の中で）

遠慮がちな書きぶりだが、じつにおっとりとしていて、筆跡は上手ではないけれど愛らしく品がある。

この前斎宮が伊勢に下向した時から、光君は、放っておくことなどできない気持ちだったのだが、今は、心のままに思いを打ち明けることができるのだと考え、一方では、例によって、それも気の毒かと思い返す。亡き御息所がそのことについて案じていたのは当然のことだが、世間の人々もきっと同じような邪推をしかねない、そんな邪推ははねのけて下心なく面倒をみよう、今の帝《みかど》がもう少し分別ある年齢になったら、入内させよう。自分には育てる子もおらずもの足りないのだから、たいせつにお世話しよう、と決意するのだった。

光君はじつにこまやかで親身な手紙を送り、必要があればみずから訪ねていく。

「畏れ多いことですが、亡き母君の身代わりと思って、親しくおつきあいくださいましたら本望です」と光君が言うが、前斎宮はむやみに恥ずかしがる内気な性質で、かすかにでも声を聞かせるなど、とんでもないことと思っている。女房たちもどう取りなしたらいいものかと、前斎宮の人柄をみなで案じている。

ここには女別当や内侍《ないし》といった人々、あるいは同じ皇室の血筋の人々など、たしなみ深い女房たちが多い。まだだれにも言わずひそかに考えている入内をさせても、ほかの方々に引けをとることはないだろう。それにしてもどうにかしてはっきりと姿を見てみたいものだ、などと思っているのは、気を許せる親心からと言えるのかどうか……。

光君は、我ながら自分の心がどう変わるかわからないので、前斎宮を入内させようという考えについても口外せずにいる。そして六条邸の人々は、御息所の法事のことも格別に執り行う光君の類いまれなる厚意をみなよろこび合っている。

はかなく過ぎていく月日とともに、六条の邸はいよいよさみしく、心細いことばかりが増えていき、仕えていた人たちも次第に暇をとって散り散りに去っていく。邸は下京《しもぎょう》の京極《きょうごく》あたりにあるので、人家も少なく、日没の頃に山寺の音があちこちから響くにつけ、前斎宮《ぜんさいぐう》は声を上げて泣く日を過ごしている。母と娘と一言に言っても、御息所《みやすどころ》と前斎宮はかたときも離れることなく過ごしてきて、伊勢下向の際も親が付き添うという前例のないことなのに、前斎宮が無理に母君を誘ったほどなのである。なのに死出《しで》の旅立ちにはお供することができなかったと、涙が乾く間もないほど悲しみ嘆いている。

前斎宮の邸に仕えている女房たちは、身分の高い者もそうでない者も大勢いる。けれど光君が、「たとえ乳母でも自分勝手なことをしでかしてはならない」と父親ぶって言いつけているので、気後れするくらい立派な光君の様子に、不都合なことがお耳に入るようなことがあってはならないと思い、ちょっとした恋の取り次ぎなどもすることはない。朱雀院《すざくいん》も、昔、前斎宮が伊勢下向した日の大極殿《だいごくでん》の、厳かで立派だった儀式で、不吉に思えるほどうつくしかった前斎宮の姿が忘れられず、「院の御所においでなさい。かつての斎院など、私の姉妹の皇女たちがいらっしゃるのと同様に、こちらでお暮らしください」と、以前御息所に伝えていた。けれど御息所は、院にはれっきとした妃《きさき》たちがいる中で、娘には大勢の世話役もいないのにどんなものだろうと心配し、また、朱雀院《すざくいん》がひどく病弱であることもおそろしく感じられ、院が亡くなるようなことがあればまた悲しい思いをさせてしまうのではないか、と躊躇《ちゅうちょ》したまま日を送っていたのだった。御息所亡き今、ましてだれが宮仕えの世話などできようかと女房たちはあきらめているが、朱雀院はなおもねんごろにその意向を伝えた。

それを光君は耳にして、院から意向が伝えられているのにそれに背いて冷泉帝《れいぜいてい》へと横取りするのも畏れ多いことであると思うが、前斎宮のあまりの愛らしさに、手放すのはこれもまた残念で、藤《ふじ》壺《つぼ》の宮に相談することにした。

「このような次第で思い悩んでおります。前斎宮の母、御息所はじつに落ち着いた思慮深い方でしたのに、私のよからぬ浮気心のせいでとんでもない浮き名を流すこととなり、恨めしい男と思われたままになってしまいましたのを、心苦しく思っております。生きているあいだはその恨みが消えることなく、亡くなってしまわれましたが、いまわの際に、この前斎宮のことを遺言なさいました。私をそのような信頼に足る者とお聞きになっていて、何もかも余すところなく打ち明けていい相手だと認めてくださったのかと思うと、たまらない気持ちになります。関係のない人たちであっても気の毒なことは黙って見過ごせないものです。まして亡くなられた後であっても、私への恨みを忘れるほどのことをして差し上げたいと思うのです。帝のことですけれど、本当にご成長なさいましたが、まだ幼い年齢でございますから、少しは分別のあるお方がおそばにお仕えしてもいいのではないかと思うのですが……。ご判断いただけますか」

と話すと、藤壺の宮は、

「よくぞ考えてくださいました。朱雀院のお気持ちを思うと、畏れ多いことでありますし、お気の毒でもありますけれど、御息所の遺言にかこつけて、院のお気持ちには気づかなかったふりをして、入内をおさせになったらいいと思いますよ。院は、そのことにとくにご執心というわけでもなく、今はもっぱら仏道の修行にご熱心ですから、あなたさまからそのようにお伝えになっても、さほど深くお咎《とが》めになることはないと思います」と言う。

「では、母宮であるあなたのご意向ということで、前斎宮をも妃のひとりとして認めてくださいますならば、私はお口添えするだけにいたしましょう。あれやこれやと充分に考え尽くしましたし、ここまで私の考えもすっかりお話ししましたが、それでも世間がなんと言うかと心配です」と光君は言い、後日、藤壺の宮の言葉通り何も知らないふりをして二条院に前斎宮を引き取ろうと考える。紫の上にも、

「このように思っている。お話し相手として過ごせば、ちょうどよい年頃のお仲間でしょう」と話して聞かせると、紫の女君はそれをよろこび、前斎宮の二条院への転居の準備をはじめる。

藤壺の宮は、兄である兵部卿宮《ひょうぶきょうのみや》が次女をなんとか早く入内させたいと、大騒ぎして教育しているのを知っているので、兵部卿宮をよく思っていない光君がどのような態度をとるかと心を痛めている。権中納言《ごんちゅうなごん》（頭中将《とうのちゅうじょう》）の娘は、現在、弘徽殿女御《こきでんのにょうご》と呼ばれている。祖父の太政大臣の養女としてそれはそれはなやかにだいじに育てられている。帝もいい遊び相手だと思っている。

「兵部卿宮の姫君も同じお年頃でいらっしゃるから、どうしてもままごと遊びのような気がするでしょう。ですから大人びたお世話役ができますのはとてもよろこばしいことです」と藤壺の宮は思い、またそう口にもし、そのような意向を帝にも伝えている。また光君の、何ごとにつけても行き届かないところなく、政務の補佐役はもちろんのこと、明け暮れの日々のことも含め、帝へのこまやかな心遣いがじつに愛情深く見えるので、藤壺の宮はそれをたのもしいことと安心している。自身はいつも病気がちでいるので、宮中に参内してもゆっくりと帝のそばにいることも難しい。そんなわけで、帝より少し年長で、そばに付き添うべきお世話役がぜひとも必要なのである。

蓬生《よもぎう》

志操堅固に待つ姫君

あの紅い花の姫君は、志高く、どれほど困窮しても、
荒れ果てた邸で光君をただ信じて待っていたそうです……。

*登場人物系図
△は故人

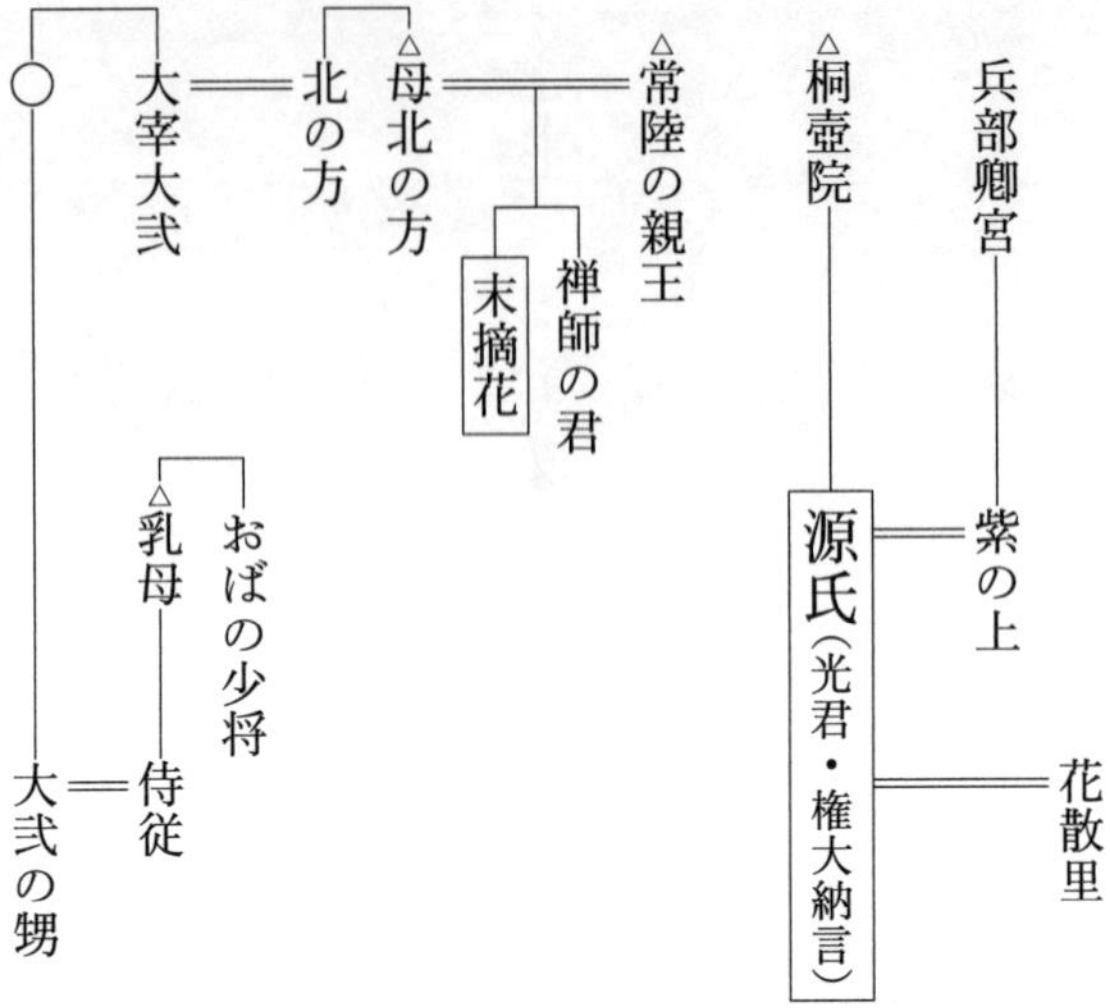
兵部卿宮
紫の上
△桐壺院
源氏（光君・権大納言）
花散里
△常陸の親王
△母北の方
禅師の君
末摘花
北の方
大宰大弐
おばの少将
△乳母
侍従
大弐の甥

光君《ひかるきみ》が、須磨《すま》の浦《うら》で涙に暮れて苦境の日々を過ごしていた頃、都でもそれぞれに嘆き悲しんでいる女たちが多くいた。それでも、自身の暮らしによりどころのある人々は、一途《いちず》に光君を思う気持ちは苦しいだろうが、二条院の紫《むらさき》の上《うえ》なども不自由のない暮らしぶりで、光君の旅の住まいとも、互いの様子がわかるように手紙のやりとりをしていたし、官位を失った後のかりそめの衣裳《いしょう》などを、季節に合わせて用意することで、つらい気持ちを紛らわすこともできたろう。しかし、なまじ光君に情けをかけられながらも、そうとは世間にも知られず、光君が都を去ったこともよその噂《うわさ》で想像するだけの人々、だれにも知られず悲しい思いをしている人々も多かったのである。

常陸宮《ひたちのみや》の姫君（末摘花《すえつむはな》）は、父宮が亡くなってからというもの、ほかにはだれひとり世話をする人もいない身の上で、非常に心細く暮らしていたが、思いもよらぬ光君の訪問を受け、それからずっと面倒をみてもらっていた。光君のゆたかな経済力からしてみれば、取るに足らない援助であり、あるかなきかの情けとばかり光君は思っていたのだが、何ぶん援助を待つ姫君の暮らしが貧しいので、まるで大空の星の光を盥《たらい》の水に映し取るような、存外の幸福と思っていたところへ、光君の須磨退居という一大事が起きたのである。光君はこの世のことはすべて厭《いと》わしくなって思い乱れ、思いのさほど深くない人々のことは、なんとはなしに忘れてしまい、須磨に行ってしまった後はわざわざ便りを送ることもしなかった。姫君はしばらくは光君の援助の名残《なごり》で泣く泣く過ごしていたが、年月がたつにつれて、気の毒なほどさびれた暮らし向きになってしまった。

昔から仕えている女房たちは、

「いやはや、なんて残念なご運なのかしら。思いがけず、神さま仏さまがあらわれなさったような光君さまのお心遣いに、こんなご縁も降って湧くこともおありになるのかと、信じられないような気持ちでいたのに、世は常ならずとは言うけれど、ほかにお頼りできる方もない姫君の御身の上が本当に悲しくって……」とぶつぶつ嘆いている。つましい暮らしに慣れていたかつての長い年月は、嘆いてもどうしようもない貧しさも当たり前のこととして過ごしていたが、なまじ光君の援助を受けて人並みの暮らしを送ったせいで、女房たちはもはや辛抱できなくなって嘆いているのだろう。かつては少しでも役に立ちそうな女房たちは、光君の噂を聞いて自然とこの邸《やしき》に集まり、住み着いていたのだが、みな次々と散り散りに去ってしまった。女房の中には寿命の尽きる者もいて、月日がたつに従って、身分の上の者も下の者も人数は減るばかりである。

もともと荒れていた常陸宮邸であるが、いよいよ狐も棲《す》み着いて、気味の悪い鬱蒼《うつそう》とした木立からは、朝に夕に梟《ふくろう》の声が響いている。今まで人の住む気配があればこそ、そのようなあやしげなものたちも阻まれて影をひそめていたが、今は木の霊など奇っ怪なものどもが、我がもの顔で姿をあらわし、何やらたえがたいことばかりが続けざまに起きるので、たまたま残って仕えている女房は、

「もうどうしようもありません。風流な家作りを好むあの受領《ずりよう》たちが、このお邸の木立に目をつけて、売却してくださいませんかと、つてを求めてこちらの意向を伺っていますけれど、そのようにいたしませんか。こうまではおそろしくないお住まいに、どうかお移りになってくださいませ。こ

のお邸に残ってお仕えしている私たちも、もう辛抱できないのです」と訴えるが、

「まあ、とんでもない。人聞きの悪いことを。私の生きているあいだに、お邸を手放すなど考えられません。こんなに不気味に荒れ果てているけれど、両親の面影が残っている古いお邸だからこそ、心もなぐさめられるのです」と姫君は泣く泣く言い、邸を売るなど思いもしないようである。


調度類も、じつに古風でよく使い慣らした品々で、いかにも昔風の造りで立派なものばかりである。生半可に骨董《こっとう》をかじった者がそうした品々をほしがって、もともと故常陸宮がとくべつ名のある人に作らせたものだと聞き出して、譲ってはくれまいかと、こんなに貧しい暮らしなのだからと見くびって意向を尋ねてくる。女房たちは、

「もう仕方がありません。それこそ世の常です」と、なんとか目立たないように品物を選び、差し迫った今日明日の生活の苦しさを乗り切ろうとする時もあるのを、姫君はきつく戒め、

「この私が使うようにと父宮はお思いになったから、作らせておおきになったのですよ。それをどうして下々の者の家に飾らせたりできますか。亡き父宮のお気持ちを無視するなんてとてもできません」と、そんなことは許さないのである。


ほんのちょっとした用件でも訪ねる人のいない姫君の身の上である。ただ兄の禅師《ぜんじ》の君だけは、ごくたまに山科《やましな》から京に出る時に顔を出す。その禅師もまれに見るほどの古風な人で、法師と一概にいっても、彼は処世のすべを知らず、浮き世離れした聖《ひじり》のような暮らしをしていて、邸の生い茂った草や蓬《よもぎ》などを妹のために取り払ってやらねば、などと考えもつかない。そんなわけで、浅茅《あさじ》は庭の表面を覆い隠すほど茂って、蓬は軒と争うように高く生えのびている。葎《むぐら》の蔓《つる》が這《は》いまわり西東の門を閉ざしてしまったのは用心がいいようだが、築地《ついじ》の崩れたところは馬や牛が踏みならして

しまい、春夏になれば、牧童までが邸の中で牛馬を放し飼いにしているのはいったいどういうつもりなのか、じつにけしからぬ話ではありませんか。

八月、野分《のわき》が激しく吹き荒れた年、渡り廊下も倒壊し、粗末な板葺《いたぶ》きだった幾棟もの雑舎は、骨組みだけがわずかに残った。こうなっては邸に残ろうという下仕《しもづか》えの者もいない。朝夕の食事のための煙も絶え、あまりにも悲しく、みじめなことばかりである。盗人という情け容赦のない者でも、その窮状を察してか、この邸に用はないとばかり通りすぎて寄りつかない。こんなすさまじい野や藪《やぶ》のようではあるが、姫君のいる寝殿だけは昔ながらのしつらえで、ぴかぴかに掃除する人もなく塵《ちり》は積もっているけれど、姫君は心乱れることもない折り目正しい暮らしを送っている。

なんということもない古歌や物語といった気ままな遊びによって、人は所在なさを紛らわし、こうしたさみしい暮らしもなぐさめるものだけれど、この姫君はそうした方面にも疎い。わざわざ風流ぶるわけではなくても、とくべつな用がない暇な折、気心の知れた者同士で気軽に手紙を送り合ったりしていれば、若い人は四季折々の木や草の風情《ふぜい》にも心がなぐさめられようものを、だいじに育ててくれた父宮の考え通り、世間は用心すべきものだと信じて、手紙を送り合ってしかるべき人々ともまったくつきあいを持っていない。古びた厨子《ずし》を開けて、「唐守《からもり》」「藐姑射の刀自《はこやのとじ》」「かぐや姫」といった物語を絵に描いたものを、たまに暇つぶしに眺めている。古歌にしても、趣向をもって選び出し、その歌の説明や背景、作者をもはっきりさせてその心を理解するのがおもしろいのだが、姫君は、堅苦しい紙屋紙《かんやがみ》やけばだった陸奥国紙《みちのくにがみ》に珍しくもない古歌が書いてあるものなど、実際ひどく興ざめなものを、さみしさにこらえきれない折々には広げているのだった。この頃の人々がよくやるらしい読経《どきよう》や勤行《ごんぎよう》といったものは、女のすべきことではないと気後れして、見る人がいるわけでもないのだが、数珠《じゅず》を手に取ることもない。かように折り目正しく暮らしているのである。

以前姫君の代わりに返歌をした、侍従《じじゅう》という乳母子《めのとご》だけが、長年暇をとることもなく仕えていたが、彼女がこの邸と同様に出入りしていた斎院が亡くなり、この邸だけではとても暮らしていけそうもなく、不安に思っていた。

この姫君の母親の妹で、落ちぶれて受領の妻になった者がいた。娘たちをたいせつに育てていて、娘たちのためにそう見苦しくない若い女房をさがしていたので、侍従はまったく知らないところよりは、かつて自分の親も出入りしていたのだからと思って、その人の元へも時々通うようになった。姫君は、かくも人見知りする性質なので、この叔母《おば》と親しいつきあいもしていない。

叔母は、「亡き姉上は私をお見下げになって、家の恥とお思いでしたから、姫君のお暮らし向きがいくらお気の毒でいらしても、お見舞い申し上げられないのです」などと、小憎らしい文句を侍従に言い聞かせては、ときどき姫君に便りを出していた。

もともと受領のような身分に生まれついた並みの人は、かえって身分の高い人の真似《まね》に夢中になって、上品に振る舞う者も多いのだが、この叔母は高貴な生まれでありながら受領の妻にまで成り下がるような宿世《すくせ》の人なので、心根が少々下品なのである。

私はこうして劣った身分として見下されてきたのだから、この宮家が落ちぶれていく今の機を逃さず、どうにかしてこの姫君を私の娘たちの召使にしたいものよ、古風で融通が利かないところがあるけれど、なんの心配もいらないお世話役ではないか。叔母はそう思い、「時々私どもの家にいらしてください。お琴の音を聴きたがっている娘たちがおりますから」と言う。侍従も、そのようにいつも誘っているが、姫君は意地を張り合う気持ちからではなく、ただたいへんな引っ込み思案なために、そのように親しくつきあおうとしないのを、叔母は癪《しゃく》に障るのである。

こうしているうちに、叔母の夫は大宰大弐《だざいのだいに》に任ぜられた。娘たちを適当な人に縁づけて任地に下るつもりだが、やはりこの姫君を連れていきたいという思いが強く、

「こうして遠方に下ることになりました。いつもお見舞いしていたわけではありませんが、心細いお暮らしぶりとはいっても、近くにおりましたから安心できたあいだはともかく、これからはお気の毒で気掛かりでなりません」と言葉巧みに誘うのを、姫君は頑として受けつけない。

「なんて小憎らしい。ご大層なこと。おひとりで思い上がっていたって、こんな草ぼうぼうのところで何年も住み着いていらっしゃる方を、源氏の大将殿だってたいせつにお思いになったりするものですか」と、叔母は嫌みを言ったり呪ったりした。

こうしているあいだに、光君が世間に許され都に帰還することとなり、天下の人々はよろこんで大騒ぎをしている。だれも彼も、我先にと光君への深い誠意を知ってもらおうと競い合う男女に、光君は、身分の高い低いに関係なく人の心というものを見てとって、身に染みてわかることがさまざまあった。このようにあわただしくしているうちに、常陸宮の姫君のことをますます思い出すこともなく、月日がたってしまった。

これでもうおしまいだろう、と姫君は思う。これまでずっと、今までと一変してしまった光君の境遇を、なんと悲しく残酷なことだと思いながらも、草木の萌《も》え出る春にはふたたびめぐり逢《あ》えますようにと祈り続けてきた。

けれど、取るに足らない下賤《げせん》の者たちもがよろこんでいる光君の御昇進のことを、私は他人《ひと》ごととして聞いているほかない。光君が京を離れる時のあの悲しみは、ただ自分ひとりだけのものと思えたのに、そんな甲斐《かい》もない光君との仲だったのだ……。そう思うと心が砕け散るほど悲しくなり、姫君は人知れず声を上げて泣いた。大弐の妻である叔母は、それ見たことか、こんなふうに頼る人もおらず、みっともない暮らしぶりの人を、相手になさるお方があるものか、仏や聖《ひじり》だって罪業軽く生まれついた人をこそよく救ってくださるというのに、こんなに落ちぶれていながらえらそうに世間を見下して、父宮や母宮がご存命でいらしたときと何も変わらない高慢さ、救い難くて不憫《ふびん》ですらある、とますます姫君をみっともなく思い、

「やはりご決心なさいませ。世の中がつらい時は、そんなことのない山奥に尋ね入りなさいと言いますよ。田舎なんておそろしいとお思いかもしれませんが、むやみに悪いようにはお扱いいたしませんよ」と、言葉巧みに言うので、すっかり気力をなくしている女房たちは、

「おっしゃる通りになさればいいのに。どうせたいしたことも起きそうにない御身の上なのに、何をお考えになってこんなに我をお通しになるのだろう」と、ぶつぶつと文句を言い合っている。

侍従も、大弐の甥《おい》だという男とねんごろな仲になり、その男が侍従を都に置いていくはずもなく、あわただしく旅立つこととなり、「姫君をお残ししていくのがつらいので……」と下向を勧めるけれど、姫君は、こんなにも長いあいだ訪れることのない光君にまだ望みをかけている。心の中では、いくらなんでも、ずっと後々までも思い出してくださらないなんてことがあろうか、と思っている。

しみじみとお心のこもった約束をしてくださったのに、私の運のなさのせいで、このように忘れられてしまったのだ。けれど風の便りにでも、私のこのみじめな暮らしのことをお耳にされたら、

かならず思い出して訪ねてくださるに違いない、とずっと思っているのである。なので、全体的に住まいは前よりひどく荒《すさ》んでいるが、姫君の強い意志で、ちょっとした調度などもなくさないようにして、厳格なほど昔と同じようにたえ忍んで暮らしている。声を上げて泣く時も多く、ひどくふさぎこんでいる姫君であるが、ただ、木こりが赤い木の実を顔につけたままでいるように見えるその横顔は、ふつうの人ならとても見るにたえないだろう。いえ、これ以上は書きますまい、気の毒であるし、口が悪いと思われてしまうでしょうし……。

冬になるにつれて、ますますすがるべきものもなく、姫君は悲しい思いに沈んで過ごしている。光君は、故桐壺院《きりつぼいん》の法華《ほっけ》八講会《はっこうかい》を、天下をあげての一大法要として盛大に催した。ことに僧は並の者は呼ばず、学才にすぐれ修行を積んだ、高徳の僧ばかりを残らず選んだ。姫君の兄である禅師《ぜんじ》の君も選ばれていた。禅師はその帰り際、常陸宮邸に立ち寄って、

「これこれこういった次第です。源氏の権大納言《ごんだいなごん》殿の御八講に参列したのです。じつに尊く、この世に極楽浄土があらわれたような荘厳さでした。盛大で、趣向の限りを凝らしていらっしゃいました。源氏の君は、仏か菩薩《ぼさつ》の化身でいらっしゃるのでしょう。ああしたお方がなぜ五濁悪世《ごじょくあくせ》のこの世にお生まれになったのだろうか」

と話し、そのまま帰っていった。言葉少なく、ふつうのきょうだいのように語り合うこともないので、姫君は身のつらさを打ち明けることもできないのである。それにしても、こんなに不運な身の上の私を、悲しく不安なままでお見捨てになるとは、情けない仏菩薩ではないかと姫君は恨めしく思う。叔母の言う通りこれまでの縁なのだろうと次第に思うようになってきたところ、その叔母

がやってきた。

ふだんはそれほど親しくもないのに、誘い出そうとの下心から、姫君に渡すための装束などを揃《そろ》えて、立派な車に乗って、顔つきも物腰も得意げな様子で無遠慮に訪ねてきて、門を開けさせるが、邸内はみっともないほど荒れ果てている。門の左右の扉もみな傾き倒れているので、お供の男たちが手伝って、とにかく開けるのも大騒ぎである。陶淵明《とうえんめい》の「帰去来の辞」の一節にも「三径荒《さんけいこう》に就く」とあるように、どこだろう、こんなに荒れたところにもかならず草を分けた三つの径《みち》があるはずだ、とさがしあてて進む。ようやく、寝殿の南側、格子を上げた一間へ車を寄せる。姫君は、なんてぶしつけなのだろうと思いはするものの、あきれるほど煤《すす》けた几帳《きちよう》を押し出し、侍従を対応に出した。侍従の顔立ちもずいぶんと衰えている。長年の苦労でやつれているが、やはりどことなく垢抜《あかぬ》けてたしなみのほどがうかがえるので、畏れ多いことだけれども、姫君と取り替えられたらいいだろうに……。

「旅立とうと思いながらも、おいたわしいご様子なのをお見捨てできませんが、侍従を迎えに参りました。私をお嫌いのご様子ですので、ご自身はこちらにはまったくお越しいただけませんが、この人だけは連れていかせてくださいね。どうしてこんなにもお気の毒な有様に……」と、ふつうの人なら当然泣くところであろう。が、叔母は、これからの任地へと思いを馳《は》せているのでうきうきしている。「父宮がご存命の時、亡き姉が私のことを家の恥などとお見捨てになったから、それ以来疎遠な間柄になってしまいましたけれど、今までだってどうしてぞんざいに思ったりしたでしょう。あなたさまが高貴な御身の上のように気位ばかり高くて、源氏の大将殿がお通いになる御宿縁に恐縮しまして、私ごときが親しくさせていただくのもどうかと遠慮して過ごして参りました。けれども世の中はこのようにさだめなきもの、私のような人の数にも入っていない身分の者は、かえって気楽でございましたよ。以前は及びもつかないと拝見しておりましたあなたさまの御身の上が、こんなにも悲しくつらいものになってしまって……。近くにおりましたらご無沙汰をしましても、そのうちにとのんびりかまえていられましたが、はるか遠方まで下向することになりますと、あなたさまのことが気掛かりでおかわいそうで……」と話を持ちかけるが、姫君は気を許した返事もしない。

「ご心配はとてもうれしいですが、変わり者の私ですから、どうしてここを出ていけましょう。このまま朽ち果てようと思っています」と言うと、

「本当にそうお思いになるのは無理もありませんが、この世に生きている身を捨てて、こんなに気味の悪い住まいに閉じこもっている人なんておりませんよ。源氏の大将殿がこのお邸をなおしてくだされば、見違えるような玉の台《うてな》にもなろうと頼もしく思いますが、今は兵部卿宮《ひょうぶきょうのみや》の姫君（紫《むらさき》の上《うえ》）にすっかりお心を奪われていらっしゃるとのこと。昔から浮気な御性分で、ちょっとしたおなぐさみにお通いになっていたあちらこちら、みなお心から離れてしまったそうですわ。ましてこんなに頼りない御身の上となって荒れ果てたお邸に暮らしている人を、一途に自分を頼りにしてくれていたのだと感激して訪ねてくださるなんて、あるはずないじゃありませんか」

などと話して聞かせるのを、その通りだと思うにつけても悲しくなって、姫君は涙を落とす。けれども姫君の気持ちが動きそうもないので、叔母は一日中思いつく限りのことを言ってみたが困り果て、

「では、せめて侍従だけでも」と、日が暮れてきたので帰りを急ぐ。侍従はそわそわして、泣きな

がら、
「では、ともかく今日は、こんなにおっしゃってくださるのですから、お見送りにだけでも行って参ります。叔母さまのおっしゃることももっともだと思います。けれどお心がお決まりにならないのも当然ですから、あいだに立つ私もつらい気持ちでございます」と、姫君に耳打ちする。

この侍従までもが私を見捨てていくのかと、恨めしくも悲しくも思うけれど、引き止めるすべもなく、姫君はただ声を上げて泣くことしかできない。形見として持たせてやるべき衣裳も汗染みているので、長年勤めてくれたお礼を伝えるような品物もない。自身の髪が落ちているのを取り集めて鬘《かずら》にしたものが、長さ九尺余りもあってみごとなので、立派な箱に入れ、代々伝わる薫衣香《くのえこう》の香り高いものを一壺《つぼ》添えて渡した。

絶《た》ゆまじき筋《すぢ》を頼みし玉かづら思ひのほかにかけ離れぬる

（離れることはないと頼りにしていた玉かずら——あなたですのに、思いもかけず遠くに行ってしまうのですね）

亡くなった乳母《まま》（侍従の母）の残した遺言もあったので、ふがいない私ですが、あなたは最後まで面倒をみてくれると思っていました。あなたに見捨てられるのは仕方がないことですが、この後私のことをだれに頼んでいくつもりかと、恨めしく思います」と、激しく泣く。侍従も涙でまともに話すこともできない。

「母の遺言は今さら申し上げるまでもございません。長年たえがたい世のつらさを味わって参りましたのに、このように思いもよらない旅路に誘われて、はるか遠方までさまよっていくことになりまして」と言い、

「玉かづら絶えてもやまじ行《ゆ》く道の手向《たむけ》の神もかけて誓はむ
（玉かずらのようにご縁が絶えたとしましても、あなたさまをけっしてお見捨てはしません。行く道々の手向《たむ》けの神さまに誓いましょう）

いつまで生きられるかはわかりませんけれど」と侍従は続けるが、

「どうしたの、暗くなってしまいますよ」と叔母からぶつぶつ言われ、うわの空のまま車に乗り、ふり返りふり返りしながら行くのであった。

今まで長年のあいだつらい暮らしにたえながらも離れていくことのなかった人が、こうして去ってしまい、姫君は心底心細く思っているのに、ほかにどこにも奉公先のなさそうな老女房までが、

「いやいや無理もないことです。どうしてこんなところに住んでいられましょうか。私たちだってとても辛抱できませんもの」と、それぞれに頼れそうな身内を思い出し、邸を出ていこうとしているのを、姫君は居心地の悪い思いで聞いていた。

十一月になると、雪や霰《あられ》が降りはじめ、ほかの邸では溶けて消えることもあるのに、朝日も夕日も遮る蓬《よもぎ》や葎《むぐら》の陰に深く積もって、常陸宮邸は雪の消えることのない越《こし》の白山《しらやま》を思い出すほどである。出入りする下男下女もおらず、姫君はぼんやりともの思いにふけっている。他愛ないことを言ってはなぐさめ、泣いたり笑ったりして気持ちを紛らわせてくれた侍従までもがもういないのである。夜ともなれば、塵の積もった御帳台《みちょうだい》の中の独り寝はさみしく、ひどく悲しい気持ちになる。

さて光君はといえば、やっと会えた紫の上にますます夢中になって、それほどたいせつに思っていなかった人たちのところへはわざわざ出向くこともしない。まして、あの赤い鼻の姫君はまだ生きているだろうかと思うようなことはあっても、訪ねていこうなどという気持ちに急《せ》かされるわけ

もなく、そのままあたらしい年となった。

四月の頃、光君は花散里《はなちるさと》のことを思い出し、紫《むらさき》の上《うえ》に断った上で、ひそやかに出かけていった。この幾日か降り続いている名残の雨がまだ少しぱらついている。空には月が出て、たいそううつくしい。光君は昔の忍び歩きを思い出し、誘うようにはなやかな夕月に、道々さまざまなことを思い浮かべていると、見るも無惨に荒れた邸《やしき》で、木立が茂って森のようになっているところを通りすぎた。大きな松に藤の花が垂れかかって咲き、月の光に揺れている。風にのってその香りが漂ってくるのがなつかしく感じられる。ほのかな香りである。橘《たちばな》の花とはまた異なった風情を感じ、車から顔を出して見やると、柳の枝も長く垂れて、崩れた土塀を覆っている。見たことのある木立だ、と光君は思うが、それもそのはず、常陸宮《ひたちのみや》邸である。心を強く動かされ、光君は車を停めさせた。いつものようにこのような忍び歩きには惟光《これみつ》がお供をしている。惟光を呼び、

「ここは確か常陸宮の邸だったね」と言うと、

「さようでございます」との返事である。

「ここで暮らしていた人は、今もひとりでいるのだろうか。訪ねてやらなければならないが、わざわざあらためてやってくるのもたいへんだね。ちょうどいい、ついでに入って話してみてくれ。先方の事情をよく確認してから口をきくように。人違いだったら笑い者になる」と光君は命じる。

常陸宮邸では、ひときわもの思いに沈むこの頃で、気力もなく過ごしていたが、昼間のうたた寝の夢に亡き父宮があらわれたので、目覚めた姫君はひどく名残惜しくて、雨漏りで濡《ぬ》れた廂《ひさし》の端を拭かせ、あちこちの敷物を片づけさせたりし、珍しく人並みに歌を詠んだ。

亡《な》き人を恋《こ》ふる袂《たもと》のひまなきに荒れたる軒《のき》のしづくさへ添ふ

（亡き父宮を恋しく思い、涙で濡れた袂の乾く暇もないのに、荒れた家には雨漏りまで加わって、）

なんてさみしいことだろう。

惟光は邸内に入り、あちこちをまわって人の声がするところはないかとさがしてみるが、まったくひとけがない。やっぱりそうか、これまでも通りすぎるとき往来からのぞいてみたが、人の住む気配もしなかった、と思い帰ろうとする。すると月が明るく射《さ》しこみ、ふと見やると、格子が二間《ふたま》ほど開けてあり、簾《すだれ》が動くようである。やっとのことで人の気配を見つけ、おそろしいような気持ちであるが惟光は近づいて咳払《せきばら》いをする。ずいぶん年寄りじみた声で、まずは咳《せ》き込み、「そこにいるのはどなた。どちらのお方ですか」と訊《き》いてくる。惟光は名乗り、

「侍従《じじゅう》の君というお方にお目に掛かりたいのですが」と言う。

「その人はよそに行きました。けれど、侍従と同様に思っていただいていい女房がおります」と言う声はひどく年老いているが、聞いたことのある老女の声だと惟光は気づいた。御簾《みす》の内側では、思いもよらないことに狩衣姿《かりぎぬすがた》の男がそっとあらわれ、立ち居振る舞いもしなやかなので、客人などめったに見なくなって久しい目には、もしや狐の変化《へんげ》ではないかと思うけれども、惟光が近づいて言う。

「確かなことをお聞かせください。姫君が昔と変わらない暮らしでいらっしゃるなら、こちらに伺わなければならないと光君は昔と変わらずにお思いです。今夜も、このまま通りすぎることができずに車をお停めになったのですが、どのように申し上げましょうか。どうぞ心配なさらないでくだ

さい」

それを聞いて女房たちは笑う。

「心変わりをなさるような姫君でしたら、こんな浅茅《あさじ》が原《はら》をお移りにならないはずがありましょうか。お察しになって、ご覧になったままをお伝えください。年老いた私たちも、信じがたいほど、気の毒な御身の上と拝見して過ごして参りました」とぽつぽつと話し出し、そのまま問わず語りをはじめそうなのを厄介に思い、

「ええ、ええ、わかりました。とりあえず、これこれだと申し上げます」と言って、惟光は光君の元に向かう。

「どうしてこんなに遅かったのか。どんな様子だ？　昔あった道も見えないほど蓬が茂っているな」と光君が言い、

「こうした次第でございます。ようやく訪ねあてて参りました。侍従の叔母の少将という老女房が、昔と変わらない声で言うところによると……」と惟光は中の様子を伝える。

心から気の毒になり、こんなに草も生え放題の中、どんな気持ちで過ごしておいでなのだろう、今までよくも訪ねなかったものだ、と自身の薄情さを思い知る。

「どうしたものだろう。こうした忍び歩きもめったにできないから、こんな機会がないととても立ち寄れない。昔と変わらないご様子と言われてみれば、いかにもそうだろうと思えるような姫のお人柄だった」とは言いながらも、今すぐに邸に入ることはためらわれる。こうした折にふさわしい歌を送りたい気持ちはあるが、あの口の重さも昔と変わらないならば、惟光が待ちあぐねるだろうし、それも気の毒で、思い留《とど》まる。

「とても分け入っていけないほどの蓬の露がいっぱいでございます。露を少し払わせてからお入りなさいますように」と惟光が言うと、

尋《たづ》ねてもわれこそとはめ道もなく深き蓬《よもぎ》のもとの心を

（さがしてでも尋ねよう、道もなく深く茂った蓬の元に、昔と変わらないお心を）

光君はそう独り言をつぶやいてかまわず車を降りる。惟光は足元の露を馬の鞭《むち》で払いながら案内する。雨の雫《しずく》も、やはり秋の時雨《しぐれ》のように降りかかるので、

「お傘がございます」と惟光は、「本当に『木《こ》の下露《したつゆ》は雨にまさりて』（みさぶらひみ笠と申せ宮城《みやぎ》野《の》の木の下露は雨にまされり《古今集／お供の人よ、笠をおかぶりくださいと申し上げなさい、宮城野の木から落ちる露は雨粒以上ですから》）でございますね」と続ける。

指貫《さしぬき》の裾はひどく濡れてしまったようだ。以前から、あるのかないのか判然としなかった中門は、今はもう形もなく、光君が入るのもじつに恰好《かっこう》がつかないのだが、その場に居合わせて見ている人もいないので、気楽ではあった。

姫君は、いくらなんでもいつかはかならず……と待ち続けていた、その思いがかなってうれしくはあるが、じつに恥ずかしい身なりで対面することがどうにも決まり悪い。叔母が持ってきた着物類も、不愉快な人からもらったものなので見向きもしなかったのだが、この老いた女房たちが香を入れた唐櫃《からびつ》にしまっておいた。なつかしい香りの染みこんだその着物類を女房たちが取り出してきたので、姫君は仕方なく着替え、あの煤けた几帳《きちょう》を引き寄せて座った。光君は部屋に入り、

「ずいぶん長いあいだご無沙汰していましたが、私の心は変わらずに、ずっと案じておりました。でもあなたはそうでもないのか、お便りもくださらないのが恨めしくて、今までお気持ちを試して

いましたが、あの三輪山《みわ》の『しるしの杉』ではないけれど、お邸の木立を目にして、通りすぎることができず、あなたとの根比べに負けてしまいましたよ」と、几帳の帷子《かたびら》を少し開けてみると、姫君は以前と同じく恥ずかしそうにして、すぐに返事をすることもない。けれどこんな荒れたところに分け入ってきてくれたその気持ちがいい加減なものではないとわかるので、思い切って、かすかながら返事をする。光君は、

「このような草深い中でお過ごしになった年月がいたわしく思えてなりません。心変わりできないのが私の性分ですので、あなたのお心もどうなっているかわからないまま、露に濡れながらわざわざ訪ねてきたことをどうお思いですか。長年のご無沙汰は、まあ、どなたにたいしても同じことだと大目に見てくださいますね。今後お気持ちを損なうようなことがありましたら、約束を破ったという罪も負いましょう」と、そんなに深く思っていないことでも、いかにも愛情をこめたふうに言えるのが、光君という人なのです。

ここに泊まろうにも、邸の様子からして目を背けたいほどなので、もっともらしいことを言って邸を出ようとする。「引き植ゑし人はむべこそ老いにけれ松の木高《こだか》くなりにけるかな（後撰集／松を引き抜いて植えた人は老いてしまった、松もずいぶん木高くなったものだ）」という古歌とは異なり「自分で引き抜いて植えた」わけではないが、松の木高くなった年月が身に染みて、光君は、夢のように激動の月日を送った我が身をも思い出さずにはいられない。

「藤波《ふぢなみ》のうち過ぎがたく見えつるは松こそ宿のしるしなりけれ

（松にかかる藤の花を通りすぎることができなかったのは、その松が、私を待つ宿のしるしだったからでした）

数えてみるとずいぶんな年月が積もったようです。都もずいぶん変わってしまって、そんなことにも胸が痛みます。そのうち、鄙《ひな》びたところに落ちぶれた身の上話もゆっくり話して聞かせます。今まで折々の暮らしの苦労も、あなたも私以外に話せる人などいないだろうとなんの疑いもなく信じてしまうのも、考えてみれば不思議なことです」と光君が言うと、

年を経て待つしるしなきわが宿を花のたよりに過ぎぬばかりか

（長い年月、あなたをお待ちする甲斐もなかった私の宿を、藤の花をご覧になるついでにお立ち寄りくださっただけなのですね）

と詠む姫君の、几帳の向こうでそっと身じろぎする気配も、漂う袖の香りも、以前よりは女性らしく成熟したのではないかと思える。月の沈む夜半になり、西の妻戸の開いているところからその光が射《さ》しこんだ。渡殿《わたどの》のような建物もなく、軒先も残っていないので、明るい月の光は室内をさえざえと照らし出す。昔と変わらない部屋のしつらえが、忍ぶ草が茂って見るも無惨な外観よりは、よほど風雅である。その昔、夫の留守に、いらぬ疑いを避けるため、塔の壁を壊して夜中灯《あか》りをつけていたという貞淑な女の話を思い出し、その女と同じようにずっと長い年月を過ごしてきたのかと思うと、いとしく思える。一途に恥じらっている姫君にはさすがに気品があり、奥ゆかしく思える。この人を援助するべき人として忘れまいと思っていたのに、もう何年もいろいろなことに紛れて忘れてしまっていたあいだ、さぞやこの自分を恨んだだろうと思うと、なおのこと姫君がたいせつに思える。あの花散里も目立って派手にする人ではないので、そちらと比べても大差なく、この姫君の欠点もさほど目立たなかったのである。

賀茂《かも》の祭や斎院《さいいん》の御禊《ごけい》などが行われる頃で、いろいろその支度にと、人々から献上されたものが多くあるのを、光君はしかるべき人々にみな配った。なかでもこの常陸宮《ひたちのみや》の姫君（末摘花《すえつむはな》）には、こまやかな配慮をし、親しい家臣に命じて召使たちを遣わせ、生い茂った蓬を払わせ、崩れた塀が見苦しいので板垣を堅固にはりめぐらせた。しかし、このようにして常陸宮の姫君をわざわざさがし歩いたと世間で噂にでもなったら自身としても面目がないので、訪ねることもない。真心こめた手紙は書いている。二条院の近くに邸を作らせているが、「そこにお迎えするつもりでおります。適当な女童《めのわらわ》などさがして仕えさせてください」などと、侍女たちのことまで思いやった手紙に、こんなみすぼらしい蓬に埋もれた邸では身に余るほどのありがたさだと、女房たちも空を仰ぎ、光君の邸に向けてお礼を言っている。

光君といえば、かりそめの戯れだとしても、平凡な人並みの女性には目も向けず耳も貸さず、世間から、これは、と注目され、忘れがたい魅力のある人たちを求めているのだろうと思われているわけです。しかしながらこんな正反対の、何から何まで人並みにも及ばない人を一人前に扱うのは、いったいどんなつもりだったのでしょうね。これも前世の宿縁なのかもしれません。

こんな邸に仕えていてももうどうにもならないと馬鹿にしきって、あちこち散り散りになっていった女房や召使たちの中には、今度はまた我も我もと邸に戻ることを競うように願う者もいる。姫君の人柄など、それはもう内気すぎるくらいに人がいいので、女房たちもその気楽さに慣れていたのである。ところが、たいしたことのない生半可な受領《ずりよう》などの家に勤めを変えた者は、今まで味わったことのないような居心地の悪い思いをすることもあり、こうなると露骨な心変わりを隠すことなく邸に舞い戻ってくるのである。

光君は今や、昔にも勝る絶大な勢力で、帰京後は思いやりの心も増し、ことこまやかな指示をしたので、常陸宮邸は活気づき、ようやく人の姿も多くなった。木草《きぐさ》も荒れ果てて気味悪く茂っていたのを、遣水《やりみず》をさらい、植えこみの根元も下草をすっきりと刈り取らせた。これまでさほど目を掛けてもらえなかった下家司《しもげいし》で、なんとか働きぶりを認めてもらいたいと願う者は、光君がこれほどに姫君にご執心であるらしいと見てとって、姫君の機嫌をとりつつ追従している。

姫君はこの邸で二年ほどさみしい日々を送り、その後は二条の東の院というところに移ることとなった。光君が姫君に対面することはめったにないけれど、本邸の近くなので、何かの用でこちらに来ることがあれば光君はちょっと顔を出しもし、そう軽んじた扱いをするわけではない。あの叔母が上京してひどく驚いた話、それから侍従が、この成りゆきをよろこんではいるものの、もう少し辛抱して姫君に仕えるべきであったと思慮の浅さを悔いていることなど、もう少し問わず語りしたくもあるのだけれど、何しろ頭が痛いし、面倒で億劫《おっくう》だし、あんまり気も進まない、また別の機会があればその時にでも、思い出して話しましょう、とのこと。

関屋《せきや》

空蝉と、逢坂での再会

蝉の衣を残して去った女君と再会するとは、どんな宿縁なのでしょう。
やはりこの女君も、光君を忘れることはできなかったのです。

＊登場人物系図
△は故人

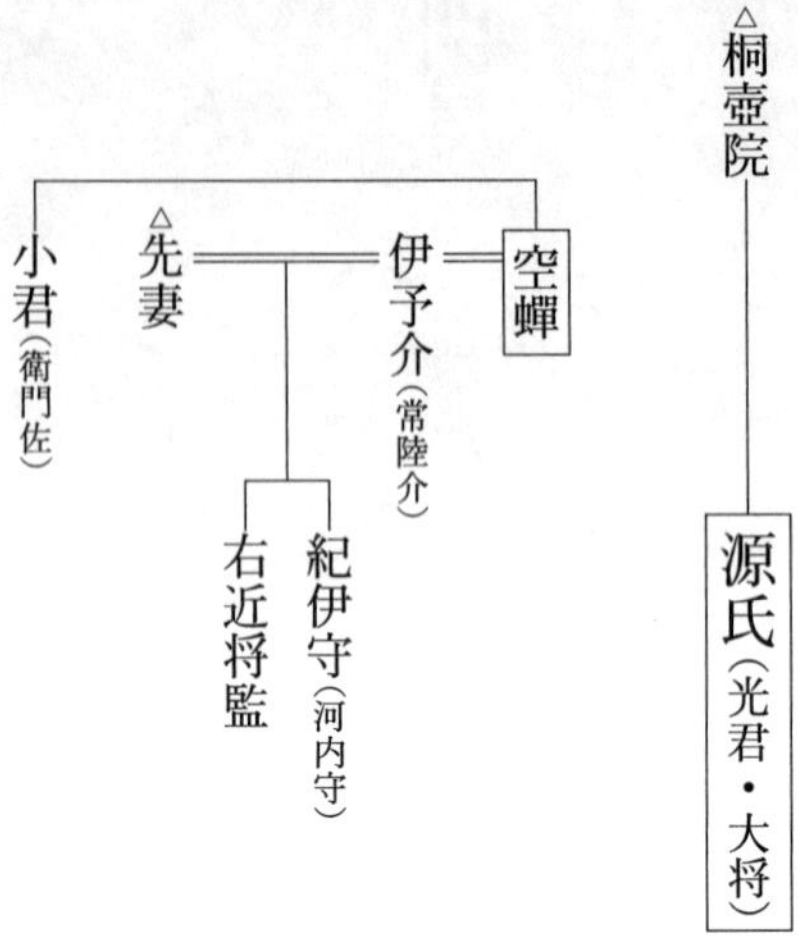

伊予介《いよのすけ》と言われていた男は、桐壺院《きりつぼいん》が亡くなったその翌年、常陸介《ひたちのすけ》に任じられて任地に下ったので、妻であるあの帚木《ははきぎ》の女（空蟬《うつせみ》）も連れられていったのである。彼女は、光君《ひかるきみ》が須磨《すま》に退居したこともはるか遠くの地で耳にして、人知れず思いを馳《は》せないこともなかったが、その気持ちを伝えるすべもない。筑波嶺《つくばね》の山を越える風に託すのでは頼りないように思え、ちょっとした便りが来ることもないままに年月ばかりが重なっていく。何年と年数の定まっていたわけではない退居だったが、光君の帰京が決まったその翌年の秋、常陸介も任期を終えて京に戻ることとなった。

常陸介の一行が逢坂《おうさか》の関《せき》に入るその日、ちょうど光君は石山寺《いしやまでら》に願果たしに詣でることにした。京から来た、この常陸介の息子で紀伊守《きのかみ》だった男など、迎えの人々が、この源氏の大将がこのようにお参りされるそうだと知らせたので、途中混雑するだろうと、まだ夜も明ける前から急いで出立《しゆつたつ》したのだが、女車《おんなぐるま》が多く道いっぱいに広がってゆるゆる進むうちに、日も高くなってしまった。打出《うちいで》の浜にさしかかった頃、光君はもう粟田山《あわたやま》をお越えになったと、道をよけきれないほど先払いの人々が大勢やってきたので、常陸介の一行は関山《せきやま》でみな車から降り、あちこちの杉の下に車を引き込んで轅《ながえ》を下ろし、木陰にかしこまって座り、光君が通りすぎるのを待つ。車など、遅らせたものもあり、また前日に出発させたりもしたのだが、やはり常陸介の一族はおびただしい人数である。

女車十台ほど、下簾《したすだれ》から袖口や襲《かさね》の色合いなどもこぼれ出て見えるが、田舎っぽくはなく、なかなかの趣味で、光君は、斎宮《さいぐう》の伊勢下向なんぞの折の物見車を思い出さずにはいられない。光君がこのように栄進して久々の外出なので、数え切れないほどの人々が仕えているが、みなこの女車に目を留めている。

九月の終わり頃なので、紅葉《もみじ》がさまざまな色に染まって入りまじり、霜枯れの草は濃く薄くみごとに色づいて一面見渡せるところへ、関屋（関所の建物）からさっとあらわれた光君一行の旅装束の、色とりどりの狩衣《かりぎぬ》、それにふさわしい刺繍《ししゅう》、絞り染めを施したものも、場所が場所だけに趣深く見える。光君の車は簾を下ろしたまま、常陸介一行にいる、あの昔の小君《こぎみ》、今は衛門佐《えもんのすけ》となっているのを呼び出し、

「今日私が関までお迎えにきたことを、いい加減に思い捨てることはできないはずです」などと伝言した。心中ではしんみりと思い出すことが多いけれど、ありきたりの伝言しかできず、なんの甲斐《かい》もない。帚木の女も、胸に秘めているが昔のことを忘れずにいるので、その頃を思い返すと胸がいっぱいになる。

行《ゆ》くと来《く》とせきとめがたき涙をや絶えぬ清水《しみづ》と人は見るらむ

（行きも帰りもとめどなく流れる私の涙を、絶えず湧き出る関の清水とあなたはご覧になるでしょうか）

この気持ちを光君がお知りになることはあるまい、と思うと、じつに虚《むな》しく思える。

石山寺参詣から戻る光君を迎えに、衛門佐となった小君《こぎみ》が参上した。先日はお供をせずに通りす

ぎてしまったことを詫びる。昔、子どもだった頃、光君が身近に置いてかわいがっていたので、従五位下《じゅごいげ》の位を授けられたのも光君のおかげだった。しかし思いがけない世の中の騒ぎがあり、小君は世間を憚《はばか》って義理の兄の任地である常陸《ひたち》についていったのだった。そのことを光君は今まで少々おもしろくなく思っていたのだが、そんなことはおくびにも出さない。昔のようでこそないけれど、今もなお親しい家臣のひとりとして数えている。紀伊守《きのかみ》だった男も、今は河内守《こうちのかみ》になっている。その弟で、右近将監《うこんのぞう》を解任させられ、須磨《すま》へお供してくれた者を、光君はとりわけ目を掛けているので、それでようやくだれもがはっとして、なぜあの時少しでも時勢に迎合してしまったのかと思い出しては後悔している。

衛門佐を呼び出し、光君は帚木の女へと手紙を託す。もうとうにお忘れになってもよさそうなことを、よくいつまでもお心がお変わりにならないものだ、と衛門佐は思う。

「先日はあなたとの深い宿縁を思い知らされましたが、あなたもそのことをおわかりになりましたか。

わくらばに行《ゆ》きあふ道を頼みしもなほかひなしや潮《しほ》ならぬ海
（逢坂《おうさか》での偶然の再会に、期待をしてしまいましたが、その甲斐もなかった。やはり琵琶《びわ》湖は貝のすむ塩の海ではないですから）

あなたをお守りしている関守（常陸介《ひたちのすけ》）が、なんともうらやましく、忌々しくもありました」

と、ある。

「長年のご無沙汰なので、気恥ずかしいけれど、心ではいつも思っていて、昔のことも今であるように思うことが癖になっているのです。色めかしいことだとますますお嫌いになりますか」

と言づけまで添えるので、衛門佐はかたじけないと思いながら姉の元に持っていく。

「とにかくお返事してください。昔よりは私のことも疎んじていらっしゃるかと思っていましたが、まったく変わらないおやさしさで、いよいよ類いまれなお方と思われます。こんないっときのなぐさみごとはなんになろうかと思うかもしれませんが、きっぱりとお断りすることなどとてもできません。女の身としてはお気持ちにほだされてお返事差し上げても、だれも咎《とが》めたりしませんよ」などと言う。今となってはとても気後れがして、何もかもが決まり悪く思えるけれど、久しぶりの手紙だけに、帚木の女もとてもこらえることができなかったのだろうか、

「逢坂《あふさか》の関《せき》やいかなる関なればしげきなげきの中を分《わ》くらむ

（逢坂の関という名ながら、いったいどんな関所であるゆえに、生い茂る木々をかき分けてこんな嘆きを重ねるのでしょう）

夢のように思われます」

と返事を書いた。光君は恋しさも恨めしさも忘れられずに心に留めている人なので、その後も折々に手紙を送って女君の心を揺り動かすのだった。

そうこうしているうちに、この常陸介は老いを重ねたせいか病気がちになり、何とはなしに心細くなったので、子どもたちにただこの妻のことのみを遺言し、すべてを彼女の望みのままにして、自分の生きていた時と変わりなくお仕えするように、とだけ、明けても暮れても言い続ける。もともと不運な宿世《すくせ》に生まれついたのに、この夫にまで先立たれたら、この先どのように落ちぶれて途方に暮れるのだろうと、嘆き悲しんでいる女君を見て、常陸介は思う。命には限りがあるのだから、もっと生きたいと思っても詮方無いことだが、どうにかして、この人のためにたましいを残してお

くことができないものか。子どもたちの気持ちだってどうなるかわからないのだから……。そのことが気掛かりで悲しいと、口にも出し心でも思っていたが、思い通りになるものでもなく、ついに亡くなった。

しばらくのあいだは、父親があんなに言っていたのだからと、子どもたちは残された女君に親切にしていたけれど、うわべはともかく、冷たい仕打ちが多かった。それもこれも世の中の道理であるから、我が身の背負った悲しい運命だと嘆きながら女君は日を送っている。ただこの河内守（紀伊守）だけが、昔からこの継母《ままはは》に色めいた気持ちを持っていてやさしく振る舞うのだった。

「父上がくれぐれもご遺言なさったのですから、至らぬ者ではありますが、遠慮せずなんでもおっしゃってくださいよ」などと機嫌をとって近づいて、なんともあさましい下心が見え見えである。悲しい運命を背負う身でこのように生きながらえて、あげくの果てはこんなとんでもないことを聞かされるのか、と女君は人知れず思い知り、だれにもそうとは言わないままに、尼になってしまった。仕える女房たちは、取り返しのつかないことだと嘆いている。河内守もたいそう恨めしく、「私を厭《いと》わしく思われるあまり、残りのお命もまだ先は長いでしょうに出家なさって、この先どのようにお暮らしになるのでしょう」などと言うが、まったくいらぬおせっかいというもの。

絵合《えあわせ》

それぞれの対決

それぞれの絵を見せ合い、批評し合って、勝敗を競ったと言われています。
競ったのは果たして絵だけだったのでしょうか……。

＊登場人物系図
△は故人

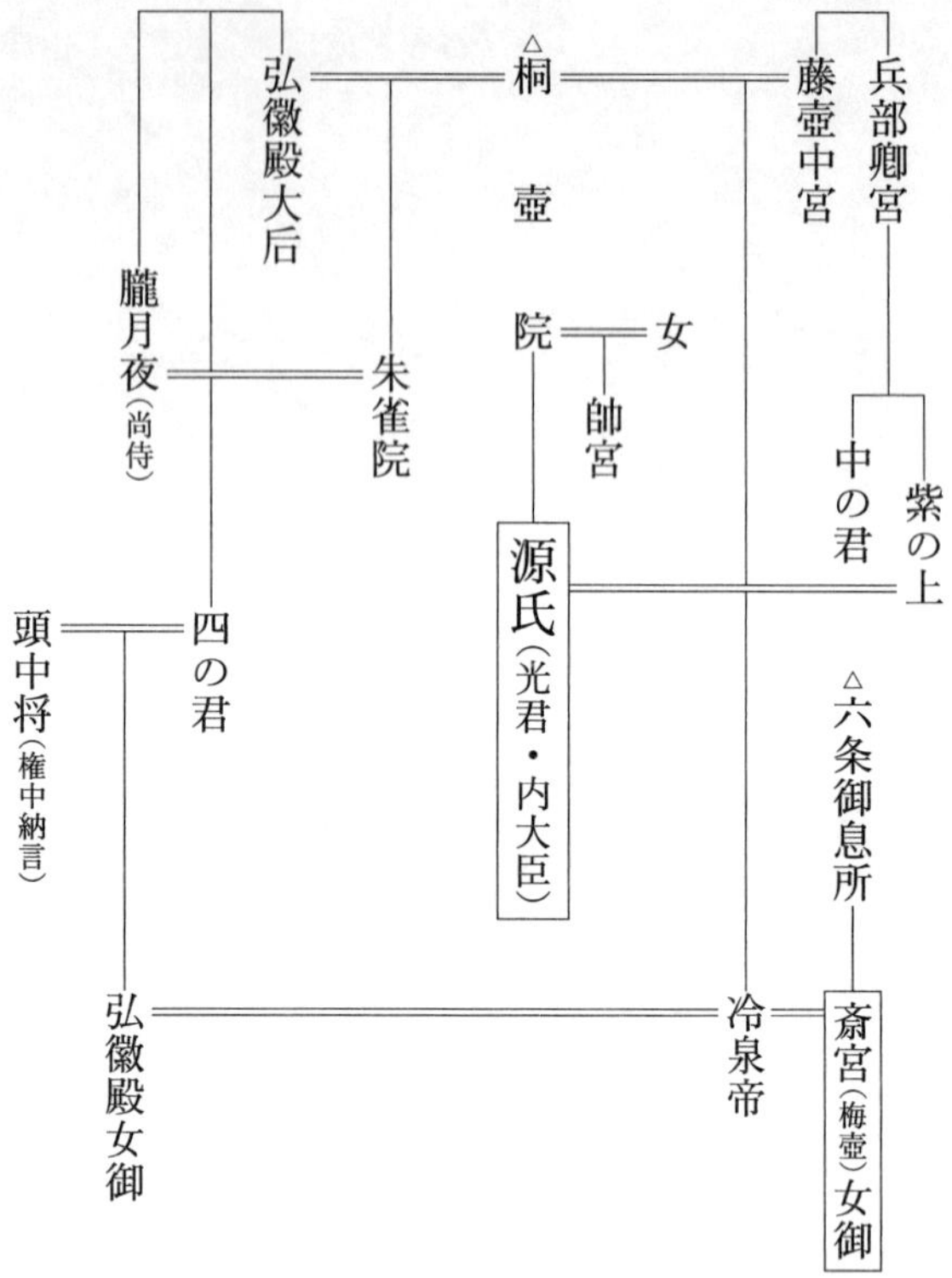
兵部卿宮
藤壺中宮
△桐壺院
弘徽殿大后
女
帥宮
紫の上
中の君
源氏（光君・内大臣）
朱雀院
朧月夜（尚侍）
△六条御息所
斎宮（梅壺）女御
冷泉帝
四の君
頭中将（権中納言）
弘徽殿女御

前斎宮《ぜんさいぐう》（六条御息所の娘）の入内《じゆだい》のことを藤壺《ふじつぼ》の宮が熱心に催促している。すみずみまで行き届いた世話をするしっかりした後見人もいないことを案じてはいるが、光君《ひかるきみ》は、前斎宮を気に入っていた朱雀院《すざくいん》の耳に入ることを憚《はばか》って、二条院に彼女を移そうという計画を思い留《とど》まった。そして何食わぬ顔で振る舞っているが、ひと通りの支度は引き受けて、彼女の親代わりとして世話をしている。

朱雀院は前斎宮の入内をじつに無念だと思ってはいるが、人聞きも悪いので、手紙を送ることもなくなっていた。しかし入内のその日になって、それはみごとな装束の数々、櫛《くし》など化粧道具の入った箱、身のまわりのものを入れる乱れ箱、香壺《こうご》の箱など、類いまれなるすばらしい品と、また幾種類もの薫物《たきもの》や薫衣香《くのえこう》などめったにないものを、百歩をすぎてもさらに遠くまで香るほど、入念に調合させて前斎宮に贈った。光君もそれを見るであろうことを前々から念頭に置いていたのか、いかにもとくべつな贈り物といったふうだ。ちょうど光君も前斎宮のいる六条邸に来ていたので、これこれでございますと女別当《にょべっとう》がそれらを見せた。櫛の箱のひとつを見ただけで、これ以上ないほど精巧で優美で、めったにないものであるとわかる。挿し櫛の箱につけられた飾りの枝に、紙が結んである。

別れ路《ぢ》に添へし小櫛《をぐし》をかことにてはるけき仲《なか》と神やいさめし

（伊勢にお旅立ちになる時に、二度とお帰りなさいますなとあなたの額に小櫛を挿したけれど、それを理由に、神は私たちを縁なき仲とお決めになったのか）

光君はこれを見つけ、ああやはり、と院の気持ちに思いめぐらせ、たいへん畏れ多く、また申し訳なくも思い、どうにもならない恋にばかり惹《ひ》かれる自分の心癖に顧みると、身につまされる思いである。前斎宮が伊勢に下る時、院はどのようなお気持ちだったのだろう、このように何年もたって前斎宮が帰京し、ようやくかつてのお心のままになさることができるというのに、お望み通りにいかず、弟である帝《みかど》（冷泉帝《れいぜいてい》）に入内してしまうことをどうお思いだろう。御譲位になり、ご身辺も静かになって、世を恨んでおられるだろうか、自分に同じことが起これば平静ではいられないだろう……と考え続けていると、同情の念が深くなり、どうして入内などと勝手なことを思い立って、心苦しくも院のお気持ちを悩ませるのだろう、須磨退居の時は恨めしく思い申したこともあったけれど、やはりやさしくて情け深いお心のお方なのに……と煩悶《はんもん》し、しばらくぼんやりともの思いに沈んでいる。

「このご返歌はどうなさるのだろう。お手紙では、院はなんとお書きになっていましたか」と光君が訊《き》くと、女別当は返答に困り、院からの手紙は差し出せないでいる。

前斎宮は気分もすぐれず、返事をするのも気が進まない。「お返事申し上げないのも院のお気持ちを無にしてしまい、失礼でございます」と女房たちが説得しても聞き入れないと耳にして、「それはぜったいによくありません。ほんの少しでいいのですからお返事なさいませ」と光君も言った。そう言われて恥ずかしく思いながらも前斎宮は伊勢下向の時を思い出す。優美でうつくしい朱雀帝がひどく泣く様子を、なんとなくかわいそうに思いながら見ていた自分の幼い心が、まるで今のことのように感じられ、すると亡き母のことなど、次々と悲しく思い出される。ただ、

別るとてはるかに言ひし一言《ひとこと》もかへりてものは今ぞ悲しき
（はるか昔にお別れいたします時に「帰るな」と仰せになった一言も、こうして帰京してみますとかえって悲しく思えます）

とだけ、書かれていたでしょうか……。

お使いの者たちへの祝儀として、それぞれの身分にふさわしい品々を渡す。光君は前斎宮がどのような返事を書いたのか見たくてたまらないけれど、そうはとても言えなかった。

朱雀院は、女にしてみたいと思うほどうつくしいけれど、前斎宮も負けないほどで、実際似合いの二人なのである。冷泉帝はまだまだ幼いのに、どうして入内などと不自然なことをするのかと、前斎宮は不愉快に思っているかもしれない……などと、よけいな憶測までして光君は胸を痛めている。しかし今日になって思い留まることなどできないので、一事が万事しかるべき取りはからいを命じ、信頼している修理宰相《すりのさいしょう》にこまかいことまで指示して参内《さんだい》した。おもてだって親代わりだと思われるようなことはすまいと、院に気兼ねをして、ただの挨拶程度と見せかける。

母である六条御息所《ろくじょうのみやすどころ》の存命の時から、すぐれた女房の多い邸《やしき》なので、ふだんは実家にこもりがちだった女房たちも集まってきて、またとなく理想的な様子である。ああ、御息所が生きていらしたら、どんなにはりきってお世話なさっただろうと、亡き人の人がらを光君は思い、自分とのとくべつな関係を抜きにして考えれば、だれもが惜しむべき人柄だった、なかなかあんな人はいない、教養の高さはすばらしかった……などと何かの折にふれ思い出すのだった。

藤壺の宮も宮中にいた。帝は、あたらしい妃《きさき》が入内すると聞いていたので、それはいじらしく気を遣っている。十三歳という年齢のわりにはずいぶんとしっかりして大人びている。藤壺の宮も、「このように立派な方が入内なさるのですから、しっかりしたお気持ちでお逢《あ》いになりますように」と言う。帝は心中で、年上の人はずいぶんと気詰まりだろうと思っている。前斎宮は夜がずいぶんと更けてから夜の御殿に参上した。たいそう慎み深い、おっとりとした人で、小柄で華奢《きゃしゃ》な様子なので、帝はなんとすばらしい方だろうと思った。

権中納言《ごんちゅうなごん》（頭中将《とうのちゅうじょう》）の娘である、弘徽殿女御《こきでんのにょうご》にはなじみがあるので、昔から帝は彼女を親しみ深くもかわいくも思い、また気兼ねもいらないのだが、この前斎宮は、人柄も女らしくて気後れするほどである。光君の彼女にたいする扱いも手厚くものものしいので、軽々しくはできないと思う。夜の宿泊は平等にしてはいるけれど、打ち解けた子ども同士の遊びのために、昼に出向いていくのは、自然と弘徽殿のほうが多くなる。権中納言は、望むところがあって娘である弘徽殿女御を入内させたのに、前斎宮も入内してきて、競い合うかのように仕えているのを、心中穏やかならぬ思いで見ている。

朱雀院はというと、あの櫛の箱の返事を見るにつけても、前斎宮をあきらめることができないでいる。その頃、光君が参上したので院はしんみりと話をする。話のついでに、斎宮の伊勢下向の時のことを、以前も話していたがまた今日も話し出し、しかしそのように思う気持ちがあったとはとても打ち明けられずにいる。光君も、院の気持ちを知っている素振りは見せずに、ただどう思っているのかを知りたくてあれこれと前斎宮の噂《うわさ》を口にするが、院の悲しそうな顔つきから、その気持ちがけっして浅いものではなかったと思えて、ひどく心が痛む。そこまで院がうつくしいと心に刻んでいる前斎宮の顔立ちを見てみたいものだと光君は思うけれど、かなわない願いなので、悔しくも思う。前斎宮には軽々しいところがまるでなく、かりそめにも子どもっぽい振る舞いがあれば、ちらりとでも姿を見せてしまうこともあるだろうけれど、ますます奥ゆかしくなっていくばかりなので、光君もあれこれと面倒をみているうちに、なんと理想的な人なのかと思っていた。

　帝のそばには、こんなふうにほかの人の割りこむ余地もなくぴったりと二人の女性が仕えているので、兵部卿宮《ひょうぶきょうのみや》は自身の娘の入内についてきっぱりと決心できず、帝がご成人あそばしたらいくらなんでもお見捨てにはならないだろう、と時機を待っている。帝の二人の女君への寵愛《ちょうあい》はそれぞれに篤《あつ》く、互いに競い合うかのようである。

　さて帝《みかど》は、何にもまして絵に興味を持っている。とくべつに好んでいるからか、自身もまたとなく上手に描くのである。斎宮女御《さいぐうのにょうご》（前斎宮）はじつにみごとに絵を描くので、帝はこちらに関心を持ち、しょっちゅう訪れてはいっしょに絵を描くようになった。若い殿上人《てんじょうびと》たちの中でも、絵を学ぶ者をことさら気に掛け、好ましく思っているほどなので、まして斎宮女御のようなうつくしい人が、絵心もゆたかに、型にはまらず自由に描き、優美な姿勢でものに寄りかかり、ああだろうかこうだろうかと筆を休めて思案している姿の、その愛らしさが深く心に染みいり、帝は俄然頻繁に斎宮女御の元に通うようになり、いっそう寵愛を深めたのである。それを権中納言《ごんちゅうなごん》が耳にして、いかにも意地っ張りの派手好きな性分から、この自分が人に負けてたまるものかとムキになり、名だたる絵師たちを集め、厳しく口止めをして、めったにないほどみごとな絵の数々を立派な紙に幾枚も描かせている。

「絵物語こそ、その意味がわかってもっとも見応えがある」と言い、おもしろく、また趣きのある物語の場面ばかり選んでは描かせている。年中行事を描いた月次絵《つきなみえ》も、目新しい趣向で和歌を書き添えたものを帝に見せている。非常にみごとなできばえのものなので、帝が斎宮女御のところでもそれらを見ようとするが、権中納言はそうかんたんにはそれらを渡さず、どこまでも秘密にして、帝が斎宮女御のために絵を持ち出すのを惜しみ、手放すことをしない。光君はそれを聞き、

「まったく権中納言の大人げなさは、そうかんたんには変わらないなあ」と笑う。「むやみやたらに隠して、帝がお気持ちよくご覧になれるようにはせず、お気持ちを焦らせたりするなんてけしからぬことです。私のところには古くから伝わった絵がたくさんございますから、差し上げましょう」と帝に伝え、二条院の古い絵も新しい絵も入っている厨子《ずし》を開けさせ、紫《むらさき》の上《うえ》といっしょに、今風なのはそれとそれ、と選び出して揃《そろ》えた。長恨歌《ちょうごんか》や王昭君《おうしょうくん》などの絵は、おもしろくて心に染みいるが、縁起がいいとは言えないので、今回は差し上げるのはよそうと選り分けておいた。

あの須磨《すま》と明石《あかし》で描いた絵日記の箱も取り出させ、この機会に紫の上に見せた。あの時の事情を深くは知らず、今はじめて絵を見た人でも、少しでもものごとの機微をわかる人ならば、涙を抑えることが難しいほど心に響く絵である。ましてあの日々を忘れられず、あの頃の夢を見ているような悲しみを今も忘れない二人は、あらためて当時のことを悲しく思い出すのだった。今まで見せてくれなかったことの恨み言を紫の上は訴える。

「一人ゐて嘆きしよりは海士《あま》の住むかたをかくてぞ見るべかりける

（一人都で嘆いているよりは、あなたといっしょに海士の住む海辺の様子を私もこのように見ているべきでした）

そうすれば、不安だった気持ちも紛れたことと思います」と紫の上は言う。本当にその通りだと思い、

憂《う》きめ見しそのをりよりも今日《けふ》はまた過ぎにしかたにかへる涙か

（つらい思いをしていたあの頃にも増して、今日はまたこの絵を見て過ぎた日に立ち返り、

涙がこぼれます）

藤壺《ふじつぼ》の宮だけにはぜひ見てもらわなくてはならないと光君は思う。出来のいい須磨と明石の一帖《じょう》ずつ、それぞれの浦の景色がしっかりと描けているものを選んでいると、あの明石の姫君とその母はどうしているのかと思わずにはいられない。

こうした数々の絵を光君が集めていると聞き、権中納言はますます熱心に、軸や表紙や紐《ひも》飾りといった装飾を立派に整えた。三月の十日の頃なので、空も隠やかに晴れわたり、人々の気持ちものびやかで、何ということなく風情《ふぜい》のある時期である。宮中でもこれといった節会《せちえ》もないので、ただこうした絵を眺めて妃《きさき》たちも日々過ごしている。それならば帝にいっそうたのしんでもらえるような催しをして献上しようと光君は思いつき、なおさらに入念に集めはじめた。

かくして、斎宮女御のところでも弘徽殿女御《こきでんのにょうご》のところでもたくさんの絵が集められる。弘徽殿女御側の絵物語はこまかく描かれていて、親しみやすさでは勝っているが、梅壺《うめつぼ》の御方（斎宮女御）のところは、昔の物語で、名高く由緒ある絵が多い。弘徽殿方は今風の目新しい物語で、興味深い絵を選んで描かせたので、一見したところ垢抜《あかぬ》けてはなやかな点では、こちらのほうが断然勝っている。帝付きの女房たちも、絵をたしなむ者はみな、これはどう、あれはどうだと夢中になって評価し合っている。

藤壺の宮も宮中に参内している頃だったので、あれもこれも捨てがたく思い、勤行《つとめ》も怠って絵を眺めている。帝付きの女房たちがそれぞれ議論するのを聞き、左と右の二組に分けることを提案した。梅壺の御方を左として、平典侍《へいないしのすけ》、侍従内侍《じじゅうのないし》、少将命婦《しょうしょうのみょうぶ》が入り、右の弘徽殿女御には、大弐《だいにの》典侍《ないしのすけ》、中将命婦《ちゅうじょうのみょうぶ》、兵衛命婦《ひょうえのみょうぶ》が加わる。みな、諸芸に精通した人たちである。彼女たちが思い思いに論じ合う、その言い方をおもしろいと藤壺の宮は思い、まず、最初に作られた、物語の元祖というべき「竹取物語」と「宇津保《うつほ》物語」を取り上げて勝負を競う。

「なよ竹の節々《よよ》を重ねて古くから伝わる物語で、とくにおもしろい筋もないけれど、かぐや姫の、濁ったこの世にあっても汚れることなく、はるかに気位を高く持って天に昇った宿世《すくせ》は高潔で、神《かみ》代《よ》のことのようですから、底の浅い女には想像もできないでしょうね」と、左方が言えば、右方、

「かぐや姫の昇天したという雲居《くもい》は確かに私どもの及ばぬところなんだから、だれにもわからないでしょうよ。この世では、竹の中に生まれるという宿世なのだから、賤《いや》しい身分の人のことだと思いますね。翁《おきな》の一軒の家だけなら照らせたかもしれないけれど、宮中の畏れ多い帝の隣に后《きさき》として並ぶ御光とはなれなかった。かぐや姫に求婚した阿倍御主人《あべのみうし》が、千金を投げ打って、火をつけても燃えない『火鼠《ひねずみ》の皮衣』を手に入れたその思いも、あっという間に焼けた皮衣みたいに消えてしまって、あっけない。庫持《くらもち》の親王が、本当の蓬萊山《ほうらいやま》に行くのは無理だとわかっていながら、偽物《にせもの》を作って玉の枝に疵《きず》をつけた、そこがこの物語の欠点とします」と言う。

絵は巨勢相覧《こせのおうみ》という絵師によるもので、筆跡は紀貫之《きのつらゆき》である。紙屋紙《かんやがみ》に、唐《から》の綺《き》（錦に似て、それより薄い織物）を裏打ちし、表紙は赤紫、軸は紫檀《したん》と、表装はありふれている。

そして右方は、

『宇津保物語』の俊蔭《としかげ》は、遣唐使として渡海中に激しい波風にさらわれ、見知らぬ異国に漂着したけれど、それでも最初に抱いた志を遂げて、ついには唐の朝廷にも我が国にも、すばらしい音楽の才を広く知らしめ、名を残しました。その昔の人の心を伝えるのに、絵の技術も唐と日本と両方取り入れて、工夫の多い点では、これに並ぶものがないでしょう」と言う。白い色紙、青い表紙に、黄の玉の軸である。絵は飛鳥部常則《あすかべのつねのり》、筆跡は小野道風《おののみちかぜ》なので、斬新で洒落《しやれ》ていて、目にもまばゆいほどである。これにたいして左方は反論できずにいる。

次に、「伊勢物語」と「正三位《じようざんい》」とで競い合い、これも決着がつかない。これも、右方は目新しくはなやかな感じで、宮廷の光景をはじめとして近頃の世の中の有様を描いているのは、なかなかに見どころがある。左方の平典侍《へいないしのすけ》は、

「伊勢の海の深き心をたどらずてふりにし跡と波や消《け》つべき

(「伊勢物語」の海ほど深い本質を考えもせずに、ただ古びたものとけなし去っていいのですか)

ありふれた恋愛沙汰を、いいように飾り立てただけの物語に気圧《けお》されて、在原業平《ありわらのなりひら》の名前を無にしてしまっていいのですか」と、苦戦している。右方の大弐典侍は、

「雲の上《うへ》に思ひのぼれる心には千尋《ちひろ》の底もはるかにぞ見る

(宮中にまで上がった「正三位」の女君の高い志と比べたら、「伊勢物語」などはるかに低い海の底ですよ)」とやり返す。

藤壺の宮は、

「宮中に上がろうとした兵衛《ひようえ》の大君《おおいきみ》の気位の高さは、たしかに捨てがたいけれど、業平の名前をお

としめることはできませんね」と言い、

みるめこそうらふりぬらめ年経《へ》にし伊勢をの海士《あま》の名をや沈めむ

(見た目には古びてしまっていても、年月を経てまだ語り継がれる「伊勢物語」の名を沈めてもいいのでしょうか)

こうした女同士の議論で、騒々しく言い合っているので、絵物語一巻に言葉を尽くしてもそれでも決着がつかない。絵の知識のない若女房たちは死ぬほど見たがっているけれど、帝付きの女房も藤壺の女房もほんの少しも見ることができない。それほど藤壺の宮はこの催しを内密なものとしている。

光君があらわれて、このようにみなが侃々諤々《かんかんがくがく》と言い争っているのに興味を覚え、

「どうせなら帝の御前でこの勝負を決めましょう」と言い出した。こんなこともあろうかと、絵の中でもとくべつすばらしいものは選り分けて残しておいたが、あの須磨と明石の二巻も、考えるところがあってその中に加えておいた。権中納言も熱心さでは光君に引けをとっていない。この当時はこのように興ある絵物語や歌絵を集め整えることが天下の流行だったので、

「今さらあらためて描かせることはおもしろくない。ただ持っているものだけで競おう」と光君は言うが、権中納言はこっそりと部屋を用意して絵師に描かせている。朱雀院《すざくいん》もこの評判を耳にして、梅壺に絵を譲っていた。一年に迎える数々の節会の際の、心に残る光景を、かつての絵師たちがそれぞれ描いた絵に、醍醐《だいご》天皇が手ずから詞書《ことばがき》を書き添えたものに加えて、院自身の在位中のことを描かせた絵である。その中に、以前梅壺が斎宮として伊勢に下った日の大極殿《だいごくでん》の儀式を描いたものがあった。深く心に残る日だったので、どのように描くべきかくわしく指示し、公茂《きんもち》に描かせたも

のがみごとな出来だったので、それを梅壺に贈ったのである。優美な透かし彫りの沈《じん》（香木）の箱に、同じようにうつくしい飾りの枝など、じつに目新しいものだ。便りはただ口上で、院の御所の殿上人である左近中将《さこんのちゅうじょう》を使いに送った。あの大極殿での斎宮の御輿《みこし》を寄せた場面を描いた神々しい絵に、

身こそかくしめの外《ほか》なれそのかみの心のうちを忘れしもせず

（我が身こそこうして今注連《しめ》の外——宮中の外にいますが、その昔、心の内に思ったことはけっして忘れません）

とだけ書いてある。返歌をしないのもたいそう畏れ多いので、なかなか詠みづらいけれど、下向のとき院にもらった櫛《くし》の端を少しだけ折って、

しめのうちは昔にあらぬここちして神代のことも今ぞ恋《こひ》しき

（注連の内——宮中はかつてとまったく変わってしまった気がして、神に仕えた昔も今は恋しく思えます）

と梅壺は書いて、薄い藍色の、唐の紙に包んで送った。使いの者への祝儀などは、さりげないながらじつに優雅な品である。

院はこれを見て、限りなくせつなく思い、自身の御代を取り戻したいと思った。光君をも恨めしく思ったことだろう。しかしこれも、罪なき人に罪を負わせた過去の報いなのかもしれず……。

院の絵は、母である弘徽殿大后《こきでんのおおきさき》からも伝わって、弘徽殿女御《こきでんのにょうご》のほうにも多く集まっただろう。尚侍《ないしのかみ》の君（朧月夜《おぼろづきよ》）も、こうした絵の趣味はだれよりもすぐれていて、趣を凝らしたものを集め

ている。

　何日と決めて、急なことのようだけれど、品よく風雅に、しかしおおごとにならないようにして、左方と右方の絵を帝《みかど》の御前に集めた。清涼殿《せいりょうでん》の台盤所《だいばんどころ》（女房の控え所）に帝の御座所《おましどころ》をしつらえて、その北と南にそれぞれ左方、右方と分かれることとなった。殿上人《てんじょうびと》は、後涼殿《こうろうでん》の簀子《すのこ》にそれぞれ応援したい右左と分かれて座る。左方は、絵を入れた紫檀《したん》の箱に、それをのせる蘇芳《すおう》の華足《けそく》、敷物には紫地の唐《から》の錦、華足に敷く打敷《うちしき》は薄紫の唐《から》の綺《き》である。女童《めのわらわ》が六人、赤い表着《うわぎ》に桜襲《さくらがさね》の汗衫《かざみ》、表着の下の衵《あこめ》には紅に藤襲《ふじがさね》の織物を着ている。見かけもしつらえも、並外れてすばらしい。右方は、沈の箱に浅香《せんこう》の下机、打敷は青地の高麗《こま》の錦、机の足の飾りの組糸を垂らし、華足の趣向もはなやかである。女童は、青色に柳の汗衫、山吹色の衵《あこめ》を着ている。みな、帝の御前に絵の箱を並べ据える。帝付きの女房たちは、左が前、右が後ろとそれぞれ応援する側と揃いの装束に身を包んで分かれている。

　帝から呼ばれ、内大臣の光君と権中納言《ごんちゅうなごん》も参加する。その日は光君の弟、帥宮《そちのみや》も参内した。帥宮はじつにゆたかな趣味を持っている上、絵も好んでいるので、光君が内々で勧めたのだろうか、あらたまって呼び出されたのではなく、たまたま殿上にいたところ、帝から声をかけられて御前に参上したのである。彼がこの判定をすることとなった。じつにみごとに筆の限りを尽くした絵がたくさんある。帥宮もなかなか判定することができずにいる。例の、左方の春夏秋冬を描いた絵も、昔の名人たちが趣のある題材を選び、思うままのびのびと描いた作品は、たとえようもなくすばらしいのだが、しかし紙に描かれた絵は幅に限りがあって、山や川の悠々とした趣を充分にあらわし尽くせないところもある。一方右方の、ただ筆の巧みさや、絵師の趣向によって飾り立てられているだけの、今風で深みのない絵も、昔の絵に劣らずはなやかではあり、なるほどおもしろいと思える点ではかえって勝っていて、数々の論争の、今日は左右それぞれに思うことも多いのである。

朝餉《あさがれい》の間の障子を開けて藤壺《ふじつぼ》の宮も顔を出す。宮も絵には精通していると思うと、光君もこれはすばらしい機会だと思う。ところどころ帥宮の判定が心許《こころもと》ない時に、求められて意見を言っている光君も、まったく非の打ちどころがない。判定つきがたく、夜になる。

左方の梅壺女御《うめつぼのにょうご》から、最後の一番に須磨《すま》の巻が出される。それには権中納言も平静ではいられない。弘徽殿女御の右方も用心して、最後の巻にはとっておきのすばらしいものを選んでおいたのだが、光君のようにすぐれた描き手の、心の限り、思い澄まして心静かに描いたものとは比べものになるはずもない。帥宮をはじめとして、だれもが涙を禁じ得ない。あの当時、この場にいる人々が悲しい、いたわしいと思い描いていたよりも、光君の住まいの様子や、その時考えていたことなどが、まるで今、目にしているかのようにはっきりとわかる。そのあたり一帯の景色や、見知らぬ浜辺、磯の様子を残すところなく描きあらわしている。草体にひらがなをところどころまぜて、正式な漢文のくわしい日記ではなく、心に染みる歌もまじっているので、残りの巻まで見たくなる。だれもうほかのことは念頭になく、たくさんの絵にたいする興味はこの須磨の巻にすっかり移ってしまい、みなそのみごとさに感嘆している。何もかもこの巻に吹き飛ばされるようにして、左方の勝利となった。

夜明けが近くなるにつれ、いろいろな思いがこみ上げてきて、盃《さかずき》を傾ける光君は昔話をつらつらと話しはじめる。

「幼い時から学問に身を入れていましたが、少しは見込みがあるとお思いになったのか、父院が、

『学問というものは、世間であまりに重んずるからだろうか、学問に秀でた人が、長寿と幸福の両方を手に入れるのはずいぶん難しいことのようだ。身分高く生まれ、学問などしなくとも人に劣るはずはないのだから、あながちこの道に深入りせぬようにしなさい』とそうおっしゃって、本格的な学問以外の諸芸をも教えてくださいましたが、出来が悪いということもなく、しかしとりたててとくべつに得意なものもありませんでした。絵を描くことだけは、不思議だけれど、とりとめもないことなのに、どうしたら満足のいくように描くことができるだろうと幾度も思ってきました。それが、思いがけなく山賤《やまがつ》の身となって、各地の海の深い趣をこの目で見て、絵画の奥深さを極めたような気がしたのですが、それでも筆の力には限りがあるので、心のままにはうまく描けなかったと思っていました。こういう機会でもなければご覧に入れることはなかったのですが……。度を越した熱中ぶりだと後々噂になるだろうか」と帥宮に言う。

「どんな学問、芸術も、その気がなければ習得できるものではありませんが、それぞれの道に師匠がおり、学ぶ過程がしっかりとあれば、深さ浅さはともかくも自然と結果は得られるに違いありません。書画の道と碁を打つことだけは、不思議と生まれ持った才気の差がはっきりとして、深く学んでいるとは思えない愚か者でも、才気があれば描けることも打てることもありましょう。名門の子弟のなかには、やはり抜きん出た人がいて、何ごとでもこの才気のままに習得してしまうようです。故院の元で、親王、内親王たちのどなたも、さまざまな芸能をお習いにならなかったお方はございません。その中でもあなたは格段に熱心にお習いになり、その伝授をご習得になった甲斐《かい》があって文才は言うに及ばず、そのほかのことでは、七絃《しちげん》の琴《きん》をお弾きになることにもっともすぐれておられ、それから横笛、琵琶《びわ》、箏《そう》の琴《こと》も次々に習得なさったと故院もおっしゃっていました。世間の人もそう思っておりますが、絵はやはり筆のついでに、ちょっとしたお遊びでお描きになるご趣味と思っていましたのに、このように思いがけないほど、昔の墨書きの名人たちも跡をくらまして逃げそうなくらいお上手なのは、かえってけしからぬことですよ」と、帥宮は酔っ払って言い、しまいには泣きながら故院のことを話しはじめ、みな涙に暮れた。

三月二十日あまりの月が上り、こちらにはまだ光が届かないけれど、空一面がうつくしい頃なので、書司《ふみづかさ》の琴を持ってこさせ、和琴《わごん》は権中納言が引き受ける。光君がすぐれているとはいうが、この権中納言も人よりすぐれてみごとに弾く。帥宮は箏の琴、光君は琴《きん》、琵琶は少将命婦《しょうしょうのみょうぶ》が弾く。殿上人の中から音楽にすぐれている者を呼び出して拍子を取らせる。なんともいえずみごとである。夜が明けてくると、花の色も人の顔もぼんやりと見えてきて、鳥もさえずりはじめ、心も晴れ晴れとしてすばらしい朝ぼらけである。下賜品の数々は藤壺の中宮が用意した。帥宮は、それとはべつに帝から御衣《おんぞ》を与えられた。この当時は、人々はこの絵の評定に熱中し、もちきりになる。「あの浦々の巻を、どうぞお納めください」と光君に言われ、藤壺の宮は、この巻のはじめの部分や、残りのものも見たいと思うけれど、「いずれまた、順々に」と光君は言う。帝も満足そうにしているのを、光君はうれしく思う。

こうした些細《ささい》なことでも、光君は斎宮女御《さいぐうのにょうご》を引き立ててしまうので、権中納言は、やはり娘の弘徽殿女御は斎宮女御の世評に圧《お》されてしまうのではないかと気が気ではないようだ。それでも、帝の気持ちはもともと弘徽殿女御に深くなじんでいるし、勝負の後もその寵愛が変わらないことを権中納言はこっそりと確信して安心し、「いくらなんでもお見捨てにはなるまい」と思うのだった。

数々の正式な節会《せちえ》にも、「この帝の御時からはじまったと、後世の人が言い伝えるような事例を加えよう」と光君は考え、私的なこうしたたわいもない遊びも、珍しい趣向で催して、すばらしい盛栄の御代である。

しかしながら光君はこのような時にあっても、この世は無常だと思い、「帝がもう少し大人になられたのをお見届け申したら、やはりこの世を逃れて出家しよう」と深く心に決めているようである。

「昔の例を見聞きしても、若くして高位高官にのぼり、世間に抜きん出た人は、長生きはできないものだ。今の御代では、地位も人望も私には身の程に過ぎるほどになってしまった。途中で一度、苦境に沈んだ苦しみの代償として、今こうして生きながらえているのだ。今後も栄華が続くのならば、やはり長くは生きられまい……静かに引きこもって、後世のための勤行《ごんぎょう》に励んで、そして長生きもしよう」と思い、山里の静かな地所を手に入れ、御堂《みどう》を作らせた。本尊や経巻の準備も同時にするようだが、まだ幼少の子どもたちをたいせつに育てたいという思いもあり、今の今現世を捨て去るのは難しそうである。いったいどうするつもりであるのか、どうもわかりかねます……。

松風《まつかぜ》

明石の女君、いよいよ京へ

明石から大堰へと移っても、二条院へ移るのを女君はためらっているとか。けれど光君は、幼い姫君を引き取りたいに違いありません。

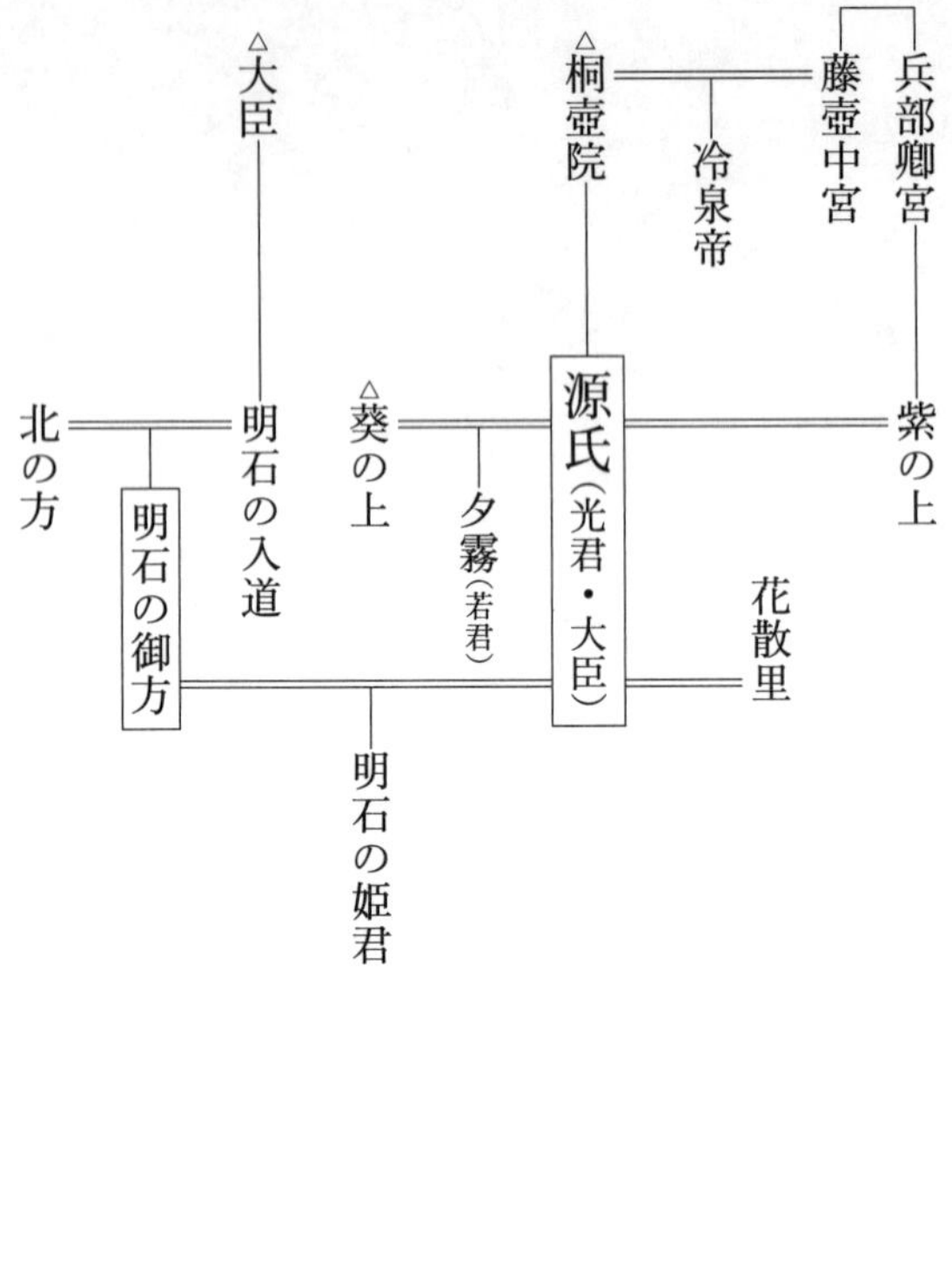

兵部卿宮
藤壺中宮
冷泉帝
△桐壺院
△大臣
紫の上
源氏（光君・大臣）
花散里
夕霧（若君）
△葵の上
明石の入道
北の方
明石の御方
明石の姫君

＊登場人物系図
△は故人

二条院の、東の院も立派に造営し、花散里《はなちるさと》の君を移り住まわせることとなった。西の対《たい》とは渡殿《わたどの》をかけて、政所《まんどころ》、家司《けいし》などの詰め所もそれぞれきちんと設けさせる。東の対は、明石《あかし》の御方の住まいに予定している。北の対はとくに広く造営させ、いっときにせよ愛を交わし、哀れに思い、行く先々のことまで約束し、光君《ひかるきみ》を頼りにしている女たちがいっしょに住めるように部屋ごとに仕切りを設けてある。いかにも好ましいみごとな部屋で、隅々まで行き届いている。寝殿は空けておき、自身が時々やってきた折に休めるようにして、それにふさわしい設備をしつらえた。

明石にはたえず便りを送り、もう心を決めて上京するようにと伝えているが、御方は、やはり自身の身の程をわきまえていて、思い悩んでいる。

自分とは比べものにならないほど高い身分の女性たちでさえ、きっぱりと離れてしまうわけでもないのに光君に冷たくされて、悩みが増えるようだと噂《うわさ》で聞こえてくる。まして自分など何ほどでもない者が、どうしてそんな方々の中に出ていくことができよう。きっとこの姫君の不名誉になるような、人並みでもない身分を人に知られるだけだろう。たまにちょっとお顔を出してくださるのを待つだけのことで、笑い者になるようなことがどれほど多いか……。かといって、このような田舎にお生まれになって、姫君が人並みの扱いもお受けになれないのも、あまりにもお気の毒ではある……。と悩み、光君の申し出を恨みがましく断ることもできずにいる。入道と母君も、なるほどそういうものかもしれないと案じ、二人ともかえって悩みは深くなった。

昔、母君の祖父で中務宮《なかつかさのみや》という人が領有していたところが、大堰《おおい》川のあたりにあったのだが、その後しっかりと相続する人もおらず、長年荒れ果てていることを思い出して、中務宮の存命中から引き続き管理人をしている者を呼び出し、入道は相談を持ちかける。

「現世をもうこれまでと見切りをつけて、このようなところに落ちぶれることになったが、年をとって思いがけないことが起きて、あらためて都の住処《すみか》をさがしているのだが、いきなりはなやかな人の中に出ていくのは居心地《いごこち》も悪いだろうし、田舎暮らしに慣れた娘も落ち着かなかろう。昔の家をさがして住まわせようと考えている。必要なものはこちらから送ろう。修理をして、ひと通り人が住めるように手入れをしてもらえまいか」と入道は持ちかける。

「今まで何年も所有する方もいらっしゃらず、ひどく荒れ果てた藪《やぶ》になっておりますので、私は下屋《しもや》を手入れして住んでおりますが、この春から源氏の大臣殿《おとど》が造営なさっている御堂《みどう》が近いものですから、あのあたりはもの騒がしくなっております。壮大な御堂の数々を建てて、多くの人が造営にかかっているようです。閑静なお住まいをお望みでしたら、お勧めできませんが」と管理人が言う。

「いや、そのことだが、その大臣殿のお力にお頼りしよう、と思うところもあるのだ。そのうちだんだんと家の内部は整えよう。まず急いでおおかたの手入れをしておいてほしい」

「私自身の所有するところではございませんが、ほかにご相続なさる方もいらっしゃいませんので、ひっそりした住まいに慣れて、長年静かに暮らしていたのです。敷地内の田畑などはずいぶん荒れていましたので、亡くなった民部大輔《みんぶのたいふ》にお願いしてお下げ渡ししていただきまして、しかるべきお礼をお納めして、耕作しているのです」と、そのあたりのものを取り上げられないか不安に思って、髭《ひげ》もじゃの小憎らしい顔で、鼻を赤くし、口をとがらせて言うので、

「その田畑などというようなものはどうでもいい。今まで通りに耕していたらよかろう。証文などはこちらにあるけれど、俗世のすべてを捨てた身なので、長年どうなっているかも調べていないが、そうしたことも近々きちんと処置しよう」と、入道が源氏の大臣殿と関係のありそうな様子をにおわせるので、管理人は厄介なことになったと思い、その後、入道から費用などをたくさん受け取って急いで家を修理した。

光君は、入道がこのようなことを考えているなどとは知りもせず、上京をなかなか承諾しないのを不審に思う。姫君がそのような田舎にものさみしく暮らしているのを、後に人が噂するようになったら、母君の素性に加えさらに一段と人聞きも悪く、姫君の疵《きず》となってしまう、と思っていたところに、大堰《おおい》の邸《やしき》の手入れを終えた入道から、これこれの領地があることを思い出しましたと申し出があった。京の人たちの中に出てくるのを嫌がってばかりいたのは、そう思っていたのだったか、と光君も納得した。なかなかたいした配慮であると光君は感心する。

惟光朝臣《これみつのあそん》であるが、例によって人目を忍ぶ恋の道には、いつとなくかかわってくる者なので、このたびも大堰に遣わせ、しかるべきようにあちこちの支度などをさせた。

「周囲は景色もよく、あの明石の海辺を思い出させるようなところでございました」と報告するので、明石の御方にはふさわしくないところではなさそうだと光君は思う。

光君が造らせている御堂は、嵯峨《さが》の大覚寺《だいかくじ》の南にあたり、流れ落ちる滝の見える滝殿などの趣向

は、大覚寺に劣らず風情《ふぜい》ある寺だ。大堰の邸は川べりにあり、それはみごとな松の木陰に無造作に建ててある寝殿の簡素な造りも、自然と山荘のような情趣に富んでいる。光君は室内の調度にまで気を配った。

光君は親しい家臣をごく内密に明石に遣わせる。もう逃れようのない御方は、いよいよ上京するのだと思うが、長年過ごしてきた明石を離れるのも名残《なごり》惜しく、父入道が心細げにひとり残ることを思うと心乱れ、何もかもが悲しく思える。どうしてこう心をすり減らすようなことばかりの身の上なのか、そんな苦労の露もない人がうらやましいと御方は思う。両親も、光君からのお迎えで上京するという幸運は、寝ても覚めても願ってきた長年の本望がかなったのだと心からよろこんではいるが、これから会えずに過ごすつらさがたえがたく悲しく、夜も昼もぼんやりし、「そうなると、姫君とはもうお目に掛かれなくなるのか」と、入道は同じことばかり言い続けている。

母君もひどくせつない思いでいる。何年ものあいだ、夫の入道とは同じところには住まず、別々に暮らしていたし、まして娘もいなくなってしまうのなら、いったいだれのために明石に残ろうというのか。けれども、ただかりそめに契りを交わした程度の浅い関係であっても、幾度も逢《あ》って慣れ親しめば、別れの悲しみはひと通りではないだろうに、ましてや、偏屈そうな坊主頭や、その気性こそ頼りになりそうにないけれど、それはそれとして、この明石を終《つい》の住処《すみか》として、いつか命が終わるまではと思ってともに過ごしてきたのに、あわただしく別れて離れてしまうのも心細いのである。田舎暮らしに鬱々としていた若い女房たちは、京に行くのはうれしくもあるものの、忘れがたい浜辺の景色を前に、もう二度と帰ってはこられないだろうと、打ち寄せる波と涙で袖を濡《ぬ》らしている。

季節は秋で、よりいっそうしみじみとしたもの悲しさが募るようである。出発という日の明け方、秋の風が涼しく吹き、虫の音もせわしげに響く中、御方が海のほうを眺めていると、入道がいつもの後夜《ごや》（勤行）の時刻より早くに起きて、洟《はな》をすすりながらお勤めをしている。めでたい門出を祝って縁起の悪い言葉は使わないようにしているが、だれも彼も涙をこらえきれない。姫君は、それはそれはかわいらしく、入道には夜に光るという玉のように思えて、たいせつに扱ってきたのだが、姫君もまたなついてそばにつきまとっている、その気持ちもいとしく思える。このように常人とは異なった出家の身を縁起でもないと思いながらも、かたときも姫君を見ることもできなくなれば、どうして暮らしていけようと涙を流す。

「行《ゆ》くさきをはるかに祈る別れ路《ぢ》に堪《た》へぬは老《おい》の涙なりけり

（姫君の遠い旅路とはるか未来を祈る別れの時に、こらえきれないのはこの老人の涙です）

まことに縁起でもない」と言い、入道は目を押し拭って涙を隠す。母尼君は、

もろともに都は出《い》できこのたびやひとり野中の道にまどはむ

（かつてはあなたといっしょに都を出てきましたが、今度の旅は私ひとりで、野中の道できっと途方に暮れるでしょう）

と泣き出すが、それも無理はない。今まで長年夫婦として連れ添ってきた年月を思えば、あてになるのかわからない光君の心を頼りに、一度は捨てた俗世に帰っていくのも、考えてみれば不安である。御方は、

「いきてまたあひ見むことをいつとてか限りも知らぬ世をば頼まむ

（生きてふたたび父君にいつ会えるかと思って、命の限りもわからない世をあてにするので

しょうか）

せめて都までごいっしょに……」と入道を熱心に誘うが、あれこれと理由を挙げて、そうはできない旨を言いながらも、さすがに旅の道中が気掛かりの様子である。

「この世のことをあきらめるようになった最初は、播磨守《はりまのかみ》としてこんな田舎に覚悟を決めて下った時ですが、それはただあなたという娘のため、思い通り明け暮れのお世話も充分にできるだろうと思い、決意したのです。けれど、我が身の不運を思い知らされることが多く、志を遂げることができなかったのです。だからといって今さら都に帰って、うだつの上がらない元の受領《ずりよう》に戻っても、貧しい家の荒れ果てた状態を立てなおすことなどできないのだから、公私につけて笑われ者の名を広め、亡き親の名を辱めるだけでしょう。そんなことはしたくないので、都には帰らず出家を決意した次第です。それで、地方に赴任したことがそのまま出家の門出となったのだと、人にも思われるようになったのですが、出家についてはよくすっぱり決心したとは思います。けれど、あなたがようやく大人になられて、分別もおつきになってくると、どうしてこんなつまらない田舎にうつくしい錦を隠さなければならないのかと、愚かな親の心の闇は晴れることなく、嘆き続けていたのです。神仏をお頼り申して、たとえ今はこうであっても、こんな不運な私に引きずられて、あなたが山賤《やまがつ》の庵《いおり》で一生を送られることはあるまい、そう思う自分の心ひとつを頼りにしていたところ、思いもよらずうれしいできごとの数々が起きまして……。それなのにかえって我が身の程をあれやこれやと悲しく思い嘆いていましたが、姫君がこうしてお生まれになられた御宿縁のたのもしさを思うと、このような浜で月日をお過ごしになるのはかたじけない、格別の運命をお持ちになっているのですから。これからお目に掛かれない悲しみは静めようもありませんが、私は永遠にこの世を捨てた気持ちでおります。あなた方は、世の中をお照らしになる運命をお持ちなのです。ほんの少し、この田舎者の心をお乱しになるというだけの因縁があったのでしょう。天上界に生まれる人でもおそろしい三つの道に墜《お》ちると言います、そのいっときの苦しみだと思って、今日は永久のお別れを申し上げます。私の命が尽きたとお聞きになりましても後の法要などはお気にかけたりなさいませんよう。逃れがたいこの世の別れにお心を動かしませんよう」と突き放すように言いながら、「茶毘《だび》に付されて煙となる夕べまで、やはり未練がましく、姫君の将来を、日に六度の勤めの際にともにお祈りすることになるでしょう」と、ここでもうべそをかいている。

車をたくさん連ねるのも大げさであるし、分けていくのも面倒である。迎えの家臣たちもできるだけ目立たないようにと指示されていたので、こっそりと船で行くことにした。辰《たつ》の時刻（午前八時頃）に船出をする。昔の人が「ほのぼのと明石の浦の朝霧に島隠れゆく舟をしぞ思ふ（古今集／ほんのりと明るくなる明石の浦に立ちこめる朝霧に、島の陰に消えていく舟を思う）」と詠んだ朝霧の中に船が遠ざかっていくにつれ、入道は悲しみに打ちひしがれて、悟りの境地に居続けることもできそうになく、たましいが抜けたようにぼんやり彼方を見つめている。尼君は、今まで長い年月をこの地で過ごしてきて、今まさに京に帰ると思うと感無量になり、泣き出してしまう。

かの岸に心寄りにし海士船《あまぶね》のそむきしかたに漕《こ》ぎ帰《かへ》るかな

（彼岸に心を寄せていた尼の私が、捨てた世のほうに漕ぎ帰ることになるとは）

明石の御方、

いくかへり行《ゆ》きかふ秋を過ぐしつつ浮木《うきき》に乗りてわれ帰《かへ》るらむ

（幾度も去ってはまた来る秋をこの明石で過ごしてきましたが、今さら浮き木のような頼り

ない船に乗って都へ帰っていくのでしょうか）

順風が吹き、予定していた日ちょうどに京に着いた。人目につかぬようにという心づもりがあるので、道中もかんたんな装いである。大堰の邸の様子は風情があり、長年過ごしてきた明石の海辺に似ているので、引っ越したような気もしない。祖父の中務宮《なかつかさのみや》がいた昔の頃が思い出されて、しみじみと胸に染みることが多い。あらたに増築した廊《ろう》は立派な外観で、庭の遣水《やりみず》も工夫を凝らしてある。まだ手入れは充分に行き届いていないが、住んでしまえばこのままで間に合いそうである。

光君は親しい家司《けいし》に命じて、無事の到着を祝う宴の用意をさせる。光君自身はいつ訪ねていくか、その口実を考えているうちに日が過ぎた。

上京したものの、光君の訪問もないままかえってもの思いにふけることが多く、また捨ててきた明石の家も恋しくなり、することもない所在のなさに、明石の御方はあの別れの時に光君から形見として受け取った琴《きん》を掻《か》き鳴らしている。折しも秋、さみしさにたえかねて、ひとけのない自室にこもり、くつろいで少し弾いていると、松風がその響きに、決まり悪くなるほどぴったりと合わせて吹いている。尼君はもの悲しい面持ちで横たわっていたが、起き上がり、

身をかへ《かへ》てひとり帰れる山里に聞きしに似たる松風ぞ吹く

（昔とはすっかり変わって尼の身となり帰ってきた山里に、かつて聞いたことのあるような松風が吹いています）

明石の御方は、

故里《ふるさと》に見し世の友を恋《こ》ひわびてさへづることを誰《たれ》か分くらむ

（故郷の親しい友が恋しくて弾く琴の音を、都のだれが琴の音と聴き分けてくれるでしょう

か)

このように頼りない気持ちで日々を暮らしている。光君はだんだん落ち着いていられなくなり、もはや人目を憚《はばか》ることもせずに大堰に向かうことにした。紫《むらさき》の上《うえ》には、こういう次第だとはっきりと知らせてはいなかったが、いつものように、ほかから耳にしてしまってはまずいと思い、あらかじめ断りを入れる。

「桂《かつら》に用事があるのだが、いやもう、思いのほか日にちが過ぎてしまってね。訪ねると約束した人までが、あのあたりの近くまで来て待っているそうなので、気の毒でね。嵯峨野《さがの》の御堂にも、まだ飾り付けをしていない仏の手入れをしなければならないから、二、三日はそちらに行っているよ」

紫の上は、光君が桂の院というところをにわかに造らせていると聞き、そこに例の女君を住まわせることになったのかと思い、おもしろくはない。「森で碁を打つ童子たちを夢中で見ていた木こりが、ふと気づくと、斧《おの》の柄が朽ちていたという昔話がありますね。あなたも、斧の柄が朽ちてしまうほどの長いあいだ、あちらに行ったきりになるのでしょうか。待ち遠しいこと」と、不満を隠さない。またいつも通り、面倒な拗《す》ね方をして。かつて忍び歩きをしていた頃とはすっかり人が変わったようだと世間の人も噂しているのに……と思いながら、何やかやと機嫌をとっているうちに日も高くなった。

ひっそりと、先払いも親しい者だけで、用心を重ねて出かけていった。夕暮れ時に大堰に着く。明石で狩衣《かりぎぬ》に身なりをやつしていた時ですら、この世のものとは思えないほどうつくしかったのに、まして久しぶりの再会のためにきちんと身なりを整えた光君の直衣《のうし》姿は、この上もなく端麗でまばゆいほどで、悲しみに閉ざされていた子を思う御方の心の闇も晴れていくようだ。光君ははじめての対面に感激して、姫君を見ていてもどうして平静でいられるだろう。今まで会えなかった年月さえひどく後悔するほどである。葵《あおい》の上《うえ》の産んだ若君を、いかにもうつくしいと世間ではもてはやしているけれど、やはり時勢におもねってはじめから色眼鏡で見ているからだろう、こんなふうに抜きん出た人は幼い時からはっきりわかるものだ、と、にっこり笑う姫君の、あどけなく、愛敬にあふれてつややかな顔を、なんとかわいらしいのだろうと思う。乳母《めのと》の、明石に下った時はやつれていた容姿が今は一段とうつくしくなり、ここ幾月かのできごとを親しげに話すのを感慨深く聞き、あの塩焼く小屋のそばで暮らしていた日々のことをねぎらうのだった。

「ここ大堰もずいぶん人里離れていて、訪ねてくるのも難しいから、やはりかねてから私の考えているところにお移りなさい」と光君は言うが、

「まだとても都に慣れませんので、もうしばらくは……」と御方が答えるのも無理はない。その一夜、あれこれと愛を語り、将来を約束して明かした。

光君は、修繕しなければならないところを、管理人や、新たに任命した家司に命じる。桂の院に光君が来ると耳にして、付近の光君の荘園に仕える者たちが院に集まっていたが、みな大堰の邸を訪ねてきた。庭の草木が折れているのを彼らに手入れさせる。

「そこここの立石もみな転がってなくなってしまっているが、見映えよく置きなおせば、風情のある庭になりそうだ。しかしこうした仮の住まいにわざわざ手入れするのもつまらないものだ。そうしたところでいつまでも住むわけにはいかないのだから、去る時は去りがたくなるし、執着も残る。そのつらさは私も明石で味わった」と、過去のことも口をついて出て、泣いたり笑ったり、打ち解けて話す様子はじつに魅力的である。のぞき見ていた尼君は、老いも忘れ、ずっと悶々《もんもん》としていた

心も晴れる思いがして、つい笑顔になっている。

東の渡殿の下から流れる遣水をなおさせるということで、じつに優美な袿姿《うちき》でくつろいでいる光君を、尼君はなんとすばらしいお姿かとうれしく見ていると、光君は仏前に供える閼伽《あか》の道具があるのに気づく。

「尼君もこちらにおいでですか。ひどくだらしない恰好《かっこう》でおりまして」と、直衣を取り寄せて身にまとう。几帳《きちょう》に近づき、

「申し分なく姫君をお育てくださったことを思いますと、心をこめて勤行《ごんぎょう》なさったおかげだとありがたく思います。すっぱりと俗世を離れていらしたお住まいを捨てて、この憂き世にお帰りになったお心は並大抵のものではないと思います。また明石には入道がお残りになってどんなに案じておられるかと、胸が痛みます」と親しげに語りかける。

「一度は捨てた俗世に今さらながら帰ってきまして、思い悩んでおります気持ちをそのようにお察しくださるだけで、長生きした甲斐《かい》もあったとうれしく思います」と尼君は泣きながら言い、「荒《あら》磯《いそ》の田舎にお育ちになるのではあまりにもおいたわしいと思っておりました幼い姫君も、今はもう将来も安泰とお祝い申しておりますが、母の素性の浅い根ざしのゆえにどうなりますかといろいろ悩みは尽きません」と続ける様子は、さすがにたしなみの程が感じられ、昔話に、かつて中務宮がここに住んでいた時のことなどを尼君に語らせていると、手入れのすんだ遣水の音が何か言葉を挟むように聞こえてくる。

住み馴《な》れし人はかへりてたどれども清水《しみづ》ぞ宿のあるじがほなる
（かつてここに住み馴れていた私は帰って——かえって昔のことを思い出しかねていますが、

遣水は主人顔《あるじがお》で昔のままの音を立てています)
さりげなく途中で声をひそめる尼君の歌を、優雅でたしなみがあると光君は聞く。
「いさらゐははやくのことも忘れじをもとのあるじや面《おも》がはりせる
(遣水は昔のことを忘れてはいないだろうけれど、元の主人が尼になり、様変わりしてしまったので、主人顔もできるのだろう)
さみしいですね」と嘆息して立ち上がるその姿は光を放つかのようで、尼君は類いまれなるお姿だと思わず感じ入る。
光君は嵯峨野の御堂に行き、毎月十四、十五日、月末の日に行うことになっている普賢講《ふげんこう》、阿弥陀《あみだ》、釈迦《しやか》の念仏三昧《ねんぶつざんまい》はいうまでもなく、ほかにも多くの仏事をつけ加え、営むべきことなどを定め置く。御堂の装飾や仏具のことについては人々にお触れを出して命じている。月の明るく照らす中、光君は大堰に戻った。
御方は、光君が明石の夜をちょうど思い出している時を逃さず、あの琴《きん》を差し出した。なんとなくものさみしく思っていた光君はじっとしていられずに琴を受け取り、掻き鳴らす。あの時と絃《げん》の調子も同じままで、光君は昔に戻り、今がその夜であるかのような錯覚を抱く。
契《ちぎ》りしにかはらぬ琴《こと》の調べにて絶えぬ心のほどは知りきや
(約束した通りに今も変わらないこの琴の調べで、あなたを思い続けてきた私の心の深さはわかったでしょう)
女は、
かはらじと契りしことを頼みにて松の響きに音《ね》を添へしかな

（心変わりはしないというお約束の言葉と琴を頼りにして、松風の響きに琴の音を合わせて
泣いておりました）

と歌を返すその様も光君と不釣り合いではないのは、まったく身の程を過ぎた幸せと言っていいでしょうね。

以前よりずっと女らしく成熟し、うつくしくなった顔立ちや物腰に、見捨てていけそうになく、幼い姫君は姫君で、いつまで見ていても見飽きることがない。どうしたものか、このまま日陰の身として育つのでは、あまりにも気の毒だしもったいない、二条院に連れてきて心ゆくまでたいせつに育てたら、将来、人に何か言われることもないだろう、と思うけれど、一方では、御方がどう思うかと考えるとそれもかわいそうで、言い出すことができず、光君は涙ぐんで姫君を見つめている。幼心にも少し恥ずかしがっていた姫君は、だんだん打ち解けてきて、何か言っては笑ったりしているのを見るにつけ、いよいよ輝くようにうつくしい。光君が姫君を抱いている様子はいかにも立派で、この父を持つ姫君の宿縁のすばらしさを思わずにはいられないほど。

翌日は京へ戻る日なので、光君は少し寝過ごして、そのまま邸から帰るはずだったのだが、桂の院に多くの人が押しかけてきていて、ここ大堰にもたくさんの殿上人《てんじょうびと》が迎えにきている。光君は装束に袖を通しながら、

「まったくみっともないことだ、こんなふうにわざわざ見つけ出されるような隠れ家でもないのに」と、人々の騒がしさに急《せ》き立てられるようにして邸を出る。御方のことが気に掛かり、何気ないふうを装って立ち止まると、戸口に姫君を抱いた乳母があらわれる。姫君がかわいらしくてならないといった面持ちで光君はその頭を撫《な》で、

「これから会わずにいたらどんなにつらいだろう。今まで放っておいたのだから、我ながら勝手だけれど。どうすればいいだろう。ここはずいぶん遠い」と言う。

「今まで遠く離れてお目に掛かるのをあきらめていたこの何年よりも、これからのお扱いがどうなるのかはっきりしませんのが心配です」と乳母。

姫君が手を差し出して、立ち上がる光君の後を追おうとするので、光君は膝をつき、

「不思議だよ、なぜこんなにも気苦労が絶えない身の上なのか……。しばしの別れもつらいものだ。母君はどうした、なぜいっしょに出てきて別れを惜しまないのか。そうしてくれたら安心なのに」

と言うので、乳母は笑い、御方にこれこれですと伝える。

御方は、久しぶりの逢瀬《おうせ》にかえって気持ちが乱れて伏せっていて、すぐに起き上がることもできない。それを光君は、あまりにも上品ぶっていると思う。女房たちもやきもきしているので、御方はしぶしぶいざり出てくるが、几帳に半ば姿を隠しているその横顔は、はっとするほど優美で気品にあふれている。しなやかな身のこなしは、皇女《ひめみこ》のひとりと言っても不足はないほど。光君は帷子《かたびら》を引き上げて、親しく話しかけようと、しばらくふり返って見ていると、御方はあれほど気持ちを抑えていたのに、さすがに見送りをしている。光君はうつくしさの盛りである。以前は背ばかりすらりとしていたが、その背と釣り合うほどにちょうどよく太り、貫禄があるとはまさにこうした姿を言うのだろう。指貫《さしぬき》の裾に至るまでしっとりとうつくしく、こぼれ落ちるほどの魅力にあふれている……などと御方は思うが、それはあまりにもひいき目というもの。

あの当時解任されていた蔵人《くろうど》（伊予介《いよのすけ》の子）も今は復職していた。靫負《ゆげい》の尉《じょう》として、今年五位に叙せられている。昔とは打って変わって晴れやかな顔で光君の太刀《たち》を受け取りに近づいてくる。知

り合いの女房の姿を簾越《すだれ》しに見つけて、

「あの頃のことを忘れたわけではございません、畏れ多いのでご遠慮しておりました。明石の浦風を思い出しました今朝の寝覚めの折にも、お手紙を差し上げる手立てもございませんで……」と気取って言う。すると女房は、

「『白雲の八重《やへ》立つ』この山里は、明石の浦の『島がくれ』にも劣らずさみしいところですから、どなたも『松も昔の友』ではないと途方に暮れておりました。昔をお忘れにならない方もいらしたとは、心強いです」と、

「白雲の絶えずたなびく峰にだに住めば住みぬる世にこそありけれ（古今集／白雲がたなびくこんなに遠い山の峰でさえ住めば住める、それが世の中）」

「ほのぼのと明石の浦の朝霧に島隠れゆく舟をしぞ思ふ（古今集／ほんのりと明るくなる明石の浦に立ちこめる朝露に、島の陰に消えていく舟を思う）」

「誰をかも知る人にせむ高砂《たかさご》の松も昔の友ならなくに（古今集／だれを友とすればいいのか、長寿で知られる高砂の松さえ昔からの友ではないのに）」

これらの歌を踏まえて返してくるので、これはまいった、と靫負の尉は思う。この女を気に入っていたのだが……と興ざめの思いになるが、「いずれ、改めまして」ときっぱりとあきらめて光君の元に戻る。

身なりを整え、じつにものものしく光君が歩き出すと、お供の者はやかましく先払いをし、車の後ろの席に頭中将《とうのちゆうじよう》や兵衛督《ひようえのかみ》を乗せる。

「なんとも気軽な隠れ家を見つけ出されてしまい、おもしろくない」と光君は悔しそうである。

「昨夜はよい月でしたのに、お供に遅れてしまったのを残念に思っていたものですから、今朝は霧を分けて参った次第です。山の紅葉《もみじ》はまだ早いようですが、野辺の色どりは今が盛りです。何々の朝臣《あそん》が小鷹狩《こたかが》りにかまけて遅れたのは、どうなりましたでしょう」などと頭中将たちが言う。

「今日はやはり桂の院に」と予定を変えて、光君はそちらに向かう。突然の饗宴《きようえん》だと大騒ぎになり、鵜匠《うしよう》たちも呼ばれて集い、彼らの会話に、光君は明石での海士《あま》のおしゃべりを自然と思い出す。野で鷹狩りをしていた朝臣たちが、獲物の小鳥をほんのしるしばかり結びつけた荻《おぎ》の枝を土産にしてやってくる。酒盃《しゆはい》が順々に幾度もまわってきて、川辺を歩くのはあぶなそうなので、酔いにまかせて一日中桂の院で過ごす。それぞれ四句の漢詩を作り、月があざやかに射《さ》しこむ頃には管絃《かんげん》の遊びもはじまって、たいそうはなやかな宴である。絃楽器は、琵琶《びわ》、和琴《わごん》くらいで、それに笛は名手ばかり、季節にふさわしい曲を吹いていると、川からの風が吹いてきてじつに味わい深くなる。月も高く上り、何もかもすべてが澄みわたっている夜も更ける頃、殿上人が四、五人連れだってやってきた。清涼殿《せいりようでん》に伺候していたのだが、管絃の遊びのあったついでに「今日は六日間の物忌《ものい》みの明ける日だから、光君はかならず参内《さんだい》なさるはずなのに、どうしたのだろう」と帝《みかど》が言い、この桂の院に泊まっているらしいと耳にして、使いとして送ったのである。使いは蔵人弁《くろうどのべん》である。

「月のすむ川《かは》のをちなる里なれば桂の影はのどけかるらむ

（月の澄む川向こうの里ですから、月の光ものどかであることでしょう。あなたものんびりしているのでしょうね）

うらやましいものです」

とある。光君は参内していないお詫《わ》びを託す。宮中の管絃の遊びよりも、やはり場所が場所だけに、おそろしいほどすばらしく響く音楽に聴き入って、さらに酔いも深まっていく。桂の院には使者や出席者への褒美や引き出物の用意もないので、大堰の邸に「おおげさにならないような用意の品はないだろうか」と使いに訊《き》きにいかせる。大堰からはありあわせの品がそのまま送られてくる。衣裳《いしよう》の櫃《ひつ》二箱である。蔵人弁は急いで宮中に帰るので、光君はその中から女の装束を肩に掛けて与える。

久かたの光に近き名のみして朝夕霧《あさゆふぎり》も晴れぬ山里

(ここ桂は、その名ばかりは月の光に近いようですが、朝夕の霧も晴れない山里でございます)

帝のお出ましを待つという気持ちからだろう。「なかに生《お》ひたる」(「久かたのなかに生ひたる里なれば光をのみぞ頼むべらなる」古今集/月に覆われた里ですので、光だけが頼りです)と古歌の一節を吟じ、明石で眺めた淡路島《あわじしま》を思い出し、躬恒《みつね》が「所からか」といぶかしんだ話(「淡路《あはぢ》にてあはと遥かに見し月の近き今宵《こよひ》は所からかも」新古今集/淡路島で「あれは」と思うほどはるか遠くに見えた月が今宵近くに見えるのは、場所のせいだろうか)などをはじめると、感じ入って酔いにまかせて泣く者もある。

めぐり来て手に取るばかりさやけきや淡路《あはぢ》の島のあはと見し月

(月日もめぐり、自分も都に戻ってきて、手に取るほどにはっきり見える月は、淡路ではるか遠くに見ていたのと同じ月だろうか)

と光君が詠むと、頭中将、

浮雲にしばしまがひし月影のすみはつるよぞのどけかるべき

（浮き雲にしばし姿を隠した月がうつくしく澄みきった今宵は、いつまでものどかでありましょう――悲運に沈んだあなたが帰って照らす世は、いつまでも平安でありましょう）

少し年配で、亡き桐壺院《きりつぼいん》の時代にも親しいつきあいのあった左大弁は、

雲の上《うへ》のすみかを捨てて夜半《よは》の月いづれの谷にかげ隠しけむ

（雲の上の住処《すみか》――宮中をお捨てになって、夜半《よわ》の月――桐壺院はどこの谷間に姿をお隠しなのでしょう）

と、思い思いに歌はたくさん詠まれたようだが、すべて書いてもわずらわしいですからね……。親しい内輪のしんみりした話が少しくだけてくると、千年のあいだでも見聞きしていたいほどの光君の容姿なので、みな斧の柄も朽ちるほどここで過ごしてしまいそうだが、昨日に引き続き今日はさすがに、と光君は急いで帰っていく。褒美の品々を身分に応じて肩に掛けてもらった人々が、霧の絶え間に見え隠れしているのが、まるで庭の花々に見間違えるような色合いで、なんともうつくしい。近衛府《このえづかさ》の、音楽の名手である舎人《とねり》たちがお供にいて、このままではもの足りないと、神楽曲「其駒《そのこま》」などをくずしてうたう。人々が自分の袿《うちき》を脱ぎ、舎人たちの肩に掛け、その色合いは、吹く風が着せた秋の紅葉のようである。

大騒ぎで帰還する人々のざわめきを、大堰の御方ははるか遠くに聞き、光君の去った名残もさびしくもの思いにふけるのである。便りもせずに立ち去ったことが、光君もまた心残りである。

二条院に帰り、光君はしばらく休んでから、紫の上に里山の話を聞かせる。

「お暇をもらった日数も過ぎてしまって、本当にすまない。あの好き者たちがさがしあててやってきて、無理に引き留めるのでついずるずると……。今朝は気分がすぐれないよ」と言い、寝室に入

ってしまう。いつものように紫の上は拗《す》ねているようだけれど、あえて気づかないふりをして「比べるべくもない相手を自分と比べて考えるのも、みっともないよ。自分は自分と思いなさいな」と教えさとす。

日が暮れる頃、宮中に参内する際に、わきに隠すようにして急いで書いているのは大堰への手紙らしい。はたから見ても、心をこめてこまやかに書いているように見える。ひそひそと何か言い含めて使いの者に託しているのを、紫の上に付いている女房たちは憎らしく思っている。

その夜、光君は宮中に滞在するつもりだったが、なおらなかった紫の上の機嫌をとるため、夜更けではあったが退出した。先ほどの返事を使いの者が持ってくる。光君は、紫の上に隠すこともできずにそれを広げる。彼女の気に障るようなことも書かれていないようなので、

「これ、あなたが破いて始末したらいい。ああ、面倒くさい。こうしたものが人目についたりしてしまうのも、もう似合わない年齢になってしまった」と、脇息《きょうそく》に寄りかかる。内心では大堰の御方のことがしみじみと恋しくてならず、灯をぼんやりと眺め、それ以上は何も言わない。手紙は広げたままになっているけれど、紫の上は目を向けることもしないので、「わざと見ないようにしているその目つきが気になるな」と言って笑うその魅力は、そこら中にこぼれそうなほどだ。光君は紫の上にそっと近づき、

「じつは、かわいらしい姫君も生まれて、宿縁も浅くはないと思うのだが、そうかといって姫君を私の子として一人前に育てるのも世間体がよくないところがある。私といっしょにいろいろ考えて、あなたに決めてほしいことがある。どうだろう、あなたが育ててくれないだろうか。三歳にもなっているのだが、無邪気でいるのを見ると放っておけなくてね。幼げな腰のあたりも人目につかない

よう袴《はかま》を着せてやりたいと思う。失礼だと思わないのなら、三歳の袴着《はかまぎ》の儀で、腰結いの役を務めてくれないだろうか」と話す。

「私がいつも嫉妬をしているなんて……。心外な邪推ばかりなさるあなたの意地悪なお心に気づかないふりをして、素直に振る舞うこともないと思っているだけです。きっと私はまだおちいさい姫君のお気に召すことでしょう。かわいい盛りのお年ですね」と、紫の上はちいさく笑う。幼い子どもが無性に好きな性質《たち》なので、引き取って、だいじに育てたいと思うのである。

どうしたものか、本当に姫君を引き取ろうかと光君は思い悩む。大堰へ行くことはなかなかに容易ではない。嵯峨野の御堂の念仏などの機会を待って、月に二度ばかりの逢瀬のようだ。一年に一度の七夕よりはまだましなのだから、私ごときがこれ以上は望むまいと、御方はあきらめてはいるものの、やはりどうしてももの思いに沈まずにいられるだろう。

薄《うす》雲《ぐも》

藤壺の死と明かされる秘密

この年は凶兆を示す天変地異が多く起きたと言われています。
それもこれも、あの秘密が明かされる時だとの警告かもしれません。

＊登場人物系図
△は故人

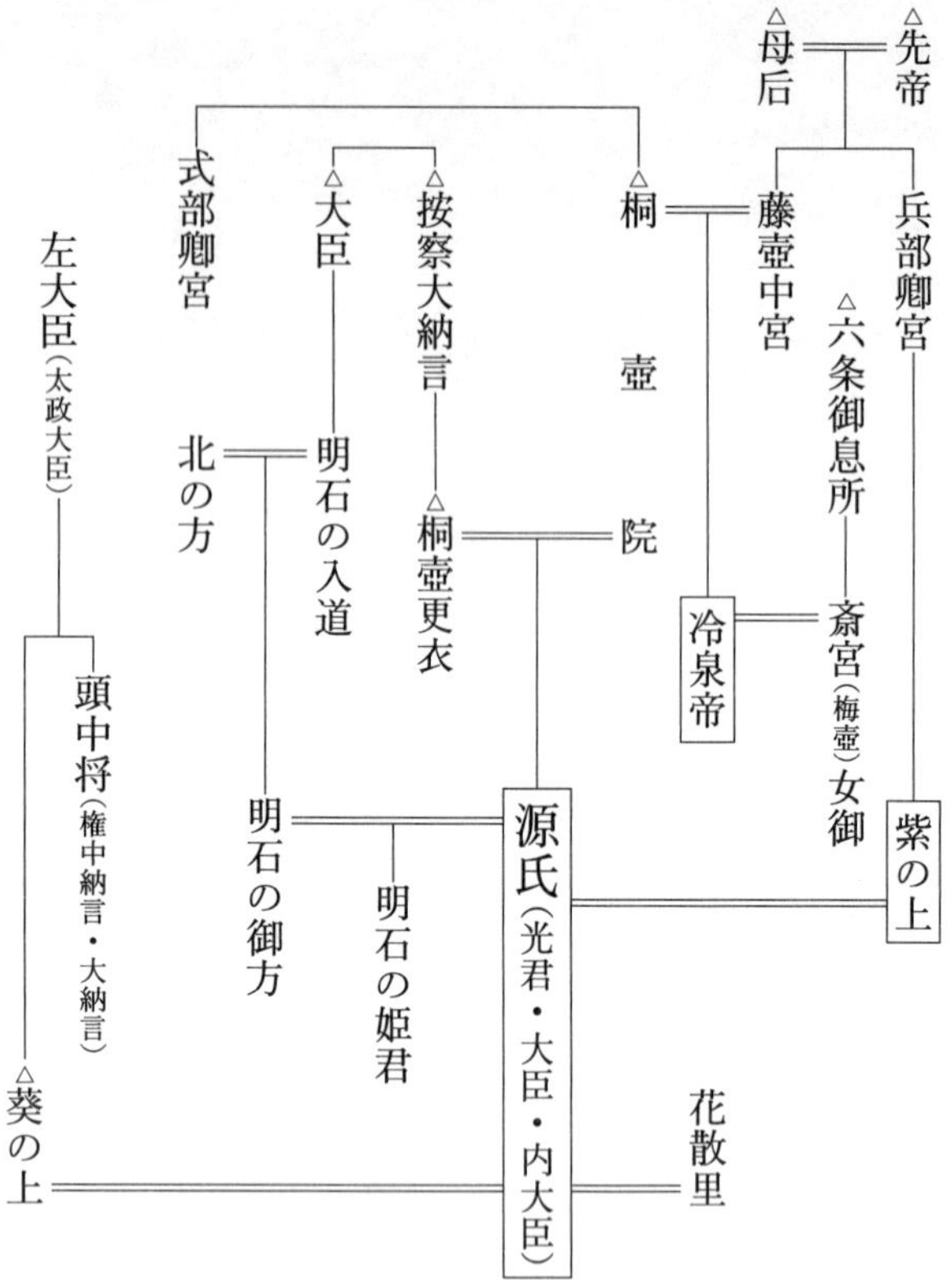

△先帝
△母后
兵部卿宮
藤壺中宮
△桐壺院
式部卿宮
△按察大納言
△大臣
△六条御息所
紫の上
斎宮（梅壺）女御
冷泉帝
△桐壺更衣
明石の入道
北の方
左大臣（太政大臣）
源氏（光君・大臣・内大臣）
明石の御方
明石の姫君
頭中将（権中納言・大納言）
花散里
△葵の上

冬になるにつれ、川べりの大堰《おおい》の暮らしはいっそう心細さが募り、明石《あかし》の御方はぽっかりと頼りない心地《ここち》で暮らしている。光君《ひかるきみ》は「やはりこうしてばかりはいられない。思い切って近くにお移りなさい」と勧めるけれど、移り住んで光君の冷酷さをしっかり知ることとなったら、もうおしまいだと自分は絶望するだろう、その時はどう嘆いたらいいのか……と御方は思い悩んでいる。

「それならば、この姫君だけでも……。こんなところにいてはかわいそうです。姫君については思うところもあるので、ここには住まわせてはおけません。二条院の対《たい》（紫《むらさき》の上《うえ》）もこのことは知っていて、いつも会いたがっているのだから、しばらくのあいだあちらになじませて、袴着《はかまぎ》の儀のことなども内々ではなくきちんと行いたいと思うのです」と、光君は真面目に相談を持ちかける。そのようなつもりなのだろうと以前から思っていたので、御方は胸のつぶれる思いだった。

「今さら高貴なお方のお子のようにたいせつに扱われましても、人が漏れ聞くだろう噂《うわさ》を取り繕うのは、かえって難しいのではないでしょうか」と、御方が手放しにくく思っているのも当然ではあるが、光君は、

「つらくあたられるのでは、などと疑わないでくださいね。あちらとは何年もいっしょにいるけれど、こうした子どもに恵まれないのがさみしいので、前斎宮《ぜんさいぐう》（梅壺女御《うめつぼのにょうご》）はすっかり大人だけれ

ど、無理にお世話しているような次第でね……まして、こんな憎むほうが難しい幼い人を、いい加減には放っておけない性質《たち》なのです」と、紫の上の人柄が申し分ないことも話して聞かせる。

昔は本当に、いったいどのようなお方のところに落ち着きになられるのかと、人の噂でもうすうす聞こえてくるほどだった光君の浮気心が、きれいさっぱりとお静まりになったのは、紫の上との宿縁が並のものではなく、そのお方の人柄も大勢の方々の中でひときわすばらしいのだろう、と御方は想像する。自分のような取るに足らない者が肩を並べられるはずもないのに、図々しく出ていけば、そのお方も私のことを身の程知らずとお思いになるかもしれない。この身のことならどうなろうと同じこと、けれどこの先まだ長い姫君の御身の上は、結局はそのお方の心ひとつにおまかせすることになるのだろう、ならば、光君のおっしゃる通り、こうして物心もつかないうちにお譲りしたほうがいいのかもしれない……。けれど、手放したら手放したで、どんなに心配なことだろう。ここでの暮らしの所在なさをなぐさめるすべもなく、どうやって日を過ごしていけばいいのか。それに光君も、姫君がいないのなら何をあてにして、ときおりでもお立ち寄りくださるだろうか……。御方はあれこれ思い悩み、自身の身の上を情けなく思うばかりである。

母の尼君は思慮深い人なので、

「悩むのも愚かしいですよ。姫君を手放してお目に掛かれないのは、それは胸が痛むことでしょう。けれど結局のところ、姫君のためにどうするのがよいか考えるべきです。源氏の大臣《おとど》も、いい加減なお気持ちでおっしゃっているのではないと思いますよ。ただもうご信頼して、姫君をあちらにお移しなさい。母方の家柄次第で、帝《みかど》のお子もそれぞれに差があるようです。この源氏の大臣も、この世に並ぶ者もいないご立派なお方でありながら、臣下でいらっしゃるのは、母君の父上だった亡き大納言が今ひとつご身分が低くいらしたために、更衣腹《こういばら》などと言われなさって、その違いのせいだということですよ。帝のお子だってそうなのですから、ましてふつうの家の私たちなどは比べものにもならないでしょう。それに、もし母君が親王《みこ》や大臣の姫君だったとしても、その母君が正式な妻でないのであれば、身分は劣っていても正式な妻から生まれた子のほうが世間でも重んじられますし、父親の扱いも同じようにはいかないものです。ましてこの姫君は、もしあちらの身分の高い方々にこうした女のお子がお生まれになったら、すっかり無視されておしまいになりますよ。それぞれの身分にふさわしく、親もたいせつに育ててこそ、子どもは大きくなっても人から軽んじられることもなくなるのです。御袴着《おんはかまぎ》の儀にしても、いくらこちらが一生懸命やっても、こんな深い山里ではなんの見映えがありますか。何もかもあちらにおまかせして、あちらでどうお扱いになるか様子を見ていらっしゃい」と言い聞かせる。

思慮深い人に判断してもらっても、また占わせてみても、やはり「お移しになったほうがいいでしょう」とばかり言われるので、御方もあきらめがついてきた。光君も、心を決めながらも、御方の悲しみもよくわかるので強くも言えずにいる。

「袴着のことは、どうなさるのか」と手紙を送ると、

「何ごとにおいても、ふがいない私のそばでは、将来がお気の毒なことになるばかりとは思います。そうかといって、そちらのみなさまの前にお連れしても、どんなにもの笑いになるでしょう」との返信で、光君はますます不憫《ふびん》に思う。よき日取りなどを占い師に選ばせて、ひそやかに、必要な準備の手はずを整えさせる。姫君を手放すことは心底たえがたいことに思えるが、姫君の幸福を第一に考えなくてはならないと、御方は自分に言い聞かせる。

乳母《めのと》ともこれで別れなくてはならないのである。明け暮れのさみしさも所在なさも、なんでも語り合っていつも心をなぐさめてきたのに、これからは姫君ばかりか乳母までいなくなって、頼るものもなくどんなに心細いことだろうと、御方は泣いた。

「こうした前世からのご縁だったのでしょうか、思いがけないことでおそばにお仕えすることになりまして、それから今までずっとやさしくしていただいて、忘れられず恋しく思われるでしょう。これでご縁が切れるなどということはよもやありますまい、いつかはまたごいっしょになれます日をと、心頼みにはしておりますが、しばらくのあいだはおそばを離れて、思いもよらなかったお勤めをするのが不安です」と乳母も泣き出し、そうして日を過ごすうち、十二月になった。

雪や霰《あられ》がちらつくことが多く、心細さもいっそう募り、どうしてこうも悩みの絶えない身の上なのだろうと御方は嘆息しつつ、いつにもまして姫君の髪を撫《な》でたり櫛《くし》を入れたりしている。雪が空を暗くして降り積もった朝、御方は過去のこと未来のことを際限なく考えて、いつもなら縁側近くにまでは出ないのに、池の水に張った氷などを眺め、やわらかい白い衣を重ね着して、ぼんやりもの思いに沈んでいる。その姿の髪かたちといい、後ろ姿といい、この上なく高貴な人といったところで、まずこの御方のようなのではないか、と女房たちは思う。落ちる涙を拭い、

「こんな日には、今までにましてどんなに頼りない思いをするでしょう」と、いかにも弱々しく泣き、

雪深み深山《みやま》の道は晴れずともなほふみかよへ跡絶《あと》えずして

（雪の深いこの山道は晴れることがなくても、どうか雪道を踏み分けて、絶えず文を届けてくださいね）

と御方が詠むと、乳母も泣き、
雪間《ゆきま》なき吉野の山をたづねても心のかよふ跡絶えめやは
（雪の晴れる間もない吉野の山奥をさがしてでも、心を通わせる文の途絶えるはずがありますか）

となぐさめる。

この雪が少しとけた頃、光君が大堰にやってきた。いつもは待ち焦がれているのに、とうとう姫君を迎えにきたのだと思うと、胸がふさがるようで、だれのせいでもない、こうなったのは自分のせいだと悔やまれる。自分の意思で決めたのだ、もし嫌だと拒否すれば、無理にとはおっしゃらなかったろうに、なんと馬鹿なことを……と思うものの今さら断ればいかにも軽率というものだと考えなおす。

光君は、姫君がじつにかわいらしい様子で座っているのを見て、とてもいい加減には思えないこの人との宿縁であると実感する。この春からのばしている姫君の髪は、尼のように背のあたりで切り揃《そろ》えられていて、ゆらゆらとうつくしく、顔つきや目元のほのかな涼やかさを今さら言い立てるほどもない。このかわいい姫君をよそに渡して遠くから案ずるのだろう母親の心の闇を察すると、胸が痛み、くり返し安心するように言い続けて夜を明かす。

「いいえ、せめて、こんな取るに足らない私のような者としてではなく、姫君をお育てくださるのならば……」と言うものの、こらえきれずに忍び泣くのが哀れである。

姫君はただ無邪気に、車に乗ろうと急いでいる。車を寄せてあるところに母君がみずから抱いてあらわれる。片言ながら、かわいらしい声で、母の袖を握りしめ「乗りましょう」と引っ張ってい

るのにも、身を切られるような思いで、

末遠《すゑとほ》き二葉《ふたば》の松に引き別れいつか木高《こ》きかげを見るべき

（行く先の遠い二葉の松――姫君と今別れて、いつの日にまた大きくなられたお姿を見ることができるでしょう）

御方は最後まで言い切ることができず、激しく泣き出してしまう。無理もない、なんとつらいことだろうと光君は、

「生《お》ひそめし根も深ければ武隈《たけくま》の松に小松の千代《ちよ》をならべむ

（深い縁があって生まれたのだから、いずれは武隈の相生《あいおい》の松のように、やがては私たちでこの姫と末永く暮らすことになるでしょう）

安心してお待ちなさい」と、なぐさめる。きっとそうなるだろうと御方は心を静めるけれど、とてもたえられそうもない。乳母と、少将という上品な女房だけが、守り刀や人形を持って車に同乗する。お供の車にはきちんとした若い女房や女童《めのわらわ》などを乗せ、二条院まで見送るようだ。

二条院へ向かう道すがら、後に残った御方の悲しみを思い、自分は罪深いことをしているのだと光君は心を痛める。暗くなってから到着し、車寄せをするが、あたりの様子は今までとは異なり、たいそうはなやかで、田舎暮らしに慣れた乳母や女房たちは、これから気後れしながらお勤めをすることになるのだろうかと不安になる。けれども光君は西の部屋を姫君のためにとくに入念にしつらえていて、ちいさな道具類もかわいらしく整えている。乳母の部屋には、西の渡殿《わたどの》の北側にあたるところを用意してある。姫君は道中で眠ってしまった。車から抱き下ろされても泣くことはない。西の部屋で果物や菓子などを食べるも、だんだんあたりを見まわして、母君が見当たらないことに

気づいてさがしはじめ、いじらしくも泣きはじめてしまうので、乳母が呼ばれ、あやしてなぐさめるのだった。

大堰の山里の所在ない暮らしを思うと、どんなにつらかろうと光君は思うけれど、姫君が明け暮れ思い通りにたいせつに扱われているのを見ると、これでよかったのだと思うのである。世間からいかがなものかと非難されるべき疵《きず》のひとつもない子が、紫の上に生まれればよかったのに、と残念にも思う。姫君は、最初のうちは母君や慣れ親しんだ人をさがして泣くこともあったけれど、だいたいは素直でかわいらしい性格なので、紫の上にすぐになついて慕っている。本当にすばらしいお子がやってきたものだと紫の上もよろこんでいる。紫の上はほかのことは見向きもせずに姫君を抱いてあやしているので、乳母も自然と紫の上の近くに仕えることになり、なじんでいった。また、この乳母のほかに身分も高く、乳のよく出る人を選び、仕えさせもした。

袴着は、とりたてて特別な準備をするわけではないけれど、それでもその支度は格別である。飾り付けは、まるで雛遊《ひいなあそ》びのような感じでかわいらしい。参列した客人も、常日頃から人の出入りの多い邸《やしき》なので、さして目立つこともなかった。ただ、襷《たすき》を胸元で結んだ姫君の様子が、いつにもましてかわいらしく見える。

大堰では、いつになっても姫君が恋しく思え、御方は手放した自分のふがいなさを嘆いている。あんなふうに教えさとしはしたものの、尼君もいよいよ涙もろくなり、こうしてたいせつにされているという噂を聞くとうれしく思う。こちらからはいったい何をしてあげられるのか、ただ乳母をはじめとして、姫君に付いている女房たちに、すばらしい色合いの衣裳《いしよう》をと尼君は思い、用意をして贈ったのである。

御方に待ち遠しい思いをさせるのも、やはり姫君を手放したからだと思わせてしまうと気の毒なので、年の内に光君は大堰に出向いた。ずっとさみしくなった邸に、明け暮れとたいせつに世話をしてきた姫君もおらず、どんなに嘆いているかと思うと胸が痛み、便りもしょっちゅう送る。紫の上も今はもう恨み言を言うこともなく、かわいらしい姫君に免じて大目に見ている。

新しい年になった。すっきりと空も冴《さ》えわたり、何ひとつ不足のない二条院の様子はたいへんにめでたく、新年に備えて調度もすっかり磨き上げられている。続々と年賀の挨拶に人が押し寄せる。年輩の人々は七日に、昇進のお礼を伝えに連れだってやってきて、年若い人は、何ということもなく晴れ晴れとたのしそうに姿を見せる。それより身分の低い人々も、心の内では何か悩み事があるのかもしれないが、表面上は意気揚々として見える時期である。

東の院の西の花散里《はなちるさと》の女君も、暮らしぶりは優雅で、申し分のない様子である。仕えている女房たちや女童《めのわらわ》も行儀よく、心を配りながら暮らしているが、やはり光君の近くにいることの利点はあって、のんびりした暇のある時は光君がふと顔を出すことも多い。夜に泊まっていくことはないけれど、女君はおっとりしていて気持ちがまっすぐで、自分はこのくらいの宿縁に生まれついた身の上なのだろうと納得して、めずらしいほどどっしりかまえておおらかなので、光君は折々の援助なども紫《むらさき》の上《うえ》の暮らしぶりに遜色ないようにしている。そんなわけでだれもこの女君をおろそかにすることはなく、紫の上同様に仕え、別当たちも勤めを怠ることなく、かえって万事すべて整って、安泰な日々である。

光君は大堰《おおい》の御方の所在なさにもたえず心を砕いていて、公私ともに忙しい時期が落ち着いてから大堰に向かうことにする。いつもより念入りに身支度をして、桜襲《さくらがさね》の直衣《のうし》にすばらしい色合いの衣裳を重ね着し、香を焚《た》きしめ身繕いをし、紫の上に暇乞《いとまご》いをする。その姿が、くまなく射《さ》しこむ夕日にふだんよりもいっそう麗しく見え、紫の上は隠やかならぬ気持ちで見送った。姫君はあどけなく指貫《さしぬき》の裾にまとわりついて後についていこうとし、外にまで出てしまいそうなのを、光君は立ち止まり、なんとかわいらしいのかと思う。姫君をなだめ、「明日《あす》帰《かへ》り来《こ》む」と催馬楽《さいばら》の一節を口ずさんで出ていくのを、渡殿《わたどの》の戸口で見ていた紫の上は、中将の君を通じて光君に伝える。

舟とむる遠方人《をちかたびと》のなくはこそ明日《あす》帰《かへ》り来《こ》む夫《せな》と待ち見め

（舟――あなたを引き留める遠方のお方がいないのでしたら、明日帰られる夫と思ってお待ちしますのに）

たいそうもの慣れた口ぶりで中将の君が伝えるので、光君はじつにはなやかな笑みを見せ、

行《ゆ》きて見て明日《あす》もさね来《こ》むなかなかに遠方人《をちかたびと》は心置くとも

（あちらへ行ってみて、明日になったら本当に帰りましょう、なまじその遠方のお方が気分を害しても）

なんのことかわからずに無邪気にはしゃいでいるちいさな人を、紫の上はなんとかわいらしいのだろうと思い、あちらの「遠方のお方」にたいする不愉快さも、今は薄れているのだった。自分だったら、愛《いと》しい子を手放していったいどんな気持ちになるだろう、恋しくておかしくなりそうだろう、と姫君の顔をまじまじと見つめ、抱き上げて自身のかわいらしい乳を含ませてたわむれているその姿は、ついだれもが見つめてしまうすばらしさである。近くに控える女房たちは、「どうして同じことなら、こちらの子としてお生まれにならなかったのだろう」「本当に、ままならないもの

……」と語り合っている。

大堰では、じつにのどかに、隅々まで行き届いた暮らしをしていて、家の様子も一風変わっていて珍しい。さらに御方本人は逢《あ》うたびごとに、身分の高い人に引けをとらないほどになり、容姿やたしなみがいちだんと女性らしく成熟していく。

ただふつうの受領《ずりよう》の娘で、とくに目立つようなところがないとしても、そういう人を妻にするということも世間にないわけではないが、しかしあの、世にも珍しい偏屈な父親の評判は困ったものではあるな……、この人の身分はこれでもう充分なのに、などと光君は思う。

束の間の逢瀬《おうせ》で、いつも満足することもなく別れるからか、落ち着くこともなく帰っていくことがつらく思え、「夢の渡りの浮橋か」と、ぽつりとつぶやく。「世の中は夢の渡りの浮橋かうちわたりつつものをこそ思へ（男女の仲は夢の渡り場にかかる浮橋のように頼りないのか、あの人を訪ねてもものの思いは増すばかり）」の一節である。光君は箏《そう》の琴《こと》を引き寄せ、以前明石で御方と琴をともに弾いた夜を思い出し、どうしても琵琶を弾くようにと御方に催促する。御方は箏に合わせて琵琶を少し弾いて見せ、どうしてこうもみごとな技量を身につけているのかと光君は感心する。姫君の様子をくわしく話して聞かせて過ごす。

この大堰はこのような田舎ではあるが、時々光君が宿泊することもあるので、ちょっとした果物や菓子、強飯《おこわ》などを食べることもある。近くにある御堂《みどう》や桂《かつら》の院に行くふりをしては立ち寄り、心底この御方に心を奪われているわけではないが、かといって、はっきりとけじめをつけてつれない扱いをすることもないので、格別の寵愛《ちようあい》なのだとわかるのである。女もこうした光君の気持ちをよく理解していて、出過ぎた振る舞いをすることもなく、また、ひどく卑下するということもなく、光君の気持ちに寄り添って好ましい態度でいる。

並外れて高貴な身分の方のところでも、光君はこれほどまでにおくつろぎになることはなく、気品ある態度をお崩しにならない、と聞いている。もし私が近くに移り、ほかの女方たちにまじれば、かえって珍しくもなくなって、人に見下されるようなこともあるだろう、ときたまにせよ、こうして足を運んでいただくからこそ、私も動じないでいられるのだ……と御方は考える。明石でも、入道も永久の別れなどとは言っていたが、光君の意向や態度を知りたがって、互いに不安がないように使いの者を通わせては、胸のつぶれる思いをすることもあるが、また、晴れがましく、よかったのだと思うこともたくさんあるのだった。


その頃、光君の義父である太政大臣が亡くなった。世の重鎮であった人なので、帝《みかど》もまた深く嘆いた。朱雀帝《すざくてい》の頃、一時期隠居をする時でさえ天下の騒ぎになったのだから、今はまして世間は深い悲しみに包まれた。光君もひどく気落ちして、政務のすべてを任せてしまったからこそ自分も休んでいられたが、これからは心細くも、忙しくもなるのだろうと思うと、ますます気がふさぐ。冷泉帝《れいぜいてい》は実際の年齢よりは格段に大人びて成人し、世の政《まつりごと》についても光君が心配することはないのだけれど、ほかに後見をまかせられる人もいないので、だれにその役目を頼めば、静かに仏道に専念したいという自分の望みがかなうのだろうと思うと、この不幸がどこまでも残念なものに思われる。後の法要なども、光君は、故太政大臣の子息や孫たち以上に、誠心誠意行ったのである。

その年は、全体的に世の中が騒がしかった。朝廷でも何かの前触れらしきことがしきりと起こり、隠やかならず、天空にも、いつもとは異なる月、日、星の光が見え、不思議な雲が浮かび、世の人々は不安を覚えている。天文博士たちが調査し奏上した文書にも、通例とは異なった奇っ怪な事柄が多かった。光君だけは、心の内に、ある痛みとともに思い当たることがあるのだった。

藤壺《ふじつぼ》の尼宮も、正月以来ずっと病気が続き、三月にはひどく重くなってしまったので、お見舞いの行幸《ぎょうこう》があった。桐壺院《きりつぼいん》が亡くなった時冷泉帝はまだ幼くて、さほど深く悲しむこともなかったのだが、今回はひどく胸を痛めているようなので、藤壺もいっそう悲しく思う。

「厄年の今年はきっと逃れられないのだろうと思っておりましたが、そう重い病とも思えませんでしたので、寿命を悟っているような顔をいたしますのも、世間の人がわざとらしい、嫌みなことだと思うのではないかと遠慮しまして、後世のための供養などもとくにいつもと違うことはいたしませんでした。参内《さんだい》して、ゆっくりと昔話などしたいと思っておりましたが、気分のいい時も少なくて、どうにもできぬまま今日まで過ごしてしまいました」と弱々しく話す。三十七歳である。けれどもまだまだ若々しく、うつくしい盛りに見える姿が、帝にはいっそう惜しくも悲しくも思える。

「ご用心なさらねばならないお年ですのに、ご気分がすぐれずにこの幾月ものあいだお過ごしになられていて、心から案じておりました。ご祈禱《きとう》などもふだんより特別にはなさらなかったとは……」と、たいへんな嘆きようである。つい最近になってようやく事態の重さに気づき、さまざまな加持祈禱をさせたのである。このところ、いつものご病気とばかり思って気を許していたことを光君も深く後悔している。しきたりがあるので帝はほどなくして帰っていくが、悲しみに沈んでいる。

藤壺の宮はひどく苦しみ、はっきりと話すこともできないが、心の内では思い続けている。すばらしい宿世《すくせ》の元に生まれ、この世の栄華も他に並ぶ人のない自分ではあったけれど、心に秘めた苦悩も、また人に勝る身の上であった、と。こうした事情を帝がまったく知るはずもないことをさすがにいたわしく、このことだけが、藤壺はいつまでも気掛かりで、思いが絡まり合ってほどくすべもなく、この世の未練として残りそうな気がするのだった。

光君は、公的な立場としても、このように尊い人々が次々と亡くなってしまうことを嘆いている。藤壺の宮への秘めたる哀慕は限りなく深く、祈禱などあらゆる手を尽くす。この幾年かはあきらめていた藤壺への思いですら、今一度言わずにきてしまったことがたまらなく悔やまれ、几帳《きちよう》近くに寄り、介抱している女房たちに容態を訊《き》く。今は親しい者たちだけがそばに仕えていて、くわしく説明する。

「この幾月か、ご気分がすぐれずにいらっしゃったのに、仏前のお勤めをほんのいっときでも怠ることなくなさったお疲れが積もって、すっかりお弱りになってしまわれました。この頃では蜜柑《みかん》のようなものでも手にしようともなさらず、ご回復の望みもなくなってしまいました」と、多くの者が泣いている。

「桐壺院《きりつぼいん》のご遺言通りに、帝の御後見役をお務めくださいますこと、長年のあいだ身に染みてありがたく思っていました。いったいどうした折に、この感謝の気持ちをお伝えしようかとのんきに考えていましたのが、今となってはことごとく無念です」と、藤壺の宮がかすかな声で取り次ぎの女房に伝えているのが漏れ聞こえてくる。返事をすることもできず泣き出してしまう光君の姿は、なんとも痛々しい。あまりに激しく泣けば、何か疑われるかもしれないと周囲の目を気にして、心を強く保とうとするけれど、ずっと前から知る藤壺のことを思い、自身の特別な思いを抜きにしても、もったいなく惜しまれる人であるのに、人の命は思いのままにならぬものゆえ、この世に引き留めることができないのは、なんと無力なことだろうと光君は深く悲しみに沈んでいる。

「頼りにならない私ではありますが、昔から、帝の補佐をしっかり務めなければならないと心の及ぶ限り、きっちりと心に留めております。なのに、太政大臣がお亡くなりになったことだけでも世の無常が感じられてならないのに、あなたまでこのようなご容態で、もうどうしていいのかさっぱりわかりません。私もこの世にはそう長くいられないような気もします」と光君が話している最中に、灯火がふっと消えるように藤壺の宮は息を引き取った。光君は何を言ってもどうにもならないこの別れの悲しみに、激しく嘆く。

貴い身分の人の中でも、藤壺の宮は世の人にあまねく慈悲深い人だった。権勢をかさに着て人々の嫌がることをしてしまうなど自然とよくあることだが、藤壺にはそうした道に外れたところがいっさいなく、仕えている人々にも、世の苦しみとなるようなことはさせなかった。仏事供養においても、人に勧められて、盛大に目立つようなことをする人などは、昔のすぐれた天子のおさめる世にすらいくらでもあったというが、この藤壺は、そのようなことはなく、ただ元々持っていた財産と、支給される年官《つかさ》、年爵《こうぶり》、御封《みふ》といった給与の中から、差し支えない範囲で、心のこもった善行をしていたので、何もわからないような山伏のような者までがその死を惜しんでいる。

葬儀においても、世をあげての騒ぎで、悲しく思わない人などいない。殿上人《てんじようびと》たちはみな同じ喪服の黒一色を身につけて、晴れやかとはいかない春の暮れである。二条院の庭の桜を見ても、光君は南《な》殿《でん》で行われた桜の宴を思い出す。「深草の野辺の桜し心あらば今年ばかりは墨染《すみぞめ》に咲け（古今集／草深い野辺に立つ桜よ、もし心があるならば今年だけは墨色に染めた花を咲かせてほしい）」を思い、「今年ばかりは」と光君はつぶやいて、深い悲しみを人に見咎《みとが》められるのを避け、ひとり念誦堂《ねんずどう》にこもり一日中泣き暮らす。夕日が鮮やかに射《さ》しこみ、山際の梢《こずえ》が輪郭をはっきりとさせ、鈍色《にびいろ》の雲が薄くたなびいていく。あまりの悲しみに何も目に映らないほどだが、しかし光君はしみじみとその景色に眺め入る。

入り日さす峰にたなびく薄雲《うすぐも》はもの思ふ袖に色やまがへる
（入り日の射す峰にたなびいている薄雲は、悲しみの喪に服す私の袖に色を似せているのだろうか）

聞いている人はだれもいないので、せっかくの歌ももったいないことですが……。

七日七日《なぬかなぬか》に行われる法要の四十九日を過ぎ、落ち着いてくると、帝《みかど》はなんとなく心細い気持ちになった。亡き藤壺の宮の母后《ははきさき》が在世中から引き続いて、代々の祈禱師として仕えてきた僧都《そうず》がいる。藤壺《ふじつぼ》の宮もたいそう尊敬し、親しくしていた僧都で、朝廷でも信頼が篤《あつ》く、重大な勅願も多く立てている高徳の僧である。齢《よわい》七十ほど、近頃は自身のための勤行《ごんぎょう》をするため山にこもっていたが、藤壺回復の祈禱のために京に出てきて、以来帝から呼ばれ、いつもそばに控えている。藤壺の法事が終わってからも、やはり今までのように帝の近くに仕えてほしいと光君に勧められ、

「この年では夜居《よい》のお勤めなどはとてもたえがたく思いますが、そのようにおっしゃっていただいて畏れ多いことですから、昔からお仕えさせていただいた感謝もこめまして」と、帝のそばに控えることとなった。

ある静かな暁のことである。ほかに人もおらず、宿直《とのい》の人も退出してしまった時、僧都は老人らしい咳払《せきばら》いをして、世の中のあれこれを話しはじめ、そして言うには、

「まことに申し上げにくいことで、お聞かせ申してはかえって罪にあたるかもしれないと憚《はばか》られるのですが、ご存じでいらっしゃらないのでしたら罪深く、天の眼《め》もおそろしく思うことがございます。それを私の心中ひそかに嘆きつつ命果てたとしましたら、まったく無益なこととなります。仏も、私を不正直だとお思いになるでしょう」とだけ言い、それ以上何も言えないでいる。帝は、いったい何ごとかといぶかしむ。この世に執着の残るような不満でもあるのだろうか、法師というものは、聖僧とはいえ、道に外れた邪念が深くてどうにも得体が知れないところがある、と思い、「幼い頃から心を許してきたのに、何か私に隠していることがあるとは、ひどいではないか」と言う。

「めっそうもございません。仏が他言を戒め守られている真言の秘法をも、何も隠すことなくご伝授いたしております。まして私が隠し立て申すような、どんなことがございましょう。しかし、これは過去未来にわたる重大事でございますが、お隠れになりました桐壺院《きりつぼいん》と藤壺の宮、ただいま世の政《まつりごと》をおさめていらっしゃる源氏の大臣《おとど》にとって、すべて、このまま内密にしておきますと、世間に取り沙汰されてかえってよからぬ結果になりはしませんでしょうか。私ごときの老僧の身には、たとえどんな災いがありましてもなんの悔いがございましょう。仏と天のお告げがありますから申し上げるのでございます。あなたさまをご胎内にお宿しになった頃から、藤壺の宮は深くお嘆きのことがあり、拙僧にご祈禱をお申しつけになったご事情がございました。くわしくは法師の身にはよくわかりかねることでございます。その後不慮のできごとがありまして、源氏の大臣がいわれのない罪に問われなさいました時、宮はますますおそろしくお思いになって、重ねて多くのご祈禱をお申しつけなさいました。そのことを大臣もお聞きになり、またさらに大臣もご祈禱をお申しつけになって、以来あなたさまがご即位なさいます時まで、いろいろとお勤め申し上げておりました。仰せつかりましたご祈願と言いますのは……」と、くわしく話すのを聞いていると、あまりにも思いがけない、またあまりにもあってはならないことで、帝はおそろしくも悲しくも、千々に心が乱れる。しばらく返事もないので、僧都は、出過ぎた真似《まね》を帝は不愉快に思っているのかと困惑し、そっとかしこまって退出しようとするのを帝は引き留める。

「何ひとつ知らずに過ごしていたら、来世まで罪と問われるべきことを、今まで心の内に秘めておられたとは、かえってあなたは気の許せない人だと思う。ほかにこのことを知っていて世間に漏らすような人はいるのだろうか」

「いえけっして、拙僧と王命婦《おうみょうぶ》のほかには、このご事情を知る者はございません。だからこそたいそうおそろしく思えるのです。天変がしきりに警告し、世の中が騒がしいのは、このためでありまます。まだあなたさまが幼くいらっしゃって、ものの道理がおわかりになるはずもなかったあいだはそれでよかったのです。だんだんとご成長なさいまして、何ごとも分別のおつきになるのを待って、天はその咎をあきらかに示しているのです。いっさいのことは親の御時からはじまるもののようでございます。何の罪とご存じないままいらっしゃるのがおそろしく思いまして、口外するまいと心に決めておりましたことを、あえて申し上げた次第でございます」と泣きながら打ち明けているうちに、夜も明け、僧都は退出した。

帝は、悪夢のようにおそろしいことを聞かされ、ひどく動揺した。果たしてご存じであったのかと、亡き桐壺院のことを思っても気掛かりであり、光君が臣下として朝廷に仕えていることも、申し訳のない、また畏れ多いことに思える。あれこれと思い悩み、日が高くなるまで寝室から出ずにいる。それを光君が聞きつけて、驚いて参内するが、その姿を見ると帝はますますたまらない気持ちになり、とめどなく涙を流す。それを、亡き母宮のことを涙の乾く暇もないほど悲しんでおられるのだろうと光君は思いこむ。

その日、亡き桐壺院の弟、式部卿宮《しきぶきょうのみや》が亡くなったという奏上を受け、帝は、いよいよ世の中が穏やかではなくなってきたと悲嘆に暮れる。こうした異常なことが続いているので、光君は二条院にも帰ることができず、帝のそばに控えている。

光君としんみりと話をしているうちに、帝は、

「私の命も終わりなのでしょうか。なんとなく不安で、いつもと違う気がします。世の中もこのように騒ぎが続くので、何もかも落ち着かない思いです。亡き母宮が心配なさるでしょうから、譲位についても遠慮していましたが、これからは気楽な身分で暮らしたいと思うのです」と相談を持ちかける。

「とんでもないことです。世の中が穏やかでないことは、かならずしも政治が正しいか間違っているかによるものではありません。昔の賢い帝の御時にも、よからぬことが続くこともありました。また聖天子の世にも、尋常ではない事件も多く起きたことが唐土《もろこし》でもあるのです。我が国も同様です。まして、年齢的におかしくはない方々が寿命を迎えたのですから、帝がお嘆きになることはありません」と、多くの例を挙げて説明する。政治に関する話なので、その一端をここに書き記すのも気が引けることで……。

黒い喪服を身につけ、ふだんより地味にしている帝の顔立ちは光君とうりふたつである。帝も、今まで鏡を見てもそうは思っていたのだけれど、僧都の話を聞いた後では、光君をじっと見つめて

いることとさらにこみ上げる思いが抑えがたく、なんとかしてあの話をそれとなく話したいと思う。しかしさすがに光君も決まり悪く思うに違いないので、まだ若い帝は憚られ、急に話し出すこともできない。ただあたりさわりのない世間話を、いつもよりずっと親しみをこめて話す。帝がにわかにかしこまった面持ちになり、いつもとは様子がまるで違うことを、賢い光君の目には、何か変だ、と映るが、さすがにこうもはっきり帝が秘密を知ってしまったとは思いもしていなかった。

帝は、王命婦にもくわしいことを訊いてみたいと思っているが、今さら、故母宮がそれほどまでに隠し通したことを知ってしまった、と王命婦に思われたくない気持ちもある。ただ光君にはなんとかしてそれとなく訊いてみて、これまでにもこうした事例はあったのかと問いたい、と思うものの、まったくそうした機会はない。やむなくますます学問に熱心になり、さまざまな書物をあたってみると、唐土では、公然のものとしても内密のこととしても、血筋の乱れた事例がじつに多い。日本にはそうしたことはいっさい見受けられない。たとえあったとしても、このように内密のことをどうして後世の人が知り得るはずがあろう。皇子《みこ》として生まれて臣下となった人で、その後、納言、大臣と務めたのち、あらためて親王にもなり、帝位にも就いた人も、たくさんの例があった。ならば光君がすぐれた人柄であることを理由に、帝位をお譲り申し上げようか……と帝は思いをめぐらせている。

秋の除目《じもく》で、光君が太政大臣に就任することが内々に決まった折に、帝は、考えていた譲位の意向を光君に打ち明けた。光君は顔を上げることもできずおそろしいことだと思い、ぜったいにあってはならない旨を伝えて辞退する。

「亡き桐壺院のお心は、大勢の皇子たちの中でもとくべつに私のことをお思いになってくださいましたが、帝位をお譲りになろうとはまったくお考えになりませんでした。そのお心に背いて、及びもつかない帝位に就くことがなぜできましょう。もともとの院のご意向通り、朝廷に臣下としてお仕えし、もう少し年齢を重ねましたなら穏やかな勤行《ごんぎょう》の日々を過ごさせていただこうと思っております」と、いつもと変わらない口ぶりで言うので、帝はひどく残念に思う。

太政大臣の就任が決まっているけれど、光君はもうしばらくこのままでと思うところがあり、ただ位だけ昇進し、牛車《ぎっしゃ》の宣旨《せんじ》を与えられ、牛車に乗って御所へ出入りすることを許された。帝はそれでは満足できず、また畏れ多いことだと思い、なおも親王となることを勧めるのだが、光君は、そうなると政務の補佐をする人もいなくなる、権中納言《ごんちゅうなごん》（頭中将《とうのちゅうじょう》）は大納言に昇進し、右大将を兼任しているが、もう一段昇進したなら、そのとき政務はみなこの人に譲ろう、その後で私は平穏な暮らしに入ろう……と考えている。

光君はやはりあれこれと考えてみて、故藤壺の宮のためにも気の毒であり、また帝があああして悩んでいることに接しても畏れ多く、いったいだれがあの秘密を漏らしたのかとあやしんでいる。王命婦は後任として御匣殿《みくしげどの》の部屋に移り、仕えている。光君は王命婦と会い、

「あの秘密を、藤壺の宮が何かの時にほんの少しばかりでも漏らしたことがあるか」と事情を訊いてみるが、

「いいえまったくございません。宮様は、帝がちらりとでもこのことをお耳に入れなさったらたいへんなことになるとお思いになって、一方では、秘密にしたままでは帝が罪をお受けになってしまわれると、ともかくも帝の御身をご心配なさっていました」

王命婦の話を聞き、人並みすぐれて思慮深かった藤壺の宮を思い出し、光君はどこまでも恋しく

慕うのだった。

斎宮《さいぐうの》（梅壺《うめつぼの》）女御《にょうご》は、光君の思った通り帝《みかど》のすばらしい世話役で、帝にも深く愛されている。気配りも人柄も申し分なく理想的で、光君はありがたく思いたいせつに面倒をみている。

秋の頃、女御は二条院に退出した。女御の寝殿は輝くばかりのしつらえで、光君は今はもっぱら親代わりとして面倒をみている。秋の雨がしとしとと降り、庭先の植えこみは色とりどりに乱れ露に濡《ぬ》れている。亡き六条御息所《ろくじょうのみやすどころ》のことが次々と思い出され、光君は涙で袖を濡らして女御の御殿を訪れる。鈍色《にびいろ》の濃い直衣《のうし》を着た光君は、世の中の騒動にかこつけてずっと精進を続けている。数珠《じゅず》を隠すようにして優雅に振る舞うその姿は、限りなくうつくしい。光君は御簾《みす》に入り、几帳《きちょう》だけを隔てて女御に直接話しかける。

「庭先の草花もひとつ残らずみごとに咲きましたね。まったくおそろしいような年ですが、草花は無邪気に季節をよろこんでいるようで、胸を打たれる思いです」と、柱に寄りかかっている姿が、夕方の薄明かりに映えて、神々しいほどである。亡き御息所の思い出や、あの野宮《ののみや》を訪ねて立ち去りがたかった曙《あけぼの》のことなどを光君は話す。しみじみと思い出に浸っている様子である。女御も「かくれば」と思うのだろうか（「いにしへの昔のことをいとどしくかくれば袖ぞ露けかりける」昔のことを思い出すと袖が濡れてしまう）、少し泣いているのがひどく可憐《かれん》で、身じろぎする気配も驚くばかりにたおやかで、優美に感じられる。その姿を見ることができないのはなんと残念なことだろうと胸が騒ぐのは、まったく困ったこと……。

「今まで、とくに悩みなく過ごそうと思えばそうできた日々も、やはり自分のせいで色恋の迷いは絶えることがありませんでした。理不尽な恋をして、相手の方に気の毒な思いをさせてしまったこともたくさんありました。その中で、最後までわかり合うこともなく、わだかまったまま終わってしまったことが二つあります。まずひとつは、お亡くなりになったあなたのお母様のことです。いたわしいほどに思い詰めたままお亡くなりになってしまったのが、私の一生消せない悲しみです。あなたをこうしてお世話することができ、親しくしていただけるのを、せめてもの罪滅ぼしと思ってみるけれど、私へのわだかまりはついぞ晴れぬままであったことが、やはり重く心にのしかかります」と言い、二つと言ったもうひとつは話さないでいる。「一時期、生きているかもわからないほど落ちぶれていた時に、あれこれと願っていたことは、帰京して少しずつ思い通りになりました。東の院に住んでいる人（花散里）は、頼りなくお暮らしだったのを心苦しく思っていましたが、今は安心することができました。気立てのよいところなど、私もあちらもわかり合っていますので、じつにさっぱりしたつきあいなのです。こうして京に戻り、朝廷の補佐をさせていただくよろこびは、さほど感じないのに、このような色恋のことではいつまでも気持ちを抑えられないのです。あなたのことは、とくべつな思いを抑えての親代わりということをわかってくださいますか。せめて、かわいそうにとおっしゃっていただかなくては、どんなにか張り合いのないことでしょう」

女御はどうしていいのかわからず返事もできない。

「やはりわかっていただけないのですね。ああ情けない」と、光君はほかのことに話をそらしてしまう。「今は、どうにか平穏に、この世に命ある限りは、執着を残さず後世のための勤めも思うさまにして、隠居して暮らしたいと思っていますが、この世の思い出にできそうなことが何もないのがやはり残念なのです。まだひとかどでもない幼い娘がおりますが、成人するのがひどく待ち遠しいのです。畏れ多いことですが、あなたにこの一門を広げていただいて、私の亡き後も目を掛けてやってください」

女御は、ひどくおっとりした様子でやっと一言ばかり返事をする。その様子がひどく離れがたく魅力的で、しんみりとした気持ちで光君は日暮れまでその場で過ごす。

「そうした現実的な願いはともかく、一年のうち移り変わる四季折々の花や紅葉《もみじ》、空の景色につけても、気の晴れるようなたのしいことをしたいものです。春に咲き誇る花、秋のみごとな野、それぞれ人が優劣を争って論じていますが、なるほどとその季節の味方をしたくなるようなはっきりした結論はないように思います。唐土《もろこし》では、春の花の錦に勝るものはなしと言っているようですし、和歌の言葉には、秋の情趣をとりあげるものが多い、どちらもその季節季節を思えば目移りがして、花の色も鳥の声もとても優劣などつけられません。手狭な私の邸《やしき》でも、四季折々の魅力が味わえるように、春の花咲く木も植えて、秋の草も野から掘り移し、聞く人もいない野辺の虫も放したりして、どなたにも見ていただきたいと思うのですが……。あなたはどちらの季節により魅力を感じますか」

女御はなんと答えにくいことを、と思うが、むげに黙っているのも具合が悪いので、

「私などにどうしてわかるでしょうか。本当に、いつとも決められませんけれど、『いつとても恋《こひ》しからずはあらねども秋の夕《ゆふべ》はあやしかりけり（古今集／いつといって恋しくない時はないけれど、秋の夕べは不思議と人恋しい）』と古歌にある通り、秋の夕べははかなく亡くなった母の思い出のよすがのように思えます」と、少しも気取らずに言いかけてやめてしまうのも、ひどくいじらしく、光君はこらえきれずに、

「君もさはあはれをかはせ人知れずわが身にしむる秋の夕風《ゆふかぜ》
（秋の夕べに心を寄せるのならば、私と思いを交わしてください、人知れず秋の夕風が身に
染みるこの私と）
恋しさを忍びがたい時もあるのです」
女御は、どんな返事をしたものか、おっしゃることがよくわからないといった様子である。このついでに、光君は胸の内を隠しておくことができず、恨み言もきっといろいろと言ってしまったことでしょう。少々手荒なことをしてしまいたい衝動に駆られるけれど、女御が本当に嫌だと思うのももっともであるし、自身でも、年甲斐《としがい》もなくけしからぬことだと思いなおし、ため息をついている。その姿も奥ゆかしく優美ではあるのだが、女御は疎ましく思うのだった。そっと少しずつ奥に入っていく気配を察し、
「なんともひどく嫌われたようですね。私が本当に思慮深いならば、こんな目には遭わないのでしょう。仕方ない、これ以上は嫌わないでくださいね。つらくなりますから」と言い残し、光君は帰っていく。しっとりした残り香までが、女御にはいやらしく感じられる。女房たちは格子を下ろして「このお敷き物の移り香、なんとも言いようがありませんね」「どうしてこう何から何まで『柳が枝に咲かせ』たお方なのかしら。おそろしいほど」と言い合っている。「梅が香を桜の花に匂《にほ》はせて柳が枝に咲かせてしがな（後拾遺集《ごしゅういしゅう》／梅の香りを桜の花に匂わせて柳の枝に咲かせたい）」を引いて、完璧な人だと言うのである。
光君は西の対《たい》に行き、すぐには部屋に入らず、ひどくもの思いにふけって庭近くに横になっている。灯籠を遠くのほうにかけて、女房たちを近くに集めていろいろと話をさせる。こういうやむに

やまれぬ恋に胸を痛める癖はまだなおらない、と我ながら思い知らされる。これは本当にまずかった。おそろしく罪深いという意味では、藤壺《ふじつぼ》の宮とのことがはるかに勝るけれど、あのかつての恋は、思慮の浅い若気の至りとして仏も神も大目に見てくださったかもしれない、しかし今回は……、と思いを冷まそうと自省するにつけても、いやいや恋の道に関しては昔よりは危なげもなく、思慮深さが身についてきたものだと自覚もする。

女御は、秋の情趣をわかったように答えたことを悔やみ、恥ずかしく思い、ひとりくよくよと思い悩み、具合まで悪そうなのに、光君は何ごともなかったかのようにそっけなく、いつもより父親ぶって世話を焼いている。

紫の上に、

「女御が秋のほうが好きだというのもよくわかるし、あなたが春の曙に心惹《こころひ》かれているのももっともなことだと思う。四季折々に咲く花を愛《め》でながら、あなたの気に入るような管絃《かんげん》の遊びをしたいものだね。公私ともに忙しい私には似つかわしくないけれど、いつかはなんとか思い通りの暮らしがしたいものだ。あなたが退屈しないかと心配でね」などと言って機嫌をとる。

大堰《おおい》の御方もどうしているだろうかと光君はいつも思っているが、ますます外出もままならない身分となり、大堰まで出向くのは難しくなってしまった。

御方は、自分との仲をどうにもならないとあきらめている様子だが、なぜそんなふうに思うのだろう。気やすくこちらに移って、いい加減な暮らしはしたくないと思っているのは、身の程知らずの思い上がりではないか、とは思うものの、やはり気の毒になり、例によって御堂《みどう》の不断の念仏を口実にして、大堰へ向かうのだった。

大堰は住んでみれば荒涼としたさみしいところで、さほど深い事情がなくとも、哀愁も募ってくるというもの。まして、御方は光君にようやく逢うことができ、このつらい宿縁も、姫君まで誕生したのだからさすがに浅くはないだろうと思っても、かえって気持ちは乱され、光君はなだめかねている。生い茂った木々の向こう、いくつもの篝火《かがりび》の光が、遣水《やりみず》の蛍のように見えるのも風情がある。

「水辺の暮らしに明石でなじんでいなかったら、ここでの光景も珍しく感じたでしょうに」と光君が言うので、

「いさりせしかげ忘られぬ篝火《かがりび》は身の浮舟《うきふね》やしたひ来にけむ
（明石の漁火《いさりび》を思い出させるこの篝火は、私を追いかけてきた浦の浮舟——あの頃の悲しみでしょうか）

あの頃とまったく同じつらさです」と御方は言う。

「浅からぬしたの思ひを知らねばやなほ篝火《かがりび》のかげは騒げる
（私の浅くはない心の底を知らないから、篝火の影のようにあなたの心も未《いま》だに騒ぐのでしょう）」

光君は詠み、「うたかたも思へば悲し世の中を誰《たれ》憂きものと知らせそめけむ（古今六帖／本当に悲しいことだ、男女の仲はつらいとだれが教えたのだろう）」から、「誰憂きもの」とだけつぶやいて、逆に恨んでみせる。

たいがい気持ちもしみじみと落ち着く秋の頃で、光君は御堂での勤めにも専念し、いつもより長く滞在したからか、女君の気持ちも少しは紛れただろう、との話ですが……。

朝《あさ》顔《がお》

またしても真剣な恋

真剣な恋だという噂が耳に入れば、紫の上も不安になるというものでしょう。
朝顔の姫君は、拒み続けたということですが……。

＊登場人物系図
△は故人

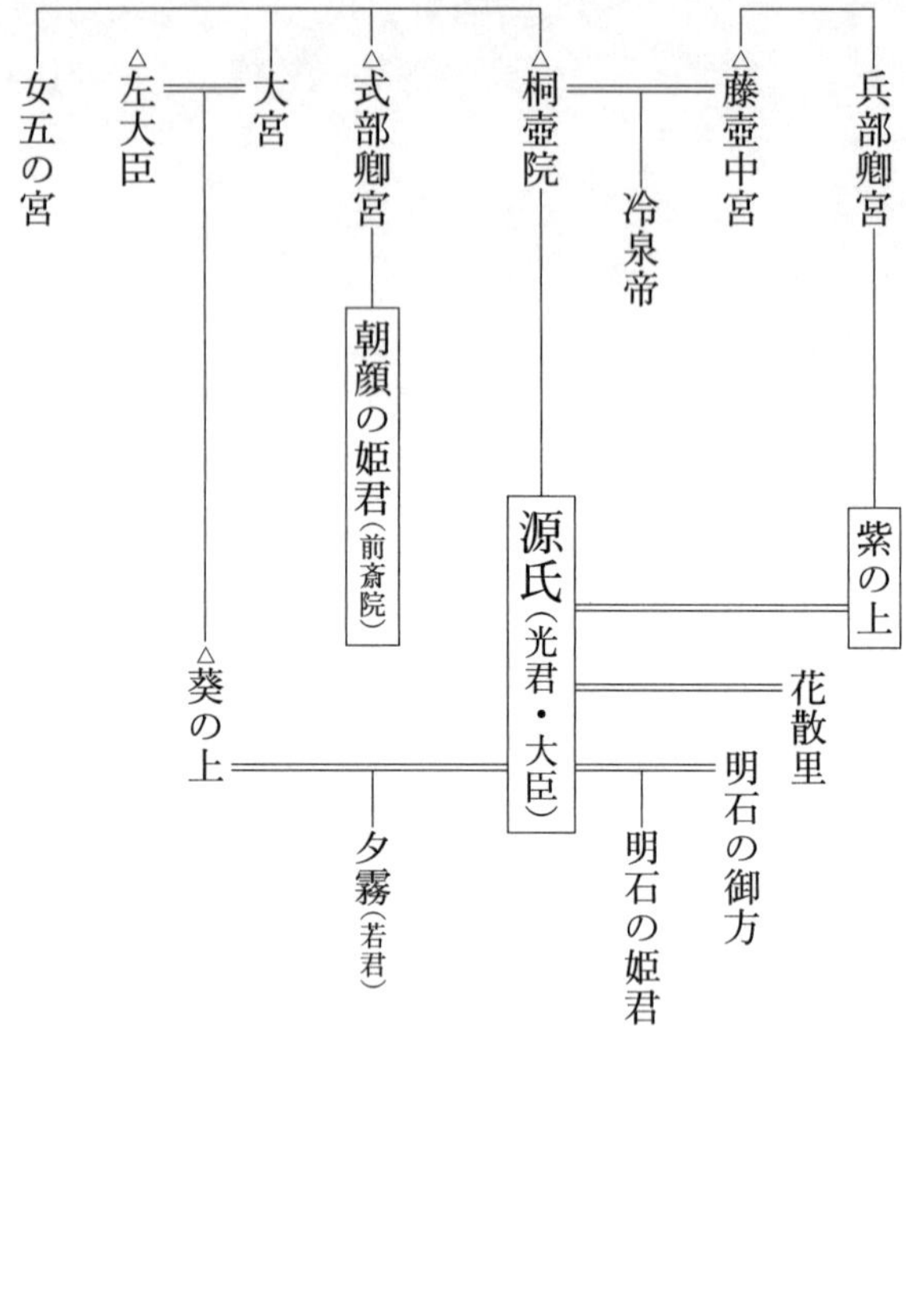

兵部卿宮
△藤壺中宮
△桐壺院
冷泉帝
△式部卿宮
大宮
△左大臣
女五の宮
紫の上
源氏（光君・大臣）
朝顔の姫君（前斎院）
花散里
明石の御方
明石の姫君
△葵の上
夕霧（若君）

賀茂《かも》の斎院《さいいん》(朝顔の姫君)は、父親である式部卿宮《しきぶきょうのみや》の喪に服すため、斎院を退下《たいげ》した。光君《ひかるきみ》はいつもの通り、いったん恋をしたら忘れない心癖なので、彼女にもお見舞いの便りを幾度も送っている。かつて困ったことになったのを覚えているので、姫君は気を許したような返事もしない。光君はなんとつまらないことだろうと思っている。

九月になり、姫君が実家である桃園《ももぞの》の邸《やしき》に移ったと光君は耳にした。桃園の邸には光君の叔母《おば》である女五《おんなご》の宮《みや》が住んでいるので、叔母を訪ねるのを口実に桃園に向かう。故桐壺院《きりつぼいん》が、きょうだいのこの宮たちを格別だいじに思っていたので、光君は彼らともずっとつきあいがあるようだ。同じ寝殿の西に姫君、東に叔母が住んでいる。式部卿宮が亡くなってまだ間もないのに、邸はもう荒れてしまったように思え、あたりの気配ものさみしい。

叔母の女五の宮は光君と対面して話をする。ひどく老けこんでいる様子で、咳《せき》ばかりしている。葵《あおい》の上《うえ》の母親である大宮は姉にあたるのに、いつまでも申し分なく若々しいが、この叔母は似ても似つかず、声は野太くいかにも無骨であるのは、それぞれの境遇ゆえのことだろう。

「桐壺院がお亡くなりになってからというもの、ずっと心細い気持ちでおりまして、年もとるにつれてだいぶ涙もろくなってきてしまいました。この上、式部卿宮まで私をお見捨てになって逝《い》ってしまわれたので、ますます生きているのか死んでいるのかわからないままに過ごしておりますが、あなたがこうして立ち寄ってご挨拶くださるので、このつらさも忘れそうです」と言う。

ずいぶん年老いてしまわれたものだと光君は思うが、かしこまって、

「院がお隠れになってからは何かにつけて昔とは様変わりしてしまいまして、身に覚えのない罪に問われて見知らぬ土地で苦労しましたが、たまたま朝廷に仕えさせていただくことになりました。そうなるとまたごたごたと落ち着かず、暇もなくて、長いあいだこちらに参上して昔のお話なども聞かせていただきたいと思いながらもかなわず、ずっと気に掛けておりました」と言う。

「本当にまあ、あきれてしまうほど、どちらを見ても無常な世の中を、私自身は相も変わらず過ごしておりますが、長生きもなかなかつらく思うことも多いのです。けれどこうしてあなたがまた世間にお戻りになってうれしく思いますよ。あのご不幸な時代を途中までしか知らずに死んでしまいましたら、私もそれはもう残念に思えたに違いありませんからね」と声を震わせる。「本当におうつくしく成人なさいましたね。まだ童《わらわ》でいらしたお姿を拝見しました時は、この世にこんな光り輝くお方がお生まれになるなんて、とたいそう驚きましたけれど、それからときたま拝見するごとに、そらおそろしく思わずにはいられませんでした。今の帝《みかど》があなたに本当によく似ていらっしゃると人々が噂《うわさ》申し上げるのを聞きますと、いえいえきっとあなたよりは劣っているでしょうと私は推測しているのですよ」と、長々と話しやめないので、こう面と向かって褒めそやす人なんていないものだが、と光君はおかしくなる。

「山賤《やまがつ》となって気持ちが沈んでいたあの数年の後は、すっかりやつれてしまいましたのに。帝の御容姿は、昔の世にも並ぶ人はいないだろうと思うほど、すばらしいうつくしさと拝見いたします。

とんでもないご推測です」

「ときどきお目に掛かることができましたら、どんなに寿命も延びることでしょう。今日は老いも忘れ、憂き世の悲しみもすっかり消えた心地《ここち》です」と言い、また泣き出す。「三の宮（大宮）をうらやましく思いますよ。あなたともしかるべきご縁もあって、親しくおつきあいしておられるのがうらやましいのです。亡くなった兄の式部卿も、あなたを婿としてお迎えしていればと、後悔なさることがありました」と言うので、光君はその言葉には興味を引かれ、

「もしもそんなふうなご縁があって親しくさせていただいていたら、今はどんなにしあわせなことでしょう。どなたも私をお見放しになって」と、恨めしそうに、本心をちらりと漏らす。

光君があちらの庭に目をやると、すっかり枯れた植えこみの風情《ふぜい》も味わい深く見渡せる。姫君が、父を亡くした静かな日々をもの思いに沈んでいるのだろうその様子や容姿が、とたんに気に掛かり、逢《あ》いたい気持ちを我慢できずに、

「こうして伺いました時を逃しては失礼になりますので、あちらへもご挨拶しなければなりませんでした」と、そのまま簀子《すのこ》を通って西の対《たい》へ行く。そろそろ暗くなる頃だが、鈍色《にびいろ》の御簾《みす》のあいだから、同じく鈍色の几帳《きちょう》が見え隠れするのが深い悲しみを誘い、室内から焚《た》きしめた香まじりの風がそよりと吹いてきて、申し分のない風情である。簀子では畏れ多いので、女房が南の廂《ひさし》に光君を招き入れる。

宣旨《せんじ》という女房が対面し、姫君の挨拶を伝える。それにたいして光君は
「御簾の外とは、今さら私を若者扱いするのですね。神代のほども昔からあなたに心を寄せてきた功労を認めて、もう部屋の出入りもお許しくださるものと期待していましたのに」と、不満げであ

る。

「昔のことはみな夢のように思われますが、夢から覚めました今、かえってはかない心地がいたしまして、どうすればいいのやらさだめられずにおりますので、おっしゃる功労などについては、ゆっくり考えてみましょう」と、取り次ぎを介しての返事である。

確かにさだめられない世の無常だと、こんなやりとりの内にも光君は思うのである。

「人知れず神のゆるしを待ちしまにここらつれなき世を過ぐすかな
（あなたがお仕えする賀茂《かも》の神の許しをひそかに待っていたあいだ、つれないお仕打ちに遭いながら、よく長い年月を過ごしたものだ）

斎院を下りられた今は、どの神の戒めを口実になさるのでしょう。世にも難儀なあの事件の後、さまざまなつらい思いをしてきました。どうかその一端だけでもお話し申し上げたいのです」と、強引に訴える。その態度も、昔よりはずっとやわらかさが増して優美である。実際のところずいぶん年齢を重ねたとはいえ、今の地位の高さには不釣り合いの若々しさである。

なべて世のあはればかりをとふからに誓ひしことと神やいさめむ
（この世の難儀のひと通りを伺うことすら、誓いに背くと賀茂の神は戒めるでしょう）

との返事に、

「なんとつらいことをおっしゃるのか。昔の罪はあらゆる罪を吹き払うという『科戸《しなと》の風』に吹き飛ばされたのに」と言う光君は愛嬌《あいきょう》にあふれている。

「その罪を払う禊《みそ》ぎを神はどうご覧になったのでしょう」

と、伊勢物語の「恋《こひ》せじと御手洗川《みたらしがは》にせしみそぎ神は受けずもなりにけるかな（恋はすまいと御手洗川で禊ぎをしたが、神はその願いを聞いてくださらなかったようだ)」を踏まえて宣旨がたわいもないことを言うけれど、真面目な話、姫君はいたたまれない気持ちでしょう。

こうした恋愛ごとには疎い姫君は、年月がたつにつれてどんどん引っ込み思案になってしまい、返事もできずにいるのを女房たちはやきもきして見守っている。

「色めかしい話になってしまいましたね」と光君は、いい加減な気持ちではなく深く嘆息し、立ち上がる。「年齢を重ねると臆面もなくなるものですね。すっかりやつれた私の姿を、これが恋する男のなれの果てですよと今こそ言えるくらいに、扱っていただきたかったものだ」と言い残して光君は立ち去る。その名残《なごり》を、女房たちはいつものように大げさなくらい褒めそやす。

ただでさえ秋の終わりの空模様も風情ある頃で、木の葉のそよぐ音も聞こえてきて、姫君は、かつての忘れがたい光君とのやりとりを思い出しては、その折々、風情があったり哀れを誘ったりした光君の、深く見えた心を思い出すのだった。

思い通りにいかないまま帰った光君は、いつもよりいっそう眠れずにあれこれと考えずにはいられない。翌朝早く格子を上げさせ、朝露を眺める。枯れた花々の中に、朝顔があちこちにまとわりついて頼りなく咲いている。色もすっかりあせたその朝顔を折らせ、姫君に送る。

「きっぱりと拒まれた昨日のお仕打ちに、決まり悪い思いで帰りましたが、その後ろ姿をどんなふうにご覧になったかと思うと、恨めしく思います。それでも、

見しをりのつゆ忘られぬ朝顔《あさがほ》の花の盛りは過ぎやしぬらむ

(昔お目に掛かった時のことを忘れられない朝顔——あなたのうつくしさの盛りは過ぎてしまったのでしょうか)

長年思いを募らせる私をかわいそうだと思うほどには、いくらなんでもおわかりいただけたのではないかと、一方では期待して……」

などと書いた。

ものをわきまえた落ち着いた手紙に返事をしないのも、わからず屋のように思われるのではないかと姫君は思い、また女房たちも硯《すずり》の用意を調えて勧めるので、

「秋果てて霧の籬《まがき》にむすぼほれあるかなきかにうつる朝顔《あさがほ》

(秋も終わり、霧のかかった垣根にまとわりついて、あるかなきかに色あせた朝顔、それが今の私でございます)

まさに私にふさわしい朝顔のおたとえに、涙で濡《ぬ》れております」

とだけあるのは、これといった情緒もないが、どういうわけか、手放せずに光君は見つめている。青鈍色《あおにびいろ》の紙に、やわらかい墨の色が趣深く見えるようだ。まあ、こうした歌というものは、その人の身分や書きようによってよく思える時もあれば、その当時は難がないように見えても、もっともらしく語り伝えていくうちに、そのままを伝えているのかどうかわからなくなり、それをうまく書き繕おうとして、いい加減なことも増えたのかもしれません。

今さら昔に戻ったような若々しい恋文など書くのは、似つかわしくないと光君は思うのだけれど、姫君が昔からこうしてきっぱり無視するわけでもないので、思いを遂げないまま過ぎてしまったことを思っては、やはりあきらめきれず、昔に立ち戻ったかのように真剣に便りを送る。

光君は二条院の東の対にひとり離れて、宣旨を呼び寄せて相談をする。姫君に仕えている者の中で、さほど身分も高くない男にもすぐになびいてしまうような女房たちは、過ちを犯しかねないほ

ど光君を褒めそやす。しかし姫君は、昔から心を許したことがなく、まして今はお互い恋などふさわしからぬ年齢であり、ふさわしからぬ世間的地位である、ちょっとした木草《きぐさ》に結んだ返事などを失礼に当たらないように送るのでさえ、軽々しい振る舞いだと言われたりしないか世間の噂を気にしている。そんなわけで姫君が心を許す気配もまったくないので、光君は、昔からちっとも変わらない彼女の態度を、ふつうの女君とは違って、珍しくも思い、また忌々しくも思っている。

　そうしたことが世間にも漏れ聞こえてしまう。「光君が姫君に熱心に言い寄っているそうだ、叔母の女五の宮もけっこうなご縁だとお思いの様子。まったくお似合いのご縁組だ」と噂しているのを紫《むらさき》の上《うえ》は人づてに耳にし、はじめは、いくらなんでもそのようなお話があるのなら私に隠し立てはなさらないだろう、と思っていた。けれどよくよく光君の様子を観察していると、いつにもなく心ここにあらずのようなのが情けなく、ああ、そのお方のことを真剣に思っていらっしゃるのに、何食わぬ顔で冗談めかしておっしゃっているのだ、と紫の上は考える。

　あの姫君は、私と同じく親王のお子ではいらっしゃるけれど、世間の人望も格別であるし、昔からじつに尊いお方と言われているのだから、光君の心がそちらにお移りになれば、私はどんなにみじめなことになるだろう。今まで長年とくべつに扱っていただいて、肩を並べるような人がいないことに慣れてしまったのに、ほかの人に遠慮しなければならなくなるなんて……と、だれにも言えずにひとり心を痛めている。いえ、さすがにきっぱり見捨てたりはなさらないだろう、私が何もわからない頃から長年いっしょに暮らしている間柄だから、私を軽んじていらっしゃるのだろうと、あれこれと思い悩む。たいしたことでないのなら、恨み言をかわいらしく言ってみたりもするのだが、この件については心底苦しんでいるので、顔色にも出さない。

光君は、外を眺めてもの思いにふけることが多くなり、宮中に泊まることも増え、何かするというと手紙を書くばかりなので、なるほど人の噂はまったくの嘘《うそ》というわけではないのだ、せめてちょっとした気配でもほのめかしてくださったらいいのに、なんとひどいお方だろう、と紫の上は思っている。

ある夕方、藤壺《ふじつぼ》の宮の喪に服している宮中では神事なども中止となって、光君はすることもなく手持ち無沙汰なので、いつものように叔母の邸に向かう。雪がちらついて、なんともうつくしい夕暮れ時に、しっとりとやわらかい着慣れた衣裳《いしょう》に香を焚きしめ、入念にめかしこんで日暮れを迎えたので、その姿を惚れっぽい女が見たら、いよいよなびかずにはいられないほどだ。さすがに紫の上に外出の挨拶だけはする。

「叔母君のご気分がよくないとのことなので、お見舞いにいってくるよ」とひざまずくけれど、紫の上はこちらを見ようともせず、何気なさを装って幼い姫君をあやしている。その横顔がただならぬ様子である。「この頃妙にご機嫌が悪いね。何も悪いことはしていないのにな。あんまり見慣れすぎても見映えがしないと思うだろうから、気遣って留守がちにしているのに、それをまた変に勘ぐるのかな」

「見慣れすぎれば本当に悲しいことが多くなりますね」とだけ紫の上は言い、背を向けて横になってしまうので、それを放って出かけるのも気が進まないが、すでに訪問の旨を叔母に知らせてあったので光君はそちらに向かった。

こうなることもあり得る関係だったのに、安心しきって過ごしてきてしまったのだと紫の上は横になって考える。鈍色の喪服だが、色合いや重なり具合がかえってすばらしく調和していて、雪の光に映えるはなやかな姿を紫の上は見送り、本当に、これ以上このお方が離れていってしまったらたえられそうもない、と思う。

先払いは内々の者ばかりである。

「参内《さんだい》以外の出歩きも億劫《おっくう》な年齢になってしまったなあ。桃園の叔母君が心細く暮らしていらっしゃって、今までは式部卿宮にお世話をおまかせしてきましたが、式部卿宮が『これからはよろしくお願いします』などと私におっしゃるものだから、それももっともなことだし、おいたわしいし」などと、光君はお供の者たちにも言い訳しているが、「いやはや。いくつになってもお盛んで若々しいままでいらっしゃるのが、玉に瑕《きず》ですなあ。よからぬ事件も起きてしまうのではないか」などと、お供の者たちはぶつぶつ言い合っている。

桃園の邸の北側、人の出入りの多い門から入るのは光君の身分にふさわしくないので、西側の重々しい正門からお供の者を入れて叔母君に訪問の旨を告げさせる。まさか今日はいらっしゃらないだろうと思っていた叔母君はあわてて西の門を開けさせる。門番は寒そうな様子で出てきたが、すぐには開けられない。この男よりほかに下男はいないのだろう。がたがたと引いて、「錠がひどく錆《さ》びてしまっていて、開きません」とこぼすのを、光君はものがなしく聞く。昨日、今日と思っているうちに三十年も昔のこととなってしまうのが人生だ、こうした世の無常を見ながら仮の世であるこの世を捨てることもできず、木草の色にも心を奪われるのだからな……と、光君は思い、口をついて出るまま詠む。

いつのまに蓬《よもぎ》がもととむすぼほれ雪降る里と荒れし垣根ぞ

（いつのまに蓬がこうも生い茂り、雪の降る故郷となって荒れてしまったのだろう）

ずいぶん長くかかって無理にこじ開けた門から、光君は入る。

叔母君に会い、いつものように話していると、叔母はとりとめもない昔話からはじめ、いろいろと話し出すけれど、光君はおもしろくも思えず眠たくなってくる。叔母もあくびをし、「宵のうちから眠くなってしまって、もうお話もできそうもない」と言うやほどなく、鼾《いびき》とか、聞いたことのない音をさせはじめ、光君はこれさいわいと立ち上がろうとすると、いっそう年寄りめいた咳払いをしてだれかが光君の前にあらわれる。

「おそれ入りますが、この私がこちらにお世話になっていることはお聞きになっているかと期待しておりましたのに、まだこの世に生きている者のひとりとも数えてくださらないようですから……。故桐壺院は、『おばば殿』と呼んでお笑いになってくださいました」などと名乗り出るので、光君はアッと思い出す。源典侍《げんのないしのすけ》という人は、尼になり、この叔母の弟子として勤行《ごんぎょう》に励んでいると聞いていたけれど、まさか今まで生きているかどうかもよくわからなかったので、光君はひどく驚く。

「故院の御時のことは、みんな昔話になってしまって、はるか昔を思い出すのも心許《こころもと》ない思いですので、昔を知るお声をうれしく思います」と光君は言い、「しなてるや片岡《かたをか》山に飯《いひ》に飢ゑて臥《ふ》せる旅人あはれ親なし（拾遺集／片岡山に飢えて臥せっている旅人よ、かわいそうに、親はいないのか）」という歌から、「親なしに臥せる旅人（親のいないかわいそうな旅人）と思って、私をお世話くださいな」と続ける。ものに寄りかかっている光君の様子に、典侍はますます昔を思い出し、老人らしからず色気づいて、ひどくすぼんでしまった口元が思いやられる声音で、さすがにろれつもまわらないのに、未《いま》だに戯れようとしている。

「身を憂《う》しと言ひこしほどに今はまた人の上《うへ》とも嘆くべきかな（我が身を情けないと言ってきたあ

いだに、今はそれもあなたの身の上でもあると嘆きましょう）」の古歌から、年をとったのはお互いさまだとでも言いたげに「言ひこしほどに」などと言ってくるのは、目を背けたくなるほどだ。今急に老けたわけでもないのに、と光君は苦笑するが、しかし思えばこの歌もなかなか感慨深く思える。

この典侍がまだ働き盛りだった頃の宮中で、寵愛《ちょうあい》を競っていらした女御《にょうご》、更衣《こうい》たちは、あるいはすでにお亡くなりになったり、あるいは入内《じゅだい》の甲斐《かい》もなく、みじめな境遇に落ちぶれていかれた方もあるようだ。そう思うと、藤壺の宮はなんとお若くして亡くなったことか。あまりといえばあまりのことと思わざるを得ないこの世の中で、年齢からいって老い先もすでに短くて、心の持ち方も浅はかに思えたこの典侍が生きながらえて、こうして静かにお勤めをして今まで過ごしてきたとは、やはり万事が無常の世の中なのだな……。としみじみと思っている光君の様子を、自分へのもの思いと勘違いして心ときめかせ、典侍は年甲斐もなく詠む。

年経《ふ》れどこの契《ちぎ》りこそ忘られね親の親とか言ひし一言《ひとこと》

（幾年たってもこのご縁は忘れられません。親の親とかおっしゃった一言がありますから）

光君は嫌になって、

「身をかへてのちも待ち見よこの世にて親を忘るるためしありやと

（来世に生まれ変わって見ていたらいい、この世で親を忘れるような例があろうかと）

頼もしいご縁ですな。そのうちゆっくりお話しいたしましょう」と言って部屋を出る。

西面《にしおもて》の部屋では格子を下ろしてあるけれど、光君の訪問を嫌がっているように見えるのもどうかと、一、二枚の格子は下ろさずにおいた。月が出て、うっすらと積もった雪が月の光に映え、かえって風情のある、うつくしい夜である。先ほどの「老女のときめき」も、世間で言うところの興ざめなもののたとえになっていたな、と思い出し、光君はおかしくなる。

この日、光君は姫君にひどく真剣に話しかける。

「ただ一言、嫌いだとでも、人づてではなくおっしゃってくださいましたら、あきらめるきっかけにいたします」と、身を乗り出して責めるように言う。

昔、私も光君もまだ若く、ご縁があっても世間も認めてくれた頃でさえ、亡くなった父、式部卿《しきぶきよう》宮《のみや》もどうにか縁づけたいと思っていらしたのに、それでも私はそんなことはあり得ない、恥ずかしいと思ってそのままにしてしまった。あれから父宮も亡くなられ、私は年齢も重ねて盛りを過ぎて、ますます不釣り合いになったというのに、「一言」などとんでもない、たえられない、と姫君は思い、その気持ちはまるで揺らぎそうもない。

あまりにも薄情なお方だと光君は思う。そうかといって、無愛想にそのまま放っておくなどということもなく、取り次ぎを介しての返事などはしてくるのだから、光君はじりじりした気持ちになるばかりだ。

夜もずいぶん更けて、風が強く吹きはじめ、次第に心細くなってきて、光君はそっと涙を拭い、

「つれなさを昔に懲りぬ心こそ人のつらきに添へてつらけれ

（昔からのあなたのつれない仕打ちに懲りない自分の心もまた、あなたの冷たさに加えて、恨めしく思えます）

思いを寄せた私が悪いのですが」と、言い募るのを、「本当に、私たちも気が気ではありません」

と女房たちはいつものように姫君に訴える。

「あらためて何かは見えむ人のうへにかかりと聞きし心がはりを

（今さらどうして私の気持ちを変えることがあるでしょう、女はよく心変わりをすると聞きますけれど）

昔とは違うことなど、とてもできません」

と姫君は返事をする。

どうにもしようがないので、光君は真剣に恨み言を言って立ち去ろうとするが、それも大人げないと思い、

「こんなふうに世間の語り草になりそうな私の振る舞いを、けっして人に漏らさないでくださいよ、けっして、ね。恋人でもないお相手に『いさら川《がは》』などと言うのも馴れ馴れしいですね」と、しきりにひそひそ話しかけているが、それはいったいどういうことなのでしょうか。女房たちは、

「まったく畏れ多いことです。どうしてこうむやみにつれなくなさるのでしょう。軽々しくご無体な真似はなさらないようにお見受けするけれど。お気の毒に」と言い合う。

たしかに、光君のお人柄のご立派であることも、慕わしいお方だとも、わからないわけではないけれど、それをわかったように振る舞ったところで、世間並みの女たちが光君を褒めそやすのと同列に思われてしまうかもしれない、それに、軽々しい私の気持ちもお見透かしになるに違いない、気後れするほど立派なお方ではあるし……と姫君は思う。お慕いしている気持ちを見せても何になろう、差し障りのないご返事などは絶やさないで、忘れられない程度には人を介してのお返事を差し上げて、失礼のないようにしていよう。そして今まで長く神に仕えてきた私は、仏道から離れて

いた罪が消えるようにお勤めをしよう……と思い立つけれど、急にこうしたおつきあいなど無関係という顔をしても、かえって思わせぶりだと思われて、人にうるさく取り沙汰されるのではないか、と、世間の人の口さがなさを充分知っているので、姫君の近くに仕える女房たちにも気を許さず、用心に用心を重ねて、だんだんと勤行《ごんぎよう》一筋の道に入っていく。

姫君にはご兄弟の男君たちも大勢いるけれど、みな異母兄弟なので、つきあいはほとんどない。桃園の邸がさびれていくにつれて、あんなにもすばらしい光君が真剣に心を寄せてくれているのだからと、女房たちはみな心をひとつにして光君に思いを託している。

光君はむやみにいらだっているわけではないけれど、姫君のつれない仕打ちも忌々しく、このまま引き下がるのもくやしいのである。とはいえ、光君の今の人柄といい、世間の人望といい、まったく申し分なく、ものごとも深くわきまえていて、世間の人にもそれぞれ違いがあると広く見聞し、以前よりもずっと経験を積んできたと自負しているので、今回の浮気沙汰も、一方では世間の非難を避けたいと思う。が、このまま実を結ばなければますます笑いの種になるだろうし、どうしたものか、と迷い、二条院に帰らない日が続いているので、紫の上《むらさきうえ》は冗談にもならないほど恋しく思っている。こらえてはいるが、どうして涙をこぼさない時がありましょう。

「妙にいつもと違うご様子だけど、どうしたの」と光君は紫の上の髪を撫《な》でながら、いじらしく思っている。絵に描いてみたいと思うほどの二人の姿である。

「藤壺《ふじつぼ》の宮がお亡くなりになってから、帝《みかど》が本当にさみしそうにしていらっしゃって、そのお姿を拝見していると胸が痛む。太政大臣もお亡くなりになって、後をまかせられる人もいないから忙しいのだ。この頃こちらに泊まらないのを、今までにはなかったことだと不満なのももっともだし、申し訳なく思うけれど、もういくらなんでも安心しなさい。あなたは大人になったようだけれど、まだ思慮が深いとは言えないし、私の気持ちがわかっているようには思えないのが、かわいらしいけれどね」と言い、涙でもつれている額髪をなおしてみるが、紫の上はますます背を向けたまま何も言わない。「こんなに大人げないのは、いったいだれが教育したのだろうね」などと言ってみるが、いつ死んでしまうかもわからない無常の世に、こんなに恨まれるのもつまらない、とも思うのである。

「姫君に他愛もない便りを送るのを、もしや思い違いしているのではないかな。それはまったくの思い違いだよ。そのうちわかると思うけれどね。あのお方は昔から近寄りがたい人でね。何かものさみしい時に恋文めいた手紙を送って困らせてあげたら、向こうも退屈しているものだから時々お返事をくれるという程度のことで、どちらも本気ではないよ。じつはかくかくしかじかで、とあなたに泣き言を言うようなことだと思うかい？　気掛かりなことなど何もないと考えなおしてくださいよ」などと、一日中機嫌をとっている。

雪がひどく降り積もっている上に、今もまだ降っていて、雪をかぶった松と竹の違いが際立っておもしろく見える夕暮れ時、光君の姿もいっそう光り輝いて見える。

「四季折々のうち、人が心惹《こころひ》かれるという花紅葉《はなもみじ》の盛りより、冬の夜、澄んだ月の光に雪が照り映えている空こそ、これといった色もないのに不思議と身に染みて、この世ならぬことまで思わされ、うつくしさも情趣も、これ以上のものはない季節ではないか。これを、興ざめなものの例として書き残した昔の人の、心の浅いことよ」と言い、光君は御簾《みす》を上げさせる。月はあたり一面をくまなく照らし、雪の白一色が広がっている。雪にたわむ植えこみの茂みがいたましく見え、遣水《やりみず》も凍って流れにくくなり、池の水もひどく冷たそうである。光君は女童《めのわらわ》を庭に下ろし、雪転がしをさせる。かわいらしい姿や髪かたちが月の光に映え、大柄の、もの馴《な》れた感じの女童たちが色とりどりの表着《うわぎ》を着て、無造作に帯を結んだ宿直姿《とのいすがた》もしとやかである。彼女たちの、表着の裾よりずっと長い髪が、一面の雪にいっそう映えて、その色の対比がうつくしい。ちいさな女童は子どもらしくうれしそうに駆けまわっているうちに、扇などを落としながら、はしゃいでいるのもたのしげである。少しでも多く雪玉を転がそうと欲張っているけれど、もう動かすことができず手こずっているようだ。何人かは東の端に出て、その様子を見てはじれったそうに笑っている。

「先年、藤壺の宮の御前で雪山をお作りになった。やり古されたことだけれど、やはり目新しい趣向を加えておもしろいものになさっていた。なんの折に触れても宮がいらっしゃらないことが残念でさみしくて仕方がない。宮はひどく近寄りがたくて、どんなお暮らしなのか、日頃拝見するようなことはなかったのだけれど、宮中でお暮らしの時は、この私を気のおけない相手と思ってくださっていてね。私もすっかりお頼りして、何かあればすべて相談していた。おもてだって機転を利かすわけでもないのだけれど、相談のしがいがあって、ほんのちょっとしたことでも、きっちりなんとかしてくださったものだ。この世にあれほどのお方がいるだろうかと思うんだ。物腰がやわらかくて、頼りなくもいらっしゃるけれど、いかにも深い教養をお持ちなところなど、並ぶ者もないほどだった。あなたはさすがに藤壺の宮の血筋だからよく似ているけれど、少し厄介なところもあって、気の強さが勝っているところが困ったものだね。姫君のお人柄は藤壺の宮とはまた違うふうでね。ひとりでなんとなくさみしい時などに、とくべつの用がなくとも話をしたり、こちらも自然と気遣いしてしまうようなお方といえば、このお方しか世には残っていないと思うよ」と、光君は紫の上に話す。

「尚侍《ないしのかみ》（朧月夜《おぼろづきよ》）こそ、才気があって、なおかつ気品あふれたお人柄は、だれよりも勝っていると思います。浮ついたことなど無関係のお方だったのに、あなたとの噂が流れるなんて、奇妙なことがあったものですね」と紫の上が言うと、

「その通り。優美で容姿端麗といえば、彼女のような人のことだね。そう思うと、申し訳ないことをしたと後悔することも多い。まして浮気好きの色男ならば、年をとるにつれて後悔することも増えるのだろうね。ほかのだれも比べものにならないほど落ち着いている私にも、後悔することがあるくらいなのだから」などと言い、尚侍のことも思い出しては涙を落とす。

「あなたが人の数にも入れない者として見下している山里の人はね」と、光君は今度は明石《あかし》の御方について話し出す。「低い身分とは不釣り合いなくらい、ものの道理をわきまえているのだけれど、ほかの人と同列にするわけにはいかないから、気位の高いところなども許しているのだよ。話にならないような低い身分の人とはまだ知り合ったことがないな。それにしても、何もかもすばらしい女君などはめったにいないものだね。東の院でさびしく暮らす姫君（花散里《はなちるさと》）の気立ても、昔と変わらず可憐《かれん》に思える。あのようにはとてもできないものだよ。人としてよくできた人なのだと思って面倒をみるようになってから、今もずっと私とのことを遠慮がちにして過ごしているよ。今となってはお互いに離れられそうもないほど、深くいとしく思っている」などと、昔や今の話をするうちに夜が更けていく。

月はいよいよ澄みきって、静まり返っていてうつくしい。紫の上、

氷閉《こほりと》ぢ石間《いしま》の水はゆきなやみ空澄む月のかげぞながるる

（氷が張って、石のあいだの遣水は流れかねているけれど、空に澄む月影は西へと流れていきます——私は閉じこめられているけれど、あなたはどこへでも行けるのですね）

外に目をやり、少し首をかしげている姿は、たとえようもなくかわいらしい。髪の生え際や顔立ちが、ふと、ずっと恋い慕っている藤壺の宮の面影に見え、この上なくすばらしいので、ほかの女君にいささか傾いていた気持ちも戻って、この人にすべて捧《ささ》げることになりそうだ、と光君は思う。

鴛鴦《おしどり》が鳴き、

かきつめて昔恋《こひ》しき雪もよにあはれを添ふる鴛鴦《をし》の浮寝《うきね》か

（あれこれと昔のことが恋しく思い出される雪の中に、哀れを増す鴛鴦の浮寝——悲しい声です）

光君は寝室に入っても、藤壺の宮のことを考えながら横になった。するとと夢ともなく、ほのかに藤壺が姿をあらわし、光君をひどく恨んでいる様子で、「けっして漏らさないとおっしゃっていたのに、嫌な評判が明るみに出てしまって恥ずかしく思います。こんなつらい思いをして、苦しくてたまりません」と言う。何か答えようと思うが、何かにのしかかられたように動けない。

「まあ、どうなさいました」と言う紫の上の声に、光君ははっと目覚める。目覚めてしまったのがたいそう残念に思いながら、激しい胸の鼓動を静めていると、涙まで流れていた。今も袖がどんどん濡れていく。紫の上はいったい何ごとかと思うが、光君は身じろぎもせず横になっている。

とけて寝ぬ寝覚《ねざめ》さびしき冬の夜にむすぼほれつる夢の短《みじか》さ

（安らかに眠ることもなく目覚めたさびしい冬の夜に、はかなく結んだ夢のなんと短いことか）

短い逢瀬《おうせ》に、かえって満たされず悲しみが募り、光君は朝早くに起き出して、だれのためとは言わずに、ところどころの寺で誦経《ずきよう》をさせる。

つらい思いをして、苦しくてたまらないと夢の中でおっしゃった。藤壺の宮が自分をお恨みになるのももっともなことだ、と光君は考える。勤行をなさってすべての罪を軽くなさったようなご様子だったが、あのたったひとつの秘密によって、この世の濁りを清めることがおできにならなかったのだろう……。ものごとのことわりを深く考えはじめると、光君はますます悲しくなり、どうにかして、知る人もいない冥界にいらっしゃるあのお方を尋ねていって、この自分が身代わりになってその罪を受けたいものだ、など、つくづく思う。しかし藤壺の宮のためにとりたてて特別な法要をすれば、だれもが何かあるのかと疑問を持つに違いない。帝も疑心暗鬼になっておられることだし……と用心し、ただ阿弥陀仏《あみだほとけ》を一心に祈っている。息を引き取った女は、はじめて契りを交わした男に背追われて三途の川を渡るという。そして極楽浄土では、夫婦はひとつの蓮華《れんげ》に座ると言われている。どうか宮と同じ蓮《はちす》に座れますようにと願い、

なき人をしたふ心にまかせてもかげ見ぬみつの瀬にやまどはむ

（亡きあなたをお慕いする心のままに尋ねても、三途《さんず》の川で、私はあなたを見つけられずに途方に暮れるのか――背追いもできず、蓮にも座れない私は）

と思うのも、情けないことであった……とかいうことです。

少女《おとめ》

引き裂かれる幼い恋

大人たちの思惑ゆえに、引き離されてしまったとか……
それはせつない、幼い恋だったということです。

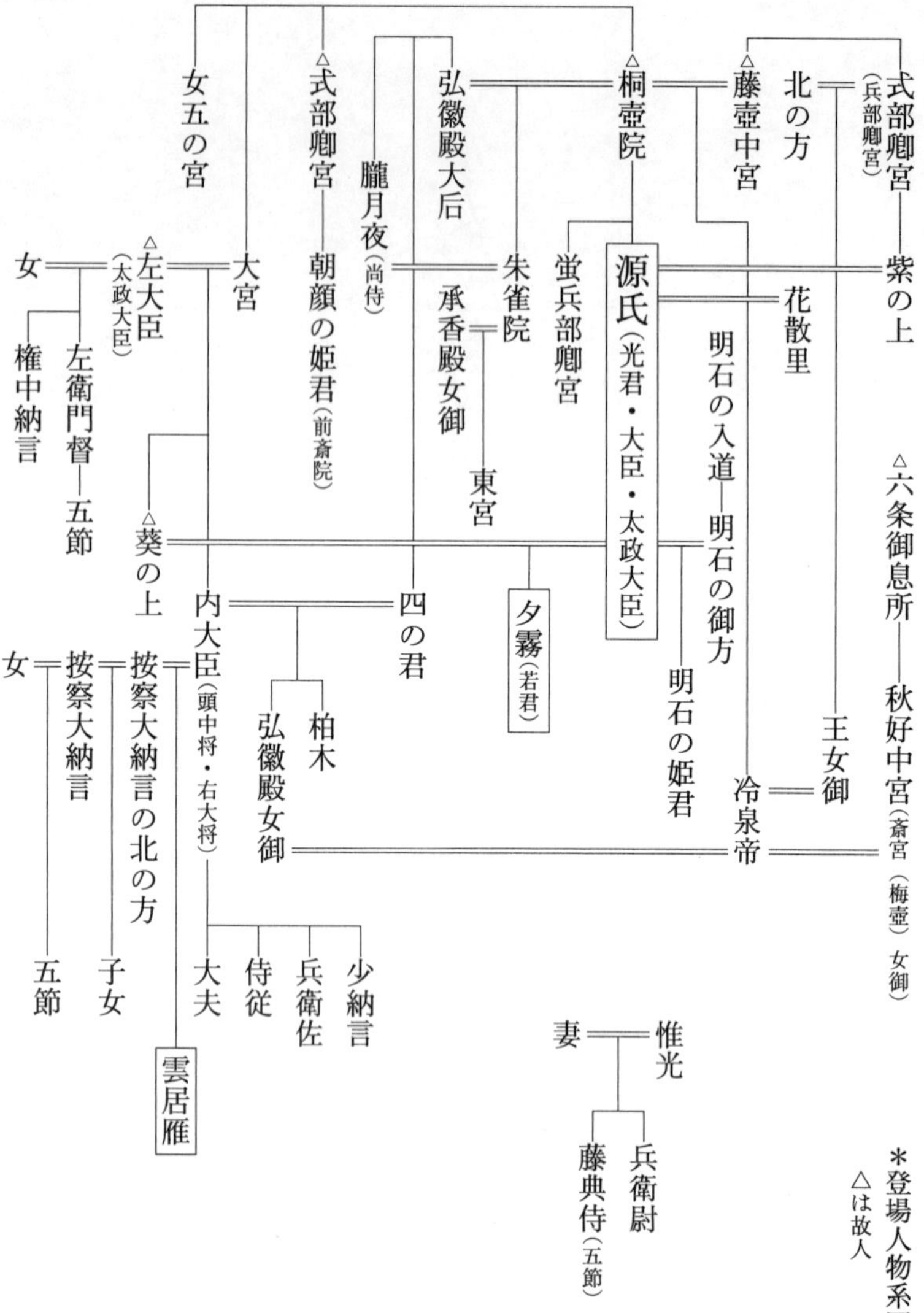
式部卿宮（兵部卿宮）
紫の上
北の方
△藤壺中宮
△桐壺院
弘徽殿大后
△式部卿宮
女五の宮
朧月夜（尚侍）
朱雀院
承香殿女御
東宮
源氏（光君・大臣・太政大臣）
花散里
蛍兵部卿宮
明石の入道
明石の御方
明石の姫君
王女御
冷泉帝
△六条御息所
秋好中宮（斎宮（梅壺）女御）
朝顔の姫君（前斎院）
大宮
△左大臣（太政大臣）
女
左衛門督
権中納言
五節
△葵の上
夕霧（若君）
内大臣（頭中将・右大将）
四の君
柏木
弘徽殿女御
按察大納言の北の方
按察大納言
女
五節
子女
大夫
侍従
兵衛佐
少納言
雲居雁
惟光
妻
兵衛尉
藤典侍（五節）

*登場人物系図
△は故人

年が改まり、藤壺《ふじつぼ》の宮の一周忌も過ぎた。人々も鈍色《にびいろ》の喪服から通常の衣裳《いしょう》にかわり、ちょうど初夏の衣替えの頃なのではなやいだ雰囲気である。まして賀茂《かも》の祭の頃となると空模様も全体的に気持ちよいのに、やはり前年に父宮を亡くした前斎院《ぜんさいいん》（朝顔《あさがお》の姫君）は所在なくもの思いに沈んでいる。庭先の桂《かつら》の木の下を風が吹き、女房たちは姫君が賀茂神社に仕えていた頃を懐かしく思い出す。そこへ光君《ひかるきみ》から、

「斎院をお下がりになった今、禊《みそ》ぎの日はどんなにのんびりなさっていることでしょう」と挨拶がある。

「今日は、

かけきやは川瀬《かはせ》の波もたちかへり君がみそぎの藤《ふぢ》のやつれを

（思いもしませんでした。賀茂の川瀬の波が立ち返るように禊ぎの日がめぐってきたのに、あなたが斎院の禊ぎではなく、喪の明ける禊ぎをなさろうとは）」

紫の紙に、きちんと立て文にして藤の花につけてある。折も折、胸に染みて、姫君は返事を書く。

「藤衣《ふぢごろも》着しは昨日《きのふ》と思ふまに今日《けふ》はみそぎの瀬にかはる世を

（喪に服しましたのはつい昨日のことのようですのに、今日はもう喪服を脱ぐ除服の禊ぎに

川瀬に立つとは、移り変わりの激しい世の中です）

はかなく思われます」とだけ書かれているのを、光君はいつものようにいつまでも見入っている。

喪服から平服に切り替える頃にも、光君から女房の宣旨《せんじ》のところに、置き場もないくらい心遣いの品々が届く。姫君には見苦しく思え、そのように言うが、「意味ありげな、色っぽいお手紙がついていましたら、なんとか申し上げてお返しもできますが、今までも表向きの行事のお見舞いなどはいつもいただいておりますし、今回も本当に真面目なお手紙なのですから、どのようにお断り申せましょうか」ともてあましている。

叔母《おば》である女五《おんなご》の宮《みや》にも、光君は同じように機を外さずお見舞いの品を送るので、叔母はすっかり感心し、

「この光君を、昨日今日まで子どもと思っておりましたのに、こんなに大人びてお見舞いまで送ってくださって。ご容姿もずいぶんうつくしい上に、お心掛けまでも、人並みすぐれてご成人なさいましたのね」と褒めているのを、若い女房たちは笑い合っている。叔母は、姫君に会う時には、「この源氏の大臣《おとど》がこうしてたいそう熱心にお手紙をくださるようですが、いえそれは、もう、今にはじまったことではありません。亡き父宮も、あのお方がほかの姫君と結婚なさってしまい、こちらでお世話できないことを嘆いては、『せっかく私が乗り気でいるのに、姫君が強情に取り合わなかったからだ』とよくお口に出されて、くやしそうになさっていた時もありました。けれど、亡き太政大臣の姫君（葵《あおい》の上《うえ》）も生きていらした頃には、母の三《さん》の宮《みや》（大宮）がご心配なさるのがお気の毒で、私もあれこれお口添えすることはしなかったのです。今は、そのれっきとした正妻でいらした姫君もお亡くなりになったのですから、父宮のお望み通りにあなたが正妻になられたとして

もなんの不都合がありますか。光君が昔のようにこうして熱心にお申し込みになるのも、前世からのご縁がおありだからだと思うのです」と、いかにも古風に勧めるので、姫君は不愉快に思い、「亡き父宮にも、強情に取り合わなかった、と思われたまま過ごしてきましたのを、今さら自分を曲げて結婚話に応じるのも、おかしなことでしょう」と、取りつく島もない様子で、叔母はそれ以上強く言えないでいる。姫君に仕えている人々も、上下と身分の差なくみな光君の味方をしているので、だれかが仲を取り持つような手引きをするのではないかと心配ではあるが、先方の光君は、自身の誠意を尽くし、この深い思いをわかってもらえれば、姫君の気持ちも和らぐのではないかと待っていて、女房に手引きを頼んで無理強いをして、姫君の気持ちを傷つけようなどとは思っていないようではありますが……。

葵《あおい》の上《うえ》の産んだ若君の元服の準備を光君は進めている。二条院で行おうと思っていたが、祖母である大宮がその晴れ姿をたのしみにしているのももっともではあるし、気の毒にも思い、やはりそのまま故太政大臣の邸《やしき》で執り行うことにした。若君の伯父《おじ》である右大将（頭中将《とうのちゆうじよう》）をはじめ、若君の伯父にあたる人々は、みな上達部《かんだちめ》で帝《みかど》の信望もことに篤《あつ》い人々ばかりなので、主催者側としても、我も我もと名乗りをあげて必要な準備をそれぞれ整えている。世の中全体が大騒ぎで、にぎにぎしいばかりの準備である。

光君は若君をはじめ四位《しい》にしようと思い、世間でも、きっとそうなるだろうと思っていた。しかし自分の思いのままになる世の中だからといって、まだ年端もゆかないのに、いきなりそうした高位を与えるのも、かえって世間ではありきたりなことではなかろうかと思い留《とど》まり、六位と定めた。

六位を示す浅葱色《あさぎいろ》を着て若君が宮中に戻るのを、祖母の大宮が不満に思い、あきれているのは無理もなく、気の毒なことである。大宮が光君と対面しその気持ちを伝えると、

「今無理に、幼いうちから大人扱いをしなくてもいいのですが、思うところがありまして、しばらく大学寮で学問をさせたいのです。この二、三年を無駄に過ごすようなつもりで、いずれ朝廷にもお仕えできるようになりましたら、そのうち一人前にもなるでしょう。私自身、宮中に育って世の中のことも知らないまま、夜昼と父帝のおそばに控え、ほんの少しばかりちょっとした漢籍（漢文の書籍）なども習いました。ただ、畏れ多くも帝の御手ずから教えていただきましたのに、何ごとも広い教養を知らないうちは、詩文を学ぶのも、琴笛を習うのも音色が不充分で、至らないところが多くありました。つまらない親の元に賢い子が育つという例はめったにないことですから、まして次々と子孫へと代が続いていき、ずっと先の将来はどうなっていくのかと不安に思いまして、このように考えた次第です。名門の子弟として生まれ、官位も心のままに得て、世の栄華に慣れていい気になってしまいますと、学問で苦労するなどとはまっぴらごめんだと思ってしまうようです。遊ぶことばかり好んで、思いのままに官爵にのぼりつめれば、時勢に従う世間の人々が、内心では鼻で笑いながらも追従し、ご機嫌をうかがいながら付き従っているうちは、なんとなく自身も一人前に思えて堂々としていることもできます。ですが時勢が移り、頼りにするべき人に先立たれ、運勢も下降してきた果てに、人に軽んじられ馬鹿にされるようになった時、どこにも拠《よ》りどころがなくなってしまうのです。やはり学問という基礎があってこそ、実務の才『大和魂』も世間に確実に認められるでしょう。さしあたっては、心許《こころもと》ない地位に思われるでしょうが、ゆくゆくは世の柱石となるべき心得を習得しましたら、たとえ私が亡き後も心配すべきことは何もないと思いまして

……。今のところは頼りなくお思いになるかもしれませんが、この私がこうして面倒をみておりましたら、貧乏な大学生《だいがくのしょう》だと馬鹿にして笑う人もまさかいないと思いますよ」

と、光君は事情を説明する。大宮はため息をつき、

「なるほどそこまでお考えくださるのは当然でございました。こちらの右大将なども『あまりに前例がないことだ』と合点がゆかぬようでしたし、ご本人も幼心にひどく残念のようで、右大将や左《さ》衛門督《えもんのかみ》の子どもなど、自分よりは身分が下だと見下げていた者たちも、みなそれぞれ位が上がって一人前になっていくのに、自分ひとり六位の浅葱姿なのはとてもつらいと落ちこんでいらっしゃるのが、とてもおかわいそうで……」

と大宮が言うので、光君はつい笑って、

「いっぱしの大人のつもりで不平を申しているようですね。本当にまだまだ子どもっぽい。まだそういうお年ですよ」と、若君がかわいくてたまらないようである。「学問などをして、少しものごとをわきまえられるようになれば、その不平は自然となくなりますよ」と言う。

大学寮に入るにあたって、「字《あざな》」をつける儀式は二条院の東の院であげることとなり、東の対《たい》に儀式の用意をした。上達部や殿上人《てんじょうびと》たちは、めったにないことなのでどんな儀式なのか見てみたいと、我も我もと集まってくる。大学の博士たちはかえって緊張したに違いない。しかし「遠慮などせずに、しきたりに従って、手加減することなく厳格に執り行うように」と光君が言い、博士たちは努めて平静を装い、着慣れていない借り着が不恰好《ぶかっこう》なのも恥ずかしがることなく、顔つき、声色、いかにも格式張って振る舞う。定《さだ》まった座に居並ぶ作法をはじめとして、すべてだれも見たことのないようなものばかりだ。若い君達《きんだち》たちは思わず噴き出してしまう。じつは、笑い出したりしない

ような、年輩の落ち着いた者ばかり選んで酌などをさせたのであったが、いつもとは勝手の違った宴席なので、右大将も民部卿《みんぶきょう》も真剣な面持ちで盃《さかずき》を持つのを、博士たちがあきれるほど厳しく咎《とが》めては叱りつけている。

「まったく相伴役の方々はたいへん不作法だ。かくも著名な私を知らずに朝廷にお仕えしているとは。愚かなことこの上ない」などと言うので、人々はこらえきれずにまた笑い出す。するとふたたび博士たちが、

「うるさい、静かになさい。失礼にも程がある。出ていきなさい」と居丈高に言うのも、またおもしろい。

　こうした儀式を見たことのない人にとっては珍しくて興味深いが、大学寮から出て上達部になった人たちは得意顔で笑みを浮かべ、光君がこうして学問の道を選び、若君に学ばせようとするのはすばらしいことだと、尽きせぬ尊敬の念を抱いている。博士たちは少しの私語も許さない。無礼だと言って咎めるのである。そんなふうにやかましくわめいている博士たちの顔も、夜になると、昼よりかえって明るい灯の光に照らされ、道化じみていたり貧相だったり、みっともなかったりとさまざまで、まったくいつもとは違う異様な雰囲気である。光君は、

「私は不真面目な上、気が利かないので、こうやかましく叱られたらまごついてしまうだろう」と、御簾《みす》の内側に隠れて儀式を見守っている。決められた数の座席に着くことができず、帰ってしまう大学の学生《がくしょう》たちもいると光君は聞き、釣殿のほうに彼らを呼び、とくべつに引き出物などを贈る。

　儀式が終わって、退出する博士や漢詩の得意な学者たちを光君は呼び止め、またしても詩を作らせる。上達部、殿上人も、詩文の得意な者たちに声をかけて参加させる。博士たちは五言律詩《ごごんりつし》（八

句）を、光君をはじめ博士でない人は、絶句《ぜつく》（四句）を作る。趣のある題の文字を選び、文章博士《もんじようはかせ》が出題する。夏の、夜の短い頃なので、すっかり夜が明けてから発表となる。左中弁《さちゆうべん》が詩を読み上げる。顔立ちのじつにうつくしい人で、朗々とした声音でおごそかに読み上げる様は、なんともすばらしい。世間の信望も篤い博士なのである。

このような高貴な家に生まれ、世の中の栄華に身をまかせていればいい身分でありながら、蛍の光を友とし、枝の雪に親しんで学問にいそしむ若君の志の高さを、思いつく限りのことになぞらえた思い思いの詩が寄せられる。どの句も趣向に富んでいて、唐土《もろこし》にまで持っていって伝えたいほどの詩作であると、その当時世間でもてはやされた。光君の作品はもちろん、親らしい愛情に満ちたすばらしいものだったので、人々は涙を流しながら口々に吟唱したのであるが……、女がわかりもしないことを口にするのはいかにも生意気なこと、気が進まないので省くことにしましょう。

引き続き入学の儀式をさせ、そのまま二条院の東の院に若君の勉強部屋を設け、本格的にその道を極めた先生に預け、若君に学問をさせる。若君は、祖母の大宮のところにもめったに顔を出すこともない。大宮は若君を朝も夜もかわいがり、まるで幼児のように過保護にしているので、大宮の元では勉強はできまいと光君は思い、静かなところに若君を閉じこめたのである。月に三度ほど大宮の邸に行くことのみ許した。

若君はずっとこもっていて気も晴れず、父である光君にたいし、「ひどいことをなさる、こんなに苦労しなくても高い位を得て、世間から重んじられる人もいるではないか」と思うけれども、若君の人柄はだいたいにおいて真面目で、浮ついたところがないので、じつによく辛抱し、なんとかして読むべき書物を早く読み終えて、官職に就き、出世もしたいと考えて、四、五月のうちに史記などという必読書は読み終えてしまった。

次には大学寮の試験を受けさせようということで、まずは光君の前で模擬試験をさせることとなった。例によって、伯父の右大将、左大弁、式部大輔《しきぶのたいふ》、左中弁たちが集まり、若君の担当教師である大内記《だいないき》を呼び、史記の難解な巻々で、寮試の時に博士がくり返し質問しそうな箇所を選び出してひととおり読ませてみると、どの箇所もまんべんなく、またよどみなく読んでみせる様は、あやふやな点につける爪《つま》じるしもいっさいなく、驚くばかりの好成績である。やはり天性の才能をお持ちなのだとだれもがみな落涙する。まして伯父の右大将は、「太政大臣が生きていらっしゃったら……」と話し出し、涙に暮れる。光君も気丈夫ではいられなくなり、

「他人《ひと》ごととして、恰好つかないことと見聞きしてはいましたが、子が成人していけば、親が入れ替わりにもうろくしていくというのは、私などはまだそれほどの年ではないけれど、やはり世の常ということなのですね」と言って涙を拭う。それを見ている大内記は、うれしくも、また名誉にも思う。右大将に盃《さかずき》を勧められ、すっかり酔っ払った大内記の顔は、ひどく痩せて貧相である。たいへんな変わり者で、学才のわりには出世もできず、人に相手にもされず貧窮していたのだが、光君の目にかない、若君の教師としてとくべつに招かれたのである。こうして身に余るほどの待遇を得て、この若君のおかげで生まれ変わったような境遇になったことを思うと、まして将来は、この人は並ぶ者のない信望を得ることになることでしょう。

寮試のために大学に行く日、門前に上達部の車が数え切れないほど並んでいる。今ここに来ていない上達部はいないのではと思えるほどである。そこへ、またとなくたいせつに扱われ、きちんと装束などを着こなしてあらわれる若君の様子は、こうした学生の仲間入りなどできそうもないほど

気品に満ち、かわいらしくもある。例によって、儒者たちが集い着席しているのにまじって、その末席に着くのを若君がつらく思っているのは当然のことである。ここでもまた、大声で叱りつける者たちがいて、若君は不愉快に思いながらも、少しも臆することなく出題された箇所を読み切った。

かつて大学が栄えていた頃が思い出されるような時代なので、身分の上中下を問わず我も我もと大勢が学問の道を志して集い、ますます世の中には学才もあり能力も高い人が多くなった。

若君は寮試に合格して擬文章生《ぎもんじょうしょう》になり、釈奠《せきてん》の文人《もんじん》職にも就くなど、万事滞りなく進み、今はひたすら学問に打ちこみ、師も弟子もみなさらに励んでいる。光君の邸でも、作詩の会が頻繁に催され、博士や才人も集っている。そんなふうに、どんな分野においてもその道に励む人の才能が認められる時代であった。

さて、そろそろ正式に冷泉帝《れいぜいてい》に后《きさき》を定める時期でもある。光君は、「斎宮《さいぐうの》（梅壺《うめつぼの》）女御《にょうご》（六条御《ろくじょうのみ》息所《やすどころ》の娘）を、亡き帝《みかど》の母宮もぜひお世話役にとおっしゃっていたのですから」と藤壺《ふじつぼ》の宮の遺言にかこつけて主張する。しかし、藤壺の宮に引き続き皇族が后に立つことは、慣例として世間が承知しない。弘徽殿女御《こきでんのにょうご》（頭中将《とうのちゅうじょう》の娘）がだれよりも先に入内《じゅだい》していたのを差し置いて、いかがなものかという声もある。梅壺女御、弘徽殿女御とそれぞれ味方する人々は、内心はらはらしている。藤壺の兄で、兵部卿宮《ひょうぶきょうのみや》と言われていた人は、今は式部卿《しきぶきょう》となり、この御代においては今までにまして帝の信用が篤いのであるが、その娘が、かねての希望通り入内した。梅壺女御と同様に皇族の女御として仕えている。そこで式部卿としては、同じことなら、母后《ははきさき》の血筋として親しいこちらのほうが、母后が亡き後のお世話役にはふさわしいであろうという思いがある。そのようにそれぞれ競い合ったのだが、最終的に、梅壺が后となることに決まった。その母であった六条御息所とは正反対の抜きん出た幸運に、世間の人々は驚いている。

源氏の大臣《おとど》は太政大臣《だじょうだいじん》となり、右大将（頭中将）は内大臣となった。天下の政治を内大臣が執るようにと、光君は実権を譲った。内大臣の人柄はじつに一本気でまばゆいほど威厳があり、心の持ち方もしっかりとしている。学問をとくに熱心にしたので、韻塞《いんふた》ぎでは光君に負けたけれど、政務には有能である。幾人もの夫人たちに子どもが十数人いて、成人した者は次々に立派な官職に就き、光君に劣ることなく栄えている一族である。

内大臣の娘は、弘徽殿女御のほかに、もうひとりいた。皇族を母君とする姫君で、高貴な血筋という点では劣ることはないが、その母君はその後、按察大納言《あぜちのだいなごん》と再婚し、現在はその夫とのあいだに子どもが大勢生まれている。内大臣は、その子どもたちと姫君をいっしょにして継父にまかせるのは筋違いであると思い、引き取って大宮に預けていたのである。内大臣はこの姫君を弘徽殿女御よりずっと軽く考えていたけれど、姫君の人柄も容姿も、じつにかわいらしい方なのである。

若君はこの姫君と同じ邸《やしき》で育ったのだが、それぞれが十歳を過ぎる頃に部屋は分けられていた。親しい間柄ではあっても、男の子には気を許すべきではないと父である内大臣から教えられていたので、二人は離れて暮らしていたが、若君は幼心に姫君を好ましく思わないでもなかった。ちょっとした花や紅葉《もみじ》につけても、また人形遊びの相手をするのにも、親密につきまとっては好意を見せるので、自然とお互いに深い思いを交わすようになり、今でも姫君は若君にはっきりと恥じ隠れるようなことはしないのである。姫君の乳母《めのと》たちも、そんな、まだおちいさい方々のことだし、今まですっとごいっしょにお暮らしになった間柄ですのに、急に引き離して決まり悪い思いをおさせするなどどうしてできようか、と思っている。けれど、女君こそまだ幼く無邪気ではあるものの、男君のほうはまだ子どものように見えていたのに、どんな大それた関係になっていたのやら……。部屋が別々になってからは、逢《あ》えないことで気もそぞろのようなのです。未熟ながら、将来どんなにみごとになるかと思える筆跡で互いに交わした恋文が、子ども心の不用心からついうっかり人目に触れることもあるので、姫君付きの女房たちにはなんとなく感づいている者もあるけれど、これこれこのようですと、どうしてだれかに言いつけたりできよう、見て見ぬふりをしているのに違いないのです。

太政大臣、内大臣それぞれ就任の大饗《だいきょう》の宴も終わり、ほかには朝廷での行事もなく、落ち着いてきた頃、ちょうど時雨《しぐれ》がさっと降り、荻《おぎ》の葉先をわたる風もしみじみと感じられる夕暮れ、大宮の部屋に内大臣がやってきて、姫君も呼び、琴を弾かせていた。大宮は、どんな楽器も上手に弾くので、すべてこの姫君にも教えている。

「琵琶《びわ》という楽器は女が弾いているとなんだか小癪《こしゃく》に思うけれど、しかし音色は気品がありますね。今の時代、正確な奏法を伝えている人はめったにいなくなってしまいました。何々親王とか、源氏のだれそれくらいでしょうか」と数えて、「女の中には、光君が、ほら、山里に住まわせている方が、それはみごとだと言いますね。琵琶の名人の子孫だそうですが、末代で、長年田舎住まいをしていた人が、どうしてそんなに上手に弾くのでしょうね。光君は、その方の琵琶がことのほかみごとだと思って、よく褒めていますよ。ほかの芸事とは違って、音楽の才能はやはり広くいろいろな人と合奏し、あれこれの楽器と調べを合わせてこそ上達するものですが、ひとりで弾いていてそんなに上手になるとは、珍しいことです」などと言い、内大臣は大宮に琵琶を勧める。

「最近は柱《じゆう》の押さえ方も下手になってしまって……」とは言うものの、大宮はみごとに弾いてみせる。「その方、幸運なだけではなくて、やはりすばらしい人柄なのですよ。このお年になるまで光君がお持ちになれなかった女の子をお産みになって、しかも手元に置いて低い身分に埋もれさせず、高貴なお方に預けるその心掛け、申し分のない人だと聞いています」と、琵琶を弾く手をいったん休めて話す。

「女の人はやはり心掛けの如何《いかん》によって、世間に重んじられるものなのですね」と内大臣は人の噂《うわさ》をはじめる。「弘徽殿女御も、まんざらでもなく、何ごとも人に劣ることなく育った方だと思っていましたが、意外な人に負けてしまった不運を見ていまして、この世は思い通りにならないものだと思いました。せめてこの姫君だけでも、どうにかして願い通りにしたいものです。東宮の御元服ももう間もなくのこととなりましたので、ひそかに姫君をそちらに……と考えていたのですが、今話に出た幸運な方が産んだ后《きさき》候補がまた追いついてきましたね。そのお方が入内なさったら競争相手などいないのではないでしょうか」と内大臣が嘆くと、

「どうしてそんなことがありますか。この家から后となる人が出ずに終わることはないと、亡き夫も思っていらっしゃって、弘徽殿女御の入内もご自分で熱心にお支度なさったのに……。もし生きていらしたら、梅壺女御に負けるなど、このような間違いはなかったはずですよ」と、今回の立后のことでは、大宮も光君をずいぶんと恨みに思っている。あどけなくかわいらしい姿で琴を弾いている姫君の、髪の垂れ具合、生え際など、気品があってうつくしい。その姿を内大臣が見ていると、恥ずかしがって少し横を向いてしまう、その横顔も頰のあたりがかわいらしい。左手で絃《げん》を押さえる手つきは、精巧に作った人形といった感じで、大宮もこの姫君を限りなくいとしく思う。調子を

整えるために小曲を軽く弾いてから琴を向こうへ押しやった。

内大臣は和琴《わごん》を引き寄せて、律の調べで今風に弾いてみるが、こうした琴の名手が自在にくずして弾きならすのは、じつにおもしろい。庭前の梢《こずえ》から木の葉がほろほろと落ち、老女房たちはあちこちの几帳《きちよう》の後ろで額を合わせて聴き入っている。「風の力けだしすくなし」という句を口ずさみ、『琴《きん》の感』ではないけれど、なんだか妙にものさみしい夕暮れですね。もっとお弾きになりませんか」と、「秋風楽《しうふうらく》」に調子を合わせて弾きながらうたい出す、その声がすばらしいので、大宮は、孫の姫君ばかりでなく息子の内大臣もそれぞれにいとおしいと思っている。その思いにさらに感興を添えるかのように、若君までもがあらわれた。

内大臣は、どうぞこちらへと、姫君とは几帳を隔てて若君を招き入れる。

「この頃はなかなかお目に掛かれませんね。どうしてこうも学問ばかりしているのです。学問が身の程以上にできすぎているのもよろしくないと、光君もよくわかっていることなのに、このようにさせているのはわけがあるのだろうとは思いますが、そんなにずっとこもっているのは気の毒に思いますす」と言い、「ときどきは違うこともしたほうがいい。笛の音なども昔の人の教えは伝わっていますよ」と横笛を渡す。若君は受け取り、じつに若々しいきれいな音を吹き、たいそうみごとなので、内大臣は琴をやめ、気の向くままに手拍子をして催馬楽《さいばら》の「更衣《ころもがえ》」の一節「萩《はぎ》が花ずり」などとうたう。

「光君もこうした遊びが好きで、忙しい政務から逃げ出したのですよ。実際つまらない人生だ、何か心の晴れることをして日を過ごしたいものです」などと言い、盃を傾けているうちに、暗くなったので明かりをつけ、お湯漬けやちょっとしたものをみなそれぞれに食べる。姫君は自室に戻らせ

る。内大臣はこうして強引に二人を遠ざけて、姫君の琴の音すらも若君に聴かせまいと、今ではやたらに二人を引き離すので、

「今にきっとお気の毒になりそうなお二人ですこと……」と、そばに仕えている大宮付きの老女房たちはささやき合っている。

内大臣は帰るふりをして、こっそりある女房に逢いにいこうとその場を立ち、そっと身をかがませて出ようとする途中、ささやき声を耳にして、何かあやしいと思い耳をそばだててみると、どうやら自分の噂である。

「いかにも賢そうにしていらっしゃるけれど、やっぱり親ばかでいらっしゃる」「いつかおかしなことが起きるでしょう。昔の人は『子を知るは親にしかず』などと言ったけれど、嘘《うそ》だわね」などとつつき合っている。

なんということだ。やっぱりだ、疑わしいと思わなかったこともなくはないが、まだ子どもだからと油断していた。世の中はつくづくままならない。と、いっさいの事情を悟り、音もさせずに出ていった。やがて威勢のいい車の先払いの声がするので、

「殿はたった今お帰りになったんだわ」「どこにひっそり隠れていらっしゃったのかしら」「まだこんな浮気をなさっているのね」と女房たちは言い合う。

今しがた内緒話をしていた女房たちは、「とてもいい香りが漂ってきたのは、若君がおいでだったとばかり思っていたわ。やだ、こわい。陰口をお聞きになったのではないかしら。面倒なお方ですのに」と、みな困っている。

内大臣は道々考える。二人のことは、がっかりするようなことでもないし、そう悪いことでもな

いが、珍しくもない親戚同士の平凡な結婚だと世間の人は言うだろう。光君が、強引に弘徽殿女御を押しのけて梅壺女御を立后《りっこう》させたのも腹立たしいが、もしかしてこの姫君を入内させたら今度こそはほかの人に勝つかもしれないと思っていただけに、残念なことになった――。

光君と内大臣の仲は、おおかたのところ昔も今も親しくはあるのだが、こうしたこととなると、かつて張り合っていたしこりも残っていて、思い出すとおもしろくなく、内大臣はなかなか眠れずに夜を過ごす。

大宮も、二人のご様子には気づいていらっしゃるだろうに、またとなくかわいがっておられる孫たちだから、好きなようにさせておいでなのだろう、という女房たちの話しぶりを思うと、不愉快にも思い腹も立ち、心を静めることもできない。勝ち気で、白黒はっきりしないと気のすまない性格なので、我慢できないのである。

二日ほどたってから内大臣は大宮邸に向かった。頻繁に通う時は、大宮もじつに満足し、うれしく思っている。肩のあたりで揃《そろ》えた尼そぎの額髪もきちんとし、あらたまった小袿《こうちき》などを上に重ねて着ている。内大臣は息子とはいえ気がねしてしまうような人柄なので、ものを隔てて対面するのである。内大臣は機嫌が悪く、

「こちらに伺うのも決まり悪く、女房たちがどんなふうに思っているかと気になります。私は取り柄のない人間ですがこの世に生きているあいだは、始終お目に掛からせていただいて、わかり合おうと思っていましたのに。出来の悪い者のことで、母上をお恨みせねばならないことが起きてしまいました。こんなに悩むまいとも思うのですがやはり我慢できない気持ちなのです」と、涙を拭いながら言うのである。大宮の化粧した顔の色も変わり、目を見開いている。

「いったいどのようなことで、今さらこのような年になって、あなたから恨まれるのでしょう」と言う大宮もさすがに気の毒であるが、

「母上の元ならばと頼もしく思い、幼い姫君を預けたまま、父親であるこの私は幼い頃からお世話もせず、近くにいる娘（弘徽殿女御）が入内しても思うようにならないのを嘆いてはあくせくしていました。さりとてこちらにお預けした姫君はなんとか一人前に育ててくださるのだろうと頼りにしたのに、心外なことがあったとは、残念でなりません。あの若君は確かに天下に並ぶ人もいない優秀な方ではいらっしゃいますが、親しいいとこ同士でこういうことになれば、世間的にも軽薄だと、たいした身分でもない者同士の縁組でも思うでしょうに……。若君のためにもじつにみっともないことになります。まったくの他人の、華々しい立派な家に婿君としてにぎやかに迎えられてこそ、いい縁談だと思うのです。親族同士のなれあいの縁組など、まともではない感じがして、光君もお聞きになれば不愉快に思われるでしょう。そうなるとしても、これこれこういうことですと私にお知らせくださって、格別なもてなしをして、さすがにたいしたものだと思われるようにしたかったと思います。それを、幼い二人の気持ちにまかせて放任なさっていたのは嘆かわしいことです」

それを聞いた大宮は夢にも思わなかったことなので、ひどく驚き、

「なるほど、おっしゃることはもっともです。けれど私も二人の気持ちをまったく知りませんでした。本当に残念なことですが、私こそあなたよりずっと嘆きたい気持ちですよ。でもこの私まであの二人と同罪とするのはいかがなものでしょう。姫君をお世話するようになってからは、ことさらだいじにしまして、あなたの気づかないことも、立派になるようにお育てしようと内々で考えてお

りました。まだ幼いうちに、かわいさに目がくらんで、急いで縁づけようなどとは思いもしませんでした。それにしてもだれがこんなことをお耳に入れたのでしょう。つまらない世間の噂を聞きつけて、容赦なくそうおっしゃるのは情けないことです。根も葉もないことで姫君のお名前に傷がつくのではありませんか」

「どうして根も葉もないことと言えますか。そばに仕える者たちもみな私をあざ笑っているのが、本当にくやしいし、心配でもあります」と内大臣はその場を去った。

事情を知っている者たちは、この二人を心底かわいそうに思っている。先だっての夜、陰口をたたいていた女房たちは、なおのこと気が気ではなく、なぜあんな内緒話をしてしまったのだろうと後悔している。

そんなことを何も知らずに過ごしている姫君の元に内大臣は顔を出し、そのかわいらしい様子をしみじみと眺める。

「まだ子どもとはいえ、こんなにも分別がないとは知らずに、人並みに入内させようなどと思っていた私がもっと何もわかっていなかった」と、内大臣は乳母たちを責めるが、乳母たちも返事のしようがない。

「このような男女のことは、帝《みかど》がこの上なくたいせつにされている姫宮でも、つい過ちを犯してしまう例は昔の物語にもあるようですが、そうした場合は双方の事情を知っている者が、しかるべき折を見つけて手引きをするのでしょう。けれど今回のことは、お二人が明け暮れいつもごいっしょに、長年過ごしていらっしゃいましたし、どうしてまだこんなにおちいさいのに、大宮のなさることより私たちが出しゃばってお離し申すことなどできましょうか。そう思いましてつい気を許して見過ごしておりましたが、一昨年ほど前からは、きっちり別々になさるようになりましたし、年端のいかない人でもこっそり隠れて、あろうことか色めいたことをする人もいるようですけれど、若君は夢にも不真面目なところのないご様子なので、まったく気がつきませんでした」などと、みなそれぞれため息をついている。

「もういい、しばらくのあいだこのことは他言すまい。いずれは世間にも知られるだろうが、誠心誠意、そんなことは嘘だと言いなさい。姫君はそのうち私が引き取ろう。それにしても大宮のお気持ちがじつに恨めしい。おまえたちは、まさかこうなればいいなどとは思わなかっただろう」と内大臣が言うと、乳母たちは姫君に同情しながらも、ありがたいお言葉だと思い、

「とんでもないことです。按察大納言（姫君の継父）さまのお耳に入ったら、ということまで気にかけておりましたほどです。いくらすばらしいお相手でも、臣下の血筋では結構な縁談だとも思いませんから」と言う。

姫君はじつに無邪気な様子で、内大臣があれこれと注意をしても何もわかっていないようである。内大臣はつと涙ぐみ、どうにかしてこの姫君の未来がめちゃくちゃにならないようにしなくては、と、こっそりとしかるべき女房たちに相談し、ただただ大宮を恨みに思うのだった。

大宮は二人のことを本当にいとしく思っているが、男君をかわいいと思う気持ちのほうが勝っているからか、こんな恋をしていたのかと、そのこともいじらしく思えてしまうのである。

内大臣は容赦なく、とんでもないことのように言っていたけれど、そんなにひどいことだろうか、と大宮は思う。もともと内大臣は姫君をそんなにかわいがっていたわけでもなくて、これほどまでたいせつに育てようなどとは思っていなかったはずなのに、私がお世話をするようになったからこ

そ、入内のことも考えついたのだろう。けれどそうはならずに、ただの臣下と結ばれる前世からの宿縁があるとするならば、この若君のほかにもっとすぐれた人がいるだろうか。容姿、人柄からしても、この若君にかなう人がいるものか。若君こそ、姫君など足下にも及ばない高貴な方の婿となってもおかしくないのに。と、若君をどうしてもひいきしてしまう大宮は、内大臣を恨めしく思う。……という大宮の本心を見せたら、内大臣はますますどれほど大宮を恨むことになるやら……。

こんな騒ぎになっているとは知らず、若君は大宮邸にやってきた。このあいだの夜も人の出入りが多く、姫君と思うように話をすることもできなかったので、いつもより恋しく思い、夕方にやってきたのだろう。大宮は、ふだんならただもうにこにことよろこび迎えるのだが、今日は真顔で話をし、そのうち、

「あなたのことで内大臣が文句をおっしゃっていたので、ほとほと困っています」と、話し出す。「だれが聞いても感心できないようなことに心を奪われて、人を心配させるようなことになるのではないかと気掛かりなのです。こんなことは言うまいと思っていたけれど、こうした事情も知っていてもらわなくてはと思いまして」

それを聞いて若君は、かねてから心に引っかかっていたことだったので、何のことかすぐに思い当たった。顔を真っ赤にして、

「なんのことでしょう。ずっと静かなところにこもって学問ばかりして、その後は人とつきあうところもありませんから、内大臣がお恨みになるようなことはないだろうと思います」と言って、ひどく恥ずかしそうにしているのが、大宮にはいじらしくも気の毒でもあり、

「わかりました。ではこれからよくお気をつけなさい」とだけ言い、それきり話をそらしてしまう。

手紙のやりとりも今までよりずっと難しくなるだろうと若君は思い、なんともやるせない気持ちになる。大宮が食事を勧めても、何も食べずに寝てしまったようにしているけれど、じつは上の空で、人が寝静まった頃に姫君との部屋の、中仕切りの襖戸《ふすまど》を引いてみる。以前はとくべつ錠など下ろしたりしていないのに、今夜はしっかりと閉めてあり、人のいる気配もしない。急に心細くなって、若君が障子に寄りかかっていると、姫君も目を覚ます。風が、竹に迎えられるかのようにさやさやと音を立て、雁《かり》が夜空を渡りながら鳴く声もほのかに聞こえ、姫君は幼心にも胸がざわめき、「雲居《くもゐ》の雁《かり》もわがごとや（雲居の雁も私のように悲しいのかしら）」と、ひとりつぶやいている様子は、ういういしく可憐《かれん》に聞こえる。若君はじっとしていられず、

「この戸を開けてください。小侍従《こじじゆう》はいませんか」と言うが、応えはない。小侍従とは、姫君の乳母子《めのとご》のことである。独り言を聞かれてしまったのが恥ずかしくて、姫君は決まり悪くなり、わけもなく夜具で顔を覆ってしまう。さすがに恋心を知らないわけでもないのは、小癪な感じもしますけれど……。乳母たちも近くに横になっていて身じろぎをするので、どぎまぎして、二人とも音も立てずにいる。

さ夜中に友呼びわたるかりがねにうたて吹き添ふ荻《をぎ》の上風《うはかぜ》

（真夜中に友を呼びながら空を渡る雁の声もさみしいのに、それに加えて、荻の葉を撫《な》でる風までが吹く）

せつなさが身に染みるようだと思いながら、若君は大宮のそばに戻り、ため息を幾度もつくが、大宮が目を覚まして聞いてしまうのではないかと思い、身じろぎしながら横になる。

翌朝、わけもなく恥ずかしくて、男君は早くに自分の部屋に行き、女君に手紙を書くけれど、小

侍従に会うこともできず、彼女の部屋にも行くことができず、どうしていいのか胸のつぶれる思いである。女君は女君で、内大臣に注意されたことがただ恥ずかしいだけで、これから自分はどうなるのかとか、世間の人がどう思うかなどは深く考えず、かわいらしく無邪気なばかりである。女房たちがあれこれと噂をしているのを耳にしても、それで嫌になって気持ちが離れることもない。しかも、こうまであれこれ言われるような大事《おおごと》だとも思っていないのである。ただ乳母たちが厳しく注意をするので、手紙も書けないでいる。もう少し大人びたところがあれば、ちょっとした隙を見つけるのだろうが、男君もまだ少々頼りない年頃なので、ひたすら残念に思うしかできずにいる。

内大臣はあれ以来大宮の邸《やしき》を訪ねることをせず、大宮はなんとひどい方だろうかと思い続けている。妻には、こういうことがあったなどとおくびにも出さず、ただなんとなく難しい顔をして、「梅壺《うめつぼの》（斎宮《さいぐうの》）中宮《ちゅうぐう》が格別のお支度をして入内《じゅだい》なさったから、娘の弘徽殿女御《こきでんのにょうご》もこの先のことをさぞや悲観しているだろう。かわいそうでならないから、宮中をご退出させて、ここでゆっくり休ませましょう。后《きさき》には選ばれなかったといっても、帝《みかど》がおそばからお離しにならず、夜も昼もおいでのようだから、お付きの女房たちも心安まる時もなくて、ひどく疲れているはずだ」と話し、すぐに退出をさせた。なかなか退出の許可も出ないことに内大臣が不機嫌にあれこれと言い、帝はなおもしぶっていたが無理やり退出させたのである。

「こちらではすることもなく退屈でしょうから、あちらの姫君をこちらに呼んで、いっしょに音楽の遊びでもしたらいい。姫君を大宮に預けておくのは安心ではあるのですが、小ずるいませた人が出入りしていて、自然と仲良くもなろうけれど、そろそろ姫君もそうしたことに気をつけなければ

いけない年頃になったからね」と女御《にょうご》に言い、急いで姫君を引き取ることにした。大宮はたいそう気落ちして、

「たったひとりの娘（葵《あおい》の上《うえ》）が亡くなってから、胸にぽっかり穴が開いたようで、心細かったものですから、うれしいことにこの姫君を預かって、生きているあいだは私の宝物と思って、明けても暮れても老いのつらさ悲しさをなぐさめようと思っていたのに……。私をのけ者にするなんて思いもしませんでした。なんて薄情なお心だろう」と言う。内大臣は恐縮して、

「私は、不満に思うことがあるので、このように思っておりますと言っただけです。のけ者にするつもりなどあるものですか。入内している女御が、帝との仲がうまくいっていないようで、近頃退出して帰ってきたのです。することもなく鬱々としていますので、気の毒で、いっしょに遊び事でもして気を紛らわせたほうがいいと思い、ほんのいっとき姫君を引き取ろうというだけです。ここまで立派に育てて一人前にしてくださったご恩を、おろそかにしようなどとはまったく思っていませんよ」と言う。ここまで決心したのならたとえ母である自分が止めても考えなおすような内大臣ではないと、大宮も知っている。じつに不満であり、残念にも思い、

「人の心ほど嫌なものはない。幼い二人にしても、私に隠し立てして、なんてひどいのだろう。それはそれ、子どものことだから仕方がないとしても、内大臣が、ものごとの道理をよくわきまえた方なのに私ばかり恨んで、姫君をこうして連れていってしまうなんて。あちらにお移りになったって、ここより安心ということもないだろうに」と言いながら涙をこぼす。

その時ちょうど若君があらわれた。もしやちょっとした隙でもないかと、この頃は頻繁に邸に顔を出すのである。内大臣の車があるので、良心が咎め決まり悪くなり、若君はこっそりと人目につ

かないように自室に入る。内大臣の子息たち、左少将、少納言、兵衛佐《ひようえのすけ》、侍従《じじゆう》、大夫《たいふ》といった人々もみな集まっているが、大宮は彼らが御簾《みす》の中に入ることを許していない。左衛門督《さえもんのかみ》、権中納言《ごんちゆうなごん》も、大宮の産んだ子ではないが、彼らの父である亡き太政大臣の言いつけに従って、今もこの邸にやってきては丁重に仕えているのである。彼らの子息たちもやってきているが、若君ほどうつくしい者はいない。大宮の愛情も、ほかと比べられないほど若君に注がれていたが、その若君が東の院に移った後は、ただこの姫君だけを身近なかわいらしい孫と思ってたいせつにし、いつもそばに置いて慈しんできたのに、こうして内大臣の邸に行ってしまうのが本当にさみしくてならない。内大臣は、

「それではちょっと参内《さんだい》しましてから、夕方には姫君を迎えにきます」と言って出ていく。

今さらどうにもならないことなので、穏やかに話をつけて、二人を結婚させてやろうかとも考えてみるが、やはりいかにもおもしろくないので、若君がもう少し出世をして位も上になったら一人前になったと認めて、その時に姫君への気持ちの深さ浅さを見極めればいい、と内大臣は思いなおす。そしてもし結婚を許すとしても、きちんとあらたまった縁談として話を進めよう。今いくら注意したところで、同じ邸にいては、子どものことだからそのうちみっともないことも起ころう。大宮も、どうせ二人をことさら厳しく注意することなどできないだろう……、と考えては、弘徽殿女御の退屈を口実にして、大宮にも妻にもうまく話をつけて、姫君を引き取ることにしたのである。

大宮から姫君に手紙が届く。

「内大臣こそ私をお恨みでしょうけれど、あなたは、こうなっても私の気持ちをおわかりでしょう、こちらへきてお顔を見せてくださいね」

それを読み、姫君はたいそううつくしく身なりを整えて大宮の元に向かう。姫君は十四歳である。

まだ女らしくはなっていないけれど、たいそうおっとりとして、たおやかで、かわいらしい姿である。

「今まで私のそばから離さずに、明けても暮れてもいいお話し相手と思ってきましたが、これからはさびしくてたまらないでしょう。私はもう老い先短いのですから、あなたの行く末を見届けられないだろう寿命を悲しく思っておりましたのに……。今さら私を見捨ててあなたの行ってしまう先がどこなのかと思うと、本当に悲しくなります」と大宮は泣く。姫君は、男君とのことでこうなったのが恥ずかしくてならず、顔を上げることもできないでただ泣きに泣いている。男君の乳母《めのと》である宰相《さいしょう》の君があらわれ、

「私は、若君と同じくあなたさまも同じようにご主人としてお頼り申しておりましたが、残念なことにこうしてお移りになってしまうのですね。内大臣さまがもしほかのご縁談をお考えになったとしても、そんなご意向にはお従いにならないでください」と、ひそひそ告げる。姫君はますます恥ずかしくなって、何も言うことができずにいる。

「いいえ、もう、面倒なことは申し上げなさいますな。人の運命は、その人その人によってわからないものなのだから」と大宮が言う。

「いえいえ、内大臣さまは若君を一人前ではないとお見下しになっているのです。今はそうかもしれませんけれど私たちの若君が、どこのだれに劣っていらっしゃるのか、どなたにでもお訊《き》きになっていただきたいものです」と、宰相の君は何やら腹立ちにまかせて言い募る。

若君は、物陰に入りこんで一部始終を見ていた。人に見咎められても、なんでもない時ならただ気まずいだけだけれど、今はひどく不安で、涙をただ拭っている。そんな若君を宰相の君は心底気

の毒に思い、大宮にうまく言い繕い、夕暮れ時、みなあわただしくしているのに紛れて、二人を逢わせたのである。二人は互いになんだか恥ずかしく、胸も高鳴り、何も言えずに泣き出してしまう。

「内大臣のお気持ちが本当につらくて……ええい、もうあきらめようと思うのだけれど、そうなるとあなたのことが恋しくてたえられなくなりそうだ。どうして、今までもっと逢えたはずだったのに、そうしなかったんだろう」やっとのことで言う若君は、いかにも子どもっぽく痛々しい。

「私も、きっと同じことだわ」姫君が言う。

「恋しいと思ってくれるの」と訊くと、わずかにうなずいてみせる姫君も、まだまだあどけない。

邸に灯がともる。宮中に参上していた内大臣が退出してきたらしく、ものものしい大声で先払いの声が聞こえてくる。「それ、お帰りよ」と女房たちがあわてふためいているので、姫君はおそろしくなって震えている。若君は、見咎められて騒ぎ立てられるのなら、それでもいいと一途《いちず》な気持ちで姫君を離さずにいる。姫君の乳母がさがしにやってくるが、この場の様子を察して、まあ嫌だ、本当に大宮がご存じないことではなかったのだと思うと、たえがたくなり、

「まったく情けないこと。内大臣さまのお怒りやご叱責は言うまでもなく、按察大納言《あぜちのだいなごん》さまもどうお思いになりますやら。いくらすばらしいお方とはいえ、最初のお相手が六位風情《ふぜい》なんてとんだご縁だ」と、ぶつぶつ言うのがかすかに聞こえてくる。乳母は二人のいる屏風《びょうぶ》のすぐ後ろで、愚痴をこぼしていたのである。男君は、私が六位だからといって馬鹿にしているのだなと思い、世の中も恨めしくなり、姫君への恋も少し冷める思いがして、その言葉が許せない。

「聞いたかい。

くれなゐの涙に深き袖の色をあさみどりとや言ひしをるべき

（あなたを思って流す血の涙で深紅に染まった私の袖を、六位風情の浅緑だとけなしていいものだろうか）

自分が恥ずかしい」若君が言うと、姫君も、

「いろいろに身の憂《う》きほどの知らるるはいかに染めける中《なか》の衣ぞ

（いろいろなことで我が身の不運が思い知らされるのは、いったいどんなさだめの二人なのでしょう）」

と、言い終わらないうちに内大臣は邸内に入ってきて、姫君はやむなく部屋に戻っていく。

男君は、ひとり残されてみじめな気持ちになり、胸も張り裂けそうで、自室で横になっている。車を三両ほど連ねてひっそりと急ぎ出ていく気配を聞いていると、心を静めることができず、大宮から「こちらにいらっしゃい」と声がかかるが、若宮は寝入ったふりをして身動きひとつしない。涙がとめどなくあふれ、泣き続けて夜を明かし、霜の真っ白な早朝に急いで邸を出ていく。泣きはらした目元を女房に見られても恥ずかしいし、大宮は大宮で、そばから離さないだろうから、ひとりになれる場所にと急いだのである。その途中、だれのせいでもない、自分が悪いのだと、漠然とした不安を抱き続けていると、空もすっかり曇り、まだあたりは暗い。

霜氷《しもごほり》うたてむすべる明けぐれの空かきくらし降る涙かな

（霜が凍てつく夜明けの暗い空を、なおも暗くかき乱すように降る涙の雨よ）

光君は今年、五節《ごせち》の祭の際に舞姫を出すことになっている。光君としては、とくべつな準備でもないけれど、舞姫に付き添う女童《めのわらわ》の装束など、期日も迫ってきたので急いで作らせる。花散里《はなちるさと》の住

む東の院には、舞姫参入の夜にお供する人々の衣裳を用意させる。光君は全般的な準備をし、梅壺《うめつぼの》中宮《ちゅうぐう》からも、女童、下仕えたちの装束など、ことさらに立派なものが届いた。藤壺《ふじつぼ》崩御の昨年は、五節などは中止になったのがもの足りなかったということもあり、殿上人《てんじょうびと》たちも、いつもよりはなやかにしたいという気持ちでいる。そうした年なので、舞姫を出す家々のあちこちで競い合い、すべてにおいて贅《ぜい》を尽くした立派な用意をしているとの噂である。按察大納言《あぜちのだいなごん》と左衛門督《さえもんのかみ》（内大臣の弟）の娘たち、それから殿上人たちの舞姫として、今年は近江守《おうみのかみ》で左中弁《さちゅうべん》も兼任している良清《よしきよ》の娘が務めることになった。この舞姫たちを五節の後も宮中に残し、宮仕えをするようにと帝《みかど》からの仰せがあったので、それぞれ自分の娘を差し出すこととなった。光君の舞姫は、摂津守《せっつのかみ》で左京大夫《さきょうのだいぶ》を兼任する惟光朝臣《これみつのあそん》の、容姿などがじつにうつくしいと評判である娘を出すこととした。惟光は気が進まなかったが、

「按察大納言が側室腹の娘を出すというのに、あなたがだいじな秘蔵娘を出したからといってなんの恥じることがあろう」と光君が言い募るので、惟光は困りながらも、いっそそのまま宮仕えをさせようというつもりになっている。舞の稽古などは自分の家で充分に仕込み、付き添いの女房など身近に仕える者たちは、厳しく選《え》り抜き、その日の夕方になって二条院に参上させた。光君も、二条院に仕える女童や、下仕えのうつくしい者たちを見比べて選び出す。選ばれた者たちはそれぞれの身分相応にとても誇らしげである。帝の御前に呼び集めるその下準備として、光君は自身の前を通らせてみようと決める。そうしてみるとだれひとり落とすことができず、それぞれにすぐれた女童たちの容姿の中から、自身では選びかねて、

「もうひとりぶんの舞姫の付き添いも、ここから出したいくらいだ」と笑う。結局、器量ではなく

立ち居振る舞いや気配りによって選ぶこととなった。

若君は、あれ以来胸がいっぱいで、食事も喉を通らず、ひどく気落ちして書物も読まず横になってもの思いにふけっているが、少しは気が紛れるかもしれないと部屋を出て、二条院をあちこち見てまわる。若君は、すばらしく容姿端麗な上、もの静かに優雅なので、若い女房たちは本当にすばらしいお方と見つめている。しかし紫《むらさき》の上《うえ》のところでは、御簾《みす》の前にも近寄ることを光君は許していない。自身の性分に照らし合わせてみて何か思うところがあるらしく、若君には他人行儀な扱いなので、主だった女房たちにも親しい者はいないのだが、今日は五節《ごせち》の騒ぎに紛れて入りこんだのである。舞姫を車からだいじに降ろし、妻戸の間に屏風を立てて仮の部屋を設けてある。若君がそっと近づいてのぞくと、舞姫は疲れ切ったようにものに寄りかかっている。ちょうど姫君と同い年くらいに見え、もう少し背が高く、どことなく気取っていて、うつくしさは姫君に勝っているように見える。暗いのではっきりとは見えないが、その雰囲気に姫君を思い出さずにはいられず、気持ちが移るわけではないけれど心が波立ち、自分の着物の裾を引いて衣擦《きぬず》れの音を立てる。舞姫は何かわからないままあやしく思う。

「あめにますとよをかびめの宮人もわが心ざすしめを忘るな

（天にいらっしゃる豊岡姫にお仕えする宮人よ、あなたを思って私が注連《しめ》を張り、自分のものとしたことを忘れないでくださいね）」

と詠み、「をとめこが袖ふる山の瑞垣《みづがき》の久しき世より思ひそめてき（拾遺集／少女が袖を振る布《ふ》留《る》山《やま》の瑞垣のように、神代の昔からあなたを思っています）」から「みづがきの（ずっと思っていました)」とつぶやくが、舞姫にはいかにも唐突である。若くて魅力的な声だけれど、だれだかもわからないので薄気味悪く思っていると、化粧なおしをしようと介添えの女房たちが騒がしく近づいてくる。若君はひどく心残りながらもその場を立ち去った。

六位の浅葱《あさぎ》の色が不愉快で、若君は参内《さんだい》することもなく、何ごともつまらなく思っていたが、五《ご》節《せち》だからということで、直衣《のうし》など、浅葱色とは違う色を許されて宮中に参上した。まだいかにも幼くかわいらしくはあるが、もういっぱしの大人ぶって浮かれて歩いている。帝《みかど》をはじめとして、だれからもたいせつに扱われ、またとない信望を得ている。

五節の舞姫が参内する儀式は、どれがとくべつということもなく、それぞれにあらん限り立派にしているが、舞姫の容姿では光君が出した惟光《これみつ》の娘と、按察大納言《あぜちのだいなごん》の娘が抜きん出ていると人々は褒めそやしている。なるほど二人ともたいそううつくしいが、おっとりとして可憐な点では、やはり惟光の娘には及ばない。こぎれいにしていて、なおかつはなやかで身分にふさわしからず着飾った姿がまれに見るほどうつくしいので、みな褒めるのでしょう。例年の舞姫たちよりはみな少し大人びていて、今年は格別である。光君は参内して舞姫たちを見て、その昔目を留めた五節の少女の姿を思い出す。須磨《すま》でやりとりのあったあの女君です。そこで光君は、舞の当日、辰《たつ》の日の夕暮れに女君に手紙を送った。手紙の内容はご想像におまかせしましょう。

をとめ子《こ》も神さびぬらし天《あま》つ袖ふるき世の友よはひ経ぬれば
(少女だったあなたも年をとったことだろう、天つ袖を振って舞った頃の、昔の友である私も年を重ねたから)

過ぎた年月を思い、ふと覚えた感慨を抑えることができずに書き送ったのであるが、相手方は胸をときめかせてしまうのもせつないこと。

かけて言へば今日《けふ》のこととぞ思ほゆる日蔭《ひかげ》の霜の袖にとけしも

（五節にかけてそうおっしゃっていただくと、今日のことのように思います。日陰のかずらをかけた私が、陽射《ひざ》しをあびた霜が溶けるように、あなたの袖に包まれたことが）

と、五節《ごせち》の君《きみ》からの返事は、舞姫が着る青摺《あおずり》の衣裳に合わせた青い紙に、だれの筆跡かわからないように濃墨《こずみ》、薄墨に草仮名《そうがな》を多くまぜて書いてあるのも、彼女の身分にしては風情があると思って光君はそれを読む。若君も、惟光の娘が気になって、ひそかに思いをかけて歩きまわるけれど、介添えの女房たちが近くに寄せ付けないようにひどくよそよそしい態度である。若君もまだ何ごとも気恥ずかしい年頃なのでため息をつくしかできない。娘の容姿はくっきりと心に焼き付いていて、つらい思いの残る姫君と逢えないかわりに、近しくなれないかと思っている。

そのまま舞姫たちを宮中に残して宮仕えさせよという帝からの仰せもあったのだが、今回は一度退出させて、近江守良清《おうみのかみよしきよ》の娘は辛崎《からさき》の祓《はらえ》、摂津守惟光《せつつのかみこれみつ》の娘は難波《なにわ》で祓をと、張り合うように退出した。按察大納言も、あらためて娘を参内させると奏上する。左衛門督《さえもんのかみ》は資格のない娘を舞姫にしたことで咎めがあったが、それでも残ることとなった。摂津守惟光は、「典侍《ないしのすけ》が欠員になっているので」その空席に娘を、と申し出たので、そのように取りはからおうかと光君も思っている。それを若君は耳にして、なんと残念なことかと思う。自分の年齢も、六位という位も、これほど取るに足らないものでなければ自分のものにしたいと言えるのに、こうした思いを知らせることもなく終わるのか、と、深く恋しているわけではないけれど、あの姫君とのこともあって涙ぐんでしまうのである。

舞姫の弟で童殿上《わらわてんじょう》している惟光の息子が、常にこの若君のそばに仕えているので、いつもより親しげに話しかけ、

「五節の舞姫はいつ宮中に参るの？」と尋ねてみる。

「今年の内と聞いております」との答え。

「本当にうつくしい顔立ちの人だったから、なんだか恋しく思うよ。あなたがいつも会っているのはうらやましい。また会わせてくれないか」と若君は言うが、

「どうしてそんなことができましょう。私も思うようには会えないのです。男兄弟ということで近寄らせてももらえません。それをどうして若君さまにお引き合わせできましょうか」と言う。

「それなら手紙だけでも……」と言い、手渡す。

前々からこのようなことは親に厳しく言われているのに、と心苦しく思いながらも、若君に押し切られるようにして仕方なく受け取ってしまう。

娘は、実際の年齢よりは大人びていたのだろうか、その手紙に感じ入った。緑の薄い紙に、酒落《しやれ》た色合いで紙を重ね、まだ幼い筆跡ながら将来はみごとだろうと思える筆さばきで、
ひかげにもしるかりけめやをとめ子《こ》が天《あま》の羽袖《はそで》にかけし心は
（日の光にもはっきりわかったことでしょう、おとめが天の羽衣の袖振る舞姿に恋した私の心は）

とある。娘と弟が二人で手紙を見ているところへ、父、惟光がやってくる。二人はおそろしさにあたふたとし、隠すこともできずにいる。

「なんの手紙だ」と惟光が手紙を手にすると、二人は顔を赤らめる。「よからぬことをしたな」と責められて、弟のほうが逃げようとするのを呼び寄せて、「だれからだ」と問う。

「光君のところの若君さまが、このようにおっしゃって……」と打ち明けると、惟光は急ににっこりと笑い、

「なんとかわいらしい若君の洒落っ気だろう。おまえなどは同い年だけれど、どうしようもないくらい頼りないぞ」などと若君を褒め、手紙を妻にも見せる。「この若君が、こうして少しでも人並みに思ってくださるのなら、宮仕えなどさせるよりは、いっそ差し上げてしまおう。光君のなさりようを見ていると、いったんお見初《みそ》めになった人をご自分からはお忘れにはならないようだから、頼もしいではないか。あの明石《あかし》の入道のようになるかもしれない」などと言うのだが、みな宮仕えの支度にかかりきりで相手にしない。

若君は、惟光《これみつ》の娘に手紙を送ることもできず、はるかにたいせつに思う姫君のことも気に掛かり、月日が過ぎていくまま、たまらなく恋しい姫君にもう二度と会えないのだろうかと思い続けている。大宮の元へも気が進まずに行かないでいる。今まで姫君のいた部屋、長年遊び慣れたところばかり、以前に増して思い出されて、大宮の邸《やしき》までがもの憂く思え、また東の院に引きこもっている。光君は西の対《たい》の花散里《はなちるさと》に若君の世話を頼んでいた。

「大宮のご寿命もそう長くはないと思います。お亡くなりになった後も、こうして幼いうちから親しくして、どうぞ面倒をみてやってください」

そう頼まれた花散里は光君にひたすら従順なので、こまやかに心をこめて若君の世話をするのだ

った。

若君は、この西の対の女君をちらと垣間見て、それほどすばらしい容姿とはいえないお方だ、と思う。それでも父上はお見捨てにならなかったのかと思うと、自分がむやみやたらにあの思い通りにならない姫君の面影を忘れられずに恋しく思っているのも、つまらないことではないか、気持ちがこういうふうにやさしい人といっしょになるのがいいのだ、と思う。しかしまた、向かい合って見つめるのも気まずいような人もつらいだろう、などとも思う。父上は、この人のお世話をするようになってずいぶん長いけれど、このようなご容姿も、性格も承知した上で、浜木綿《はまゆう》の歌にあるように、直接ではなく、「み熊野の浦の浜木綿《はまゆふ》百重《ももへ》なる心は思へどただにあはぬかも（拾遺集／熊野の浦の浜木綿が幾重にも重なっているように、幾度も思ってはいるが、直《じか》にはなかなか会えないものだ）」、何かと取り繕って直にお顔を見ないようになさっているのか、なるほどそれももっともなことだ……などと思っているのも、大人顔負けの観察眼と言えましょう。というのも、大宮は出家して尼姿になっているけれども、それでもまだたいそううつくしいし、どこでもかしこでも女君というのは見目麗しいものだと若君は思っていたのである。だからこの花散里の、もともとそれほどでもなかった容姿の、少々盛りも過ぎて痩せぎすの、髪も薄くなっているその姿に、けちをつけたくもなるのである。

年の暮れになると、新年の装束の支度など、大宮はただこの若君ひとりのことだけを余念なく用意する。何組もの装束をなんともきれいに仕立てているのを見ても、若君はまったく気が晴れずに「元日には、かならず参内《さんだい》しなくともいいだろうと思っているのに、なぜこんなに支度してくださるのでしょう」と言う。

「参内しないでいいはずがありますか。まるで老いぼれて気力の出ない人みたいな言いようね」と大宮は言う。

「老いぼれてはないけれど、気力も出ない感じです」とつぶやいて若君は涙ぐんでしまう。姫君のことを考えているのだろうと思うとかわいそうで、大宮もつい泣き顔になる。

「男というものは、どんなに身分の低い人だって志は高く持つものですよ。そんなにくよくよと悩むのはおよしなさい。何をそんなにふさぎこむことがありますか。縁起でもない」

「そうではないのです。六位などと人が馬鹿にしているのは、しばらくの我慢だと思っています。でも参内するのに気が進まないのです。亡き太政大臣が生きていてくださったら、冗談でも他人から馬鹿にされるなんてことはなかったでしょうに。父上は、遠慮のいらない実の親ではありますが、よそよそしく私を遠ざけようとしていますから、いつもお過ごしのところに気軽に行くこともできません。東の院においでのときだけ近くに行けるのです。対《たい》の御方（花散里）はやさしくしてくれますが……お母様が生きていらしたらこんなに悩むことはなかったのに」とこぼれる涙を隠すように拭う姿を心からかわいそうに思い、大宮もほろほろと涙をこぼす。

「母に先立たれた人はだれしも身分に応じて気の毒な思いをするものだけれど、それぞれの宿世《すくせ》に従って一人前になれば、馬鹿にする人もいなくなるのだから、あんまり思い悩まないようになさい。確かに太政大臣がせめてもう少し生きていてくださったらねえ……。頼もしい庇護者《ひごしゃ》という点では、光君のことも同じように頼りにしているけれど、思うようにいかないことも多いですね。内大臣のお人柄も、その辺の人とは違うと世間では褒めているようだけれど、私は昔とは変わってしまったと思うことが多くて……。長生きするのも恨めしいのに、まだ老い先長いあなたまでこんなふうに、いささかにせよ世の中を悲観しているなんて、本当に何もかも嫌な世ですこと」と大宮は泣くのである。

年のはじめの数日間、光君は宮中参賀などもないのでのんびりと過ごしている。良房《よしふさ》の大臣《おとど》という人の過去の例にならって、二条院に白馬《あおうま》を引かせ、節会《せちえ》の日には宮中の儀式と同じように、過去の例よりもさらに催しごとを加えて、おごそかな有様である。

二月の二十日過ぎ、朱雀院《すざくいん》の住む上皇御所に帝《みかど》の行幸《ぎょうこう》があった。花の盛りにはまだ早いが、三月は藤壺《ふじつぼ》の亡くなった月なので二月となった。早咲きの桜はすでに咲いている。朱雀院も格別な心配りで御殿を手入れし磨き立て、行幸にお供をする上達部《かんだちめ》、親王《みこ》たちをはじめ、だれもが細心の注意で支度を調えている。お供の人たちはみな青色の袍《ほう》に桜襲《さくらがさね》を着ている。帝は赤い衣裳である。呼び出されて光君が参上する。光君も同じ赤い衣裳を着ているので、ますますそっくりに輝いていて、見分けがつかないほどである。お供の人たちの装束も立ち居振る舞いもいつもとは異なっている。朱雀院も、年齢とともにますます品格に磨きがかかり、容姿も態度も以前に増して優美である。

この日は、専門の詩人は呼ばずに、ただ詩文の才能に長《た》けているという評判の学生《がくしょう》十人を集めている。通常は式部省《しきぶしょう》で行う試験であるが、その出題のかわりにとくべつに帝から題目が出される。これは、光君の長男である若君が試験を受けるからなのだろう。臆病な学生たちは頭の中が真っ白になっている。それぞれが池に放たれた別々の舟に乗せられ、みな途方に暮れている。日もようやく暮れてきて、楽人《がくにん》を乗せた舟が池を漕《こ》ぎまわり、調子合わせのために短く演奏すると、それにみごとに響き合わせるかのように山風が吹き、若君は、こんなにつらい修業をしなくとも、みんなといっしょに音楽の遊びをたのしむこともできるのに、と世の中を恨めしく思う。

「春鶯囀《しゅんのうでん》」の舞がはじまると、昔の花の宴を思い出し、その時東宮だった朱雀院が「またあんなすばらしいものが見られるかな」と言うのを耳にし、光君は当時のことを次々と感慨深く思い出す。舞が終わる頃、光君は院に盃《さかずき》を渡す。

鶯《うぐひす》のさへづる声《こゑ》は昔にてむつれし花の蔭《かげ》ぞかはれる

（鶯《うぐいす》のさえずる声――「春鶯囀」の曲は昔のままですが、あの頃親しく遊んだ花の陰――桐壺院《きりつぼいん》の御代《みよ》とはすっかり変わってしまいました）

院は、

九重《ここのへ》を霞《かすみ》隔つるすみかにも春と告げくる鶯《うぐひす》の声

（宮中から霞を隔てたこの住処《すみか》にも、春が来たと告げる鶯の声が聞こえます）

帥宮《そちのみや》と言われていた光君の弟は、今は兵部卿《ひょうぶきょう》であるが、彼は帝に盃を渡し、

いにしへを吹き伝へたる笛竹にさへづる鳥の音《ね》さへかはらぬ

（昔の音色をそのまま伝えるような笛の音に、さえずる鶯の声さえ変わらずすばらしいことです）

あざやかに今の御代を賞賛してみせる宮の心遣いは立派である。帝は盃を受け、

鶯《うぐひす》の昔を恋ひてさへづるは木伝《こづた》ふ花の色やあせたる

（鶯が昔を恋しがって鳴くのは、木の花の色があせたからだろうか――私の治世が昔に劣るからだろうか）

と詠むのは、いかにも一流の謙遜である。さて、歌がこれだけなのは、今日のこの催しは私的な、内々のことなので、大勢に盃が行き渡らなかったからでしょうか、あるいは書き漏らしただけなの

かもしれませんね。

　音楽の演奏が遠くで行われていてはっきりと聞こえず、帝は琴の類いを持ってこさせる。兵部卿宮が琵琶、内大臣が和琴《わごん》、箏《そう》の琴《こと》は院に渡し、琴《きん》は、いつものように光君にまかせる。このように抜きん出た名手たちがそれぞれ巧みな手さばきで、技の限りを尽くした演奏は何にもたとえようがないほどすばらしい。唱歌を得意とする殿上人《てんじようびと》が大勢控えている。「安名尊《あなとうと》」と催馬楽《さいばら》をうたい、次は「桜人《さくらびと》」である。月がおぼろに上り、いちだんと情趣も深まった頃、池に浮かぶ中島に、あちらこちら篝火《かがりび》が焚《た》かれて音楽の宴は終了となった。

　夜は更けたけれど、こうした機会に弘徽殿大后《こきでんのおおきさき》のいる御殿を避けるように訪ねていかないのもひどいことだと、帝は帰り際に訪れた。光君もお供をする。大后は訪問を待ち望んでいて、ひどくよろこんで御簾《みす》越しに対面する。驚くほど老けた様子に見受けられるが、光君はつい亡き藤壺の宮を思い出し、このように長生きされる方もいらっしゃるのに、とくやしく思う。

「今はこんなに年老いてしまいまして、何もかも忘れてしまいましたけれど、まことに畏れ多くもこうしていらしてくださったので、あらためて亡き桐壺院のことを思い出さずにはいられません」

と言って涙を流す。

「お頼りすべき人々に次々と先立たれてしまいまして、春となったことも気づきませんほど悲しみに暮れておりましたが、今日お目に掛かって心が晴れました。また参ります」と帝は言う。光君もしかるべき挨拶をし、

「いずれあらためて参上いたします」と言う。大勢の者とあわただしく帰っていくそのにぎやかさに、今の権勢を思い、大后は今もなお心穏やかではいられないのである。あの光君は昔をどんなふ

うに思い出しているのだろう、結局、天下を治める光君の宿世はどうすることもできなかったのだ……と、大后は昔を悔いる。

朱雀院に暮らす尚侍《ないしのかみ》（朧月夜《おぼろづきよ》）の君にも、静かに昔のことを思い出してみると、忘れがたいことがたくさんある。今も、しかるべき折には何かのつてでそれとなく光君が便りをしてくることが続いている。

大后は、帝に奏上する折々があっても、朝廷から受け取っている年官《つかさ》、年爵《こうぶり》といった収入のこと、そのほか何やかやと思い通りにならない時には、長生きをしたためにこんなに情けない目に遭うのだと、息子である朱雀院の御代を取り戻したく思い、すべてが不愉快で機嫌が悪いのである。だんだん年齢を重ねていくうちに性格の悪さもひどくなり、朱雀院もてあまし、やりきれない気持ちでいる。

こうして若君はその日、帝から出題された詩文を立派に作り、式部省の試験に合格し、進士《しんじ》となった。当日は長年修業して学才のある学生たちを選んだのだったが、合格した者はわずか三人だった。秋の除目《じもく》で、若君は五位に昇進し、侍従《じじゅう》となった。

あの姫君のことを忘れたことはいっときもないのだが、内大臣が厳しく監視しているのもたえがたく、無理をしてまで逢おうとは思わない。手紙だけを、なんとか隙を見つけて送っているという、気の毒な関係である。

光君は閑静な住まいを、同じことなら土地も広く立派に造築し、ここかしこと離れていてなかなか逢えない山里の人なども集めて住まわせよう、と考えて、六条京極《ろくじょうきょうごく》のあたり、梅壺中宮《うめつぼのちゅうぐう》の旧邸付近に、四町の土地を入手して新邸を造らせはじめた。紫の上《むらさきのうえ》の父宮（式部卿宮《しきぶきょうのみや》）が翌年には五十歳になるので、その祝賀の用意を西の対《たい》ではじめている。光君もそれは素知らぬ顔で見過ごすわけにはいかないと、そのための準備も新邸で、と工事を急がせる。

年が改まってから、祝賀の用意、法要の後の精進落としのこと、賀宴の楽人や舞人の選定などを、光君は熱心に進めていく。祝賀の前の法要のお経、仏像の飾り付け、法要当日の装束、僧や参加者に渡す品物などを紫の上は用意する。東の院（花散里《はなちるさと》）も分担していろいろ支度をする。紫の上と花散里は、以前にも増して親密になり、優雅な交際をしているのだった。

世間を騒がせているこの盛大な準備について式部卿宮も耳にする。

今まで光君は世間のだれにでも慈悲深いが、我が家にたいしては憎らしいほど冷淡で、ことあるごとに恥をかかせ、我が家に仕える人々にも心遣いはなく、つらい思いばかりさせるものだから、私にたいして恨みに思うことがあるのだろうと、申し訳なくも、また恨めしくも式部卿宮は思ってきた。けれども光君にはこれほど多くかかわりのある女君のいる中で、とくべつに愛して、まことに奥ゆかしくすばらしい人だとたいせつにされている娘の宿世を、我が家はその幸運にあやかれないとしても、誇らしいことだと思っていた。そこへきて、自分の祝賀の宴をこうも世間の評判になるほど準備してくださるとは、思いがけない晩年の名誉というものだ、とよろこんでいるのだが、紫の上の継母である彼の妻は不満に思い、それればかりか不愉快にすら思っている。自分たちの娘の入内の際も光君は何もしてくれなかったではないかと、ますます恨めしく思うのである。

八月になって六条の新邸はすっかりできあがった。西南の町は、もともと梅壺中宮の旧邸なので、そのまま中宮が住むはずである。東南の町は光君と紫の上が暮らし、東北は東の院の対の御方（花散里）、西北は大堰《おおい》（明石）の御方と光君は決めていた。前からあった池や山なども、見映えの悪いものは崩して位置を移し、遣水《やりみず》の流れ山の景色などもあらためて、四つの町それぞれに住む女君たちの望むように趣向を凝らした。

紫の上を迎える東南の町は、山を高くし、春に花咲く木を多く植え、池も風情のあるすばらしいものにし、庭の植えこみには、五葉《ごよう》の松、紅梅、桜、藤、山吹、岩躑躅《いわつつじ》などの、春に目をたのしませる草木ばかり植えるのではなく、そこに秋の草花を少しばかりまぜて植えてある。

梅壺中宮の西南の町は、元からあった山に鮮やかに紅葉する木々を植え、澄んだ泉の水を遠くまで流し、遣水の音が際立つように岩を置き、滝を落として、秋の野を見渡す限りに造ってある。今はちょうどその季節で、今を盛りに秋の花が咲き乱れている。秋の名所として名高い嵯峨《さが》の大堰あたりの野山も、この庭にはまったくかなわないほどである。

花散里の東北の町は、涼しそうな泉があり、夏の木陰に重点を置いて造られている。庭先には呉《くれ》竹《たけ》が、その下を涼しく風が通るように植えられ、森のように高い木が密集していてそれも趣深い。わざと山里らしくして、卯《う》の花の垣根をわざわざめぐらせ、「五月《さつき》待つ花橘《はなたちばな》の香をかげば昔の人の袖の香ぞする（古今集／五月を待って咲いた橘の香りを嗅ぐと、ふいに昔の恋人の袖の香りがした）」の歌のように、昔を思い出させる花橘、撫子《なでしこ》、薔薇《そうび》、苦丹《くたに》などの花をいろいろと植え、春秋の草木もその中に点々とまぜる。その東面には邸とは別に、馬場殿を建て、馬場の柵を設け、五月の競馬《くらべうま》などの遊び所とした。池の岸には菖蒲《しょうぶ》を植えさせ、向こう岸に廏舎《うまや》を建て、すばらしい駿馬《しゅんめ》を何頭も揃《そろ》えてある。

大堰の御方の西方の町は、北側の敷地を築地《ついじ》塀《べい》で仕切り、倉の並ぶ町としてある。隔ての垣として、松の木を多く茂らせ、雪景色を楽しめるようにしている。冬のはじめ、朝霜がついていっそううつくしく見える菊の垣根、得意顔に色づいている柞《ははそ》の原、よく名前も知らない鬱蒼《うっそう》とした木々も山深くから移して植える。

秋の彼岸の頃に六条院に引っ越しが行われる。いっせいに移るようにと決めたのだが、騒がしいようだからと梅壺中宮は少し先延ばしにした。いつものように、従順で気取ることのない花散里は、光君と紫の上が移る夜にともに引っ越した。春の町の景色はこの季節だと今ひとつだがそれでもやはり格別である。車を十五両連ね、先払いは四位、五位の者たちが主で、六位の殿上人《てんじょうびと》はしっかりした者ばかりが選ばれた。大げさにならないよう、世間の非難もあろうかと簡略にしたので、何ごとも仰々しくなく、威勢をひけらかすようなこともない。もう一方、花散里の行列も、紫の上にはそうは劣らないようにした。若君が付き添っているので、それももっともなことであると思える。女房たちの部屋が並ぶ曹司《ぞうし》町《まち》も、それぞれの割り当てがよく配慮されてこまかく分けてあり、それがほかの何よりもすばらしいことだった。

五、六日遅れて宮中より六条院に梅壺中宮が退出する。この儀式も簡略にとのことだったが、やはり盛大だった。中宮は、たいへんな幸運の持ち主だということはさておき、その人柄が奥ゆかしく、厳かなところがあるので、世間からも格別に重んじられている。

この四つの町の仕切りには、あちこちにめぐらせてある塀や廊を互いに行き来できるようにして、女君たちも親しくつきあえるようにと配慮してあるのだった。

九月になると、紅葉《もみじ》はところどころ色づきはじめて、秋の景色を誇る中宮の庭は、言葉もないほどすばらしい。風がさっと吹く夕暮れ、箱の蓋《ふた》に、色とりどりの秋の草花や紅葉をとりまぜて入れ、中宮は紫の上に贈った。大柄な女童《めのわらわ》が濃い紫の衵《あこめ》に、紫苑《しおん》の織物の表着《うわぎ》を重ねて、赤朽葉色《くちばいろ》の羅《うすもの》の汗衫《かざみ》を着て、たいそうもの慣れたふうに廊、渡殿《わたどの》、反橋《そりはし》を渡ってやってくる。中宮のお使いを出すとなるとあらたまった儀式なので、しかるべき女房を遣わせるべきなのだが、このかわいらしい女童を中宮はどうしてもお使いに差し向けたかったのである。中宮のところに長く仕えているので、立ち居振る舞いから姿かたちまで、ほかの女童とは異なって、風情がありうつくしいのである。

手紙には、

心から春まつ園はわがやどの紅葉《もみぢ》を風のつてにだに見よ

(心から春を待つ園のお方は、私の庭の紅葉を風の便りにでもご覧あそばせ)

若い女房たちがこのお使いの女童を歓待する様子もたのしそうである。返歌は、この箱の蓋に苔《こけ》を敷いて岩に見立て、五葉の松の枝に結ぶ。

風に散る紅葉《もみぢ》はかろし春の色を岩根《いはね》の松にかけてこそ見め

(風に散る紅葉など軽々しいですね。春のうつくしさを、どっしりとした岩に根ざす松に、どうぞご覧くださいな)

この岩根の松も、よく見ればじつに精巧な作り物なのだった。こうしてとっさに思いつく趣向のみごとさに中宮は感心して、箱の蓋をしみじみと見つめる。中宮に仕えている女房たちもみな賞賛している。

「この紅葉の手紙は、なんとも癪に障るね。春の花盛りに返事を差し上げなさい。今この季節に紅葉を悪く言うと、秋をつかさどる龍田姫《たつたひめ》の機嫌を損ねるかもしれない。ここは引き下がって、春になって満開の花の陰から強く出ようではないか」と言う光君は、じつに若々しく、うつくしさもまったく色あせず、どこから見ても魅力にあふれている。その上まったく思い描いた通りの邸《やしき》で、女君たちもお互いに便りを送っては優雅な交際をしているのだった。

大堰の御方は、こうしてほかの女君たちの引っ越しが終わった後、人並みではない身分の自分は、いつとも知られずにそっと移ろうと思い、十月に引っ越した。邸のしつらえ、引っ越しの行事も、ほかの女君たちに劣らないように光君は執り行った。幼い姫君のためを思うと、引っ越しのおおかたのことを、ほかの人々とひどく差をつけることなく、まことに重々しく扱うのであった。

訳者あとがき

生命を持つ物語

角田光代

『源氏物語』は、すでに多くの人たちによってすぐれた現代語訳が存在するのだから、何もわざわざ私が訳さなくてもいいではないかと、正直なところ思う。でもそれはひっくり返すと、多くの人たちが訳しているのだから、そこに私ごときが加わってもかまわなかろう、ということでもある。その思いがあったからこそ、あんまり肩に力を入れずにこの長編物語と向き合うことができた。しかし、少々後ろめたい気持ちは、取りかかる前からも、取りかかってからも、ずっとある。

おそらく『源氏物語』と、完訳であれ抄訳であれ超訳であれ、どんなかたちにせよ関わった人はみなこの物語を愛していたのだろうと思う。だからこそ自分の手で、この物語のなかに入っていきたいと思ったのだろう。私にはそれがなかった。『源氏物語』を、あるいは、光君をはじめ登場人物たちを、好きだとも嫌いだとも思ったことがなく、この物語自体に思うところも何もなかった。『源氏物語』を愛している人は、それぞれ愛するポイントが個別にあるはずで、そのポイントによって「私ならこう訳す」「この点を強調したい」という個々の思いがあり、その思いに拠《よ》って現代語訳の立ち位置が決まるのだと思う。私にはそれがまったくないから、立ち位置を見つけるのにたいへん苦労した。ここで私のいう立ち位置とは、何を重要視するか、どの程度意訳するか、どの程度省略または説明するか、だれの目線を主軸とするか、つまるところ「どのように」この物語を立ち上げるか、ということだ。日本語のゆたかさやうつくしさに留意した訳は、それを愛する人の訳であり、恋愛の情念と悲哀が全面に見えてくる訳は、やはりその点を書きたい人の訳なのだ。私にはそうした拠るべき立ち位置がまるでなかったので、そこから見つけていかなければならなかった。これも私はひっくり返して考えるようにした。訳文の正確さ、王朝物語の優雅さ、敬語謙譲語を含む日本語のおもしろさ、恋愛もしくは性を中心としてとらえた物語、平安時代における女性性について、などは、もうとうに書かれていて、私たちはいつだって選べて、読める。ならばそうしたものを私は排除したってかまわないのではないか。そこでまず私が考えたのは読みやすさである。

私たちはそれぞれの成長過程で、『源氏物語』に触れる機会は案外多い。でもそれは、全体的な物語ではなくて、あらすじであったり、ひとつのエピソードだったりすることが圧倒的に多い。それが可能であるという点にこの物語の特殊性がある。ひとつのエピソードが短編小説のごとく完結していて、それだけ抜き出してたのしむことができる。現在の小説の形式として「短編連作」が非常に多いけれど、まさにその形式なのである。けれども同時に揺るぎない長編小説でもある。しかし長編小説として『源氏物語』を読もうとすると、なんとなく受験勉強臭がしてくる。というのはあまりにも個人的な感想すぎるかもしれないけれど、古典文学ファンならいざ知らず、そうでない人間にとっては「読むぞ」というひとつの覚悟がいるのはたしかだと思う。でもきっと、長編小説というとらえかたでなければ浮かび上がってこないものがある。そしてもしかしたら、それをつかまえるには、ある程度短期間でワーッと読まないといけないのではないか。つまり何年もかけて丹念に読むのではなくて（そういう読みかたにはそういう読みかたでしか得られないものがある一方で）、物語世界を駆け抜けるみたいに読んだほうが、つかまえやすいものもきっとある。そんなふうに考えて、読みやすさをまず優先した。敬語や謙譲語の使いかたによって登場人物たちの身分の微妙な差や関係性がわかるという、この作品の特徴的なひとつのおもしろさは、思いきって削ってしまった。ともかくばーっと駆け抜ける。

読みやすさの次に私が考えたのは、作者の声のことだ。自分が書いたものではない小説を、自分の言葉に置き換えるとき、できるだけ私はそこから聞こえてくる声に文章を合わせようと思っている。今回も、作者の声に耳をすませて、それに忠実に書きたいと思った。驚いたのは「帚木《ははきぎ》」で早くも作者の声が聞こえた（と錯覚できた）ことである。この作者は、ときどきこちらが恥ずかしくなるほど調子に乗るし、かと思うと取り澄まして見せる。容赦なく女をこき下ろす残酷さもあるが、ぺろりと舌を出すようなチャーミングさもある。物語を遠くに置きながら、我慢しきれなくなってひょいと顔を出す。男について、女について、男女の仲について、この作者には思うところが山とあったのだろうと、ときどき饒舌《じょうぜつ》になるその声に耳を傾けながら思った。

この上巻は、光り輝く皇子《みこ》としてこの世に登場した光源氏《ひかるげんじ》が、三十五歳となった「少女《おとめ》」までがおさめられている。だれもがひれ伏し涙するほどうつくしく、世の何もかもが思いどおりになった、奇跡のような光君《ひかるきみ》も、思わぬ挫折を味わう。それでも彼は復活し、権力も名誉もほしいままにして六条院という理想郷まで作り上げるが、どことなく、ワット数が弱くなったような気がしてしまう。須磨退居の前は、まぶしすぎて目も開けていられなかったのが、ワット数が少し弱くなってようやく目を開けることができ、ぼんやりと光君という人の輪郭が見えてきたような気が、私はするのである。そして同時に、作者によって物語られはじめた物語が、じょじょに、ひそかに、作者の手を離れていったようにも思うのだ。

小説を書くようになって二十五年が過ぎたとき、私は「小説の力」というものをふいに実感したことがある。作者がどれほど精魂こめて小説を書いても、小説に注ぐことのできる力は百が限度だ。その百に到達するのだってうんざりするくらい難しい。でもときどき、小説は百以上、つまり書き手が与える以上の力を突然持つことがある。かなしいことに、その力については書き手はどうにもコントロールできない。作者の手を離れた小説が、それ自体で動くのだ。生きもののように。意思を持ったかのように。

上巻はまだ物語の三分の一だが、その三分の一で私ははっきりと実感した。『源氏物語』は、そういった小説の最たるものだ。作者の意図をはるかに超えて、勝手に力を蓄え、時代とともにその力を失うばかりかどんどんひとりでに蓄え続けていく、化けもののような物語だ。

この化けものがどこにいくのか、ぜひ、私といっしょに見守ってほしいと思います。

古典・古文の知識がまったくない私に、古語もしくは『源氏物語』の本質的なことを簡潔に的確に、わかりやすく教えてくださる藤原克己さん、林悠子さんに心から感謝を申し上げます。

主要参考文献

・『源氏物語』一・二・三　石田穣二・清水好子　校注（新潮日本古典集成）新潮社　一九七六〜七八年
・『源氏物語』一・二・三　阿部秋生・秋山虔・今井源衛・鈴木日出男　校注・訳（新編日本古典文学全集）小学館　一九九四〜九六年
・『全訳　源氏物語』一・二　與謝野晶子　角川文庫　二〇〇八年
・『源氏物語』一・二　大塚ひかり全訳　ちくま文庫　二〇〇八年
・『ビジュアルワイド　平安大事典』倉田実　朝日新聞出版　二〇一五年

解題

藤原克己

『源氏物語』の成立

『源氏物語』の作者紫式部《むらさきしきぶ》は、藤原道長《ふじわらのみちなが》（九六六～一〇二八）の娘で一条天皇（在位九八六～一〇一一）の中宮であった彰子《しようし》に、女房として仕えていた。寛弘《かんこう》五年（一〇〇八）九月十一日、彰子が最初の男皇子《おとこみこ》敦成《あつひら》親王（のちの後一条天皇）を出産した前後のことを中心に書き綴《つづ》ったのが『紫式部日記』であるが、そのなかに確実に『源氏物語』に関連する記述が、二か所ある。

まず寛弘五年十一月一日、道長の土御門《つちみかど》邸で開催された若宮の五十日《いか》の祝い（生後五十日の祝い）の席で、当代随一の文化人であった藤原公任《きんとう》が紫式部に「恐れながら、このあたりに若《わか》紫《むらさき》（紫《むらさき》の上《うえ》の少女時代の呼称）はおいでであろうか」と声を掛けてきたという。紫式部は内心で、「光源氏に似た人だっているわけがないのに、まして紫の上のような人がいようはずもない」と思って黙っていたと記している。物語のなかで若紫が「上」（奥様）と呼ばれるようになるのは第十五巻の蓬生《よもぎう》巻以降であるから、少なくともこの寛弘五年の時点で、蓬生巻までは書かれていたと推定されるのであるが、しかしこの紫式部の心内語は、すでに蓬生巻などよりもずっと先まで書き終えていた作家の感慨であるようにも思われる。

いま一つは、女房に「源氏の物語」を読ませて耳を傾けていた一条天皇が、この物語の作者は「日本紀」（『日本書紀』をはじめとする国史の総称）を読んでいるに違いないという感想をのべたという記述である。紫式部が、随所で史実や故実を準拠として利用しながら虚構の宮廷貴族社会の物語を織りなしていることに、天皇は感嘆したのであろう。

紫式部の生涯

紫式部の生没年は未詳であるが、だいたい西暦九七〇年代に生まれたと考えられている。その父藤原為時《ためとき》は、文章生《もんじようしよう》として大学寮（奈良・平安時代の高等教育機関）で漢文学を学んだ文人であった。永観《えいかん》二年（九八四）花山《かざん》天皇が即位すると、天皇の若き側近たちが政治改革を企て、為時もそれに参画したが、わずか二年後の寛和《かんな》二年（九八六）、藤原兼家《かねいえ》（道長の父）らの陰謀によって花山《かざん》天皇が出家してしまうと為時も失職し、長徳《ちようとく》二年（九九六）に越前守《えちぜんのかみ》に任ぜられるまで、不遇な時期を過ごした。

長徳四年頃に、紫式部は藤原宣孝《のぶたか》と結婚し、娘の賢子《けんし》（のちの大弐三位《だいにのさんみ》）を出産したが、宣孝は長保《ちようほう》三年（一〇〇一）に亡くなってしまった。紫式部が『源氏物語』を書き始めたのはこの寡婦時代だと考えられている。そしてその物語が好評を博したために、寛弘三年（一〇〇六）頃中宮彰子の女房として出仕することを要請されたようである。『紫式部日記』には、同僚の女房たちから「こんなにおっとりした人だとは思わなかった、もっと近づきにくい人かと思っていた」とよく言われたし、中宮彰子でさえ「あなたとこんなに打ち解けた仲になれるとは思わなかった」とたびたび仰せになったと書かれている。よほど才女としての評判が高かったのであろう。

藤原実資《さねすけ》の日記『小右記《しょうゆうき》』の長和《ちょうわ》二年（一〇一三）五月二十五日条に、以前から彰子と実資との取次に当たっていたという女房に「越後守為時の女《むすめ》」と注記されている。言うまでもなく紫式部のことであるが、実資といえば有職故実《ゆうそくこじつ》に通じていて「賢人右府《うふ》」（右府は右大臣の意）と称され、道長も一目置いていた人物である。そのような要人と彰子との取次に当たっていたということは、紫式部がいかに彰子から篤《あつ》く信頼されていたかを物語っていよう。そして『小右記』寛仁《かんにん》三年（一〇一九）正月五日条に見える彰子との取次の女房も紫式部である可能性が高い。しかしその没年はあくまで不明とするほかないのである。

紫式部と漢文学

紫式部は、父為時が息子の惟規《のぶのり》に漢籍を教えているのをそばで聞いていて、自分のほうが惟規より先に理解し覚えてしまうので、「この子が男子でなかったのが我が不運」と常々父を嘆かせたと『紫式部日記』に書いているように、漢文学に関しても非凡な理解力と吸収力を発揮していた。そして中宮彰子に白居易《はくきょい》の「新楽府《しんがふ》」を進講したということも、同日記に見えている。

白居易は自身の詩作のなかで、政治社会や世相を批判した諷諭詩《ふうゆし》を最も重要なものと考え、それを『白氏文集《はくしぶんしゅう》』の巻一～四に収録した。紫式部が中宮彰子に進講したという「新楽府」もそれであって、巻三・四におさめられている。ただし「新楽府」は七言を基調とした平易なスタイルで書かれており、そのなかには抒情的な佳句もふんだんに織り込まれていて、これは平安朝の貴族たちの間でも比較的よく読まれたほうの部類に属する。それに対して巻一・二の諷諭詩は五言詩であり、内容も硬質で抒情的な佳句には乏しく、一般の貴族たちからはまったく敬遠されていたのであるが、『源氏物語』には、「新楽府」の引用だけでなく、巻一・二の諷諭詩からの引用もかなり目立つのである。とりわけ注目すべきは、末摘花《すえつむはな》巻における「重賦《じゅうふ》」(『白氏文集』巻二)の引用であろう(後述)。

このような紫式部の漢文学の造詣の深さが、『源氏物語』に描き出された物語世界の骨格を堅固にし、また奥行深いものにしているのである。もとよりその物語世界の内部に最も高くはりつめて流れているものは、男女や親子の愛の主題であり、そしてその愛のかなしみを、四季折々の情趣とともにこまやかに描き出すことができたのは、漢文学よりもむしろ『万葉集』以来の和歌の伝統や、『蜻蛉日記《かげろうにっき》』『うつほ物語』『枕草子《まくらのそうし》』などに見られるような、十世紀になっていちじるしく発達してきた仮名散文の表現力に負うところが大きい。しかしながら以下の解題では、一般には比較的なじみが薄いと思われる漢文学の引用の面に重点を置いてのべてゆくことにしたい。

『源氏物語』全体の構成

以下の解題では、『源氏物語』の巻名の初出箇所には、それが第何巻かを示す数字を付す。たとえば「㉝藤裏葉《ふじのうらば》巻」とは、第三十三巻藤裏葉の巻《まき》の意である。

『源氏物語』全五十四巻の構成は、ふつう以下のように大きく三部に分けて考えられている。第一部は①桐壺《きりつぼ》巻で光源氏《ひかるげんじ》が誕生してから、㉝藤裏葉巻で准太上天皇《じゅんだじょうてんのう》となるまで。中ほどで須《す》磨《ま》・明石《あかし》に流遇《るぐう》する逆境時代を経ながらも、光源氏が栄華を極めてゆく物語である。第二部は、㉞若菜《わかな》の上巻で、紫の上という最愛の妻がありながら、女三《おんなさん》の宮《みや》という内親王を新たに妻に迎えたことから、その栄華の内側が深刻な苦悩にむしばまれてゆくことになり、ついに紫の上に先立たれて悲しみに沈む光源氏を描く㊶幻《まぼろし》巻まで。そしてそれ以降の第三部は光源氏没後の物語となる。本冊には㉑少女《おとめ》巻までをおさめるが、この少女巻は第一部のなかでの大きな節目となる巻である。

この物語はいくつかの主題が錯綜しながら展開するので、話の脈絡がつかみにくいところがある。以下、全体の流れや構成がつかめるような概説を試みたいのであるが、紙幅の制約のため、桐壺《きりつぼ》・②帚木《ははきぎ》・⑩賢木《さかき》・少女の四巻は詳しく、その他の巻は簡略になることをお許しいただきたい。

文人政治家光源氏の誕生（桐壺巻・その一）

光源氏は、父帝《ちちみかど》と母桐壺更衣《きりつぼのこうい》との悲恋の子であった。桐壺更衣は、大納言であった父もすでに世に亡く、権勢の後ろ盾がまったくなかった。それゆえに彼女は格の高い女御《にょうご》にはなれず、更衣ふぜいであるほかなかったのだが、そんな彼女を帝は、女御たちをもさしおいて、こよなく深く愛してしまったのである。後宮の女性たちの嫉妬や怨嗟《えんさ》を一身に受け、陰湿ないやがらせにもあって、心労のあまり衰弱してゆくばかりであった更衣は、帝との愛の形見の光君《ひかるきみ》が三歳の年に亡くなってしまった。

　帝は、神々しいまでに気品のある光君にこそ皇位を継がせたかったのであるが、右大臣家の弘徽殿女御《こきでんのにょうご》が産んだ第一皇子（のちの朱雀帝《すざくてい》）をさしおいて光君を東宮《とうぐう》（皇太子）に立てるわけにはいかず、結局第一皇子を東宮とした。

　光君が七歳になって漢文学を学び始めると、そら恐ろしいほどの神童であり、また音楽の才能も抜群であった。その頃、渤海国《ぼっかいこく》からの使節（物語原文では「高麗人《こまうど》」）が来朝し、迎賓館である鴻臚館《こうろかん》に滞在していたが、そのなかに観相（人相を観てその人の将来を予見すること）の名人がいることを聞いた帝は、光君を中級実務官僚である右大弁《うだいべん》の子ということにして鴻臚館に遣わした。相人《そうにん》（人相見）は光君の顔を見るなり驚いて、幾度も首をかしげながら次のように予言したのであった。「この子には天子となるべき相がおありだが、この子が天子になると乱憂が生ずるであろう。しかしながら臣下の地位にいてよい相ではない」と。この相人の予言を聞いた帝は、光君を皇位継承者とすることを断念し、有力な外戚（母方の親族）のない親王は零落しやすかったので、源《みなもと》の姓を与えて臣籍（臣下の身分）に下《くだ》し、自らの才覚と努力で政治家として身を立ててゆく道を歩ませることにした。ここに光源氏が誕生したのである（なお、天子となるも臣下となるも不可という相人の予言のディレンマは、第一部の大団円となる藤裏葉巻で彼が「太上天皇に准《なずら》ふ位」に就くことによって最終的に解決する）。

　古来中国では、すぐれた漢詩が詠めて七絃《しちげん》の琴《きん》が弾けるような高雅な文人であることが、政治に携わる士大夫《したいふ》の理想とされたのであるが、光源氏はまさにそのような理想的な文人政治家としても造型されているのである（彼のそのような文人としての一面は、賢木《さかき》巻後半から始まるその不遇逆境時代において、ことに彫り深く描かれることになる)。

藤壺の宮との宿命的な恋(桐壺巻・その二)

帝は、その後も亡き桐壺更衣のことが忘れられず、悲しみにくれていたが、先帝とその皇后との間に生まれた内親王が桐壺更衣によく似ていると聞き、これを宮中の藤壺《ふじつぼ》(飛香舎《ひぎょうしゃ》)という殿舎に迎え入れることができて、ようやくその悲しみも薄らいでいった。帝は、光源氏が元服するまでは、しばしば彼を伴って藤壺の宮の御簾《みす》の内にまではいり、「こうしていると、実の親子三人でいるような気がする」などと語ったので、光源氏も藤壺の宮を母のように慕い、美しい花や紅葉を見ると宮に届けたりしていた。ところが帝は、光源氏を十二歳で元服させてからは、彼を藤壺から遠ざけるようになった。それは、息子が継母《ままはは》に恋心を抱くようになることを恐れたためであったが、父のしたことは結果的に、息子の心の最深部に継母に対する恋慕の情を植え付け、そしてそれをことさらに助長したようなものであった。――父帝最愛の夫人との密通というあるまじき不倫へと光源氏を駆り立てた情念の、そのやむにやまれぬゆえんを、このように周到に心理的に動機づけているのである。

帝・左大臣・光源氏体制の成立(桐壺巻・その三)

時の左大臣は桐壺帝《きりつぼてい》(光源氏の父帝)の信任が篤く、帝の同母妹である大宮《おおみや》を正妻としていた。光源氏元服の際、加冠役をつとめた左大臣は、その大宮腹の姫君を光源氏に妻合《めあ》わせた(姫君は源氏より四歳年上であった。私たちのちの読者はこの女性を「葵《あおい》の上《うえ》」と呼んでいる)。

ここに帝―左大臣―光源氏の固い結束が生まれ、以後賢木巻で桐壺院が崩御するまで、東宮（のちの朱雀帝）の外戚である右大臣家の権勢を抑えてゆくのである。

「中の品」の論に見られる上達部の没落と受領の台頭（帚木巻・その一）

桐壺巻に続く帚木《ははきぎ》巻は、その前半の女性談義、いわゆる「雨夜《あまよ》の品定め」が有名であるが、その発端の「中《なか》の品《しな》」の論に、ここではとくに留意しておきたい。頭中将《とうのちゅうじょう》（葵の上の同母兄）が、貴族階層を上中下の三つの品に分けると、当節は中の品に個性的な女性が多く見られるようだと言うと、すかさず光源氏が、その三つの品は固定したものではないだろう、もとは高貴でありながら零落している者と、成り上がってきた者とはどちらに分類するのかと問う。するとちょうどそこへ来合わせた左馬頭《ひだりのうまのかみ》が源氏の問に答えて、「どちらも中の品に分類すべきです。非《ひ》参議《さんぎ》の四位のような者のほうが、中途半端な上達部《かんだちめ》（物語原文では「なまなまの上達部」）なんかよりはずっと裕福ですから、そういう家にこそなかなか見所のある娘がいるものです」と言う。「非参議」には色々な種類があるのだが、ここでいう「非参議の四位」とは、受領《ずりょう》（地方国司）を歴任して富を蓄えながら昇進し、参議となる資格のある四位にまで達していながら参議ではない者をいうのであって、要するに受領階層である。いっぽう上達部とは公卿と同義で、大臣、大納言・中納言、参議およびその他の三位以上の者をいうのであるが、公卿の中でも受領の任命に影響力を行使できるような権勢家と、そうした権勢家の家政をさまざまなかたちで支えた裕福な受領たちとが相互に寄生的な主従関係を結ぶなかで、さほどの権勢を有さぬ「なまなまの上達部」の家は、上達部としての体面を保つ財力にすら事欠きがちで、零落しやすかったのであった。男たちのいかにもくだけた女性談義のようでありながら、当時の貴族社会の現実が鋭く的確に捉えられている点に留意したいのである。

帚木三帖の女君たち——夕顔・空蟬・六条御息所

②帚木巻・③空蟬《うつせみ》巻・④夕顔《ゆうがお》巻のいわゆる「帚木三帖」は、年立《としだて》の上では光源氏十七歳の物語である。この三帖には、夕顔・空蟬・六条御息所《ろくじょうのみやすどころ》の三人の女君が、やや入り組んだかたちで登場する。まず帚木巻前半の雨夜の品定めで頭中将が、かつて忍んで通っていた女が行方知れずになったことを涙ながらに語る。それが夕顔である。

そして雨夜の品定めの翌朝、紀伊守《きのかみ》の中川邸に方違《かたたが》えに訪れた光源氏は、紀伊守の父伊予介《いよのすけ》の後妻である空蟬とゆくりなく一夜の契りを結んだ。不意の出来事であったその折は、彼女は光源氏に身を許してしまったのであるけれども、その後の光源氏の再々の訪れからは、彼女は逃れ続けた。そんな彼女を光源氏は、信濃の国は園原《そのはら》の里にあるという伝説の木、遠くからは見えるが近づくと消えてしまうという「帚木」に譬《たと》えた歌を詠む。したがってこの巻名は、次の空蟬巻の「空蟬」とともに、彼女にちなんだものなのである。彼女は故中納言兼衛門督《えもんのかみ》の娘、まさに上達部の娘であった。父の在世中は、入内《じゅだい》の予定もあったという。それがいま、伊予介という初老の受領の後妻になっているのは、父の死後の経済的困窮を物語っている。彼女は、まさに雨夜の品定めの「中の品」の論議に見られた「なまなまの上達部」の家の没落という主題を担う女性なのであった。

続く夕顔巻は、夕顔の女君が主役ではあるが、巻の書き出しは「六条わたりの御忍び歩《あり》きのころ……」とあって、最初のうちは六条あたりのさる高貴な女性と夕顔とが交互に語られる。この六条の女君に対する求愛当初の源氏の情熱はすでに冷めており、彼女との関係は息苦しい袋小路に陥っていた。この女君はかの六条御息所と同一人物と考えてよいのであるが、夕顔巻では「御息所」とは呼ばれない。彼女が、亡くなった東宮の妃で、東宮との間に娘を儲《もう》け、それゆえに「御息所」(この物語では、帝や東宮の子を産んだ女性の呼称)と呼ばれるのであることが明らかにされるのは、のちの⑨葵巻においてである。しかし彼女の身分や境遇に関するそうした具体的な情報は何一つ語られないだけに、何かしら不気味な、重苦しい存在感が彼女にはまつわりついている。夕顔を取り殺したのは、「なにがしの院」という荒れさびれた古屋敷に棲み付いていたもののけであるとはっきり語られているにもかかわらず、そのもののけにいやおうなく六条御息所の影が重なってくるような、実に心にくい書き方がなされているのである。

さて夕顔巻の巻末、亡き夕顔の四十九日も過ぎて、うらわびしい初冬の時雨《しぐれ》の降る日、空蟬は実直な夫とともに伊予に下ってゆく。再び彼女が物語に登場するのは、⑯関屋《せきや》巻であるが、そこでは、彼女の行く末を案じながら夫が亡くなったあと、河内守《かわちのかみ》(かつての紀伊守)に言い寄られて、彼女は出家してしまう。

紫の上との出会い(若紫巻)

⑤若紫巻は、帚木三帖の翌年の物語である。三月、光源氏は、北山の僧都《そうず》の僧坊に祖母の尼君(僧都の妹で故按察大納言《あぜちのだいなごん》の北の方)とともに滞在していた少女(のちの紫《むらさき》の上《うえ》)をかいま

見する。少女の母はすでに世になく、父親からもあまり顧みられずにいたのであるが、その父親とは誰あろう、藤壺の宮の同母兄の兵部卿宮《ひょうぶきょうのみや》であったから、少女は藤壺の宮に生き写しであった。その夜、北山の僧都から仏道の話を聴いた源氏は、藤壺への思慕が地獄の苦艱《くげん》を受けることにもなるような重い罪障となることに恐れおののくのであるが、しかも昼間かいま見た少女の面影が心に懸かって離れないのであった。

なお、少女をかいま見る直前の場面で、従者の良清《よしきよ》が光源氏に、明石に住む偏屈者の入道とその娘（明石の君《あかしのきみ》）の噂話をしていることにも留意しておきたい。源氏が明石の君と結ばれるのは九年後のことであるが（⑬明石巻）、明らかに作者は、源氏の子を産めなかった紫の上と、源氏の子を産んだものの身分が低いためにその子を紫の上の養女としなければならなかった明石の君（⑱松風《まつかぜ》巻・⑲薄雲《うすぐも》巻）というこの二人の女君の人生を、対比的に語ろうとしているのである。

四月、光源氏は藤壺と密通し、藤壺はこの一夜の契りで光源氏の子（のちの冷泉帝《れいぜいてい》）を身ごもる。

九月には、少女の祖母の尼君が亡くなった。父兵部卿宮は、さすがに少女を見捨てておけなくなって、気性の激しい北の方とともに暮らす自宅に引き取ろうとするが、その直前に源氏が少女を連れ出して自邸の二条院に住まわせた。

葎の門の物語のパロディにこめられた受領批判（末摘花巻と蓬生巻）

⑥末摘花《すえつむはな》巻は、若紫《わかむらさき》巻と同じ年から翌春にかけての物語である。つまり、この巻で語られ

る光源氏と末摘花との交渉は、右に見た若紫巻の出来事と並行して進行していたのだということである。

ここで私たちは、帚木巻の雨夜の品定めで左馬頭が、「葎《むぐら》の門《かど》」すなわち葎や蓬《よもぎ》の生い茂るような荒れさびれた屋敷に思いがけなく美しい姫君がいたら、どんなに新鮮な恋愛情趣が味わえることでしょう、と語っていたことを想起したい。当時そのような「葎の門」の姫君をヒロインとする物語が流行していたのであるが、故常陸宮《ひたちのみや》の姫君（末摘花）を主人公とするこの巻の物語は、そうした「葎の門」の物語の徹底的なパロディとして描かれているところに面白さがある。が、その滑稽さのなかに作者は、雨夜の品定めの「中の品」の論とも通ずるような社会観察を潜めているのである。

雪の積もった朝、末摘花に仕える下人たちの貧しく寒そうな様子に心打たれた光源氏は、白居易の「重賦《じゅうふ》」（『白氏文集』巻二）という詩のなかの「幼き者は形蔽《おお》わず」（幼い者は体をくるむ物もない）という句を口ずさむ。「重賦」は重税にあえぐ農民の貧苦を歌った詩で、零落皇族の末摘花邸の貧しさを描くなかに引用されるのは、いかにも場違いのように思われよう。だが、後の⑮蓬生《よもぎう》巻（光源氏の須磨・明石流寓《るぐう》中に、源氏の経済的庇護《ひご》を失って再びもとの貧窮状態に陥りながら、源氏の帰京と再訪を信じて待ち続ける末摘花を描く）では、成り上がりの受領たちが財力に物を言わせて由緒ある故常陸宮邸の売却を迫ってくる（当時現実にもそのような受領たちがいた）ばかりか、末摘花の身内にも受領の北の方になった叔母がいて、その夫が受領のなかでもことに巨富を成す者が多かった大宰大弐《だざいのだいに》に任ぜられ、末摘花を侍女にして西国に下ろうとたくらむのである。つまりここには、〈没落皇族の貧〉と〈受領の富〉との深刻な対峙の構図が敷設されているのであって、「重賦」には「貪吏《たんり》」（貪欲な官吏）の農民に対する不正収奪が厳しく告発されていたことも思い合わされ、蓬生巻の受領たちについても、その「貪吏」としての本質を見据えている作者の眼差しに気づかされるのである。

紅葉賀巻から葵巻までの流れ

光源氏十九歳の年の二月、藤壺は男皇子を出産した。光源氏に面差《おもざし》のよく似たこの皇子が実は光源氏の子とは思いもよらず、桐壺帝はこの皇子を東宮に立てるために譲位することを決意し、その後ろ盾にと、現東宮の母である弘徽殿女御をさしおいて藤壺を中宮に冊立《さくりつ》した。これが弘徽殿女御の藤壺に対する憎しみをいよいよかきたてたことは言うまでもない（以上⑦紅葉《もみじ》賀《のが》巻）。翌年の春、光源氏は右大臣家の第六女である朧月夜《おぼろづきよ》と契りを交わすが（⑧花宴《はなのえん》巻）、それから約二年の間は物語がなく、葵《あおい》巻（源氏二十二歳）になると、すでに桐壺帝は譲位して朱雀帝の御代《みよ》となっており、弘徽殿女御は皇太后《こうたいごう》（物語では「大后《おおきさき》」）となっている。またこの御代替りにともなって伊勢の斎宮《さいぐう》も交代し、六条御息所の娘が新斎宮に選ばれた。四月の斎《さい》院御《いんご》禊《けい》の日、斎院に供奉《ぐぶ》する光源氏の晴れ姿を一目見て心を慰めようと物見《ものみ》に来ていた六条御息所は、あとから来た葵の上一行の従者から乱暴狼藉《ろうぜき》を働かれ、牛車《ぎっしゃ》も壊されるという屈辱的な目にあった。思いつめた御息所の魂は生霊《いきりょう》となって産褥《さんじょく》の葵の上に取り憑《つ》いた。八月半ば、葵の上は男子（夕霧《ゆうぎり》）を出産するが、それを聞いて気持ちを高ぶらせた御息所の生霊は、人々が油断している隙をついて葵の上を取り殺してしまう。光源氏はしばらく左大臣邸に籠って葵の上を偲《しの》んだが、四十九日が過ぎて二条院に帰ると、すっかり大人びてきた紫の上と新枕《にいまくら》を交わした。

光源氏の不遇時代と人々の心（賢木巻〜蓬生巻・関屋巻）

翌年の秋、光源氏との仲がもはや修復しがたいことを思い知らされた六条御息所は、斎宮となった娘と一緒に伊勢に下って行った。

そしてその十一月の初めに桐壺院が崩御し、右大臣・弘徽殿大后《こきでんのおおきさき》が権勢をふるう世の中になって、光源氏の不遇時代が訪れる。毎年春秋の除目《じもく》（人事異動）の頃になると、光源氏邸の門前にはその恩顧にあずかろうとする者たちの馬・車が立て込んだものだったが、翌年春の除目の時は、それまでとうってかわって閑散としていたという。ここに思い合わされるのは、司馬遷の『史記』汲鄭列伝《きゆうていれつでん》に見える以下のような話である。昔、翟公《てきこう》が廷尉《ていい》（法務大臣）に就任した時、賓客が門に満ちあふれたが、彼が一旦失脚すると、ぱったりと来客が途絶えて、その門前は雀羅《じやくら》（雀捕りの網）でも張れそうなくらいひっそりした。ところが翟公が再び廷尉に返り咲くや、また賓客が門につめかけてきたという。『源氏物語』でもこの通りの展開となるのであって、須磨・明石の流寓時代を経たのち、光源氏が都に召還されるや、世人たちは再び彼のもとに殺到したのである（蓬生巻）。

こうした世人たちの動向とともに、光源氏周辺の人々についても、「時（世）に従ふ」すなわち時勢に迎合する者と、「世になびかぬ」者とが描き分けられていることにも注意したい。たとえば、光源氏の須磨退居に付き従った前右近将監《さきのうこんのぞう》は、かの空蝉の夫の伊予介の息子であったが、空蝉の弟の小君《こぎみ》は、光源氏の恩顧によって出世したにもかかわらず、伊予介が常陸介になって任国に下るのに随行して、源氏から離れたのである（関屋巻）。あるいは紫の上の父の兵部卿宮も、右大臣・弘徽殿の権勢が盛んになると、源氏と疎遠になった変節の人であった。

また賢木巻から⑫須磨巻にかけては、江州《こうしゅう》に左遷されていた時期の白居易の詩や菅原道真《すがわらのみちざね》が大宰府の謫居《たつきょ》で詠じた詩が集中的に引用され、光源氏の不遇が白居易や道真のような文人の不遇として形象されていることにも留意したい。

藤壺の出家（賢木巻）

しかしながら私たちは桐壺巻で、「文人政治家光源氏の誕生」とともに「藤壺の宮との宿命的な恋」の胚胎《はいたい》をも見たのであった。不遇時代にあって、その文人政治家としての一面が前面に迫《せ》り出してきたとしても、藤壺への恋が薄れたわけではない。それどころか、桐壺院が崩御して、藤壺が、それまで院とむつまじく暮らしていた上皇御所から自邸の三条宮《さんじょうのみや》に帰ってくると、光源氏はいよいよ藤壺への思いを募らせ、三条宮に忍び入って藤壺に迫るということさえあった。藤壺としてはしかし、源氏をむげに退けるわけにもいかないのであった。宮廷の人々がみな右大臣・弘徽殿の権勢におもねり、あるいは憚《はばか》っているなかで、わが子の東宮の後ろ盾と頼むことができるのは、その実父である光源氏しかいなかったからである。また弘徽殿がたからの風当りもいよいよ強まり、「このままでは、戚夫人《せきふじん》ほどひどい目には会わされなくても、きっとみじめな思いをさせられることがあるに違いない」という憂慮からも、藤壺は出家を決意する。この戚夫人うんぬんは、『史記』「呂后本紀《りょこうほんぎ》」の以下のような話をさす。呂后は、漢の高祖（劉邦）がまだ微賤であった頃からの妻であった。その人となりは男勝りで、高祖の漢帝国創建をよく助けた。高祖はのちに戚夫人を寵愛し、呂后の産んだ太子（のちの孝恵帝）は人となりが「仁弱」なので、戚夫人の産んだ如意《じょい》を太子に立てたいと思い、戚夫人もそれを懇願した。しかし、それは実現せず、高祖が崩ずると、呂后は戚夫人と如意に対して恨みを晴らそうとした。孝恵帝は如意を守ろうとしたが、呂后はついに如意を毒殺し、戚夫人の手足を切り、目をえぐり、耳を焼き、これを廁《ふたごや》に置いて「人彘《ひとぶた》」と名づけた。——弘徽殿大后も最も早く桐壺帝皇妃になった男勝りの女性であり、その子の朱雀帝は性格が柔弱で、東宮や光源氏に心は寄せていながらも、母や祖父右大臣の意向に逆らえなかったのであった。

さて藤壺の出家後は、光源氏は恋情を抑えて自重し、冷泉帝即位後はよくその補佐をつとめた。そんな光源氏を藤壺が有難くも愛《いと》しくも思い続けていたことは、薄雲巻で崩御する彼女の今わの際の言葉からもうかがわれるところである。

秋好中宮

この解題の初めに私は、「本冊には㉑少女《おとめ》巻までをおさめるが、この少女巻は第一部のなかでの大きな節目となる巻である」とのべた。与えられた紙幅も尽きているので、一挙にそこに話を進めたいのであるが、その前にどうしても六条御息所とその娘のその後についてふれておかねばならない。

光源氏二十九歳の年の春、朱雀帝が譲位し、冷泉帝が即位すると、この御代替りにともなって斎宮も替り、六条御息所は娘の前斎宮とともに帰京したが、ほどなくして亡くなった（⑭澪《みお》標《つくし》巻）。光源氏は前斎宮を養女とし、冷泉帝の後宮に梅壺女御として入内させた。梅壺女御は、すでに入内していた権中納言《ごんちゅうなごん》（かつての頭中将）の娘の弘徽殿女御と帝寵《ていちょう》を競うことになるが（⑰絵合巻《えあわせ》）、結局彼女が中宮となる（少女巻）。彼女は光源氏から、春と秋とどちらに心を寄せるかと問われて、「まことにいずれとも答えにくいけれども、やはり母が亡くなった秋には格別の思いがある」と答えたところから（薄雲巻）、私たちはこの人を秋好中宮《あきこのむ》と呼んでいる。

漢才と大和魂（少女巻）

さて光源氏は、子息夕霧を十二歳で元服させると、大学寮に入学させて漢文学を学ばせた。これは世間をあっと驚かせる措置であった。光源氏のように高貴で権勢もある家の子は、大学で学問などしなくとも、おのずから高い地位が保証されていたからである。この光源氏の措置にとくに心を痛めていた夕霧の祖母の大宮に対して、光源氏は以下のように説明している。権勢のある家の子に生まれて、親のおかげで何の苦労もなく高い地位につけるような者は、ともすれば学問を軽んじ、遊び戯れにふけりがちです。そして「時に従ふ世人《よひと》」、時勢に迎合する世間の者たちは、内心ではこの軽薄な貴公子を軽蔑していても、表面では追従し、ご機嫌を取るものですから、当人もいつのまにか、自分が何かたいした者でもあるかのように思い込んでしまうのです。しかし、庇護者《ひごしゃ》であった親が亡くなるとか、時勢の変化とかで、権勢が失墜すると、とたんに世人たちは彼に対して軽侮《けいぶ》をあらわにして彼から離れてゆき、彼は生きてゆく上で何のよりどころもないという状態になってしまいます。やはり、漢才《からざえ》（漢文学）を根本にしていてこそ、「大和魂」も世間から真に重んじられるものとなるのでございましょう（物語原文では「なほ才《ざえ》を本《もと》としてこそ、大和魂《やまとだましひ》の世に用ゐらるる方《かた》も強うはべらめ」）と。

ここに「大和魂」という言葉が出てくるが、こんにち現存する文献のなかでは、これがこの語の最も古い用例である。そして『源氏物語』以後の平安時代の文献からなお数例の用例を拾うことができるのであるが、それらの用例からすると、この「大和魂」は、現実的に柔軟に事を処理してゆく知恵、才覚といった意味であった。それはともかくとして、大宮に語ったこの光源氏の言葉は、彼自身の不遇時代の体験に裏づけられた言葉であることに気づかされよう。その意味でこれは、賢木巻以来の物語を、さらには文人政治家としての光源氏の誕生を物語っていた桐壺巻以来の物語を、大きく締めくくるような意味を持った言葉なのである。

またこの少女巻で、夕霧と内大臣（かつての頭中将）の娘の雲居雁《くもいのかり》との幼なじみの恋が語られているのは、光源氏の息子たちの世代が恋する年ごろになったことを告げているが、さらにこの巻の巻末では、光源氏の新たな大邸宅で、こののちの物語の舞台となる六条院が完成している。こうした点でこの巻は、まさに大きな節目となる巻なのである。

（国文学者　平安朝文学）

解説

池澤夏樹

まず人は『源氏物語』を讃《たた》えなければならない。

この大伽藍《だいがらん》に踏み入る前に、門前に深く頭を垂れ、柏手を打つ。あるいは香を焚《た》き、幣《ぬさ》を奉る。

空前絶後という使い古された言葉を思い起こし、それが文字どおりであること、つまり空前にして絶後、日本文学史にはその前にも後にもこんな名作・大作はなかったことを改めて確認しよう。

これは紫式部《むらさきしきぶ》の手になる長篇小説である、と書いただけで説明すべきことが次々に立ち現れる。

『古事記』は太安万侶《おおのやすまろ》の作ということになっているが、彼は多くの素材を一つの原理のもとにまとめ、表記法を整備した編集者であった。『竹取物語』の背景にはいくつものお伽話《とぎばなし》や言い伝えが透けて見える。『土左日記』は個人の思いを書いているけれど、しかし旅の記録であって創作ではない。『平家物語』は史実という地面の上に伝説やゴシップを素材にして建てられた建築。

『源氏物語』ではすべての登場人物が作者の頭の中から生まれた。だから「小説」なのだ。光《ひかる》君《きみ》の誕生以前から浮舟《うきふね》の出家まで前後七十年に亘《わた》る登場人物たちの運命を、作者は一人で糸を紡いで染めて織って大きな緞帳《どんちょう》にまとめ上げた。離れて見ればその絵柄は壮麗であるし、近づけばその細部の精妙に引き込まれ、いつまでも見飽きることがない。

これは作者一人の意思によって統御された一個の作品である。そこには企図されたプロットがあり、それに沿って登場人物それぞれの人生が決められ、その軌跡は幾重にも交錯する。すべてが架空つまり創作。それでいて場面ごとに視覚に訴え、聴覚と嗅覚を刺激し、読む者の情感を揺り動かし、没入を強いて長い時間を共に過ごさせる。登場人物の性格は多様で、そのふるまいは一々生々しい。読む方は彼らを親しい知人のように思って、その行状や運不運に一喜一憂する。何日もかけて彼らの人生を辿《たど》り、それを何度となく繰り返す。これが長篇小説というものである。

なぜ紫式部にこの大作が書けたのだろう?

平安朝の中期、社会は安定していて、宮中は藤原一族の最盛期。道長《みちなが》は栄耀《えいよう》の頂点にあり、紫式部はその庇護《ひご》下にいた。だから、現実的な話、彼女には執筆に使う紙が充分にあった。あの時代に紙というものがどれほど高価だったかを考えれば、この幸運の意味がわかるだろう。

しかし繁栄や紙の供給はまだ物理的な条件でしかない。彼女にはこれを書けるだけの落ち着いた環境があり、素材となる宮廷生活の体験があり、モデルとして使える貴顕《きけん》の知人がいくらでもいた。モデルと言ってもこれはゴシップ集ではない。現実から遠く離れてまったく別の(つまり同じ社交界にいた読者たちが単純にこれはあの人の話と辿れないほど)独立した人格を何十人も生み出した。

それを可能にしたのは小説家としての構想力である。過去の文学を参照することがあったとしても、構想力はあくまで個人に属する。神がかりと言ってもいい。文学の好きな一人の女に文学の神が降臨して憑《つ》いた。その状態がたぶん十年以上は続いた。そういう奇跡が十一世紀初めの日本の宮廷で起こった。すぐ近くに熱心な読者が数十名いて執筆を促したのだろうから、そこまで含めて文明の力と言ってもいいかもしれない。社会ぜんたいの経済的安定とそれに支えられた人々の教養のレベル(すぐ近くに清少納言《せいしょうなごん》がいて互いに意識し合ったりして)。

宮廷を中心とする社交界を舞台にした長い長い物語。貴族たちにとって社交界がそのまま社会であったことは、これがどちらも英語では society と呼ばれることからもわかる。

貴族社会という枠組みは小説家にとってずいぶん魅力的で、これを基礎にした話をいくつも思い浮かべることができる。日本の王朝文学が正にそれだし(逆に真っ向から庶民的なところが『今昔《こんじゃく》物語』や説話文学の魅力であるのだが)、西洋で言えば最も古いのはペトロニウス作とされる『サテュリコン』。ただしこれは残念ながらほんの一部しか現在に伝わっていない。ラブレーの『ガルガンチュア』も主役は王族。時代が下れば中国には曹雪芹《そうせつきん》の『紅楼夢《こうろうむ》』があり、フランスにはマルセル・プルーストの『失われた時を求めて』がある。

『竹取物語』は物語であり、『源氏物語』は小説である。この二つの最も大きな違いは登場人物の心理を深くまで描くか否かにある。かぐや姫を取り巻く状況は明らかだが、作者は求婚者たちに迫られる彼女の困惑は書いても、その心の奥には入らない。『蜻蛉《かげろう》日記』は心理を細密に描くけれど、これは回顧ないし自伝としてであってフィクションではない。だから日本文学史を見ていると心理小説としての『源氏物語』がいきなり完成形として現れたように思われる。世界の文学史では心理小説は一般にはフランスで始まったとされる(『源氏物語』から何百年も後の話だ)。ラファイエット夫人の『クレーヴの奥方』やラクロの『危険な関係』が典型で、スタンダールの『赤と黒』や『パルムの僧院』にもその色は濃い。

『パルムの僧院』には主人公たちの内面の声がしばしば書き込まれている。パルム大公が亡くなったと聞いた時、暗殺を指示したサンセヴェリーナ公爵夫人が「あたしはこの子(ファブリス)のためにこれをした」と心の中でつぶやくのを作者は記述する——「千倍も悪いことだってしたところだった。それなのにこの子は、あたしの前にいながら、気にもとめていない。ほかの女のことを考えている」と思う。

これは明晰《めいせき》であるがまた単純でもある。

もっと進んで細密になった例を挙げれば、ヴァージニア・ウルフの『灯台へ』の一節。自分の横を駆け抜ける幼い娘キャムを見てラムジー夫人は、いわゆる内的独白として、心の中でこう思う——「あの子ったらなんなの? なにかまぼろし《ヴイジョン》でも見たのかしら? 貝殻だか、手押し車だか、生け垣のむこうに現れたおとぎの国だかのまぼろし?」

『源氏物語』はもっとずっと先へ行っている。

自分が生霊《いきりょう》となって葵《あおい》の上《うえ》に取り憑《つ》いたと知った時の六条御息所《ろくじょうのみやすどころ》自身の困惑を見よう(「葵」)——

あまりに思い悩むと、たましいは体を離れることがあるという。我が身の不運を嘆くことこそあっても、他人を悪く思うことなどないけれども、もしかしたらたましいがあのお方に取り憑いているのかもしれない。思い悩むことの多い年月だったけれど、今までこんなにも苦しんだことはなかった。それなのに、あのつまらない車争いで、あからさまにないがしろにされ、人並み以下に蔑まれたあの御禊《ごけい》の日からこの方、正気を失い空虚になった心のゆえか、少しでもうとうとすると夢を見る。夢では、葵の上とおぼしき人がうつくしく着飾っているところへ出向いていって、その人をつかんだり小突いたりしているうち、ふだんの自分とはまったく異なる荒々しい気持ちになって、乱暴に打ち据えたりしている。

これは『パルムの僧院』や『灯台へ』よりも遥《はる》かに精密ではないか。

しかも生霊となってさまよい出るという現象を加害する側の心理として説明している。現実の世界と心理の世界の間に境界がない。それは当時の人々のものの考えかたであるけれども、それがそのまま小説の技法に応用されて見事な成果を挙げている。葵の上は実際にこの生霊のせいで出産から間もなく亡くなる。六条御息所もやがてみまかるが、今度は死霊となって紫の上に取り憑く(「若菜下《わかな》」)。妄執の人なのだ。

「葵」の帖《じょう》は小説としていかにもよく出来ている。これについて丸谷《まるや》才一《さいいち》は才能ある作家が早い段階から書きたいと思っていたパートだと言う——「最初に妊娠と出産、処女喪失、その次にヒステリーでしょう。実にはっきりと女性の生理を集約して書こうとしているということ。

これは女流作家としては最も得意のところでしょう」

では『源氏物語』はすっかり近代的な小説なのか。

この大長篇の軸を成しているのは光君の数々の恋愛であるが、この時代の恋愛は今の我々が思っているものとはずいぶん違う。

当時の結婚が基本が婿入り婚であることや、その結果、妻と恋人＝愛人の間が曖昧であることなどはまだわかりやすい。男は女に言い寄り、受け入れられ、通うようになり、やがて安定した仲になる。家族にも認められる。

しかし、問題はその前なのだ。

恋は顔を見る前から、評判を聞くところから始まる。「みぬひとこふるやまひ」という言葉があった。和歌の題に言う「見ぬ恋」。顔を見ること、姿を見ることはずっと後の段階。それ以前にことは始まってしまう。だから女の方は迂闊《うかつ》に顔を見られないよう用心している。それは男に言い寄る隙を与えることだから。

色恋の前には社会の仕組みがあった。心情の前に政治と経済があった。

この時代、閨閥《けいばつ》が社会の骨組である。未婚の娘には上の階級との婚姻の見込みという潜在的な価値があり、それゆえに取り巻きの女房たちや建物の構造などによって隔離され、保護されていた。つまり資産であった。

恋というものは障害があるほどおもしろくなる。どこそこの家に美しい姫がいるらしいという噂《うわさ》だけで恋慕は始まる。姫に仕える女房たちは姫を守る一方で場合によっては手引きもする。

見せると見せないのあわいから恋情が生まれる。『源氏物語』は社会経済と個人の感情という二つの原理の衝突の上に成り立っている。「若菜上」では、たまたま猫が上げてしまった寝殿の御簾《みす》の隙間から柏木が女三《おんなさん》の宮《みや》の姿を見たことが悲劇的な恋の始点になる。
芭蕉《ばしょう》の句に——

紅梅や見ぬ恋つくる玉すだれ

というのがある。江戸の俳人が王朝期を偲《しの》んで詠んだ一句であって、玉すだれは御簾に他ならない。

実際の話、見ぬ恋とはどういうことか。
親密な会話も、テーブルを挟んでの夕食も、連れだっての散歩もないまま、つまり今で言うデートなど一切なしで寝る仲になるというのはまさに場当たりであって、だから「末摘花《すえつむはな》」のようなをこな（滑稽な）ことにもなる。老いた源典侍《げんのないしのすけ》をも光君は拒まず、この包容力が光君の度量ともてはやされる。『古事記』で、天孫として地上に下った番能邇邇芸《ホノニニギ》は美しい木花之《コノハナノ》佐久夜毘売《サクヤビメ》を妻にして、姉の醜い石長比売《イハナガヒメ》は親元に返す。石のように長い寿命を保証するはずだった彼女を返したことで天皇の寿命は限られたものになった。それを踏まえて、醜女や老女を拒んではならないという古来の教えが光君の行いに反映している。
恋愛を主軸とする小説である以上、登場人物たちの心理がまずもってストーリーを動かす。

そこでは身分や事件や運不運などは二次的な要因にすぎない。光君は帝《みかど》に準ずる生まれと美の権化とも言うべき魅力を与えられ、万事は彼の心の動きだけで決まるかにさえ思われるが、それでも彼の意図を阻む要因は周囲に多々ある。藤壺《ふじつぼ》は彼を一度（二度あるいは三度？）しか受け入れないし、朝顔の姫君は最後まで拒み通す。

（女が男を拒む例は別に『源氏物語』に始まったことではない。『古事記』で、女鳥王《メドリのミコ》は仁徳《にんとく》天皇の招聘《しょうへい》を拒んで使者としてきた速総別《ハヤブサワケ》を夫に選ぶ。しかしここは女鳥王の「大后《おおきさき》さまが強情なので八田若郎女《ヤタのワキイラツメ》さまは后になれなかった。私は后になりたくない。私はあなたの妻になりたい」といういきなりの宣言で語られるのであって、そこに至る彼女の心の動きには立ち入らない。）

見ぬままに始まる恋は時として相手の了解を得ないままの暴力的な関係になる。光君のふるまいが（現代のあからさまな用語で言ってしまえば）強姦《ごうかん》に近いことは少なくない。例えば朧月夜《おぼろづきよ》との仲は鼻歌を歌いながら廊下を歩いてくる女を手近な部屋に引き込んでの所業で、いわば男のやったもの勝ち。結果として相手がこちらに恋心を抱くからいいけれど、いつもそうとは限らないだろう。光君にとっていちばん大事なはずの藤壺との関係だって、女の方は子供と思っていたのに不意を突かれたと思ったのではないか。だからその後は近づけないようにしたのに……（先に二人の実事が二回ないし三回と書いたのは、「賢木《さかき》」の時にそこまで行ったか否か、解釈が分かれるからだ）。

こういう行状を正当化するために作者はありったけの魅力を光君に付与する。どんな女も抵抗できないほどの美貌と財力ないし権力が彼にはある。もっぱらこれで押し切るのだが、それでもうまく行かないこともあるから話の展開が波瀾《はらん》万丈になる。

そこで考えるのだが、光君を、あるいはこの時代の他の男たちを突き動かしていたのはどういう力だろう？　これは性欲と征服欲などという現代的な軽い言葉では説明しきれない。そこに働いているのはもっとずっと古代的な、個人の思いを超えた世界の原理ではないのか。

ぼくは「日本文学全集」を編みながら、なぜ日本人はこうも恋愛を文学の主題として据えてきたかとつくづく考えた。そもそもの始まりが『古事記』に見るように伊邪那岐《イザナキ》と伊邪那美《イザナミ》の性交である。以来、和歌でも小説でも恋愛が文芸の中心にあった。精神生活の中で恋が占める部分がとても大きい。

『古事記』によれば倭建《ヤマトタケル》は諸国を巡って反抗する勢力を平定したが、その一方で行く先々の女たちと誼《よしみ》を通じた。また、仁徳天皇については民の竈《かまど》の煙のエピソードの二十倍近くもの字数を費やして女たちとの行き来が報告される。極端に嫉妬深い正妻の石之日売《イハノヒメ》と彼女に排除される黒日売《クロヒメ》、自ら身を引いた八田若郎女《ヤタのワキイラツメ》、更には天皇を拒んで死を選んだ女鳥王《メドリのミコ》。髪長比売《カミナガヒメ》との間には子があった。

その背後にあるのは性を世界の運行と秩序に結びつける思想である。

性とは産み出す力であり、それは作物を実らせる力に通じている。

　　小林《をばやし》に我を引《ひき》入れて姧《せ》し人の面《おもて》も知らず家も知らずも

という詠み人知らずの歌が『日本書記』にあるが、これもまた古代における性愛の一つの形だった。こういう行きずりの営みがその地域の豊饒《ほうじょう》をもたらす予祝として喜ばれたから、歌にまでなったのではないか。この女性一人の感慨ではなく、半ば民謡のように共有されたのではないか。

性についての考えは今の我々と古代の人々とでは大きく異なる。農業を基礎とする国家経営で性は呪術と深く関わっていた。

一国の君主としての天皇の責務の第一は祭祀《さいし》によって災厄を防ぎ、穀物の豊饒を保証することであり、第二は地方の豪族の娘を都に呼び寄せて縁戚によって国政の安定を図ることだった。それだけでなく彼女たちの出仕はそれぞれの地域の霊力を天皇のもとにもたらすことにもなった。

仁徳天皇が吉備《きび》の黒日売《クロヒメ》を呼び寄せたのはその一例であり、石之日売《イワノヒメ》の嫉妬で彼女が吉備に帰ってしまったのを天皇が嘆くのは私情だけではなかっただろう。女鳥王《メドリのミコ》の拒否はそのまま(たとえ速総別《ハヤブサワケ》に皇位簒奪の意図がなかったとしても)国家への反逆になる。だから彼女は速総別と共に速やかに殺されたのだ。天皇の恋にはそれほど現世的な機能がある。

高位の貴族たちの恋にも天皇に準ずる力があった。

光君がよい相手を見つけて親密になるのは、高貴な身に生まれついた者としての責務なのだ。強迫観念と言ってもいい。目の前にいる女を口説かないのは任務放棄である。その範囲は貴族階級の娘たちならびに人妻からその一つ下の女房クラスまで、また場合によっては誰とも知れぬ葎屋《むぐらや》の主にまで及ぶ。

ゆえに、彼は精力に溢《あふ》れている。

「夕顔《ゆうがお》」の一場面。六条御息所のもとを訪れて一夜を過ごした光君が女房に促されて帰ってゆく。夜が明ける前に帰るのは恋が神に属する行為であって夜こそが神の時間だからだ、と古橋《ふるはし》信孝《のぶよし》は言う（『雨夜の逢引』）。若者は立って寝所を離れるが、七歳上の女は立って見送ることができない。ようよう頭を上げて去りゆく相手を見るのみ。つまりそれほど激しい一夜であったのだ。

しかし若い光君はまだまだ元気で、女主人に代わって戸口まで付き添う侍女の中将の君に向かって「咲く花にうつるてふ名はつつめども折《を》らで過ぎうきけさの朝顔《あさがほ》」（咲く花に心を移すと噂されないか気になるけれど、手折《たお》って我がものとせずにはいられない今朝のうつくしい朝顔）と詠んで軽く口説く。相手は「朝霧のはれまも待たぬけしきにて花に心をとめぬとぞ見る」（朝霧が晴れるのも待たずにお発《た》ちになるご様子で、花――ご主人さまにお心をお留めならないのですね）と、うまく女主人のことにすり替えて歌を返す。帰る男を見送るのは帰路の無事のための呪術的な行為であり、それさえできないほど六条御息所は一夜の営みに疲れていた。一方、光君は中将の君を相手にまだことを行う力を保っている。

そうでなくてはならないのだ。

王は強くなければいけない。古代において病んだ王はすぐに殺されて次の王が立つ、という例があることはJ・G・フレーザーが『金枝篇』の中で書いているとおり。力なき王は国を危うくする。光君の精力を人々は言祝《ことほ》いだ。

性に対する考えかたが変わってしまったために古代の本来の語義が近世になってすっかり品のないものになった言葉がある。

例えば、よばい。夜這いという妙な漢字を当てられて卑猥《ひわい》で陰湿な印象になってしまったけれど、もともとはこれは「呼ぶ」から派生した言葉であり、魂どうしが呼び合うこと、つまり恋と同義に近かった。古代人にとってプラトニック・ラブというのはありえない概念で、「見る」も「会う」も「知る」も実事を伴うものだった。そして、言うまでもなく入り婿婚では夫が妻を訪れるのであり、それは必ず夜だった。すべての婚姻は夜に忍び行くことだった。

あるいは、いろごのみ。これをそのまま好色と考えてはいけない。古代にあってこれは恋愛を通じて人は人格を磨き、精神的に一つ上の級へ昇ることができるという思想なのである。

折口信夫《おりくちしのぶ》は言う――「多くの女性に逢《あ》ひ、多くの女性の愛を抱擁し、多くの女性を幸福にし、広い家庭を構へ、多くの児孫を持つと言ふ事が、古代の人としては、何の欠陥もない筈であった」

ただし、『源氏物語』の時代になるとこの古代的な考えに儒教や仏教が割り込んできて、また抑制も働いたのだけれど。

丸谷才一は『源氏物語』には三つの層があると言う。

いちばん表層にあるのは近代小説的なもの。今の我々はもっぱらこの層で「桐壺《きりつぼ》」から「夢浮橋《ゆめのうきはし》」までを読む。

その下にはしかし王朝物語としての層がある。紫式部の同時代の読者はこの層に意識を合わせて読んだだろう。

そして更に、基層にはもっと古い時代の説話伝説、つまり神話的なものが横たわっている。『万葉集』がまとめられたのは『源氏物語』が書かれる二百五十年ほど前で、あの四千五百首ばかりの歌には呪術的な考えに基づくものが少なくない。それが『源氏物語』にも実は色濃く残っている。近代小説として読む者が見落としがちなところだ。先に挙げた「夕顔」の後朝《きぬぎぬ》の場面などがいい例だ。


『源氏物語』の成り立ちについて一つの説がある。

まず光君の生涯をまっすぐに辿る一連の物語が書かれ、その後からどちらかと言うと挿話的な帖《じよう》が差し挟まれたというものである。この二つが混じっているのが「桐壺」から「藤裏葉《ふじのうらば》」までの第一部。

「若菜上」から「竹河《たけかわ》」に至るのは別の物語であり(これが第二部と第三部初め)、更に後になって「宇治十帖《うじじゆうじよう》」が第三部に加えられた。

初学の者がまず不思議に思うのは「桐壺」から「帚木《ははきぎ》」へ読み進んだ時の色調の違いだ。「桐壺」はまさに丸谷の言う第二の層、すなわち王朝物語のトーンで描かれている。王の寵愛《ちようあい》を一身に受ける美女がいたというのはつまりお伽話で、だから異国の玄宗《げんそう》皇帝と楊貴妃《ようきひ》の例が重ねられる。ここは近代小説ならば桐壺の窮地に気づかない帝の無神経な愛のありようなどが精緻に書かれてもいいところだが、作者はそこには踏み込まない。ぜんたいがまるでペローかグリムが伝えた昔話のように語られる。その中から衆を絶した魅力の持ち主として光君が登場する。だから彼の藤壺への思慕もまだお伽話のように受け取られる。

しかし「帚木」の光君は「桐壺」の延長上にはいない。ここはリアルな会話の場面だ。彼はもう成人していて、いくつもの情事を体験しているらしいが、朋輩《ほうばい》たちの女性談義に積極的には加わらない。彼の寡黙の背後に（たぶん数日前の）藤壺との関係があることを読者が知るのはずっと後のことだ。

その先へ進むと、「空蟬《うつせみ》」も「夕顔」も光君の生涯では傍系のエピソードである。本来の筋に戻るのは「若紫《わかむらさき》」から。

しかしその次の「末摘花」はまた傍系。

こうやって読んでゆくと、『源氏物語』の、第一部は二つの系列に分けられることがわかる。これをa系列とb系列と呼ぶことにしよう（この区分けは武田宗俊《むねとし》という人の玉鬘系・紫の上系の分類のうえに大野晋《すすむ》が提案したものだが、折口信夫が言う「竪《たて》の並び」《年代順にストーリーが進む》と、「横の並び」《同じ時間の別のできごとを語る》というのも実体は同じであると思う）。

a系列は「桐壺」に始まって、「若紫」、「紅葉賀《もみじのが》」、「花宴《はなのえん》」、「葵《あおい》」、「賢木」、「花散里《はなちるさと》」、「須《す》磨《ま》」、「明石《あかし》」、「澪標《みおつくし》」と続く。

その後の二帖、「蓬生《よもぎう》」と「関屋《せきや》」はb系列。

「絵合《えあわせ》」でa系列に戻って、「松風《まつかぜ》」、「薄雲《うすぐも》」、「朝顔《あさがお》」、「少女《おとめ》」まで。

次なる「玉蔓《たまかずら》」から「真《ま》木柱《きばしら》」までの十帖はb系列。

「梅枝《うめがえ》」と「藤裏葉《ふじのうらば》」をもってa系列は終わる。

a系列の主題は光君の誕生から、その成長、途中で出会う女たち、閨閥を通しての出世としばらくの挫折（「須磨」、「明石」）、そして都への帰還と更なる栄達。最後には准太上天皇《じゅんだじょうてんのう》という、天皇に次ぐ最高の地位にまで昇り詰めるまで。

「桐壺」で高麗《こうらい》から来た人相見が幼い光君を見て述べた、「国の親となり、帝王という最高の位にお就きになるはずの相をお持ちですが、しかしそのような方として見ると、世が乱れ人々が苦しむことがあるかもしれません。では朝廷の柱石となり、天下の政治を補佐する方、と見ようとしますと、そのような相ではございません」という矛盾をはらんだ予言がこういう形で成就される。

この基本路線の上に作者はさまざまな運命のねじれを重ね合わせた。

光君の出生と母の死、亡き母への憬《あこが》れに横から滑り込むような藤壺の登場、父の妻と通じるという禁忌と秘密の子の誕生。この子の存在が光君の人生でずっと響く執拗低音《バッソ・オスティナート》になる。

b系		a系
		①桐　壺
②帚　木	→	
③空　蟬	→	
④夕　顔	→	
		⑤若　紫
⑥末摘花	→	
		⑦紅葉賀
		⑧花　宴
		⑨葵
		⑩賢　木
		⑪花散里
		⑫須　磨
		⑬明　石
		⑭澪　標
⑮蓬　生	→	
⑯関　屋	→	
		⑰絵　合
		⑱松　風
		⑲薄　雲
		⑳朝　顔
		㉑少　女
㉒玉　鬘	→	
㉓初　音	→	
㉔胡　蝶	→	
㉕蛍	→	
㉖常　夏	→	
㉗篝　火	→	
㉘野　分	→	
㉙行　幸	→	
㉚藤　袴	→	
㉛真木柱	→	
		㉜梅　枝
		㉝藤裏葉

『光る源氏の物語　上』
（丸谷才一・大野晋　中公文庫）より

秘密を知るのは光君と藤壺と王命婦《おうみようぶ》、それに加持僧の四人だけだったが、しかし「薄雲」で藤壺が亡くなった後、僧は当の光君の子である冷泉帝《れいぜいてい》に洩らしてしまう。この段階まで守られたゆえにこの秘密は光君に対して有利に働き、この人が実の父であると知った冷泉帝はこの先なにかと彼を引き立てる。それに、形の上の父であった桐壺院がこのことを知らないままに亡くなったことが何よりも大事。光君と藤壺はそれを恐れていたのだから。

すべての人間関係にこういう入り組んだ行き来がある。a系列の主役級の女たち、藤壺、葵の上、六条御息所、紫の上、などとの関係が光君の人生を織ってゆく。

その中にふっと脇役のように登場するのが明石の君だが、何かと遠慮がちなこの人の娘が最後には入内《じゆだい》するに至る。斜めに描かれた細い線がどんどん太くなるよう。

筋書きだけ抜きだせばまこと波瀾万丈。主軸と伏線の織り合わせが巧妙で、これこそが小説の醍醐味《だいごみ》と思わせる。

近代小説であるということは、栄達の背後に影があるということだ。光君には運命への信頼と同時に無常感がある。すべての達成にはむなしさが付いて回り、失ったものへの想いは消えない。彼には、大きな何かに突き動かされるものとしての人間という自覚がある。それは日本人が仏教を知った結果だろう。光君は最後まで俗世にいたけれど、しかし出家という非常口があることをいつも意識していた。実際に藤壺はこの方法を用いて俗世を離れている。

この大作を読み通すのは容易ではない。そこで、まず全体像を摑《つか》んだ上で細部を楽しむとすれば、a系列の流れをひとまず頭に入れるという方法を提起しておこう。つまり「桐壺」を読み終えたら続く三つの帖は流れから少し外れると承知の上で読んでから「若紫」へ行って、その先もb系列であることを意識して読み、しかる後に「少女」まで読み進む（ただし、第一部は「梅枝」「藤裏葉」まである）。光君の生涯を速やかに把握するという意味で、これは悪い方法ではない。

こうやって読む時に、それでもまだ欠落と思われる部分がある。いちばん初めの「桐壺」と「若紫」の間。その後の光君と女たちの行き来を書いたところの密度に比べると肝心の藤壺との仲が充分に記述されていないのではないか。「桐壺」がお伽話めいていたからその延長でリアリズムを避けたとも思えるけれど、しかしこれは物語ぜんたいの基点であるはずだ。

ここに光君と藤壺が親しくなる場面を具体的に書いた一帖があった、と仮定してみると話の展開がとても滑らかになる。あったのだけれど失われた。あくまでも仮説だけれど、それに「輝《かかや》く日の宮」という名を付してみる。主人公が「光君」であるのに対して同じように美しさを讃えられた藤壺には「輝く日の宮」という名が奉られた。この仮説に沿って、書かれた帖がなぜ失われたかを巡って書かれたのが丸谷才一の長篇小説『輝く日の宮』である。

角田光代によるこの翻訳は核心を摑んで簡潔である。それでいて最小限の説明は加えられており近代小説として読んで何の戸惑うところもない。小説である以上、少なくとも一夜に一帖くらいの速度で読まなくてはならないだろうが、この訳ならばそれはむずかしくない。ここで他の現代語訳と比べることはしないけれど、このきりりと引き締まった文体は快適な読みを充分に保証している。

例として「夕顔」を挙げてみようか。これは先に述べた系列から言えばb系列、すなわち折口信夫の言う「横の並び」に属する。つまりこれだけで完結し得るものなのだが、今回これを角田訳で読み直してみて、短篇小説としての完成度に改めて感心した。

相手の姿を偶然ほのかに見るところから始まって、ゆっくりとしたまだるっこしい接近、おぼつかない恋の成就、その先の若さに任せた冒険と急転直下の、ほとんど暴力的とも言えるヒロインの死、背景に透けて見える何者かのおぼろな悪意。

こういうプロットを当時の貴族生活の風俗習慣という華麗な舞台装置の中に置いて役者たちを自在に動かす。現代の世界文学の作家たちの書いたものをいくつも思い浮かべて（例えばぼくが編集した『世界文学全集』のうちの「短篇コレクション」二巻に入れたものとか）、堂々と並ぶではないかと思う。十一世紀の日本にしかないものであると同時に、世界のどこでもまたどの時代でもあり得た悲劇。特異な例にしてまた典型。これをこそ古典と呼ぶのだ。

こういう感動が五十四個詰まっているのが『源氏物語』であり、千年を超えて我々をそこへ直結してくれるのがこの角田訳である。

『源氏物語』の現代語訳がむずかしい理由の一つは、原文が極度に圧縮された表現から成っていることだ。人称代名詞が極端に少なく、巧妙な敬語の使い分けで誰についてのことかを語る。

例を挙げよう。「葵」の冒頭に近い部分。

今はましてひまなう、ただ人のやうにて添ひおはしますを、今后《いまきさき》は心やましうおぼすにや、内裏《うち》にのみさぶらひたまへば、立ち並ぶ人なう心やすげなり。をりふしに従ひては、御遊びなどを、このましう、世の響くばかりせさせたまひつつ、今の御ありさましもめでたし。

これを角田はこう訳す——

譲位した後は、桐壺帝と藤壺はごくふつうの夫婦のようにずっといっしょに暮らし、そのことをおもしろく思わない弘徽殿女御《こきでんのにょうご》は、息子（朱雀帝《すざくてい》）のいる宮中にばかり入り浸っている。もうほかに肩を並べて張り合う人もいない藤壺は、院の御所で気楽に暮らしている。桐壺院は折々に、趣向を凝らした管絃《かんげん》遊びの催しを、世間でも評判になるほど盛大に開き、在位の時よりよほど幸福そうである。

人間関係を明らかにした上で、ざっと三割くらいしか間延びしていない。それでいて情感は充分に伝わってくる。

近代の小説にはナレーター問題がつきまとう。物語が滑らかに繰り広げられる時に、「そう話しているお前は誰だ?」という問いが読者の側から発せられる。主人公の独白なのか、すべてを鳥瞰《ちょうかん》している神の視点なのか、あるいは作者という仮面を脱いだ生の思いか？　場面ごとに異なる目撃者の証言を並べるという手法もあるし、主人公にせよ目撃者にせよその証言は信用できるかという疑問も生じる。モダニズムの文学では作品はそれ自身に対する批評を初めから含んでいる。
『源氏物語』の語りには時折これは誰の発言かというものが混じる。客観的で、超越的で、人々に対する倫理的な批評のようにも読める。研究者たちが「草子地《そうしじ》」と呼ぶこの部分を角田はそこだけ「ですます」調で訳す。例を挙げれば、「夕顔」で次々に事実を記述する文章の途中に——

……女への愛の深さゆえ、なんでもかんでも味わい深くなってしまうのでしょうね。

という一文が挟まれる。舞台の隅にちょっと作者が顔を出してコメントするという感じ。それを角田は文体の工夫で際立たせる。
現代語に訳すとは、モダニズムに仕立て直すとは、こういうことである。

参考文献

・『光る源氏の物語』上・下　丸谷才一・大野晋　中公文庫
・『王朝恋詞の研究』　西村亨　慶應義塾大学言語文化研究所
・『王朝びとの恋』　西村亨　大修館書店
・『雨夜の逢引』　古橋信孝　大修館書店

角田光代（かくた・みつよ）
一九六七年神奈川県生まれ。九〇年「幸福な遊戯」で海燕新人文学賞を受賞しデビュー。九六年『まどろむ夜のＵＦＯ』で野間文芸新人賞、二〇〇三年『空中庭園』で婦人公論文芸賞、〇五年『対岸の彼女』で直木賞、〇六年「ロック母」で川端康成文学賞、〇七年『八日目の蟬』で中央公論文芸賞、一一年『ツリーハウス』で伊藤整文学賞、一二年『紙の月』で柴田錬三郎賞、『かなたの子』で泉鏡花文学賞、一四年『私のなかの彼女』で河合隼雄物語賞を受賞。

池澤夏樹＝個人編集

日本文学全集 04

源《げん》氏《じ》物《もの》語《がたり》　上

訳者＝角田光代

二〇一七年九月二〇日　初版印刷
二〇一七年九月三〇日　初版発行

帯写真＝荒木経惟
装　幀＝佐々木暁
発行者＝小野寺優
発行所＝株式会社河出書房新社
東京都渋谷区千駄ヶ谷二ノ三二ノ二
電話＝〇三・三四〇四・一二〇一（営業）
〇三・三四〇四・八六一一（編集）
http://www.kawade.co.jp/

印刷所＝株式会社亨有堂印刷所
製本所＝加藤製本株式会社

ISBN978-4-309-72874-2
Printed in Japan

池澤夏樹＝個人編集　日本文学全集　全30巻（★は既刊）

★01　古事記　池澤夏樹訳
★02　口訳万葉集　折口信夫
百人一首　小池昌代訳
新々百人一首　丸谷才一
★03　竹取物語　森見登美彦訳
伊勢物語　川上弘美訳
堤中納言物語　中島京子訳
土左日記　堀江敏幸訳
更級日記　江國香織訳
★04　源氏物語 上　角田光代訳
05　源氏物語 中　角田光代訳
06　源氏物語 下　角田光代訳
★07　枕草子　酒井順子訳
方丈記　高橋源一郎訳
徒然草　内田樹訳
★08　日本霊異記　伊藤比呂美訳
今昔物語　福永武彦訳
宇治拾遺物語　町田康訳
発心集　伊藤比呂美訳
★09　平家物語　古川日出男訳
★10　能・狂言　岡田利規訳
説経節　伊藤比呂美訳
曾根崎心中　いとうせいこう訳
女殺油地獄　桜庭一樹訳
菅原伝授手習鑑　三浦しをん訳
義経千本桜　いしいしんじ訳
仮名手本忠臣蔵　松井今朝子訳
★11　好色一代男　島田雅彦訳
雨月物語　円城塔訳
通言総籬　いとうせいこう訳
春色梅児誉美　島本理生訳
★12　松尾芭蕉 おくのほそ道　松浦寿輝選・訳
与謝蕪村　辻原登選
小林一茶　長谷川櫂選
とくとく歌仙　丸谷才一他
★13　樋口一葉 たけくらべ　川上未映子訳
夏目漱石
森鷗外
★14　南方熊楠
柳田國男
折口信夫
宮本常一
★15　谷崎潤一郎
★16　宮沢賢治
中島敦
★17　堀辰雄
福永武彦
中村真一郎
★18　大岡昇平
★19　石川淳
辻邦生
丸谷才一
★20　吉田健一
★21　日野啓三
開高健
★22　大江健三郎
★23　中上健次
★24　石牟礼道子
★25　須賀敦子
★26　近現代作家集 Ⅰ
★27　近現代作家集 Ⅱ
★28　近現代作家集 Ⅲ
★29　近現代詩歌
詩　池澤夏樹選
短歌　穂村弘選
俳句　小澤實選
★30　日本語のために